③阴差阳错

【上】

君子江山 作品

青岛出版社
QINGDAO PUBLISHING HOUSE

图书在版编目（CIP）数据

一生一世笑苍穹. 3，阴差阳错 / 君子江山著. — 青岛：青岛出版社，2017.4
ISBN 978-7-5552-3511-8

Ⅰ. ①一… Ⅱ. ①君… Ⅲ. ①长篇小说－中国－当代 Ⅳ. ①I247.5

中国版本图书馆CIP数据核字（2017）第018217号

书　　名　一生一世笑苍穹3阴差阳错
著　　者　君子江山
出版发行　青岛出版社
社　　址　青岛市海尔路182号（266061）
本社网址　http://www.qdpub.com
邮购电话　010-85787680-8015　13335059110
　　　　　0532-85814750（传真）　0532-68068026
责任编辑　郭林祥
责任校对　耿道川
特约编辑　李文峰　崔　悦
装帧设计　李红艳
照　　排　梁　霞
印　　刷　三河市良远印务有限公司
出版日期　2017年4月第1版　　2019年1月第4次印刷
开　　本　16开（700mm×980mm）
印　　张　37
字　　数　500千
书　　号　ISBN 978-7-5552-3511-8
定　　价　59.80元

编校印装质量、盗版监督服务电话　4006532017　0532-68068638

建议陈列类别:畅销·古代言情

目录

【上】

目录

【下】

第一章
听歌姬唱歌要钱，听洛子夜唱歌是要命

冥胤青脸色微青，按照洛子夜的话，不去就等于他要丢凤溟的脸，他脸色僵了：“本王自然是会去的，多谢天曜太子关心！”

洛子夜满意地点头，看向武项阳。武项阳立即道：“本殿下今日偶感身体……”

“偶感身心舒畅？”洛子夜很快打断他，“今日一早，听说大皇子策马入营，将自己的随从甩了老远！想必龙昭大皇子，决计不会因为怕输，就说自己身体不好，不去了吧？”

武项阳一大早过来，用尽了气力，神医都说了，要养一段时间才能好。他脸色扭曲了一会儿：“自然，本殿下岂是输不起的胆小之辈？这狩猎，本殿下自然参与！”

摄政王殿下听着，唇角淡扬，泛出几分看好戏的味道。

接着，洛子夜的眼神放到了龙傲翟身上。已经有了两个前车之鉴，龙傲翟直接应下，省得无端端被她奚落：“如此盛况，臣定参与，太子大可放心！”

“嗯！还是龙将军干脆！”洛子夜笑着赞美。

龙傲翟倒也忽然开始好奇了，洛子夜到底打算怎么对付他们?

随着这话音落下，戎国君主一抬手，接着执令官旗子一挥：“开始！”

所有人便飞马射了出去！洛子夜一马当先，冲过狩猎场的红线，她骤然纵身一跃，单脚站立在马头上，抬头一射。天空中的一只大雕长鸣一声，掉了下来……

所有人一惊，见她如恒定的雕像，战马狂驰，她单脚站在马头上竟如履平地，龙傲翟的血瞳，眯出了几分惊异。轩苍墨尘更是吃了一惊，没想到她竟然……

而观战台上的摄政王殿下，倒并不觉得出乎自己的意料。洛子夜，原本就是拢了大翅的凤，终有一日，会绽出其光华，今日，不过是一个开始罢了！

接着，洛子夜又是一个翻身，将半边身子都吊在马侧……

这令所有人一愣，她这是打算射天空中斜角的那只雕？可那只雕站在马背上就能射中，她为何要整个人吊起半边？

龙傲翟也缓缓地举起了自己的弓，瞄准天空中的另一只大雕，而也就是这弯弓搭箭的声音，让洛子夜听见了，她骤然翻了个身，一箭对着龙傲翟的脸面射了过来！

龙傲翟不察她忽然出手，赶紧一偏头，然而那箭还是从他的脸上擦了过去，带出一道血痕！

所有人都蒙了一下，龙傲翟更是没想过会发生这种事，他伸手擦掉自己脸上的血痕，血瞳里闪现出几分幽光。洛子夜眸色很冷："那是老子看上的雕，你竟然想抢？"

这话一出，龙傲翟的瞳孔又是一缩，这时候，洛子夜的箭羽已经射出去了，那箭羽沿着她此刻所在角度的偏折，在射中一只雕之后，兀地向前，又射中了一只！

一箭双雕！第二只中箭的，就是龙傲翟方才打算射的。

两只雕都落到地上，大家才明白方才洛子夜明明可以一箭就射中，却为什么要在半空中换个造型，侧吊在马侧。

这下，就有人不满意了。龙傲翟都没说话，倒是耶卓峰先开了口："天曜太子，虽然你箭术了得……"

"嗯！你说了一句大实话！"洛子夜一勒缰绳摆好了英俊潇洒的姿态，才看向耶卓峰，"继续说？"

耶卓峰一噎，难道她没有听见自己话里的"虽然"？有虽然就表示，一定会有"但是"作为转折啊！默了一会儿，他终于开口："狩猎是公平的事，天曜太子却不允许龙将军跟太子抢，你不觉得你太霸道了吗？"

"霸道？"洛子夜嗤笑，"狩猎场上，谁有本事射下来，那就是谁的能耐！一会儿，龙将军要是有本事，射本太子一箭，然后抢了猎物，本太子也不会有意见！"

她这张狂的话一出，其他人便都愣了！

龙傲翟闻言竟然没生气，倒扯了扯唇角："太子所言甚是！既然这样，相信太子一定不会计较，末将在比试场上，对您不敬吧？"

洛子夜挑眉："那本太子倒要看看，你对本太子不敬，要付出多大努力！"

她这嚣张的话一出，便又是一箭，对着天空中的大雕射了过去！

龙傲翟不以为意，但从他那双眼睛里，轩苍墨尘竟看见了征服欲。轩苍墨尘心里骤然咯噔一下……

接下来洛子夜手里的箭不是一会儿对着武项阳射过去，就是一会儿对着冥胤青射过去，跟龙傲翟之间，更是互相射。从箭术和骑术来看，她丝毫不输龙傲翟！这令龙傲翟的眼眸，也慢慢地眯了起来，从前他并不知，洛子夜竟有这样的实力。

也许她之前是故意在藏拙？

一路狂驰，他们很快便进入了荒沙地带。再往前面一点，就是一片丛林。所有人都停了下来，打算休整一番。

洛子夜找了个地方坐下，用调戏的眸色看那几个人："小妖精们，跟爷一起出来打猎，是不是很开心？"

她一句话说完，所有人如遭雷击。

小妖精一号，龙傲翟。血瞳微眯，半晌没有说话。他要是接了这句话，可就等于承认自己是个小妖精！

小妖精二号，武项阳。被洛子夜射了半天，原本就是重伤，动不得内力，好几次都差点栽下马去，这时噎得不行。

小妖精三号，冥胤青。他现在想把龙傲翟腰间的长剑抽出来，砍了洛子夜这个射了他半天、气了他半天、末了还侮辱他一句的贱男，可以吗？

这三个"小妖精"，大概是因为同病相怜，围成了一个圈，坐在一起。

合齐坐在洛子夜身边，轩苍墨尘也坐了过来。洛子夜抬眼看他，他笑着开口："怎么，太子不欢迎本王吗？"

"不，只是大家都知道本太子是半个色魔，你却敢主动坐过来，本太子有点惊讶！"洛子夜说话不是很正经。

轩苍墨尘倒笑了："本王原本以为，我们已经算是朋友了！"

他这话说完，洛子夜眼中多了一分友善。回头看了合齐一眼："合齐你说，这太子你想当吗？实在不想，爷可以帮你想办法周旋！"

合齐顿了顿："说实话，真的当上太子了，我并没有想象中的排斥！诏令下来之后，我母亲很高兴，说我们终于熬出头了，接着，大王兄和二王兄又对着我行

礼。说真的，我有了一种扬眉吐气的感觉！”

“所以，你是愿意当这个太子，也不怪爷了？”洛子夜说着这话，笑了起来。

这一笑，看起来端的是万分娇艳，莫说轩苍墨尘和合齐看得失神，不远处的龙傲翟正好扫视过来，也是愣了愣。

“啊？”合齐还愣了一下，“原也不会怪您，毕竟这不是您的问题！”

说着这话，他的脸红了。洛子夜明明也是个男人，为什么笑起来这么好看？

洛子夜瞅着他红着脸，倒也没多想，看见轩苍墨尘盯着她，她奇怪地问：“你怎么了？”

“没什么，只是觉得，太子笑起来很好看罢了！”这倒是一句实话。

洛子夜听了，登时心中大乐，拍着对方的肩膀道：“你真有眼光！”

话说完，眼角的余光骤然看见龙傲翟也盯着她，她立即道：“龙傲翟，你偷看爷干什么？是不是爷笑起来太好看了，觉得爷简直迷死你了？”

龙傲翟闻言一噎，深感奇葩二字，也已经不能描述洛子夜。他大抵也是疯魔了，才会觉得洛子夜方才发自内心那一笑，格外……

令人心动！

他扬眉：“末将不过是见太子高谈阔论，心生好奇罢了！末将是正常的男人，请太子千万放心！”

洛子夜微笑：“我们说话你心里就好奇了？一个大男人，每日里闲来无事，如此八卦是为何？”

龙傲翟脸色一青，没再回话。

合齐两边看了看，不必问，这几人先前跟洛子夜一定有私怨：“想必太子昨日拜托小王做的事情，也跟这几位有关吧？”

轩苍墨尘眸色一沉，也扫了洛子夜一眼。

洛子夜的眼神，很快对着他看了过去，轩苍墨尘立即会意，开口表态：“太子当知道，本王不是喜欢多管闲事的人！”

洛子夜点头：“那就好！”

随即她才看向合齐：“不错！到时候有好戏看了。”

合齐王子嘴角一抽，所以他算是做了洛子夜对付人的帮凶？想着自己遇见洛子夜后，从变成太子，到不知不觉地害了人，他忽然觉得，自己可能有点遇人不淑。

轩苍墨尘倒是一副乐意看好戏的样子：“祝太子马到成功！”

“多谢！”洛子夜应了一声。

两人说着，还对饮了一杯。一口烈酒下去，她的脸便透出几分嫣红的色泽来，艳丽得仿佛抹了胭脂，更是明艳动人。不少大漠的汉子，无意间看过去，竟有人不自觉地咽了一下口水。

龙傲翟和轩苍墨尘一怔。美人他们见过无数，但如洛子夜这般，美得张扬潇洒，却还能娇艳动人的，却并不多见，最能令人心悸的，是她那张明艳动人的脸上，还有一双灿若星辰、随性张狂的眼睛。

佳人本国色，酒醉倾人城。

武项阳和冥胤青眉梢拢起，和龙傲翟心中是一样的感受。

洛子夜一口酒喝完，瞅着大家都瞟着她，她嘴角一抽："怎么了都？爷喝酒的姿势太潇洒了？来，交点银子，爷教你们摆造型！"

众人："……"

方才看见的媚色，便是被洛子夜这么一句话，给搅和得支离破碎。

倒是合齐王子，忍不住问了一句："不知道天曜皇室，可有天曜太子的胞妹，与太子容貌相似？"

"怎么了？想娶媳妇了？想给本太子当妹夫？"洛子夜坏笑着。

谁知她这话完了，合齐王子竟认真道："若太子有胞妹，也必定如同太子一般……嗯，不是，是必定国色天香，小王，小王……的确是将不胜倾慕！"

"噗……"洛子夜呛到了，睨了他一眼："你这话的意思，爷要是个女人，你就想娶爷做媳妇了？"

合齐是个实诚的孩子："的确如是！"

砰的一声，洛子夜一巴掌挥在他脑门上："老子把你当兄弟，你却想上老子！"

合齐王子听她这一骂，便感觉百口莫辩，急得脸都红了："小王断没有对太子不尊重的意思，小王……小王日后一定知晓分寸，不会再乱说，令兄弟之间尴尬！"

"嗯！"洛子夜满意地点头，这个还是先说好，她是个女的，免得哪天败露了，真的跟合齐尴尬。

而轩苍墨尘听到这里，微微垂眸，洛子夜并非无聊之人，合齐这话，当个笑话听过便罢了，她为何生气？

他偏头又多看了她一眼，见她一双桃花眼微微眯着，那的确是一张雌雄莫辨的脸，而在颔首之后，再一次看见了她脖子上的喉结。他眸色深了深，慢慢地回过头去，有喉结，应当是男人……

然而，他脑海中忽然掠过一物。那药物从小服用，可让女子长出喉结……

“天色已经不早了！我们是否进入丛林？”戎国士官问了一句。

合齐看了洛子夜一眼。

洛子夜不怀好意地看向龙傲翟等人：“三个小妖精，我们这就走吧？”

那三人站起身，直视前方，表示自己并不知洛子夜在叫谁。

轩苍墨尘笑了笑，也跟着站了起来。他看了一眼丛林方向，想了想自己事前便命人将丛林的地形探查清楚了，唇边温雅的笑意忽然又缥缈了半分。这丛林里头，也许就是他知道洛子夜性别的契机！

耶卓峰等人也是翻身上马，并开口道：“方才这一路上，太子时常误射，眼下这猎物上，太子可是落了下风！接着丛林之猎，请太子认真些。否则若最终我等赢了，请天曜太子不要说是我等胜之不武！”

洛子夜笑道：“阁下有本事便赢。这世上的事，并不需在意过程如何，结果就是既定事实！那才是世人关注得更多的。”

她这话一出，其他人倒是一怔，而洛子夜说完，一马当先，进入丛林。

冥胤青却看了武项阳一眼，想想洛子夜方才不怀好意的眼神，就知树林里有问题，却也是明知山有虎，偏向虎山行。

龙傲翟直接便策马入了丛林！看着他的背影，刚毅挺拔，透着几分战场之上历练下来的杀伐之气，以及必胜的征服之欲，武项阳和冥胤青对视了一眼，这时候倒是不得不承认，论气魄，他们比起龙傲翟，远远不及！

洛子夜进入丛林之后，便回忆着之前合齐王子偷偷递给她的东西上头画的地图，以及所指向的各种方位。她回眸看了身后的人一眼：“小心肝，快跟着爷过来！爷今天要从身体到心灵，彻底洗涤你们的灵魂！”

身体？龙傲翟嘴角一抽，怀疑自己是不是想歪了。

他跟洛子夜在一个斜角，倒也没多论，纵马一跃，就跳了过去！马蹄落地之后，那地面不知为何，骤然塌陷，轰隆一声……

他连人带马，一起掉进了一个大坑！

“砰！”

下头还传来一声巨响，那是火药爆炸的声音……

洛子夜抚了抚额头：“开胃菜，开胃菜，你们不要太害怕！”

众人：“……”

武项阳和冥胤青停了下来，表情一片空白。他们觉得龙傲翟就算没被炸得缺胳膊少腿，站起来的时候，面上也定然是一片焦黑了！

耶卓峰等人，更是惊得眼珠子都差点掉出来！这难不成就是传说中的火药？不知道……龙傲翟死了没有？

合齐王子更蒙，他昨夜照洛子夜的话，到神机营找萧疏狂拿了一些东西……但是他真的没想过那玩意儿的杀伤力竟这么大！

轩苍墨尘也愣着，他没想到，洛子夜居然能损到这种地步，龙傲翟……龙傲翟他还好吗？不过，这该不是火药吧，若是火药，应当是需要明火点燃的。

正想着，那大坑里头，传出来一阵声音。

那是抖落叶子和泥土的声音，还好！众人都松了口气，龙傲翟没有死。没等龙傲翟冒出头，冥胤青便道："天曜太子，这是公平的比赛，你却在比赛的过程中，这样迫害对手，这是何道理？"

洛子夜立即瞪眼："谁迫害对手了？他自己骑马掉进坑里，里头埋着地雷，这是他自己不注意，怎么成了爷迫害了？你看见爷挖坑了吗？你看见爷埋地雷了吗？"

她这话问完，挖坑和埋地雷的合齐，默默地转过头去，仰望天空。

武项阳也是一怒，担心不把这事论清楚，一会儿他难免也掉入一个坑，于是也帮着说了句："倘若不是太子干的，那太子为何要说开胃菜，并让我等不要害怕？"

洛子夜瞟他一眼："爷觉得这是龙将军自己很幽默，故意掉进坑娱乐一下大家，故而要给你们吃点开胃菜的人是他，可不是心地善良、聪明伶俐、为人热情、活泼好动的本太子！"

"洛子夜！"这一道冰冷的声音，来自龙傲翟。他还故意掉进坑娱乐一下大家？他单手支在地面上，一个翻身，从坑中跃了出来！起来之后，便是一阵刺鼻的血腥味，他的右腿被炸伤了，小腿部分一片血肉模糊。

"龙将军，您这……"戎国的士官们，迅速上前，递过去随身带着的药。

龙傲翟伸手接过那药，自己包扎。他扬眉看了洛子夜一眼，血瞳微眯，唇边是没有任何温度的笑："洛子夜！除了凤无俦，你算第一个能伤到本将军的！"

上次和嬴烬两败俱伤，自然不算是被单方面伤到。

洛子夜看到他受伤了，心情变得非常好，也没回龙傲翟的话，就嘚瑟地扭过头，开始两边摇晃着表达自己的愉悦，并纵情地高歌自己改编的《千年等一回》："西湖的水，你的泪。我愿意，每天看着你倒血霉，啊啊啊——啊啊啊！"

众人："……"

这是什么歌，曲调听起来还不错，但是这词……

大家同情地看了龙傲翟一眼。

龙傲翟的面色僵了僵，唇边那似是而非的笑，开始维持不住。戎国士官倒问了一句："龙将军，您眼下受伤，接下来的活动，您还参与吗？"

他这话音一落，洛子夜立即扭过头："他参与，他参与！你要相信我们天曜的护国将军，意志力是强悍的，就算被炸瘸了腿，他一拐一瘸，也是会完成比赛的！他绝对不会中途退出，让你们瞧不起他的尊严，藐视他的人格！"

龙傲翟："太子，是不是还要继续参加，这是末将的事，太子是否管太多了？"

尤其，她那是什么话？什么叫他一拐一瘸，也是会完成比赛的？还有，这跟他的尊严和人格，有什么关系？

洛子夜叹息着歌唱："太多的借口，太多的理由，为了退战，你已准备好理由，如果你真的无用，就不要畏畏缩缩，坦诚地承认……"

龙傲翟脸一黑："末将也没说要退战！"

洛子夜立即笑开了："就要有这样的气魄，不愧是我天曜的好将军！本太子很为你感到骄傲。好了，快包扎一下吧，大家都等不及了，你瞧瞧你磨磨蹭蹭的！"

众人："……"他们算是终于明白了，什么叫作语言暴力和赶鸭子上架。

还有，听歌姬们唱歌是要钱，听洛子夜唱歌是要命。

龙傲翟表情微僵，草草地包扎了伤口。他肩上被炸得面目全非的披风，一扬手便扔了。

戎国的士官踮着脚往那坑里一望，那匹马就是被救起来，这一时半会儿，也是不可能继续参战了："龙将军，不如你就换小的的马吧？小的这一匹，是随行士官中最好的！"

说起这件事情，他觉得有点奇怪，今日中午出发的时候，马全都恹恹的，只剩下这一匹能出来，他们急着出门，故而其他的马只能换次等的替代。

龙傲翟点头，扫了一眼自己的爱驹："一定要将本将军的爱驹救活，本将军必有重谢！"

"是！"士官很快地应了一声。

洛子夜听到这里，指着龙傲翟道："你们也一定要将本太子爱将的腿治好，本太子必有重赏！"

龙傲翟一噎！这小子根本就是在拿他跟畜生类比。

他的爱驹。

洛子夜的爱将。

都是用来骑的吗？想到这里，龙傲翟的脸又黑了！

“好了！我们走吧。”洛子夜说完话，看了武项阳和冥胤青一眼，看着那两人不甚好看的脸色，关心地问，“两位，你们怎么了？怎么脸色看起来有几分不好？昨天白日里，看你们作妖的时候，精神不是很好，面色也十分红润吗？”

两人脸一僵，都没吭声。

忽然不远处传来一声吼，似整个丛林都晃荡了一下。众人面色一凛，迅速凝眸看了过去……

“是狮吼声！”

洛子夜眯了眯眼：“大漠也有狮子吗？”

“自然！那是我们草原除野狼之外，最凶狠的动物！”狮子杀伤力比野狼大，但野狼杀死一只之后，便会有千百只为同族报仇，所以大家宁愿猎杀狮子，也不愿意去招惹野狼。

他们正说着，龙傲翟已经上了马，忽然传来……

“噗——”

声音很大，后续还有点绵长音。

所有人的表情都是一僵，扭过头看向龙傲翟！接着便是一阵恶臭味传来……

龙傲翟容色发黑，是他胯下的马放了一个屁。

洛子夜却一挥袖子，嫌弃地扇风：“龙将军，我说，你好歹也是有身份、有头有脸的人了！如果要放屁，这大庭广众之下，你不能稍微憋一下吗？啊？你身为一个君子，身为一个成年人，你就算憋不住，也稍微控制一下声音啊，放那么响，这是生怕大家不知道你在放气呢？你是不是还想试试，你自己的浊气，比旁人要格外香甜一些？”

众人：“……”刚刚放屁的原来是龙将军吗？他们原本以为是龙将军的马呢！

龙傲翟脸一青：“末将……”

这才开了一个头，话就被洛子夜打断：“你还想狡辩，为你自己找借口？你就算是有一千个理由、一万个借口，你当着诸国的这么多权贵，放如此响亮的浊气，也是不正当的行为！丢了你自己的颜面不说，还折损了我们天曜的颜面！真让本太子为你蒙羞！”

大家看了一眼龙傲翟，忽然都觉得有点不忍心了。

龙傲翟忍无可忍：“洛子夜！这是本将军的马……”

“你不会自己放了屁，还想栽赃给你的马吧？”洛子夜拧起秀眉，一脸痛苦难

忍的表情，仿佛此生从来没有见过，放了一个屁还栽赃给自己的马的无耻之徒！

龙傲翟脸一绿，这该死的小子！

这件事情要是不解释清楚，明天整个草原，加上中原的士兵全会知道，他今天在大庭广众之下，当着诸国权贵的面，放了一个屁，并且还因此被太子苛责训斥了一番！

他冷静下来后，冷笑道："欲加之罪，何患无辞！太子明知道是怎么回事，却一定要栽赃本将军。呵，自古以来，君要臣死臣不得不死，何况只是太子想随便寻个机会斥责本将军罢了。本将军不敢有怨言，太子高兴就好！"

"哦？"洛子夜点点头，"原来在龙将军的眼里，君要臣死臣不得不死啊？那本太子要是让你现在就拔剑自刎，你干吗？"

龙傲翟一噎，瞪着洛子夜，半晌不说话。

接着洛子夜道："你看吧！刚才装的时候，说得挺好的，话才说完，本太子让你死，你就不干了。龙将军，你就算要找个虚伪的理由给自己开脱，也不要找这种你前脚说完、后脚就被爷戳破的理由可好？"

说完这话，她感叹了一句："龙将军，你这样让我也是很惆怅啊！你也不要再多说了，大家心里也都明白是怎么回事了，本太子不说你就是了，唉……"

龙傲翟："……"

轩苍墨尘叹了一口气，觉得自己没有参与到昨日的事件当中，真是再明智不过。

正想着，洛子夜高呼："好了！那雄狮等了我们这么半天，怕是已经有些不耐烦了！"

这话音落下之后，她一马当先，奔驰在前。

武项阳担心自己步了龙傲翟的后尘，便亦步亦趋地跟着洛子夜，不敢跑太快，也不敢奔到洛子夜身前。

而其他人这时候也都是跟武项阳差不多的状态，唯独合齐王子是个例外。

洛子夜速度不快，大家都跟得上她的步伐，也能成功地将马蹄落到她的马走过的道路上。但，她眸中掠过一道灿芒，骤然狠狠地扬鞭，抽了一下马屁股，那速度一下子就提起来了。

甩了武项阳十多米远！

武项阳也立即策马，重重地一抽马臀，立即跟上去！

一下子就缩短了他跟洛子夜之间的距离。

说时迟，那时快。就在他策马拉近了和洛子夜之间的距离，令他们之间相隔不到五米的当口，洛子夜骤然扶了一下她身边的一棵树！

这一扶，便是一阵响声传来……

武项阳身后的人一听见声响，立即都勒住缰绳！一个一个，都不敢再上前一步，离武项阳最近的冥胤青，也跟他保持着三米的距离。

而这时候，半空中飞来两个削尖了利口的竹排！对着武项阳夹了过来！

武项阳面色惊变，这竹排要是夹到自己身上，那定然是要穿身而过，必死无疑！

他立即提气，用尽了气力纵身一跃。跃入高空，那两个竹排合拢到一起，夹了一个空！而暗处，机关控制着的一支箭，这时候对着他的方位斜射了过来，为了避开竹排和这支箭，他只得一偏身！自斜角四十五度方向，翻转之下落地。

这一落地，脚下便是一空！

他脸色一变，整个人落了下去，冥胤青飞身而起，不知道是出于同病相怜，还是出于之前一起害了洛子夜的革命友情，飞身到了坑的旁边，一把将武项阳拉住！

结果……

轰的一声，冥胤青落地处的地面，塌陷了！

那坑没挖多深，还挺浅的，都没等他提气飞起来，就踩到了底。接着便是一阵恶臭，他就这么半条小腿踩进了粪坑！手里还拽着武项阳的手，武项阳还在自己的坑里悬挂着，坑底部不是火药，是一个对着他的钉板，这要是掉下去，后果不堪设想……

于是最后，他没掉钉板上，冥胤青掉粪坑了……

眼下这般情况，自然是出乎所有人的意料！

冥胤青这时候还攥着武项阳的手。

但是他的两条腿都泡在粪池里头，他那表情……

他那表情怎么说呢，比方才龙傲翟被洛子夜缠着说什么放屁事件的时候，还要难看好几倍。就这么一眼看过去，洛子夜微微地琢磨了一下，她觉得冥胤青这会儿一定肠子都悔青了，他们应该没想到，她一计之外，还连着一计。

耶卓峰忍不住自言自语了一句："这狩猎的场地里，为什么会有这些东西？"

没人回答他。

大家都心知肚明这一定都是洛子夜的杰作，但是洛子夜不曾吭声应下，之前龙傲翟落坑她也是不承认，眼下要是指望她承认，那也是不太可能的事情了，他们也没有证据，自然不会说出胡乱攀咬的话。

倒是合齐王子，听了这话之后，面色就透着几分不自在。

旁人没在意，倒是轩苍墨尘的眼神，在他面上落了几秒，但又很快收了回去，这令合齐王子心里咯噔一下，一下子更是心虚起来。

也是了，他昨日明知今日要狩猎，怎么就没想到洛子夜让自己布置这些东西，其实是为了对付人呢？也是怪他太单纯了，他原本以为洛子夜是要对付猛兽的。

情况就这么僵持了几秒，冥胤青似乎是完全不敢相信，自己在凤溟权倾朝野，这一世英名，竟然会落到如此境地，这声名今日是全毁了！

于是没动。

武项阳这时候更是愣了，闻到这一股恶臭味，他就知道这时候冥胤青的情况定是非常不好，这一愣之下，他呆着，竟也还由着对方拉着他的手，没有立即提气，用轻功上去。

其他人也都不敢再说话，他们太知道，这时候一定是冥胤青此生最难堪的时候，眼下他们若就这件事情发表任何意见，都有得罪冥胤青的危险，不如不说的好。

于是，这时候就是洛子夜开口了：“哎呀！怎么会有粪坑啊？凤溟亲王，你真是可怜，好端端的帮个人，最后竟然落得这样一个下场，这也的确令人唏嘘……这件事情告诉我们，为人处世，可以善良，但是不要盲目地做圣母。并不是所有的好心，最后都会有好报的！不过，你既然落到了这粪坑里，也全然是为了龙昭大皇子，想必大皇子一定会感激你的！”

她这一句话，连敲带打，令一旁的众人面色都凝重了几分。

他们谁都不是傻子，自然也都听得懂洛子夜的那句话，冥胤青这时候帮助人，落到了这么一个下场，这也是在敲打他们，一会儿要是她又出手对付谁，他们不管是出于卖人情，等着被救之人的感激，还是出于旁的，都可能给自己惹得这一身臊，让他们掂量着行事。

她这话说完——

轩苍墨尘的眸色便深了深，觉得洛子夜这小子，当真不是一般的聪明，就这么一段话，还有眼下冥胤青这不伤及性命，却几乎能令他日后简直抬不起头做人的整治，便是给在场所有的人都敲了一个警钟！

也算是剪除了所有今日可能坏她的事，打算给龙傲翟等人帮忙的潜在对手。

总之他是相信，在冥胤青眼下这下场出来之后，就是这些大漠的爽直汉子，怕也是不敢多管闲事了！

果然，众人也是一阵唏嘘，不敢有丝毫帮忙的想法和同情的念头。耶卓峰开口道："你们这些人，都还愣着干什么？还不快把凤溟亲王扶起来，将龙昭大皇子也拉起来！"

他这话是对着那些下人说的，不算是帮这两人，而只是出于最基本的礼节罢了，毕竟他们这比赛还要继续，不能一直僵持在这里。

这时候那些下人，才算是反应过来，立即打算过去。

而这时候洛子夜闻言，倒是很可心地开口说了一句："凤溟亲王指不定是这半辈子，从未有过一次，脚踩在如此绵软的地方，虽然是臭了一些，但是脚感难免是好的，这时候就是舍不得出来，也是人之常情，诸位也要体谅他！而且你看这两位，一旦龙昭大皇子有难，凤溟亲王便立即出手相助，此刻两人还一直握着手，舍不得放开，这真是情谊深厚，本太子一个局外人看着，都觉得十分感动！"

"洛子夜，你！"冥胤青气得脸色发青！

而武项阳也终于反应过来了，飞身而起，很快便落到了地上。这时候也是咬牙切齿地看了洛子夜一眼，道："洛子夜，你简直欺人太甚！"

常言道士可杀不可辱！

但是洛子夜今日竟然在众人面前，如此百般羞辱他们，这简直是岂有此理！

洛子夜听了这话，倒是一点都没被他吓到，冷笑了一声，道："爷就说了几句风凉话而已，你看你们一个一个的，这时候不都是好好的吗？也没死，也没去半条命，更没晕倒，说明你们根本也没什么事，说明你们命好！可不像本太子这样歹命，一时间险些被山石砸死，一时间又险些被乱箭射死，亏得有人出手帮忙，却还是落得个至交好友昏迷，到眼下都还不能醒来的下场！就这么比比，我说，你们真的觉得你们很委屈吗？"

她这话说得轻飘飘的，一字一句里头，似乎都没带上什么情绪。

但是看着她那双桃花眼里头的讥诮，便不难看出，她这话，便应当字字句句锥心，对他们厌恶到了骨子里，若是可以，她甚至恨不得杀了他们泄愤！

她这话音落下，一旁围观的众人，也都没有蠢笨到极致，也算是明白了，这完全就是私人恩怨，定然是这几个人之前就这么对洛子夜了，洛子夜昨日遭遇刺杀，还有她那男宠，被誉为天下第一美男子的赢烬，这时候还昏迷不醒的事情，昨天在营帐里，也闹得很是轰动。

想来这些事情，还真的都跟这几个人脱不了干系了！

武项阳这时候便是一怔！盯着洛子夜，说不出第二句话来。

轩苍墨尘看着洛子夜的面色，也更是明白，这小子一路上不正经的样子，其实全是装的！要是真的让她按照自己的心意露出表情来，那应当是恨不得将龙傲翟等

人千刀万剐的神情!

龙傲翟更是眯起血瞳，盯着洛子夜，冷声道：“所以，即便昨日本将军说了，以后不再与太子为敌，太子也是一定要将我们除之而后快了？”

“除之而后快，本太子倒是不敢夸这个口！但这场狩猎结束之后，能不能活着回去，那却要看你们的本事！”洛子夜的语气冰冷得可怕。要他们的命不至于，但是去他们半条命，那是一定的。

龙傲翟顿了顿，忽然道：“洛子夜，这不像你！”

这话说完，就是洛子夜都怔了怔，轩苍墨尘心中更是警铃大作。龙傲翟说出这么一句话来，分明是有意软化洛子夜。

她愣完之后，嗤笑了一声，也没顾有这么多人在场，直接便道：“不是这不像本太子，而是你们从来就没有了解过本太子，故而你们也不知道，本太子的底线在哪里！权谋之争，争来斗去，互相算计，谁赢了是谁的本事，输了赔上性命也不过是因为无能。你们要争，要斗，要扯着本太子下水，本太子都能一笑了之，高兴的时候不计较，不高兴的时候回敬你们一下！但是……”

说到这里——

她眸色冷了下来，扬声道：“但是！你们千不该，万不该，害了本太子身边的人。如你们这般的人，龌龊算计，必然是不能明白真心之可贵！你们也不会懂得，身边有人重视自己，为自己一心付出，是何等珍贵。嬴烬视我胜过自己的性命，你们却险些害了他的命，他如今还生死未卜，你说爷恨你们，恨不得食了你们的肉、喝了你们的血，这应不应该？”

她这话一落下，所有人都愣了！

尤其几位美男子都僵住了，没想到吊儿郎当如洛子夜，竟会有这样疾言厉色的时候。看来嬴烬之事，是真的触碰到了她的底线！

龙傲翟顿了顿，竟问道：“所以，太子这话，算是视身边之人胜过自己了？”故而，他们算计她的时候，她都不曾如此动怒过，但嬴烬出事之后，她却如此？

“不错！”她凝眸盯着他们几人，冷声笑道，“能算计本太子，能要了本太子的命，算你们本事，本太子能应对则应对，不能应对则赴死，犯不着爷恨你们！但是所有爷身边的人，所有在乎爷和爷在乎的人，你们一个都别想动，若动了，今日的事，只是开始！你们也要记住，嬴烬最终无事便罢，他若是有事，我必要你们拿命来偿！”这一字一句，掷地有声！

所有人几乎都愣住了。

轩苍墨尘的第一反应，是觉得洛子夜有点傻。将自己身边的人看得比自己更重，扪心自问，他轩苍墨尘做不到。他相信不仅仅是他做不到，皇族中也少有人能做到。

龙傲翟等人，跟轩苍墨尘竟也是一个想法。但是你要说她傻，却能说她的想法和话，都是不对的吗？也便是这样的人，跟他们这些人，似乎是完全不同，又格格不入，却又该死地有着致命的吸引力。

“两位，你们也不要继续在这里浪费时间了，天色是真的不早了，到底走不走？”洛子夜说完这话，便看着武项阳和冥胤青两人。

武项阳和冥胤青原是打算指责洛子夜的，但是在她刚刚那么一席话说下来，他们倒真的不知道应当如何指责了！

冥胤青默默地从粪坑里头爬了出来。接着便是一阵恶臭味……

他这一出来之后，熏得大家都忍不住捂了鼻子。还有几个心理脆弱的，这时候直接扭过头去吐了。

这要是不吐还好，这一吐，其他人竟也相继跟着吐了！这几个美男子还算淡定，都没吐。就是那表情很空白！冥胤青原就丢尽了脸，这时候大家一吐，丢脸的程度又加倍了。

戎国的士官们，身上带着不少喝的水，幸好量足，用来洗脚倒是没什么，但是他们都希望，这一路上可千万别再有人掉进粪池了。要是再有人掉进去，他们的水，就真的不够用了！

龙傲翟看了看正在清洗的冥胤青，又扫了一眼方才险些落到钉板上的武项阳，道：“不如，你们两位就先回去吧？”

他这话，看似是在问他们的意思，但事实上是在给他们一个台阶下。毕竟当时他们也是被洛子夜激来的，要是说回去，未免抹不开脸。

谁知，他这话音落下之后，那两位还没说话，洛子夜就吊儿郎当地开口了：“将军说得是！这外头太危险了，你们两位早点回去比较好。只不过呢，那时候我们这些人，一起出来也没带什么随从和下人，你们二位就这么回去的话，会不会在路上遇见什么抢劫、烧杀抢掠、谋财害命之类的？”

她这话一出，龙傲翟这时候台阶都不敢给了。

原本打算顺着龙傲翟的话说下去的武项阳和冥胤青，也噎住了！

洛子夜这话太明显了！这是皇家的狩猎场，即便是回去，也断然不可能有什么风险，可是这时候洛子夜居然这么说，这说明什么？只能说明，回去的路上，有洛子夜的人埋伏着。这归路上的情景，恐怕并不比眼下好上多少！说不定还会更惨！

于是，冥胤青和武项阳开口道：“多谢龙将军关心，我们没事！”

说完，冥胤青便闭了眼，等着士官们给他清洗干净。

洛子夜半靠在树上，等了他们一会儿。

这令武项阳倒是想起来了："洛子夜，方才是你的手，扶到了那树上，最终才开启了这丛林的机关，你……"

他们放任洛子夜猖狂，是因为拿不到事情是洛子夜所为的证据！可大家都亲眼看见洛子夜将手落到了那树上……

他话没说完，就被洛子夜打断了："要是大皇子觉得机关就在树上，并且是本太子触动机关，暗算你们，你可以自己过来看看。看看树上到底有没有机关！"

她这样一说，武项阳就沉默了。

洛子夜敢这么说，那么就算那机关真的是在树上被触动的，也是不能为外人所察觉的机关了。

这一沉默，洛子夜嗤笑了一声，懒得理会他们了。

等了一会儿，冥胤青清洗干净了之后，戎国的士官开口了："时辰不早了，各位，继续比赛吧！"

"继续！"

接着，忽有一名男子，面色变了变："你们先去，小王……小王失陪一下！"

从他那表情不难看出来，他是要如厕。说完这话，他就往东南方向去了。

他们这出来也有两个多时辰了，洛子夜也感觉到一阵尿急："本太子也失陪一下！"

说完，她策马走了西北的方向。轩苍墨尘却策马跟了上去："太子可是要……如厕？"

洛子夜点点头："的确！"

"嗯，本王也是！那我们一同去吧！"轩苍墨尘微微笑了笑。

洛子夜没太往心里去，随口答了一句："好啊，那我们一起！"洛子夜浑然不知坑人的事情即将来临。

而军营之中——

场面沉默得过分，从洛子夜等人消失在大家的视线范围之后，摄政王殿下便合上了那双魔瞳，侧手支着头颅，靠在黑玉长榻上闭目养神。

他在这边小憩，诸国君王也不敢随随便便聒噪，影响他的睡眠。不过众人在口头上，还是很会给自己圆脸皮："摄政王殿下深得墨天子和天曜陛下的信任，又日理万机，想必是乏了。我等也就不要发出声音来，搅了摄政王殿下的清净！”

于是，大家就这么枯坐苦等。

一众女眷坐得比较远，也只敢小声交头接耳。云筱闹看了萧疏影一眼：“你这几天，似乎有心事！”

准确来说，是昨日轩苍逸风说穿了她和萧疏狂的身份之后，她才有心事。

萧疏影浑身一震，扭过头看了云筱闹一眼：“昨日的事情，你为何不对太子说？”

“你有问题，我们早就看出来了，尤其每次龙傲翟出来，你的眼神就黏在他身上。此事我们早就对太子说过了，不过太子说用人不疑，疑人不用。她不会因为你们之前跟龙傲翟有关系，就怀疑你们，尤其你哥哥的忠心，太子看得到。而轩苍逸风的那些话，莫说是你当时没打算承认了，就是承认了，太子说了相信你们，那我们还去说，有什么用处？”云筱闹回话。

夏小希看了她一眼，筱闹是故意寻萧疏影说话的。

萧疏影一怔，她是权贵之家的姑娘，自然知道皇室那些人的疑心，却没想到，洛子夜明知道他们有问题，却还是愿意相信。她低下头：“我知道了，也请姑娘转告太子。我不过一介妇人，心中想的都是儿女情长，断然不会害太子。我兄长从来忠肝义胆，并非朝秦暮楚、吃里爬外之人，也定不会辜负太子的信任！”

“这话，还是你们自己去说吧！”云筱闹眉眼含笑，这笑倒是真心的。

这下，萧疏影明白了，今日的话是云筱闹自己说的，并非洛子夜授意。她微微一叹：“世上竟会有太子这样的皇族之人……”

便是在知道了之后，都没让人来敲打他们一下。

云筱闹开口道：“太子这个人实诚，也希望萧姑娘不要让太子失望！”

这几人在下头对话，自以为声音不大。

但这自然不能逃过高台之上的摄政王殿下的耳朵，连阎烈这般高手的耳朵，都逃不过。他微微颔首，便见摄政王殿下掀开了眼皮，别有深意的目光自云筱闹身上掠过，又很快收了回来。

阎烈用密室传音道：“王，太子身边有云筱闹这样的人，日后倒会有不少用处！”

云筱闹方才那一番话，旁的不说，拉拢人心和敲打人，绝对是够了。

他话说完，摄政王殿下魔瞳微凛，亦是密室传音：“若非如此，你以为孤会留她性命？”

他可不喜欢洛子夜的身边有任何觊觎她的人，是男是女，他都不喜欢。

阎烈嘴角一抽，又道："王，眼下已经到了这个时辰，想必狩猎场上，太子和那几位，已经是闹得不可开交了。倒是不知道合齐帮着太子做这些事情，那些细枝末节的地方，都清理好了没有！"

他这话一出，摄政王殿下倒是合上了眼眸，并不以为意。

合齐王子是不是足够聪明，这一点他倒是不知道，但既然是洛子夜让合齐王子去做的，那必当一切早已交代好了。她是必然不会做完一件事之后，还留下把柄等人家抓，尤其是不会令合齐因为她，而站在众矢之的的位置上！

阎烈见他没说话，便也明白了他心中应当是有考量。

但，过了一会儿，摄政王殿下还是吩咐了一句："孤不希望在这件事情上，合齐王子留下任何蛛丝马迹！"

洛子夜是准备了，但若是合齐太蠢，办不圆满，也会惹出问题。

"是！"阎烈应了一声，便亲自去处理了。

然而，他才走了两步——

忽然听得那人魔魅的声音，从自己身后传来，带着缓沉的威压和几分极易察觉的不豫："洛子夜动了这样的怒，怕一半以上，都是意欲为嬴烬出这口气！"

阎烈心里一突，就知道自家主子看不惯情敌的病症又发作了。

他开口道："您若想杀嬴烬，未尝不可，他身边那个青城……可您要动手，他未必招架得住。但此事，太子殿下要是知道了，恐怕一定会跟您决裂！"

洛子夜的脾气，这几天下来，他太了解了。

他这般一说，凤无俦原本就不太好的心情，这时候也更恶劣了。他沉声道："嬴烬不除，醒来之后，必定挟恩求报。洛子夜也会觉得对他格外亏欠，孤……"说到这里他顿住。

最终还是道："罢了，下去吧！"

"唉……"阎烈叹了一口气，心里也是怪同情王的。

而这时候，肖青忽然大步奔了过来，面色惊变。他侧身在凤无俦耳边道："王，不好了！帝拓国君忽然宾天，帝拓皇室对此事秘而不发，正打算扶帝拓国君的亲弟弟登上皇位！"

"真死了？"凤无俦冷嗤了一声，不以为然。

肖青立即道："当然并非真死，他应当是知道，京城的大局已为人所控。这么多年来，朝堂的势力一步一步被侵蚀，他也并非一无所知。而屠浮子被我们监视着，宫里发给屠浮子的书信，都被肖班拦了下来，也是跟他彻底断了联系。到眼下……"

到眼下，怕是知道危险要来了，命都快保不住了，哪里还顾及得了皇位，万般无奈下选择了死遁!

他这话一出。凤无俦合上双眸，沉声道：“帝拓的朝局，暂不必管。先给孤把他找到，他欠孤的，不是一个皇位就能还的！”

“那宫里的端妃娘娘……”肖青低着头，不敢看他。

他眉宇间的褶痕，倒也是习惯性地浮起，并透出几丝戾气来。魔魅的声音中，是毁天灭地的杀意，他嗤道：“抓出来，她既想做人上人，孤便偏要她活成蝼蚁，乞丐都不及！”

“是！”

而凤无俦容色未变，魔魅的唇角淡扬，带着几分讥诮……

……

洛子夜跟轩苍墨尘，策马走了老远。

轩苍墨尘心里生出了几分疑惑，莫非自己之前是误会了，洛子夜当真是男子，不然岂敢跟自己一同如厕?

到了一个静谧之处，这儿离皇家狩猎场私设的如厕之地还有些远，但洛子夜已经忍不住了。她翻身下马，开口道：“别寻什么皇家茅厕了，这里也没什么人，咱俩就地解决得了！”

本来就想如厕，骑着马还颠啊颠的，更是憋不住。

轩苍墨尘嘴角一抽，他谦谦君子，自然没试过什么就地解决!

但洛子夜都下了马，他又有心知道洛子夜的性别，面色僵硬了一会儿，还是随同下马。

轩苍墨尘便掀起衣袍下摆，打算解裤带。

可下马之后，看着他的背影，洛子夜忽然想起点什么，咽了一下口水：“那个……”

她这两个字一出，轩苍墨尘也顿住，回眸看向她：“太子怎么了？”

“哦……爷不太习惯自己如厕的时候，这里还有个人！”她是要蹲下尿的，怎么忘了这货是个男的!

轩苍墨尘倒是不以为意，温声笑道：“都是男人，太子在意什么？”

真耳熟的一句话啊！洛子夜面不改色地后退几步：“还是你先，本太子后来吧！莫说是一起如厕不习惯了，要是一会儿对比一下……虽然爷是有自信的，但是等会儿发现你的比老子的大，老子以后怎么做人？”

轩苍墨尘嘴角一抽，原本洛子夜不同意跟他一起如厕，他还认为这是自己猜对了，洛子夜果真是女子。但是万万没想到……就这说话的调调，要说她是个女人，他还真的不敢信！

可疑点又的确很多，尤其前日军演的时候，洛子夜的裤子忽然见血。那时候她和凤无俦就这件事情的解释，他听着就觉得蹊跷！眼下……还当真不想被洛子夜一句话糊弄过去！

他还没想好说句什么再来逼迫洛子夜一下——

洛子夜看他准备解裤带，倒是猥琐地笑了笑，凑到他面前去，开口道：“嘿嘿……那个，凤王啊，你介意本太子看你如厕吗？嘿嘿……”

说这话的时候，她还真的有点激动了，猥琐地搓了搓手。

轩苍墨尘嘴角一抽，背后的汗毛就这么竖了起来，看着洛子夜这样子，他骤然有种自己面前站着一个恶霸，他是正在被调戏的小姑娘的感觉！

洛子夜这时候也是有点小激动的状态，难得这时候凤无俦不在，她当然是要抓紧机会，要是能看到美男子的……嘿嘿，嘿嘿嘿。这越想她越是心痒难耐，简直就想帮轩苍墨尘把裤子给扒了。

“太……太子！”轩苍墨尘觉得这个情况，跟自己之前预想的，有点不一样。

洛子夜晶亮着双眸，看了他一眼：“干啥？你不是要如厕吗？快点啊！”

轩苍墨尘：“……”

他默默地将自己的衣摆放了下去：“本王也不是很习惯，如厕的时候，身边有人！”

就洛子夜这个样子，他当真是要如厕，也该是吓得什么意图都没了。他这样一说，洛子夜大感失望，还拿了一句他方才说她的话来劝解他：“怕什么，你刚刚也说了，都是男人，有什么好在意的！”

都是男人，的确没什么好在意的。但是任凭哪个男人，恐怕都是无法忍受如厕的时候，身边站着一个男人猥琐地看着自己！

他默了一会儿之后，实诚地问：“太子，这时候您就不怕凤无俦了吗？要是让摄政王知道，您观看本王如厕，那……”

“你会把这件事情拿出去宣扬吗？你不会说，本太子也不会说，这里也没有第三个人，凤无俦怎么会知道？”洛子夜一脸笑意，看起来色欲熏心。

轩苍墨尘一噎，又道：“可即便如此，太子跟摄政王殿下的关系，很是不一般，您就一点……”一点都没想过，已经有了凤无俦，在好色这一方面，就稍稍地收敛一下吗？

他话没说完，洛子夜就一把将他的肩膀勾了过去：“哎，你我都是男人！你装什么呢？常言道，家花不如野花香，偶尔在外头偷个腥，这算什么？尤其爷又不是约你睡觉，就看看罢了！不过是看一眼，不算精神出轨，也不算肉体出轨，就是眼睛扫了一下，你说这算个啥？难道你寻常心里就不是这么想的吗？啊，都是男人，我了解！”

轩苍墨尘：“……”他这么多年来，心里还真的从未想过这些。

他把洛子夜放在自己肩膀上的手扯下来：“太子，还是您在此如厕吧，本王实在不习惯，本王换个地方！”

他走了老远，一回头却见洛子夜猥琐地盯着他，并且是在踮脚望。他嘴角又抽了抽，忍不住又走出去二十米！

一直到两边都不可能再看见彼此的时候，他才开始如厕。

原本他是打算看洛子夜，确定自己心中猜想，但为什么事情变成了洛子夜要看他，逼得他不得不走呢？

眼见他人已经走远，洛子夜当机立断，赶紧如厕，并掏出一块干净的月事布换了换。

最后把那换下来的月事布卷成一团之后，随手刨了一个坑就埋进去了！还找了几片叶子盖住。

但是，她没想到的是，就在她刨坑埋下东西的时候，东南方向，约莫三十米之外，正有一双血瞳，敛了自己的气息，远远地看着这边。

他刚到，并不知道洛子夜和轩苍墨尘之前的事情。但是到了之后，便见着那小子不知道在埋什么，埋好了之后，还一副神神秘秘、生怕被轩苍墨尘发现的样子，在上头盖了一些东西。

这令他眉梢挑了挑，也不敢暴露自己的气息，便打算等他们走了之后，自己过去看看。

而洛子夜解决好了一切之后——

轩苍墨尘就回来了，他的表情还是带着几分无语的，看着洛子夜远远地盯着他。

她似乎是有些气闷，大抵是在郁闷她没能看到她想看的，而他也没有友好地给她看，这令他又有几分无奈！他过来之后，洛子夜似乎还对他很不满意，翻身上马，语气不太好地道：“走吧！”

他无奈地笑笑，翻身上马，跟她一起走了。

而龙傲翟眸色闪了闪，在他们走远之后，策马到了洛子夜方才埋东西的地方。

手中的长剑，对着那泥巴挑了过去！拨动了几下之后，并没有有问题的征兆，这令他放心了几分，又用力挑动了一下那泥沙，这才看见泥沙下头的一团物件。接着便是一阵血腥味扑面而来。

他伸出长剑，将那团东西挑开！

一双血瞳，便凝住了！这是……若是他没认错的话，这应当是月事布。洛子夜是个男人，身上怎么会有这东西？

而且……这还是染血的。她方才还神神秘秘，一副生怕被轩苍墨尘发现了的模样。

难不成……她不是男人？

这念头出来之后，他眸色惊变，脑海中闪过洛子夜从前的种种行为，在不少事件上看出来的疑点，这般思索了片刻之后，他骤然咬牙，道了一声："该死！"

他低头看了看那团东西。

仔细看起来，还当真很有几分恶心！但就这么挖出来了，一会儿来来往往的人经过，倒是很有可能看见。他思索了片刻，便又将那东西扔回坑中，重新埋好。

这才收了剑，转身策马而去。

……

而此刻，洛子夜和轩苍墨尘，正打算跟上大部队。

洛子夜扫了轩苍墨尘一眼："狩猎比赛，风王不打算一展实力吗？"

"本王并无实力可展！"轩苍墨尘温声笑笑，那容色倒是透着几分漫不经心。

洛子夜耸了耸肩，嗤了一句："无趣！"便转过身，带着自己的弓箭策马奔了过去！她的确是觉得轩苍墨尘挺无趣的，就是一场简单的狩猎，他都不愿意多展露自己，似乎是表现得太多，就能暴露一些东西，这样活着，不累吗？

轩苍墨尘怔了怔，倒是真的被她这一声"无趣"给影响了心绪。抬眸间，便见洛子夜加入了战局，笑容张扬艳烈，手中的弓箭更是毫不犹豫地一再射出，有时候是对着猎物，有时候是一个"不小心"，又射了一下武项阳和冥胤青这两个人！

他觉得自己跟洛子夜，大概是两个极端。

他习惯于将自己隐藏起来，将所有的情绪，全部掩盖在浅淡的笑容之下，翩翩风度，令人觉得他没有感情，不会动怒，自然也不会在人前暴露自己。

但洛子夜，却是外放的。

她习惯于表现自己，想说什么就说，想做什么就做，似乎是什么都不怕，无所畏惧！

这样的人……说实话，他还真的有几分羡慕。

轩苍墨尘正看着她，耳畔却忽然听到一阵马蹄声，接着便有人缓慢地到了自己身侧。他回眸看了一眼，便见着了龙傲翟，他温声笑道："怎么，龙将军，你也没跟大家在一起？"

"本将军的腿有些不舒服，就在后头休息了一会儿！"龙傲翟面无表情。

轩苍墨尘微微一笑，也没再开口，却骤然发现，龙傲翟的眼神放在洛子夜的身上，那双血瞳微微眯着，眸色很深。

大家耽搁了一会儿，再找进去，也没看见狮子的踪影，射的也都是些小猎物。到了黄昏之后，众人又开始了第二场休息。

所有人都坐了下来，洛子夜有点累，大家都在吃东西，她仰面躺在地上，没吃，打算先休息一会儿。

带的食物，就是草原上的烤羊肉、羊腿什么的。又是大夏天，所有人都是拿着便啃了起来，几个大漠爷们，这会儿还在一起喝酒。

唯独龙傲翟一个人，坐下之后，便让戎国的士官们帮忙生了火，将他手里的羊腿烤着，加热。

洛子夜斜睨了他一眼，心里对他这种出来狩猎还娇贵得不行，吃点东西还要加热的行为，很是鄙视！话说她来了"大姨妈"，最不能碰生冷之物，她都懒得让人折腾着加热呢。

躺了一会儿之后，汗意散了，有了食欲。她才坐起来，从戎国士官手中，接过了羊腿，正打算咬。身边一阵脚步声传来，她还没回眸去看，手腕便骤然被龙傲翟攥住！

她一愣，偏头一看。

冷峻的男人也没说话，默不作声地将她手中的羊腿抽了出去，将他手中加热过的，放在她手上，冰冷的声音缓缓地道："吃这个！"

洛子夜蒙了！她盯着他那张脸，琢磨着开口问："龙将军，你眼下的行为，是应该被注解为，你内心住着一个小公举，所以吃东西也要加热！但是烤完了，天气实在是闷热，这热乎乎的东西吃起来，要流一身汗，于是你后悔了，不想吃热的了，就跟本太子换换，是这样吗？"

内心住着一个小公举？

龙傲翟眯起血瞳，这小子……不，是这女人，若是每一件事情都跟她计较，只怕迟早被她气死！他懒得多言，起身拿着洛子夜手里那个冰冷的烤羊腿，重新坐

回了自己的座位，腿屈起，手臂搁在自己的膝盖上，那是充斥着男人味和野性的模样。

他把刚刚从洛子夜手里拿回来的羊腿，拿着继续加热，嗤了洛子夜一句：“让你吃你就吃，少废话！”

洛子夜盯了一会儿自己手里的东西，肚子咕咕叫了一声。算了，这年头，跟谁过不去，都没必要跟自己的身体过不去，原本就不适宜吃冷的，肚子也饿了，既然这样为啥拉不下脸？反正这事也是龙傲翟自己贴上来的，她没求他，也算不得是欠了人情。

她心安理得地啃了一口，接着就发现龙傲翟的手艺，还不错。

看得一旁的人简直是目瞪口呆，刚才这两人还剑拔弩张的，这就……

洛子夜也是怀着一种极古怪的心情，将东西给吃了。刚吃完，龙傲翟便举了举自己手中刚加热的羊腿，问了洛子夜一句：“还要吗？”

这声音虽冰冷，却莫名透着几分属于野性男人的温柔。

洛子夜被他这一句话问得险些噎住，摇了摇头，表示自己不要了。而一旁的轩苍墨尘，这时候倒是很体贴地拿了白绢，递给她擦嘴。

洛子夜狐疑地看了轩苍墨尘一眼，这两个家伙今天吃错药了？

刚刚吃完东西，一嘴的油腻，她接过来擦了。她没跟轩苍墨尘多言，倒是看向龙傲翟：“龙将军，之前咱俩还是剑拔弩张的，这忽然你就……老实说，是不是刚才往坑里一跳，把脑子磕了一下，摔清醒了，打算洗心革面，重新做人了？”

龙傲翟嘴角一抽，他今天终于明白了，什么叫好心遭狗咬。默了一会儿之后，他冷峻的声音似冰刃，却并不令人觉得压迫感逼人，倒是透着几分温度：“洛子夜，我的好意，你愿意受便受，不愿意受便扔到一边！不必冷嘲热讽，令彼此不快！”

洛子夜瞥他一眼：“谁说冷嘲热讽令彼此不快的？我嘲讽你的时候我觉得自己很快乐啊，不快的只有你一个，哪来的彼此？”

“你！”龙傲翟皱眉看向她。

洛子夜说完这句话之后，倒也不继续刺激他了：“龙傲翟，你我之间的恩怨，不是一个烤羊腿就能化解的！”

她说到这里，龙傲翟却是懒得继续听了，草草咬了几口自己手中的羊腿果腹。

他站了起来，率先上马，睨了她一眼：“本将军也没指望化敌为友！洛子夜，我了解你，嬴烬的这件事情，你不连本带利地讨回，是不会罢休的。本将军等着你的后招。只是，今日之后呢？今日之后，你我是敌是友？”

说着这话的时候，他凝眸看着洛子夜，眼神很深。那双血瞳中，除了几分探索，还有属于强者的占有欲和男人的征服欲。

这样的眼神，落入轩苍墨尘的眼中，那心绪便又沉了一分，手中握着的茶杯竟也就这么不声不响地碎了，没有发出任何声音，自然也没有惊动任何人。

洛子夜真的觉得龙傲翟吃错药了，他这样古怪的眼神，仿佛想将她给拆吃入腹似的。这令她莫名就觉得有点哆嗦，但她很快平静了下来："今日后，如果你还活着，嬴烬也没事，咱俩以前的事，能一笔勾销。但嬴烬要是有事……"

"好！洛子夜，记住你今日的话。不久之后，你将出海为嬴烬求药，你回来之前，有我龙傲翟在，无人能动嬴烬分毫！只要你能找到药，他必不会有事！"说完这话，他便策马转身。

洛子夜倒是被他这种无厘头的言行给逗乐了，起身走到他的马旁："我说龙傲翟，你今天真的被爷给整怕了？"这都开始想方设法地希望跟她化敌为友了。

她话音一落，却骤然被他抓住了肩膀，一个不察，整个人就被他拎到了他的马背上。面对面坐着，两人贴得很近，他骤然低下头，冰冷的气息扑面而至。

他似乎打算吻她，吓了洛子夜一跳，赶紧把脑袋往后仰！然而，他到底没碰上她的唇，保持了一段距离，但是这个距离还是很近，令洛子夜觉得有点蒙。

接着，便听得他冰冷的声音响起，那种很小声，很小声，除了他们之外，不能再有第三个人听见的声音，灌入她耳中："洛子夜！不要急着爱上凤无俦，以免将来后悔。明白了吗？"

"哈？"她没明白。

他松了手，洛子夜赶紧翻身落地，似感到很嫌弃，他深深地看了她一眼，便策马先行。

轩苍墨尘看了一会儿，一贯温润的笑容，这时候也有点维持不住，便像是赌气一般，走到洛子夜身边，毫无预兆地伸出手，揽住她的细腰。他在她还愣愣地看着龙傲翟的背影的情况下，骤然将她拉到自己身前，轻声问："龙傲翟方才说了什么？"

洛子夜挥开他的胳膊，一退三步，语气不太好地道："干啥啊都？动手动脚做什么？"

没想到她这一句话不说还好，一说轩苍墨尘倒是气笑了，上前一步，缩短了两人之间的距离。一贯温柔的声音，这时候透着几分冷意："怎么，龙傲翟抱得，我抱不得？"

洛子夜："爷觉得他刚刚那是为了近距离地警告！还有，大家都是男人，你为

什么要在抱不抱的事情上，跟龙傲翟争长短？”

围观的比洛子夜更加蒙的群众们，这时候也都是一脸的问号。

轩苍墨尘顿了顿之后，便轻笑了一声，俊逸的面庞看起来平静无波：“本王不过是开个玩笑罢了，不过，本王的确好奇，龙傲翟方才说了什么！是不是说……让你不要急着选择凤无俦？”

洛子夜眉梢一皱。

见她没说话，他浅笑一声：“纵然本王不喜欢龙傲翟，但是龙傲翟这话，的确没错。洛子夜，不要急着选凤无俦。凤无俦素来强硬，身子你若守不住，可以给他，但心，你还是留着的好。以免后悔！”说完这话，他转过身，翻身上马。打马而去！

留下洛子夜一个人，愣愣地搁那儿待着，盯着他们的背影看了许久。她觉得自己要是自恋一点，都要以为这两个人是不是暗恋她了，但是……可能吗？

龙傲翟肯定不可能了。

至于轩苍墨尘，做任何事情都是有目的性的，要说他对她有意思，那也应该是天方夜谭，他想给她一种假象，然后扭头来算计她的可能性倒是比较大。

所以……以后她一定要更加防备这两个人了！

要是这两人知道，自己一时间的情难自控和示好，落到洛子夜这里，反而令她打算小心地防备，怕是得吐出一口血！

合齐也是古古怪怪地看了洛子夜一眼，走到她边上，小心翼翼地说了一句：“天曜太子，小王怀疑他们其实也想上你！”

洛子夜：“……”

“走吧，别瞎想了！”洛子夜翻身上马。

耶卓峰指着那几人，问冥胤青：“凤溟亲王，你们中原人行事，从来都是如此令人琢磨不透吗？”

被坑得这么惨的龙傲翟，居然回头示好！不会过一会儿，刚刚才被害进粪坑的冥胤青，也准备给洛子夜烧个洗脚水什么的吧？

要真是这样的话，那他们以后就老实本分地待在大漠算了，不要有染指中原的意图了，中原人的心思实在是太叵测了，他们怎么可能斗得过？

冥胤青狭长的丹凤眼眯了眯：“龙傲翟在想什么，本王不知道，但本王决计不会做这种事！”

他自认为自己还没有如此宽广的胸怀，尤其在看了一眼自己的腿，并且更想将它砍断之后！

武项阳也开口道："本殿下亦如是！对洛子夜，本殿下也实在没有这样的包容之心！"

耶卓峰在心里点了点头，于是把这两个表里如一，行为能跟正常人的行为画上等号，还习惯于外放情绪的人及他们的国家列在了日后没事，想发愤图强扩张领土的时候，可以招惹一下的对象的名单上。

但是如同龙傲翟这样让人看不懂的，他们还是不要招惹了。

众人一同上马，很快跟了上去！洛子夜策马很快，轩苍墨尘几乎跟她平行，洛子夜看了他一眼："一会儿爷是打算设计一下龙傲翟的，你小心点，别太往前头去！"

她这话一出——

轩苍墨尘顿了顿，微微一笑："太子这话，算是担心本王受伤吗？"

"不要把话说得这么暧昧！"轩苍墨尘这样对自己说话，令她觉得心里毛毛的，"想让风王受伤，也不是容易的事情吧？不过，重点在于，本太子的目标里，没有你！"

轩苍墨尘点头，却似是而非地问了一句："太子的目标里没有本王，那么未来相伴的人选里呢？"

"哈？"这二货到底是吃错药了，还是忘记吃药了？

轩苍墨尘顿了顿，似是还想说什么，但后面的马蹄声已经跟了上来！洛子夜也不跟他扯了，很快让到一边，做出一副恭请的样子："凤溟亲王、龙昭大皇子，你们两位先请！"

她这好端端的，忽然让他们先行，这样子一看就是有问题。

冥胤青和武项阳对视了一眼，勒住了缰绳！远远地看着洛子夜，都没动。冥胤青冷着一张脸道："还是请太子先行吧，本王并不着急！"

"不着急？"洛子夜直接抽出箭羽，对着他的脸就射了过去！

冥胤青脸一僵，迅速偏过头，避了过去。他咬牙道："洛子夜，你——"

"没啥，爷就是看见你们身后有猎物，哎呀，好多！"说完这句话，手中三支箭羽，对着那两人一起射了过去！

冥胤青和武项阳匆忙抬起手一挥。

他们将箭羽都挥舞到了一边，但洛子夜箭术精湛，这几箭下来，他们竟觉得自己有点招架不住！尤其原本就受着伤，这时候更是提气都辛苦……

眼见继续待在这里，一定是被洛子夜一直射。要是扭头跑了，丢了颜面不说，洛子夜这小子，还很有可能拿着箭追杀他们，那脸就丢大了！这么想着，这两人也

是怒了，拿起弓箭，就准备跟洛子夜再交手一场。

洛子夜突然开口道：“怎么了？你们两个是不是怕了？不敢先走？”

那两人不说话，但洛子夜已经失去耐心。她策马回去，冥胤青和武项阳的箭羽对着她射了过来。她一会儿在马背上跃起，一会儿趴在马背上，一会儿侧过身子躲避，就这么一次又一次地避过了攻击！

她气势汹汹地冲到了这两人跟前！

吓得冥胤青和武项阳的马，都忍不住在地上刨了一下土，不知道前面那一匹马飞驰过来是想干什么！但是这一旦撞上，后果就不堪设想了。

这情形把所有人都吓了一跳，轩苍墨尘都蹙了蹙眉：“太子，三思而行！”

所有人看着这架势，都以为洛子夜恼羞成怒了，打算来个玉石俱焚。耶卓峰等人也赶紧牵着自己的马，往旁边退散。

冥胤青却很生气，也一扬马鞭，对着洛子夜冲了过去：“洛子夜！本王今日就跟你撞一场，看看谁先堕马而亡！”

他今日已经受了洛子夜很多鸟气，实在是忍无可忍。

武项阳也是一咬牙，同样对着洛子夜策马过去！

两匹马飞驰而去。

一匹马飞奔而来！

眼见就要在狭窄的小路上撞上，所有人都深吸了一口气，并且觉得那口气哽在胸口，预见马上就会见到腥风血雨！

然而——

就在三匹马险些撞上的时候，洛子夜骤然一扯缰绳，连人带马，让到一边去了！而冥胤青和武项阳，没跟洛子夜的马撞上，于是就这么冲过去了……

洛子夜勒住缰绳，偏头一看，咂巴咂巴嘴，指着他们的背影对着诸王道：“瞧瞧这两个人，多心急！方才爷让他们先行，他们还不干，看看这会儿，一溜烟就跑到爷前头去了，速度还飞快！”

冥胤青和武项阳，在看见洛子夜让到一边，让他们就这么由着惯性冲过去之后，就知道自己上当了！

然而，这缰绳刚刚扯住！他们身后的洛子夜，咻咻两箭对着他们的马屁股就射了过去，两匹马中箭，两声长鸣之下，载着他们两个，没命地往前头狂奔！

冥胤青气得面色铁青！眼下天已经黑了，前方树林里什么都看不清，火把在戎国那些士官的手中，没有东西照明，他们就这样飞奔出去，实在是不知道会在路上撞上几棵树！

“砰！”

正想着，他的胳膊就在一棵百年老树的边上擦过！一阵剧痛之下，他就知道自己的胳膊至少是脱臼了！这会儿他也不敢贸然跳马，这跳下去，冲力之下，说不定也得摔死！

武项阳更是咬牙怒骂：“洛子夜！你这混账小人！”

洛子夜慢腾腾地骑马跟上去：“这么生气干什么，爷只是看见你们奔得着急，帮你们一把而已！”

“洛子夜！你……”武项阳脸色全白了。

不知道是被洛子夜气的，还是吓的！他当然不怕死，只是不甘心自己就这么死。他还没有当上太子，还没有登上龙昭的皇位，还没有完成他一统天下、取墨氏王朝而代之的夙愿，眼下就被洛子夜害死在这蛮荒部落的狩猎场地里，他自然是不甘心！

洛子夜叹了一口气，还叹息道：“这气性真大！”

其他人被吓了一个够呛，合齐开口道：“天曜太子，这，那两位贵客的马惊了，不会出什么事吧？”

她扬眉看了合齐一眼：“你不去追他们？这要是出了什么事情，你可要担责任！当然，主犯肯定是爷，你充其量也就是没有带好路罢了！”

她这话一出，合齐认真道：“为兄弟两肋插刀，在所不辞，生死不惧！既然太子跟他们是对立的，小王这时候定然也不会跟太子对着干！”

“是个好孩子！”洛子夜心里很感动。

合齐嘴角一抽：“太子，小王比你大两岁！”一个比自己还小两岁的人，含泪称赞自己是个好孩子，这感觉还真的是……

洛子夜拍了拍他的肩膀，便策马去追武项阳等人了！

耶卓峰等人对视了一眼：“我们换一条道路走吧！”

……

洛子夜飞驰出了老远，远远地就见到了前方的几个马屁股！

龙傲翟在前头行了一段路，见天色全黑了，便等着后头的人带着火把上来。可等了半天也没见着人，他哪里知道，那几个人在后头因为谁先走的事，耽搁了一会儿。

正回过头，便见着两匹疯马驮着两个人，对着他的方位俯冲而来！上头的人，赫然是冥胤青和武项阳，月色下能看见他们的脸色几乎黑得跟这天色没两样。

不必多问，便知道又是被洛子夜给设计了！他便等待着那两人靠近。

而远远地，又是一阵马蹄声过来！那人似乎早就看见了他，骤然出手，咻的一声，一支利箭对着他的面门而来！

他立即闪避，而这是一支连环箭，对方的目的根本就不在他，在他胯下的马！两箭齐发，先射他后射马！他这一下身体的偏转，是避过了射向他的箭，可是他胯下的马，就这么中箭了，而且也开始往前头狂奔！

他容色冷峻，血瞳眯起。

这时候他也算是明白了武项阳和冥胤青的马到底是怎么了！他伸手打算扯住自己的马，凭借自己这么多年来跟爱驹之间的默契，应当是能扯住的！

但是，扯了好几下之后，没扯住。

他才算是反应过来，自己在进入丛林之后，就落入了洛子夜准备的那个大坑，那时候自己的马也出事了……

原来这一切都是早有预谋的！

那时候自己的马出事，怕也早就在洛子夜的算计范围之内！这时候掌不住马，便也是往前头俯冲了……

轩苍墨尘跟上来，抬眼看着前方的那一处高崖，心里咯噔了一下。这丛林里头的地形，他是知道的，这边是一个陡崖，而冲进去之后，里面就是一个环形山地。

里头要是设伏了，龙傲翟等人怕也是很难跑出来。洛子夜为何把他们往那里头赶？

他正想着，武项阳和冥胤青，也是从那陡崖的边上侧了过去！都冲到了前方……

洛子夜吁的一声，勒住缰绳，扫了轩苍墨尘一眼：“后退！一会儿捂住耳朵。”

他们两人后退了有五十多米之后——

洛子夜骤然拔箭！对着陡崖上的一处峭壁，射了过去！砰的一声，射中了峭壁上的石头，山壁上有一块小石头，滚落下去。

咚的一声，落到了一处。

像是打到了一个机关重地！接着，整个山壁开始晃动了起来，接着就是一阵火光震天，地动山摇。伴随着爆炸声，和砰砰的声音，山顶上的石头，都渐次滚落下来。

砸到地面上，很快堆高，形成了一个围墙状态的模样，将龙傲翟等人出来的路，给堵死了！

巨大的爆炸声之下，洛子夜和轩苍墨尘所在之处，有几块飞石对着他们的方位砸了过来！

"小心！"轩苍墨尘骤然伸手，挡住了将要撞上洛子夜额头的飞石，但他自己也是眉梢一蹙。那石头打到了他手背上的骨头，还划破了皮！

这也是关心则乱！

他用内力将这些石头都挥开便好了，竟是看见危险对着洛子夜过来，直接就伸手去拦！

洛子夜也皱了皱眉，对于对方眼下的行为，她不能理解，但还是道了一句："多谢了！不过风王保护好你自己就行了，自保的能力，本太子还是有的！"

轰隆一声，又是一声震天的巨响！

在其他方位的耶卓峰等人，回眸间，看见那冲天的火光，张大了嘴巴！这……这手笔也太大了！这又是洛子夜整出来的？这到底得多大仇啊？

正要跟上洛子夜的合齐，这时候也有点蒙。他真的没想到，那时候萧疏狂给自己的东西，拖出来埋在那里，居然有如此巨大的杀伤力！这……这不会是把龙傲翟等人给炸死了吧？

正想着，那爆炸之处，传出来几声震天的狮吼！合齐脸色一白，算是明白为啥昨天洛子夜还让他在那附近多放点狮子和猛兽们爱吃的食物。他也是明白了过来，为什么他们今天狩猎，遇见的大多是小动物，没见着什么猛兽！想必丛林里的猛兽全部聚集到那里去了，保不齐还为争夺食物在那边打架。

抬眸间，他看见山石滚落，将回来的路给封了！

合齐默默地遮了一下眼睛，所以龙傲翟那几个人，等于是进了猛兽圈，而且没有回来的退路了？武项阳和冥胤青看起来气色不是很好，但是龙傲翟武功高强，大抵也不会丧命！

他正想着——

他身后的士官哆嗦着上来，开口道："那个……王子，其实有一件事情很奇怪，不知道跟眼下的事情有没有关系！原本我们这些随行士官的战马，都是良驹，但是不知道为什么，今日一早，除了小的的马，其他人的全部出了问题。那会儿龙将军的马出事，换的就是小的的马……"

这下合齐王子的脸色全白了！

他觉得自己的反射弧太长了，反应能力也实在是太差，那马是昨天晚上洛子夜让他去喊上官御做的手脚，并且说了，上官御知道怎么做。

所以后续他没管！这……他把眼睛和脸一起遮住了，龙傲翟八成也完蛋了！

龙傲翟那边，也的确出了状况，他们这三人的马就这么一直对着这环形山地冲进来之后，还往前头奔驰了老远，而随着那一声狮吼传来，这些马更是受了惊，扭头就打算跑！

可是这一扭头——

便见着后头唯一的出口，被洛子夜给炸封了！

龙傲翟眸色一冷，而那被箭射中、疯了一样的马，这会儿才算是终于平静下来，打着响鼻停下，不敢再上前一步。

前方好几头雄狮，这时候正抬首看着他们，有的站在地上，有的站在山坡高处！

马惊惶之下，开始刨土。刨了几下之后，尽管那身后的路已经被封了，它们还是受不得眼前这惊吓，嘶鸣一声，扭头就跑！

这要是由着它们就这么扭头跑回去，指不定就撞在山岚的崖壁上！龙傲翟等人眸色一寒，很快便翻身下马！

而，在下马之后——

他骤然感觉到了一点不对，落地之后，脚使不上力气，手也有点发软。他血瞳微眯，只是片刻，他就知道了，定然是这马身上有问题。

这……

眼前的狮子，也慢慢地调整着姿势，对着他们的方向而来。

武项阳和冥胤青落地之后，便看着龙傲翟，他们重伤在身，根本没办法跟这些狮子对战，便就只能指望龙傲翟了！

龙傲翟极为头痛，回眸看了他们一眼，冷声道："洛子夜下手的确狠，本将军眼下是一点力都使不上！"

难怪那女人说，能不能活着出去，要看他们的本事。眼下这么多狮子，他手中虽然还有利剑，但没力气，大抵也是九死一生了！

"该死！"冥胤青当即低咒了一声。

武项阳更是铁青着一张脸道："这个该死的小子，本殿下这辈子从来就没有被人算计得这么惨过！"

"本王比你更惨！"冥胤青的脸色更加难看。

"够了！"龙傲翟冷斥了一声，示意他们都别吵了。

冥胤青眉梢一挑，原本心情就非常不好，感觉自己死定了，龙傲翟还这么呵斥自己，他咬牙开口道："龙将军，以你的身份，这么对本王和龙昭大皇子说话，似乎不妥吧？"

"身份？"龙傲翟冷嗤了一声，"记住你今日的话，倘若今日我们都不死，总有你因为身份，跪在我面前的时候！"

"龙傲翟，你——"冥胤青眉梢一皱。

武项阳却扯了扯冥胤青，提醒了三个字："血月噬！"

冥胤青也是一怔……

想起来日前在山崖之下交手，凤无俦提过龙傲翟的血月噬，那是墨氏皇族才会的东西，绝不外传。难不成……

他正想着——

龙傲翟却懒得跟他们废话，堪堪支着自己手里的利剑站起来。

墨发垂落身侧，一双血瞳泛着嗜血的野性寒芒，盯着前方的狮群，冷声开口道："你们可以选择，继续跟本将军说些没用的废话，或者是齐心合力，杀了这些畜生，想办法走出去！自己选！"

那两人一怔。

武项阳抽出了自己腰间的软剑，对战或者等死，谁都不会选择后者！尤其他从来就不甘心，就这么死。

冥胤青亦愣了愣，他的确是没想到，到了这样的时候，龙傲翟都没力气了，竟然还打算殊死一搏。他扬眉看着对方，却莫名在那人身上看出了几分王者之气，心惊之下，他也抽出了腰间佩剑："本王也只好与你们生死与共一回了！"

"吼！"

"杀！"

……

山崖之外。

洛子夜冷冷扯了扯唇角，看着前方的山岚，桃花眼里染笑，不难知道她此刻心情不错。

轩苍墨尘也是微叹一声："里头有狮子，但是龙傲翟的武功……"

"哦！龙傲翟不是换马了吗？他换的那匹马，爷让人在缰绳上做了手脚，至于具体是什么手脚，爷就不清楚了！"洛子夜说着这话，便微微笑了笑。

轩苍墨尘一顿，浅浅一笑："那三位，在几日之前，险些将太子逼入绝境的时候，一定不曾想过，他们会有今天！"

洛子夜吊儿郎当地笑了笑："这个叫风水轮流转！走吧，我们也去狩猎，打几只猎物回去长长脸，至于那几个人，他们能不能活着回去，那就要看他们的造化了！"

她这话一出，轩苍墨尘立即挑眉："太子，倘若他们真的死在里面了，上头责问下来，太子打算如何担当？"

"担当什么？狩猎场上，他们陷入狮群当中，正巧又发生天灾，崖壁上的石头塌方，令他们都被困在里头，本太子原本打算带人进去施救，但因为路被封了，实在是无能为力！故而才发生了这等惨剧，本太子的心中，也很是悲痛，并且非常为那三位青年才俊感到可惜！"洛子夜说得一本正经，长吁短叹。

轩苍墨尘嘴角一抽，默了一会儿，轻声道："纵然如此，但是做过手脚的缰绳，还有方才的爆炸……这也是会留下痕迹的！"

"难道本太子不会等他们死了之后，清除痕迹吗？"洛子夜回眸看了他一眼，"或者你打算告发本太子？"

轩苍墨尘立即摇头："这件事情跟本王并无关系！"

洛子夜听完这话，便看向跟上来的合齐："既然这样，就结了！小合齐，善后的事情就交给你了！"

合齐叹了一口气："知道了！你放心去狩猎吧，爆炸的痕迹，小王会帮你清理掉！"

他说完这句话，洛子夜便点点头，转身策马往西边去了，并且在内心深处，觉得合齐这小子，不是一般值得深交！

合齐王子要处理这些事，自然也就没有跟上洛子夜的步伐，吩咐了一句："传本殿下的手令，回去让父王派兵前来帮忙，说山石忽然塌方，将龙将军等人困住了！"

他这话说完之后，那下人愣了愣，看了合齐一眼："王子殿下，您……"

王子不是说了要给洛子夜帮忙的吗？这时候却忽然让自己去找救兵，来帮助龙将军他们？

"回去的路上，速度慢点！一个时辰的路程，三个时辰走回去，明白吗？"动作慢一点的话，等到援兵到了，龙傲翟等人要是没有死在里头，那也决计是活不了。

派人回去找救兵，其实也就是做个样子罢了。

那士官点了点头："小的明白了，只是王子殿下，您是真的打算蹚这浑水吗？"

“眼下本殿下就是不想蹚，也已经蹚进来了！这件事情你们最好也别多话，说出了真相，我戎国和你们的家人，一定会跟着受难。而且洛子夜的手段你们也看见了！”合齐警告了他们一句。

那几名士官立即道：“王子殿下放心，我们是知道轻重的！”

……

洛子夜策马在前，轩苍墨尘正打算说话，却骤然凝住双眸，看向洛子夜身侧，并扬声道：“太子，小心！”

说话间，他迅速伸出手，将马上的洛子夜往自己怀中一扯。

洛子夜也感觉到了背后的杀气，正打算出手，人就骤然被轩苍墨尘一把扯了过去！低下身子之间，背后那刺客的剑，就这么从她背后擦了过去……

把衣服的背后，划开了一道口子！

洛子夜嘴角一抽，觉得轩苍墨尘有点越帮越忙，他要是不扯她，她肯定不会被划到衣服！

夏日的衣服，原本就单薄，这一层衣服被划开之后，她对着他的方向栽了过去，扑到他的马背上。轩苍墨尘垂眸，便见着她背后缠着的一圈白色的东西！

他双眸一凝……果然！

后背一凉，洛子夜心里就感觉很不好！

也不知道轩苍墨尘看见什么没有，她心中惊疑一下，飞快地抬起头来，与他对视！同时，手中那把黄金打造支干的扇子对着后背就这么掷了出去！

用黄金来做扇子，何止是为了彰显自己是个土豪！黄金也是金属中的一种不是吗？用来作为攻击的利器，再合适不过！

砰的一声，金属和人的额头相撞的声音传了过来！接着又是一声响，那是人落地的声音。

洛子夜抬眸间，便见轩苍墨尘盯着自己，眸色很深，更令她不能确定他看出来没有。

她来不及说更多的话，这时候暗夜里，正前方出现不少黑衣人，对着他们的方位俯冲而来。刚才那个人，只是打头阵的罢了！

她立即翻身，从轩苍墨尘的马背上下来，盯着飞驰而来的这群人，冷冷扯了扯唇角，心中亦是惊疑。

轩苍墨尘这伸手一扯，令原本能被她避过的一刀，划破了后背的衣襟，这令她怀疑了一下轩苍墨尘，觉得也许对方是想获悉自己的性别，所以……

但是，又见面前来了这么多刺客，她就有点看不懂了！

要真的是轩苍墨尘想知道她的性别，方才那一招足矣，何须还整这一出来？领着这么多杀手，过来刺杀他们?

正想着，轩苍墨尘也持剑下马。他落于洛子夜身侧，温润优雅的声音缓缓问道：“太子身上缠着布条，可是受伤了？”

洛子夜几乎毫不犹豫地开口道：“前几天龙傲翟那群人暗算爷的阵仗，你也不是没看见！胸口和肩膀都受了点轻伤，所以缠了绷带，总归是死不了人，不必在意！”

既然轩苍墨尘已经帮她找到了裹胸布的合理解释，有坡不顺着下去，她也不是傻。

她说话速度实在太快，表情也无丝毫破绽，他只是笑了笑，拿出一个信号弹放了出来。

洛子夜瞟了他一眼，轩苍墨尘这是带了帮手的节奏？她看过来之后，他便回视她一眼：“有备无患，从来是本王的行事准则，本王有人守在林子外头，会很快赶来。只是，本王并不清楚，这些人的目标，到底是太子，还是本王！”

洛子夜听了，开口提议道：“想知道是冲着你来的还是冲着我来的，还不简单吗？咱俩一起扭过头，一人跑一条路，看他们追谁，那不就知道了？”

轩苍墨尘听了，问：“知道了之后呢？”

“如果他们的目标是本太子，风王就立即在他们后面扑杀而来，与本太子前后夹攻他们，助本太子一臂之力！”洛子夜表情冷凝，并补充道，“你若是真的这样帮助我，本太子一定衔环相报！”

轩苍墨尘听罢，微微笑道：“那若是他们的目标是本王，他们过来追本王呢？”

洛子夜脸不红心不跳地道：“如果他们的目标是风王，风王谦谦君子，想必是一定不希望自己连累本太子的，故而本太子就先走了，但是你一定要相信本太子，爷是一定不会丢下你不管的，爷会马上为你吆喝救兵前来搭救！”

轩苍墨尘：“太子，即便这些人的目标是本王，太子也的确是打算径自跑掉，但为了让本王配合你的计划，此刻你也应当先欺骗本王一番，说即便那些人的目标是本王，你也会立即扑杀上来，帮本王的忙！这样才容易令本王同意这个主意，不是吗？”

洛子夜叹气：“话虽然如此，但是爷这个人品德高尚，就算真话伤人，爷也不愿意说假话，失信于人！倘若到时候他们的目标真的是你，爷说好了来帮你，结果却扭头跑了，这岂非无信小人？人无信何以立天下？”

轩苍墨尘轻笑了一声，点头微笑道：“你说得不错！既然这样的话，我们便都不要跑了。一起应敌吧，否则本王也会担心，如果对方的目标是太子，本王也会自行离开，拒绝扑杀上来给太子帮忙，并且热心地回去为太子找救兵！”

洛子夜听完，眉梢皱起，似乎对轩苍墨尘这样的话非常不满：“我说，你听了这样的话，看着爷宁可冒着你不配合的危险，也不肯欺骗你，你不是应该被爷高尚的情操感动，然后欣然认同爷的主意吗？难道你内心深处，就没有一点对于本太子这样高尚堪比圣贤之人的景仰？”

轩苍墨尘：“……”

这两人似完全当眼前的这些刺客不存在，刺客们对视一眼，心里也是很无语。

不知道是应该赞他们淡定，还是悲伤自己被人瞧不起，那刺客头领冷哼一声：“死到临头还贫嘴！受死吧！”

说着这话，他们手中的利剑骤然出鞘，对着洛子夜和轩苍墨尘攻击了过去！

洛子夜微微一叹，话说得很颓然，但是下手打架一点都不含糊：“没辙了，扯了半天，打算拖延一下时间，你的救兵还没有到！”

轩苍墨尘轻笑，抽出腰间佩剑，持剑而立，指向那些刺客。衣袂在杀气中激荡，带起阵阵罡风，墨发飘然之间，便是丰神俊朗，俊逸风流。温润的声音，缓缓地道：“那就站在本王身后，等救兵到了，你再出手！”

他话音一落，洛子夜倒是很不客气，立即站到他后头去了，往树干上一靠，就当了甩手掌柜：“加油，风王殿下，本太子非常看好你！你出众的英姿，简直令人神魂颠倒。快，揍他们，么么哒！”

她话说完——

莫说是轩苍墨尘了，就连刺客们都忍不住回头瞧了她一眼。她面带桃花，容色淡定，笑得见牙不见眼，手里就差一把瓜子，配上一杯好茶看戏了，哪里有被轩苍墨尘迷得神魂颠倒的样子？

轩苍墨尘叹了一口气，似乎是认命了，扭头继续对战。那些刺客却也都不是好相与的。尤其这功夫里头，还透着几分古怪，出招十分阴邪！轩苍墨尘眸色冷了冷：“你们是修罗门的人？”

“风王殿下好见识！既然知道我们是修罗门的人，便最好让到一边去，我们的目的在洛子夜，并不在你！”那黑衣人原是没打算说这些话，但交战下来，也是看出了轩苍墨尘的实力。他挡在他们前头，想杀洛子夜，就真的要费好一番工夫了！

洛子夜听着，眸色便是一凝：“修罗门？你们门主是谁？门下有没有分堂？每

个分堂里头有多少人？平常出门吹牛是喜欢单独行动还是集体行动？是喜欢炫富还是喜欢低调的奢华？最重要的是，你们为啥好端端的想杀本太子，说！是不是爷太帅，你们门主嫉妒了？”

一众刺客：“……”

轩苍墨尘：“……”

忽然刺客首领开口道：“不要听这小子废话，他就是想拖延时间！直接动手便是，速战速决！”

“是！”一众刺客开口。

这刺客话刚说完，洛子夜骤然如一阵风一样刮过，无人看见她如何动的手，轩苍墨尘手中的利剑，便被她夺了过去。

刺啦一声——

她飞速侧过的身影便骤然到了那刺客首领身前。血光一溅，她手中的利剑骤然没入对方腹部！一剑之下，万籁俱寂，刺客们全部顿住，轩苍墨尘都愣了愣。

洛子夜抽出那剑，那刺客首领瞪大了双眸，就这么倒了下去。一招毙命！

洛子夜挑了挑眉毛，看着对方的尸体，嗤了一句：“就你话多！”

说完这话，她扬眉看向其他人，笑容满面地道：“好了，不要害怕！我们再来讨论一下爷方才问的事情，老实说，你们门主是不是嫉妒老子长得帅？”

看着她这狼外婆的笑容，刺客们竟忍不住都后退了一步。一步退过去之后，他们又发现自己的行为似乎有点丢人，又回来一步，打算继续对战。也就在这时候，暗夜中传来一阵脚步声，不远处，便见着一队人马，在墨子渊的带领之下飞速而来！

援兵到了！

也就在同时，轰隆一声，天上忽然响起了闷雷的声音。

正是大夏天，最是炎热的时候，雷阵雨说来就来，毫不含糊。接着，又是闪电划破天际，轰隆隆一阵雷声落下，瓢泼大雨，就这么淋了下来！

洛子夜低咒了一声。

轩苍墨尘这时候原本就在怀疑她，身上要是全淋湿了，说不定又得露出端倪。最重要的是，由于来了“大姨妈”，她这几天出门都没带茄子防身，这……

“杀！”

“杀！”

两方人马，很快聚到一起，将要展开一场恶战。

……

而这时候，军营之内——

大雨瓢泼而来，摄政王殿下魔瞳微眯，立即起身，沉声道：“备马，带上伞！”

“王，您……”阎烈愣了。

肖青已经立即去准备了，而摄政王殿下也没理会阎烈，魔魅冷沉的声音吩咐闽越：“你也随孤同行！”

闽越点头，立即会意。下这么大的雨，太子那一行人还在外头狩猎呢，这又没带着伞出门，要是外头没有避雨的地方，指不定就得受点寒。所以王这是打算带伞去接，也吩咐自己跟上，避免太子淋雨病了，好防患于未然！

他一声令下之后，肖青就已经带着几匹马过来了。

凤无俦起身，也没打算跟谁打招呼，便准备出发。而走了两步之后，却似是想起来什么，看了肖青一眼，吩咐道：“备好姜汤！”

一句话落下，便大步离去。

“是！”肖青立即点头，去准备了。

见他们就这么走了，戎国君主看了洛肃封一眼，问道：“贵国摄政王殿下这是……”

洛肃封皮笑肉不笑地扯唇，开始与他掰扯。

……

而此刻密林中——

几阵大雨下来，洛子夜就已成了一只落汤鸡了！

轩苍墨尘早已扯下外袍，对着洛子夜的头顶郑了过去，给她挡雨！而她也在打斗过程之中，被轩苍墨尘带出了包围圈，护在身后，他则在前方搏杀！

这样君子的行为，令洛子夜也有几分发蒙。毕竟这时候，她的形象是个男人，所以轩苍墨尘这样的行为，事实上并不是很合适！不过她也没废话，接过来就挡着雨，可惜雨太大，效果甚微，令她忍不住打了个喷嚏。

打喷嚏的声音不是很大，但轩苍墨尘还是听见了。

他持剑与刺客交战之中，将她对着墨子渊的方向推了过去：“你带她先走，寻地方避雨！”

“是！”墨子渊将洛子夜接过来，欲抓住她的手腕，却被洛子夜不着痕迹地避过。这时候大局已经定下，轩苍墨尘这边还有五十多个人，而敌军那边只剩下十多个人，赢只是时间问题。

于是洛子夜也没磨叽，跟着墨子渊先走了。因为她有一种很不好的预感，月事期间，免疫力下降，还淋了这么半天的雨，她觉得自己的脸颊越来越烫，脑子还有点发蒙，这是发烧的征兆，定是不能多淋雨了。

跑了一百多米，轩苍墨尘胜了，很快跟了上来。行了一千多米之后，终于看见了一个山洞。山洞很大，墨子渊等人很快用火石取了火把照明。

洛子夜先奔了进去，紧接着，轩苍墨尘也进来了。他这时候身上也湿透了，一缕墨发垂落在额前，倒是透着几分性感。腰间玉带束着那一身湿透的锦袍，不难令人看出那窄腰和身上的肌肉。

洛子夜骤然觉得鼻血上涌，尤其在发烧过程中鼻血上涌，其实是非常火上浇油的。她立即低下头，开始默念自创的《清心咒》：“观自在菩萨，舍利子，色即是空，非礼勿视……”

见她面色绯红，低着头不知道在念叨着什么。

轩苍墨尘眸色微凝，大步走过去，伸手探了一下她的额头。一探之下，便骤然一收手，皱眉道：“好烫！子渊，给她看看！”

“别给爷诊脉，小事情，爷挺一挺就过去了！”说完这话，她盘腿坐下。

轩苍墨尘眉梢微皱，心里已经明白，她如此抗拒诊脉，决计是因为……他倒也没多话，席地而坐，扬手带起几阵罡风，将洛子夜湿透的衣襟和墨发蒸干。

墨子渊也很快上来，在地上架起了火堆，点燃，并提醒了轩苍墨尘一句：“主人，您也赶紧将身上的衣物烘干，不然容易受凉！”

“嗯！”轩苍墨尘淡淡应了一声，蒸干了洛子夜的衣物，才开始运功烘干自己身上的。

洛子夜这时候脑子蒙着，抱着轩苍墨尘丢给她的外袍裹着自己，看着眼前跳跃的火光，她扭头看了轩苍墨尘一眼：“可问清楚了那些人是谁派来的？”

“没有！死了的不必说，没死的在最后一步自尽了。”轩苍墨尘盯着她，应了一句。

洛子夜隔着前方的火光看着他，朦朦胧胧的，就看见一张脸，那脸若云后探出的一弯浅月，秀雅俊逸，却又高远不可触摸，似天神的容颜。她嘀咕了一句：“轩苍逸风，为什么爷觉得，你好像变帅了？”

他一怔，倒是忘了，封颜术怕水。这淋雨半天下来，怕是真面目已经暴露了！

然而这时候，洛子夜的脑袋完全是蒙的，也不知道是不是看错了，坐在原地晃荡了几下，盯着他的脸，迷迷糊糊道：“好像看见了那天在客栈偶遇的美男子……一定是看花眼了，我在做梦！不过我至于这么惦记他吗，做梦居然梦见他的脸，这不科学！”

是的，就算是要梦，也是梦见凤无俦啊！

她这明显脑子不太清醒的话一出，轩苍墨尘到觉得哭笑不得。正打算劝她看诊，洛子夜就先开口了：“轩苍逸风，爷觉得自己情况有点不好！”

一句话说完——

她轰然就倒了下去：“你可别趁机占爷便宜……”

说完这话，人就失去了意识。轩苍墨尘立即起身将她接住，揽入身前。他扫了墨子渊一眼：“可探到了？”

“没有！洛子夜很警觉，没让属下碰到他的脉门。”墨子渊回应道。

轩苍墨尘点头，并不在他意料之外，吩咐了一声：“转过去！”

“是！”墨子渊很快转过身，而这时候，他们随行的人也都守在山洞小径外头，并没跟着进来，也看不见里头的情景。

他如玉长指伸出，伸向洛子夜的衣襟，正打算扯开一探，却在将要碰上那襟口的时候，停住了。轩苍墨尘微微叹了一声，温声道：“子渊，还是你来探脉吧！”

这时候她昏迷着，若是自己的猜想没有错，那他扯开这衣襟，若是看见了……便显得自己无耻了。

“是！”墨子渊很快过来，为洛子夜诊脉。握住了脉门之后，不消片刻，他便对着轩苍墨尘点了点头，“陛下，您没料错，的确是女人！眼下这是寒邪入体，风寒之下便是发烧，情况有些严重，先吃下属下随身带着的药丸，等到天亮，若是能好，便是无碍了！若是不能好，那怕是要休养几天！”

他说完这话，便立即将自己手里的药丸递了过去。轩苍墨尘很快将药丸接过，喂给她吃了。墨子渊看了一会儿，便转身退了出去，留下他们两个人在山洞深处。

她脸色苍白，他容色也有几分复杂，却不知不觉之中，将她抱得很紧。乱世，便是大争之世，男人之间征战，杀伐，抢夺，那也是男人的事。可洛子夜一个女人，偏偏也被卷了进来。

凝眸看她苍白中透着病态嫣红的脸，他心里忽然有点后悔。

倘若早知如此，早知今日，那时在国寺，他是不是不该将她卷入这风波中来？她想冷眼旁观，就由着她旁观便罢了，他却要寻她合作，言之凿凿，逼她不得不面对不争则死的事实。逼她与他们这一群男人相争，九死一生。

她的脸，这会儿正埋在他胸口，人也在他怀中，病态之下更是脆弱得令人心怜。

也令他心中的悸动和悔意，更重了几分。

而洛子夜迷迷蒙蒙地做着梦，昏沉之间就梦见了老大一脚踩在她的桌案前，咆哮着训斥她再一次任务失败。而夜魅冷着一张脸，在旁边面无表情地涂指甲油，时不时地配合着老大骂她的话，给补一刀。

妖孽更是频频摇头，盯着她叹气：“唉……”

好久好久没有看见她们了，尤其是妖孽。这一见着她们，她骤然就鼻酸了，眼角滑下一滴泪，迷糊着哽咽道：“我知道了，我知道了……可是你们知道的，我不想杀人。可是，可是……我现在已经很厉害了……”

她现在是很厉害了，前世不想夺人性命，也许是怯懦，也许是觉得很多事情并非都一定要用生死来决定，最终从无一次任务成功。但……这一世，不想杀人就会被杀，她没有选择！

现在的她，早已不同往日了。

轩苍墨尘听着她这话，温润的眸色凝着她眼角的那滴泪，心忽然就被刺了一下。

如玉长指伸出，将要触碰到那滴泪时，却忽然一阵魔息自山外传来。他一怔，微微抬眸，便见着那人已是进来了。他手下守着山洞小径的人，竟毫无反击之力，让凤无俦进来了。他来时风尘仆仆，却丝毫不改那一身霸凛傲慢的气息。轩苍墨尘微叹……

凤无俦扬眉，很快便看向她透着不正常病态红晕的脸，魔瞳一凝。而这时候，洛子夜倒是冷了，无意识地哆嗦了一下，往轩苍墨尘怀中一缩，轻轻地道：“臭臭，我冷！”

轩苍墨尘一怔，她在他怀里，但她觉得冷的时候，想到的却是凤无俦。

凤无俦护她很早，而他，太晚。

还未及反应，那人魔魅冷醇的声音，便带着威压，碾压而来。他大步过去，伸手便去夺：“将她还给孤！”

轩苍墨尘眉心一蹙，在凤无俦伸手来夺那一瞬，他竟没打算松手！几乎是条件反射地攥紧了一下。

见他没松手，摄政王殿下眉心一蹙，霸凛的魔瞳落到了轩苍墨尘身上。魔魅瞳孔中，鎏金色的光芒掠过，带着几分戾气。凤无俦冷嗤了一声：“舍不得放？或者是打算承受孤的怒火？”

对视之间，轩苍墨尘似才反应过来，骤然一松手。凤无俦这才将洛子夜接了过来！这时候他倒没心思看轩苍墨尘，冷醇魔魅的声音，带着几分急意：“闽越！”

“王！”闽越立即应了一声，迅速上前来为洛子夜诊脉。

轩苍墨尘坐在不远处看着，便见闽越在探脉之后，面上一点异色也无，不见丝毫惊异。看这模样，闽越早就知道洛子夜的性别。闽越早就知道，所以，凤无俦知道她是女人，也在自己之前。

闽越探脉之后，看了轩苍墨尘一眼，方才道：“王！太子这是寒邪入体，但好在已然吃了上好的药稳住了病情。情况好明日醒来就没事了，情况不好的话，可能会病几天，也许还会有后遗症！”

“该死！”凤无俦低咒了一声，手按在她背上，便碰到了一处滑嫩的肌肤，顿了顿，微微一探，便知后背的衣襟被扯开了！他魔瞳微敛，迅速扫向轩苍墨尘。魔魅磁性的声音，带着几分威压，他冷沉道：“轩苍皇，你有一次解释的机会！”

一句话落下，便是铺天盖地的魔息散开，带着凛冽的杀机！

轩苍墨尘浅笑，容色却是淡淡的：“摄政王殿下不必动怒，洛子夜背后的衣襟是被刺客划开的。想必来时的路上，摄政王殿下也看见了那些刺客的尸体！朕也的确是知道了一些事情，不过这并非因为朕占了太子什么便宜，而是子渊探脉所得！仅仅如此，别无其他！”

说完这话，他又笑着补充了一句：“摄政王殿下应当知道，朕并不是喜欢多管闲事的人。故而，太子的性别一事，朕不会多言。至于对太子，一个女人能有这样的能耐，的确令朕有几分心动。但，既然是摄政王殿下的女人，朕自然没有觊觎的心思，也不会因此挑衅摄政王殿下！”

在听到他说对洛子夜有几分心动的时候，凤无俦眸中掠过凛冽杀气，而在对方说完接下来的话，那杀气慢慢掩了下来。他扫了对方一眼，冷醇磁性的声音缓缓地道：“看在药的分上，孤不杀你！但你且记住，没有下一次！”

药，自然是指墨子渊给洛子夜服用的药。

然而，这句话落下之后，凤无俦墨色的广袖一挥，巨大的罡风扬起，凝聚成掌风，对着轩苍墨尘的胸口袭去！

凤无俦出手，除了洛子夜和武修篁，这天底下怕是无人敢避。因为谁都清楚，若是避开，那必然不是逃出生天，而是有更重的招数在后头等着！故而，他没动，由着那一掌落到自己身上。

一掌之下，轩苍墨尘呛咳了一声，唇际染血。他伸手拭掉，浅淡的面上还透着几分浅笑，温声道：“朕也并不希望有下一次，毕竟修罗门一扯进来，还牵涉到了凤溟的势力。朕也不希望，下次这些人再刺杀洛子夜的时候，朕还是在，沦为那些刺客的活靶子！”

话说得淡淡的，可盯着洛子夜偎在凤无俦怀里，他手中和心里却也空空的。

而内腑，更是被这一招震伤!

凤无俦，便是如此傲慢霸凛，他的女人，旁人是碰不得的，就算是不杀自己，也不会轻纵，必当给些警告！甚至，他几乎能断定，自己方才说凤无俦的人他不敢想的话，凤无俦并不相信。

果然，他这话说完之后，摄政王殿下唇角淡扬起讥诮的弧度，还有几分天生的霸凛和傲慢。魔魅的声音冷沉响起："你知道孤为何出手，以及，收好你不该有的心思，否则，轩苍必受灭顶之灾！"

话说完，他便收回目光，没再看他。一手揽着洛子夜的腰，将她抱在怀中圈牢，一手覆住她滚烫的额头。

他身上有寒毒，内力稍稍驱使，这手便能帮她降烧。

轩苍墨尘微微一笑，似是明白了凤无俦的意思，扬眉看向跳跃着火焰的火堆，未发一语。

凤无俦的武功，在他之上，实力，也在他之上。故而，对方自然是有张狂的资本，这无可厚非，他轩苍墨尘也无话可说！这时候，便也就只能先忍。

洛子夜倒是安静了好一会儿，而外头还在下雨，这时候离开山洞，会令洛子夜的病情更加严重，故而，凤无俦没打算走。

这山洞深处，便就是他们三个人待着。

……

南海之上。

一叶小舟之间，一袭白衣飘然。随风翻飞的衣摆，比海水中翻卷的白浪更要高华清贵几分。

一柄长剑放在身侧，那人半合着双眸，靠在舟舱之上。那张脸，令人一眼望去，便禁不住屏住呼吸。面如冠玉，颜如舜华。似谪仙临世，沾一身月华，不带半分俗世之气。

空中一阵气流涌动，便有一只海东青落了过来！男子一动未动。他身后之人，却是迅速伸手，由着那海东青落在肩头，并很快将上头的布条扯下来，匆匆扫了一眼，接着便开口道："主上！是武神大人的信件，说是希望您帮忙救一个人。这个人手中握着一件东西，对武神来说十分重要！希望您能看在您师父冷子寒的分上，帮他这个忙！"

说完这话，轩辕无的嘴角抽搐了一下。帮武神救他那一双儿女的时候，武神大人说的也是一样的话，看在冷子寒的面子上，于是主上就出手了。这会儿又要让主上帮忙救人，又说冷教主。这还真是……

他这话说完，百里瑾宸没出声，淡漠如旧，面上并无丝毫表情。

轩辕无开口问道："主上，这信怎么回？是回，还是不回？"

"回。"冷冷清清的一个字，不含任何情绪。接着，那一双眼眸睁开，映着月辉散漫的光泽，却透着雪山孤崖峭壁上的冷，和与生俱来融于骨髓的傲。这世上，大抵找不到比他更冷清之人。他凝眸看了一眼海中的浪，语气依旧没有丝毫温度："师父只有一张脸。"

轩辕无眼角一抽："属下明白了！"

冷教主只有一张脸，所以看在冷教主的面上，帮了武修篁一次，也是断然没有因为同样的理由再帮一次的道理。毕竟冷教主只有一张脸，也只有一个面子！

应下这一声之后，他便转身去写回信了。

"等等。"

轩辕无脚步一顿，回眸等着对方的下文。

百里瑾宸顿了顿，似乎想开口，却最终什么都没说，又闭上眼眸，靠回了舟舱。原是打算让轩辕无去查查，那个能令轩苍墨尘心动的男人。但还是罢了，他到底不是八卦之人。

……

洛子夜昏迷了一个多时辰，才终于有了几分意识。

不过这意识，完全都是零散、不清醒，只能惹麻烦的。她做了很多乱七八糟的梦，一会儿跟着妖孽去爬山，进行崖壁训练，令她伸出手就是一阵乱刨，在虚空中乱抓。

一会儿被老大拎过去，逼着她跟夜魅交手，训练近身搏击。左勾拳，右旋腿，一会儿踹凤无俦一脚，一会儿揍一拳。轩苍墨尘看得一愣一愣！倒是摄政王殿下，并非第一次照料处在昏迷中的她，也不知是被洛子夜磨得脾性好些了，还是有了照顾她的经验，这时候倒也没动怒，却是好好哄着。

就这么打了半天，也把摄政王殿下揍了大半天，她还一副很委屈的样子，往凤无俦怀里一埋："不练了不练了！累死我了……"

凤无俦："……"

看了看自己衣摆上的鞋印，他眸中透着几分怒气，还有几分无奈。不练了，累死了，她是打他打得累死了是吗？

轩苍墨尘看了凤无俦一眼，又瞅了瞅洛子夜，说实在的，心里有点同情。

“×！夜魅，你还打！”她又是一拳，回击夜魅，却是骤然对着凤无俦捶了过去。

这一拳头被他攥住，洛子夜动了几下鼻子之后，又老实了。没过一会儿，却又做梦，梦见自己在古代的大街上，见着了算命的。她神神道道地上去，往对方的肩膀上一搭，嘀咕道：“快给爷算算，爷这辈子能泡几个美男子？嗯……”

摄政王殿下脸一黑……轩苍墨尘也看了一眼。

洛子夜这会儿发着烧，当然不清楚自己眼下又做了作妖的事。

梦里那算命的分析了很久，最后说了一句：“您一个男人，为什么要追求美男子？不过您这命格，想追求到几个，难……难哪！”

这下洛子夜不高兴了，虎着一张小脸，伸手在自己的胸口乱掏，一扒就把领口的衣服给扒开了。摄政王殿下脸色一青，立即攥住她的另一只手，并微微偏身，将她扯开的肌肤遮住，没给轩苍墨尘瞧见。

手腕被攥住了，洛子夜迷迷糊糊的，也没弄明白是什么情况。

她反握住了凤无俦的手，往前头就是一伸，在梦里那是拿着银子正对着那道士伸过去，苦大仇深地道：“喏！钱都给你，全给你。你给爷把命改了，追到……追到七八个美男子就够了……你不会说命不能改吧？”

摄政王殿下听着，魔瞳中便骤然怒气一凝，森然低咒了一声：“该死的女人！”

洛子夜还在梦里算命呢，却不知道为啥，忽然颤抖了一下。再一抬头，那道士就跑得影子都没有了！接着就梦见一个清秀小哥站在大街上，她正打算过去搭讪，便见凤无俦站在自己身前不远处，脸色铁青着，似乎是想掐死她。

她嘴巴一瘪，觉得很难过，又把脸往凤无俦的怀里一埋，哽咽道：“自从遇见了凤无俦，美男子都不能搭讪了，日子不如咸鱼！”

轩苍墨尘嘴角一抽，登时便想笑，但还是立即憋住，掉转目光，没忍心去看凤无俦那黑透的脸。

摄政王殿下听了这么半天，俊颜堪比神魔黑沉，眉宇间的褶痕也极深，尤其看着她这委屈的样子，似乎不让她跟其他美男子亲近，就好比要她的命一般。

他深吸了一口气，才控制住了打她屁股的冲动！

恼怒之间，洛子夜又安静了，脸上不正常的红晕也慢慢退下了。凤无俦喊了一声闽越，闽越立即过来给她诊脉，少顷之后，低头禀报：“王，烧已经慢慢退了！想必到明日一早，就没什么大事了！”

他这话一出，摄政王殿下这才算是放下心来。

而放心的，除了他，还有轩苍墨尘。

这时候外头的雨，已经渐渐小了下来。洛子夜的面色慢慢地恢复正常，但还透着病态。

可这时候，她并没有很安然。乱七八糟的梦依旧搅扰着她，不复方才的平静，倒是多了些刀光剑影、血火飞溅。还有一场熊熊大火，里头有人在嘶吼着，让她走。

她伸手乱抓，似是想咆哮，但是嗓子难受得厉害，怎么也叫不出声。

接着便开始落泪，越落越凶，越落越凶。

凤无俦心头一慌，立即呵斥了一声："闽越！"

"王，是梦魇！"闽越语速很快地道，"看太子的样子，应当是经历过一些不好的事，心中埋着很深的痛苦，一直压抑着。只有在梦魇缠身的时候，才会展露出来！这个没办法，只能等太子自己醒来。回去之后，或可喝些安神的药！"

这下，便是情绪从不外露的轩苍墨尘，也变了脸色。

到底是什么事情，会令洛子夜这样看起来没心没肺的人，也崩溃到如此境地。

凤无俦的眉心也皱得更紧。梦魇？她到底经历过什么？她的过去，还有多少是他没来得及参与，更一无所觉的？他大掌攥住她的手腕，便将她的两只手都包裹在掌心，魔魅冷沉的声音轻轻地道："孤会保护你的，不哭了，不哭了……"

他的声音很温柔，是谁都想象不到的那种温柔，就是轩苍墨尘，听着这声音，也不敢相信这是凤无俦的。

他凝眸看了过去，凤无俦一直在哄她，而洛子夜听着这安抚的声音，也慢慢平静了下来，号啕大哭终于变成抽噎，累倒在他怀里。

原就是发了烧，哪里还经得起这样大悲的情绪浮动，这会儿她哭得力气都没了。却是在安静下来之后，还能听见劝哄的声音，那声音很熟悉，温柔得不像话。

她不自觉地往那声音的方向更靠近了几分，埋首在他胸口，咕哝了一句："臭臭，抱抱！"

"嗯！"他似乎在哄孩子，将她抱得更紧。

"臭臭，臭……"

"嗯？"

"我喜欢你！"

他一怔，便是僵住，眸中掠过灿芒，心跳也骤然快了几分。凤无俦凝眸看向她，她双眸紧闭，偎在他胸口，并没醒来。这话，也显然是无意识的。

她醒着的时候，他从没听过这样的话。眼下……他唇角淡扬，带着几分愉悦，以及几分贪求，冷沉道："喜欢？还不够！"

这话说出来，倒是没指望她能回。

然而洛子夜蒙蒙眬眬的，却听到了。她无意识地抱紧了他异魅魁梧的身躯，咕哝道：“那就再多喜欢一点点好了……”

他微微一愣，低头便攫住她的唇，吮吻之后，便扬声笑起来。

不远处的轩苍墨尘面色却并不好看，那张俊雅仿若天神的面上，也没能维持住一贯的浅笑，却觉得自己心头像是压着一块石头，很重，很闷。

他站起身，温声浅笑道：“柴火快烧完了，朕再去捡一些回来！”

说完这话，他便出去了。然而事实上，外头下了雨，那柴火就是捡进来，湿了的柴火，怕也是点不着的。眼下这山洞里头正在烧的柴火，原也就是这山洞中的。他这时候以这样的理由说要出去，显然就是借口。

但摄政王殿下并不在意，他也并不喜欢轩苍墨尘待在里头，也觉得有几分可惜。他老人家这时候心里甚至有点阴暗地在想，方才若是嬴烬也在就好了！

也好叫他听听洛子夜的心意，绝了心思。

……

这是一个不平之夜。

耶卓峰等人走了另一条路，忽然有人来了：“报！启禀王爷！龙傲翟、冥胤青和武项阳，进入环山地形之后，山崖上的石头塌方，将他们的后路给堵死了……”

“什么？”耶卓峰惊疑地皱眉。

“听合齐手下之人说那山石是自己塌方的，天曜太子在那里看了一会儿，感叹了一会儿，就走了！”那下人回话。

耶卓峰嘴角一抽，一听洛子夜感叹了一会儿，他就知道，定然又是洛子夜做的好事了。奇怪的是合齐竟然帮洛子夜打掩护！

耶卓峰默了一会儿，忽然道：“你立即回准格尔王廷，将关于洛子夜的所有事情，事无巨细，都禀报给王子殿下知道。看看王子可有指令！”

他这话一出，所有人眸色一凝。耶卓峰口中的准格尔草原的王子，是素有大漠苍狼之称的人——申屠焱。那……那是整个大漠的人都闻风丧胆的人物。就算是蛮荒之地的那些人，也没人敢轻易招他！这也是准格尔部落这么多年来，一直被其他部落的首领们奉为大漠诸部之首的原因！

“是！”那下人飞快地转身离开了。

安启木这时候插了一句：“我们先过去看着？”

“好！”

……

他们说这话之前，便都是打算过去看着了。这时山地之内，龙傲翟还在搏杀！

快天亮的时候，这消息才算是终于传到了军营之中。

洛肃封吓得脸都白了！龙傲翟是他用来牵制凤无俦的唯一筹码，要是死了……他立即道："郭少鹏！你立刻带人去营救龙将军！"

"是！"郭少鹏一听说这消息，就已经坐不住了，这时候皇帝陛下一吩咐，他立即飞驰而去！

而洛肃封吩咐完，还是感觉自己坐不住，扬声道："起驾！起驾！朕也要立即去，快！"

"是！"宫人们赶紧安排御马。

戎国的皇帝也赶紧吩咐："立即派人前去援助！务必不能令凤溟亲王和龙昭大皇子出事！"

这时候澹台毓糖和萧疏影几乎是同时起身，招呼都没打，抢了一匹马就赶去了！

……

天色大亮之后。

洛子夜都还没醒，窝在凤无俦的怀里，早已从昏迷变成了昏睡。他一直抱着她，维持着一个令她舒服的姿势没动，后背靠在一旁的山石壁上。

见她脸上的红晕基本上已经消失，闽越立即又上来诊脉，探了一会儿，道："王，太子已经没事了，回去喝一碗姜汤，暖暖身子，这场病就算是过去了！就是醒来之后，可能会咳嗽几日。"

"嗯！"摄政王殿下应了一声，伸手揉了揉眉心。

闽越立即道："王，昨儿个您也是一夜没合眼，可要休息一下？太子属下会给您看着，您放心小憩片刻便是！"

王身上的内伤，一直没有好全，需要时间调养。昨儿个赶进丛林之后，见着地上的尸体，王便知道是太子遇刺，更是飞马就走了，淋了不少的雨，原本身上就有内伤，还淋雨熬夜，王的身子怕也是吃不消！

"不必！咳……"凤无俦应完，却咳嗽了一声。

这下倒是把闽越吓了一跳，王的身子，就是寒毒都扛了这么多年，也没有染过什么小病。今日这倒也感染风寒了！

他赶紧递了药丸过去，给凤无俦吞下。接着他便劝道："王……"

话没说完，便被凤无俦魔魅冷醇的声音打断："不必劝了，孤无事！洛子夜……就是做梦都想着美男子，你替孤看着她，你看得住吗？"

闽越："……"他看得住人，但是看不住做梦啊！

轩苍墨尘这时候也回来了。在外头捡了半夜的树枝柴火，却是一根都没捡回来，也是觉得尴尬，笑道："外头下雨了，柴火都是不能用的！倒是风景不错，朕欣赏了一会儿才回来。咳……"

说着也咳嗽了一声。

风景不错，大半夜的下着雨，能有什么风景？墨子渊瞟了自家主子一眼，默默地上去诊脉，给药吃，又给了对方一个使用封颜术的瓷瓶，然后默默地退到边上去了。

轩苍墨尘接过，迅速用了。

摄政王殿下扫了轩苍墨尘一眼，魔魅的声音冷沉道："轩苍皇知道什么风景能赏，什么风景不能赏，才好！"

"那是自然！"轩苍墨尘面上是一缕浅浅笑意，令人看不透心绪。

又是小半个时辰之后。

外头的天已经大亮！洛子夜在凤无俦怀里翻来覆去地折腾了一会儿，可算是醒了。她伸手擦了擦自己的眼睛，接着就迷迷糊糊地看到了一张放大版的脸。

还没反应过来，唇就被他攫住了。不由分说地吻了她一通，她才算是从晕乎中清醒过来！而一旁的轩苍墨尘看着，袖袍下的手却忍不住又攥紧了几分，他怕是根本就不应该回这山洞，直接在外头守着才是最好。

"嗯……"她脑袋清醒了之后，摄政王殿下才算是退开，魔魅磁性的声音缓沉道："醒了？"

"嗯？是醒了！"洛子夜蒙了一会儿，那小模样看起来还有点萌，伸手擦了擦自个儿的眼睛，才算是把面前这情况给看清，对面坐着轩苍逸风，跟自己昨儿个晕倒之前看见的那个美男子，完全不同，只隐约有几分相似之处。

她甩了甩脑袋，还有点晕乎，扭头看了凤无俦一眼，问了一句："你怎么会在这里？"

他没答话，却骤然将洛子夜翻了个身！让她趴在他腿上，毫不留情地一巴掌拍在她的臀部上！

啪的一声，声音还不小。

洛子夜立即感觉到了火辣辣的痛感，一下子屁股开始发烧了，脸也开始发烧了！整个人简直就要炸了。她扭头怒吼："你干吗呢？这里还有这么多人在呢，你把爷的面子搁在哪儿呢，你……"

啪——话没说完，又是一巴掌打了下去。

打得洛子夜神经都快崩溃了："凤无俦，你吃错药了？"

她不就是问了他一句他怎么会在这里吗？至于打她吗？至于吗？她到底干啥了？

这话刚刚说完，便见他眸中的怒意和再一次扬起来的手掌。继续硬碰硬肯定吃亏，她立即委屈道："你有话好好说行吗？你再打宝宝，宝宝就要哭了！"

这模样一出，他扬起的手掌倒是顿在了半空中，眉宇间的褶痕浮现了出来，也是担心她的童样痴呆症，这已经又开始自称宝宝了。可心中这怒气，却也是咽不下，那双魔瞳凝锁着她，问："心里一直想找个算命的，算算你此生能追求到多少美男子？"

"哎呀妈！你咋知道呢？"洛子夜一句话脱口而出！

说完之后，见着他眸中又是怒气一凛，她惊惶之下，立即伸出两只手捂着自己的嘴，口齿不清地道："那个，那都是以前的事情了，自从我有了你，变得可专一了，真的。从前那些少不更事的过往，你就都忘记了吧！"

她惊慌之下，都说出了"自从我有了你"这么一句话来。这一句话出来，她自己也是愣了一下，她有了他？他是她的？

这一句显然也取悦了他，魔瞳中的怒气倒是散了几分。

轩苍墨尘在一旁盯了一会儿，眼下再出去，就显得太突兀了，于是索性垂眸，对面前的花样秀恩爱，眼不见为净。

见他不说话，洛子夜赶紧补充了一句："哎呀，你都打爷了，你还想怎么样？"

他默了一会儿，冷醇磁性的声音，带着与生俱来的傲慢和压迫感："夜魅对你来说，是很重要的人？"

这一声很轻，倒是听不出什么怒气来，完全就带着几分诱哄的语调。

他这话一出，看起来也好像是不怎么生气了，洛子夜立即卸下心防，跟他一起转移话题，滔滔不绝地道："是啊！不仅仅是夜魅，还有老大和妖孽，对于我来说都是非常重要的人，就是要我拿命陪她们干架，我也是二话不说，立马操刀！谁要是敢动她们一根汗毛，我立即掘了那人祖坟！"

洛子夜说得认真，只是说完之后，她觉得这山洞里的气氛又开始不对了。偏头悄悄地瞟向他俊美堪比神魔的脸，觉得他的表情仿佛要吃人，她抖了一下："你怎么了？"

"她们"和"他们"，其实是同音的。

凤无俦合上双眸，似是压抑了很久的怒气，足足半晌之后，才再一次睁开眼，盯着洛子夜，表情看起来很冷静。他缓声问："他们的容貌，也都十分出众，令你神往？"

第二章
哎呀，我吓得呼吸都不顺畅了！

“那可不嘛！”说起自己那几个死党，洛子夜来了精神，“她们三个长得可谓倾国倾城，风华绝代，爷从前就总是摸她们的小脸蛋啊……”

啪——又是一巴掌，打在她的臀部！

摄政王殿下这会儿是真怒了，一巴掌下去之后，又打了好几巴掌！

洛子夜说话说得好好的，居然又被打了！她一下子脸都气绿了，咬牙怒骂：“凤无俦！你浑蛋！”

她骂一句，他又打一下。

“你浑蛋！你给老子放开！你是不是有病？你早上吃药了吗？你……×……”洛子夜真的想哭了。

她这嘶吼之间，他又给了她一巴掌。

她发现自己啥力气都使不上，才想起来自己中了武项阳的毒，会有几天使不得真力，昨日能好好狩猎，那也都是闽越那一碗药的功效。这一天过去了，药性散了，她又成了半个废人！

“凤无俦！你滚，老子再也不想看见你了，你滚……”洛子夜眼泪也都呛了出来，悬在眼眶里，将要掉出来，又没掉出来，她当然不是真的怕疼的人，只是觉得自己太委屈了！

她再也不想看见他的话，却真正激怒了他！令他骤然将她翻过身，狠狠地一口咬在她脖子上，几乎要让洛子夜以为，他是想咬穿她的脖子！

他这时候的确是有怒，且是毁天灭地的怒气，想生生揉碎了她的怒气！一个该死的夜魅不够，还有一个什么老大和妖孽？个个风华绝代，令人望之难忘。那三个人的俊美，可比得过他？

“凤无俦！你疯了？”洛子夜觉得疼，也狠狠一口咬在他的肩膀上！因为她太生气了，所以比他更用力，这一口咬下去，隔着衣服都咬出血腥味来！

外头的阎烈看着这一幕，默默地扭回头去，王和太子好不容易才好了两天，这又开始作了！而且你瞧瞧这咬的，都快你死我活了，不过他阎烈一点都不担心，圣人曰：打是亲，骂是爱，有情人之间多打骂也能促进感情。

至于是哪位圣人曰的，他忘了。

到底还是凤无俦咬得轻一些，纵然生气，也不肯真的令她见血。但在闻到血腥味，以及体会到肩膀上的痛感之后，他魔瞳猛然一凛，原本心中便因醋意而烧灼的烈焰，也更重了些！

他松口，洛子夜也松开。

接着，便见他垂眸看了一眼肩膀，已经有淡淡的血痕染湿了衣襟。

他魔瞳扫向她，魔魅冷醇的声音缓缓道：“洛子夜，你就真的肯下如此重口？”

他即便咬她，即便愤怒，也不肯真的伤她。可她动手，毫无分寸，毫不心疼，似要咬死他才甘心！这说明什么？无非说明她心里，并无心疼之念罢了。

也说明，不够在乎，或者根本不在乎。

这般想着，他骤然觉得心口压了一块大石，昨夜因着她那一句“喜欢”而愉悦的心境，也都沉了下去。

洛子夜就是故意下口狠的，打女朋友，这像话吗？啊？她怒瞪他：“为啥不肯？你无缘无故打爷，爷还不能反击了？”

轩苍墨尘看了一会儿，默默地扶住额头，起身出去了。这两人，完全就是十五六岁的年轻人在谈恋爱，小打小闹来了。

这所有人都出去了，摄政王殿下眸色微凛，面上带着几分冷怒和惯有的傲慢，森然道：“洛子夜，你还不知道你错在哪里吗？”

“老子错在哪里了？你倒是说啊，你要是说得出个甲乙丙丁戊己庚辛壬癸，老子给你当孙子！”

甲乙丙丁，还戊己庚辛壬癸？她的天干地支，学得倒是好！这话一出，他怒气自然也更甚。

正要说话，洛子夜又继续道：“浑蛋！你不知道媳妇是不能打的吗？你不知道打女人的男人禽兽不如吗？我告诉你凤无俦，你这已经算是有家暴倾向了，咱俩分

手！你找别人过去，老子去找其他美男子！”

还治不了他了！竟然敢打她的屁股，还当众打！这歪风邪气，她今天非得治下来不可！

“你敢！”他骤然冷喝了一声，一张俊美堪比神魔的面孔，气得铁青。

洛子夜一叉腰：“你看老子敢不敢！”

接着便是一阵对视，两人大眼瞪小眼，谁也不肯让谁。

恼怒之下，他骤然攫住她的唇，咬了起来。洛子夜脸都绿了：“浑蛋，每次都来这一手！”

他吻她，她咬他。

两人僵持不下，完成了一个长达十分钟的法式热吻，他唇还被她咬出了血。

然而，也就是这一吻之后，两个正在气头上的人，也终于冷静下来了。冷静了，但不高兴还是一定的！洛子夜指着他的鼻子道：“凤无俦！今天这个事，爷跟你没完！居然打女人，凤无俦，你咋不上天呢？就差给你买蹿天猴了是吧？”

他听了半天，倒也明白了她生气的原因。压抑了一下自己心头的怒火，他冷沉着语气道：“洛子夜，孤这算不得打你！”

“这不是打是什么？老子的屁股都麻了，你看看，你看看！”

她恼火之下，还脑残了，都准备扒下裤子让他看看。扒了一半之后，忽然想起来什么，不扒了！但还是绿着一张小脸盯着他道：“反正你知道你下了多重的手，你知道爷这会儿有多疼！”

她这话一出，他倒语塞了。虽然打屁股，顶多也就算是一种夫妻之间的惩罚，情趣，但洛子夜倔强，她一定要把这理解为打，倒也没法反驳。

见他不说话了，洛子夜更是底气来了：“我可告诉你，今天这事，你不交代清楚，咱俩就玩完了！要不是看在你打的是屁股的分上，老子都不会要你交代，直接拜拜！”

拜拜是什么，他听不懂。但是她话中的意思，就这么结合一下，却还是懂的。

“真有这么严重？”他语气忽然软了下来，知道是触了她的逆鳞，故而语气缓和了几分。

洛子夜严肃点头：“那可不嘛！今天打了屁股，明天你就想打脸了是吧？你今儿个要是不指天发誓，说再也不对爷动手，咱俩就桥归桥、路归路！”

其实她心里也明白，根本没有那么严重。

他这种打她屁股的行为，是亲近和宠溺多一些，而非真正的侮辱。但是那时候还有外人在呢！

更重要的是，她这会儿冷静下来，慢慢脑子也清楚了。凤无俦应当不会无缘无故打她，而且他竟然知道，自己一直想找个算命的，算算自己这辈子能泡到几个美男子，这实在是太可怕了，说不定自己还有什么把柄握在他手里。

他这时候还生着气，并且还打算教训她呢。所以她就索性做出一副自己很生气的样子，先唬住他，免得又挨打！

她这种要跟他断绝关系、划清界限的话一出，他便骤然又是一怒，眉心间的褶痕又深了几分，切齿道："桥归桥，路归路？洛子夜，这个可不是你说了就算的！"

"所以你这话的意思，是你以后还要打我了？"洛子夜今儿个也算是矫情到底了，一副蛮不讲理、跟他死磕到底的样子！

他深呼吸了几口气，这时候也的确是非常生气。合上魔瞳，将怒火压抑下去之后，才算是终于道："好！孤答应，以后不打你，即便只是今日这般的情景，也不会再有！"

"你发誓！"洛子夜盯着他。

"孤素来言出必行，说了便是。发誓？发誓给谁？给上天？上天也配？"他这话，狂傲霸凛，不容置喙，全然是藐视天地万物的态度。

洛子夜嘴角一抽，这货素来狂傲，人他没看在眼里，老天爷他也是不看在眼里的。她冷着一张脸："也行，反正不动手了是你自己说的！还有，今儿个回去了，你也给我等着，我是不会轻易原谅你的！"

她这话一出，他伸手钳住她的下颌："回去了之后，你想对孤怎么样，那随你！你先给孤交代清楚，妖孽、夜魅、老大，这三个人都是谁？"

"哈？"洛子夜蒙了，盯着他那张铁青的脸，想着自己挨打前后的种种，一下子就把事情给串联起来了。明白过来之后，那小脸就从浅绿变成了菜绿！敢情她挨打是为了这个？这不比窦娥还冤枉吗？

她扭曲着一张脸，盯着他："你不要告诉爷，你刚才打我，就是为了这个？"

见她说完这话之后面色发青，他心里忽然也不确定起来。他顿了顿，缓缓道："孤不该为他们生气？"

洛子夜听完直接含泪了："凤无俦，她们只是我的好朋友，都是女人啊！老子喜欢的是男人啊，你问都不问清楚就打我，又打又咬，我的天哪，你咋不上天呢……"

女人？他俊美堪比神魔的面孔上，破天荒地多了几分尴尬："当真？"

"假的！"洛子夜站起身，不打算再搭理他了，伸手便打算将他的手扯开，

“你放手！”

她这话一出，还有抗拒他的行为，令他眉宇间的褶痕蹙起，魔魅的声音，一如既往地傲慢威重：“孤不放！”

“你放不放？”洛子夜盯着他，表情很不好看。

他眉间褶痕更深：“不放！”

说完这话，倒是垂眸，扫了一眼自己肩膀上的血痕。这时候那血倒是越来越多了，当真是不知道洛子夜到底下了多重的口，才咬出血了不算，还在流血。

他这眼神看过去之后，洛子夜也看了一眼。

接着她就心虚了！好吧，也是她发火的时候没有注意分寸，可是这能全怪她吗？谁被人无缘无故地打了，还能顾及自己咬人的分寸的？但是凤无俦的脾气，也一直不是很好……

也就在她郁闷又忐忑的时候，他魔魅冷醇的声音缓缓地响了起来：“洛子夜，近二十年，这是孤第一次被人咬，甚至见血！”

一听这语气，就不像是好商量的。

洛子夜赶紧打哈哈：“嘿嘿嘿，我们聊点别的！臭臭，你说这种话，是很容易暴露年龄的！近二十年呢，有记忆的时候就不小了吧？让人一听就知道你已经二十六七了，以后你说话的时候呢，要学会避开年份的话题，这样才能让大家以为你是小鲜肉！”

奇诡的是，原本她是为了转移话题，活跃气氛，但这话说完了，他的脸色更难看了。

她猛然意识到嬴烬骂他老男人的事，拍了拍他的肩膀，开口拍马屁：“你铁青着一张脸干啥呢，其实男人大一些也挺好的啊，一般年纪大些的男人，都已经事业有成，有房有马，成熟稳重，会体贴照顾人，这是很难得的！所以爷一贯认为，若是找另一半，怎么也要找个大爷五六七八岁的，这样才是最佳搭配！”

她一溜烟将这些话说完，一抬头看见他脸色更臭了。

他这会儿语气都森冷了，几乎是切齿道：“洛子夜，孤大你九岁！”

五六七八岁的是最佳搭配，所以他直接就被踢出局了是吗？那么，他是否要把年纪符合她的标准，大了她五六七八岁的美男子都找出来，踩入尘埃之中，她才会觉得大九岁的，其实也不错？

洛子夜：“……”她这算是多说多错了是吧？就差一个九没说，他倒是当成话柄给抓住了。

“阿嚏——”她骤然打了一个喷嚏！

他魔瞳一凛，迅速把自己的锦袍给她披好并裹好！倒也没心思跟她计较几岁了，伸手探了一下她的额头，已经不烧了，之前闽越说可能会咳嗽几天，这怕是真的应验了。

洛子夜瞟了一眼外头的天色："狩猎已经结束了，我们赶紧出去吧！至于刚才的事，爷不计较你随便打爷了，你也不要计较爷把你咬出血，还有找人算命的事了！"

她说完这话之后，见他不吭声，一下子就爹毛了："凤无俦！你咋这么迷信呢？找算命的算算，你觉得这能当真吗？这绝对不能啊。爷之前也就是随便想想，根本就不可能去啊！做人要科学，相信这世上的事情，都是正常的常规现象，不要迷信好吗？"

很好。

她想去找算命的算算，她此生能追求到多少美男子，这时候倒变成是他迷信了。

他魔瞳微凛，凝锁着她，倒是没说话。足有半晌，洛子夜快稳不住了之后，他才终于开口："那么孤再问你一次，你觉得跟你最配的年龄，是几岁？"

"九岁！九岁！"洛子夜立即点头，做指天发誓状！

心里也开始觉得有点不是滋味，明明是他理解错误，二话不说就把她给揍了，这下倒是因为她还击过头，成了她的失误，要小心翼翼地讨好。

她叹了一口气……这样的人生真惆怅！说好的"女猪脚"，都会集万千宠爱于一身呢？说好的，天下美男子都为"女猪脚"倾倒呢？说好的主角光环呢？

啥都没有！

她这九岁的答案，才算是令他满意了。他扫了她一眼："那老大、妖孽、夜魅这些人，到底是谁？"

至少，这几个人，他是从来没有听过的。

她站起身，这回他没硬扯着她。她苍白着一张小脸往山洞外头走："这些事情，以后有时间，爷会告诉你的！反正这辈子大抵也是不会再遇见她们了，你也不必在意！"

凤无俦在计较什么，她心里当然很清楚。

但她并不想多提她们，尤其是妖孽，那天早上她起床，却发现妖孽骤然断了呼吸，那一幕至今记忆犹新。悲伤到顶点，却落不出泪来，若是哭出来了，反而不会那样难受。

如今再见妖孽是不可能，老大和夜魅更是不必想。多提无益，说出来反而心里

难过！

她这般想着，他却起身，伸手拉住了她的手腕，缓沉着语气道：“洛子夜，除了这个，还有旁的。埋在你心底，很悲伤的事情，你也不愿意说！”

他这话一出，她倒是怔了一下。站在原地没动。

他怎么会知道？很悲伤的事情……在一遍遍回想，一遍遍痛彻心扉之后，她不愿意再回想，也不敢再回想，便干脆将之封印了，再也不想，再也不提。

直到国寺的那一场火，再一次点燃了那些记忆。

她没说话，他大步上前，骤然伸出长臂将她抱了起来，往外头走去。这时候的确不早了，龙傲翟等人眼下被困，想必洛肃封也早已是按捺不住，进入了丛林。

他们的确是要出去了。洛子夜奇怪地抬头看了他一眼，他不是打算问她吗？她没说，他怎么就不问了？这倒是跟他一贯的脾性不符。

她这眼神看过来之后，他也低下头看向她，魔瞳微凛，带着几分柔度：“你不愿意说的事，那必然也就是伤心之事！孤不逼你说，也不需你自揭伤疤。但是孤会帮你忘了它，所有不开心的事情，所有伤痛，终不会在你心中留痕！”

“你倒是蛮自信的！”洛子夜倒笑了。

她这话一出，他低头咬住她的唇：“或者你觉得，孤不该有这自信？”

以后，他会让她只有快乐，快乐到想不起那些难过，也没有时间去想那些悲伤。

她瞟了瞟他，他从来如此。这般霸道，他就是准则，所有事情终将由他掌控，她看了一眼他肩膀上的伤：“嗯，你的伤……”

“小事！”他没再多话，抱着她走出了山洞。

踏出山洞那一刻，她说：“等嬴烬的事情了结了，你也去雪山办完你的事，我们就坦诚相见吧！你告诉我你所有的秘密，我也一样，好不好？”

他脚步一滞，垂眸看向她，魔瞳中含着几分愉悦，那是因着她打算跟他坦诚以待，不再有任何秘密的愉悦。

他这样看着她，她倒有点不好意思了，望向天空：“你不答应就算了！”

“孤应！”

见着他们出来，外头的人迅速弯腰。

阎烈也上来，禀报情况：“王，皇上和戎国的君主都来了！全部在山崖外头，打算搭救龙傲翟等人，士兵们也早已开始将砖块尽数搬离，约莫再过一会儿，就能尽数将石头搬开！”

凤无俦还没说话，洛子夜就问了一句："可探查到消息，那几个人死了没？"

"这个还没探到，总归里头是没有声音了。不少人猜测他们是不是跟狮子同归于尽了。"阎烈说着这话，倒是觉得有点好笑。

龙傲翟从来冷傲，武项阳更是傲慢，冥胤青一贯自命不凡，但他们谁都没想到，有朝一日会被洛子夜害得简直要葬身狮腹吧？

洛子夜点点头，从凤无俦身上下来，将他的长袍扔给他："好了，爷自己走路！衣服你自己穿着，一会儿天气就热起来了，爷穿太多容易中暑！"

她话是这样说，但是摄政王殿下岂能不明白，她不过是不想让人觉得她是下头那个罢了。

但这一幕落在轩苍墨尘的眼里，令他心情好了不少！洛子夜从轩苍墨尘面前经过的时候，看了他一眼："等等，你不会知道了吧？"

昨天她刚刚晕倒的时候……他不会已经知道她是女人了吧？

轩苍墨尘顿了顿，微微一笑，从容道："知道什么？"

洛子夜立即伸手，拍了拍他的肩膀："不知道就好，省得爷还要想办法杀人灭口！"

说完大步就走。

轩苍墨尘嘴角一抽，唇角一贯的笑容也有点维持不住，脸色更是发黑。

但是摄政王殿下心情不错，扬声大笑起来。洛子夜在清楚他知晓她性别的时候，可从来没有想过杀人灭口这桩事，这会儿轩苍墨尘受了这么一句话，他的心情自然非常好。

……

一行人到了龙傲翟等人被困的山壁。

所有人自觉地让出一条道来，除了洛肃封之外，其他人皆跪下："恭迎摄政王殿下王驾！"

洛子夜瞅了这些狗腿子一眼："王驾在哪里呢？辇车都没有来，还王驾！"

她这话一出，大家听了大气都不敢出。摄政王殿下的王威，从来无人敢冒犯，太子跟摄政王殿下关系好，说这种话，也有找死之嫌吧？

摄政王殿下听了这话，也偏头看了她一眼。那眼神居高临下，带着几分与生俱来的傲慢和危险气息！

洛子夜看着他这眼神，干笑了两声，摸了摸鼻子："爷真正想说的是，爷分明是跟他一起来的！你们为啥不顺便恭迎恭迎爷？"

众人："……"

好吧，是他们疏忽了，只是有摄政王殿下在的时候，大家当然是以凤无俦为先。而且他们这跪下的，还有戎国的君主和大漠诸王，这个礼洛子夜也受不起啊。

“你们这样无视爷和轩苍风王，你们知道我们心中有多痛吗？”洛子夜回头看了轩苍墨尘一眼。

轩苍墨尘直接被呛住。眼见跪着的那些人，眼神都放到自己身上，他开口道：“不必看本王，是太子过于关心本王了，本王的心脏很健康，并不感觉疼痛！”

洛子夜恨铁不成钢地看了他一眼，才回过头：“好吧，是爷一个人心痛！”每次装×的机会，都是凤无俦的，她心里能不痛吗？

倒是戎国君主咳嗽了一声：“也欢迎天曜太子和风王！哈哈哈……”

“哈哈哈……是的，是的！是我等疏忽了……”大家也一起干笑起来。

欢迎和恭迎之间的区别，洛子夜当然是明白的。但洛子夜也没说啥，立即笑容满面地拱手道：“多谢，多谢！”

轩苍墨尘也无语地回礼。

大家这时候都在心中默默地给自己提了一个醒，以后见着洛子夜，不管好赖，还是打声招呼的好。这个人是个好面子的，不给她面子，她可能跟他们急。

“起来吧！”摄政王殿下抬眼，没多看他们。

他们立即起身：“多谢摄政王殿下！”

这会儿士兵们都在搬石块，洛子夜看了阎烈一眼：“出门带贵妃榻和轿子了吗？看他们的样子，也还得搬半天，爷先睡一觉！”

众人：“……”这毕竟是人命攸关的事，大家不管是真是假，都在表示关心。洛子夜却要睡觉……

阎烈也是噎了一下，指了指不远处的一块大石头：“轿子没有，石头倒是有一块！看起来大小也合宜，睡觉也是合适的！”

他们来狩猎场，岂会带轿子。洛子夜走过去，刚要坐，便骤然被一只手拉入怀中。他坐在那石头上，她落入他怀里。便听得他魔魅的声音，带着几分威压：“石头凉，在孤怀中睡！”

有免费的人肉垫子，不用白不用。洛子夜很快就睡着了……

半晌之后，耶卓峰忍不住感叹了一句：“天曜太子真是心宽！”

“哈哈……是啊，是啊！”有人强笑着附和，洛子夜这岂止是心宽啊！简直是丧心病狂，简称丧病！

轰的一声巨响。在搬动了一块关键的石头之后，整个石堆尽数轰塌了！洛子夜也被惊醒了，眯着眼睛看了一眼……

所有人都惊呆了！地上全是血和尸体，还好那尸体都是狮子的。龙傲翟等人，倒在血泊里头，身上全是血，几个人胳膊、肩膀、腿上一片血肉模糊，唯一值得庆幸的是，这几个人的眼睛还睁着。人还没死！

洛肃封立即道："龙将军，你……"

戎国君主也立即道："快！巫医赶紧上去，给几位贵人看看！"

所有人的表情都是惊悚的，巫医上去诊脉，洛肃封随行的御医也上去了。

不一会儿，就诊断出来结论："几位贵人力竭了，怕是要好好休养几日，才能缓过来！身上的伤虽然有些重，但是并不致命！调养一段时间，还是能好的。只是都已经筋疲力尽到话都说不出了！"

这下，洛肃封和戎国君主都松了一口气。

而龙傲翟、武项阳、冥胤青眼神都盯在洛子夜身上！武项阳和冥胤青似想杀了她，倒是龙傲翟的眼神，有几分复杂。

"快！将几位贵人抬回去！"

大家这时候不管是真心还是假意，也都在说："哎呀，凤溟亲王，龙昭大皇子和龙将军都没事，这真是太好了！"

"是啊，是啊！我等昨夜都很是担心！"有一人接话。

大家面上带笑，似乎都很为他们庆幸。

洛子夜从凤无俦怀中下来，看着他们的担架从自个儿面前经过，还踮着脚望了望那一地的猛兽尸体，回头笑容满面地挨个拍了一下他们的肩膀："哎呀！龙将军，你们真是太勇猛了，这场狩猎的胜利者肯定是你们三个啊，这么多狮子都被你们杀了！你们一定很辛苦吧？对了，你们杀的时候数数了吗？到底谁杀得比较多，第一第二第三分别是谁？快，说说看，爷也好为你们记录一下！"

她话一说完，这三个与猛兽拼命相搏了一场都没晕倒的人，硬生生地被她气晕了俩！武项阳和冥胤青直接晕了。

澹台毓糖看了一眼武项阳，最终还是没有上去。萧疏影看了龙傲翟几眼之后，最终还是转了脸。

而龙傲翟正铁青着一张脸看着洛子夜，一字一顿地咬牙道："洛子夜！希望你还记得你的承诺！"声音很小，因为他早已力竭！

"嗯！记得记得！"洛子夜点头，笑得很贱！

他们这话一出，摄政王殿下魔瞳一眯，浮现出几分戾气来。威严霸凛的声音，令人有几分心颤："何种承诺？"

凤无俦这一问，洛子夜赶紧把话变了个角度告诉他："是这样的！龙将军跟

爷对着干，已经尝到苦果，心里害怕爷再报复他，所以希望以前的恩怨能够一笔勾销！”

“噗……”她话音一落，龙傲翟原就体弱得很，竟生生被她气出一口血来。他想跟她恩怨一笔勾销，是因为他……可到这女人口中，就成了是他怕她了？

“龙将军！千万保重身体！”洛肃封立即开口安抚。

一旁的御医也胆战心惊地瞅了洛子夜一眼，咽了一下口水，才低头道：“龙将军，您这时候切不可再动气！您千万要保重身体。”

“是啊！你们都是怎么照顾龙将军的，你们明知道龙将军心理脆弱，竟然还惹他生气。你们实在是太不应该了，唉，本太子真为龙将军的身体感到担忧！”洛子夜表情惆怅，说完又故作关心地问了一句：“对了，龙将军，您是为何生气啊？”

众人：“……”

龙傲翟听完，又呛咳了几声。血瞳盯着洛子夜，没有说话。

看龙傲翟不说话，洛子夜又猜测道：“莫不是便秘了？整整一夜没有出恭，大家也不关心你的消化系统发展情况……你们还愣着干什么？还不快抬龙将军去茅房！”

抬着担架的人都咽了一下口水，并且深深地觉得洛子夜这话，简直令他们如鲠在喉。

倒是洛肃封扫了洛子夜一眼，呵斥了一声：“太子！少说几句！”

“儿臣遵旨！可是父皇，龙将军这时候还醒着，话也说不清楚，众人都不能理解龙将军心中的苦楚，只有儿臣懂。儿臣实在是担心，自己不帮龙将军解释清楚，龙将军的处境更加艰难啊！”洛子夜表情苦闷。

她话音落下，龙傲翟终于晕了过去！

旁边的人，望天的望天，咳嗽的咳嗽，扶额的扶额。心里都很同情龙傲翟，总算是晕了！要是早早地就气晕了，也不至于又接着受那许多打击啊，唉……

……

大漠的客栈之中，茗人皱眉询问：“陛下，您明知道大皇子殿下昨夜遇难，为何不施救？眼下还不知道他们情况怎么样了……”

武修篁正在翻看那半本札记，听了这话，一贯不太正经的声音，这时候却透着几分威重：“项阳明明受了伤，却非要打肿脸充胖子，硬要参加狩猎。洛子夜几句话就激得他去找死了，他若是觉得面子比性命重要，朕自然也不好拦着他！”

他这话一落，茗人就知道，皇上这话是对大皇子生气了：“您一点都不担心？”

武修篁抬了抬眼："担心？那你觉得朕应当如何做？立即出门去救他？龙昭皇室就三个皇子，他虽远远不及凤无俦等人，指望他开拓疆土不成，但守着朕的基业的能耐，他却能有。朕的江山，迟早是要交到他手上。他此刻隔三岔五要朕去救命，你觉得这有丝毫君王之相？他该自己学聪明些，把朕当作考验他能力之人，而非他的倚仗！"

若他们只是寻常百姓之家，这倒也没什么了。可他们是皇族，肩挑大业，在外头惹了事，总是指望他这个父皇去救，将来还能有什么指望？龙昭又有何未来可言？

他这话一出，茗人立即低头道："陛下用心良苦，希望大皇子殿下能早日明白您的苦心！"

说完，茗人又试探着说了一句："若是四皇子殿下还在……"

"别提那小子！"武修篁一语便打断了他，旋即道，"他脑子里头，除了那个……嬴烬，还知道谁？隐姓埋名，改头换面，亦步亦趋地跟着。他如今心里若还知道自己姓武，朕都谢天谢地了，还指望他回来继承朕的基业？"

茗人一噎："只是可惜了，众位皇子中，最出众的也就是大皇子和四皇子了！"

武修篁摇了摇头："不可惜！人各有志，他与项阳一人对皇位有意，一人无意，这也正好。也省得到时候兄弟争皇位，朕还不知道选谁！只是好好的儿子成了个断袖，朕也是……"

茗人嘴角一抽："也许并不是断袖，只是四皇子对嬴烬，有些知己之情！"

"你想得倒是纯洁！"武修篁不置可否，却道，"若真说朕有什么觉得可惜的事，那当是……"

茗人盯着他，等着下文。

而这时候，床榻上的武琉月也正好醒了，正在装睡，等着下文。

武修篁又道："朕觉得可惜的是，洛子夜那小子，虽然总是跟朕对着干，但脾性朕喜欢，他也聪明，若他是朕的儿子，那朕就不必操这许多心了。"

武琉月一噎，心里将洛子夜恨了个十成十。他一直欺辱自己不算，到如今，竟然连父皇都对他青睐！这简直……

茗人慢慢地道："陛下，洛子夜的确不错！"

毕竟这世上，能如洛子夜那般，把龙傲翟、冥胤青，还有他们大皇子逼着上狩猎场，还害成那样，莫说是手段，就是那口才，也是令人赞叹了。

"那小子的脾性像朕！"武修篁又说了一句。

武琉月脸色发青，该死的洛子夜！还有武修篁，亏她这么多年来，一直在心中将他当成自己的父亲，当成自己的倚仗，但是万万没想到，他心里竟看重洛子夜！若不是因为洛子夜，她岂会险些在军营被射杀？

可她这父皇，心里却觉得洛子夜像他！那看他这样子，也不打算为自己报仇了？她拳头紧了紧，咬了咬牙，眸中透出几分凶光，很好，既然父皇心里是这么想的，那么她也不必再对这个父亲有任何骨肉之情了！

有的人，人家对她一百个好，她记不住。有时一个不满意，反而就恨上了，将对方之前的好都忘得干干净净。武琉月显然就是个中翘楚！

默了一会儿之后，武修篁又问："对了，百里瑾宸那小子有回信了吗？"

"呃……有了！就回了一句话，说他师父只有一张脸！"茗人抽了抽嘴角，看向门外。

武修篁嘴角一抽："那就原话传达给洛子夜吧，告诉他，朕尽力了！"

"陛下，您不生气？"

武修篁抬眼看了看他："为何生气？"

"父皇！百里瑾宸丝毫不将您放在眼中，您都传信求他，但他竟然拒绝。这难道不应该生气吗？儿臣认为您应当教训他！"这话是武琉月说的，她不喜欢百里瑾宸，尽管对方救了她的命，但是在她醒来之后，那人看到过她，却丝毫不为所动。他那样有眼无珠的人，她自然不喜！

武修篁听了这话，看了她一眼，那表情很是失望，接着看向茗人："前因后果都对洛子夜说清楚，试探一下，若是洛子夜，他会觉得朕应不应该为此生气，又应不应该教训百里瑾宸！"

"是！"茗人应下了。

武琉月听着这话便是一噎，眸中透着几分狰狞，却丝毫不敢在武修篁面前展露，待到茗人出去之后，武修篁扫了她一眼："你立即随朕回龙昭。天曜你大皇兄一个人出使就够了，你就不必多操心了！"

"父皇，儿臣……"武琉月瞪大双眸。

武修篁却没听她把话说完："不必多说了，朕意已决！你留在这里，无非也就是每日跟洛子夜纠缠罢了。朕也没见你有丝毫能斗过他的本事，长此以往，你是打算让朕隔几日便去救你吗？"

武琉月张了张嘴，还想说话。

但看着武修篁那冷肃的表情，明白了多说无益，咬了咬唇："儿臣知道了！可是……那凤无俦……"

“以你的身份，父皇会为你找到好姻缘！不论是嫁给他国君王，还是我国权贵，有朕在，也没人敢欺辱你！何苦一定为不能被你攥在手中的男人坚持？”武修篁盯着她，表情冷肃。

武琉月登时便激动了：“可父皇……您当年，不是一样对母亲坚持吗？”

“住口！”武修篁却被这句话触了逆鳞，站起身之后，便冷声道，“朕就是因为当年对你娘亲坚持，才酿成当日结局。倘若朕当年未曾坚持，放她离开，也许你娘亲不会死！你也该明白，此事，强求无益！”

说完这话，武修篁便摔门而去。

武琉月盯着他的背影，咬住了自己的下唇，气得面色发青！

回去？她不回去。她……

戎国军营，洛肃封的王帐里头，极其安静，诸王和戎国的君主、洛子夜和摄政王殿下也都在。

洛肃封的眼神，往下头一扫：“这件事情，到底是怎么回事？”

大漠的王爷们，眼神都往洛子夜的身上瞟，洛子夜的手段，他们是已经见识过了，不管从哪个方面考虑，他们也没必要开口出卖洛子夜，于是很快收回眼神。

众人都不说话，洛肃封便将眼神放到了洛子夜身上，冷声道：“太子，你来交代！”

“启禀父皇，龙将军等人所过之处，忽然山石崩塌，此乃天灾。正好那里有狮群，这也是天意。相信在场诸国的王爷们，也都觉得父皇此言奇怪，这天意，父皇为何要儿臣交代？”洛子夜眨眨眼盯着他。

洛肃封一噎：“你以为朕不知道，这并非天灾？好端端的，龙将军和那几位岂会跑到山崖底下去？”

“父皇，这个问题您要问他们！并且儿臣以为，他们纵然想对您出首何人，也应当有证据才行！没有证据的话，可不能胡乱指证！”洛子夜貌似恭顺地回话。

证据嘛，他们当然不可能有，合齐已经帮她都收拾好了，要是还有证据，洛肃封定直接拿证据出来办她了，岂会还对着她问东问西！

洛肃封脸色一变，瞪着洛子夜。

而这时候，门外传来一阵匆匆的脚步声，接着就有人进来禀报：“皇上，出去探查的人，已经回来了！”

“可探查到了什么？”洛肃封立即问。

那宫人开口：“陛下，回来报信的人说没发现任何异常，若是人为，凶手已将

所有的痕迹全部收拾好了，没留下任何把柄！”

洛肃封脸色发青：“什么都没探查到？”

“回陛下，什么都没有！”那宫人应着这句话，背后也有冷汗流了出来。

洛肃封气得说不出话，洛子夜瞟了他一眼：“父皇，果真是天灾吧，要是人为，您如此英明神武，什么事情能够瞒过您的眼，又岂会让他们出去之后，什么都没探查到？事情都已经过去了，昨日种种譬如昨日死，往事不可追，我们就不要再为这些小事情计较了！”

“小事情？龙将军身上被狮子咬伤三处，这是小事？”洛肃封冷着一张脸，瞪着洛子夜。洛子夜根本成心跟他这个父皇作对，明知道龙傲翟对于他的作用，她竟还……

洛子夜道：“可是狮子不是已经被龙将军杀了吗？大仇他已经报了，这算是什么事？”

“方才太医禀报，昨夜倾盆大雨，那三人都已感染了风寒，情况十分严重！你就没有什么话想说？”洛肃封言之凿凿，简直就是一副要洛子夜负责的样子。

洛子夜心下冷笑，之前自己差点被这几个人害死的时候，他就没有这么疾言厉色地问龙傲翟，为啥要害死她，不仅如此，他还默许了龙傲翟的行为，并表示支持，眼下她把那三个人收拾了，洛肃封就要找她问罪了？她还没把洛肃封也一起教训了呢！

她心下嘲讽，面上却是不动声色：“父皇，儿臣也的确是有话说，天色渐渐转冷，可他们三人要风度不要温度，不穿秋裤，最终才感染风寒，落到如此地步。等他们的伤情好得差不多了，儿臣一定好好跟他们交心，建议他们注意保暖，并给他们每人备上一条温暖的秋裤！”

洛肃封：“……”

众人：“……”

秋裤？秋天穿的裤子，简称秋裤？他们为啥要认真地思考秋裤的含义，事情的重点，难道不是洛子夜胡说八道、颠倒是非黑白吗？

看洛肃封一脸空白，洛子夜又补充了一句：“父皇，送给凤溟亲王和龙昭大皇子的秋裤，若材质不好，款式不好，针线不好，都会折损我天曜颜面！所以儿臣斗胆恳请父皇，拨些银两给儿臣。儿臣也好准备礼物，替父皇您和我天曜，向他们几位表示深切的慰问及关怀！”

这一招胡说八道之后，再来一招以攻为守。

洛肃封噎了噎，最终挥了挥手：“够了！这件事情到此为止，至于慰问的礼物，朕自会准备，太子就不必操心了。可若是那几个受害人，伤好了之后指证，朕也是会秉公办理的！”

拨款给她让她送秋裤？真的让她代表天曜送两条秋裤，怕是那几人连他洛肃封也恨上了。

“儿臣遵旨！”洛子夜应了一声。

戎国的君王却战战兢兢：“众位贵客在我戎国出事，是我国太子引路不周！本王深感……”

“他们不穿秋裤，还到处乱跑，关贵国太子何事？戎国君主就不要太自责了，毕竟合齐太子是我天曜摄政王殿下看重之人！”洛子夜立即绝了戎国皇帝将合齐抛出顶罪的心思。

一听说是凤无俦看重的人，戎国君主颤抖了一下。立即道：“是！太子说得是！”

“问完了？”一道魔魅磁性的声音，骤然响起。这是摄政王殿下进了王帐之后，说的第一句话。

洛肃封表情微僵，笑了笑：“问完了，已经真相大白！朕听闻明日受降大典之后，摄政王和太子都有私事要去做，明日后你们各自去吧，朕独自回京便可！”

看着他笑得不怀好意，洛子夜就知道他没安好心：“多谢父皇！不过狩猎已经结束了，父皇和戎国君主还没有选出第一名到底是他们谁呢！”

洛肃封咬牙，戎国君主抽嘴角。大漠诸王各自咳嗽……事情都到这里了，她不见好就收便罢了，还这么说，这是想把洛肃封给噎死不成……

“总归第一名不是太子，太子还是先回去吧！”这话洛肃封是从牙缝里挤出来的。

洛子夜心满意足：“儿臣告退！”

说完之后，朝着轩苍墨尘抛了一个媚眼，表达感激，这小子知道全部情况，也都没告发她，可不是需要感激吗？

谁知，她媚眼刚抛完，耳边便缭绕着几分魔息：“太子眼抽筋？”洛子夜嘴角一抽。

轩苍墨尘垂首低低地笑起来，洛子夜那一个媚眼，其实抛得很是妩媚，不单单是因为洛子夜原本就容貌出众，也是因为她举手投足里头，带着天生风流的味道。

洛子夜嘴角抽搐完毕，揉了揉眼角：“好像是有点抽，人家都说左眼跳灾，右眼跳福。爷方才跳的是右眼，应当会有好事情发生！各位，爷先回去了，嘿嘿，摄政王殿下，您同路吗？”

他冷嗤了一声，大步往外，经过洛子夜身边的时候，冷醇的声音缓缓道：“跟上！眼皮若常常抽筋，需要的时候，孤并不是很介意挖了那双眼！”

洛子夜咽了一下口水，打了一个哆嗦：“哈哈哈，说什么呢，哪有人的眼皮是经常抽筋的，这是偶然现象，哈哈哈……”笑得又干又假。

剩下的人彼此看了看，洛肃封道了一句：“既是如此，那就散了吧！朕去看看龙将军和那两位重伤的贵客！”

“我等自当陪同前往！”

洛子夜跟在凤无俦后头，走了几步，她看向嬴烬的营帐，虽知道他眼下的情况，但难免挂心。

她脚步停住，他也顿住，回眸看了她一眼，魔瞳冷冽，那眼神居高临下，带着他惯有的狂霸和傲慢：“担心他？”

“嗯！”洛子夜点头。

这话音一落，他骤然回身，缓步走到她跟前，大掌伸出，抬起她的下颌：“洛子夜，那日被山石利箭合围之后，孤以为你已经明白，孤和嬴烬，谁对你而言更有价值！”

洛子夜凝眸看向他：“对你也好，对嬴烬也好，虽然我总是单方面接受你们的帮助，也没有什么回报给你们，但由始至终，我从未想过利用你们，更从未想过价值的问题！”

她这话一出，他捏着她下颌的手却骤然收拢了几分，眸中眯出几分戾气：“所以，你想告诉孤，你对我们，是一视同仁？”

“没，他是朋友！”洛子夜叹气，“这话题爷已经说过很多遍了，你就真的那么容不下嬴烬？”

“或者你觉得孤应该容他？”他浓眉微挑，不答反问。

说不通，不说了！

她伸手把他攥着自己下颌的手扯下来：“臭臭，从你今儿个一大早，莫名其妙乱吃醋打爷屁股的行为，还有眼下不管说什么，你都不打算讲道理的行为，爷只想说，你这样是很容易失去我的！”

说完，洛子夜的表情也很惆怅。

她转过头看向远方，脑后是一滴冷汗。故意说这种话，只会有两个结果，第一个结果就是真的把他给糊弄到了，他以后就会适当收敛，第二个结果，当然是激怒他！

这话刚刚说完，她便感觉到他的呼吸重了几分。她微微一颤，头皮也开始发麻。

正打算说话挽回一下，免得他生气之后又做出什么丧心病狂的事，这时骤然传来一阵脚步声，来的是茗人！

洛子夜立即问道：“武修篁让你来告诉爷结果的？”

茗人点头：“天曜太子，吾皇让属下来转告您，神医拒绝帮忙，之前吾皇请神医帮忙救大皇子和公主，也就是借了神医的师父冷子寒的面子！这第二次开口，神医不打算卖这个人情了！”

洛子夜眉梢一挑，之前武修篁绑架自己，百里瑾宸来寻武修篁，也没给武修篁面子，故而对方的话应当是真的。

凤无俦站在一旁，负手立着，倒不知道是在想什么。那双魔瞳却一直放在洛子夜的身上，带着几分危险的味道。找神医，自然也是为了嬴烬，他纵然能理解，但心中也还是有几分不舒服。

默了片刻之后，他魔魅磁性的声音骤然响起：“或者，百里瑾宸想要什么？若他愿意救人，孤愿全力满足他！”

除了对方要洛子夜，他不会给，其他都好商量。

他这话一出，洛子夜倒是先愣了一下，凤无俦不是没日没夜地希望嬴烬遭遇不测吗？这会儿倒是愿意帮忙请神医了？她冷不防地想起青城之前的话，黄鼠狼给鸡拜年。

茗人一听这话，也不敢抬头看凤无俦，倒实话实说道：“神医性子淡泊，怕是不会有什么想要的东西，但摄政王殿下的话，属下一定禀报吾皇，代为转达！”

“那行吧！百里瑾宸那儿，爷也是一样的，他要是有什么要求，只要爷办得到，爷都能答应！”洛子夜叹了一口气。

这话完了，茗人却没走，做出一副疑惑的样子，开口问道：“太子，神医不肯帮忙，难道您就一点都不生气，并觉得吾皇应当教训教训他吗？”

“有病吧？”洛子夜嗤了一句，不知对方为啥问自己这种问题，但还是道，“人家又不欠你的，凭啥你开口求助，人家次次都一定要答应？你们还要教训人家，他前几天帮你们救人的事，你们都忘了？”

她这般一说，茗人噎了一噎，想了想，倒似乎真的是这么回事。难怪陛下那时也是说为何生气。

洛子夜摇了摇头：“世人就是这样，求人帮忙一次，人家帮了，就去求第二次。第二次人家没帮，倒还对人家有了成见，好像人家活该就欠了你们，非得帮助

你不可。这年头，像爷这样品德出众，对这种事情看得如此透彻，本身又如此高尚的人，已经不多了！”

她似乎是没心没肺地往自己的脸上贴金，心里却难免沉重。

于是，说完这话，她又道：“爷觉得你们皇帝陛下完全没有怨恨、教训人家的立场！至于爷，百里瑾宸虽然是没义务帮爷，但是爷还是有点不高兴，他最好哪天没有啥事求到爷头上，到时候求了，爷也不答应！”

茗人嘴角一抽，点了点头：“没什么事的话，我就先告辞了！”

“嗯！”洛子夜点点头，目送他走远，无意识地问了一句，“你说，他问这个，是想做什么？”武修篁应不应该教训百里瑾宸，跟他们有啥关系，为何要问？

“应当是武修篁想知道！”摄政王殿下的声音霸凛依旧。

洛子夜微微皱了皱眉：“他最近的求知欲倒是蛮旺盛的，什么时候爷要是成立个皇家风云报社，说不定还能聘请他当总编辑，最难得的是他旗下自带茗人这样的记者，能给爷省下不少工钱！”

凤无俦闻言，浓眉挑了挑，并不太明白她在说什么。倒是发觉，洛子夜似乎经常说一些他们听不太懂的词。

洛子夜说完，发现他没接话，笑了笑，打算先把这个想法放一放。但是她没想到的是，不久之后，她这个一时兴起的构想，倒是帮了她不少忙！

她回头瞟了凤无俦一眼：“你不是很不喜欢嬴烬吗？方才为何要承诺，愿意帮忙请神医？”

她这话问出来之后，他没回话，却是高高在上、居高临下地看了她一眼，那眼神傲慢轻鄙，如同看一只蠢猪，噎得洛子夜一口气险些没提上来，他就转身走了！

洛子夜脸一青，凤无俦这拽成二五八万的样子，真的是让人分分钟想踹。

她脸色不太好看地往前走，那脚步比他还快：“嬴烬的性格，真是比你讨人喜欢多了！”

她这话一出，他魔瞳一凛，鎏金色的灿芒掠过，眉间的褶痕浮现，显然是已经动怒。洛子夜没管他生气不生气，却想起一件正事：“对了！你知不知道修罗门是什么门派，他们为什么要杀爷？”

他闻言嗤了一声，大步往前走，并不说话。

洛子夜脸一黑：“爷问你话呢，你哑了？”

他偏头扫了她一眼，那张俊美堪比神魔的面孔上，带着几分傲慢，几分鄙薄，还有几分刻薄的美感。他一字一顿，冷沉道：“嬴烬不是比孤更讨你喜欢吗？你还是去问他吧！”

说完这话，他举步离去。墨色的广袖掠过，还带起一阵风。

洛子夜抽搐着嘴角站在原地，嬴烬都晕倒了，她去问什么问？她咋忘记了，这货虽然是个霸凛性格，但有时候比女王还傲娇。

她已经很无语了，不远处还蹦来一只鸟，那正是果爷，它也学着凤无俦的样子，一挥翅膀："嬴烬不是比主人更讨你喜欢吗……果爷其实挺喜欢他的……"

前头的阎烈，默默地抚了抚额头，走了好几步远的摄政王殿下回眸看了一眼果果，俊美的面色冷沉："嗯，既是如此，你以后便跟着嬴烬吧！"

"嘎？"果果大骇，抹着眼泪上去。跟着嬴烬，以后谁知道零食还有没有着落？

但凤无俦这次显然真的生气了，直接便大步走了，看都没看果果一眼，也没看洛子夜。

阎烈也瞅了瞅果果，叹气。为什么这年头就连鸟，翅膀都喜欢往外拐？

洛子夜也没跟上去，脚步顿了顿，去了嬴烬的营帐……

而不远处，轩苍墨尘看着洛子夜和凤无俦，似乎起了什么争执不欢而散，他嘴角淡扬，心情倒是不错。

"主人，明日受降大典之后，我们没理由继续留在天曜了！"墨子渊轻声提醒。

轩苍墨尘道："无妨，不能光明正大地留，总有法子悄悄留。何况明日的受降大典，你以为，当真会那么简单吗？"

"主人，您是说明日的事情，恐有变数？"墨子渊吃了一惊。

轩苍墨尘没再回话。

墨子渊只道："若当真有变数，主人您打算如何？"

"顺水推舟便可！"

墨子渊点点头，接着又问："那洛子夜是女人的事情……"

轩苍墨尘微微顿了顿，旋即轻轻笑道："这件事，倒的确是能有几分用处。"

墨子渊一怔，偏头看了对方一眼："主人，您的意思是，打算借此……"算计洛子夜？

"不错！"墨子渊话没说完，轩苍墨尘便应了一声，"在特定的时刻，天曜的局势，自然是越乱越好。洛子夜是女儿身，用处虽不会太大，也决计不小！"

墨子渊忽然觉得自己看不明白主人了，主人对洛子夜是有意思的，怎么还是要算计对方？正这般想着，却也在偏头之间，看见了轩苍墨尘的侧颜，那嘴角浅淡温柔的笑意，倒让他明白了，是了，在陛下心中，从来天下最重，他是世上最温柔之

人，也是世上最冷酷之人。

若洛子夜跟陛下的大业不冲突，陛下展现出来的自然是温柔，可若是冲突了，那就该是冷酷了！

这时候，轩苍墨尘倒是说：“我觉得奇怪的是，以龙傲翟的本事，若在路上直接便跳马，至多也就是伤了筋骨罢了，他到底不似武项阳和冥胤青那样，身受重伤。他却由着洛子夜的设计，去了环山地之中……”

“龙傲翟此举，的确是令人匪夷所思。”墨子渊皱眉应了一句。

默了一会儿，轩苍墨尘笑道：“罢了，去看看龙傲翟吧，想知道答案，自然是探问龙傲翟比较好！”

其实，洛子夜心中也有点纳闷，龙傲翟那时候为啥不跳马呢？他一定是知道自己居心不良的，要是被算计成功了，那决计是比跳马的后果严重，可是他……

正这么想着，不远处，萧疏狂匆匆而来：“太子，属下有话想对您说！相信您已经知道，疏影对龙将军有几分好感，属下要说的正是这件事情！”

洛子夜点头，看着他，等着下文。

萧疏狂接着道：“之前云筱闹姑娘对疏影透露过，太子之前便知道我们有问题，但还是选择信任属下，不知道是否如此？”

“问这个，倒不如你告诉我，爷的信任到底对不对！”洛子夜眸色认真。

萧疏狂抬头看着洛子夜：“属下定然不会辜负太子的信任！其实，属下当初刚来太子府的时候，只是……只是因为好玩而已。听说天底下最纨绔的皇族之人，都开始招兵了，还说要带兵成就大事，为百姓做好事，属下，属下……”

说到这里，萧疏狂脸红了，他这般支支吾吾了一会儿之后，洛子夜笑了笑，给他接了下去：“你原本是打算来看笑话的，看爷能玩出一个什么花样来，并不是过来算计爷，或者是来给谁做内应的，不过就是来看看热闹罢了，但是待了一段时间之后，忽然决定留下了？”

“不错！太子睿智！”萧疏狂低下头去。

洛子夜点头：“从前我也不想多问了！你就告诉我眼下你怎么想的吧，我相信你不会害我，但是以后呢？是留下还是离开？你把你的打算告诉爷，爷心里有个底！”

“太子……您不打算问属下的身份吗？”萧疏狂抬眸看了对方一眼。

洛子夜耸了耸肩：“你的身份是什么，你要是想说，你自然会说！爷比较好奇的是，你跟龙傲翟的关系，以及你们之前是怎么认识的。或者，龙傲翟有没有什么秘密？”

萧疏狂一愣，随即道：“关于龙傲翟，属下只能告诉您，他是墨氏皇族的人！”

“啥？”洛子夜一噎，“你确定？”眼下虽然说诸侯一个比一个牛，但是正儿八经地，这也还是墨氏的天下，墨王室的人，跑來自己臣属的国家当臣子，这是不是脑残了？

“确定！只是，属下不能告知您他的身份！”萧疏狂低下头去。

洛子夜默了一会儿：“那他在墨王室，身份高吗？”要是身份不高，在那边没有出路，于是奔到天曜来谋前程，那倒也不是不可能。这样的论断也还是说得通的！

然而，萧疏狂支吾了一会儿：“身份……很高！”

洛子夜听了，眉梢皱了皱，看着萧疏狂：“那他小时候有没有得过什么病？比如脑瘫、脑膜炎，小脑和大脑长反了位置什么的？”

“啥？”萧疏狂蒙了。

看萧疏狂的神情，也就知道龙傲翟不是脑子有病了。她叹息：“既然不是因为脑子有问题，那龙傲翟跑来天曜，一定是为了盘算些什么了！”

萧疏狂：“……”好吧，原来太子的脑回路是这样的。

她看了他一眼：“那你是怎么打算的？”

“属下誓死效忠太子！”萧疏狂抱拳，看向洛子夜。

洛子夜有点纳闷：“龙傲翟身份不低，你既然能认识他，想必你的身份也不会低，现在还决定留下？老实说，你是不是暗恋爷？”

萧疏狂：“没有……只是，这段日子我觉得自己过得很快活。”

他们所有人都有一个目标，在为一个人努力，有着共同的信仰。能跟这些新认识的兄弟、朋友，一起谈天说地，惬意人生，没事跟着洛子夜整整人，日子过得如此快活。

既然这样，为什么要走？为什么要回到从前那个院子里去，过那样空茫的日子？

“行！人活一场，有人希望平凡一生，安然便可；有人希望立于高峰，令世人憧憬仰望。但活嘛，恣意快活便好。你眼下在爷这里觉得很快活，爷自当欢迎你，什么时候你觉得旁处令你更快活，爷也不会强留。彼此真心相待的人，自然希望对方更加快乐。只要走之前说一声，之后彼此不负就好！”洛子夜拍了拍他的肩膀，转身离开。

萧疏狂却惊了，扭头看着她的背影。看对方已经走出去一步，他郑重道：“太子今日的话，属下记住了。但若太子不相负，属下定一生相随！”

“嗯！那好，什么时候你愿意告诉爷你的身份了，就写一张字条递上来！”洛子夜笑着说完，便大步走了。

“是！”萧疏狂看着洛子夜的背影，半晌没有回过神。身后却传来一阵脚步声……

……

洛子夜在路上，遇见了上官冰。她从对方跟前走过，对方竟然浑然不觉，那眼神竟盯着凤无俦的王帐。洛子夜顿住脚步，瞟了她一眼，发现那眼神竟然是看着门口的阎烈。

洛子夜走到她跟前，伸手在她眼前晃了晃，这一晃，上官冰吓了一跳：“太……太子殿下，您怎么来了？”

“看男人看痴了？”洛子夜调侃了她一句，又道，“阎烈欠你钱没还？你这样眼巴巴地盯着他。”

没想到她这玩笑一开，上官冰的脸红了。偏生她又是江湖侠女，性子也是豪爽：“太子，您跟摄政王殿下关系似乎不错，那对阎烈，也有一些了解了？”

“不错！”洛子夜点头，难不成是真的欠钱没还？还是……

上官冰低下头，竟不好意思地扯了扯自己的袖口：“那……那他可有心上人？”

“咳……”洛子夜回头瞄了一眼阎烈。

她又瞄了一眼上官冰，阎烈长得其实也是挺帅的，那容貌跟冥胤青这样的美男子，其实都有一拼，只是站在凤无俦的边上，才有点失色了而已，所以被适龄的姑娘透过凤无俦的光环，看见阎烈的英俊，倒也不是说不过去。

见洛子夜一咳嗽，上官冰立即急了：“莫不是已经有了？”

这问题还真的把洛子夜给问倒了：“有没有爷还真的不知道，毕竟爷跟他肚子里头的蛔虫不是很熟悉。不过他跟云筱闹的婚事已经上了户部记录，也是父皇允准。当时不过是为了救云筱闹的权宜之计，但阎烈心里到底是怎么想的，爷也不清楚，只是觉得，他好像对云筱闹是有点意思！”

上官冰一听这话，脸就白了：“那闹闹喜欢他吗？”

洛子夜摸了摸鼻子：“她先前是喜欢爷的，但是爷是个断袖你们是知道的，眼下她又喜欢谁不喜欢谁，大概需要你自己去问了！不过你到底是怎么看上阎烈的？他寻常就是个死人脸，拽得跟凤无俦有的一拼，跟这样的人在一起，以后指不定怎么受他歧视，爷觉得你还是应该好好考虑考虑！”

她这是被凤无俦轻蔑的眼神歧视了，所以这会儿看阎烈也不太顺眼了。其实阎烈跟她还有私怨，他曾经一本正经地宣称，要专业为凤无俦捉她一百年！

上官冰咬了咬下唇：“是那日，太子在外头被人设计，乱军之中，我险些中箭，阎烈救了我！那时候，我就对他，对他……”

哦，洛子夜明白了，原来是英雄救美的爱情故事。姑娘们一贯对救了自己的男人有好感，她提议道：“既然你不知道云筱闹是怎么想的，也不知道阎烈是怎么想的，不如你先问问云筱闹，再考虑是不是找阎烈表明心迹？”

上官冰点点头：“太子说得是，那我就先告退了。去问问云筱闹的意思！若只是权宜的婚事，彼此都没什么想法，我倒是愿意为自己争取一番。但倘若他已然跟闹闹两情相悦，我即便是喜欢他，也断不会横插一脚，横刀夺爱！”

“嗯，去吧！”洛子夜点头，手里头握着扇子，负手立着，看着她走远，摇了摇头，不知道为啥，她总觉得这问题最后会有点乱。

不过上官冰这样的心性，倒是不错。

倘若对方已经有了要相伴的人，即便是喜欢，也会放手，不会以爱的名义去横刀夺爱，做一些龌龊的事。这样三观正的人，自然也令人喜欢。

看了一会儿之后，她就去嬴烬的营帐探病了。青城看见她，眼神里有几分敌意，但还是问了一句：“太子，后日你要出海，可需要什么帮助？”

“你好像不是很放心我去！”洛子夜不答反问。

青城坦然道：“固然是不太放心你，却相信你会全力做好这件事。更何况，不守在公子身边，我也不放心，担心有些宵小之辈乘人之危，故而不放心，也只能让你去了！”

洛子夜摸了摸鼻子，心知他心里担心的宵小之辈里，还有凤无俦。

她点头：“既然除了让爷去，已经没有什么别的选择，不如你就选择相信爷。不要用这种斗鸡的眼神看着爷，毕竟爷是个热爱和平的人！”

青城嘴角一抽，有几分无语，又有几分冷漠地道：“似乎现在除了相信太子，也没有旁的办法！但，青城有个不情之请。”

“你说！”

青城看了一眼昏迷中的嬴烬，顿了顿，看向洛子夜道：“青城希望，如果太子给不了公子任何回应，也给不了公子任何承诺，这一劫过后，请太子离公子远一点，最好是不再相交，青城感激不尽！”

说着这话，他竟然单膝跪地，对着洛子夜抱拳一礼。

任何可以好好商量的事情，只要膝盖一弯跪下去，那就不好商量了。同样，任何可以一口便回绝的问题，在对方跪下之后，也就不好拒绝了！

洛子夜眸色转冷，盯着青城，没有说话。她跟嬴烬是好朋友，自然也不兴那一套对方身边的人警告自己或者央求自己离远一点，她就真的立即滚。她盯着青城道："你这是在为难我，也是在逼爷跟自己的朋友绝交！"

青城面色一肃："并非有意为难，青城感激太子，是因着太子，公子这段日子以来才不再酗酒。太子甚至愿意出海求药，为公子治病。但是，太子，您也看见了，公子现在成什么样了？倒不是说他眼下重伤，身上受伤了，倒是可以治好，但是心若伤了呢？他半生坎坷，如今那心早已百孔千疮，否则也不会酗酒多年。青城不希望，太子日后给的情殇太深，令他承受不了！"

他这话一出，洛子夜只感觉眼前一刺，扫了一眼榻上的人，额角的青筋也展现了出来："可你这话的意思，该不是说，等嬴烬醒了之后，让爷一句话都不说，无端端就断交吧？且不说若是如此他会怀疑，而且，好好的朋友，就算是日后不联系，爷也不希望我们不明不白地断交，甚至反目！"

青城立即道："青城也并非这个意思！太子可以跟公子将事情说清楚，而后保持距离。这不是很好吗？何必明知道公子喜欢您，您又不能给公子任何回应，却偏要自私自利地以朋友身份相交，将公子绑在自己身边。要是这般，太子不觉得也太自私了吗？"

他这话一出，倒是令洛子夜的脑子清醒了几分。其实青城的话，也不是没有道理。虽然是不太好听，但的确，她明明已经不能给嬴烬任何回应，却还说要做朋友，其实这也就是还让嬴烬有所希冀，是有点自私。

她看了一眼青城："你先起来吧，他醒来了，我自会与他说！"上次在山洞里头其实已经说清楚了，嬴烬那时已表明会退，可青城这话的意思，分明是嬴烬退得不够，还要他们不要来往了，这自然令她心情不好！

青城听了，抬头看了她一眼，直视洛子夜的眼睛："太子言而有信？"

他问出这话，她倒是上下打量了青城一眼："青城，你当真只是个跟在嬴烬身边的护卫吗？"他说话，字字句句直击人心。这也就说明，他明白什么样的话，更能把控人心，与他寻常偶尔的蠢萌完全不同。这不能不令人怀疑，他寻常的表现都是装出来的假象。

"只是护卫也好，不是也罢，但总归，我是不会对公子不利的，也不会允准任何人对他不利！"青城站了起来。

看着他清俊的面孔上，透着几分淡淡的寒意，洛子夜似笑非笑："所以，倘若方才你说的那些话爷不答应，那么很有可能，日后你会对爷下手？"

"不错！"青城直视洛子夜，接着道，"青城倒不敢说自己有多少本事，但若打算对太子下手，怕对太子来说也将是一件麻烦的事！可到底，你我之间并无什么怨恨，能说清楚解决的事情，也没有必要一定动武，不是吗？"

他此言一出，洛子夜点头，面色微冷："那倘若本太子已经跟嬴烬把话说清楚，他却坚持还要做这朋友呢？"

"那就请太子，君子之交淡如水！"青城弯腰，又是一礼。

所以，青城的话意思也算是明白了。他也并不是要洛子夜跟嬴烬反目，更不需要洛子夜故意说什么难听的话刺激嬴烬跟她保持距离。因为若这般，莫说是洛子夜会不会答应，嬴烬也未必受得住。

人常说长痛不如短痛，但有时候短痛太重，太过痛入骨髓，那也是能致命的。

所以，他觉得洛子夜可以将话说清楚，但若公子不应，那就请洛子夜对公子冷淡些。明明不可能给公子任何结果，又何必经常对公子伸出色爪？

洛子夜点头："爷明白你的意思了，爷能应！其实，这些话你不说，爷心中也有数！"

嬴烬与其他美男子不同，其他美男对她没什么意思，她见着人家的美色，摸个小手占占便宜，她心里满足，对方也就只有小小的不适，不会造成什么心理创伤。但是嬴烬摆明了对她有意思，她自当要把控自己，否则给他的，就会是一些错误的信号，这是会令他越陷越深的。

青城松了一口气："太子心里明白最好！毕竟太子总是与公子走得太近，那位也会不高兴，对太子的安全并不利！"

他这话其实是有点恶意的成分了，简直就是在让洛子夜回忆起来，之前被凤无俦收拾的惨况。

她呵呵一笑，打量了青城半晌，回击了一句："总好过你每天屁颠屁颠地跟在人后头，人家连你想干啥都不知道！"

说完这话，她扭头就走。

青城脸一青……

"王，帝拓新君登基的请柬，已经在来天曜的路上了。您是否打算参加？"阎烈偏头，看了一眼摄政王殿下那算不得太好的脸色，问了一句。

凤无俦冷嗤了一声："他们愿意玩，孤却没兴致去看猴把戏，直接递给洛肃

封。”

“是！”阎烈点头，接着又道：“那王，果果……”

他这话，倒是将摄政王殿下极其不悦的情绪挑了起来。他眉宇间是极不豫的褶痕，凝扫了阎烈一眼：“嬴烬就当真比孤讨人喜欢？”

一个洛子夜这样不知好歹就罢了，果果也如此不知死活。

阎烈眉心一跳，深知这个问题不是那么好回答：“王，这个问题……这要看人怎么看！您很好，这是毋庸置疑的，但倘若太子脑子转不过弯，那也是没法子的事！只是您也不必生气，太子就是更喜欢嬴烬的性子，那又能怎样？他真正喜欢的人，是您不是吗？”

他这话一出，倒令凤无俦想起来，昨夜在狩猎场中，她昏迷中说喜欢他的事。于是，他十分不悦的心情，倒是慢慢地平静了几分，却骤然魔瞳微凛：“修罗门的事情，查得怎么样？”

“修罗门，在肖青着手去查的时候，对方似乎就已经察觉了。祭上了修罗门的门主夜修的人头，正在从江北送过来。说是向王您请罪！”阎烈说着这话，表情也是有几分古怪。

没等凤无俦开口，他又继续道：“修罗门就是杀人的组织，他们从来是拿人钱财，替人办事！但据闻他们并不知道您对于洛子夜的重视，故而其门主就接下了这一单生意。知道您震怒，夜修唯恐您生气，连累修罗门中众人，便干脆自尽了！这件事情老王爷也知道了，传了信回来，说修罗门夜修的师祖，也是修罗门的创始人，当初与老王爷有几分私交，如今夜修既然已经死了，希望您放过这件事情，不必再问，也不必再查了！”

老王爷很少管王的事情，却一直是支持王的，不论王做什么，老王爷都未曾反对过。这时候传了这样的消息回来，老王爷极少开口对王求什么，故而……

阎烈道：“王，既然夜修已经自裁，太子也并没有什么损伤，老王爷也是第一次向您开口，属下认为，不如就饶他们一次吧？”

凤无俦听了，魔瞳微微眯了眯。魔魅的声音缓缓响起：“那就告诉父王，他们若再有下次，就算十个夜修自尽在孤面前，孤也不会再有丝毫心慈手软！”

“是！”阎烈点头，“只是……怕是凤溟那边的势力，也牵扯进来了！”

修罗门在凤溟，也常常为一些凤溟的显贵办事。所以这事，倒是很有可能……

“孤心中有数！”他伸手揉了揉眉心，眉宇间却浮现出几分冷怒，“凤溟那边，还有人想对洛子夜动手，应当并非因着洛子夜，也是为了嬴烬！”

这世上，想要嬴烬死的人，太多了，也不单单就是一个冥胤青。洛子夜打算出海为嬴烬求药，也自然是触了这些人的逆鳞。

阎烈叹息道："不过，既然您已经插手，想必凤溟那边的人也会收敛很多！"

他这话一出，凤无俦魔瞳中浮现出几分戾气，冷沉道："他们终究欠缺教训！"

"属下明白了！"阎烈点头。所以，修罗门是不必再查了，但是谁寻了修罗门做这件事情，却是要查，凤溟那幕后之人，也要给几分教训，"不过，太子去看嬴烬了，您怎么……"怎么好像不怎么生气？

摄政王殿下倒拿起酒壶，往铜铸的杯中倒酒。魔魅的声音，和着那倒酒的声音，吐出来便如同远古祭师一言而出，便必定应验的咒语："今日去了，日后她会跟嬴烬保持距离。而且，她很快就会回来。孤自然由着她去！"

阎烈蒙了蒙，尚不明白。但王都这么说了，那便也应当是如此吧！想了想之前，王在知道洛子夜去了嬴烬帐中的时候，吩咐了人在太子的帐篷门口等着……

他们说话之间，洛子夜回来了。鉴于凤无俦不友好地让她去问嬴烬，所以她也没去找凤无俦，直接就回自己的营帐。这才刚刚走到那门口，就见着了凤无俦派来的人："太子，王请您去他的王帐！"

洛子夜露出一个友善的微笑，然后吐出两个字："不去！"

"好的！既然您不去，那属下就先回去了。王也说了，您今日若是不去，明日再有什么事情，可莫要求他！"那人倒也是好说话，说完这话，转身就走了。

洛子夜在原地站了一会儿，瞅着对方的背影，嗤了一声："你告诉他，不求就不求！爷打算从今日开始，自力更生。别说是爷明日有事情求他了，爷后日也没事情求他。你就让他看看爷是不是没了他，就不能活！"

她这话一出，那人古怪地看了一眼："太子您还是仔细想想吧，王说了，今天晚上之前，您什么时候想起来了，去找他，也都还来得及！"

说完，走了！洛子夜蒙了，这言辞笃定得好似她明天真的有什么事，非得去求凤无俦，而且不求还办不成似的。她盯着那人离开，心里忽然变得没底起来了……

……

而这会儿，龙傲翟已经醒了。

洛肃封表示了慰问，并耐心地询问了那天的情况，似是急于表达自己的爱重。然而，龙傲翟却很淡定："多谢陛下关心，战马受惊罢了，是臣自己的过失，山骤然轰塌也是天意，末将能活着回来，已是万幸！多谢陛下派兵救援，末将万死难报！"

很显然，他没有要举报洛子夜的意思！洛肃封眉梢皱了皱：“那既然如此，朕就先回去了！龙将军好好养病！”

这些事情决计跟洛子夜脱不了干系，但龙傲翟一句都不多提洛子夜，这是几个意思？

“末将恭送陛下！”龙傲翟打算起身行礼。

洛肃封将他按了下去：“龙将军既然有伤在身，就不必起身送了！朕改日再来看你！”说完这话，容色复杂地走了。

他前脚刚走，下人看了一眼帐篷的门口：“看陛下的样子，似乎是心中起疑了！不过将军，这件事情摆明了就是太子要对付您，您为何不对陛下说？”

“指控洛子夜，有证据吗？”龙傲翟声音寒凉。

下人眉梢一皱：“虽没有证据，但您将事情说清楚了，至少洛肃封会全心全意地相信您，眼下这显然洛肃封心中已经对您生疑了！”

龙傲翟冷嗤了一声：“全心全意地信任？洛肃封对任何人的信任，都不可能全心全意！如今他的目标在凤无俦，可一旦凤无俦倒了，他要对付的下一个人，就是我！”

也就在这会儿，门外有人禀报：“龙将军，轩苍风王来访！”

“请！”龙傲翟应了一声。

不一会儿，人进来了。轩苍墨尘还是那副温润儒雅的模样，淡淡道：“龙将军的伤势如何了？”

“死不了！倒是风王前来，怕是有话要说吧？”龙傲翟盯着他回了一句。

轩苍墨尘轻笑了声：“上一次三位联合对付洛子夜，本王虽然没参与，但与洛小七的结盟，你我都在！故而，本王想知道，龙将军如今的心思！”

他这话，没说得太清楚。但龙傲翟不是蠢人：“风王是看出了什么，故而才会有此一言？”

“不错！”轩苍墨尘容色淡淡。

龙傲翟轻笑了一声：“那本将军只能说，这件事情，是本将军的私事！风王殿下恐怕还管不着。毕竟我们的联盟，是对付凤无俦，而不是洛子夜。不是吗？”

轩苍墨尘看了他一眼：“但相信龙将军不是不明白，倘若要对付凤无俦，洛子夜在其中，会是很重要的一步棋！”

他这话一出，龙傲翟倒是挑了挑眉梢：“若是本将军没看错，风王对洛子夜的想法，也并不单纯！即便如此，这一步棋，风王还是要走？”

“若是万不得已，只剩下这一步棋，龙将军也一样会走，不是吗？龙将军之所以来天曜，也必定有龙将军的使命。或者，到如今，龙将军以为，本王看不出来，阁下对洛子夜的心思，所以不打算坦诚相告？”轩苍墨尘盯着他的眼，笑容淡淡，话却直言不讳。

龙傲翟额角青筋一跳：“风王说得不错，你我都有自己的使命。但，若非万不得已，本将军不希望动她！”

话都说到这份上了，龙傲翟也就等于是承认对洛子夜有意思了。轩苍墨尘慢条斯理地道：“龙将军既然这么说了，那本王就来猜猜，龙将军为何甘愿落入洛子夜的陷阱。可是眼下已经与洛子夜结仇，深知倘若自己不吃些大亏，恐怕洛子夜不会善罢甘休，也不会跟龙将军化解恩怨。故而才有此举？”

龙傲翟冷笑一声，却毫不避讳地道：“论起心思深沉，阁下的能耐，怕是谁都比不过。本将军的心思既然被阁下看破，便也不打算隐瞒。不错，的确如此！”

在他龙傲翟眼中，这世上的人，只分为两种：配为敌的和不配为敌的。

配作为他对手的，若是男人，便定当要论出一个高下来；若是女人，携手有何不好？尤其，洛子夜这个人，虽然不着调了一些，之前在狩猎场中，她的那一番话，却令他觉得言犹在耳。

皇族中人，都是一样的。可唯独洛子夜，是他们当中的一个异类，她竟然相信真心这种东西，并且重视，这是他们这些人所鄙夷的愚蠢，却又偏偏是他们所有人都缺乏的温情。

这样的女人，要是能在身边，只是想想，都会觉得很好！而且，她一颦一笑之间，也曾令他心动。

轩苍墨尘倒是笑问了一句：“你知道了？”

这话问得没头没尾，龙傲翟却明白他的意思。轩苍墨尘接着道：“倘若不是知道了，你的态度不会转变得如此之快！”

“风王这么问，那风王也应当是知道了？”龙傲翟挑眉，不答反问。

两人都心照不宣，问的全是洛子夜性别的事。

轩苍墨尘点头：“的确！她并不该卷入这场纷争中来，这原本该是男人的争战。只是从一开始就错了，但她陷入之后，再也抽不出身了。本王也不愿意害她，但除了她，凤无俦并无软肋！”

龙傲翟闻言，扫了轩苍墨尘一眼，冷声道：“事已至此，本将军只有一句话。是非轻重，本将军分得清！”

说完之后，他又补充了一句：“只是洛小七那里，却并不赞成……”并不赞成他们算计洛子夜。

“不过是算计罢了，总归不会让洛子夜丧命。毕竟不论他，还是你我，都不希望她死，不是吗？大业面前，这一点让步，相信他是愿意的！”轩苍墨尘面上带着几分冷锐。

龙傲翟点头：“风王的心性，本将军的确佩服。这世上大抵少有人能如风王一般，将取舍处理得如此干脆！”

“那是因为本王心里一直清楚，本王最想要的是什么！”个人荣辱、个人感情再重，也重不过家国大业，重不过他轩苍的黎民百姓！他惯于以最小的代价，去获取最大的利益。若只是斩断自己的私情，就能令轩苍强大，令百姓不再流离失所，一切便都值得。

他这话一出，龙傲翟倒愣了。接着轩苍墨尘起身：“本王就先回去了，也希望龙将军清楚自己最想要的是什么。莫在关键的时刻，被魔障迷了眼！”

翌日。

受降大典已经开始准备，洛子夜穿好了衣服，打点好一切，就打着哈欠出门了。路上遇见合齐，对方还关心地看着她，又暧昧地看了一眼远处的凤无俦的帐篷，心里有几分异样，但还是问了她一句：“太子，见你气色不好，莫非昨夜夜生活很丰富？”

洛子夜嘴角一抽，原本被凤无俦那浑蛋派人来说一句话搅和得没睡好，心情就已经很恶劣了，这小子竟然还暧昧地看来看去！

她斜了他一眼：“看你气色挺好的，一看昨天晚上就睡得香甜，肯定没有性生活！”

说完，走了。

合齐：“……”

他摸了摸鼻子，好吧，是他话多。这年头，调侃人者，恒被人调侃回来！并且还是正中胸口的一箭……他倒是也希望有个长得和洛子夜一样好看的姑娘，来丰富他的性生活啊。啊呸呸……想什么呢！

洛子夜到的时候，凤无俦还没到，洛肃封和轩苍墨尘等人也没到。

她跑到自己的座位上，一屁股刚刚坐下去，不远处就传来一阵马蹄声，所有人的目光也都全部看了过去！前方一个男人骑着一匹马，身上穿着的是草原的服饰。头发一半散着，部分编成辫子。身上是一件火红色的披风，他快马而来，像是逆着骄阳来的熊熊烈火，强大的冲击力使人心惊！

就这气势……大家都转过头，尤其这时候，耶卓峰已经站起来，走过去迎接。

大漠诸王也都站了起来。独洛子夜坐着，等着那人近前来！不一会儿，那一队人马就上来了。最前头那男人翻身下马，利落地扯掉了自己身上的披风，那张脸上布满了络腮胡子，倒看不出来具体长什么样！

只是那一双如鹰般锐利的眸子带着浓浓的侵略性，令人一眼看去，便能印象深刻。

诸王们都上去道："申屠王子！真是好久不见，还有公主！"

说着这话，一名也穿着大漠服饰的黑衣女子，下了马。她脸上蒙着面纱，额头上坠着额饰，一双杏眼含情，却也透着几分阴骘。若说澹台毓糖是纯净的踏雪莲，这位公主就是神秘的地狱花。

一看就不是个好相与的主儿！

那男人下马之后，拍了拍几位王爷的肩膀，声音粗犷豪迈："哈哈哈！太客气了，申屠焱哪有能耐让诸位都站起来迎接？喝酒，我们喝酒！"

耶卓峰立即弯腰："王子，您的位置，已经备好了！"

说着这话，他指了指洛子夜斜对面的位置。那人如鹰的双眸很快扫了过去，又放到了这里唯一一个没起身、也没跟他打招呼的人身上。一袭红衣，一双天生的桃花眼，手里握着扇子。他挥了挥手，示意耶卓峰退下，直接便对着洛子夜的方位走了过去。

洛子夜含笑不动，他嘴角也噙着几分笑意，那是属于大漠人无拘无束的张狂笑意。走到洛子夜跟前，他的手直接就对着洛子夜的下巴伸了过去："这个小白脸，就是天曜的太子？"

谁知，他手刚刚要捏到洛子夜的下巴，洛子夜扇子一横！不见她怎么用力，他的手却被架住了，怎么都动不得。他眸色转冷，而洛子夜更快伸手，捏住他的下巴："如果你长得不好看，就不要在爷面前嚣张！爷的宽容和耐心，从来都只给美男子！"

对方明知她是天曜太子，却说她是个小白脸，她就干脆反讽对方长得丑好了！

她这话一出，不知道是戳到了申屠焱的哪根神经，竟令他张狂地笑了起来："本王长得不好看？大漠中谁不知道，我申屠焱是大漠第一美男子？"

他这话说完，莫说是洛子夜了，其他人都沉默了。

不少大漠的汉子，都觉得自己脑门后头有乌鸦飞过。大漠不比中原，在大漠长得好看的男子，反而总是被人耻笑，实力才是检验真男人的唯一标准。申屠王子纵然是公认的大漠第一美男子，但他不是一直引以为耻吗？今天怎么这么说出来了？

洛子夜的沉默，是因为她实在是很难透过自己面前这张胡子拉碴、五官都看不

清楚的脸，找到丝毫大漠第一美男子的风采！

在一众人的沉默之中，申屠焱也终于透过洛子夜的瞳孔中反射出来的自己，看到了自己一脸的胡子！他伸手摸了一把，倒是有了几分尴尬：“不过是几天忘了刮胡子！老子长得好看，是整个大漠都知道的事，太注重修理边幅，会让其他汉子尴尬得活不下去！”

其他汉子：“……”他们觉得这时候比较尴尬的，应该是申屠焱自己吧。

“先把你的手收回去！”洛子夜嘴角含笑。

申屠焱倒笑了：“你的手，可还掐着老子的下巴呢！你先放开！”

对于这种一上来就侮辱她、连带找麻烦的人，洛子夜当然不会有丝毫客气！挡着他扇子的手一转。

砰的一声，敲上了他指节的骨头！

一声脆响。这样的撞击力，寻常人自然是很快就收手了。但申屠焱仿佛完全没感觉到疼，倒在洛子夜这一敲之后，脸上的笑意更重了几分，并在眉眼展开之后，直接便哈哈大笑起来！

“哈哈哈……有意思！”说着这话，他收了手。

洛子夜见没敲动，还以为要再相斗一番，却没想到，他竟放手了！而且笑得很高兴，活脱脱像捡到五毛钱，她开始觉得自己的脑回路有点跟不上对方的笑点！

她捏着他下巴的手，也收了回来。而她低头之间，却见着了他微敞衣襟下的肌理，天气很热，所以他的衣服也就随意穿着，并没扎严实。这令她将他的胸肌和腹肌，都看了一个大概。这是标准的看起来魁梧，但是扒光了绝对肌肉男的类型，令洛子夜的鼻子抽了一下，觉得有点发热。

不知道什么东西就要流出来！

申屠焱却没注意到洛子夜猥琐的目光，大笑着松开手之后，竟一脚踩上了洛子夜的桌子！桌案并不是很高，他踩上去之后，弯腰将自己的手肘搁在膝盖上，近距离地看着洛子夜，问道：“跟老子打一场，敢不敢？”

“有何不敢？”洛子夜收回眼神，盯着对方的脸。

这话显然又取悦了对方。

“痛快！”申屠焱手一伸，耶卓峰立即又递上来一个酒杯！他拿起洛子夜桌案上的酒壶，给洛子夜酒杯中倒酒，倒了一半之后，似乎是不耐烦了，伸手便将那酒杯一挥，扬声道，“给老子抱两坛酒来！”

“是！”耶卓峰立即让人去准备。

洛子夜看得都有几分惊奇，大漠诸国，理论上都是臣服于天曜的，但是这位什么王子，怎么嚣张成这样？正想着，耶卓峰的两坛子酒就放在桌上了。申屠焱看了一眼那两坛酒："废话不多说，先跟老子干了这坛酒！再去打一场，只要你喝，一会儿交手，不管输赢，老子都认你当兄弟！"

"只不过，这兄弟是前一秒钟交完了，后一秒种就可以变脸吧？不过你想喝，爷今天还真就陪你干！"洛子夜似笑非笑地回了一句，半点不让，站起来举起了酒坛。

前世她的体质就很特殊，想喝醉的时候，一杯酒就能把自己放倒，不想喝醉的时候，千杯都不醉。这个身体她还没有试过，但相信也不会让她太丢人。洛子夜将酒坛盖子掀了，举起来就打算喝……

倒是合齐王子提醒了一句："马上就是受降大典了，两位若是喝醉了，一会儿……"

他话没说完，申屠焱的眼神就扫了过去，那眼神很锐利："千杯不醉的才是真男儿！喝个酒磨叽个屁！"

说完这话，他也举起了酒坛。其实他原本就只是吓唬吓唬洛子夜！就洛子夜这个样子，看起来瘦弱不堪，还矮，长得还娘里娘气，一看就是三杯酒就能放倒的，料想对方也是不敢应，没想到她竟然比自己还豪爽，先把酒坛子给举起来了！

洛子夜瞟了他一眼："谁先喝完谁是爷爷！"

说完这话，仰头就猛灌！

申屠焱被她这一句话，还有这豪迈的举动给弄愣了！反应过来之后，大笑着道："好！"

之后，也仰着头猛灌了起来。

少顷——

"砰！"

"砰！"

两声落下，两人一起摔了酒坛子！同时喝完。旁边的人都看愣了，不知道这两人这算是什么鬼。大漠的人嘛，都是豪爽的，但是这两人第一次见面就拼酒，还拿叫爷爷当赌注，这会不会豪爽过头了？

洛子夜喝了酒，虽没醉，脸上却因为酒劲有几分微醺，淡淡的红色分外娇艳。申屠焱看了一眼，竟愣了一下。这小子岂止是长得像小白脸，这生生是比寻常的娘们都好看，也不知道中原这些猴生崽都怎么长的。

洛子夜一坛子酒灌下去，发现自己啥事没有，于是，盯着申屠焱笑道："喝完

了！刚才你不是说，只要喝完了，不管输赢，咱俩都是兄弟吗？先叫声哥哥听听，做人要言而有信！”

申屠焱一愣，倒是被她这句话给唬住了，骤然想起什么：“哈哈哈……老子可只说了做兄弟，没说给你做弟弟！你要是真认这句话，就叫声哥哥听一听。以后在大漠，老子罩着你！”

他这话说得豪气，听着就是那种黑社会老大的惯用台词，就是不知道这话几分真心、几分假意。洛子夜耸了耸肩：“当兄弟可以，叫哥哥没门！”

“那就打！谁赢了谁是大哥！怎么样？”他骤然凑近洛子夜的脸。

说话之间，酒气都飘入她的鼻翼。洛子夜挑了挑眉毛：“行啊！来。”

这场面看起来，火药味就有点重了！围观的群众互相看了几秒钟，这要是不找个人来拉架，可能得弄出点事来！

这时候，轩苍墨尘也终于到了。远远地，就看见洛子夜撸起袖子，跟申屠焱对峙在那里。他嘴角微微勾了勾，这样的情况，倒并不在他意料之外。他缓步走过去，却也有一人，匆匆忙忙地往这边跑。

一下子撞了过来！

他轻轻避过，但那人手中的古筝还是掉落在地。那正是萧疏影，她匆忙捡起古筝，抬头便打算道歉，却见着了轩苍逸风那张脸。想起来对方前几天在大街上逼迫着自己承认身份，她冷着脸道了一句：“抱歉！”

话音一落，她就抱着古筝侧身过去了。

轩苍墨尘微微扯了扯唇，倒是没说什么。却是他身后的墨子渊道了一句：“主人，这姑娘好不识礼数！”

哪有冷着一张脸道歉的，没有半分歉意和诚意。轩苍墨尘倒是笑了：“你几时看见过洛子夜身边的人识得礼数的？”

墨子渊看了一眼不远处的洛子夜：“洛子夜果然害人不浅……”

他此言却得到了轩苍墨尘的赞同：“你说得不错，洛子夜的确是害人不浅！”他甚至觉得，因着洛子夜，龙傲翟身上就像是埋着定时炸弹，令他不清楚龙傲翟最终是会选择站在他这边，还是临阵倒戈！

这说话之间，那边那两人已经打算动手了。申屠焱道：“你小子，老子先让你三招！”这一句话，也就是瞧不起对方并侮辱了。

大家都以为，洛子夜的反应会非常大，会斥责对方，并且扬言不需要让！万万没想到，洛子夜衣服下摆一撩，往自个儿的腰间一扎，那是一副玉树临风，英俊潇洒，并自带鼓风机，把衣摆吹得颇具美感，令围观的不少男男女女，都目露赞叹憧憬之光的姿态。

她微微抬眼，却说了一句让所有人险些跌倒的话："让老子三招算什么本事？你有本事就让三十招！"

咚——第一个栽倒的是云筱闹，亏她在太子摆出这个造型的时候，心中曾经对太子的萌动和爱恋全部都冒出来作祟，误以为自己曾经深深喜欢过的这个人，将要说出什么大气恢宏，也当算是一巴掌回扇到对方脸上的话！

但是万万没想到……她竟然来了这么一句！

申屠焱也是被她无耻的精气神给震惊了，耶卓峰回报，说了这个洛子夜是好面子里子的翘楚，但是没想到……他愣了愣："十招都可以让，三十招怕是不行！"

话说完，他自己也愣了。发现自己好像被洛子夜一句话给关到笼子里头去了！原本只打算让三招的，但是这会儿要让十招了。让十招都不说，还并没显得他多大度，是对方开价三十招，他讨价还价之后，才变成十招的！

他正想着，洛子夜果然已经皱起眉头，开口道："唉！你这个人真是小气，居然只让十招！行了，十招就十招吧，总比没有好！"

众人："……"人家已经让了很多了好吗？她这还是一副嫌弃的口吻，不要脸的程度，实在是令人叹为观止！

申屠焱在短暂无语之后，倒并不以为意，扬了扬眉毛："那就来吧！也好叫老子看看，中原的人是不是跟我们大漠的汉子一样勇猛！"

他这话一出，洛子夜摇摇头："申屠王子，你打算从爷一个人身上，看出中原人是不是都如此勇猛，这是不可能的！"

"哦？"申屠焱倒是笑了，"那太子的意思，是即便你一个人一会儿被本王子打倒在地，那也就是你一个人的无能，不该算在中原人的头上了？"

若洛子夜真的是这么想的话，那他倒是要高看洛子夜几分了！

然而，他万万没想到，洛子夜听了，竟扬眉看着他："你想太多了，爷真正想说的是，爷这样的人，算得上是中原人里头的翘楚，是少有的那几个站在顶端的人物，你岂能用一个圈内站在极高处的人，来衡量这个圈子所有人的平均实力呢，这是不对的！"

申屠焱嘴角一抽，其他人的脸颊也抽搐了一下。

倒是一旁的耶卓峰实在是没忍住："既然太子这样厉害，那为何与我们王子交手，还要王子让你十招？"

"爷本来也没想要他让，可你们王子主动提出要让三招，爷这个人非常害羞含蓄，为人又实在，只要有人相求，爷就不知道该如何拒绝人。所以就决定勉为其难

地答应他让的请求，也免得你们王子话都说了，却被拒绝了，多么尴尬！这都是爷的一片苦心！”洛子夜正儿八经地说着。

说完之后，她又一本正经地道：“爷想着好歹他也是个王子，既然要让，就让三招像什么话，说不定传出去，人家还要说他小气，于是就提出三十招了，没想到他竟然还不同意，只让十招，完全就是浪费了爷想为他全面子的一番苦心，你看吧，让几招他还讨价还价，现在大家都知道他是个小气鬼了吧？”

众人：“……”他们并不知道申屠王子是不是小气鬼，但是他们全都已经知道了，洛子夜是个不要脸的！

没想到的是，申屠焱听了这么半天，却没生气，挑了挑眉毛道：“你小子还真有点意思，要不然我们打个赌，你要是输了，就别做这天曜的什么鬼太子了，跟老子去准格尔，给你个王爷当当！横竖你们天曜，上有皇帝，下有摄政王，你一个无权无势的太子，也说不上什么话，跟老子去草原，老子给你二十万兵马带着，怎么样？”

他这话一出，所有人都倒吸了一口冷气。准格尔部落，是他们大漠最强悍也最大的部落，但到底只是游牧民族，兵马人数最多也不过四十万，他竟然要把二十万兵马给洛子夜带着，他是不是疯了？

大家原本以为，好面子的洛子夜，在听见他说她无权无势的时候一定得怒了。

但她根本没怒，不仅如此，她心里还很感怀。大家都知道她是太子，可多少人知道她的处境是如此艰难啊，上下都是压力，屁话都说不上，还经常做小伏低，申屠王子真是有一颗善于发现人间疾苦的心。

她叹了一口气，看着对方的眼：“行！只要你能赢，爷就跟你去准格尔。但是你要是输了……”

“输了如何？”申屠焱挑眉，等着洛子夜开口。

洛子夜扬眉：“你要是输了，就把衣服脱了，让爷好好摸摸你的肌肉。裤子也得扒了，让爷看看景观是否宏伟。要是爷忍不住想对你臀上的小花儿做点什么，你也得憋着，满足爷！”

她最后一句话说出来，申屠焱觉得自己整个人都不好了。洛子夜这意思，分明就是想上他！虽然他知道中原有些地方流行断袖，但是这事被说在他身上，这也太令人反胃了！轩苍墨尘眉心微微一蹙，眉宇间出来一团火。

申屠焱盯着洛子夜问道：“天曜太子，你这话是认真的？”

他此问一出，洛子夜耸耸肩：“你看爷这炯炯的目光、幽深的双眼、严肃的表情，这像是在开玩笑吗？”

众人："……"

她分明眯着一双桃花眼，猥琐地上下打量申屠焱，这目光的确是炯炯且幽深，但是这完全就是内心不纯洁的表现，还有那嘴角含笑、笑容中透着几分奸诈和渴望的样子，请问又是严肃在哪里了？

申屠焱倒是笑了："行！老子答应你！"

这话一出，全场哗然，他们觉得这两个人绝对是疯了。不知道要不要找个巫医来，给他们分别开点药。

轩苍墨尘是第一个表示不同意的，申屠焱这一句话落下，他立即道："本王认为这个赌，不能打！"

"为什么？"申屠焱看了对方一眼。如鹰般的眼眸，带着几分审视与揣度，那是在打量着对方的实力。

轩苍墨尘立即道："申屠王子不觉得，这个赌约要是真的打了，那赌得实在是太大了吗？申屠王子觉得你自己输得起吗？"

他这一问，所有人都沉默了，申屠焱顿了顿之后，扬眉："输不起！"

这话一出，他却又扭头看了洛子夜一眼，语中带着三分玩味，七分傲慢："但是我申屠焱有把握，绝不会输！"

"那若是万一呢？"轩苍墨尘唇际恢复了儒雅的笑意。

申屠焱听完这句之后，眸色骤然转冷，透着几分幽暗。他盯着轩苍墨尘，用一种警告的口吻，一字一顿地道："没——有——万——一！本王劝阁下还是不要多管闲事，毕竟这世上能管我准格尔部落闲事的人，没几个！"

轩苍墨尘听了这话，也明白自己一时冲动之下，说了不讨人喜欢的话。心下也是苦笑，他轩苍墨尘竟然也有冲动的时候！他掩下心绪，浅笑了一声，复又看向洛子夜："是在下唐突了，还请申屠王子不要生气！只是，太子，你想好了吗？你若是输了，就要去大漠。你若是侥幸赢了，且不说旁的，摄政王殿下怕是第一个会不高兴的！"

他这话一出，旁边的人那耳朵就跟那兔子耳朵似的，一个一个挨着竖起来了，看着洛子夜。

洛子夜听到轩苍墨尘这话，其实是有点打退堂鼓了。但是瞅着大家都看着她，好像所有人都知道，她怕凤无俦怕得不得了似的。这令她横了轩苍墨尘一眼："他高不高兴，关爷什么事？爷做事从来只管自己高兴！"

她这话一出，三十米开外的人骤然抬手，那是一个止步的姿势。一双魔瞳微微眯起，似是撩人的魔，正酝酿着张开嘴，打算撕咬并吞下自己的猎物！

洛子夜这时候并不知道他已经到了。轩苍墨尘原打算拿凤无俦吓唬洛子夜，可竟弄巧成拙！

申屠焱当即便道："好！有骨气。倒并不是外头传的一无是处、胆小如鼠的样子！本王欣赏的就是你这般性格，你先请！"

洛子夜一巴掌，对着他的脸挥了过去。申屠焱脚下未动，双手背在身后，人却沿着腰线往身后压了压，就这般轻易避过！

这么清浅的一招，申屠焱眉梢微挑："天曜太子，难道只有这点本事？"

洛子夜笑了笑："不管爷今日是有多少本事，总归阁下今日是不可能在爷这里占到便宜！就算爷当不成哥哥，也决计不会当弟弟。摸不成肌肉，也断不会放下自己的地位留在大漠！"

申屠焱扬眉看着洛子夜："其实天曜太子并不需要本王让，也不希望自己胜之不武，是也不是？"

洛子夜点了点头："的确！毕竟爷这个人，情操高尚，实在是不喜欢自己明明凭借实力赢了，最后却让人说是你让着爷，爷才打赢的！"

她这话一出，申屠焱倒是笑了："那么，天曜太子是真的想摸本王，还是假的想？"

"自然是真的！"洛子夜很是坦诚，"要是假的，爷至于跟你折腾这么半天吗？你问这个，难不成是打算给爷摸？"

申屠焱："倒也未尝不可！"

众人："哈？"

洛子夜盯着对方，觉得自己有点噎住了。申屠焱看着她，大方地敞开胸怀："太子不是想摸吗？来吧。"

他笑容玩味，他若是没料错，洛子夜想摸他根本就是假的，故意硌硬他，哪有堂堂一国储君，当众承认自己是断袖来着？自己这样敞开了让对方动手，反而会为难到洛子夜，何乐而不为！

洛子夜咽了一下口水，踮了踮脚，旨在透过对方敞开的衣服，能更加清楚地看见对方的胸肌。现在的申屠焱，在洛子夜眼里，贴着一个大大的标签，写着几个字——送上门的肥肉！

她盯着对方的眼睛："有诈吗？"

不远处的摄政王殿下看着这一幕，魔瞳微微眯了眯，一道鎏金色的灿芒掠过，那是危险的信号。

申屠焱听了这一问，先是一愣，随即倒是笑了："没有！本王倒是好奇，太子口中的诈，能是什么？”

“比如摸完你之后，需要本太子负责，你从此赖上本太子，本太子不是太冤枉了吗？”洛子夜说得一本正经。

申屠焱：“你以为老子是中原的娘们？摸了还要负责？”

“既然你这样说，爷就放心了！”说完这话，洛子夜就猥琐地走了过去。随着洛子夜的走近，申屠焱倒是先觉着浑身不自在了。

“王……”阎烈看了一眼摄政王殿下的侧颜。

凤无俦此刻面色发沉，那张俊美堪比神魔的面孔上，眉间浮现出褶痕，这是已经动怒的表现。他大步上前，人未出声，而魔威先行。

大家渐次偏头看了过去，自觉地让到两旁，给他让路。大部分人已经意识到凤无俦到了，尤其那位申屠焱带来的公主，更是眼睛亮了一下。

洛子夜美色当前，难以注意到这些，而申屠焱心里发毛，在审视自己的判定对不对，也没注意到右侧走来的凤无俦。

洛子夜走到申屠焱身前之后，就是一伸手。申屠焱骤然有了一种立即后退的冲动！洛子夜这不会是来真的吧？但方才是他自己说要给洛子夜摸，这会儿要是扭头跑了，这也丢人！

正当她的右手要摸到，却还差那么零点零一厘米的时候，骤然被人攥住了手腕！对方的力气非常大，令她动弹不得，不能继续往前！

洛子夜的情绪一下子就激动了，扭过头吼了一句：“谁呀？没看见老子正在办正事吗？”

扭过头吼的同时，她没被钳住的左手，已经迅速伸了过去，并且成功地摸到了！

摄政王殿下未曾想到，她竟来一招釜底抽薪！申屠焱登时便是一僵，这是一只软若无骨的手，和他们大漠那些女子的手给人的感觉，截然不同。便硬生生地令他下腹一紧，身体都有了反应。但洛子夜是个男人，他硬生生地将心头那把无名的邪火给压了下去。

洛子夜这一句话吼完之后，扭头就见着了一堵墙。是一堵人墙，因着对方实在是太高，她只看见了对方的胸口。

墨色的锦袍，上头绣着鎏金色的暗纹，洛子夜的头皮骤然发麻了起来！

她艰难地咽了一下口水，抬起头惨兮兮地看了一眼他的脸，哆嗦着问：“爷要是说你看见的一切，都是幻境，你眼下正处在一个复杂的阵法里，才会看见令人暴怒的场景，你相信吗？”

她这话一出，莫说是摄政王殿下了，其他人的脸颊和嘴角，都抽搐了几下。

她咬着牙坚定地道："臭臭，其实爷根本没摸他，爷这是中了妖术，完全控制不住自己的手！这一定是邪门歪道，说，你到底对爷做了什么？你到底使用了何种妖术，令爷做出这样反常的举动？"

最后这两个问题，她是对着申屠焱吼的。申屠焱都被她整蒙了："啥？妖术？"

围观的群众："……"

轩苍墨尘也是默默抚了抚额，扭头看向一旁。也不知道说这些鬼话的时候，她自己到底信不信。

申屠焱那一声出来之后，洛子夜立即对申屠焱怒道："你不要装傻了，我劝你赶紧收回法术。要是让臭臭误会了，爷跟你没完！"

说完她扭头看了凤无俦一眼："臭臭，你一定要相信我！这全是这个申屠什么玩意儿的搞的鬼！"

申屠焱："申屠焱！"

"啊，对了！就是申屠焱！"洛子夜说完就把手收了回来，一脸惊讶地看了看自己的手，"哎呀！爷的手恢复正常了，可以自己动作了！"

申屠焱好笑又无语地扯了扯自己的衣襟，看了凤无俦一眼，单膝跪地："见过天曜摄政王殿下！"

而摄政王殿下魔瞳扫向申屠焱，俊美的面孔看起来极为阴鸷，缓沉着声音，问了一句："衣服穿不好？"

申屠焱嘴角一抽，立即哈哈大笑了几声，扯了扯自己的衣襟，并扎了扎，这才算是穿好，把那些令洛子夜垂涎的景色全都遮住了！这才笑道："本王要是知道真的有人会摸，本王也不敢如此！"

洛子夜脸色一僵，很想把申屠焱踹一脚！分明是他让自己摸的，这会儿又这么说……

可这时凤无俦凝眸盯着申屠焱，又问："如今见准格尔无战事，你便寂寞了？"

申屠焱脸颊一抽："摄政王殿下，好歹当年是老子教你怎么掏老鹰巢穴的，你咋翻脸就不认人，为了这个小子，就要跟我动兵？"

他话是这么说，但人还是单膝跪在地上，并没站起来，眉宇之中，倒是透着几分对凤无俦的敬意。

洛子夜扭头看了凤无俦一眼，未曾想到他倒还有掏老鹰巢穴的日子？

可摄政王殿下这时候却并没看她，魔瞳带着几分讥诮和轻蔑，盯着申屠焱："是你教孤掏老鹰的巢穴？而非幼稚孩童乱认兄长，对孤言山顶有治寒毒的医书，实则……"

他说到这里，不说了。

阎烈面无表情地在后头接着道："实则是有些假装单纯的王子为了掏鹰巢，避免被准格尔部落的首领发现，需要有人帮忙打掩护，诓骗王同行。最终一脚踩滑，险些摔下山崖，还是王救其一命！王看破所谓医书不过是骗局之后，某王子又开始抹鼻涕，让兄长原谅他一次……"

"够了！够了！"申屠焱立即出言打断，"十几年前的事情了，还提它做什么！"

十几年前……十一年前，是大漠诸国第一次知道凤无俦，但凡他剑锋所指之处，铁骑踏过，无人不服，无人敢违逆。凤无俦也曾经莅临准格尔，那时候申屠王子也就八九岁的年纪。莫不是那时候……

他话说完，洛子夜也明白了，这两个人之前是认识的。她傻笑了几声，顶着脑后巨大的汗珠，试图从凤无俦的掌中将自己的手腕抽出来："你们一定很久没见了吧？肯定还有许多话想说，爷就先过去坐着了，你们慢慢聊。啊哈哈哈……刚刚的事情都是误会。爷跟申屠王子就是不打不相识！"

凤无俦没说话，一直盯着申屠焱，申屠焱并不傻，他要是还看不出来凤无俦是因为洛子夜才要与他为难，那他就算是白混了："兄长放心，起初是不知事，知道了，自然不会再有下回！"

他这般识相的话一出，凤无俦眸中的阴鸷才算是散了几分。

申屠焱心里也明白，若非当年他们有几分交情，自己今日怕是要被教训，这令他奇怪地瞟了洛子夜一眼，很努力地在这小子身上寻找优点，分析凤无俦对她如此"看重"的原因！

"嗯！"凤无俦冷嗤了一声，收回了目光，眼角的余光却骤然扫到了他脸上的胡子："近日胡子就不必剃了，胡子这东西，可以保命！"

阎烈望天："……"就算申屠焱真的长得很好看，出类拔萃，您也不用因为担心太子对人家有想法，就连胡子都不让人家剃了吧？

洛子夜眉梢一皱，她挺好奇申屠焱胡子下头是张什么脸，才担得起大漠第一美男子的风采。凤无俦这是什么意思？她立即盯着申屠焱，希望对方有点出息。

万万没想到，申屠焱摸了摸自己的胡子之后，笑着点点头："兄长说得不错！老子也觉得留着胡子，才像个爷们！"

这话完了，洛子夜简直要鄙视他！刚刚见面的时候，这小子张狂得什么似的，这会儿当着凤无俦的面，就开始抱大腿了！简直了。

她看了一眼自己还被凤无俦攥着的手腕，正打算说句什么。凤无俦却已然放手，转身拂袖而去。正待洛子夜反应，那人已经走出去了几步远。

洛子夜眉梢皱了皱，不明白他今天怎么如此好说话。

也就在这时候，她斜对面的那位什么公主，见着凤无俦经过，弯腰笑道："摄政王殿下，好久不见！"

凤无俦听见了，却像是没听见，更没回这话，姿态傲慢，直接便负手走了过去。从他眉宇间的褶痕，不难看出他此刻心情非常恶劣，阎烈同情地看了洛子夜一眼。

关于洛子夜忽视的那个，必须要求王才能解决的问题……看来洛子夜是完了！

那位公主没有得到回应，却并不着恼。一双漂亮的眼睛笑得弯了起来，俨然就是一副跟凤无俦说上了一句话，不管对方有没有搭理自己，她依旧感觉很幸福的态度。

洛子夜的心情就不是很好了，显然这个妹子在觊觎凤无俦！

那公主回眸之间，见洛子夜正盯着她，她微微弯腰："太子为何这样看着本公主？"

洛子夜回视了对方一眼："本太子只是见公主气质不俗，忍不住多看了一眼而已！但本太子到底是个断袖，对公主并无绮念，还请公主放心！"

那公主倒没想到，洛子夜会这么说，微微一笑："太子过誉了！"

而这时候，摄政王殿下的情绪，却好了几分。那女子与他说话，洛子夜的眼神就看了过去，无非说明洛子夜对他的在意，只是这么一点在意，还不足以平息他的怒火。

他坐下之后，其他人都立即聚拢过去落座。申屠焱从洛子夜身边走过，洛子夜鄙夷地看了他一眼："看你那张狂的样子，还以为你有两把刷子，没想到看见凤无俦就抱大腿，还把被摸的责任全都栽给爷！"

申屠焱脸颊一抽："老子这辈子没服过谁，凤无俦是唯一一个！十一年前，老子还是大漠不务正业的王子，若非见着他……"

说着这话，他眸中透出几分景仰来。

洛子夜听明白了："所以小时候的你，还是个只会玩泥巴、打弹珠的浑小子，忽然有一天看见了一个英雄，激起了你心中的崇拜之情，于是立志也要成为这样的英雄。故而，凤无俦算得上是你打心眼里钦佩的人，崇拜的偶像？"

申屠焱强调道："那时候本王已经八九岁了，玩什么泥巴？弹珠又是什么？打心眼里钦佩他，这个是没错！他就是我眼里的英雄！当年的申屠焱，是部族都瞧不起的无用之人，无论如何也学不会射箭。可老子第一次射中老鹰，是凤无俦教的！"

说着这话，他眼睛闪闪发亮，令洛子夜在他的脸上看见了三个大字——脑残粉！

说完这话，申屠焱收回目光，看向洛子夜："所以，若非家国大义，若非情不得已，申屠焱永远不会对凤无俦拔剑，他是我心中永远的兄长，不论他是否承认！"

但，他这景仰只对凤无俦一个人，并不对天曜。

"好吧……"洛子夜能理解。

那就是人在最没有目标的时候，看见了一道光亮，以其指路，最终成就了自己。这样的偶像，在心里就该是神一般的存在，她理解申屠焱的抱大腿认大哥行为。就是有点纳闷以凤无俦的狂拽，居然会指点申屠焱箭术？

洛子夜又看了他一眼："那你的胡子是真的不剃了？"

话刚刚说完，便感觉到一道压迫感十足的视线，落到了她身上。她一哆嗦，不必想也知道这话被凤无俦听见了。她干笑了几声，立即坐到了自己的位置上。

这才刚刚落座，那位申屠公主就开口道："看太子跟兄长聊天十分和睦，想必两位也是惺惺相惜、相见恨晚吧？"

申屠焱立即扬声大笑："不错！天曜太子的确是个有意思的人！"

洛子夜嘴角一抽，便感觉到凤无俦的目光又落在自己身上，那魔瞳中透着几分危险的信号，似她要是答不好，她立即就完蛋了！

她正要说话，那公主不依不饶似的，又说了一句："天曜太子也说了，自己是个断袖。兄长如今也并没有婚事……说起来，我王兄还是大漠第一美男子，若当真要配太子，也不会委屈了太子。说起来，本公主也确实有几分看好！"

说到这里，她还捂嘴一笑。

然后，凤无俦的目光更冷了。洛子夜的心情也很恶劣，长了脑子的人都知道，这女人在挑拨离间，试图激化她和凤无俦之间的矛盾！申屠焱冷声警告道："阿苗！"

话是这么警告着，但老实说，方才洛子夜摸的那一下，倒的确令他有几分感觉。可对方是个男人，就是没有凤无俦这一层关系，他也表示并不能接受这种玩笑！

洛子夜也瞟了那公主一眼，没头没尾地道："你既然已经用面纱遮着脸了，再笑的时候，就不必拿手捂着嘴了！"

此言一出，不少人看了过去。申屠苗的确拿手捂着嘴，隔着一层面纱，这么捂着，当真是怎么看怎么怪异。申屠苗容色微滞，笑不出来了，却将手伸出来，将自己面上的面纱扯了下来，并立即为自己圆了一句："本公主伸手并非为了掩唇，不过是为了拿下面纱罢了！"

她这样一说，大家也慢慢地回过头，不再多看。可心里，就各人在想各人的了！

对于这种撕人伪装的皮的行为，洛子夜做得很是得心应手："取面纱也好，掩唇笑也罢，既然公主都是戴着面纱的人了，那自然也是含蓄的。故而，男人和男人之间的问题，公主还是不要操心了！"

这话一出，申屠苗脸色惊变，一众人看申屠苗的眼神也变了！一边妄议男子，一边蒙着面纱假作含蓄，这可不就是在装吗……

申屠苗面色变了几变，笑道："是申屠苗唐突了，不过是因着担心兄长的姻缘，所以多问了几句，若是僭越了，还请天曜太子多多谅解！"

"不过是些小事，我们喝酒喝酒！"这话是申屠焱说的，其实他并不明白到底咋了，怎么好端端的，洛子夜跟自家妹子就针锋相对上了？

他这句圆场的话一说，大家也各自举杯，开始喝酒。

那申屠苗也知道了洛子夜不好对付，不继续跟洛子夜说话了，倒是那双含情脉脉的眼，一直盯着凤无俦，却又似乎慑于对方的魔威，只敢看那方向，不敢抬头去看对方的脸。

就在这时候，随着太监的一声高呼："天曜皇帝陛下到，戎国君主到！"

一众行礼的声音渐次响起。洛肃封点了点头，开口道："免礼！"

戎国君主在看见凤无俦的时候，立即将手放于胸口，弯腰道："见过天曜摄政王殿下！"

凤无俦微微颔首。接着，洛肃封跟戎国君主就上了受降台。也就在同时，凤无俦的魔瞳扫向洛子夜："过来！"

洛子夜犹豫了几秒钟，因着方才跟申屠焱的那一茬，就这么过去，无非就是找抽，可要是不过去，说不定他会更加生气。

她站着没动，他微微偏头，眉宇中的神情似乎是不耐烦："或者你打算孤将你拎过来？"

这话一出来了，洛子夜很识相地过去。刚到他边上，便被他一把扯了过去，落座于他腿上。她眉梢皱了皱，心里有几分不自在。

接下来，就是长时间的受降活动。

祭师在念着长长的官方言辞，洛肃封面部表情一丝不苟地站在左边，而戎国君主在右边。受降，就要接受天曜的许多不平等条约，条约早已拟好，这时候是由天曜的官员逐句念出来。

听着上头念着赔偿的那些东西，洛子夜倒想起来一件事。好似暗处让她帮忙夺取天子令并威胁她的人，已经很长时间没有出现了，也没有再一次给她传密信。

莫不是见她不听话，将天子令给凤无俦了，于是放弃她了？或者是准备着什么等着她？

她正想着，耳畔却骤然响起摄政王殿下的声音："在想申屠焱？"

洛子夜迅速摇摇头，"没有！想他做什么？他长什么样爷都不知道，爷喜欢的是美男子，他那一脸的胡子，爷怎么会想他。刚才摸他，那真的完全就是中了妖术！你为啥就是不相信爷？"

他听了这话，嗤了一声，不置可否。却也看见了她眼皮子底下的黑眼圈，他冷醇磁性的声音骤然撩过她的耳畔："宁可一整夜不睡，担心你需要求孤的事，也不肯来孤的王帐？"

"问你点事，你还让爷去问嬴烬，爷也是有脾气的好吧！"洛子夜不甚客气地回了一句。

他没再开口，她却抬眸："爷到底会求你什么事？昨晚爷没去你那里，要是的确是件重要的事，爷再求你，你能答应不？"

她这话一出，他魔瞳骤然扫向申屠焱，又收回来看了她一眼，那脸上带着刻薄的美感和几分逼人的气势："原是可以答应，不过眼下，不能！"

话说完，他收回目光，不再多看洛子夜一眼，显然是为申屠焱的事情生气。

洛子夜瘪了瘪嘴，她也不开口了，抬眼看了一眼受降台上，仪式已经举行完了。

她正打算转过头，眼角的余光却看见一丝不对的情况。中间那个大鼎里头，猛然跃出来一个人，手里拿着匕首，直接便对着洛肃封攻击了过去！

洛子夜条件反射地就打算起身上前，却骤然被一只铁臂圈住了腰，是凤无俦。她愣了一下，而同时，洛肃封匆忙后退，可最终还是被刺客一刀掠过，匕首横在了他的脖子上。紧接着，四面八方跑来许多士兵，将受降台给围住！如此变数，令许多人都站起身来。

洛子夜这才算是明白，凤无俦为啥要她到他跟前来，这是为了避免她在条件反

射之下，直接救驾去了！那也就证明，眼前这一幕，凤无俦早有预料。那他打算做什么？

“陛下！”郭少鹏也不敢贸然上前，唯恐激怒刺客。

洛子夜正皱眉，耳后传来他的声音：“以戎国的兵力，绝不可能短短这几日就要投降！这一幕，早在孤掌控之中。”

他这声音不大，洛子夜却听得分明：“那你打算……”洛子夜没回过头，眼神却盯在洛肃封身上。

他默了一会儿，却没回答洛子夜的问题，缓沉着声音道：“然而，你摸了申屠焱，孤如今已经不想管你了！”

洛子夜嘴角一抽：“别这样，爷那只是一时鬼迷心窍，那件事情我们容后再议！再说了，你昨天一早打了爷屁股的事，爷还没跟你算总账呢！呃……”

说到这里之后，看他的脸色越发不好，显然是对她这样无所谓的态度极其不悦。

她立即改口：“哎呀，都是我的错！爷下次一定控制好自己的蹄子，真的！臭臭，你就别生气了嘛……”

说到动情处，她还扯了扯他的袖子。声音不大，动静很小，除了申屠苗一直盯着他们，其他人都没注意到他们的互动。

看她服软，他眉宇间的戾气到底散了几分，魔瞳扫向受降台，缓缓道：“与其问孤怎么办，不如问你的心意。洛肃封一再与你为难，孤教训他自是迟早的事。故，戎国有异动，孤刻意视而不见，更推波助澜。这武功高强的刺客，亦是孤安插在戎国的人。今日洛肃封死在这里，孤即刻扶你做天曜皇帝，放眼天曜，再无人敢轻易动你。不想吗？”

他说话之间，戎国的士兵已经迅速将此地包围了起来，合齐王子这时候的表情也是一个大写的蒙。

尤其先前已经病入膏肓的戎国君主，在洛肃封被抓了之后，骤然神采奕奕起来，抹了一把脸，气色都红润了几分。

洛子夜却被凤无俦这个问题给问倒了，她的脑子飞速地运转着，面色也越发冷肃：“如果洛肃封死了，会怎么样？”

这个人对她，半点父女之情都没有，而且一而再再而三地想要她的命，对方若死了，她自然也不会因此觉得惋惜，但是她要考虑后续。

他魔瞳微微一凛，便也明白她的意思了，魔魅的声音，带着几分审度：“戎国皇室之人，一个都不能活！即便是孤能轻纵，墨天子也不会轻纵。而天曜的国威，也不会允许他们活！”

所以，这就意味着合齐也会死！洛子夜深吸了一口气：“那如果洛肃封不死呢？”

眼下戎国都已经做了劫持强国君主的大事，就算是洛肃封不死，他们怕也是……但以凤无俦的能耐，也许……

“洛肃封不死，即便他重伤，孤也确有办法保住合齐！”凤无俦明白她的顾虑是什么。

他凝眸看向她，她这时候想的不是洛肃封死了，她是否会被人怀疑这一场帝王遇刺，她也参与其中，留下骂名，也不是登上帝位之后，能如何呼风唤雨，那些旁人加诸她身上的威胁，应当如何回敬，而只是担心真心待她的合齐。

说吃醋吗？其实并不是，合齐没有嬴烬的美貌，没有轩苍墨尘的聪明，也远不及他凤无俦的实力，更无丝毫与洛子夜日久生情的基础，这样一个人，他并无丝毫介怀的必要。只是……

洛子夜没回头：“所以，你应该明白我的选择了！”

处在太子的位置上，会经常面对腥风血雨，可是，她要为了安身立命，就要他人的命为她做祭？若是不相干的路人，她心一狠，怕是真的肯。可这里面包括一个合齐，包括一个会因为担心她的安全而寻找一整夜，会为了帮她设计龙傲翟等人将自己的安危置之度外，会冒着性命之忧为她销毁犯罪证据的人。

她自认她做不到！所以，不然就先让洛肃封重伤好了？他去养伤了，也能少烦自己！

他扫了她一眼：“不后悔？”这也许是她离帝位最近的一次。此刻的事情，换在任何人身上，恐怕都不会做出洛子夜这样的选择。

洛子夜摇摇头：“不后悔！人常想着自己给过旁人什么恩惠，可也不能忘记旁人对自己点滴的好。合齐是真的拿我当兄弟，爷为了当上皇帝，让自己以后安全度日，用他的人头铺路，这样的事我不做！也许这是心软，也许爷这样的人，注定会在这乱世死在权力倾轧争夺之下，但我不会后悔。人即便无愧地死，也好过心怀亏欠地活！”

她说完这话，似乎听到一声叹息。是他的无可奈何，也是他的心怜心惜。他伸手揉过她的发，动作很轻，这女人心软且傻，怕也只能他多费几分心思护着了。他魔瞳扫了一眼高台之上，那刺客立即明白了他的意思，微微点头。

他冷醇磁性的声音，在她耳畔缓沉道：“乱世之中，人都在求活求权，你却还

求无愧自己的良心！可，当终有一日，逼到你无路可退的时候，那些良心，那些人性，你还守得住吗？”

他见过太多太多傲骨不折的人，最终都为了一个活字，折了自己的坚持。这时候也担心起她来，人在不得已折断傲骨的时候，其实是痛的，比死还要难忍。

他这话问出来，洛子夜却骤然回过头，盯着他那张俊美堪比神魔的面孔，眨眨眼：“岂会无路可退？爷不是还有你吗？”

这话虽是她在开玩笑，却无疑取悦了他。他颔首，傲慢道：“不错！有孤！”

既是这般，那今日之事……皇帝病危，太子监国，也不错。

这两人在蜜里调油，阎烈却忍不住提了一句：“王！这事……”今日这一步谋划，虽是顺水推舟，但也是王准备了数日的一步棋！

帝拓的局势将要稳定，只要王将太子推上天曜的王位，并稳住天曜的局势，太子的安危基本就不必再操心。他们便可以放心回帝拓，去处理王自己的事了。可这时候，太子为了合齐的性命，说不当皇帝就不当！洛肃封就算是重伤了，也还能发号施令啊。

这……

他这才说了三个字，凤无俦便微微抬了手，示意他闭嘴。阎烈眉梢皱了皱，到底还是闭了口。

然而随着他这几个字吐出来，洛子夜却意识到了什么，正想问，戎国的君主倒是开口了，话是对着凤无俦说的：“摄政王殿下，我戎国此举，并无冒犯您之意！本王只是觉得，洛肃封无才无德，根本没有丝毫当皇帝的资格，只要杀了他，您成为天曜的君主，那就是实至名归！故而，本王也希望摄政王殿下不要因此恼怒！”

他明白他或者能跟洛肃封叫板，但是跟凤无俦，他一毛钱的胜算都没有！说完这句话，他又看向洛肃封：“当然，如果天曜的皇帝陛下这时候下旨，立即退出戎国，日后天曜永远不对我戎国动兵，今日所谓受降之事也就此作罢，本王也能立即命这杀手放人！”

他这话说得信誓旦旦，表情更是自信满满，显然不知道这刺客是凤无俦安插的人。

这时候，整个场面哗然了。

申屠焱更是冷笑了一声：“我说！戎国的老头，你弄了这么多人，将我们给围着。你这到底是打算威胁天曜皇帝，还是想将我们也一起威胁了？”

他这话一出，一脚就踩上了桌案，拔出腰间镶着宝石的匕首，插在桌案之上！

申屠焱一开口，大漠诸王立即唯他马首是瞻，表情也相继凶狠起来。

戎国皇帝立即道："申屠王子不必生气，诸王也不必生气！本王今日的举动，只是针对天曜皇帝而已，与诸位无关。诸位只要好好看着便是，今日之事，不论我戎国成败，也都不干诸位的事！"

他这话一出，申屠焱立即道："那就好！可别到时候你打算把我们一锅端了，扭头说是我们部落的诸王欲对天曜皇帝不利，这个黑锅，我们可背不起！"

"申屠王子说得是！"大漠诸王立即开口应和。

他们吵得热热闹闹的，洛肃封的眼神却是一直放在洛子夜身上。而且他的神情，很有几分紧张。龙傲翟重伤，没出来，倘若此时洛子夜起了做皇帝的心思，那……

倒是申屠苗开口了："天曜皇帝被劫持，天曜太子却神情淡定，也不知道天曜太子心中到底在想什么，这莫不是很赞同戎国君主的行为，希望天曜皇帝出事，想着……"

话说到这里，她不说了，洛子夜的眸色却冷了，申屠苗这话只要传出去，不管洛肃封是有事还是没有事，她洛子夜也定然会背上一个同戎国合谋、杀父弑君的名声！

沉默着一直没吭声的云筱闹开了口："我们太子不出声，那自然是想着应对之策！也不知道是哪里来的碎嘴的小蹄子，没完没了，叽叽喳喳个不停，乱泼脏水，吵得人头痛！"

"怕是没有存在感，想出名想疯了，所以出来多嘴多舌，炒作自己来了！"这话竟是萧疏影接的。

上官冰立即嗤了一声："谁注意得到她啊，真当自己是天仙呢，我看不单单是想出名，还在想男人！"长了眼睛的都看得出来，这女人在觊觎摄政王好吧?

"你们！"申屠焱倒是先怒了，他一国公主被羞辱，损的当然是国体！

却没想到，申屠苗竟道："王兄！不必与她们计较。与她们争论，倒折了我们的身份气度！由始至终，我可没有说过天曜太子一句不是，不过是好奇便问了问，也不知道她们这样激动是为什么，莫不是心虚？这般厚颜贴上来辱骂本公主，也真是好笑！"

洛子夜倒是笑了："请问这位公主，你是鱼吗？"

"什么？"申屠苗愣了。

洛子夜冷笑了一声："传闻中鱼的记忆，仅有七秒，就如同公主方才刚意指完本太子希望父皇出事，扭头又说从未提过本太子一句。而为本太子辩驳之人，在你眼中也成了厚颜贴上去找你的事。这位公主，黑的白的、红的绿的全给你一个人说

了，你这么厉害，你咋不上天呢？”

她此言一出，申屠苗登时站了起来，纤纤玉指指着洛子夜，气得发抖：“洛子夜，你们马上给我道歉！”

洛子夜：“……”

咋还成她需要道歉了？不是这女人先惹她吗？洛子夜也是懒得理她了：“行了！这位公主，你还是少说几句话坐下吧，这会儿大家在办正事呢，没有闲工夫搭理你。耽误了眼下的事，你吃罪得起吗？”

说完这话，她就扭回头，不打算再看申屠苗了。结果……

“你们合伙欺负我一个弱女子，你们有没有良心？”申屠苗大声咆哮。

洛子夜嘴角一抽，弱女子，良心？也不知道她是自我感觉太好，还是实在是不明白文字的精妙，以至于用词不当！她洛子夜又没受这女人什么恩惠，这跟良心有半毛钱的关系？

她听完没再看申屠苗，她一国储君，这时候是个男人的身份，跟他国的公主吵架，还是在这种情况下，有失风度，更是不分轻重。这么一想，更是不欲再理会！看向那高台之上，盯着挟持着洛肃封的刺客，冷笑道：“你识相的话，立即放开我父皇，马上滚到一边去，爷还能留你一个全尸！”

此言一出，那刺客还没什么反应。这边忽然传来一声惊叫……

“公主！”

“公主！”

众人都扭过头去，眼瞅着那申屠苗，就这么倒了下去！申屠焱立即扶着她，申屠苗后头的丫头立即大喊：“快！叫大夫，叫衙门的人来，我们公主被天曜太子气病了！”

她这么一喊，洛子夜险些没被自己的口水呛死！然而四面八方责难的目光却都放到了洛子夜身上！

洛子夜觉得很蒙，刚才跟这女人结束争论的时候，申屠苗还好好的，怎么自己回头呵斥刺客去了，刺客没晕倒，她却晕倒了呢？

云筱闹等人更是惊呆了！却见那申屠苗整个人都抽搐起来，抓着申屠焱的手，断断续续地开口：“王兄！苗儿难受……洛子夜他辱骂苗儿不说，还威胁让苗儿全尸都没有，苗儿害怕……”

说着这话眼泪都流了出来。洛子夜无语了：“这位公主，您真会对号入座，脑子正常的人都知道爷方才在威胁刺客，爷这辈子就见着过捡钱的，怎么还有一捡骂的呢？”

申屠苗的侍婢立即对着洛子夜咆哮："你和公主先前就有争执，扭头咆哮那么一句威胁，还当着我们公主的面，这不是顺便在骂我们公主，谁相信啊！"

她这话说完，申屠苗身后的侍婢一起咆哮："立即向我们公主道歉，你们还要负责，要接受官府的盘查，你威胁恐吓还推搡殴打我们公主！我们几个都是人证……"

洛子夜："……"怎么还扯上殴打了呢？

"咳！"咳嗽的是戎国的君主！重点不该是洛肃封被劫持吗？那位公主，到底捣什么乱？

他一咳嗽，众人的目光才回到了洛肃封身上。洛肃封的脸色也有几分发青，他作为一个皇帝，在如此重要的场合被劫持……他虽然不是那么在意自己的存在感问题，但是他的命都还悬在半空，事情未决，下头却发生如此情况，这未免……

而摄政王殿下根本懒得去看申屠苗的那一场闹剧，那手便在他王座之前的桌案上轻轻地敲击了几下！

少顷，数千名王骑护卫，飞快地聚拢过来。他们手中持着利剑，眼神如刀，脚步稳健而快速，那手中的长剑似下一秒就要插入敌人的腹腔！

人未至，而杀气先行！极快速地过来，将整个场地包围！台上台下的人，都愣了，凤无俦的军队是早有准备，还是这时候召唤来的？如果是前者……是不是说明，他是真的想废了洛肃封，自己登上帝位？

戎国君主也慌了，没想到凤无俦竟然早有准备！

正想着，凤无俦敲打在桌案上的手骤然收了，魔瞳看向戎国君主，冷醇的声音，缓缓道："立即放了陛下，孤还能考虑只杀你一人，并留你一个全尸！"

合齐也开口道："父王三思，切勿莽撞！天曜的兵力和王骑护卫之威，并非儿戏！"

然而他却激怒了戎国皇帝："逆子！你这话的意思，是让为父去死，换来你和戎国的安全是吗？"

他这话一出，合齐立即跪下："父王，儿臣并没有这个意思！只是，父皇！从一开始戎国要对天曜出兵，儿臣就并不赞同。您当时便要一意孤行，儿臣冒死直谏，却被您赶出帐外。最终战败！战败之后，我们明明还有一争之力，即便不争，在广袤的大漠，我们带着人马逃了，多年以后也许能东山再起！您却坚持要投降。如今又到了这步田地！父皇，儿臣只想请您不要一错再错了，若立即放了天曜的君主，天曜皇帝仁厚，也许能饶恕父王！"

说完这话，他伏跪了下去。

这下，莫说是洛子夜听完，高看了合齐几分，就是摄政王殿下也是正眼瞧了瞧合齐，眸中有几分玩味。只是，这一眼过后，眼神却骤然放到了对面的轩苍墨尘身上，魔瞳中藏着冷厉和犀锐，似乎早已将一切窥破！

轩苍墨尘的动作也微微一滞，原本悠闲地端着的酒杯，此刻也顿在半空中，他微微一笑，将自己的酒杯往前方一送。那是一个敬酒的姿态，接着，自己将杯中酒一饮而尽。

两人之间的这种交流，令洛子夜的眉梢微微挑了挑，这才算是明白了，这事怕是轩苍逸风也在里头插了一脚，这样的心机，对于合齐来说，怕是有点难，但是对于轩苍逸风这样的人来说，这不是信手拈来吗？

但偏偏，戎国皇帝是个不识时务的。

就连洛肃封都说了一句："不错！克尔汗，只要你立即命人放了朕，这件事情朕可以当没有发生过！"

克尔汗是戎国君主的名字！他话一说完，那戎国君主狂笑了起来，指着跪在中央的合齐王子，怒道："你竟然长他人志气灭自己威风，本王若是不放洛肃封呢？你们岂不是打算让人直接动手，不管洛肃封的死活了？"

他这话一出，凤无俦魔瞳一凛，俊颜森然如冰。

也就在这时候，挟持着洛肃封的刺客看了凤无俦一眼。随后似乎是受到了惊吓，盯着王骑护卫，不受控制地颤抖起来，却忽然二话不说，重重地一掌打在洛肃封的后心，转身就跑了！

"噗……"洛肃封一连吐了几口血，并且已经是动弹不得了，趴倒在地上。

而与此同时，凤无俦亦骤然抬手，一掌对着那戎国君主打了过去。

并没用几分力道，魔息却如狂风浪卷，将戎国君主整个人都卷入半空，直直被击飞出去三十多米！又砰的一声，狠狠砸落在地，口吐鲜血。

洛肃封指着那刺客怒吼："追！朕要活的！"

"是！"郭少鹏立即带人去追！

这么一场闹剧，到这里，所有人都很震惊，不明白那刺客为何忽然抽风，打了洛肃封一掌之后，扭头就跑了！

有人上去扶着洛肃封，也马上有人开始喊找太医。而戎国的君主，伤势比洛肃封更重。

那位申屠公主也明白，自己继续"晕倒"下去是没什么效用了，两个皇帝都重伤了，谁还有心思管她？她便也扶着自己的额头，在下人的搀扶之下站稳了。

申屠焱扫了她一眼，为免她继续在这里又跟洛子夜起什么冲突，道："将公主扶回去好好休息，找大夫看看。”

“是！”侍婢应了一声，便很快将申屠苗扶走了。

申屠苗临走的时候，还凄婉地看了洛子夜一眼，申屠苗的下人们不依不饶，扬声开口：“公主！这件事情我们断然不能忍让，我们一定要让天下人知道，他们是何等过分，竟然将您一个弱女子气病了！这简直就是……”

申屠苗也立即扶住自己的额头，做出一副今日真是受了莫大刺激的样子。

接着，就是申屠苗的侍婢，仿佛亲人过世一般号啕大哭起来：“公主！您可千万不能出事啊，奴婢好担心啊……”

洛子夜越瞅越无语，这群人很是不嫌事大！她回眸看了云筱闹一眼，云筱闹马上会意，当即站起来就来了一个晕倒：“哎呀，我不行了！太子，我被她们吓得月事都来了，我心跳过速，我不能呼吸了！”

咚的一声，说完就往夏小希怀里一倒。

夏小希立即扶住她，踮着脚看着申屠苗那一行人：“哎呀，闹闹你怎么了？闹闹！这群人真是太过分了，就这么把我们闹闹气晕了，闹闹你快醒醒！可怜见的……闹闹，你可不能有事啊！”

她这样一喊，那一行人脚步一僵，扭头就对着云筱闹大吼：“你这是装病！”

“我看你们公主才是装病吧？我们闹闹呼吸都不顺畅了，还晕倒了，你们公主这不是还好好的吗？”这话是上官冰说的。

萧疏影立即道：“这都是因为她们冤枉闹闹，我们何曾伸手打过她们？她们却说我们辱骂她们，还污蔑我们动手殴打，这真是比窦娥还冤枉，闹闹你可千万要挺住！”

两边吵得这么轰轰烈烈，不得不说这几个姑娘跟着洛子夜，帮得上的忙还不少，这不，吵架就是几把好刷子！

洛子夜骄傲地看了她们一眼，故作担心地往洛肃封的跟前跑：“父皇您还好吧？父皇？！”

在这喧闹之下，洛肃封被抬到了自己的王帐。洛子夜一直就是一个孝顺儿子的姿态，在洛肃封身边陪着。洛肃封重伤之中，更是勃然大怒，扬言要将整个戎国踏平！可这时候，在新任丞相夏小希之父夏肃的带领下，好几名朝臣跪在洛肃封的王帐里劝谏：“皇上，此刻出了这样的事情，孰是孰非，再明显不过！这时候戎国定是要付出代价的，但是您重伤的消息万万不能传出去，否则京城中的几位皇子若在此刻有人有了图谋不轨之心，容易令京城出乱子！”

“此言不错！”立即有人接了一句。

第三章

我仿佛看见前方有美男子!

洛子夜随同在边上听着，这时凤无俦并没有进王帐，在外头主持大局。

洛肃封听完这话，咳出了血：“朕重伤的消息，任何人都不得外传！只是，咳咳……只是，倘若朕重伤的消息都没有，更是并无大碍，这时候要想重惩戎国，那就说不过去了！”

夏丞相立即一拱手：“这正是老臣此刻要说的！如今既然陛下重伤的消息不可外传，那就不宜过重处罚戎国之人，否则天下人会议论我们的天曜国君不仁。但若反之，只令天下人知道您被挟持，却原谅了戎国君主，定然能令我天曜在天下的威信更重一筹！”

听到这里，洛子夜眉心一跳，心中暗自思索，这新任的夏丞相，莫不是凤无俦的人？之前凤无俦就说了，只要洛肃封不死，即便是重伤，他也能帮着保住合齐，眼下要是顺着这丞相的话说下去，那戎国就当真是不会有什么事了！

洛肃封一听这话，当即大怒：“丞相！你这话的意思，是让朕吃了这个哑巴亏？他们犯下如此大罪，你还这样为他们开脱，你居心何在？”

夏丞相立即跪下：“陛下，臣对您的忠心，可昭日月啊！”

洛肃封铁青着一张脸思虑了一会儿，心里也不得不承认，丞相的话其实没错，如今他天曜扶持墨天子就得了“礼”字，若是此刻再得仁、得信，势必令天下诸国对他们更加信服！他冷着一张脸，忽然偏头看向洛子夜：“太子，此事你认为呢？”

洛子夜迅速跪下：“启禀父皇，此事臣也不知道应当如何，父皇受如此重伤，定当是要重惩戎国。可几位大人的话也很有道理，但让父皇就这么咽下这口气，儿臣心中也着实不忍，儿臣实在……”

她说着这话的时候，脸上为难的表情装得非常到位。

夏丞相立即道：“太子对陛下孝顺，有这样的顾虑是正常的！这时候，陛下的龙体最为重要，还是先医治好陛下再说，至于处置戎国的事情，还请陛下多做思量，以大局为重！”

而论到这里之后，洛子夜却忽然又察觉到了凤无俦的一个心思。

他是不是还在想……

的确，她没想错。

这时候凤无俦正负手，站在受降台附近，身后是握在手中的墨玉笛。

阎烈正打算说话，倒是那申屠焱凑了过来，开口问道：“兄长今日这一切，一重接着一重，都是在为洛子夜筹谋吧？”

凤无俦没说话，转动着墨玉笛的动作却是停了。

申屠焱接着道：“今日洛肃封要是死了，兄长的目的定然是扶持洛子夜登上皇位。而洛肃封要是不死，兄长定然会借着这个机会，让洛肃封饶了戎国的人，来展现出天曜的信与仁，使得天曜更能在第一大国的地位上屹立不倒。而兄长迟早是要离开天曜的，那时候的天曜，跟兄长也不会有什么关系……”

说到这里，他笑了：“所以愚弟猜测，这一切都是为了洛子夜！兄长是为了令天曜强盛，无人可欺，临走之前，再将天曜的大权放入洛子夜之手，为他铺好路，使得他安全。你再去做你自己的事，申屠焱说得可对？”

“你知道得倒是不少！”凤无俦嗤了一声。

申屠焱立即笑了：“其实也不过就是听见了些风声，再将今日的事情分析一番。只是兄长，你要走的路，已经铺好了吗？可要申屠焱相助？”

他这话一出，凤无俦已然偏过头，扫了他一眼。他比申屠焱要高，于是眼神便显得居高临下：“孤要走的路，铺不铺，也必能走过，无人可挡，你不必多管。只是，这么多年来，你能猜到一些东西，却从未透露，心中是在盘算什么？”

申屠焱立即一笑，弯腰道：“这么多年来，兄长知道申屠焱也许知道了一些不该知道的事情，却并未对申屠焱下手。其实这与申屠焱未曾多话，是一个理由，不是吗？”

对的，其实就是一个理由。是申屠焱对他的崇拜，也是凤无俦当年对这小子多出的一分看重。

这时候两人都沉默了，却有几分突兀地，凤无俦沉声警示了一句：“看好你妹

妹，洛子夜不屑于多计较，孤却容不得她一再放肆！”

申屠焱一怔，笑道：“兄长！这种事情，你我还是不要管了吧，一个女子也翻不出什么大浪。再说了，那洛子夜也不是什么省油的灯，他……呃……申屠焱知道了！”

他本不打算理会这种小事，凤无俦却骤然偏头扫了他一眼，这让他嘴角抽搐了一下，应下了这句警告。

但说到这里之后，他倒是坏心眼地笑了：“多年以后，倘若兄长已经离开天曜，天曜是洛子夜当政，申屠焱若想进犯天曜，兄长可会插手？”

他此言一出，摄政王殿下嗤了一声，那语气中带着几分不屑：“多年以后，若当真如此，孤也想看看，你能否在洛子夜手中讨到便宜！”

“呃……”

洛子夜从洛肃封的帐篷出来，就见着了不远处的轩苍墨尘。那人似乎在等她，一袭月白色的锦袍，镂空玉冠束发，手中握着一柄折扇，轻笑着盯着洛子夜：“太子这时候，应当也想找本王吧？”

洛子夜一笑，两人走出去几十步远之后，她收了手里耍帅的扇子：“明人不说暗话，既然风王来了，便应当知道本太子想问什么！”

“不错！合齐王子今日所言，的确是本王昨日遣人匿名投过去的信件所致！”轩苍墨尘语气淡淡。

洛子夜偏头看了他一眼：“那风王为何要帮合齐王子？是为了保住戎国君主的命，还是为了保住本太子父皇的命？”

轩苍墨尘微微一笑，凝眸看向洛子夜：“太子不明白吗？天曜皇帝死了，合齐王子定然不能活。狩猎场中，合齐帮你颇多，你又曾明言，真心待你之人，你视之重过性命。既是如此，我自当帮合齐王子一把，只有天曜皇帝不死，合齐王子才有生机可言！”

说着这话，他骤然上前一步，离洛子夜近了几分，但他到底没有僭越，却是浅笑道：“你珍重之物，我必当为你守护！”

洛子夜脸颊一抽，瞅着对方。为什么她听着觉得怪怪的，感觉就像是黄鼠狼对着鸡说，我暗恋你很久了？是她把人想得太坏了吗？

而不远处，大臣们跟洛肃封说完话出来，摄政王殿下见着他们，问了一句：“洛子夜呢？”

夏丞相不明情况，实话实说：“太子出了王帐之后，与轩苍风王相谈甚欢，一起往草原踱步过去了。倒是不知在谈什么，两人似乎很是高兴！”

“王？您……”

他话刚说完，便见凤无俦俊颜如冰，冷着一张脸，大步往草原去了。

夏肃站在原地不明情况。阎烈抚额：“太子就没有一会儿是能不惹王生气的！”

洛子夜跟轩苍墨尘说着话，似笑非笑地看了他一眼，评价了一句他方才的话：“说得跟真的一样，爷差点就信了！”

“呵呵……”轩苍墨尘轻笑一声，“那好！太子不信本王，那太子认为，本王的目的若非如此，那又应当是什么呢？”

“戎国君主身受重伤，你一点都不关心，而是守在我父皇王帐的门口，想必你一方面是在等本太子，另一方面，也是担心我父皇出事。由此可见，你帮合齐，目的是保住我父皇的命！更是担心本太子真的起了要帝位的念头，由着克尔汗将我父皇杀了，对不对？”洛子夜盯着他的眼眸回话。

轩苍墨尘容色未动，依旧是淡然的模样：“可，贵国皇帝的生死，跟本王又有什么关系？”

洛子夜嗤笑：“这个问题，当然也就只能问你自己了！若是本太子没料错，你一定又下了一盘大棋，而此刻我父皇，应当就是你盘算中的一个重要棋子，在他表现出自己的价值之前，你自然不会让他失去效用！”

她说到这里，轩苍墨尘便是一笑，却是轻飘飘地开口道：“但是太子，你要相信，若非万不得已，本王断然不会伤害你！”

原本该是一句情义缱绻的话，不知怎的，洛子夜就这么听着，便骤然感觉头皮发麻，一双漂亮的桃花眼，眯了起来：“不到万不得已不会伤害爷吗？这乱世，令人万不得已的时候太多了，不是吗？”

也不知道轩苍墨尘今天是不是吃错药了，竟然对她讲这种话。

他抬眼盯着洛子夜：“所以不管本王说什么，太子也不会相信本王，是吗？”

“倘若风王是本太子，换位而言，风王是否会相信本太子？”洛子夜微微一笑。

轩苍墨尘俊逸的面孔微滞，少顷，他轻轻笑了：“不会！”

是，不会。因为轩苍墨尘在洛子夜眼里，是每一步都牵扯着一步棋，每一个举动即便是有一分真心在里头，剩下的九分也全部是谋算。这样的人，谁会全然信任?

洛子夜拍了一下他的肩膀，笑了：“其实人跟人之间，话不必说得这么白！何必一定要本太子说这话。”

她说完就侧身，打算离开，却骤然被他抓住了手腕！洛子夜一僵，低头看了一眼被他攥住的手，洛子夜的内心是很想摸摸他的手，细致地体会一下这玉脂般的美感的！但是她跟轩苍逸风的关系，实在不支持她发这种花痴。

于是她强忍着心中的不舍，咬牙将自己的手往外抽了抽，故作正经地道：“轩苍逸风……”

轩苍墨尘大抵也知道自己唐突了，手一松，淡淡地道：“本王一时情急，太子请便吧！”

洛子夜怀着一种和帅哥手拉手但是没有拉很久的失落，遗憾地走人。

风扬起。

两人错身而过那一瞬，艳红色的衣摆和月白色的锦袍翻飞，勾勒出一幅绝美的画卷，似画中神与妖错身而过那一瞬，绚美华丽得令人不能移眼。然而，再美的交会，再美的一刹执手，终究只是错身而过。

他们终究只能站在命运的纤绳两头，走向与对方永远相背的人生，你死我活。

一缕墨发，从轩苍墨尘的颈侧划过，孤寂寥落，如南雁失群。今日这一番对话，也决定了他与洛子夜的关系！不会信任，也没有信任的理由。而他，只能认下这宿命……

因为，他是轩苍的皇！

……

洛子夜走出老远之后，便见着了前方那脸色不算很好的某人。

她正要上前去，也就在这时候，有下人飞奔了过来：“王！皇上下旨，说是要饶恕戎国的过错。只是这饶恕怕是……这时候他正命人来找您，进王帐商讨！”

凤无俦闻言，扫了她一眼，那倨傲的神情，带着几分轻蔑和森然的信号。他冷嗤了一声之后，拂袖转身，去洛肃封的王帐了。但从他的表情上，洛子夜分明看见了一句话：孤回来再找你算账！

她嘴角一抽，二话不说，就回了自己的营帐……

……

洛子夜进了自己的帐篷，便吩咐路儿和沓沓收拾行李。

洛肃封既已下旨饶了戎国，那必然也就没什么大事了，自己也该立即准备出海的事了。一切收拾妥当之后，沓沓瞟了洛子夜一眼，问了一个现实的问题：“太子！一切都准备好了，若没有意外，明日我们就可以走了！但是，船的问题您想好了吗？”

“啥？船？”原本躺在床上悠闲地枕着自己的双手，等着她们收拾东西的洛子夜，一个鲤鱼打挺坐了起来，“那海边没有船吗？”

沓沓：“太子，千浪屿是什么地方？多少年都没人敢去，路途遥远，沿途风波巨浪，一个不小心还会遇见海啸。若非十分牢固的船，岂能出驶那么危险的地方？

寻常海边的渔民，无缘无故，又岂会造那样的船，那不是杀鸡用牛刀吗？”

洛子夜蒙了：“那之前去过千浪屿的人，用过的船呢？”

“去过千浪屿的人，大部分根本没活着回来！有的是死在那岛屿之上，有的是路上就被海水吞噬了，就算是活着回来的，那船早就破破烂烂了，岂能再有用第二次的机会？”路儿是轩苍墨尘的人，见多识广。

洛子夜感觉自己被噎了一下：“所以你们的意思，若没有牢固的船，我们根本不可能出发？”

“是的！”沓沓点点头。

洛子夜险些晕过去，盯着她俩：“你们为什么不早说？”

路儿和沓沓异口同声：“我们以为太子您知道！就连摄政王殿下几日之前，都命人造船了，听说船昨日就造好了。咦，不对，摄政王殿下不是不出海吗？他造船做什么？太子，他是不是帮您造的？”

昨天，造船。

昨天造好了。

洛子夜想起来，昨天自己回到营帐时，凤无俦的人来请她过去，并且还说了，如果她不过去，不要后悔。难不成……就是船的事？

她很快又回忆起来，自己非礼了申屠焱，凤无俦说原本她若一定有所求，他是能答应的，但是她非礼了申屠焱之后，就没戏了！

她脚下趔趄了一下，瞟了路儿一眼：“去看着父皇的王帐，什么时候凤无俦出来了，速来报与爷！”

“是！”

洛子夜欲哭无泪，看向沓沓：“你去打听一下，看看别处能不能有船，特别是青城那里！”

青城也许会有所准备！

“是！奴婢立刻就去！”

沓沓出门没多久，路儿就回来了。她见着洛子夜的表情，还很是支支吾吾。洛子夜盯着她道：“有什么事情立即说！”

“是……是太子，奴婢过去了之后，摄政王殿下正好从王帐里头出来。他……他……他看到奴婢，扫了阎烈一眼就走了。接着阎烈过来对奴婢说，‘太子已经遣人去关注王的动向了，想必太子这时候已经明白了自己需要求王什么，不过王说了，近日他很不高兴，不想见太子！’”路儿哆嗦着说完，就站到一边去了。

“他说不见就不见？”洛子夜大步出门，猥琐地探到了凤无俦的王帐附近，那

里此刻正重兵把守，防范她进去找他。她一巴掌拍上自己的额头，泪流满面："早上不摸申屠焱就好了，这真是色字头上一把刀，男色误爷……"

此刻摄政王殿下的王帐，灯火通明。

似乎是在等什么人，但与往常不同的是，王帐的门口还守着许多人，又好像是堵在那门口，表明什么人都不能进去。

王帐里头。阎烈开口："王，洛肃封的意思，想必是让您除了克尔汗。此刻，您是否打算让合齐名正言顺地登上戎国君主之位，命其安然受降？"

王座之上的人，此刻正揉着自己的眉心。多日未曾好好休息，又有伤在身，故而疲惫。听得阎烈这一问，他微微颔首，并未开口，却是靠在王座上闭目养神。

阎烈看他这样子，便也明白自己是猜对了，又开口道："只是合齐的表现，显然是得到了轩苍墨尘的指点，倘若这两个人搅和到一起……"

他此言一出，凤无俦未动，半合的双眸却眯了起来，扫了阎烈一眼，下巴仰起，姿态倨傲地警示道："阎烈，你应当学会识人！"

阎烈听罢，便明白了对方的意思，合齐应当不会是出卖朋友的人。

正说着，摄政王殿下眉心一动，便听见了外头的响动，不必抬眼，也知道是洛子夜到了！阎烈偷偷地瞄了一眼摄政王殿下的脸色，开口问道："王，应当是……太子，让不让她进来？"

他一问，王座上高高在上的人倒沉默了，一双浓眉也皱了起来，足见他此刻情绪恶劣。默了好半晌之后，他冷醇磁性的声音缓缓地道："阎烈，你觉得孤应当让她进来吗？"

这一进来，必当是为了船。也只能是为了救嬴烬，若非为了救嬴烬，只怕她断然不会主动来他这里吧？他这般想着，也立即忆起来，早上她往申屠焱的胸口猥琐地伸手抚摩的一幕，更是怒上心头。

未等阎烈回话，他便骤然起身，拂袖道："不见！"

说完这话，他从王座上下来，绕至屏风之后，缓沉着脚步，往那张雕着飞龙的墨玉长榻去了。

阎烈站在他身后，嘴角微微抽搐了一下，盯着他的背影腹诽：王，您就可劲地装吧，您要不是想见太子，早就休息了吧，岂会还在王座上等这么久。这还不是等着太子在门外，铆足了劲求着见您，满足一下您那傲娇的心情吗……

已经腹诽了这许多，但是嘴上他一句都不敢说，倒是坏心眼地说了一句："王，属下也的确是觉得，您不宜见太子！太子有些行为举止，实在太过，哪里有美男子，哪里就有她走不动路、举止猥琐的身影。尤其是从认识到现在，太子也就只有昏迷和有求于您的时候，才会对您和颜悦色。其他时候，指望她态度好，太难了！”

他此言一出，摄政王殿下脚步一滞。

阎烈又道：“太子今日早上非礼了申屠焱，晚上又跟轩苍墨尘聊天，属下认为太子的确是需要一点教训！而您，却总是见着太子之后，她说几句软话，您就招架不住，恨不能答应她所有的要求，将星星月亮都摘下来给她。这……这还谈何教训？您不如就不见吧，即便一定要见，您今日也一定要心狠一些，断然不可答应，否则……”

摄政王殿下骤然扭过头，魔瞳扫向他：“否则怎样？”

阎烈低下头：“否则，以后太子只会更加肆无忌惮，更甚之，您不在的时候，她还打算跟美男子卿卿我我呢！王，您先不要生气，属下也并非恶意揣度太子，只是太子好男色之风不可轻纵，您还是好好惩戒为妙！”

他说到这里，凤无俦眉心微蹙，思索片刻，沉吟道：“你说得不错！”

阎烈在心中满意地点头，他说得当然不错了，要不是有他阎烈在，以王的情商，能追到太子吗？但是世界的发展观告诉我们，单单追求到，其实是远远不够的，还要令对方对你一心一意，才能保证感情的长治久安，王采纳他的建议，是很有必要的。

话说到这里，摄政王殿下吩咐道：“宽衣！”

……

这时，洛子夜在王帐外头的草地上，看见了不远处沓沓飞奔而来的身影。她到了洛子夜跟前之后，就立即开口道：“太子，奴婢去问过了，青城说，他们以为您早有准备，加上之前凤无俦的人在造船的消息，他们早已知道了，所以……而他们的确打算派人悄悄跟着您一起去千浪屿，可是他们在天曜到底人力不及凤无俦，又是偷偷造船，所以还没有完工！”

洛子夜抚了抚额头，就是说明天想出发的话，青城是指望不上的……

沓沓又道：“青城一听说您船都没有，还很是生气呢！他说明天您要是不能出发，他就……”

“行了！行了！”洛子夜挥了挥手，示意她不必再说了。扭头看了一眼王帐，那门口两边站着人防守，还足足站出来一个队列！个个腰间都佩了剑，神情冷冽，眸色如刀，脸上都写着一句话：谁要是敢擅闯，一刀砍死！

洛子夜惆怅地叹了一口气，打算上前。

这时候，脚边也有一物，惆怅地叹了一口气。那正是果果，两只翅膀伤心地抹

着眼泪……

如此情态，更令洛子夜心里咯噔一下！果果昨天是跟她一起得罪凤无俦的，看果果八成真的没被给吃的，跟了凤无俦这么久的果果，都是这种下场，她还用提吗？

她正想着，果爷已经抽抽搭搭地瞅着凤无俦的王帐，尖着嗓子，眼泪汪汪地唱歌："爱你爱得心好冷，已让我疲惫。饿得我快要崩溃……"

洛子夜："……"这真是一只多才多艺的鸟！

怀着一种抑郁的心情，她从果果身边离开，往王帐的门口走去。长长的站岗队将手中的长戟往前头一交叉，眼神如刀，道："太子，王已经休息了，早就吩咐了，谁都不见！"

"爷也不见？"洛子夜盯着他们。

"太子，您还是请回吧！王已经休息了，阎烈大人进王帐之前也说了，没有他的吩咐，今夜任何人都不得搅扰王休息！"

洛子夜听着这些话，表情阴沉。

而这时候，王帐里头，墨玉长榻之上，似乎已经睡着的摄政王殿下，那双浓眉却还是紧皱着，听着外头的动静！

洛子夜看了一眼面前的人："你进去通报一声也不行？"

"不行！"那人面无表情。

洛子夜又瞟了他一眼："那你去把阎烈给老子叫出来，总行吧？"

这时阎烈已经出来了，微微抬手，示意那些用长戟挡着洛子夜的人将武器收回，让洛子夜往前头走了几步，道："太子，王说了不见您！属下既然已经让他们放您到了帐篷的门口，同样，也请太子不要为难属下要硬闯进去。太子今日还是回去吧，王明日气消了，您再来，或许情况会好些！"

他这话一出，洛子夜也不好硬闯，阎烈就是一副已经很给面子的样子，她要是坚持硬闯，倒似乎是她不仗义。

但让她回去，她也是不干的。她看了一眼帐篷的门，眼珠转了转，骤然就有水光染上眼眶，哽咽道："臭臭，你是不是不爱我了，你都不见我，完全忍不住眼泪……我哭给你看……"

她一假哭，阎烈嘴角一抽，听着王帐里头的动静，就知道有些人又坚持不住了。他默默地为自家没出息的王掬了一把辛酸泪，让到一边去了……

果然，王帐内，摄政王殿下黑沉着脸，冷嗤道："让她进来！"

洛子夜也没想到这招这么好使，他这么买她的账，倒让她觉得有点不好意思了！

阎烈将门口的帘子撩开，弯腰开口道："太子殿下，请吧！"

……

而此时客栈内，传出一阵尖锐的斥骂之声："你们这群废物，区区一个洛子夜，你们这么多人也奈何不得？还让他活着回来了？"

她一句话落下之后，换来的是一声冷笑，那黑衣人道："武琉月，你倒好意思说我们是废物？你若是有本事，岂会指望武修篁给你报仇都办不到？以武修篁的武功，对洛子夜出手，那才是易如反掌不是吗？"

他这话一出，武琉月被呛得脸色通红。

接着，那黑衣人走到她跟前："武琉月，你应当明白，门主让你做武修篁的女儿是为了什么！可是如今你已经快影响不了他了，这说明什么？说明你已经快没用了，门主和主公都对你很生气！"

"主公，门主……门主不是……"门主不是已经死了吗？

那黑衣人冷笑了一声："你以为修罗门的门主，当真是我们向外头公布的那一个？真正的门主，任何人都不可能想到，有了老王爷帮忙求情，洛子夜也没出事，凤无俦同意了不查，也就定当不会继续查！所以……"

说到这里，那黑衣人顿悟了什么，扭头盯着武琉月，眼神冰寒嗜血："你早就知道凤无俦会插手这件事，却以嬴烬为由，让我们去刺杀洛子夜，就是为了将凤无俦的火引到我们身上来？"

恼怒之下，他骤然上前，一把扯住了武琉月的头发，扯得武琉月头皮生疼，险些呼痛出声，她飞快地开口道："没有！引凤无俦消灭修罗门，对我有什么好处？我……"

砰的一声，那黑衣人将她的头往床榻上一砸，疼得武琉月眼泪都出来了，黑衣人继续道："你明白就好！武琉月，不要妄想修罗门覆灭了，你就自由了！修罗门只是主公手中的一把武器，主公手里的筹码多得很，今日，我谅你也没胆子与修罗门为敌，饶你一次，但是你且记住了，就这一次，若是下一次再让我在你身上看出什么问题，你的下场，你自己想！"

他此言一出，武琉月倒是真的惊住了。心思紊乱之间，忙道："你放心！我决计没胆子跟修罗门作对，要知道，就算是修罗门真的被凤无俦动了，你们若打算临死的时候给我一刀，我也活不了啊！"

她这话一出，倒是满足了那黑衣人的虚荣心。他看着她冷笑了一声："不错！你要明白，我们修罗门，从来都是宁可杀错，绝不放过！杀一个你，自当是易如反

掌！我先走了，你最好老实一点，不要再玩什么花样！”

月色之下，武琉月房间的窗户微微开着。一缕月光照在她艳丽的容貌上，还有那一身单薄的衣服，很能引起男人的绮念。那黑衣人说完话，骤然上前一步，伸出手从武琉月的襟口探了进去！

武琉月一惊，扬手便是一巴掌，打算抽到对方脸上。

然而对方似早有预料，骤然抓住了她的手腕，探入她襟口的另一只手更扯开了她的兜肚，恶意轻薄。武琉月面色煞白，气得整个人都开始颤抖，盯着那黑衣人，却又不敢反抗。

那黑衣人占了一会儿便宜，收回了手，还有几分遗憾地道：“长得倒是不错，身材也好。若非你这处子之身主公还有用，倒是能先给我们修罗门的弟兄享用一番！武琉月，你可得老实点，你要知道，如果什么时候你对我们失去作用了，也许我们不会轻易就让你死！”

说着这话的时候，那黑衣人桀桀笑出声，表情淫邪。

武琉月的脸色白了几分，被人轻薄过的胸口觉得鸡皮疙瘩都冒了出来，令她几欲呕吐。她却还是只能颤抖着盯着对方，不敢忤逆：“你放心，我一定会好好按照你们吩咐的做！”

“识相就好！”那黑衣人说着，猥琐的目光还往她被被子盖着的腿部扫了一下。

他咂咂嘴，似乎觉得非常可惜，并睨了她一眼，又道：“主公的意思，是左右凤无俦也是看不上你了，你接下来只要想办法配合主公，令武修篁给主公帮忙，登上凤溟皇位，就足够了。记住，要好好利用你的影响力，利用洛水漪对武修篁的影响力！你要是用不好，我们就该用你的身子了！”

武琉月怒道：“我知道了！滚吧，再过一会儿我父皇就要回来了，若是让他看见你，你以为你还能活？”

她这话一出，那男人却欺身上前，扯开她的衣襟：“哈哈哈，尝一口再走！”

武琉月低下头，看着埋在自己胸前轻薄的头颅，气得浑身颤抖，袖袍下的手紧握成拳，尖尖的指甲刺入皮肉之中，那人果真是尝一口就走。满足之后，转身便从窗口跃了出去！

而武琉月在他走后，一双杏眼通红。

紧咬的银牙，咬出了血，她愤怒地咆哮出声：“洛子夜，都怪你不死！都怪你！还有凤无俦，你有眼无珠！害我受此大辱！修罗门、主公……终有一日，我要你们通通死无葬身之地！”

她这咆哮声刚落，暗夜里忽然传来一道缥缈的声音：“既然如此，不如与我合作？也许我能给你你想要的。”

“谁？”

……

“七皇子殿下，您以后万不能如此了。淡腾透的毒性极为凶险，还有凤无俦从中作梗，这一次也亏得这株药草找到得及时，这若是再晚两天，您这毒怕就没救了！”太医跪着劝道。

而那太医，还正是洛小七刚刚受伤那一日，过来医治洛小七的那一位。

彼时这太医还做出一副要毒害洛小七的样子，令洛子夜对他心生警惕，此刻他对洛小七却是一副非常恭敬的态度，言语间也表示他是知道洛小七的谋算的。

床榻之上美绝尘寰的清灵男子闻言，微微扯了扯嘴角：“可眼下，不是没有晚两天吗？”

那太医一噎：“殿下，您的所作所为，老臣越发看不懂了！故意做出为太子挡箭的局，又命老臣做出要害您的样子，使得太子认为您在宫中孤立无援，并以为您需要保护。可您做这些，对我们夺位有什么用处吗？”

他这话刚说完，洛小七勾唇一笑：“本殿下做事情，自然有本殿下的道理！你不必多问，等着结果就是了！”

“是！”

就在此刻，窗外传来一阵风声，接着，一名蓝衣人从窗外跃了进来：“七皇子殿下，功夫不负有心人，当年的事我们查清楚了！”

大漠，摄政王殿下的王帐之内。

洛子夜进去之后，便见他坐在床沿上。右手的手肘搁在膝盖上，左臂随意舒展着，一双魔瞳凝锁着她。一袭剪裁合体的暗蓝色华袍，腰间是墨色系带，飞扬不羁的发散在身后。

尚未发一语，他这气势却令人无端觉得腿软。洛子夜觍着脸嘿嘿一笑：“那个，你真的睡了啊？”

他扫了她一眼，眼神依旧是居高临下的，带着几分傲慢霸凛：“洛子夜，有话直说！”

“哎哟！你明明知道人家想说什么！”洛子夜故作害羞。

他嘴角微抽，魔瞳凝锁着这女人，并不说话。对视了一会儿之后，洛子夜终于憋不住了：“你到底怎样才肯把船给爷？”

她这话一出，便听得他魔魅的声音自她头顶响起："等你知道自己错在哪里了，并且决定好好改过，孤自当给你！"

说完这话，他抬起她的下颌，攫住了她的唇。

"嗯……凤无俦，如果这时候爷指天发誓，说自己以后一定老老实实，看见美男子都当没看见，你会相信吗？"她可怜兮兮地看着他。

他闻言，魔瞳与她对视。半晌，吐出了两个残酷的字："不信！"

令他没想到的是，洛子夜倒是正儿八经地叹了一口气："你不相信是正确的，说实话，爷也不相信！"

因为她的好色，虽然有一半是后天培养的，但是很大程度上是先天造成的。她要是真的能改，上辈子就不至于被老大她们教育那么多回了。

她这话一出，他魔瞳骤然一凛，里头有几分怒意泛了出来。

一看他这表情，洛子夜立即道："你先别忙着生气！爷这个人，从懂事开始就是这样的！见着美男子就走不动路，而且一度认为，这世上许多美男子单身，都是为了遇见爷，希望爷去解救他们！这是病，爷知道这需要治。可这也不是一天两天就能治好的，所以你一定要帮助爷，在适当的时候给予一定的警醒，说不准哪天就真的治好了！"

洛子夜的语气很诚恳，这是一招以退为进。

然而，不必多思，他便明白她的招数，他也没打算上她的当。明日出海，这事不可耽搁，否则她定对他有成见。可今日，无论如何不能松口，也要叫她知道厉害。人受不到教训，是永远不会学习乖顺的，他对她的要求，也就只有专一而已，她却似乎无论如何都办不到。

今日坚持不松口，倒也能吓吓她。明日再应了她所求不迟！

于是，他只冷嗤了一声，沉声道："为了旁人的事情来求孤，便是孤命人在门口挡着你，你也一定要进来！可无事相求的时候，孤遣人请你，你都不来。洛子夜，孤倒也想知道，孤在你心中到底算什么？呼之则来，挥之则去。有用途的时候便捧着，没有用途的时候弃如敝屣？"

洛子夜也被他问得噎了一下，并逐渐感觉到有几分尴尬，她摸了摸鼻子："这其实也不能全部怪爷，谁让你动不动就用一种瞧蝼蚁的眼神看爷。爷哪里受得了这个，没跟你撕就很给面子了，岂会还主动来亲近你？"

她此言一出，他倒是沉默了。

所以，这到底算谁的错？他没吭声，洛子夜又接着道："举个例子，昨天爷问你修罗门的事，你却让爷去问嬴烬，嬴烬这会儿晕倒着，爷怎么问他？爷能不生气吗？晚上你派人去找爷来见你，爷哪还有心情！”

洛子夜说得理直气壮。刚说完，却听见他危险的声音：“那又是谁说嬴烬的性格，比孤讨喜多了？”

“呃……那也是你先用一种轻蔑的眼神那样不屑地看着爷！这分明就是你先挑事，爷生气之下，说一句肺腑之言，怎么了？”洛子夜直接就开始争执了。

他眸色忽然一凛，那眼神犀利中透着冷芒，凤无俦捏着她的下巴，切齿道：“嬴烬比孤讨你喜欢，这是你的肺腑之言？”

呃……洛子夜眨眨眼，非常识相：“但是我喜欢的还是你啊！”

然而他这时候已然动了怒，却也懒得再跟她多说什么了，松开她的下颌，铁臂伸出，一把将她扣入怀中，合上魔瞳，睡觉。那铁臂扣得极紧，硌得洛子夜生疼。

“喂，喂……”洛子夜还想说什么。

他却骤然低下头，扫了她一眼，冷醇磁性的声音，带着几分凉意：“或者你不想睡，希望孤陪你做些旁的事？”

洛子夜一僵，不动了，老老实实地睡觉。对于玥天的事情，她心里也已经有了计较！哼，不答应，不答应也得答应……

看她老老实实地睡了，他倒有几分诧异了，目的未达到，她竟睡得着？

翌日。

原以为她醒了之后，必定要继续跟他说船的事，却不承想，她醒来之后，直接起床穿衣服，什么话都没多说，就跟他打了招呼，走了，似乎是将要出海的事情忘记了！

这令摄政王殿下盯着她离开的背影，心里隐约有些诡异的预感。

阎烈也很纳闷：“王，太子走了。莫非嬴烬的事情她不管了？这不像她的风格啊！”

正说着，像洛子夜风格的事情传来了。

门外奔进来一名护卫，匆匆忙忙地道：“启禀王，不好了！太子殿下刚刚从您这里跑出去之后，直接就奔到海边去了，还找了一块巨石捆在身上。说您要是不把船交出来，他就要抱石跳海自杀！”

摄政王殿下：“……”

阎烈：“……”沙漠外围的小镇之后，就是一片绿洲，而绿洲的南段连着一片海。太子这才出去没多久，就奔到海边去了，速度倒是挺快的啊！

“王……”

摄政王殿下伸出手揉了揉眉心，有点头痛，而这时候，跪在前方通报的人又接

着道：“太子还说，石头太重了，他最多只能抱半个时辰，让您自己……您自己看着办！”

说着这话，他赶紧低下头去。

凤无俦执起墨玉笛，踏出了王帐：“备马！”

……

洛子夜要自杀的事情，闹得还挺大的，好多人都来了。被她算计了的龙傲翟、冥胤青和武项阳是没法出门看戏，倒是轩苍墨尘，一听说洛子夜在闹自杀，便知道是怎么回事，浅浅笑了一声，便出门瞧热闹了。

造成如此轰动的效果，是洛子夜始料未及的。她站在大海边上的一块岩石上，这要是往下头一跳，就直接落入海中了。看着这么多人，她赏了上官御好几个大白眼，她的意思是将这消息传给凤无俦知道，怎么凤无俦还没来，就来了这么多不相干的人来看热闹呢？现在好了，过不了几天，估计全天下都知道她一个“男人”，一个太子，居然拿自杀威胁人了！以后这面子往哪里搁？

上官御脑后也挂着巨大的汗珠，其实他也就是在军营里头发布了一下这个消息啊，怎么上至大漠诸王、轩苍逸风、天曜随同而来的朝臣，下至戎国的平头百姓，全都来瞧热闹了呢？

你看这人山人海，锣鼓喧天，鞭炮……咳咳，也没有这么夸张，并没有人敲锣放鞭炮！

申屠焱这会儿也站在边上，看洛子夜的眼神很是古怪：“喂！天曜太子，你这到底是跳还是不跳啊？”

她都抱着石头在这里站了半天，准确地说是捆着石头，没有一点要跳的意思，她身后的岩石上，还站着昨天被“气晕”了的云筱闹，端着一碟糕点，时不时还递给洛子夜一块！

洛子夜叼着一块桂花糕，站了这半天，觉得也挺累的。她直接往岩石上一躺，石头绑在她的腹部，只能侧着身子睡在岩石上，自称要自杀的人，捆着石头躺着吃糕点，这一幕也实在是太玄幻了，大多数人开始议论了起来。

洛子夜看了申屠焱一眼：“所以你是希望爷跳，还是不希望爷跳？”

她一问，申屠焱也被噎住了。

倒是轩苍墨尘笑了笑，看着洛子夜，提议道：“太子不如先将石头取下来，等到摄政王殿下到了，你再绑上不迟！”

洛子夜叹息：“你这个主意其实很不错。但是爷很是担心，爷刚刚起来，把石头放下去，凤无俦就来了！这样自杀就不像了！”

“你自杀跟兄长有关？”申屠焱愣了一下。

洛子夜白了他一眼，没说话。轩苍墨尘倒是笑了，温声道：“那太子是否想过，倘若摄政王殿下不来，那你准备……”

“他要是不来，爷就只能随便找艘船出发了。那假自杀保不齐就变成真自杀了！”洛子夜有几分喟叹。

随便找一艘不牢固的船出发，这不就是在找死吗？不过她就不相信，她找艘破破烂烂的船走，凤无俦能不管她的死活，不把船交出来。

轩苍墨尘摇头轻笑，却是觉得洛子夜这样无耻，天底下怕也就这么一个。拿自杀来威胁……倘若有朝一日，他将这女人带回轩苍，那是否一个不顺心，她也要假装寻死给他看？

这么一想，他骤然觉得整个人都有点不好。

也就在这时候，一阵马蹄声传来。摄政王殿下终于到了，他其实是故意来晚，就着洛子夜提出来的半个时辰的时间点来的，来晚些，这女人心里就不会过于自信，认为他一定会妥协。

而他一到，四面的人立即分开，让出一条道来，并都跪下行礼：“见过摄政王殿下！”

洛子夜这时候已经一溜烟地站起来了。

她抱着那块巨石，站在海边，盯着他策马而来的身影，还往前头走了几步，再往前头一厘米，就能落入海中。她虎着脸，伸出一只手，指着他道：“站住！不许再靠近！马上派人把船给爷运过来，不然你将失去你的宝宝！”

众人：“……”宝宝是谁？

摄政王殿下也的确停住了，前方并不能继续策马。

他魔瞳凝锁着岩壁之上的洛子夜，身上那股威严霸凛的气势令人心颤，大家也都深深地为洛子夜捏了一把冷汗！他那张俊美得足以令神魔震颤的容颜有几分阴鸷，浓眉也微微蹙了起来，褶痕极深。听着这“宝宝”两个字，他再看高处的洛子夜，眼神都多了几分心惊，唯恐她这是童样痴呆症犯了，当真做出不理智的事，魔魅冷醇的声音，透着不容置喙：“下来！”

这声音听起来，便比圣旨还要不容违抗几分。

看着他这恐怖的样子，洛子夜心里也是有点发怵。但她都大张旗鼓地自杀了，船还没拿到，被他一句话吼得乖乖地下去，这不是白折腾了一回？面子又往哪里搁？

她脚步一抬，似就要往下跳，扬声道：“一手交船，一手交宝宝！我数三声，三声落下，你再不让人去运船，本宝宝就跳了！你到底是要船，还是要本宝宝？”

众人："……"

申屠焱是第一个蒙的，伸出手指着岩壁上的洛子夜，抽搐着嘴角道："宝宝是他？"

轩苍墨尘的脑后也冒汗，但内心还是高兴他理解错了，她并没有怀孕，腹中也未曾有她和凤无俦的孩儿。

洛子夜冷不防地被打岔，下头一群人还如同白日见鬼地看着她，这令她觉得非常丢面子，盯着申屠焱吼道："你对本宝宝有什么意见吗？"

申屠焱似乎被噎了一下："好大的宝宝啊！"

洛子夜听了，其实也被噎了一下，但她又抱着那巨石，整个身子都往前头倾了倾："没错！我还是个纯洁的孩子，俗称大宝宝！凤无俦，你交不交船，你要是不交，我……"

话说到这里，岩壁上忽然滚下来一块石头。

那石头到了她脚边，把她的脚后跟往前头一撞！这其实就是轻轻一下，倘若她这时候的站姿不是身体前倾着，手里也没抱着块石头的话，这一切对她根本没有什么影响！

但是偏偏，她怀里是巨石，人也是前倾着，整个下盘都是不稳的。

这石头这么一撞，还真的把她从岩壁上带出去了，整个人对着海里就扎了进去。岸边所有人都惊呆了，没有一个人料到，这时候会忽然有此惊变！

加上那巨石的确很重，强大的重力之下，使得洛子夜下落的速度也快了好几倍！岩壁上的云筱闹也蒙了，立即伸手去抓，但洛子夜下落的速度那么快，岂会抓得住？

"太子！"

"该死！"

摄政王殿下直接翻身下马，都来不及褪去华重的外袍，便跃入海中，飞快地对着洛子夜的方向游了过去！海中不比江河，巨大的浪花涌动，洛子夜又是从中间跳的，身上还绑着巨石，必然就砸到深海处了！

若只会游泳，不会潜水，当真无法将洛子夜救起来。

好在凤无俦是会潜水的，很快就游过去，潜入海中！而令人意想不到的是，轩苍墨尘几乎是同时站了起来，飞快跃入海中，对着洛子夜落水的方向游了过去！

墨子渊脸一白，想拉却没拉住。

他倒不是怕自家主子救人不能活着回来，而是主人的脸用了封颜术，这东西怕水，这若是跃入海中，不消一会儿，那容貌就……

尤其眼下，不仅仅是一个人两个人在这里。这么多人都在，这若是令大家都知道了，轩苍的皇帝放着好好的轩苍不待，却冒用了自己王弟的身份跑来天曜，被人怀疑用意，那就不必说了。

再有，帝王的尊严不可犯，主人来了之后，与所有权贵之间都是按照风王殿下的礼节相对，甚至对凤无俦弯腰行礼，这若是令人知道，他其实是皇帝，整个轩苍的颜面也都会被折辱！后果不堪设想，主人这……

而事实上，轩苍墨尘在入水之前，也就是看见洛子夜掉进来了，情急之下，根本顾不得多想，便直接跟着跳了下来！入水之后，这海水没顶，骤然清醒之后，他方才意识到这问题。

可已经下来了，也顾不得这许多了。

洛子夜也是发蒙的状态，摸着良心说，她真的没有想过会发生这么坑爹的事情。唯一值得庆幸的是，她为了避免发生意外，在将石头绑在自己身上的时候，没有将绳子打死结，只要反过手一扯，就能解开！

于是，她飞快地将绳子解开，将石头抛了出去，一路闭着气，借助着海水的浮力，手脚并用，奋力地往上头游！老大说得果然没错，凡事都得留一手，这不，这回留了一手，她的生命安全就得到了良好的保障吧？

正得意着，便听到一阵水流涌动的声音，这表示还有人在海中。她未曾回过头，那人的速度也很快，不消一会儿便追了上来，铁臂伸过来，揽住了她的腰！

不必她再动作，他便带着她一起向上，从海水之下游出水面。洛子夜松了一口气，浮在海面上，大口呼吸起来，忍不住上气不接下气地感叹了一句："自杀有风险啊！"

说话间，她却被摄政王殿下紧紧抱着，压在他胸前，他似乎有点害怕。在她抬头呼吸，说完这句话之后，他骤然低头，攫住了她的唇，两人在海中拥吻起来。

海浪在耳边喧嚣，他似乎听不到，却抱得洛子夜更紧，两人身上都湿透了，他的唇也是湿热的，却带着急促狂乱。魔瞳中满是惊与怒，吻得洛子夜在海里没被水给憋死，却险些浮上来之后，被他这激狂的举动给弄断气！

半晌，他放开她，魔魅的声音中满是狂怒，声音森然，以一种教训的口吻道："洛子夜，你再这样胡闹，孤……孤……"

他似气得不知如何是好，后续准备威胁她的话，也是不知应当说什么，却又一次咬上了她的唇。这一瞬缠绵缱绻，唇间温热的气息和他身上的怒，以及她贴在他胸口，感觉到的他过速的心跳。她明白了他此刻的情绪……他是害怕失去。

是以为要失去！

"爷哪有那么笨，真的掉进海里，就死定了？你也不要太瞧不起爷了……"洛

子夜打着哈哈，却环着他的脖子，回应他。

两人就这般忘我，似都不在乎这样的举动，会不会令他们沉下去。

而当轩苍墨尘从海水中冒出头的时候，远远地，看见的也就是这一幕，巨浪翻滚之下，那两人身上湿透了，头发也如海藻一般，一缕一缕。这时候倒有心情在海中吻了起来！

他忽然有点后悔，觉得自己不该跳下来。

尤其，从海面上的倒影，他看见了自己的脸。封颜术已经解开，一会儿若是上岸了，他应当如何解释？

其实，害怕失去洛子夜的人，害怕她就这么死在海中的人……岂止他凤无俦一个。

他默默偏了头，清理自己的思绪，他剩下两条路可以走，第一，就以这副面目出现在海边，向所有人承认，他就是轩苍墨尘。第二，假作游泳，在海中泡上半日，等岸边的人散去，或是游到别处，在别处上岸。

无疑，第二条路是最好的选择，可在这海中，巨浪之下，若不能很快找到其他的登岸点，却也有力竭丧命的危险！

可他没的选择。

他俊雅的面孔，透着几分微微的浮白，转身往远处游去。巨浪一次一次劈头盖脸地砸在他头顶，似乎是在告诉他，不是他的东西，就不该多想。

似乎是在告诉他清醒，今日这一次无意识之下的冲动之举，尚且能这样破解，可下一次又应当如何？

似乎是在告诉他，哪怕他真的在那一刻，忘记了自己，忘记了一切谋算，忘记了他身份被窥破之后，会面临的难堪和尴尬，忘记了他是轩苍墨尘，忘记了他是轩苍的皇帝……她眼中，依旧没有他。

“洛子夜……”

他曾经认为，洛子夜也许会是一颗定时炸弹，成为龙傲翟的变数，可今日，他又怎能绝对自信地说，洛子夜不会成为他的变数？

这念头一出。他一头扎入海水中，希望这海水冲刷，能令自己清醒。帝王的一生，便应当将自己的一切都交给家国大业，交给黎民百姓！儿女情长是什么？他当真就非洛子夜不可吗？

海水，从耳朵，从鼻子里，灌了进去。

令他原本就有几分混乱的心，更陷入混沌，却在呛了一口水之后，他再一次冒出了海面。那双眼眸已经清明，幽深中透着几分冷清，很冷，比今日入水，救洛子夜之前，更寒凉了几分。

也许，今日之事，就是上苍对他的示警！

他远远地游走了，洛子夜和凤无俦冷静下来之后，听着那边的水声，她偏头看了一眼。

看见不远处有一阵水波，有人背着他们的方向，游走了。但从对方的背影来看，那白色的后领，分明就是……轩苍逸风？

他也跳海了？来救她的？可为啥游走了？

而摄政王殿下的心情，此刻还不是很好。看见她盯着轩苍墨尘的背影都舍不得回神的时候，他沉声问了一句："在看什么？"

"嗯……那是轩苍逸风吧？爷在想，我们是不是伤害他了！"洛子夜的表情很深沉。

摄政王殿下心里咯噔一下，轩苍墨尘对她有想法他知道，但鉴于她情商低下，加之轩苍墨尘也表示不会与自己抢女人，他便没放在心上。可眼下洛子夜这话，分明就是有所察觉，若她知道了轩苍墨尘的心思，那就……

他正想着，还没说话，洛子夜就深沉地摇摇头："他跳下来，肯定也是为了救爷的，爷怀疑他刚才是看见我俩接吻了，也许是因为一时间受不了两个男人如此，于是倍感眼瞎，心情悲愤之下，扭头游走！"

摄政王殿下："……"她的情商的确很低，他方才高估她了。

她一句话说完，没得到他的回应，奇怪地抬头看着他："你咋不说话？你觉得不是这样？难道他只是因为看见咱俩秀恩爱，他一个单身狗，感觉自己被虐了？想想他自己没有对象，心里特别难过，所以……"

"上岸吧！"他终于打断了她，"孤认为你的猜测是对的，他只能是为此而感到受打击，不会再有旁的原因。"

洛子夜得意地点头："爷果然深谙人心！"

摄政王殿下："……"

"那个船的事……"洛子夜迅速扯住他。

他登时便又想起方才她落海的凶险，切齿道："早知你会如此，孤应当烧了那船才是！"

"喂……你总不至于把船烧了都不给我用吧？我俩之间也不至于有这样的深仇大恨吧？"洛子夜如同一个聒噪的八哥，扯着他的袖子飞快地发表意见。

然而他根本没理她，带着她游上了岸。

墨子渊看见自家主人游走了，立即沿着海岸追了过去，不少人盯着他，都觉得

轩苍逸风真不愧为风王，当代第一淡然自若、淡泊尘世的男子，眼见洛子夜都跳海了，他倒是心情愉快地去游泳了。

洛子夜上岸之后，还在聒噪。而摄政王殿下根本没理她，铁青着一张脸，大步离开。洛子夜正打算跟上去，便见着阎烈已经带着人将船运过来了！

洛子夜浑身湿漉漉地站在岸边，盯着他的背影，她立即就要出海了，这时候他要是生气了，再分开一段时间……阎烈面无表情地看了她一眼：“太子殿下，您的船到了！您赶紧上去换一身衣服吧，若是又染了风寒，在海上可就没人整夜照顾你了！”

阎烈言语之间又在为自家主子表功，提起王在洛子夜感染风寒之后，照顾她一整夜的事！

洛子夜的表情果然更加凝重起来，云筱闹拿来了披风，给洛子夜披上。洛子夜看了一眼自己刚刚站过的崖壁，问了一句：“刚刚那上头的石块，好端端的怎么会滚落下来？”

云筱闹那时候在她后头，应当能看见发生了什么事。

云筱闹立即道：“太子，是飞过来一只秃鹫，落到那石头上，石头被推动了，所以就……也是我没有在意，亏得您绑石头的时候没有打死结，又幸好摄政王殿下在，才没有出乱子！”

“秃鹫？”洛子夜扬了扬眉毛，倒不是她自己有被害妄想症，只不过在这世上待了这么一段日子，她已经知道，若是发生了一件事，十之八九那件事也是旁人谋算之后的结果，巧合这种东西，在这个世道根本不流行。

所以这秃鹫到底是自己飞来的呢，还是人为的呢？

云筱闹点头：“是的，在岩壁边上，一会儿就跳着飞走了。我们站立的地方很高，又有一个死角，所以站在海岸边上的人并不能看见那只鸟，不过说实话，我也觉得这件事情有点怪怪的！”

而这时，洛子夜倒是眼尖地注意到，申屠焱在自己拔高了音量，说秃鹫的时候，表情似乎僵硬了一下，那眉心也蹙了起来，鹰眸中透着几分不悦。她心里咯噔一下，难不成……

眼下秃鹫也飞走了，想查也查不出个所以然。

她只得暂且将这件事情放下，扫了一眼路儿和沓沓：“我们走吧！”

“我们也去！也算是个帮手。”随着洛子夜这句话落下，上官冰、萧疏狂、云筱闹都凑了过来。

旁边站着的萧疏影似乎有点犹豫，但还是抱着自己的古筝，往前头走了一步：“我也去！”

“那就也带上我吧！”这话是刚到的澹台毓糖说的，说话之间，她已经背着一个包袱，奔了过来，并且道，“我会用药，也会用毒。关键时刻，也许派得上用场！”

这一下就热热闹闹的了。

洛子夜也没拦着他们，这一出海就十几天，一众人一起，一来互相有个照应，二来也能排解寂寞。就是萧疏狂……

她眼神看过去，萧疏狂立即道：“太子，神机营有上官御照看着就可以了，出不了什么乱子！我跟他划拳比试，输了的人留下守着，嘿嘿嘿……”

然而，对于两个大男人来说，划拳比试出谁留下，纵然是比较和平的方式，可就这么听起来，未免令人觉得幼稚，旁边的上官冰毫不客气地翻了一个白眼。

……

海岸边上，船慢慢被推进海中，其他人纷纷行礼告辞。洛子夜盯着那船，心绪有点乱，回头看了一眼凤无俦离开的方向。啥都没有，她便也就拥着披风，站在岸口，等着船舶出发。

申屠焱在边上看了好一会儿，笑睨了洛子夜一眼，便容色复杂地走了。

他走出去几步远，洛子夜看着他的背影，云筱闫也顺着她的眼神看过去：“太子是怀疑，秃鹫的事情跟他有关？”

“不！”洛子夜摇头，“跟申屠苗有关的可能比较大！”

这时候，船上的船夫高声开口道：“可以走了！”

“好！”大家都跃跃欲试。

倒是洛子夜，在听见这一声吆喝之后，回头看了一眼，海岸边的人已经全部散了，她背后就是一片空地。好吧，她这时候其实是矫情地在想，凤无俦为啥不来送她。真的生气了，走了就不回来了？

她站在海边没动。

已经上船了的澹台毓糖对着她吆喝了一声：“太子，您快上来吧，大家都上来了！”

阎烈面无表情地站在旁边，一挥手，不一会儿，几十个黑影飞快地蹿上了船，洛子夜看他一眼，他立即道：“这是王身边最得力的随侍护卫，本事个个与魔迦、魔邪差不了多少！相信一路跟随，能够保护太子平安！”

他这话一出，洛子夜点头，沿着船沿边上的楼梯往上头走。不知道为啥，虽然凤无俦已经派人来保护她了，她心里还是有点空落落的。

而刚踏上去没几步，忽然一阵迫人的气势蔓延开来，还有一阵脚步声传来，她立即回头一看，表情倒很有几分惊喜，笑容也在脸上绽开，盯着不远处那人！

他到底还是来了，站在海岸边上不远处，显然是刚到。

那张俊颜还是沉着，浓眉间的褶痕也尤为明显，手里拎着一只鸟，果爷今天的装扮，是一只鹦鹉，花不溜丢的，两只翅膀抱着自己的大包袱，尖着嗓子惊呼："果爷不行啊，主人……不行啊果爷！果爷不能去，主人，果爷不能去。果爷晕船，果爷真的晕……"

哭丧了几声，忽然伸出一只翅膀摸到包袱里，抓出来一个果子，咬了一口。

船上的众人："……"

洛子夜也是有点无语，但是她也想起来了，前几天凤无俦说了，让果果跟着她一起。所以他刚刚一声不吭地回去，是去抓这只鸟了？

果果吃完了果子，见洛子夜正盯着它，船上的人也都盯着它。它下意识地把自己手里的包袱往背后一藏，一双天蓝色的鸟眼，防备地看着上头的人。这是果爷一听说要出门，飞快地收拾的，够吃半个月的零食，可千万不能让这些人抢走。

它这样子一出，大家嘴角一抽，登时也不看它了。

洛子夜从楼梯上走下去，把果果从他手中接过来。这时候闽越也跟上来了，有点气喘吁吁。便听得凤无俦沉声吩咐："你跟洛子夜一起出海！"

"啊？"闽越扭头看了他一眼。

王忽然遣人传消息，让他立即过来。他还以为是有什么事，但是跟洛子夜一起出海……可，可这些年来，他一直没有从王身边离开过，因为王身上的寒毒，总是令人摸不准时辰就会发作。要是没有自己在边上跟着，很容易出乱子。

然而，他这一眼看过去之后，却没在凤无俦的脸上看见什么表情。眉梢皱了皱之后，他只得应下："是！"

洛子夜立即看了他一眼："他跟着，那你的伤，还有嬴烬的伤，怎么办？"

"嬴烬那边，青城已经找到了医术高明的医者照顾，并不需要属下了！"这话是闽越说的，他想告诉洛子夜，她应该把这件事情的关注点，更多地放在王身上。

洛子夜盯着凤无俦，还想说什么，他已然打断她："你的安全最重！去吧，回来之后，孤送你一份大礼！"

他说着这话，魔瞳凝锁着她，她若服了冰貂，被他尘封在她身上的内功至少能运用八重，此后就是拼内功，她也算得上是高手。

洛子夜回视他，倒没问是什么大礼，却见他盯着自己，眸中看不出忧虑，她笑了一声："你就一点都不担心爷有去无回？"

"有闽越等人保护你，你的实力，孤也信得过！"他冷醇磁性的声音，带着几分不以为然，尤其又似嘲非嘲地补充了一句，"嬴烬生死不明，就算是为了他的安危，你无论如何也是会活着回来的！”

洛子夜被他这酸里酸气的话说得笑容僵了一下。盯着他俊美堪比神魔的脸，她倒调侃了一句：“你这是吃醋了？”

这话却仿佛激怒了他，令他魔瞳中凝出几分怒气来，骤然伸手捏住她的下巴：“仅此一次！孤的耐心有限，不容你再三与他牵扯不清。回来之后老老实实跟在孤身边，自有孤保护你，用不上他嬴烬！”

洛子夜嘿嘿笑了声，上次也是她没想到会有澹台毓糖插手，让凤无俦回去了才出的事，他生气也正常。她把他的手挥下去，干笑着抱着果果就扭头登船，并且对着他挥了挥手，还甩了一个飞吻，对着他的方向嘟嘴：“记得想爷啊！muma！muma！”

表情看起来很恶心。凤无俦见此，浓眉也蹙了起来，伸手揉了揉眉心，有点受不了，又矛盾地觉得受用。他就这么目送船舶走远！船前行，洛子夜坐在船沿边上，看着他，两两相望，倒是多了几分情侣暂别的依依情绪。

多少有点不舍。

当船舶消失在海天相接的地方，凤无俦敛眸，风猎猎扬起，拂动他宽大的袖袍。阎烈站在他旁边，盯着他的背影。

旋即，听得他道：“阎烈，备军！孤回来之后，将有一场恶战！”

“王，您真打算进攻蛮荒十六国？”他惊了一下。

凤无俦却嗤了一声：“蛮荒十六国，不过顺路罢了！孤要的是圣晶石！”

阎烈这才反应过来，太子说了喜欢璀璨宝石来着。他立即笑问：“去夺来太子的心头好，那您这是准备求婚了？”这话说完之后，阎烈立即感到自己僭越了，当即低下头！原本他以为凤无俦不会回话。

但没想到，摄政王殿下听了，却微微扬起唇角：“未尝不可！”

……

船舶之上，洛子夜还在遥遥远眺。事实上她早已看不清海岸线，海边的人，也慢慢地变成了小黑点。

这令澹台毓糖诧异扬眉：“太子，您还在看什么呢？莫不是舍不得摄政王殿下？”

洛子夜吊儿郎当地道：“就是舍不得，不正常吗？”

原本她以为这句话说出来，澹台毓糖的表情应当很淡然，没想到不仅仅是她，就连云筱闹、上官冰、萧疏影都是一副仿佛见鬼的样子，那恐怖的表情，都令洛子夜怀疑自己背后是不是游过来一条鲨鱼，或者是站着一个水鬼！

怀着这样一种惊奇的心情，她扭过头看了一眼。背后一片空旷，什么都没有！

她看了那几人一眼，问道：“你们怎么了？爷的话有问题？”

上官冰开了口：“太子，原本我以为，从摄政王殿下的视线之内离开，能自由好几天，你应该会非常高兴！”

“是啊！太子您寻常那么喜欢非礼美男子，却总是被摄政王殿下抓包……加之许多时候，您说话说得很高兴，一看见他就什么话都不敢说，现在分明他不在，您应该……”此话是澹台毓糖说的。

摄政王殿下和洛子夜的那种相处模式，分明就是压制！凤无俦是那种掌控欲很强、不允许太子乱搞的男人，而太子就是那种仿佛摄政王殿下有一会儿不在，她都要立即抓紧机会，勾搭一个美男子，摸一下人家小手的人！

所以这时候，她们真的都以为，太子应该欢呼雀跃，仿佛得到了解放，甚至要快乐得引吭高歌来着！结果太子居然说她舍不得，这真是……不可思议！

洛子夜听完，有点尴尬：“爷平常表现得有这么明显吗？”

正说着，一抬起头，眼神就正对上萧疏狂，她心里倒是没想什么，萧疏狂却仿佛受了莫大的惊吓，伸出手护着自己的胸口，往旁边退：“太……太子，我们当初加入神机营之前，您就承诺过，不会对您军队的人做什么事情的，您……您这样看着属下做什么？属下……属下宁死不从！”

说着这话，他站到了船边上，仿佛洛子夜要真的对他做什么，他就立即跳海自杀。

洛子夜脸颊一抽，真想把手里的鎏金扇，对着他掷过去，一下砸死他！这小子的确长得很帅，但是自己的手下她都调戏，那也太丧心病狂了，以后还怎么带兵？而且她心里早把萧疏狂和上官御当成兄弟、亲人，谁会对自己的兄弟或者是亲人有非分之想的？

洛子夜没理这个二货，看着远方在想事情。在船上听了这么半天热闹的果爷，默默地将自己的包袱打开，在一众零食果子当中，找到了一个小本子，还有一方砚台。它翅膀抱着那墨石，在上头磨啊磨啊磨，如此认真的样子，令洛子夜都扭头看了它一眼。

怎么？如今一只鸟，也打算提高自己的文化水平，努力学习了？

要真的是这样，那多少早上该起床的时候却在睡懒觉、多少该在认真听课的时候却在开小差、多少该在努力奋斗的时候却在浑浑噩噩地度日的人，都该是感到何等羞愧啊！连只鸟都不如！

你看它表情严肃，姿态严谨，磨墨的动作虽然生疏却异常庄重！

正在洛子夜心中万分感叹之际，果爷的墨终于磨好了，它伸出一只翅膀，蘸了墨水，在上头歪歪扭扭地写字，并尖着嗓子自言自语："第一天出海，洛子夜因为主人不在，已经对萧疏狂起了歹念……萧疏狂宁死不从，洛子夜扭头看着大海，神色悲伤颓废！"

也不知道是不是因为它平日里对洛子夜的意见实在是太大，以至它写这些东西的时候，十分流畅，神情激动，语法错误都没有！

"你这破鸟，胡说什么？"洛子夜眼睛都黑了。她几时对萧疏狂起歹念了？她看着大海是在想那只秃鹫的事情好吧？到底是哪里看起来悲伤颓废了？

凤无俦把这破鸟派来，就是来监视她的吧？

她这句"破鸟"一骂，果果立即抬头看了她一眼，鼓着腮帮子，低下头继续写道："果爷真实地记录了洛子夜的行为，洛子夜恼羞成怒，辱骂果爷！"

"我……"洛子夜狠狠地咬了半天牙，才忍住上去跟一只鸟打架的冲动。

她盯了一会儿它翅膀下头的本子，捺着性子，隐忍着将要爆发的脾气，开口问道："你写这些东西，是准备干什么？"

"给主人看！这是主人交给果爷的！"果果神情认真。

洛子夜脸色一时黑，一时白，凤无俦就算是不放心她，要找个人记录她的行为，也找个靠谱一点的吧？找果果这么一个原本就跟她有私怨的，这合适吗？这不就是在给果果栽赃诬告她的机会？

这么想着，她便劈手过去，打算将那破本子拿过来撕了，明明是自由自在的出海活动，可不能被这只破鸟给搅和得神思不宁。

然而，她正要得手，果果一只鸟爪踩在那小本子上："洛子夜，你抢吧！抢吧！主人说了，要是这个本子，在回去之前，被撕了还是不见了，那就说明你在路上做了无数对不起主人的事，唯恐被果爷记录，所以毁尸灭迹！"

它这话说得非常顺溜，该停顿的时候停顿，主谓宾分明，也没有过多的颠三倒四。

她扭头看了一眼闽越："你就由着它这样污蔑爷？"

闽越抱歉地笑了笑："太子！王做任何事情，都会有王的想法。既然他将这件事情交给果果来做，并没有交给闽越，那也就说明，王有他自己的理由，闽越无能为力！"

洛子夜脸一青……

而果果听了他们两人的话，立即又写了一句："洛子夜惊慌失措，打算撕毁小本本！果爷临危不惧，冒死保护，本子才得以保存。洛子夜犹不死心，妄图收买闽越为他做伪证，闽越性格刚强，严厉拒绝……"

洛子夜：“……”众人同情地看着洛子夜！

上官冰率先道：“太子殿下，是我错了！竟然以为您这几天自由了，这其实还不如就在摄政王殿下身边待着！”

至少被教训也是真的犯错了，而不是被诬告。

没想到，上官冰这句话说完，仿佛又触动了果果的某根神经，令它老人家想起来，自己之前还有东西没有一并记下来，于是提翅膀写道：“起初出发，众人说主人不在，洛子夜能自由几天，纵情摸美男子的小手，洛子夜深以为然，偷偷高兴，容光焕发，仿佛捡了五个铜板！”

洛子夜怀着一种忧伤惆怅的心情盯了果果一会儿，果果也是警惕地瞪大了天蓝色的鸟眼盯着她，翅膀正在往砚台里头伸，仿佛洛子夜只要再说一句话，它也会立即往不好的方向领会，并且马上记下来。

洛子夜也不看它了，盯着前方的浩瀚大海，开口道：“萧疏狂，你想办法传信过去给上官御，让他这几天盯着申屠苗，看看她跟那秃鹫有没有什么关系！”

她话音一落，萧疏狂立即点头：“是！”

果果看暂时没的记了，把小本子收了起来。它看了一眼自己翅膀上的墨水，难以洗干净，于是就把那一身鹦鹉的装备脱了下来，踮着脚又开始往身上套八哥的装备。

它穿得正认真，洛子夜忽然回过头看着它。

它心里咯噔一下，跳着爪子往后头退了一步：“你想杀鸟灭口？”

“你要是真的继续乱记，爷指不定真的这么做！”洛子夜看着它，神色有点冷。一只小破鸟，她犯不着计较，但是凤无俦是什么脾性？她可不想被它害得被那货脱下半层皮！

果果立即抱着小本子，往闽越的脚下躲：“果爷是凤凰后裔，是东方吉祥兽！是神兽，你要是杀了果爷，你要遭天谴的！洛子夜要行刺果爷，闽越保护果爷要……”它吓得说话都不利索了，语法错误又来了。

说真的，看着它那欠揍的鸟样，洛子夜真的挺想宰了它的！但是她到底也不是心狠之人，看着那小家伙可怜又可嫌的样子，决定放那小破鸟一马！日子还长着呢，她就不信自己收拾不了这破鸟！且先让它得意一天。

洛子夜冷嗤了一声，回船舱里头练功，可方才走到船舱口……

砰的一声，巨大的海浪就打在了船舶的后头。

整个船身都倾斜晃动了一下，众人都吓了一跳，有几分惊惶地四下看了一眼，并不知道这时候发生了什么，洛子夜的脸色却青了青，心里有了不好的预感，扬声道：“稳住！”说完这话，她立即往船后跑去，看看眼下是什么情况。那巨浪是从后头来的！

云筱闹等人立即道："太子！您小心！"

洛子夜奔到了后头，抬眼一看，便见滔天的巨浪对着他们的船舶打来！

她飞快地后退了一步，那浪花才没打在她身上。但是不少海浪都落到了船后，打到了甲板上！开船的人大声道："先不要慌！稳住，在海上这样的风浪是常有的事。前几日海上才下了暴雨，这时这样也正常……都不要慌！"

洛子夜倒是不慌，她出海之前就预料过可能发生这样的事，其他人在船长这话落下之后，也都冷静了下来！

而船长话虽然是这么说的，表情却很严肃，手里掌着舵，飞快地吩咐水手："扬帆！再扬两面！"

"是！"水手们立即上去扬帆。

巨浪在后，船舶的前进速度这时候也提高了，但是那海浪还是一次一次地将海水都带到船后的甲板上！这要是一直这样下去，水都灌入船中，这船一定得沉。

洛子夜立即扬声道："空着手的都过来帮忙，找东西将这些水都舀下去！"

"是！"事关生死，这时候谁都不敢懈怠，不管胆大的还是胆小的，都上去帮忙了！

唯独果果，直接吓得两眼一翻，晕了："果爷果然晕船……"

船长看了一眼洛子夜，也为她临危不乱的气魄心智折服，高声道："太子殿下，你们也千万要小心，万不可被海浪卷走！"洛子夜挥了挥手，示意他不要管他们！

大家都在忙，水手们忙着扬帆，洛子夜等人忙着舀水。原本该是很凶险的情况，随着几只鱼被巨浪冲到他们的甲板上，洛子夜苦中作乐地发表了一句："今夜可以吃海鲜！"

大家都笑了，紧张地舀水，都变成了欢乐地舀水……时不时地，就有海浪打在他们身上，运气不好的时候，有人被海浪往海里一卷，他身边的人也会立即拉住他，有惊无险地回到船上。

海风呼啸了好几个时辰，这一场巨浪才终于平息下来。所有人虽是笑容满面，但是脸颊上都是水，是汗水还是海水，已经没人分得清！至此，船上的所有人也都不敢再小瞧大自然的力量。

大家舒了一口气，甲板上的水也全部弄出去了，船长高声道："没事了！风平浪静了！"

洛子夜带着被海浪拍到甲板上的那些鱼，往前头走。云筱闹惊魂未定："幸好摄政王殿下的船够结实，不然我们今天非得在海里翻船不可！"

“没有在海里翻船，诚然是因为这船结实，但你也不要否定大家同心协力，开船的开船，扬帆的扬帆，舀水的舀水，这是我们一起付出的努力！”洛子夜笑看了云筱闹一眼。

云筱闹点点头。

就像是一个很有文采的诗人，单单他自己有文采，而没有喜欢他诗文的人一起帮忙宣传，一致赞扬，并提供一些帮助，再有文采，也是容易被埋没的。

人生同样如是，若一开始就握着一手好牌，那你的路注定比旁人走起来容易，可也绝不能因此懈怠，一手好牌就必然要打好，可别握着好牌，都打输了人生。就如同他们眼下，即便船好，但是他们也不能就这么坐等着风浪过去，坚信这船一定不会出事不是？

洛子夜这一句话，也算是肯定了船上所有人为此付出的努力。这令大家心情都很好，一个一个在后头的甲板上捡鱼，拎着就到前头开膛破肚起来。船长渡过了风浪之后，便将船交给副船长驾驶，人从船舱里头出来了。

他看见洛子夜后行了礼，忽然问了洛子夜一句：“太子方才不怕吗？竟还在后头，一边舀水，一边嬉笑？”

不远处，萧疏狂捅了捅闽越的胳膊：“这船长是你们摄政王派来的人吧？你们那边的人，话都这么多吗？”

闽越偏头看了他一眼，意味深长道：“那船长是王府中老王爷最信任的人！”

太子今日要是把话答好了，老王爷那一关就不必过了。毕竟老王爷心里属意的儿媳妇，一直都是汐尧小姐，若是太子也能得到老王爷喜欢，日后王府也能家和万事兴不是？

他们的对话，没能传到洛子夜的耳朵里。洛子夜奇怪地看了他一眼，这是等级制度森严的时代，一个船长跑来问太子问题，是很突兀的。但好在她没什么封建心态，所以奇怪了几秒，就笑着回话了：“有什么好怕的？事情已经发生了，必须要应对。既然高兴也要舀水，不高兴还是要舀水，害怕也是舀水，不害怕照样舀水，那为什么非得跟自己作对，把自己搞得紧张兮兮的呢？”

她此话一出，船长弯腰道：“太子说得在理！今日这一场风浪，看起来很大，但事实上在海中，也只算是小打小闹罢了。接下来会更加凶险，太子若是后悔了，我们现在回去，还来得及！”

他这话一出，洛子夜勾唇。也不知道是这船长怕了，还是船长以为她怕了，摇了摇头：“行船如同人生，前路艰险而茫茫，眼下不知道前头会有什么风险我们就扭头回去，那人活着，不知道明天会发生什么意外，就要吓得赶紧自杀了，日子不过了吗？这一趟是必须走的，您就不必多言了！”

她这话一出，那船长先是一怔，随即扯唇：“太子的话有理，人应当敢闯，也敢面对危险而不惧。小的佩服，不过，不知太子对敬重公公的事情怎么看？”

洛子夜嘴角一抽，古怪地看了他一眼：“怎么，你家中有个很不孝顺的媳妇？”她现在在人民群众心中，还是一个男人，这种问题问她不合适吧？问云筱闹她们，不是更加靠谱吗？

那人接着道：“是小的唐突了！”

洛子夜听到这里，脑子转了几个弯：“你是凤无俦安排的人？这问题莫不是凤无俦让你问爷的？”凤无俦应该没有这么无聊吧？

“那倒没有，只不过小的方才听您那些话，倒是张狂有余、收敛不足，想必是难以孝顺长辈，故而随口一问罢了！”那船长说话也是一板一眼。

老实说，洛子夜听着这话就不高兴了。谁说张狂的人就一定不尊重长辈了？她情绪不算太好，但也还是意思意思地回复了一句：“那也要看对方是什么样的人了，毕竟父慈才能子孝，对方若是有做长辈的样子，爷自然也有做晚辈的样子。对方若是为老不尊、倚老卖老，那爷就……也没法子孝顺对方了！”

百善以孝为先这没错，但是她身上不流行愚孝。不存在那种所谓“不管公公婆婆对我多么不好，我也要可劲地孝顺他们，证明我是个好媳妇”，可别扯犊子了！

她这话一出，那船长又被噎了一下。洛子夜的言辞，听起来是离经叛道的，但他默了一会儿之后，隐约地明白了，这也可能就是洛子夜与旁人的不同之处，也是王看上洛子夜的原因之一。

他退了两步：“今日太子的话，小的会转达给老王爷，请太子放心！”

“哈？”洛子夜愣了，老王爷？

船长笑了笑：“摄政王府的老王爷，自然也就是王的父王！如今太子殿下和王，怕也快到了见老王爷的时候，也请太子原谅小的今日多嘴，忍不住先问了几句！”

说完这话，他行了个礼就退下了。

洛子夜蒙了……人生里第一次意识到公公的问题，凤无俦的父王？凤无俦又不是猴哥，当然不会是从石头缝里蹦出来的！可是……她以前一直认为，他那样的人已经逆天了，应当不会还有父母作为装备，那她刚刚回答啥了？回忆了一下之后，她小脸有点发青。

她身后的澹台毓糖倒是把这些话都听了一个全，看着洛子夜的脸色，她问了一句：“太子，您怎么了？刚才您的回答，嗯……虽然和一般人的回答有点不同，但

是听起来也不像是完全没有道理啊，您何故表情如此悲伤？”

“笨！”洛子夜恨铁不成钢地看她一眼，“这些话如果会被传到长辈的耳朵里，当然要学会拣好听的说！先把他家孩子骗到手，其他的以后再论。哪有对着人家亲爹说未来我孝不孝顺你，那还不一定呢，但是你儿子凤无俦我要了。你说人家亲爹能答应吗？”

澹台毓糖：“……”所以太子的意思是，如果她早就知道这话是要被传到老王爷的耳朵里，她一定会说些冠冕堂皇、非常好听的，先迷惑一下老王爷，把摄政王殿下骗到手再说？

好吧，太子一向很无耻，有这样的想法，其实也不奇怪。

洛子夜说完这话，心情很悲痛，内心很后悔，盯了那船长老半天，琢磨着自己是不是什么时候找个机会，再找他说道说道，改个口什么的。

这会儿风平浪静了，躺在地上晕倒的果果也终于醒了。

然后果爷就发现，自己醒来之后，大家看自己的眼神就没有之前敬重了，仿佛很瞧不起果爷，它也不介意。闻着一阵肉香，它跳了过去，大家都在烤鱼，它在旁边巡视，走来走去，伸出翅膀，等有人烤好了之后，将烤鱼递到它老人家手上。

但是来回走了半天，大家烤好了鱼，都自己在吃。没有一个人搭理它！

洛子夜也坐在甲板上吃烤鱼，感叹道：“真香！”

果爷虎着一张鸟脸：“果爷的呢？”

“今日所有帮了忙的人，都有鱼，我们已经分好了！做事的时候假装晕倒，吃饭的时候就来了，这样的鸟我们不欢迎，也没有你的吃的！你自己上船之前，凤无俦不是给了你许多果子，让你效忠他，在小本子上写爷的坏话吗？你就去吃他给你的果子吧，鱼就没你的份了啊！”洛子夜说完这句话，又啃了一口鱼。

并且她还将果果的鸟嘴都快伸到那鱼身子上的那一盘鱼，给端了老远。离开了果果的视线范围……

果果回头看了一眼自己包袱里的果子，平日里是觉得挺好吃的，但世上的东西，得不到的就是最好的，对比了一下，发现那些果子在洛子夜手中的鱼面前，根本没有任何可比性！

它觍着脸，看了一眼洛子夜，咯咯地笑，笑容很谄媚。

洛子夜不跟它说话，就吃自己的，并吩咐了一句：“像果果这样贪生怕死的鸟，一会儿你们的鱼吃不完，就是丢了也不许给它吃，这是爷的命令，听明白了吗？”

目前在这条船上，洛子夜才是老大。众人都迅速点头：“听明白了！”

果果原本就穿了一身八哥的装备，鸟脸就是黑的，这会儿听着，想完成黑脸这样的动作都完成不了，狠狠瞪着一双眼。

洛子夜还热心地指了指果果的包袱："快去记下来，说你英勇无畏地记录了洛子夜对不起你主人的行为，遭到了洛子夜的报复，洛子夜不给你鱼吃。并且接下来几天，还会不给你饭吃，让你每天啃自己带来的果子，饿得你鸟比黄花瘦！"

果果一抖，它带的那些东西又不是伙食，那是零食。要是洛子夜真的不给它吃的，接下来的日子里，它恐怕的确是要饿得鸟比黄花瘦。它什么都没说，默默地找了一块布，当作披风系着，惆怅地站在船沿上，背对着大家站了两天。

披风和它头顶的鸟毛一起飞舞，看起来十分沧桑。

而洛子夜也的确如同她所说，在接下来的日子里头，一度建议果果去吃自己的果子，就算给它吃的，那也是白饭，这也就算了，她还每天下午组织大家一起钓鱼，晚上弄什么烧烤晚会，令果爷简直不能忍。

直到第三天的时候，果果默默地扯下了身上的披风，从船沿上跳下来，抱着凤无俦交给它记事的小本本，去了洛子夜的船舱，交给了洛子夜，含着卖主求食的屈辱眼泪，尖着嗓子道："果爷投靠你了！"

洛子夜满意地把那个小本本收起来，把果果唰唰写了一页的纸张扯了下来，一点痕迹都没留下。果果这才过上了优渥的生活，并且在接下来的日子里头，每日被洛子夜灌输思想，比如它的眼光不能只放在它主人身上，也要适当地看一下其他的美人。

果果本来也不是啥好鸟，被洛子夜这样一教训，也彻底歪了。

不过这几日，一人一鸟哥俩儿好，关系相处得还不错。海面上也风平浪静了几天，一直到第六天的早上。

洛子夜才刚刚睡醒，穿戴好之后打算出船舱。

砰的一声，整个船都重重地晃动了一下，站在船沿的人直接被撞飞了出去，幸好有武功高强的同伴，立即拉了回来！

这一次的海浪比上一次更大。洛子夜奔出去极目一望，便见着了前方海面上，也有一条船，不对……是两条！

那两条船，正在互相对着前行，而她在跟他们垂直的地方，并且离他们还很远。所以他们应当看不到她。今日的海浪，是从他们正前方来的。

先对着他们前方百米处的那两条船打过去！

这番情景，看得洛子夜等人都为前方那两条船捏了一把冷汗。然而就在此刻，其中一条船上，骤然一袭白衣轻扬，那人御剑而出，形成一个结界，从他身上发出一阵月白色的极光，将整个船笼住，一看便知是极高深的内力，在稳住自己的船舶。

不必想，这定是绝世高手！

而另一条船上，似跟对面那一条船的人达成了默契，猛然跳起来一个人。那人灿烈如阴鸷的大海上空骤然上升的一缕骄阳，离得这般远，洛子夜一眼看过去，也为他的容貌震惊了一下。

那张脸，当算得上是鬼斧神工，俊美如阿波罗太阳神临世。他跃入长空之后，骤然出手。掌中浑厚的内力将他方才所在的船，对着那海浪抛了过去！

轰的一声，海浪将他的船撞击得粉碎！

而他落于另一艘船上，相安无事，也就在他的船撞向那海浪的时候，另一艘船借着这个时间差，飞快在海浪前段，那被击碎的船舶之后，急速行驶到了暗礁之后。

这样的场景，令所有人都震惊了！

两艘船上都是绝世的高手，两边都配合得很好，一边稳着船，一边弃船拖延那一瞬的时间，当机立断，而且这心智和狠辣劲，也是令人惊叹。最终一举两得，两边船上人的性命全保住了，就只毁了一条船而已！

而前方的巨浪，又对着他们的方位打了过来。

船长立即冷肃道："大家务必稳住！我们也必须飞快行驶到那暗礁后，才能避过这海浪！太子，太子？"

"啊？"洛子夜还呆呆地看着前方。

船长道："太子是被方才那两个高手震惊了吗？"

"不！我仿佛看见前方有美男子！"洛子夜神情呆滞。

闽越和船长："……"

"美男子在哪儿呢，果果也看看！"果果探出头，洛子夜立即把它往后头一挥，"有美男子的时候让老子来！"

果爷不服气地在她后头扑腾。

不过这会儿洛子夜也回过神了，立即让萧疏狂吆喝大家！而他们前方的海浪愈加猛烈。前边已经躲在暗礁之后的那艘船，这时候倒也没有就此安静地待在那里，不少人在船上扯着绳子，还在救人。

怕方才还是有人落水了，那边动作很迅速。而洛子夜这边，船原本还前行得好好的，可骤然传来一道布帛撕裂的声音，所有人俱是一惊，抬头一看，他们的船帆就这么被海风扯烂了。

这下子整个船身都开始东倒西歪，左摇右晃起来。

船帆破破烂烂地挂在半空，令船长也已经不能精准地循着他们要去的方向走！他当即高声嘶吼："换帆！立即换帆！"

他这话一出，水手们都迅速奔出去换帆。

但这时候，随着风浪，他们的船在没船帆的情况下，一会儿左倾，一会儿右倾，吓得船上的人够呛。就是那惦记着美男子的洛子夜，也淡定不了了，赶紧奔出船舱给水手们帮忙，方向偏离，已是不能立即行驶到暗礁后头了。

眼下能稳得住这船，大家就已经谢天谢地了。

水手们赶紧将船帆换好，这船东倒西歪之下，已经掉转方位，往回跑了起来！船长脸色微青，一直在想办法控制，他们往南侧行驶了一段。巨浪打来，一波未平，一波又起。对着海浪的方向跟巨浪对着干，决计是找死，所以船长也只能顺着水流，往回行驶了一段路。

漂了一小会儿，海浪才算是慢慢平息一些。一直到眼下，他们才算是可以转过头，重新行驶过去了！

船长这时候也不敢懈怠，这一波巨浪是过去了，但是下一波指不定什么时候就又来了，最安全的计策，自还是躲到那暗礁后头去。

暗礁后头的那条船也还停在那里，就在此刻，那条船上忽有一柄剑对着那海面抛了过去，接着便见一人从船上跃起，御剑而去。足尖点在剑上，不知道在海里捞起一团什么，接着便又落回了船舱上！

那一瞬姿态翩然，惊鸿一瞥。众人未能看清那人的容貌，可单单这气度、这姿态，就令人心折！让洛子夜等人，又多看了几眼。

眼见就要靠近他们的船舶，闽越上前开口："太子！尚且不知道对方是敌是友，我们不要透太多底细！"

洛子夜睨了他一眼："这也要你说？"

闽越低下头，往后头退了一步。而路儿开口道："太子，我们不是要上千浪屿吗？听说那里的守岛人就叫老太太，不然奴婢一会儿就自称老太太好了，迷惑他们！"

"嗯！"洛子夜没什么意见，考虑着一会儿要见到美男子，认真地整理了一下衣襟。

倒是闽越眼尖，一眼就看见了那边船上有个毛团子，是一只狐狸。这一眼看去，他就在洛子夜身边说了一句："那狐狸好像是落水太久了，没剩下几口气了，须得要百灵草才能救！"

"百灵草？我们有吗？"洛子夜问了一句。

闽越点点头："有！摄政王府里头就有好几株，但是这东西寻常时候用不上，所以属下并没有带出来！"

洛子夜点头。正说着，他们的船就靠了过去。洛子夜笑容满面，容色风骚，站

在船头摆姿势，瞅着她这样子，大家都很难将她几分钟之前还跟大家一起换船帆的狼狈样联系在一起。大家的嘴角抽搐了几下，很老实地站在她后头做陪衬！

正当转个弯，就能躲到暗礁后头的时候，不识相的果爷先尖着嗓子开了口：“有美男子中春药，需要果爷以身相解吗？”

洛子夜脸一黑，却在船舶转弯之后，一眼扫过去，见着了船上的人，只是一眼，她呆住了！那船上站着不少人，但那两个男子，很快夺走了洛子夜所有的目光！

一名男子，着一袭黑色的便装，金丝绲边，无瑕疵的五官线条冷硬，凤眉修目，灿金色的眼眸璀璨，俊美如同阿波罗太阳神！见她的眼神看过去，他此刻也看了过来，那身上有几分属于王者的霸气，一看便知是身居高位之人。这应当是之前，运起内力将自己的船舶对着海浪抛过去的男子！

而眼神掉转过后，另一名男子却也令她顷刻间忘记了呼吸。他一袭白衣，持剑而立，灰蒙的海天之色，却似在他绝美精致的轮廓上镀上一层银光，面如冠玉，颜如舜华。眼眸也正对着洛子夜看了过来，那双眼泛着淡淡月辉，却清冷毫无温度，仿佛任何人、任何事都看不进他眼中，而世间万物，也都被他隔绝在三尺之外，高远不可攀折！

皑皑山上雪，皎皎云间月。白衣沾染月华，谪仙之容，惊鸿之姿。

洛子夜的眼神左右流连，不知道自己应当先看哪个好。

倒是闽越愣了一下！那黑衣男子他尚且没认出来，可这白衣男子，天底下不会有一个医者不认识，这分明是神医百里瑾宸！

他还没来得及说话，果果就又重复了一句：“嘎，果爷在问你们，有没有中了春药的美男子，果爷愿意以身相解！”

洛子夜听着它聒噪的声音，扭头一扇子对着它砸了过去：“果果，说了你多少次，看见美男子含蓄点。滚一边去，让老子来！”

她这扇子一挥，果爷成功中标，整只鸟掉在甲板上打了几个滚，脑袋也撞在木板上！果爷很生气，用翅膀摸了一下脑门：“你给果爷等着，看果爷回去告状，有人红杏出墙……”

它这话一出，沉浸在看见美男子的幸福里的洛子夜，脑海里骤然闪过凤无俦阴鸷的表情，颤抖了一下，看那两个美男子的眼神，也终于有所收敛。但那双冒着爱心泡泡的眼，还是含蓄地看着他们，也没在意边上那个女子盯着她。

此刻，那白衣男子正在给那只狐狸喂药。

洛子夜想起闽越方才的话，盯着那狐狸，故作高深地冒充医术高强之人：“那只狐狸，是需要百灵草吧？我家有，但是看你们的样子，像没有！”

她这话音一落，边上盯着她的女子眉心蹙了蹙。洛子夜的眼神也正好看过去，两人目光一撞，洛子夜就惊呆了，瞳孔也忍不住放大！这张脸……对方这张脸，跟前世她的脸，一模一样。震惊中，她吐出一句话：“盗我的脸啊……”

她怀疑自己是不是看错了，于是纵身一跃，就到了对面船上，伸出手在那女人的脸上扒拉了几下，看看是不是有人皮面具。

而被洛子夜扒拉着脸的女子，伸手将洛子夜的手扯了下来：“够了，我的脸就是这样的！你跟我长得又不像，你发什么神经？”

对方都发火了，洛子夜也没找到人皮面具，很快收手，但她还是忍不住又打量了那女人几眼：“神奇啊！真神奇！”

大概也是出于在异世，却看见自己前世这张脸的亲切，使得洛子夜发了善心，看了一眼地上那团毛球，提议：“老子家有点远，估摸着送这货去，起码也得六七天，一来一回肯定来不及，要不先送到我那儿去，我算算……半年之后我或许还会出海，那时候还给你们？”

半年之后，她并没有出海的必要，只是嬴烬的伤势不知道需要多久才能调养好，故而她只能看看半年之后，有没有时间出海来送这小狐狸。然而洛子夜说完这话之后，并没有收获任何感激的目光，倒见那女子含着几分深思盯着她，而那女子身上，倒也带着几分霸气，还有杀伐之气！

这样子，倒是让洛子夜心里多了几分欣赏和玩味，那女子还没开口，倒是一道冰冷的声音传来：“你有什么要求？”

这句话是那黑衣男子说的。洛子夜的眼神立即看过去，瞅着对方那张脸：“啊……要求！”

闽越的眼神落到百里瑾宸身上，打算立即告诉洛子夜对方的身份，这样洛子夜大概也就知道如何珍惜这得来不易的要求了，神医帮忙救嬴烬，定能活！

然而他还没来得及开口，洛子夜就仿佛一道火箭射了出去，飞快地奔到黑衣男子面前，不由分说地抓住他的手，对方一怔，只以为洛子夜是来套近乎。

但没想到，洛子夜竟抓着他的手猥琐地摸了摸：“要求就是你们两个帅哥让我摸摸小手！”

这手感……跟她摸过的其他美男子完全不同！凤无俦不在，果果这几天也投靠她了，美男子就在眼前，此时不动，更待何时？

她说完这话，摸着黑衣男子的手，还忍不住瞄了一旁的百里瑾宸一眼，那人一

袭白衣翩然，仿佛谪仙临世，若高山之雪，云中之月。她一眼看过去就知道……

手感肯定也很好！

闽越："……"他觉得洛子夜简直暴殄天物，好不容易遇见送上门的神医，她就提出了这样的要求？就算不找神医救嬴烬，起码也让他闽越与神医探讨几个医术问题啊！啊！她就要摸手？

他觉得洛子夜的所作所为，实在过分！就算果果投靠了她，他闽越也是一定会向王告发她的！他生气地回头走进船舱，眼不见为净！

而百里瑾宸看着洛子夜，他若是没认错，这应当是轩苍墨尘对自己介绍的他的心上人。这便就是轩苍墨尘的眼光？他寡薄的唇角抽搐了几下，偏过头去，一语不发，心里已经开始怀疑轩苍墨尘的品位。

而被洛子夜握住手的黑衣男子嘴角也是猛抽，飞快地将自己的手缩了回来，他没有洁癖，但是已经严重觉得自己被面前这个男人恶心到了："换个要求！"

洛子夜咂巴咂巴嘴："哎呀，是个冷美人！"

调戏完美男子之后，洛子夜轻佻地扫了澹台凰一眼，总算说了实话："哈哈，其实也没什么了不得的条件，你的容貌跟我有缘，爷见着开心！所以这只小狐狸爷就给你救了，你如果感动，可以以身相许！"

而她这话说完，那女子仿佛被她雷到了！表情从之前看着她摸皇甫轩的震惊，变成了脸颊都在抽搐，大概在她心里，原本以为洛子夜是个断袖，却没想到她居然男女通吃！

而边上那黑衣男子听完这话，仿佛怒了，盯着洛子夜的表情似有点想打架。洛子夜从上船之后的种种表现，也的确是太无礼孟浪了。

可洛子夜调戏他的时候，他都没太生气，调戏这姑娘他却动怒了，这下就不难看出来了，这黑衣美男子绝对对这姑娘有意思，不过看这女子的表情，和她偶尔扫向那黑衣男子的眼神……倒像是襄王有梦，神女无心。一看就是个悲伤的爱情故事！

出于对这男人的同情，还有对他这种表情的不满，洛子夜挑眉邪笑，那脸上满是不正经的勾引意味："啧啧啧，想跟爷打架？不怕爷脱你裤子？"

"放肆！"那男人沉声怒喝，已经动怒。

洛子夜在远处就看见过这男人出手，知道对方是个绝顶高手，以她眼下的功夫，打不打得过还不一定，于是她往那姑娘身后一躲，在那女子耳畔呵气如兰："小心肝，爷好害怕，你帮我拦住他，不然爷死了，你的狐狸肚子里的小狐狸就死掉了……"

那团毛球的肚子鼓鼓的，十有八九里头有崽。

路儿和沓沓看见果果已经去船舱翻小本子了，赶紧跃了过去："主子，别闹了！我们虽然不会告密，但是果果很难说！"

洛子夜一扭头，就瞅着甲板上没那小破鸟的影子了。她当即也不闹腾了，将地上的小狐狸拎起来，而这时候，一直沉默着没开口的白衣男子忽然开了口，那声音清冷得似云中歌一般缥缈动听，淡漠道："你中了蛊毒？"

"哟嗬，是个高手？你咋知道？"洛子夜的眼神立即看了过去。

之前跟武项阳交手的时候中的蛊毒，到今天其实都还没完全散去，一直在限制她使力。但她自己也能感觉到，那蛊毒已经快完全散了，最多不过两三天就没什么事了。

但她这句话说完，就见那白衣男子干净得几乎透明的玉指伸入袖中，不知道是打算掏什么。洛子夜特别热情地冲上去，伸出一只手就摸到对方的广袖里头："啊，你想拿什么，爷来帮你拿！"

这家伙一眼就能看出自己中了蛊毒，那决计不简单，袖子里头指不定有不少好东西。就是要不着，看一眼也是好的不是？

然而，她这样冒犯的举动，却令百里瑾宸容色一变，扬袖一挥，一股强大的气流扬起，险些直接将洛子夜掀入水中！路儿和沓沓吓了一跳，赶紧拉了洛子夜一把，洛子夜这会儿也是有点尴尬，没想到这货的脾气差得跟凤无俦有的一拼！

堪堪站稳之后，洛子夜开口道："路儿，沓沓，谢了！"

"主子，请叫我老太太！"路儿正色提醒。

洛子夜嘴角一抽，看了那白衣男子一眼，他此刻容色淡漠，似乎她方才的行为并不能撩动他丝毫的情绪。而他心下微动，方才挥开这人的时候，无意间拂过她的手腕，分明是个女子！

可上次，轩苍墨尘却还在为她是男子感到苦恼。那……只能说这女人藏得太深？轩苍墨尘那样精明的人都没看出来？这念头出来，却也什么都没说。原本淡漠的声音，冷了几分，自袖中掏出一个瓷瓶，对着洛子夜掷了过去："这是解药，你救翠花，扯平了。"

这世上就是有一种人，内心的想法加起来可以绕地球十几圈，却什么都不说，这种人就是闷骚中的翘楚，而显然百里瑾宸就是这样的人。于是，有关洛子夜性别，有关轩苍墨尘，他一个字都没提。

洛子夜接过解药，将瓷瓶打开闻了闻，一阵淡淡的香袭来，应当是解药。她心中却更是诧异，闽越和澹台毓糖都说没有解药的东西，他却有？

同时她从他的话里头知道了这狐狸的名字，低头看了一眼："原来这狐狸叫翠花，这么简单就知道爷中了蛊毒，手上还有解药！啧啧，要不是因为你长得这么帅，我都要怀疑我身上的蛊毒是不是你下的了！"

她说这话不过是故意试对方一下。而，她这话出来了，那人尚未吭声，倒是旁边那女子没忍住，上来拍了拍她的肩膀："哥们儿，我很认真地告诉你，以貌取人是不对的！将来容易被人搞死！"怎么能因为百里瑾宸长得帅，就排除掉是他下药的可能？

洛子夜一听这话，通身一震，扭过头如获知音一般握住那女子的手："姐们，这世上的人那么多，但是有见地的就只有你一个！越是貌美的男人越是危险可怕，我实在感同身受啊！"

凤无俦不就是吗？

两人这话一出，立即就变成了知音。从握手到悲情地拥抱，一同感叹自己可悲的人生，看得一旁之人嘴角直抽！

这有了共同话题，就聊开了，也达成了共识，洛子夜将那只叫翠花的小狐狸先带走，那女子倒也是个豪爽的，立即让人备好了板凳桌案，大家围在一起聊起来了。

可也就是这时候，上官冰忍不住了，上来扯了扯洛子夜的袖子："太子，我上次跟您说的人，就是他！"

"他？啥人？"洛子夜扭头看了一眼。

上官冰眉头一皱："他呀！您忘了，上次您被劫持，回来当晚和武琉月交手，我不是说了，你有个出招的姿势，和一个人一模一样吗？说的就是他！"

她这话一出，洛子夜的眼神立即扫过去，那个姿势，是妖孽首创的攻击招数！

洛子夜的眼神却凝了起来，盯着那男子，手飞快地出击，扭曲而过，以一个不可思议的弧度和姿势，猛然往前一攻！她这动作一出，那男子未动，那双月色般醉人的眼眸却微凝。

她问："这个动作你也会？"

那男子似并不欲搭理她，可沉默了一会儿，终究还是点头，只应了一个字："是。"

洛子夜心头一跳："是你自己首创的，还是有人教你的？"

她不会怀疑自己面前这个人是妖孽，她曾经跟妖孽一起住在贫民窟里，上下铺，两人熟悉到不行，妖孽不可能有面前这男子的气质。可若不是妖孽，他又怎么会妖孽首创的招数？

她这一问，其实已经算是问得有点深了，人家可以回答，也可以不回答。百里瑾宸默了许久，终于还是答了：“母亲大人。”

他也知道，母亲一直在找人，而那人似乎也会一些母亲会的招数，故而他眼下才有心思答洛子夜的话。

是个女的?

洛子夜当即忍不住激动地凑上前：“你娘……你娘叫什么名字？她是不是特别爱财，她……”

妖孽那家伙最大的特点就是爱财，标准的有钱不要命。这点性情，她相信就是转世投胎一百次，那家伙也不会变！但是对方的儿子都这么大了？这可能吗？洛子夜又忽然觉得有点玄幻。她很希望他娘亲真的是自己要找的人，但又怕失望。

百里瑾宸淡淡扫着她，没有说话。尽管母亲的确特别爱财，但爱财并不是褒义词，也并非值得称道的品性，洛子夜这么问，于他而言，其实已经有点冒犯了。

见他不说话，洛子夜急了，正打算仔细再问，倒是旁边那个女子嗤了一声：“哥们！你就别问他了，他向来三棍子打不出一个屁，能回你那几句就不错了！我是他嫂子，叫澹台凰。你可以问我。他娘的确很贪财，我们婆媳第一次见面，就因为一锭银子还是金子？我都忘了，发生了矛盾。她那个认真的样子，我现在回忆一下都感到头痛！”

她这话一出，洛子夜的眼神立即落到这女子脸上：“那女子不仅仅贪财，而且身手很好，口头禅是哎哟、讨厌，对不对？”

澹台凰听着，嘴角也忍不住抽搐了：“你怎么像亲眼见过她似的？”

倒是百里瑾宸在听见“哎哟”“讨厌”这两个词的时候，眉心跳了跳。

澹台凰这样一说，洛子夜几乎确定了一半！她又问了一句：“她叫什么名字？”

“南宫锦！从前似乎还有个名字，叫苏锦屏。但都是些陈年旧事，她退隐江湖之后，已经很少有人知道苏锦屏这个名字了。也是不巧，原本她这时候是可以跟我们一起回来的，但她有自己的事，故而没跟着，不然也许你们能遇见！”澹台凰笑着回话。

倒是一旁听了半天的云筱闹忽然盯着澹台凰，惊叫了一声：“澹台凰！难道，难道你是……你是煌墣大陆，那个传说中的漠北女皇？”

洛子夜一愣，而澹台凰一本正经的脸也忽然僵住，害羞地捂脸：“啊？我都变成传说了？”

云筱闹：“……”

而那边，那两个男子嘴角抽了抽，但到底没什么反应，看样子是早就对澹台凰时不时抽风的行为习惯了。

接着，澹台凰笑着介绍道："那也就不瞒你们了，我们是煌墠大陆的人，我是漠北女皇，这位是东陵君王皇甫轩。"说着这话，她指了指那黑衣男子。

这天下几乎是平均分为五块大陆，每块大陆都有各自的国家和王者，分割的方式，就如同现代社会亚洲、欧洲、美洲的切分。而洛子夜所在的是煊御大陆，对煌墠大陆的事情，的确是了解不多。

所以听澹台凰这么说的时候，她有点茫然。

而澹台凰似是个洒脱女子，身负盛名，洛子夜一脸没听过她的样子，她也不生气。她笑着指着那白衣男子："若你们跟我们不在一块大陆，也许没听过我俩，不过这位你们一定听过，天下第一公子，也是神医，百里瑾宸！"

洛子夜眉心一跳，惊了一下，扬眉看向百里瑾宸。神医？这算不算得来全不费工夫？

这般想着，她看百里瑾宸的眼神立即如饥似渴了起来！甚至忍不住伸出手去抓他的手。百里瑾宸早就知道这人与正常人不同，看她神情不对的时候，他就有所防备，故而她这样一伸手，尚未抓到他，他放在桌案上的手，就迅速收入了袖中。

洛子夜没抓到美男子的手，内心难免觉得有点可惜，但这回也不觉得尴尬，晶亮着双眼道："那个，咱俩相逢就是有缘，缘分这种东西如此奇妙，我看见你的时候，就觉得非常亲切，仿佛……"

她就在那儿一股脑地说了一大堆，话的前后衔接都不管，就是为了套近乎。

她越说，皇甫轩就越看澹台凰，内心大概是觉得，洛子夜这时候的样子，就跟澹台凰许多时候的表现一模一样。澹台凰也是看得直摸鼻子，要不是她确定前世她爸妈只生了她一个，她都要怀疑自己面前这个，跟自己有啥血缘关系了。

百里瑾宸听了半天，而洛子夜一直滔滔不绝。终于，他似忍无可忍，淡淡吐出三个字："说重点。"

洛子夜被打断，嘿嘿一笑："其实也没啥重点，就是想让你看在咱俩如此有缘的分上，帮爷救人！"

他并不说话。

洛子夜又正色补充了一句："爷要你帮忙救的那个人，之前武修篁也传信请你出手过，但武修篁说你拒绝了！你看，接着没过几天，咱俩就遇见了，难道这还不能说明，上天也觉得那个人你该救，于是冥冥之中安排咱俩相见？"

她这是绞尽脑汁地说，然而百里瑾宸还是不吭声，仿佛没有听见洛子夜的话。

洛子夜看自己说了半天，他也没什么反应，心里开始有点急了，着急之下，竟然站起身，说道："难道我们刚才对话了半天，你都没听出来，爷十有八九跟你娘关系很好吗？指不定你就得叫我阿……叫我叔叔！我们……"

话没说完，百里瑾宸却黑了脸。他放下手中的茶杯，持剑转身走了。

洛子夜："……"这真的是妖孽的儿子？根本不能想象啊，妖孽那么逗趣的人，居然生出这么酷的儿子？她又开始严重怀疑，那到底是不是妖孽了。

看他直接进了船舱，洛子夜正准备起身去追，却骤然被澹台凰拉住了袖子，澹台凰眉眼里都是笑："不用去了，他已经答应了！"

"啊？"洛子夜怀疑自己听错了。刚刚看那货清冷孤傲的样子，哪里像答应了？

澹台凰接着道："我这个小叔子，没别的，就是闷骚！从来不说话则已，说话就得噎死人，指望他说声'好'，那比登天还难。所以他既然没有拒绝，那就是答应了！"

不过，澹台凰心里也觉得有点古怪，方才这人的一句"指不定你就得叫我叔叔"，寻常百里瑾宸听到这样冒犯的话，应当是会拔剑的，怎么直接回屋子里去了？

洛子夜皱眉："你确定？"还有这样的？

"确定！"澹台凰点头，端起茶杯喝茶，"还未曾请教大名？"

洛子夜惆怅地叹了一口气，面前这又是君王，又是女皇，又是神医的，她再想想她自个儿，实在是很难硬着腰板说自己的身份，便就只道："在下洛子夜，身份嘛，现在就算个二世祖，官二代、富二代、权二代，可惜上头有个不喜欢爷的爹，下头有个把持着朝政的摄政王，不提也罢！"

她这样一说，澹台凰也没再多问，就是洛子夜忍不住又看了一眼船舱。

澹台凰也明白她内心的焦躁："你就别多想了，该干吗干吗去，该百里瑾宸出现的时候，他自然会出现的！"

洛子夜这才算是放心了，但眼神还是往船舱里头看，这下澹台凰就不明白了："还有什么疑虑吗？"

"没有！就是这样的美男子，不能多看几眼，爷感到很可惜！"洛子夜说完这话，还咂咂嘴，一副很遗憾的样子。澹台凰嘴角一抽，接着洛子夜的眼神就落到了对面的皇甫轩脸上。

这货也是帅得人神共愤啊！她这样一看，皇甫轩俊脸微抽："朕还有事，先进去了！"说完起身就走，一刻都不愿意在洛子夜面前多待，他是一个正常的男人，

实在不能容忍被一个男子这样猥琐地盯着！

两个美男子都走了，洛子夜遗憾地摇头，也想起正事："半年后，若是百里瑾宸的娘亲有空，请女皇务必让她出海一次，她对爷来说，可能是非常重要的人！"

"我尽量！"澹台凰点头，只是说尽量，因为南宫锦那个人，她都很难见到一面。

说完这话，澹台凰忽然面色一变，似乎想吐，但只捂着嘴，过了一会儿，就平静了下来。

洛子夜看了她一眼："你这是……"

"呃……怀孕了！"澹台凰眨眨眼，看着洛子夜。

洛子夜问了一句："那孩子他爹呢？"刚刚那一个是他国君王，一个是小叔子，也没见着澹台凰的丈夫啊！

"你不要跟我提他！"澹台凰说着这话，脸就青了。也不知道是不是内心的苦闷实在无法抒发，她竟然对着洛子夜说起了心里话："你不知道君惊澜那妖孽多过分！我到南齐去寻药，南齐的摄政王即墨离，也是当代美男子！于是，到南齐之前，君惊澜给我一封密信……"

"说他要纳妾？"洛子夜很自然地接了一个狗血的剧情，那君惊澜应当就是澹台凰的丈夫了！

没想到，她这话一出，澹台凰立即瞪大眼："他要是敢纳妾，我剥了他的皮，我会让他知道花儿为什么这样红，草原上为什么有如此多的草泥马！"

洛子夜："咳，那你接着说，他给你的密信里写了啥？"不知道为什么，她隐约觉得面前这个女子在爱情方面，也许跟自己一样悲苦，被男人压迫得死死的！

接着，澹台凰还抹了一把眼角心酸的泪花："他给我一封密信，说那是南齐摄政王即墨离写给他的，上头全是我的坏话！看得我气得不行，去了南齐之后，把即墨离往死里整了一顿，临走的时候，即墨离实在忍不住跟我说开了，我才知道那封密信是君惊澜伪造的！"

"啊？他想干吗？"洛子夜愣了，有这样骗老婆的吗？

接着澹台凰道："我起初也想不透，可最后即墨离告诉我，这决计是君惊澜担心多个情敌，怕我在南齐待久了，看着即墨离那张脸，对即墨离动心思，故而先伪造密信，让我对即墨离仇恨，使我对即墨离厌恶至极，我一直想着如何整治即墨离，自然也就不会有什么旁的心思了！你说，他这是人吗？把我骗得这么惨！"

洛子夜就这么听着，忽然就觉得那个君惊澜的城府很深。她情不自禁地咽了一下口水："可是他就不怕，你一到南齐，就跟即墨离把事情说开吗？那他就白算计了！”

“这就是他的高明之处，他深知我的性子，找即墨离报仇，让即墨离后悔‘说我坏话’之前，我是决计不会跟即墨离多说的。他也深知即墨离的性情，即墨离极有风度，尤其是对女子，若非忍无可忍，也决计不会多说！他几乎能料想到，我俩就算能说开，那说开的时候，也一定是矛盾已经激化或者已经平息的时候，那大概也就是我打算回程的时候了，再想对即墨离起心思也没时间了，所以他一点都不担心！”澹台凰说着，忍不住磨了磨牙。

这下莫说澹台凰这个当事人了，洛子夜就这么听了一会儿，都觉得自己背后发毛。不必想那个君惊澜，肯定是非常在乎媳妇了，但是如此心机深沉，深谙人心，还算无遗策，要是跟这样的人在一起过一辈子，每天该是何等胆战心惊啊！岂不是常常被这样忽悠？

而澹台凰又说了一句：“我跟你说，这还只是最近发生的一件事！从前这类事情，举不胜举，我这辈子算是栽了！他生生就是那种能把你忽悠到卖了，你还在关心他有没有卖到合适价位的人！”

洛子夜同情地拍了拍她的手：“你现在也只能想着，他对你算计的一切，其实也都是因为在乎你，这样自我安慰一段时日，心情就平和了！”

“呵呵，我还自我安慰！他模仿即墨离的笔迹，编造的那些即墨离说我的坏话，骂我凶悍跋扈泼辣，实乃世所仅见，我看这就是他自己的心里话，我回去非得揭了他的皮、安排他跪搓衣板不可！”澹台凰脸色铁青。

洛子夜听到这里，忽然不同情澹台凰了。她收回了自己安慰对方的手，惆怅地叹了一口气：“你还能回去安排他跪搓衣板，那你比我的日子过得好多了！你知道吗？有个人，平常时刻派人盯着我，只要我跟美男子多说一句话，或者动手动脚了，他就一副要吃了我、宰了美男子的样子！偏偏我又打不过他，完全不是他的对手。你瞅瞅，这出门，他还派了一只鸟在旁边记录，看我有没有又跟美男子牵扯不清！”

洛子夜说着，忽然也觉得自己视线模糊了，甚至想抹眼泪。

澹台凰却似乎很是感同身受，含泪道：“咱俩一样苦，这会儿船上还有他的人盯着我呢。还有啊，只要听我说对哪个男子有点好印象，他就要把人家整得不敢跟我做朋友！所以我现在看不惯谁，就告诉他我有点喜欢谁，他一定会把人家整得后悔遇见我！这也是我的聪明之处！”

这样一对比，洛子夜更悲伤了：“可是爷那个完全不行啊，他虽然也会收拾美男子，但对爷下手也不手软，总是把爷吓尿。爷要看不惯谁，也说喜欢谁，最后爷

绝对死得比美男子都惨！”

这样对比一下之后，她觉得自己比澹台凰倒霉多了。

“唉！”

“唉！”

两个人同时悲伤叹气，一同掩面而哭。洛子夜道：“其实你也没比爷好过多少，你丈夫是个心黑的，虽然你偶尔也能反设计他，但是每天活在他的算计之下，你也太累了！”

“哎呀！什么反设计啊，他深谙人心到仿佛掌控了世界上所有人肚子里的蛔虫，我寻常有什么心思，他立即就知道我想干什么！还反设计他，我从来不做这种梦啊。”澹台凰说着，伤心得鼻涕都出来了。

于是洛子夜算明白了，那么那个君惊澜一定也很宠澹台凰了，明知道她在算计他，心里有数，却还是顺着她的意思去做事。于是，洛子夜安慰道：“哎，你这是有好也有坏，既然孩子都有了，就得过且过吧！”

却不见澹台凰背后的几个人，直翻白眼。

北冥太子爷君惊澜对漠北女皇的好，天底下哪个女人见着了不羡慕？偏生漠北女皇，也就是他们的太子妃，好像完全身在福中不知福，看到的都是北冥太子的缺点。这下好了，听得人家一个外人都建议她得过且过了！

澹台凰听了，深受安慰：“唉！他除了心机深沉、常常在爱情这方面算计我之外，我在其他的时候，想着这辈子能遇见他，还是感觉很幸运的。这辈子栽了就栽了吧，也只能这样了！你也是，若是真心喜欢那个人，他那些缺点，你就睁一只眼闭一只眼，忍着忍着，一辈子就过去了！”

洛子夜听着，也觉得很受震动，握着澹台凰的手道：“唉……其实他对爷也是不错，他很强大，任何时候给爷的感觉都是有他在就是捅了天大的娄子也不怕。所以爷的日子也是过得无法无天，除了在对待美男子方面他比较严格，其他的时候，其实好得没话说！”

洛子夜自己说着这话，心中也动了一下。的确，她虽然一直主张自己活出一片天，但他总是在她身后站着。就如他当初所说，在她登上弥天之高之前，他会一路为她护航。

两人说到这里，一同怅然道：“不过说着说着，还有点想他了！”

话音几乎是同时落下，接着两人就相视一笑。

倒是澹台凰忽然道：“不过你对你家那个，是个什么想法？喜欢还是不喜欢？我倒是觉得，你这样风骚明艳的性格，跟百里瑾宸那小子蛮配的。你要是不喜欢他，不如我给你和百里瑾宸拉个线，你俩凑一对得了。反正以他那闷骚的性格，这辈子怕也是很难找到媳妇！”

“我是个男人！”洛子夜其实对澹台凰的说法很动心，但是想想凤无俦的脾性，她就觉得很害怕，还是算了吧。

澹台凰眨眨眼：“我知道你是个男人啊！没关系的，百里瑾宸他娘都说了，只要他赶紧找个对象，对方是男的，他娘也不介意！”

她这话一出，洛子夜的嘴角抽搐了一下，更加坚信他娘亲八成就是妖孽了：“姐们，你能不能把南宫锦的画像给我一张？日后若你我无缘再见，拿着画像，爷也能自己找她！”

她这话一出，澹台凰立即面露难色，尴尬道：“我不会画画啊！这样吧，我找皇甫轩帮你画，他的丹青一定不差！”

她说完这话，回头看了她身后的侍婢一眼，那侍婢弯腰领命，去找皇甫轩了。

洛子夜立即拱手：“那就多谢了！只是我有点奇怪，你为啥找皇甫轩帮忙，而不找百里瑾宸？毕竟那是百里瑾宸的亲娘啊。”

她这话一出，骤然又想起百里瑾宸那个性子，淡漠得不行，怕也是很难答应帮忙画画。

这般想着，洛子夜自言自语了一句：“那人要真的是妖孽，我倒该奇怪她怎么会生出这种性格的儿子了！”

没想到，她这话一出，澹台凰眼神有点深，看了一眼船舱，轻飘飘地道：“那小子……说实在的，天下人都觉得他如何厉害，但在我和君惊澜眼里，他就是个没长大的孩子。容易奓毛，那性子……淡漠是一部分，更多的是轻微自闭。他小时候……才会变成这样，我倒是真的希望他能找到个体贴的伴侣，心疼他、照顾他。”

她没具体说百里瑾宸小时候发生过什么，神情却很是惆怅。洛子夜心头倒是跳了一下，不承想看起来那样高华清贵、孤傲得如同冰山上的断崖、生人勿近之人，竟不单单是性子淡漠，而且是自闭。神医却不能自医，想必他当初经历的创伤定然很大。这样的人，隔绝的不仅仅是生人，还隔绝了他自己。

澹台凰笑着举杯：“不知道为什么，就想对你说百里瑾宸，也许是觉得以后你能帮上他！”

洛子夜也立即举杯：“他没拒绝帮爷救人，那么能帮上他的时候，爷定不会推辞。刀山火海，生死不惧！”

正说话之际，船舱里头出来个人……这一点细微的响动，也还是让澹台凰和洛子夜的眼神都看了过去。

旋即，便见着了站在船舱门口的百里瑾宸，他正走出来，那面上并无什么表情，也不知道有没有听到她们两人的对话。

出来之后，也没理会她们，便只是将翠花拎起来，不知道又给翠花喂了什么药。

然后他又一言不发，回了自己的船舱，那眼神都没往澹台凰和洛子夜这边看过。边上的果果一直在小本子上头写写画画，不知道又写了些什么。

海浪声渐渐平息，他们在暗礁后头躲了整整半夜，才终于风平浪静。澹台凰忽然问了她一句："方才你说的我盗你的脸，此言何意？"

洛子夜跟澹台凰熟了，但还没有熟到把自己的底细全部交代出去的地步。做人最忌讳的事，就是交浅言深。有些事，凤无俦她都还没告诉，又岂会告诉澹台凰？

她笑了笑："以前爷戴过一张人皮面具，就跟你这张脸一模一样！挺巧的！"

"原来如此！"澹台凰点点头，也是觉得很巧，巧得让她觉得洛子夜随便扯了一句话来敷衍她，不过她也不以为意，怎么能指望见第一面，人家就把底都交出来？

两人东拉西扯了一会儿，船舱里头的皇甫轩出来了。手中拿着一幅画，直接便对着澹台凰掷了过去："朕与南宫锦只有数面之缘，便也只能画成这样！"

他话音一落，澹台凰将画卷打开，嘴角一抽："你也太谦虚了吧，你还想画成啥样？"

说着她将画卷摊开，递给洛子夜："南宫锦就是长这样的，分毫不差，连贪财和猥琐的神韵，都是一模一样！"

她这样等同于赞美的话，皇甫轩听了，面上也没有什么表情，便只是负手站立着，看她是否还有要求。

洛子夜把画接过来，认真地看了一会儿。是个绝美的女子，容貌的确非常出众，而眉眼中熟悉的气息，也的确和妖孽相差无几。她很慎重地将画卷好："多谢你们了！"

"何必言谢，你主动出言帮我们救翠花，我还没多谢你呢，相逢就是有缘，何况我们还这么聊得来。以后有什么事情需要我帮忙，尽管来煌墠大陆的漠北找我，只要我帮得上，那就是一句话的事！"澹台凰很是豪气。

洛子夜原本打算也来一句，只要你有什么事情需要帮忙，就来煊御大陆的天曜找我……但是想了想，人家一个女皇，她一个太子，人家地位稳固，她别说地位了，小命都时常摇摇欲坠，人家身边还有别国皇帝和神医打下手，她身边……所以这种牛还是不要吹出来惹人发笑了。

于是她道："那爷就不客气了，为爷今天能遇见漠北女皇、成为好友干杯！"

"干杯！"两人喝的都是茶水。

皇甫轩看澹台凰没什么话跟他说，又用警告的眼神扫了洛子夜一眼，就转身回船舱了。

洛子夜瞅着他那眼神，就知道对方在警告自己不要对澹台凰无礼。她心里其实更想对皇甫轩无礼。目送着他进了船舱，洛子夜忽然有点同情澹台凰了："你这出一趟门，一座大冰山、一座大雪山跟着，你冷不冷啊？"

大冰山很显然就是皇甫轩。大雪山自然是百里瑾宸。

澹台凰眨眨眼："皇甫轩是刚刚遇见的，百里瑾宸是君惊澜抓来保护我的。又不是成天与他们在一起，就算无趣也就几天而已，我很快就回家了！"

"噗……"洛子夜笑了笑，抬眼望了一眼海天相接的地方，太阳快出来了。她忽然有点失神，澹台凰很快就要回家了。

而自己呢，她都出来好几天了，凤无俦现在在干什么呢？他想不想她？

而此刻，煊御大陆，雪山之上。

摄政王殿下才刚与木汐尧会合。木汐尧在雪山顶等了他好几天，穿着一身狐裘，冻得瑟瑟发抖，看见他的时候，问的第一句话是："师兄，嫂子原谅你了吗？他对我的误解，解开了吗？"

说完这话之后，她就哆嗦着打了一个喷嚏。

凤无俦此刻也正站在雪地里，身上披着黑色的裘毛披风。那张俊美堪比神魔的面孔，这时候也有几分发沉，他身上有寒毒，其实并不宜出现在雪山上，从接近这地方开始，他就已经能够感受到身上的寒流蠢蠢欲动。

眼下身子自然也不适，而听了木汐尧这话，他只嗤了一声："这个你不必操心！"

木汐尧听他这么一说，也就知道应当没有什么问题了。她放心地松了一口气，指了指前面的一座山峰："从这里绕过去，再往前面几百米，就是冰貂的巢穴了。我们走吧！"

她说完，就在前头带路。凤无俦跟着，两人走了没几步，她实在是忍不住，回头看了凤无俦一眼："师兄，难道你没有发现我正在瑟瑟发抖吗？"

此言一出，摄政王殿下浓眉皱起，打量了她一眼："嗯，发现了！"

木汐尧险些没被气得吐出一口血，自己为了他的事，在雪山上冻得像牲口，结果他爬上山来看见自己之后，还要自己问一声他才能发现，有这么给人当兄长的吗？

“发现了就完了？”木汐尧气得脸色发青，她上雪山的时候，也没想到上头会这么冷，也就只带了一件狐裘，从她看见凤无俦的那一秒开始，她就开始觊觎他身上的披风了，那决计是上等貂毛，想象一下她把它披在身上，她都觉得温暖，可没想到，自己哆嗦了这么半天，他提都不提一下。

摄政王殿下看了她一眼，眉宇中是一贯的傲慢。听她这样恼怒地询问，倒还是关心了一句：“下次出门多穿些！”

木汐尧：“……”她觉得自己想呕血！

阎烈默默地抚了抚额头，心里也非常同情汐尧小姐，这要是洛子夜在这里，就算洛子夜不说冷，王肯定也会将她里三层外三层地包得严严实实，抱在怀里生怕吹了风。

轮到汐尧小姐，就……

木汐尧也是明白了，这暗示是没有用的，想穿他那件披风，估计还是得明示：“师兄，你不能将你的那件披风借给我穿一会儿吗？”

“不能！”他魔魅冷醇的声音，极为果断。

木汐尧嘴角一抽，严重怀疑自己是不是听错了。师兄身上虽然有寒毒，但决计不是这么小气的人啊，她黑着脸，愤怒地问道：“为什么不能？”

她这般一问，凤无俦走到她身前，往冰貂的所在之地而去。那眼神似乎都懒得落到她身上，魔魅冷醇的声音，缓缓地道：“虽只是一件披风，但你穿孤的，未免暧昧。你嫂子知道了，会不高兴！”

木汐尧嘴角一抽。寻常人说出这种话来，她一定会当成对方不肯借东西的借口。但是自家师兄这么说，她却一点都不会这么想，因为师兄这个人从来就不屑于找借口！

她咬牙道：“不过是我快冻死了，要借件披风罢了！嫂子会那么小气吗？她会任凭我为了你们的冰貂，冻成这样，也不让你借件披风给我？再说了，嫂子又不在这里，你不说，我不说，阎烈不说，谁又会知道？”

第四章

不要欺负我这种年轻又好看的人!

他倒是回过头扫了她一眼，眼神中已经有几分不耐烦：“就是因为你嫂子不在这里，孤才更要约束自己。”

木汐尧哀叹：“如果嫂子在，指不定会答应借……”

没想到这话却得到了摄政王殿下的认同：“若你嫂子在，你可以与她商量，她同意，孤便借给你。她眼下不在，此事自然没的商量！”

木汐尧已经不想与他说话了。倒是阎烈出于同情，开口：“汐尧小姐，要不然属下把披风借给你？”

阎烈说这话时内心正在颤抖。雪山上太冷了，他其实也很担心自己会不会被冻死!

木汐尧立即点点头：“好啊！好啊！”

她冻得鼻涕都出来了，阎烈哆嗦着，开始解自己的披风，在内心劝着自己“我不冷”“我不冷”“我有一身正气，就可以御寒”。

就这么把披风借给木汐尧了。但木汐尧盯着前方自家师兄无情的背影，已经在心里默默发誓，日后断然不会再给师兄帮忙了，气人!

就在这会儿，半空中忽然飞过来一只海东青，阎烈立即抬手，取下它脚上的信件，立即便对着凤无俦跑了过去：“王，闽越传来消息，说太子遇上煌墠大陆的人了，还遇着了两个美男子，其中一个是神医百里瑾宸，太子非常亲热地上去摸了手，还扬言要脱他们的裤子！”

阎烈这话一说完，整个雪山顶就沉默了。

阎烈咽了一下口水："王，果果也许会诬告，但是闽越绝对不会！"

摄政王殿下没吭声，脸色却有几分发青。

就在这万籁俱寂的当口，木汐尧骤然爆出一阵狂笑，模仿着凤无俦的语气："咳咳……虽只是一件披风，但你穿孤的，未免暧昧。你嫂子知道了，会不高兴。哈哈哈……咳咳，就是因为你嫂子不在，孤才更要约束自己。哈哈……"

师兄一件披风都不敢借，唯恐媳妇知道了有想法，结果洛子夜干啥去了？洛子夜去调戏美男子了。

阎烈头皮发麻，不断给木汐尧使眼色。

然而他越是给木汐尧使眼色，木汐尧越是止不住。甚至笑到后头，那声音越来越可怕，听起来都不知道那到底是哭还是笑。你永远无法叫醒一个正在装睡的人，你也无法止住一个正在假笑之人的笑声。

她起初是觉得好笑，可越笑越觉得可悲。她的目光追逐了十几年的男人，她花了几年的时间去忘记的男人，终究有了他爱的人。他爱的人并不珍惜他，可他眼下，背对着她站着。

不必看他的表情，以师兄妹之间的了解，她也能感觉到他眼下醋大于怒。

她笑自己悲，笑他傻，却忽然开始有点憎恶洛子夜，那个人，把她喜欢了这么多年的人就这么攥住了。可抓住了他，洛子夜却不好好珍惜他。

她正笑着，他忽然吐出两个字："够了！"

这两个字声音霸凛，带着一股内息，压住了木汐尧的笑声。

他接过阎烈手中的信件，一眼看完，确认了阎烈的话，大掌合拢，未曾使用内力，便将那信件在掌中捏得粉碎，大步往前走去，披风掠过，弧度张狂。

那背影异魅魁梧，似天地都握在他掌心、踏于他足下。

可，那样的背影，就这么看着，却令人觉得，再坚强、再强大的人，也并非无坚不摧，也是会受伤的。可他到底压抑着情绪，未曾多言。

阎烈默默地看了一眼，觉得太子就是个杀千刀的，见着美男子之后，稳重一回不行吗？忍一回不上去搭讪会死吗？瞅着木汐尧从自己身边走过，他小声道："汐尧小姐，您一会儿就别提这件事了，王眼下已经很……"

他不知道应该用难受来描述，还是用难过。

木汐尧跟了上去，应了一句："知道了！"雪山开始下雪。

雪，也似乎慢慢更大了。那人的背影在漫天风雪里，似屹立不倒的雪松。

但谁都不知道，他还能屹立多久。

阎烈皱起了眉头，从前王知道这种事情的时候，都是暴怒，今日却一言不发，他绝对不会天真地以为这是王习惯了，却觉得，这……也许意味着裂痕的出现。

木汐尧看着凤无俦的背影，也有点后悔："早知道是这样，我就不嘲笑他了！"

天亮之后，洛子夜跟澹台凰等人分开了。

又是半夜漂泊，一直到第二天早上，他们终于看见了前方一座高耸的岛屿，那岛屿在海的正中央，一眼看去，岛屿之上，郁郁葱葱，花草繁盛。

船舶靠岸，便是一片海滩，边上有个牌子，上头写着一句话："老太太喜静，最多只能上来两个人，否则一个不见，后果也请自负。"

闽越立即道："太子，属下认为只进去两个人，这并不稳妥！"

可人家要求进去两个，去多了激怒了守岛人，那才严重。想着，洛子夜道："我们是来求人的，求人也应该有求人的诚意，应当守的规矩，得守！"

她这话一出，闽越便道："如果太子坚持的话，就由闽越跟随太子进岛！不知为什么，属下觉得这个地方很熟悉，仿佛曾经来过……"

可他想了半天，什么都没想起来……

"太子！"萧疏狂不放心。

洛子夜抬手示意他不要多话："不要多言了！牌子上写得清清楚楚，只能上去两个人，我们两个上去之后，你们切忌轻举妄动，没有命令，任何人都不得自己跑上去，明白吗？"

"这……"所有人面露难色。

闽越扫了他们一眼："若是有什么不妥，我会马上放信号弹召唤你们！"

他这话出来了，大家才称"是"。

闽越接着道："太子，走吧！您尽量跟在属下后面，如果发现不对，转头离开便是，不必管属下！"

洛子夜没理他这话，走到他前头去了："一起进去吧，要是有什么不对，你直接走人就是了。这是爷的事，没必要连累你！"

"太子，闽越是下人！"闽越强调了一句。

洛子夜回头看了他一眼："下人怎么了？下人的命就不是命了？谁都不是石头缝里蹦出来的，谁也不会比谁高贵多少！"

这算是她第一次在封建社会里头，表达这种思想。闽越也是第一次听见这样的言辞，他愣了愣，这样的想法，这样的人，若是当了皇帝，登上那至高之位，怕是比任何人都要心疼百姓。

可惜，洛子夜是个女人。

……

北境极地。

留着白胡子的老者站在高崖上。他身后有人禀报：“老王爷！属下等收到消息，洛子夜去了千浪屿，闽越……闽越也去了！”

“他去做什么？”凤天翰奇怪地扭过头。

凤天翰，也正是摄政王府的老王爷，凤无俦的父王。按理说，他原本应当只有四十多岁的年纪，但竟早已生出华发，胡子也是白色的，看起来仿佛花甲老人，然而身上还是透着几分威严，能看得出当年叱咤风云的影子。

染六禀报道：“是王派闽越去保护洛子夜的，起初闽越也并不愿意。应当只是巧合！”

老王爷是个懒惰的人，当初给他最信任的十名手下起名，直接就从染一，一直染到十。他排行第六，所以叫染六。

“既然只是巧合，就暂且由着他。闽越这一次去千浪屿，要是能想起从前的事，对他来说也许是件好事！”凤天翰表情淡淡的。

染六点点头：“可要属下派人盯着？”

“不必！”凤天翰摆了摆手，倒问了一句，“网都撒好了吗？”

“撒好了！这一次屠浮子插翅难飞！”

“很好！”凤天翰点头，问了一句，“王儿眼下在何处？”

染六回话：“王上了雪山，据汐尧小姐说，是为了给洛子夜找冰貂！”

他这句话说出来之后，凤天翰的眼神便冷了，盯着他开口问道：“你说什么？王儿去了雪山？”

“是！已经上去两天了，至于抓没抓到冰貂，却是不知道。您帮王去抓屠浮子，是以为王要回帝拓，却没想到……”却没想到王竟然上雪山去了。

凤天翰面色更冷了：“他要去雪山，怎么没人告诉本王？他简直胡闹！他身上的寒毒去得雪山吗？闽越和阎烈都在做什么，为什么不拦？”

“属下日前也叱问了阎烈，阎烈回信说以为闽越对您说了。更以为您帮忙抓屠浮子，是支持王去雪山，让王腾出手放心地去做自己的事，故而他没有禀报！闽越没禀报也许是忘了，也许是知道拦不住王，禀报了也只能令您担心！至于他们为什么都不拦，怕是拦不住吧！”染六说完便不开口了。

凤天翰却脸色铁青，冷声怒道：“本王倒要看看，那个洛子夜是何等三头六臂，竟然将我王儿迷成这样！我王儿要是折在洛子夜手里，本王非……”

染六咽了一下口水："老王爷，王的实力毋庸置疑，想必不会有事的，您还是不要太担心了！"

"那是雪山！你以为是儿戏？"凤天翰语气更冷。

染六不说话了……

洛子夜跟闽越往山上走时，莫名打了个喷嚏。这是有人惦记她来着？

正想着，忽然咻咻几声，利刃划破空气的声音传来，洛子夜立即拉了一把闽越："小心！"而同时四面八方都飞来箭矢！洛子夜看着这些箭矢飞来的方向，耳尖地听到了机关响动，立即道："闽越，别动！"

她此言一出，闽越立即顿住。

果然，当那些箭羽离他们只剩下五毫米的时候，骤然全部停了下来！

随后，砰砰几声，它们同时落到了地上！事实证明洛子夜的判断是正确的，若他们方才动了，或再往前头走一步，反而会被这些箭伤到，或落入箭阵之中！

闽越回眸问洛子夜："太子如何知道，这些箭羽到了我们跟前，就会自己落下去？"

洛子夜开口："凭借对机关的了解！"

听那声音，她就能知道是怎么回事，也知道这些箭羽的射程能有多远。看了一眼落在地面的箭矢，洛子夜扯了扯唇："你发现没有，我们刚刚走到这里……"

说到这里，她顿住。

而闽越看了几眼之后，开口道："您跟我站的位置，正好只能容纳两个人！看来那个老太太，是真的只容许两个人上来，再多一个人，眼下就会被射死在这里！"

"不错！尤其这些箭羽并非用弓箭射出来的，是弩，杀伤力强大，要是他们跟着上来，就是有来无回！"洛子夜点头。

这下她也很庆幸自己担心激怒了守岛人，所以没带多的人上来，如若不然，定然得死不少人！

敛下心绪，他们继续往前走。而接下来的情况，却风平浪静。

一路郁郁葱葱，都是飞鸟和花朵，让洛子夜觉得他们像出来踏青的。走了小半个时辰之后，他们又看见了一个牌子："生死，善恶，一念之间。"

闽越和洛子夜对视了一眼。闽越皱了皱眉头，想起之前的箭阵，他干脆道："太子殿下，不如，您先在这里等着属下。属下先到前头去探探路？"

"这类提议你别再说了，咱俩一起进去，就算是有什么不妥，也好有个照应，

要是一个人进去，容易产生咱俩死了一个，却没人帮忙收尸的情况！”洛子夜倒是有心情开玩笑。

闽越嘴角一抽：“那走吧！”

两人又走了一段路，听到咝咝的声音。是蛇！而且是许多许多蛇，不止一条两条！

洛子夜皱眉，两人又走了十米，见着了一个栏杆，是木板铸造而成。里头不断有咝咝的声音传出来，而栏杆前头，放着几样东西。

火石、易燃的火把，还有一袋子粉末状的东西，闽越走上前一看，便对着洛子夜道：“太子，是雄黄粉！”

不必多想，这又是一个考验。

路只有这么一条，他们要是想走进岛屿，必定从蛇群里经过。洛子夜忍着鸡皮疙瘩，踮着脚看了一眼里头。

的确全是蛇，五彩斑斓，有普通的蛇，也有带剧毒的，但这栏杆并不高，这些蛇却没有沿着栏杆爬到外头去，这令洛子夜有几分奇怪，于是便看了闽越一眼，闽越开口道：“这些蛇应当是专门被人驯养在这里的，没有命令，所以都没有往外爬！”

“这样啊……”洛子夜点头表示明白。

看了一眼地上的那些东西，闽越道：“对方给了我们两个选择，第一，用火石将火把点燃，将这些蛇全部烧死，是一劳永逸的办法！第二，利用这些雄黄粉！”

蛇怕雄黄，这是世人都知道的常识。

洛子夜点头，也意识到了这一点，二话不说，就将地上那包雄黄粉捡了起来，往自己身上撒，从头发、衣服，到脚下，一个地方都没落下，就是担心一会儿就这么穿行过去的时候，那些蛇会从半空中跃过来，跳到她身上。

身上都撒了雄黄粉，那些蛇自然也都不敢招惹。

闽越看了一眼洛子夜，其实还是有点担心：“蛇虽然怕雄黄，但是保不齐就有几条不怕死的对着我们攻击过来，到时候陷入蛇群之中，我们很难脱身！”

洛子夜看了他一眼：“我们还有别的选择吗？”

她一问，闽越立即沉默了，是的，他们根本就没有别的选择。上来的时候，那个牌子上头写得清清楚楚，生死，善恶，就在一念之间。

他们有不杀生的办法走过去，纵然这样危险了一些，但这必然就是善。

而直接一把火烧死这些蛇，就这么走过去，必然就是恶。

生和善对应，死和恶对应，若是他们当真选了一条作恶的路，今儿个指不定就死定了！要是放火烧了这些蛇，接下来他们面临的东西指不定就是毒烟和毒气。想明白这些之后，闽越不再多话了。

洛子夜撒完雄黄粉，便将另一半抛给闽越。

闽越也很快将那些粉末往自己身上撒，却问了洛子夜一句："太子，要是我们上来之前，没有那块牌子，那您会怎么选？"

洛子夜随即耸耸肩："应该还是这么选吧，你也说了，这些蛇都受过训练，在没有得到指令的时候，不会随便攻击。爷这个人从来都是人家不招惹爷，爷也就不会招惹人家，这些蛇又没攻击爷，爷为啥非得烧死它们不可？"

闽越听了，倒是摇了摇头："太子，闽越要提醒您一句，身居高位的人，心太善可并不是什么好事！您总是等着人家攻击您了之后，才防卫，可是您不清楚，有时候想要活，还是要自己进攻！"

"爷很清楚！"洛子夜应了一声，"闽越，我并不想做一个善良的人，也不想做一个好人，我只是想做一个无愧于自己的人。为了活，不论人家是不是要与自己为敌，都要将人彻底铲除，这样冷血无情，诚然也许会比一般人活得长，但是这样丧失良知、迷失自己地活着，又有什么意思？"

闽越被洛子夜的论调给哽住了，愣了一会儿没说话，可也就在这时候，不远处的山涧上，传来一阵笑声。那是一道清朗的声音，变着，便是一阵笛音响起。那些蛇仿佛都听到召唤，迅速让到路的两边，隔着栏杆一眼望过去，便能见着它们在中间让出了一条路。

"请吧。"那是一道好听的男音，允准他们过去。他们只能听到声音是从高处传来的，具体是从哪个地方传来的，尚且不知。

洛子夜没感谢不说，反而嗤了一声："要让路不早说，爷都撒了一身雄黄粉了，你才开这个口，一点诚意都没有！"

闽越嘴角一抽，暗处那人没再吭声，但不必想，也知道人家这时候一定也是有些无语。

闽越将那栏杆打开，和洛子夜一起沿着中间那条路走了过去。两边的蛇都很乖顺，没凑上来。但洛子夜感到有点奇怪，瞟了闽越一眼，小声问："老太太是个男的？"

刚刚说话的那个是个男的。不过一个男人，给自己起个外号叫老太太，这品位也太奇怪了吧？

闽越嘴角抽搐了一下："太子，您还是少说几句吧！"

穿过蛇群之后，路途便又平坦起来，接着便听得那道男音再一次响起："千浪

屿欢迎二位，请二位进岛之后，洗漱更衣，明日守岛人自会接见二位。也请二位谨记，不可起贪欲！”

这话音一落，整个岛屿就安静了下来。

洛子夜和闽越也都没多话，直接便走了上去，走了小半个时辰，终于看到一扇门，那门很高，足足有数十米，非常恢宏，仿佛城堡。

地上铺着砖块，前方是一座高耸的建筑物。

而这么大的城堡里头，连个人影子都看不见，也感觉不到丝毫人的气息，仿佛里头根本没有活物。进去之后，他们看见一块牌子，在右侧，指向边上的两间屋子，上头写着两个字：客居。

两间屋子，两个客人。

那他们这算是通过路上的关卡了？不管了，先住下再说！

而此刻，岛屿的山岚之上站着一名身着月白色锦袍的男子，若洛子夜看见这人是谁，怕会惊得眼珠子都掉出来。

他手中握着一支翠绿色的笛子，而他身后，站着一个姑娘。

那姑娘的眼睛上缠着一个布条，遮住了那双眼，只余下眉毛、鼻子、嘴巴露在外头。可一眼看过来，也能知道，她是个美人。

她皱眉开口道："皇弟，你破了规矩！上千浪屿必须在路上走过九道关卡，才能住进客居，接受第十道考验。这是师祖立下的规矩，你莫不是忘了？"

"没忘，可师祖不是也说了，心存善念之人，可以多几分宽容？"那男子声音淡淡，语中有笑。

那女子便是一怒，可到底没跟他吵起来："之前并没听说你要来。按时辰来算，应当是他们上了岛屿之后，你才上来的？而你来了之后，都没来见我，直接走捷径过来，就是为了帮他们？"

她这话一出，男子便沉默了，半晌后轻轻笑道："这并不重要，我原本也没打算来，不过也是临时起意！反正他们我已经放进去了，你若是不高兴，就将你的亲弟弟丢到蛇窟里泄愤好了。"

"哼！"那女子冷笑，转身沿着崎岖的山路往下走。她开口道，"你已经帮了他们一次，你最好记得，纵然你身份高贵，但我才是千浪屿、药王谷的传人。接下来你若是再插手，就算是对你，我也不客气了！"

而那男子看了一眼她的背影，微微扯唇，负手下了山。

……

洛子夜进了客居，也惊了一下，她感觉自己像是进了一座私人别墅，进门之后便是一条长长的回廊，回廊之下是一片湖泊。

湖泊里头长着造型很奇异的莲花，令洛子夜一眼看过去就愣住了。完全没想过，世上竟然会有这种奇异物种！

那莲花在湖泊的正中央，晶莹剔透，造型仿佛少女，而花瓣像是少女的裙裾，一层一层地绽开。这样诡异的莲花，长得就像个穿着裙子的萝莉，令洛子夜的眉心微微蹙了蹙，难不成这货就是传说中的妖莲？

正想着，门口传来敲门声。洛子夜头也不回便知是闽越："进来吧！"

话音一落，没一会儿，闽越就进来了，他进来之后，看洛子夜正盯着池子里头的莲花，眉心皱了皱："太子，您也是在……"

"你那边也是差不多的情况？"洛子夜回头看他。

闽越点头："是的，我那间屋子里头也有许多药，不少都是有价无市，千年甚至万年才能长出来的好药。成形的人参、长了万年的何首乌，这些东西，怕是随便取一件拿出去卖了，也是一大笔钱！"

"所以我们完全有理由相信，这又是一重考验！"洛子夜扯了扯唇，脑海里也很快想起来，他们进入岛屿主殿之前，听见的那句"莫起贪念"。

闽越明白洛子夜意指什么，点了点头："不错！属下也是想到了这一点，才立即过来寻您的！"

"你是怕爷啥都不管不顾，就这么将东西取走是吧？"洛子夜眼神里头有几分调侃。

"不！"闽越认真地摇头，"属下只是过来跟您商量一下罢了！"

"这些东西我们不能动，且不说这里头一定有玄机，我们动了会给自己惹麻烦，就是人家用对待客人的态度在对待我们这一点，作为客人进了主人的屋子，不由分说地偷走主人的东西，到哪里都说不过去！"洛子夜笑着说了一句。

闽越皱眉："那太子的意思，是……一定要人家主动松口，将东西给我们了？"

"不！看明日那位老太太是什么反应。她要是好商好量的，愿意把东西给我们，或者提出一些可以办到的交换条件，那我们自然是客客气气地办。但她要是刻意为难，那么你不仁我不义，我们也就不必客气了！"洛子夜又不傻。

闽越点头："既然太子已经有了计较，那闽越就不多言了！明早，闽越在门口等着太子殿下，太子晚上不可大意，这里许多东西都有毒，不该碰的东西，太子千万不要碰！"

他这话一出，洛子夜立即点头："知道了。你回去也早点休息，晚上同样要小

心，我们明天，指不定有一场硬仗要打！”

“是！”闽越转身回了自己的院子。

洛子夜又看了几眼那奇怪的莲花，也通过回廊进了卧室。桌案上是酒菜，屏风之后有潺潺的流水声，是流动的温泉。人家这是沐浴的、睡觉的地儿和吃的、用的东西，全都给她准备好了。

洛子夜忙活了一天也饿了，直接坐下就开始吃东西，也不担心食物有毒，闽越就在隔壁，他经历的状况应该跟她差不多。要是他发现食物有毒，这会儿肯定开火箭过来通知她了，但是他没来，也就说明没问题。

吃饱之后，她并没沾酒。

一身的雄黄粉末，自然是要清洗干净的。她绕过屏风，温泉上头是袅袅的烟雾，温泉的边上放着沐浴需要的工具，还有一袭丝质的睡袍。洛子夜迅速宽衣解带，她也能意识到，她在一个陌生的地方并不安全，所以沐浴要速战速决。

要不是因为她这一身雄黄粉，她根本都不会沐浴。

拔下玉冠，宽衣之后，她便迅速进入水中清洗起来。尤其是头发里的雄黄粉，她都很快将之全部冲刷了出去，而她不知道的是，也就在这会儿，她所在房间的门被人悄无声息地推开了。

来人不动声色地靠近，内功也很高，令人不能察觉。而那人原是来寻她，进屋后，却听见了一阵水声。

洛子夜此刻已经清理干净头发，却忽然感觉一阵风传来，她没听见任何人靠近的声音，可是她这个房间是封闭式的，门窗都关着，怎么会有风？

这令她很快警觉起来，不知是不是有人进来了，更不知道那人此刻正在哪里，说不定就正盯着她，所以她这时候不敢出水，也不敢妄动，唯恐被人看出女儿身，立即把身子往水中一沉。

她只余下一个头颅在温泉的面上，温泉上袅袅的烟雾也将她遮了个严严实实。她高喝了一声：“谁？”

随着她这一问，屏风之外的人也明白了她此刻正在做什么，出于君子之道，原本打算退出去，可听着洛子夜语气里头难得有的几分紧张，他又骤然动了旁的心思。

他脚步一移，还刻意走出了脚步声，提醒洛子夜有人来了，只一步，就走到了屏风后面。

这下，洛子夜也确定了自己没直接从水里跃出来穿衣服是正确的。对方就这一步，她要是跳出来了，一定会被看得一清二楚！

接着，那人便进来了。他凝眸一看，便见着了烟雾之上，一张泛着淡淡粉嫩的小脸，长发海藻一般贴在她颊边，嫣红的唇，似乎在诱人上去咬一口。身子早已沉入泉水之中，而那双桃花眼，这时候正防备地盯着他。

这模样，倒令来人眼神一热。他微微怔了怔，忽然想笑，原本是打算吓唬吓唬洛子夜，怎么就先撩乱了他的心神？

洛子夜愣了一下："怎么是你？"

这张脸，尤其是隔着她面前的烟雾看过去，更有了难以触碰的高远之美！上次在武修篁的门口，被她摸了小手，最后令她被凤无俦拎回去教训的绝世美男子，就是眼前之人！

她这一问，他似乎也愣了一下，好像看见洛子夜，他也很惊讶！他笑了笑："兄台，是你？"

"咳……"洛子夜瞅着他那张脸，嘿嘿一笑，"既然你都叫我兄台了，那贤弟，愚兄在沐浴的时候，你能不能先退出去？等愚兄好了，再叫你进来成吗？"

轩苍墨尘听了这话，非但不退，反而缓步走到池边，蹲下身子，更加近距离地看向她那张绯红的小脸："可是愚弟看着兄台，为何觉得兄台竟然美艳得似女子？"

"这是父母生得好，你这么说，一定是因为你没见过嬴烬，嬴烬可更美。那个啥，你还是先退出去好吗，不要欺负我这种年轻又好看的人！"洛子夜眨巴着眼睛盯着他。

轩苍墨尘嘴角微微一抽。那笑容，却更温雅了几分，轻轻地道："年轻又好看的人，你的确是！既然愚弟都叫你一声兄台了，兄台自当照顾愚弟，天色已晚，那么，兄台应当不介意与愚弟共浴吧？"

"叫我兄台就要共浴？我错了！我真的错了！我叫你哥哥好吗？哥哥，你快出去，哥哥，快走……"洛子夜很激动地指了指门口。

这激动之间，她一只胳膊伸出来，指着门口。他眼神沿着她凝脂白玉般的胳膊看过来，落到她漂亮的锁骨上，这令他的眸色骤然幽暗了几分。

他这眼神一出，洛子夜一惊，立即将自己的胳膊收了回来，心里也开始有点发怵。对方的眼神她太熟悉了，这样的眼神，她不止一次在凤无俦的眼睛里看见过。

这是动了欲念的表现。她心里一突，难不成这货也是个断袖？

洛子夜已经开始在心中计算双方的武力值，他能够一点动静都没有地进来，足见内功高深，那么她打算出手将对方放倒，然后赶紧爬起来，这是不现实的。

这意识出来之后，她心里又多了几分紧张！

他幽暗的眼神盯着她，她叫他哥哥，然后他立即退出去？这笔生意，似乎并不怎么划算，而他轩苍墨尘此生也从来不做赔本的买卖。

他如玉长指伸出，那只手，温润通透，似并不是一只手，而是一块精心雕琢的暖玉。

那手伸入温泉之中，似乎试了一下水温。这令洛子夜心里也更加紧张起来，不会是真的想一起洗澡吧？她匆忙道："你还是别下来了，如果你确实想沐浴，可以在别处找沐浴的地方。比如隔壁随我一同来的闽越，他一点都不介意跟男人一起沐浴，他的房间里头一定也有温泉池。你去找他也是一样的！"

他微微一笑，好听的声音缓缓响起："可是贤弟，愚兄只认识你，总归都是沐浴，愚兄自然愿意跟认识的人一起，而非跟面都没见过的闽越一起！"

"呵呵呵……但我并没有跟人一同沐浴的习惯。你若是看上这一池子水了，爷起来就是了，共浴还是算了！"洛子夜皮笑肉不笑，事实上她已经动怒了。这男人，与他好好说了半天，他还是不退出去，他是想怎样？

没想到她这话出来之后，他倒笑了："那也好，贤弟就起来吧。愚兄就在这儿等着贤弟更衣！"

洛子夜咬了咬牙，他真的不是一般难缠："阁下不介意看人穿衣服，但爷可不是暴露狂，出于最基本的礼节，阁下应当立即退出去吧？"

她这话一出，倒似乎逗乐了对方："兄台，你到了千浪屿，住着在下的地方，吃着在下的饭，眼下还泡在在下的温泉池水之中，却要将在下赶出去，这似乎才是无礼吧？"

"这是你的地儿？"洛子夜扬眉盯着他。

他偏头，看了一眼这屋内的陈设："岛屿并非在下的，但是这屋子是在下的祖上花了真金白银建造起来的。这岂不是在下的地方吗？"

他把话都这样说了，洛子夜便确定了他跟岛主肯定有关系。

她盯着他那双温润的眼眸问："那我们进岛的时候，把蛇驱散了，让我们进来的人也是你？这个岛屿的岛主跟你有什么关系？要怎么样，守岛人才会将妖莲给爷？"

她的话问得很快，红唇上下翻动，看起来像是一片嫣红的花瓣。这令他的眸色又幽深了几分，盯着她的唇，在水汽之下带着几分晶莹剔透的美，使得他骤然伸出手攫住了她的下巴，指腹从她唇角擦过。

的确很温软，比他想象的还要温软。

这样冒犯的举动，吓了洛子夜一大跳！她飞快地伸出手，猛然反扣住了他的手腕，按到了他的脉门上！

轩苍墨尘也惊了一下，他方才的行为也是毫无意识之举。回过神来，他的确也明白自己是冒犯了，只是……那双眼扫下，看着她扣着自己的脉门，他轻轻一笑："贤弟这是打算要愚兄的命？"

"爷只是希望你出去！"洛子夜的眼神这时候也冷了下来。

他浅笑道："贤弟的意思，是倘若愚兄不立即退出去，你就会掐断愚兄的脉门？"

洛子夜没说话，那双桃花眼冷冷地盯着他。

轩苍墨尘倒也不恼，眼眸骤然一凛，一股内力反弹，洛子夜登时手一麻，便松开了，她难以置信地瞪大眼，这……怎么可能？

纵然对方的确武功高强，但是她怎么可能如此不堪一击？

她正盯着自己的手感到古怪之际，他轻轻一笑："难道你没觉得，你身上的力气正在一点一点地流失？"

他这话，倒是提醒了洛子夜。

她神经绷得很紧，非常紧张，却是没有意识到这个问题，手被他震开，开始发麻之后，她才发现手逐渐使不上力，脑子也开始有点眩晕……

她咬了一下自己的舌尖，咬紧牙关盯着他："是方才爷吃过的东西有问题，还是……"

"我身上带了一味药草，这东西叫玉兰倾！"他轻笑着吐出了这么一句话，似乎在笑，但是那笑意令人感觉不到几分温度，令人无法窥探他的用意。

他似乎一直在笑，所有的意图、情绪，都被这笑意掩埋，这令洛子夜想起一个人，一个她还算得上熟悉的人——轩苍逸风！他们真的很像！

"你想干什么？"洛子夜盯着他，那双眼睛似乎可以喷火。

他轻飘飘地道："我想干什么，你说呢？"说着这话，他语气里有几分邪气，还有几分不正经的味道。

旋即，他在温泉池边坐下，开口问道："你来这里，不是为了求药吗？家姐就是这里的守岛人，你应当不会以为，你们什么都不必付出，就能安然取到药离开吧？"

"所以呢？"洛子夜扫着他。她发现自己的力气回来了一些，完成基本生活自理应当没问题，但要是想动手的话，怕是还没出手就被人家给拍死了！

他似乎知道她在想什么，微微扯唇："玉兰倾并非迷药，只是令你没有打斗的力气而已，当然，它还有一种效果。至于是什么效果，眼下我还不能告诉你，但很

快，你会感谢我的！”

他这话说得笃定，令洛子夜的眉梢也微微蹙了蹙。

而轩苍墨尘又接着道：“不如我们谈个条件，你若是能满足我的要求，那药，我便让家姐给你！”

“什么条件？”

“今晚，你陪我！”他这话说出来，便盯着洛子夜那双眼，等着她的反应。

“什么？”洛子夜严重怀疑自己听错了，“陪你干什么？看星星还是看月亮，或者是聊天……”

他骤然打断她，笑了笑：“何必装傻？”

“你是不是忘了爷也是个男……”洛子夜打算提醒他一些事。

他微微一笑：“我并不在乎你是男人，还是女人！”

她挑眉：“那我要是不答应呢？”

她这话仿佛取悦了他，他站起身，将手中的折扇抛到一边，便开始扯自己的腰带，眉眼含笑，可那笑意丝毫不达眼底，温柔的语调，也带了几分幽冷：“你若是不答应，那在下只好用强了！”

他此言一出，倒是很认真地在宽衣，洛子夜下意识地往后头游，迅速便退到温泉池水的最后方，贴着池子的墙壁盯着他：“你确定？”

“怎么你看我的样子，觉得我不确定吗？”他微微一笑，外袍便已经褪了下来。

他这动作一出，吓得洛子夜一个激灵：“你最好还是不要下来，下来之后你会后悔的！”

她这话一出，他微微扬眉，浅浅笑道：“怎么，你想告诉我，这温泉池水里头设有你的埋伏，还是你手中拿着致命的武器，令你即便动不了武，也能顷刻取我性命？”

他这话里头带着几分调侃的味道。看他那表情，洛子夜也知道想诈他，说自己手中有厉害的武器，他定然不会相信。

于是，她抬脸一本正经地正色道：“虽然我什么握在手里的筹码都没有，但是至少——我有病啊！”

轩苍墨尘：“……”

洛子夜继续开口：“我不仅仅有皮肤病，顷刻就能传染，而且还有传说中的花柳病，你要是还想多活几年，最好还是别下来！”

然而，她这话却并没有止住他的动作，反而令他笑了起来，并温声开口道：

“那也好，人说牡丹花下死，做鬼也风流。这滋味，我今日尝尝，也未尝不好！”

见她说这个他也坚持，洛子夜真的怒了，冷眸盯着他道：“你要真的敢，爷是不会放过你的！”

而她这句话出来之后，他似是一阵风，骤然从五米之外，移动到她跟前，在她身畔池边上可供行走之处站定，如此速度，足见他内功之高深。到她跟前之后，他蹲下身子，此刻他身上就只余下一身中衣，他褪去衣衫时，拉扯之间，使得中衣的腰带也松了。

那样松松垮垮地挂在身上。

他就这般蹲下身子，还能令洛子夜清楚地看见，他胸前的肌肉，温润如暖玉，却也肌理分明，不必想手感也一定极好。然而，洛子夜并不敢多看，也不敢发花痴，迅速收回了眼神，跟他对视！

她的眼神落到他温柔温润的眼中，随即他问道：“怎么，你想救的人，难道还不值得你的一夜吗？”

他这话一出，洛子夜倒觉得喉间似乎有刺哽了一下。

他这问题问得诛心，倘若对方这时候说要她的命来换，她可能都毫不犹豫，但是对方提出的是这样的条件……她并非特别重视贞洁的人，但是这时候，她莫名地就想起凤无俦来！

她很确定，她并不想把自己交给别人。一点也不想！

对方这话却是在逼她。嬴烬为了救她，落到那步田地，等着她找到妖莲回去救命。而她将要为了自己的贞洁，弃他不顾？

这般想着，她的脸色骤然白了。

看着她忽然苍白的脸，他眸色也微微沉了沉，心中倒也多了几分不忍。然而，他还是道：“你可以好好想想，我能给你一炷香的时间，考虑清楚到底怎么选！”

“不能换个条件？”她凝眸看向他。

他容色丝毫未变，声音却骤然沉了半分：“怎么，你是在为人守贞，为了凤无俦？”

问出这句话的时候，轩苍墨尘能感觉到自己的不悦，若洛子夜的答案是“是”，他不能保证，自己一怒之下是不是真的会做出伤害她的事情来。

“没有！”洛子夜表情冷淡，对于女人来说，身体是自己的，她有权利决定跟谁好、不跟谁好，这是属于她自己的权益，并不是女人天生应当交给男人的附属物。

若说她是在守贞，那也是为了她自己。她有自己身体和自由的支配权，拒绝被

迫，只是保护自己的权益而已。

她这话一出，他的脸色倒好了许多。

而洛子夜看着他脸色好点了，皱眉："你也认识凤无俦？"

听他刚才这话，不仅仅是认识，甚至还知道她跟凤无俦之间的关系。

"认识凤无俦并不是什么奇怪的事吧？"他挑了挑眉，似乎是在笑她少见多怪。

好吧，这一点都不奇怪。看她没说话，他的耐心似乎也耗尽了，径自扯开了中衣。

洛子夜看着他露出来的肌理，鼻子骤然一热，可此刻，她竟然连一点美男子将要献身的激动都没有感觉到，能感觉到的，只是无限排斥，以及想脱身！

他褪下中衣之后，倒是看了洛子夜一眼。

见她骤然面色一热，他倒是心念一动。那深若寒潭的眸子倒是多了几分温柔。他语调很轻，温声笑道："记住，我叫墨尘！"

颇有一种今日将要做她的男人，并要她一定记住他的样子。

洛子夜二话不说，又想跑。就算是暴露了女儿身，还被看光了，也是非跑不可了！因为这两者，都比直接被人睡了好。

而她刚打算蹦出水面，他正好当着她的面褪下裤子。洛子夜几乎是未曾思考，下意识地扭过头，不敢去看那景观。这一扭头之后，她自已也愣了一下，寻常不是挺期待能够偷看到美男子不穿衣服的样子吗？

怎么人家真的脱了，她反而又不敢看了呢？

然而，也就是她这生涩的样子，令他动作微微一滞，忽然没头没尾地问了一句："你是第一次？"

他这话问出之后，她的脸倒是红了红，继续偏头不敢看他。但在这个时代，她作为一个男人，而且还是个有权有钱的太子，说自个儿其实没开过荤，这是一件很丢面子的事！于是开口胡诌道："老子身为天曜的太子，不知道睡了多少男男女女，什么叫第一次？"

她死鸭子嘴硬地说自己不是第一次，但话语中不经意流露出来的尴尬出卖了她。尤其那句男男女女她都睡过，令他听着便知道她是在撒谎！

他语调忽然柔了几分，温柔的眼神落在她头顶，自言自语般轻轻地道："真的是第一次！"

她若当真早已经历人事，动辄与凤无俦同眠，并……这时见自己宽衣，断然不会如此青涩，说不定还得如往常一般调戏他几句。眼下她却似极不好意思，根本都不敢看，这便应当就是未经人事的样子！

可凤无俦这么多日子跟她同榻而眠，竟也没碰过她？他倒是有点佩服那个人了！

他这一句话就带了几分笃定，令洛子夜觉得有点尴尬，很想骂人。

她倒也懒得再管他了，认真考虑自己应当以何种姿势跃出水面，扯上衣服穿好，才能最大限度地降低曝光率。而同时，倒听见一阵窸窸窣窣的声音。

她心里有点奇怪，想着是不是回头看一眼。这一扭过头，他温热的唇险些从她的唇角擦过。洛子夜骤然一惊，条件反射地后退，却一下没站稳，脚下一滑，将要摔下去。他很快伸手，扯住她的胳膊，她也很快站稳。

他掌心触碰到柔滑的肌肤，便令他方才强压下去的欲望骤然又有了抬头的架势。

他迅速收回手站起身，往屏风之外走去，温雅浅淡的声音似笑非笑地传来："我在外头等你，穿好衣服，便立即出来！"

洛子夜盯着他，他衣服已经穿好了。她盯着他的背影，目送他走到屏风之间，弯腰捡起他的外袍和那把折扇。

那动作行云流水，极尽优雅。他没有再回头，缓步踏出了洛子夜的视线，似乎并不敢回头，怕又看见撩动他心神的美景，使得他无法控制自己的欲望。

退出去之后，洛子夜就听到了他落座的声音。

洛子夜虽然不明白他为何忽然改了主意，但这对于她来说，绝对是一件好事。她迅速起身，随意地在身上擦了几下，就赶紧把衣服穿上。怕他后悔忽然又跑到后头来，所以就连缠裹胸布的时候，都不敢太细致，匆匆忙忙地缠好，赶紧把衣服往身上一套，她就出去了。

墨发未干，擦了几下，贴在颊边，散在身后，也因着她刚刚从温泉水中出来，烟雾将她的小脸熏得有几分发红。

洛子夜出来之后，并没有在意他格外灼热的目光，或者说是刻意回避了他的目光，也没有脑残地提起方才的问题。她往他对面的板凳上一坐，盯着他问："我应该叫你墨兄，还是叫你尘兄？"

那个玉兰倾，药效并没有散，所以眼下她相当客气，都不敢随便自称兄长。

她这话一出，他倒轻轻一笑："我喜欢你叫我墨尘！"

"好吧！"名字就是一个称呼，但是他这么暧昧的一句，让她觉得背后麻麻的，"不对，墨尘这个名字，爷怎么好像在哪里听过？"

这话一出，她脑子骤然又是一晕，一股强大的冲击力对着她的脑门撞了过来，

眼前的场景，也开始模糊起来，她含糊不清地道：“你为啥晃动？”

他自然没答话，却骤然起身站到她身侧。

而洛子夜晃动了几下之后，意识一空，往后倒去，落入他怀中晕了过去。而她不知道的是，她这一下子倒下去了不说，那会儿匆匆忙忙系上却没系好的裹胸布，这时候却松了。

他一眼便看见了她胸前的起伏，这令他眼神一热，打横抱起她，便将她放到了床榻上。

放好之后，他坐在床边，静静地盯了她一会儿，随即闭上眼，将眸中汹涌的情绪克制住。

洛子夜昏迷之中，仿佛进入一个兰花海，成片的兰花仿佛波浪一般，起伏倾倒，也带来一阵阵诡异的奇香，令她觉得鼻子有些发热，身上也有些发烫，带来一种类似发烧的难受之感。

他伸手探了一下她的额头，有点发烫，不由得唇角微勾。这是玉兰倾起了作用的表现，这也令他放下心，温润的眼眸放在她的脸上，以及她微微起伏的胸前。

他骤然低头，薄唇将要贴上她的唇角，可……当他对上她那紧闭的双眸，他灼热的呼吸，忽然浅淡了半分，甚至屏息了片刻，他才平息体内的躁动不安。

而那吻，最终落在了她的额头上。

似乎王子轻吻公主，轻飘飘的，仿佛羽毛落下的一吻。

他如玉的长指抚摩着她的面颊，那动作极为珍重，似对待比他的玉玺还要珍贵之物。终究，那手指收拢，将一旁的薄被扯过来为她盖上，他便转身退了出去。

这世上的男人，总有一个共性，面对自己喜欢的女人总是难以自持，而不管不顾地去得到，那是喜欢。可，当一个男人已经开始懂得克制，不去伤害心上之人，那便成了爱。

“子夜……”他轻飘飘的一声，似只是在感受这两个字吐出来的时候，音节该是如何碰撞。

而这两个字出来，却似一根羽毛撩过心扉，令他心跳的速度骤然加快，如玉长指，拂过自己的唇。

想着方才落在她额头上那一吻，他轻轻一笑，便带上了门。出门后，他将手中的扇子打开，里头藏着一朵指甲大的花，他伸手轻轻碾碎了，又将扇子掷入院里养着一池莲花的池水中，力道很大，那扇子便也插入了池底的淤泥里，不可能再自己浮上来。

接着，他才从洛子夜的院子里出去。

而他刚刚走出洛子夜的院子，打开院子的门，便见着一名女子背对着他站着。那女子的眼睛上还是缠着一圈布条，她负手身后，听到脚步声，语气忽然变得幽冷："你来这里做什么？"

他似乎早就料到她会出现在此处，唇角依旧是那般浅淡的笑意："不过是过来看看朋友，可是她已经睡下了。怎么，皇姐晚上睡不着，才跟着我来的？"

他话音一落，她骤然转过身。眼睛遮着，令人无法窥探她的眼神，却能看到她面上冷硬的线条："就这么简单？"

"就这么简单，或者皇姐以为，我还能来做什么？"他眉眼含笑，倒是一副好脾气的模样。

那女子嘴角微扯："那是个男子，还是女子？"

轩苍墨尘没说话，她也没有再问，却道："我知道你动心了，这么多年来，我从未见过你对什么人如此上心过，竟肯为那人来千浪屿。只是，你纵然想帮她也没用，明日之局……这天底下，若说真的有什么东西能帮她，那就只有……"

说到这里，她骤然顿住了，却忽然道："今日他们进来的时候，你已经坏了规矩，明日你若是再……那你就不要怪姐姐不顾情面了！"

"明日皇姐打算如何对付她，朕都尚且不知，又岂能有插手的能耐？请皇姐放心！"他语中有笑。

那女子似乎才终于满意，转身欲走。没走几步，骤然听得他清朗温润的声音传来："皇姐，你的眼睛早就好了吧？"

"这个不必你管！"她的语气骤然尖锐了起来，"与其管我的事，不如操心你自己的事。身为轩苍的皇帝，你已经过了二十，也该考虑皇嗣的问题了！"

她这话一出，他含笑的唇角微微一僵。

而那女子似乎是说上瘾了，还补充了一句："不近女色，纵然可以养身，但长时间压抑，对你也并不好！"

说完这话，她便大步去了。轩苍墨尘嘴角抽了抽，没想到这样的话皇姐也说得出来。那女子走了之后，墨子渊慢慢地蹭到了他身后："陛下，臣觉得长公主的话其实很有道理。作为一个正常的男人，二十多年不碰女人，这实在是说不过去，方才在屋子里头，您应该有机会对洛子夜下手吧？您为啥没……难不成您……"

墨子渊说到这里，捂住了自己的嘴巴，而轩苍墨尘已经黑着脸看了过去。这是这么多年来，他这个臣下第一次在这个温雅君王的面上，看见如此黑沉的脸色，他正想着自己是不是要跪下请罪……

而轩苍墨尘黑着脸看了他一眼，就收回了眼神："朕很好，你不必操心！"

“咳……是！臣该死！”说完这个话题，他忽然正色：“陛下，方才长公主并没有进去，怕是不曾想到您真的会……可这件事情，明日长公主若是知道了，那您就……”

千浪屿是轩苍皇室代代相传的地方，这个秘密不曾为外人知晓。而千浪屿有个规矩，帝王不可承袭千浪屿，即便是轩苍的皇帝，上了这岛屿，也得听守岛人的。

这要是让长公主知道，陛下盗了玉兰倾……

“嗯，明日皇姐一定会知道。”轩苍墨尘语中有笑。她一定会知道，因为这个岛屿上头，除了他和皇姐，没人知道玉兰倾能用来做什么，除了他，也没有其他人有本事将东西盗走。

墨子渊眼神一冷：“那……”

轩苍墨尘骤然抬手止住了他，示意他不必再说……

洛子夜这一觉睡得非常不舒服，她感觉自己一整夜都在发烧，口干舌燥，神志混沌，一度感觉头痛欲裂。

闽越的情况，没比她好多少。

进入这个岛屿后，他一直有种莫名的熟悉感，以至于一直在做一些奇奇怪怪的梦，梦见自己从高山上掉下去，落入海水中漂浮，而不知是何等情绪，缠绵悲伤到令他在梦中也透不过气。

第二天一大早，洛子夜醒来，顿觉口干舌燥，她爬起来灌了一壶水，低头扫了一眼，看着自己胸前的起伏，而衣襟并没有被人动过的痕迹，于是便也知道，这应当是她昨天没有系好导致的。

她二话不说，宽衣，重新系。

心头却忽然跳了一下，她自然不会忘记昨天晚上的事，当然，她也能意识到，昨天晚上自己晕倒之后，他没有做出冒犯举动。那她的裹胸布松开之后，他有没有发现异样？

走出院子，闽越已经在门口等着她了。

两个人都是熊猫眼，但谁都没多问。一起往前头走了几步，刚刚走过一个拐角，便看见主殿的门打开了，两边站着人，中间铺着一块红色的地毯。

这阵势，还真的不比见皇帝的时候差。洛子夜和闽越对视一眼，看来这个千浪屿，怕不单单是一个神秘的岛屿或江湖势力。

洛子夜走着，问了闽越一句：“你有没有听过墨尘这个名字？”

“墨尘？”闽越眉心一跳，“太子为何有此一问？”

洛子夜瞟他一眼："这个你就别管了，你直接告诉爷就是了！"

闽越顿了顿："墨尘倒是没听过，可我们煊御大陆，轩苍的皇帝，也就是轩苍逸风的皇兄，叫轩苍墨尘！"

他这话一出，洛子夜眉心一蹙："你见过轩苍墨尘没有？"难怪她觉得这名字熟悉，她在国寺求姻缘的时候，轩苍墨尘就在其中，名字还是轩苍逸风告诉她的。

"人倒是没见过，就是听说此人素有风流俊采、雅溢天下之称，还闻其貌若空谷幽兰……若是阎烈在这里，他也许知道得多一些！"闽越回了一句。

洛子夜也就不多问了，却觉得闽越的描述跟昨晚的人很符合。

正说着，他们两人就走到了宫殿门口。大殿的主位上，坐着两个人，一男一女。

男人眉眼含笑，那是一张温润雅致的脸，当真如空谷中的幽兰，也的确就是昨天晚上到她的房间里耍流氓的美男子，他旁边坐着一个姑娘，那姑娘的眼睛上缠着一圈布条。

洛子夜只能看见她的鼻子和鼻子以下的部位，以及饱满的额头，这姑娘是一张鹅蛋脸，菱唇，小巧高挺的鼻梁，一看便知是个美人。但是她唇部微微抿着，单单看着，就是极为不好的脾气。

难道这位就是老太太？

"欢迎两位，请坐！"这话，是那自称"墨尘"的男子说的，他唇边含着淡淡的笑意。

"相信你们前来，应当有被我刁难的准备！"那眼睛上缠着布条的女子开口用的词，就是"刁难"。

洛子夜吊儿郎当地道："美人，爷一见着你这张漂亮的脸蛋，就觉着咱们一定有缘。你为何一定要用刁难？用交流不好吗？"

"叫我老太太！"女人出言打断了洛子夜。

洛子夜那话当然不是为了调戏，而是为了试探，看看自己这么一句轻浮的话说出来，这女子会不会动怒，但她的话没对这女人造成丝毫影响，怕是的确很难应付！

她也很配合："客随主便！"

闽越倒是开门见山："我们是来求药的，至于您有什么条件，或者是要求，我们都好商量！"

"条件？要求？"那女人冷嗤了一声，"我一个千浪屿的守岛人，不需要什么，也不缺什么，我能有什么条件和要求？"

洛子夜道："那既然老太太见了我们，自然也说明有将药草给我们的可能，不是吗？"

"你倒是聪明！"老太太嗤了一声，语气依旧不太好，只是她这句话落下之后，倒是往轩苍墨尘的方向微微偏了偏头。

轩苍墨尘扯了扯唇，笑了笑，明白自家姐姐的意思，她这是有几分欣赏洛子夜。

洛子夜听完她的话，客气地道："在下的朋友，等着药草回去救命，需要我们付出什么，还请老太太明示！"

"你们要的是妖莲？"老太太问了一句。

洛子夜点头："不错，希望老太太能行个方便！"

她这话一出，老太太站了起来："你们住的院子里头就有妖莲，你为何不取？"

"其一，这千浪屿上的东西，若是真的那么好取，世人岂会还认为此地危险重重？其二，以客人的身份不告而取，是为败德无礼，谓之窃，若非必要，在下不想行偷窃之事。"洛子夜说得一本正经，仿佛自己情操高尚。

老太太回头看了她一眼："那如果只有其二，没有其一，你并不知道直接取走妖莲，可能会出事呢？你也同样不取？"

"这个很难说！"洛子夜非常坦诚。

她这话一出，老太太倒是笑了，冷哼了一声："你倒还算坦诚，我生平最厌恶道貌岸然之人，你此刻倘若要告诉我，就算我要你的命，你也不肯偷走我的东西，那我就只有现在就请你离开了！"

洛子夜脸颊微抽，不过在听见"道貌岸然之人"的时候，洛子夜下意识地看了一眼轩苍墨尘。这个人可不就是道貌岸然吗？

洛子夜的眼神看过去，轩苍墨尘登时明白了她想表达什么，嘴角一抽，唇边的笑意有点维持不住。

这时，老太太又开口了："你倒也聪明，没有动我的妖莲。放在你们屋子里头的所有好药材，都抹了无色无味的毒，只要你们取下来，那东西就会顷刻之间枯萎凋谢，你们也会身染剧毒！"

洛子夜点头，这一点并不在她的意料之外："那么，出于对本太子高尚情操的肯定，您是不是打算直接就将萝莉妖莲给我？"

"萝莉妖莲？"老太太并不明白这称呼是从哪里来的。

洛子夜咳嗽了一声："爷看见它长得像个萝莉似的，于是就……"

老太太也不在意，随口答了一句：“萝莉妖莲就萝莉妖莲吧。你可知道，我为什么准允两个人上来？”

“因为你希望上来两个美男子，总有一个是符合你的口味的？”洛子夜随口胡诌。

老太太眼角一抽，轩苍墨尘和闽越的嘴角也是微微抽了抽，他们都觉得洛子夜的脑回路跟他们正常的脑子，有点不同！

大概老太太也是怕她猜出令她更加无语的答案，于是开口揭开谜底：“因为只有一个人能够活着将药材带回去，顺便给另外一个人收尸！至于你们是谁死、谁活，要看你们的造化！”

她这话一出，闽越脸色惊变：“你可知道我们是谁？天曜的太子殿下，你也敢杀？”

他这话一出，老太太指了指主位上的人：“哦？天曜太子？这位是轩苍的皇帝，即便是他，上了我的千浪屿，也没有多说一句话的资格。皇帝我都不惧，我还惧怕太子不成？”

此言一落，洛子夜和闽越的眼神都放到了轩苍墨尘身上。轩苍墨尘面上也并无什么表情，似乎并不为老太太的这句话感到尴尬，只是轻轻笑了一声，未曾多话。

洛子夜心里却是惊涛骇浪，没想到当皇帝的人也要流氓。

闽越却脸色一变：“纵然皇帝、太子，在你看来都不可惧，但是……”

“没有但是！”老太太打断了闽越的话，“既然敢守着千浪屿，守着这天下人都觊觎的地方，我自然不惧死！你们若不愿意为想救之人赴死，我们又凭什么将药给你们？毕竟这岛上的药都是我们辛辛苦苦打理、种植，方才生长出来的，不是吗？”

“可要人拿命来换，也未免过分！”闽越眉头皱得死紧。

老太太瞟了他一眼：“但凡你们还有旁的办法，想必也不会上我千浪屿。所以，你们来是为了给人救命的，一命换一命，这也很公平不是吗？”

洛子夜深呼吸一口气，扬声道：“这是唯一的办法？”

“不错！”老太太语气坚决，“还有！妖莲是我千浪屿自己培植出来的东西，除了我千浪屿的人，没有人知道用法。你就是能抢走，用错了，也是会害了人的命！”

洛子夜又问：“那如果我们不答应呢？”

“那就只有请你们现在离开了！”老太太的语气更加随意。

洛子夜扫了一眼闽越，闽越对着洛子夜摇了摇头：“太子，属下是奉命出来保

护您的，属下若是死了，倒是没什么，可是您不能犯险！”

“若是没有求药的诚意，二位请回吧！”老太太语气冷淡。

洛子夜伸出一条胳膊，勾着闽越的肩膀，往门外走了几步：“别着急，我们两个先商量一下！”

老太太嘴角一抽：“请便！”

洛子夜拖着闽越出了屋子：“如果我们硬抢，你有没有把握，平安地拿到妖莲，保证它不会如同老太太所言，直接凋谢，或者令咱俩身染剧毒？”

闽越摇头：“属下一点把握都没有！千浪屿不论药材还是毒草，都是天下一绝。若知道妖莲上头是什么毒，属下或许能解，可是属下根本看不出来……”

洛子夜嫌弃地看了他一眼，“你不是学医的吗？”

闽越嘴角一抽：“再高明的大夫，也有治不好的病、解不了的毒！”自己最擅长的，被人家用这种嫌弃的口吻说了，心好累。

“好了，别狡辩了，要坦诚地承认自己的不足！”洛子夜白了他一眼，往殿内走，“送你八个大字，你一定要铭记在心！”

闽越被她的几句话，原本就说得又羞又气，都抬不起头来做大夫了，见她神情严肃地要送他八个字，他打算认真聆听。

接着，洛子夜真诚地开口：“好好学习，天天向上！”说完这话，她扭头就进大殿了。闽越脸色一青……

重新跨入大殿，她看着老太太，直接便道：“说你的规矩吧！”

“你救的人，对于你来说这么重要？拿命换也在所不惜？”老太太似有点惊讶，问着这话，脸却转向轩苍墨尘的方向。令他心动之人，却要为别人舍命，也不知道这小子心里酸不酸。

洛子夜扬眉笑了：“他是为了爷才命悬一线的！爷为了救他舍命，不过就是还他一命罢了，这很公平不是吗？”

她这话一出，老太太倒是愣了：“难怪！”难怪她这个素来眼光奇高的弟弟，也看上了洛子夜，这般心性，还当真不是寻常人能有的。

老太太拍了拍手，出来一个侍婢，手中端着托盘，托盘上头是两个酒杯：“这两个酒杯，一个酒杯里头是清酒，一个是毒酒，至于是什么毒，我却不能告诉你们。你们两个人，可以一人选一杯，选到毒酒的人，就安心赴死，选到清酒的人，我会将妖莲交给他，并且安全护送他从千浪屿离开，路上不会再有任何阻碍！”

她话音落下，托盘就被端到了洛子夜和闽越面前。

两人的脸色都有些发沉，洛子夜瞟了闽越一眼：“看得出来哪杯是有毒的吗？”

闽越看了一眼，摇头："不知道！"说完这话，想起来洛子夜方才建议他好好学习、天天向上，他的脸色骤然黑了！

老太太嗤笑了一声："不瞒你们说，这毒是无色无味的！就算是我自己，都辨认不出哪杯有毒，更何况他？"

洛子夜点头，随即问道："只要这两杯酒被喝了，就可以了，是吗？"

老太太笑了："你这是打算让你的仆人，将这两杯酒都喝了，是吗？"

洛子夜耸了耸肩："这不是重点！重点是，是不是只要我们将这酒喝了，就行了，而你一定会信守诺言？"

老太太嗤笑："不错！你们要是有一个人，愿意将这酒都喝了，我倒也算佩服那个人的气节，我自然一样会信守承诺！哪怕你们眼下在我这里动手，赢了的硬要将两杯酒都灌入输了的人口中，我也同样会将妖莲给你们！"

话都说到这份上，洛子夜扬眉看了一眼轩苍墨尘："这位美男子，你就没有什么话想说吗？"

轩苍墨尘轻轻一笑，不答反问："那么，子夜觉得，朕这时候应该说什么呢？"

"英雄救美的机会来了，你没看见吗？"洛子夜的表情很严肃认真。

她这话一出，在场的其他人嘴角和眼角都微微抽了抽，轩苍墨尘更是觉得自己面部肌肉痉挛，咳嗽了一声："纵然我想代替你们饮下这两杯酒，但是家姐的意思，是必须你们两个当中有人喝，我也帮不上忙，而且我并不愿意喝毒酒！"

他倒是很坦诚，洛子夜看了他一眼："爷不是这个意思，咱俩也就见了几面而已，爷怎么好意思让你为爷喝毒酒？爷的意思是，这个人不是你姐姐吗？你身为她的亲弟弟，这时候就不能说几句好话，让她给我们开个后门吗？"

轩苍墨尘尚未开口，老太太就先开了口："你不必想了！昨日你们进入岛屿，就是他自作主张，帮了你们。今日之事，他若是再插手，就算他是皇帝，我也会打断他一条腿！"

洛子夜："原来轩苍的皇帝，这么没有地位吗？"

"长姐如母，既然你是天曜的太子，想必你也应当知道，轩苍先皇与先皇后早逝，是我这个长公主照顾他多年。你放心，他不会违逆我的意思！"老太太语气冷淡。

洛子夜噎了一下，父母早逝，姐姐把弟弟照顾大，弟弟一定会格外敬重姐姐，所以今天想指望轩苍墨尘，还真的指望不上！

轩苍墨尘也微微笑了笑："并非我不想帮你，只是皇姐的意思，我不能违逆！"

不是不敢，而是不能。

洛子夜摇头叹气："看你这态度，谁要是嫁给你，就得面对一个难缠的姐姐，而且你还一定会听你姐姐的，我真是同情你未来的娘子！"

轩苍墨尘心头一跳："只是在千浪屿上，按祖训必须听皇姐的，旁的事情，我自己做主！"

洛子夜喊了一声，没再理他。看了一眼面前的酒杯，闽越开口道："太子，既然可以一个人喝了，那就由属下喝了吧！"

说完这话，他就去拿酒杯。

洛子夜一巴掌拍在他的手背上，劈手就将酒杯夺了过来："放手！爷来喝！我让你逞能了吗？"

闽越没想到她会忽然出手，一时不察，手里的酒杯就被洛子夜夺了过去！他瞠目，还没来得及出言阻止，便见洛子夜一口将杯中酒饮尽！

"太子！"闽越目露惊惶之色。

一杯酒下肚，什么味道都没有，洛子夜咂巴咂巴嘴，似乎还在品酒，末了，还特别逞强地感叹了一句："好酒！倒不枉爷在闽越手中抢一场！"

喝完，放下酒杯。闽越眼明手快，立即去抢下一杯，但是他的速度怎么可能比得上洛子夜？当闽越的手伸到酒杯跟前的时候，洛子夜已经将酒杯抢了过来，送到了唇边。

"太子！您不能……"闽越眸色血红。

洛子夜微微扯了扯唇角，闽越打算阻止她，然而不待他的手伸过来，她就已经喝了下去！

闽越脸色白了，以下犯上地道："太子，您这简直荒唐！"

洛子夜笑了笑，把手里的酒杯放下，觉得自己的胃部开始有点烧，并非因为酒太烈导致的胃部烧灼，而是烧灼之下，还有几分翻江倒海般的疼痛感。

闽越吼完这话，飞快抓住洛子夜的手腕诊脉，他必须要冷静下来，静下心来诊脉，只有看了才知道，太子到底中了何毒！

他如此生气，洛子夜倒是笑出声。她看向老太太，眼神犀锐："现在是不是到了您信守承诺的时候了？"

老太太脸色有几分凝重，脸往轩苍墨尘的方向偏了偏，似乎在惊讶他此刻的淡定。他的心上人将毒酒喝下去了，他竟一点反应都没有？她骤然心头一跳，怀疑这件事情可能有点蹊跷，可看着洛子夜渐渐苍白下去的脸，倒也只是皱了皱眉。

随即，她扬眉："我原本以为，这两杯酒你会让你的手下喝下去！"

“要救人的是爷，为自己的朋友而死，在爷看来是一种荣耀，但是让旁人为自己的朋友而死，这可耻！废话请不要再多说了，趁着爷这会儿还有一口气，您能先把妖莲拿出来给爷摸摸看吗？”事情已经到了这步田地，她面上半点愤怒的情绪都没有，还有打趣的心思。

轩苍墨尘看了自家皇姐一眼：“皇姐，客人已经按照千浪屿的规矩办了事，您作为主人，这时候不会失约吧？”

从轩苍墨尘的口吻之中，不难听出他此刻在生气。

也就是他这般生气的情绪，让老太太的疑虑打消了，她挥了挥手：“你们去取妖莲！”

说着这话，她从自己的胸口掏出一个白色手套。

轩苍墨尘眸色微微一凝，盯着那手套，原本只要有那手套，就可以安然将妖莲取下来，但是昨日他没找到这东西，心里已经猜到应当是皇姐将这东西贴身带在身上……

他盯着老太太将手套递给了下人。

洛子夜也舒了一口气，至少这个老太太守信！闽越的心情却远不如洛子夜乐观。洛子夜问他：“这毒你有法子解吗？”

闽越沉了脸，愤怒地开口道：“太子，这毒叫萧墙，顾名思义，祸起萧墙，故而这毒会让您的内腑坏掉，最终致死。发毒的时间，只有一炷香！而解法，是事先服解药。所以眼下，即便是有解药，也没用了！”

他叹息道：“太子，保护您是王交给属下的任务，您死了，属下也没有脸面再回去，更无颜面对王，必也自绝在此！所以，您这是何必！”

他话音一落，洛子夜扫了他一眼：“你不能死，你必须将妖莲带回煊御大陆，等待百里瑾宸为爷治好嬴烬。你这会儿若是死了，没人帮爷办这件事，爷才算是白死了！而且这原本也不关你的事，你为凤无俦尽忠，就算哪天要死，也应当为他而死，没必要为爷死。”

她此言一出，闽越神色微动，却并未回话，一张脸沉着，仿佛是在克制自己的情绪。他看了老太太一眼，冷笑了一声：“今日之后，千浪屿便将与我煊御大陆摄政王府为敌，还请老太太好自为之！”

轩苍墨尘听了，看了看洛子夜苍白的脸色，似乎想说什么话，但终究还是没有吭声。

老太太却被闽越这句话激笑了：“我千浪屿上机关重重，即便是你们摄政王府，那传说中的王骑护卫再厉害，恐怕也没法子……”

"不需要王骑护卫，王一个人就足以令你们死无葬身之地！"闽越冷笑。

老太太脸色一变，霍然看向闽越："怎么，你的意思是，你不想活着走出千浪屿了，希望眼下我就将你杀人灭口？"

闽越眸色沉了沉："你若是有本事，最好立即将我杀人灭口！"

他一部分是在警告，另一部分也是在激对方对自己动手。

保护太子失败，他没脸回去见王！他们若是都没回去，王自当会明白发生了什么，至于他死在这里了，嬴烬的药怎么办……抱歉，他们摄政王府跟嬴烬的关系一向不好，嬴烬是死是活，他不是很在意。

老太太霍然一怒，似乎打算动手。

洛子夜将闽越往自己身后一扯："闽越这孩子从小脑袋就不好使，你不用跟他计较！"

闽越："……"

老太太的嘴角也是微微抽了抽，倒是顿住了。而同时，门外一个下人走了进来，托着一朵莲花，还有一张纸。

老太太扫了一眼："那张纸上写着妖莲的用法，东西已经给你们了，你们可以走了！"

看到东西，洛子夜才算是松了一口气。她瞟了闽越一眼，这辈子没混上几天又要翘了，当然要抓紧时间说两句遗言，不然多浪费自己又死一次的机会？

她握着闽越的手道："爷还有几句遗言！"

遗言？

正想着遗言该怎么说，洛子夜却骤然面色一变，呕出一口血来！脸色也开始变得青灰起来。她意识到，要是不赶紧交代遗言，想说的话那可就全没机会说了。

她立即看向闽越："听着！告诉嬴烬，他予我一命，我还他一命。他不欠我，这是两清，不必因为爷死了而感到自责！"

闽越接过了妖莲和那张纸，心里感觉很不好，洛子夜要交代临死的遗言，内容却跟王没关系，只关系嬴烬，这令他很不高兴！

然而，他正不高兴，洛子夜又呕了一口黑血，眉心之间全是煞气，闽越赶紧上前扶着她："太子，您……"您没有什么话，要对王说吗？

他没说完，洛子夜就知道他是什么意思，抬手止住了他，旋即开口道："爷是有话要对他说，但是不知道当……当怎么说。你告诉他，对嬴烬，是朋友之情，是恩德，并非男女之情，这一点……这一点你一定要告诉他！"

闽越点头，见洛子夜面色惨白，这时候还一定要说清楚这些，怕也是不愿意王误解。

老太太又转脸对着轩苍墨尘的方向，而轩苍墨尘还是一动未动。

那双温润的眼眸，正盯着洛子夜，看着她吐出黑血来，他心里反而松了一口气。手中的折扇这时候倒是放下了，见皇姐正看着自己，他明白对方怕是察觉了什么，不过倒也无所谓，总归今日是逃不掉的。

闽越看了洛子夜一眼："洛子夜……我想代王问你一句，你爱他吗？"

这一句话对于王来说，可能至关重要，也许会是此生最重要的一句话。

这问题却似乎将洛子夜问住了。

她喉头哽了哽，感觉又是一口血涌上了喉头，她已经嗅到了铁锈般的血腥味，这也令她深知自己此刻身体状况的糟糕，可是闽越这个问题，真的很难。

轩苍墨尘那双温润的眼眸，这时候也微微眯了眯。

洛子夜默了几秒钟，爱上了没有，她不知道，可喜欢总是有的。可既然她注定要死，何必说什么好听的话，让凤无俦放不下她？既然这样，倒不如斩断，如果他忘了她，或许能幸福。

这念头一出，她闭上眼开口道："不爱！"

不爱，不爱。

可为什么说出这句话的时候，却忍不住自己咬紧了牙关，似乎感觉到自己眼眶酸涩，心……那么疼。

真的不爱吗？

她闭着眼，接着违心道："爷感谢他这么久以来的……以来的照顾，我……咳咳，我无以为报，感激大于情感。从没爱过，喜欢……喜欢都不曾，爷死了之后，让他……让他忘了我，好好过吧！噗——"

这句话出来，便又是一口黑血呕了出来。

她都不知道这一口血是因为毒，还是因为心痛。倘若这里没有其他人，倘若她不是要死了，说完这话，她真想躲在角落里哭一场。

她其实不想死啊，她其实舍不得他，她其实不想自己死后，他身旁是别人。可，她还有什么选择？

闽越闭上眼，并没比洛子夜的脸色好多少。

这句话要是带回去，对王而言，怕是双重打击！爱没有，可就连喜欢都不曾……那么一直以来，她对王，就真的只是利用吗？

倒是轩苍墨尘，原是信了她是真的不爱，可在她说出喜欢也不曾的时候，他却苦笑着闭上眼。不可能的，洛子夜也许没有爱上，但绝对不可能喜欢都没有，这绝

对是假话，她是想让凤无俦忘了她，她是在想，她死后，凤无俦还能去寻觅幸福是吗？

“你一直只是在利用王……”闽越从牙缝里挤出了这句话。

洛子夜脸色一变：“没有！我……”

话没说完，却在对视之间，看见闽越的眼眸静静地盯着她，似乎要透过这双眼看进内里。她咬了咬牙，血红的眼睛瞪着闽越。她能说自己没爱过，甚至没喜欢过，那是为了令他能对她断情，可她怎么能承认，那都是利用？

她心里明白，若承认只是利用，他会将她忘记得更彻底，他或许真的能找到幸福，但……她说不出口！

“没有？没有那是什么？”闽越吼了一句。

“我……”洛子夜哽了几下，一口气哽在喉头，顺不出来，眼一闭，倒了下去，心却骤然轻松了。还好，不如不回答，这时候断气真的挺好的。

这是她的最后一点意识，随即便陷入无边的黑暗中。

“太子！”闽越看她闭上眼，眸色一冷，放下洛子夜，一掌就对着老太太打了过去！

老太太也并非手无缚鸡之力，很快便与闽越交起手来。倒是这两人交手之间，轩苍墨尘站了起来，走到洛子夜跟前，用力地掐了掐她的人中。

老太太眼睛缠着布条，虽然什么都看不见，却能听到那边的响动。她扬声道：“轩苍墨尘，你在干什么？”

轩苍墨尘没理她，而这时候，闽越看着对方的举动心头也是微微一跳，开始怀疑或许轩苍墨尘是想救太子的！那么，此刻他是一定要将老太太缠住了。

这般想着，他又是一招，对着老太太攻击过去。老太太脸色一变，听到瓶盖打开的声音，原来是轩苍墨尘掐了几下洛子夜的人中之后，见她没有反应，便拿出一个瓷瓶，放到她鼻端让她闻了闻。

这下，原本已经躺着令人以为已经死了的洛子夜，却骤然咳嗽了几声，又是一阵气血上涌，吐出一口血来。这一次，吐出来的是红色的血，原本哽在胸口的那口气也顺了。

她咳嗽的声音那边那两个人自然都听见了。闽越心中一喜，老太太却一愣，随即大怒：“怎么可能？怎么可能……难道……”

恼怒之间，她便想过去动手。

闽越却骤然一拦，她伸手一抓，扯烂了闽越的袖口，那手碰到他胳膊上一处凹陷之地，她脸色一变，心下惊涛骇浪，后退一步，颤抖着唇道：“你……你是……”

而她这片刻的失神之际，闽越一掌打在她的肩头，她被击中，亦后退了一步。

洛子夜迷迷蒙蒙地醒过来，半睁开眼，便见着一张绝美的脸，那张脸上笑容温雅。她哽了一下：“呃……”

她没死？

轩苍墨尘倒是松了一口气，如玉长指拂过她唇边的血迹，声音也很温柔：“我说过，你会感激我的！”

洛子夜愣了，很快想起来，昨夜玉兰倾的事情。那时他说玉兰倾还有一个功效，她会感谢他。难道是那东西？

老太太在震惊之中回过神，很快就扭过头来，对着洛子夜和轩苍墨尘的方向怒喝：“轩苍墨尘，你……你动了玉兰倾？”

她不敢相信，轩苍墨尘有胆子做这种事。

闽越也是愣了一下，看了轩苍墨尘一眼。玉兰倾他听说过，天底下唯有一朵，这东西的香气，若是能闻到，那么十二个时辰之内，再饮下任何毒药都不会有事，所以这东西被千浪屿奉为至宝。

轩苍墨尘将洛子夜扶起来，看着老太太：“皇姐，这不重要，重要的是，他们是按照规矩办事的，东西既然给了他们，就没有再收回的道理，您应当送他们下山。其他的罪责，我来担！”

“你——”老太太震怒，却忽然想起什么，“不对，你若是将玉兰倾抱走，必然牵动机关，我不可能不知道！你……难道你摘了？”

她这一句，骤然变得歇斯底里起来。

这下，就是洛子夜这么一个完全不懂药的，看着老太太的样子，也知道眼下的情况严重了！

闽越也是愕然……玉兰倾只有一朵，这要是摘下了，自然会枯萎，那这千浪屿的镇岛之宝可就没了！他原本只以为轩苍墨尘是抱走了，给洛子夜闻了闻。

轩苍墨尘这时候也沉默了，面上是淡淡的愧疚：“皇姐，你也说了，动那花盆，你定然会知道。我没的选择，我……”

“啪！”话没说完，老太太一巴掌就扇在了他脸上，将他的脸都打偏了过去，面上是一个鲜红的巴掌印，唇际也流了血。

他却未动，并未开口。他也明白，自己闯下的祸太大，不可能被原谅。

“跪下！”老太太这一巴掌打下去，并没有丝毫消气的念头，又怒喝了一声！

洛子夜盯着轩苍墨尘，见他沉默了一会儿之后，跪了下来。

他脊背挺得笔直，令她心里忽然很不好受，她也不明白，他为什么这么帮自己。她正打算开口，老太太却骤然伸手指向他们："你们取到药了，就全部给我滚！这是我们轩苍皇室的家事，请你们立即离开！"

"我……"洛子夜打算说话。

轩苍墨尘温润的声音却传了过来："走！立刻！"

"可是……"洛子夜一看这情况，就知道轩苍墨尘今日怕得出事。然而她这一句话出来，轩苍墨尘立即吼了一句："走！再不走你就走不了了，你明白吗？"

他回眸看向她，那双温润的眼眸这时候森寒如冰。

洛子夜看向闽越："你赶紧带着东西下山，我……"

老太太这时候却没心思听他们再说话，骤然一抬手，手中的药粉便撒了出去！白色的烟雾立即笼在他们跟前，洛子夜和闽越都被这烟呛得咳嗽了几声，等再看清楚眼前的场景，老太太和轩苍墨尘都已经不见了。

只余下老太太充满怒气的一句话："看在你们是按规矩办事的分上，我放你们离开！可半个时辰之后，你们若是还在岛上，那就陪着这个不肖子孙一起死在岛上好了！"

人不见了，殿内只剩下洛子夜和闽越，还有岛屿内的下人。

暗处的墨子渊，这时候终于按捺不住冲了出来！洛子夜转头看了他一眼："你……"墨子渊不是跟着轩苍逸风的人吗？

他狠狠地瞪了洛子夜一眼："都是你！"

闽越说了一句："玉兰倾对于千浪屿的重要性，我也听说过，尤其轩苍墨尘还不是将花盆抱过来，而是直接将花摘了，可不管怎么说，老太太纵然生气，也到底应当顾着他的身份吧？他好歹是轩苍的皇帝！"

墨子渊扭头看了他一眼："你以为轩苍的先皇是怎么死的？"

他话一说完，便飞快地往殿内那门后跑去。

洛子夜扫了闽越一眼，轩苍的先皇是怎么死的？闽越回视她，已经知道她想问什么："外界知道的，只是染病而亡，听墨子渊这么说，恐怕是有内情！"

洛子夜这时候也顾不得许多了，看向闽越道："你拿着妖莲下岛去，老太太说了，半个时辰我们要是不走，怕都得死在这里。这妖莲很重要，你赶紧走，这是命令！"

说完这话，她立即跟着墨子渊往后殿跑去。

刚刚老太太的话言犹在耳，和那个不肖子孙一起死在这里？不肖子孙，那必然是在骂轩苍墨尘了，她是真的想杀了她弟弟不成？

闽越打算先将妖莲带下岛，再跟上来，便转身走了。

而此刻，后殿一座房屋，那门紧闭着，洛子夜跟到后头，便见墨子渊焦灼地等在门口。接着，便听见屋内传来棍棒的声音，而且听着那响动，就知道不是木棍，怕是铁棍！

墨子渊脸色铁青："看来长公主是真的打算打死陛下了！"

洛子夜看了一眼门口站着的几个人，个个手中拿着铁链，守着大门。她下意识地看向墨子渊："不能进去？"

"不可能闯进去！"他面色颓然，却死咬着牙，盯着那扇紧闭的门。洛子夜却顾不得那许多，打算硬闯，墨子渊拉住她，怒吼了一声："不能进去！"

他这样疾言厉色，洛子夜倒是怒了："为什么？不进去难道由着他被打死吗？"

她盯着墨子渊的脸，而墨子渊那张俊秀的脸上，满是怒火。他看着洛子夜道："你看见门口那七个人没有，他们手中都握着铁链，七个人就能组成一个阵法，进了阵法之后，你未必能出来。更重要的是，按照祖训，陛下要受三百杖，可若是门口有人施救，他必死！"

洛子夜呆住了。所以，如果不硬闯，三百杖之下他还可能活，可要是硬闯……他一定会被打死，老太太若是真的要打死他，铁棍对着头部，不需要三百下，怕是几下就……

她觉得脑子特别乱："他不能反抗吗？以他的身手，老太太或许不是他的对手！"

"他反抗，你以为你和闽越还能活着离开千浪屿？你知不知道这岛上有多危险？有多少机关阵法？你刚刚才从萧墙的毒下醒来，你眼下使得上多少力气打斗？"墨子渊似乎不想继续跟洛子夜废话，却吼了一声，"好了，你赶紧走吧！半个时辰之内，你要是还在岛上，长公主动了怒，以你眼下的身体状况，怕也是……你不要辜负了陛下的牺牲！"

墨子渊这话一落，洛子夜垂了眼："我不能走！"

"你说什么？"墨子渊怀疑自己听错了。

她看了他一眼："不确定他平安无事，我不会走！"人家为了救她，差点把命搭上，对方生死未明，她不能走。

"轩苍的先皇是怎么死的？"她想知道，轩苍墨尘今日会不会有事。

墨子渊愣了一下，半晌之后，他终于合上双眸："这是轩苍皇室的秘密，本不该告诉你，可都到这时候了，若陛下有个好歹，你也会知道。先皇……先皇当年就

是被杖毙在这屋内！”

洛子夜霍然抬首……

而屋内，轩苍墨尘正趴在受杖刑的长凳上，背上血肉模糊，地上也全是血。两边行刑的人，手中的铁棍狠狠地落到他背上，那是在往死里打！他一张温雅的脸上全是汗珠，唇际满是鲜血，杖刑之下，鼻子里头都呛出血来，看起来极为狼狈！

“九十八……”

“九十九……”

老太太在边上站着，眼睛上头虽然缠着布条，但也听得出他呛咳到口鼻里都是血的声音，然而她怒气未消，厉声吼道：“给我打！往死里打！”

“是！”她这一声落下，行刑的人更不敢懈怠，下手更重！

下完这一道指令，她冷笑一声：“轩苍墨尘，你还有什么话想说？”

他趴在长凳上，胳膊伏在上头，几乎快失去意识，咬紧了牙关：“请皇姐放她走！”

“我已经让她在半个时辰之内离开了！”老太太语气更冷厉。

他却摇摇头，话中还有了几分笑意：“她不会走的，我安全之前，她不会走。我了解她……半个……咳咳……半个时辰之后，她若还在，也请皇姐放她离开！”

砰——老太太愤怒之下，劈手夺过了下人手中的铁棍，狠狠一棍子打在他的脊背上。

咔嚓一声，听到骨骼断裂的声音，但他也没喊疼，却骤然吐出一口血。

老太太仍未消气，又是几棍子下去，怒吼：“你是不是忘了，从小我教过你什么？太傅教过你什么？身为皇帝，要以轩苍百姓为重，以苍生黎民为重。为了一个洛子夜，你就不要命了？你就把祖训忘到九霄云外了？你就把你自己身上帝王的责任都丢得干干净净了？这时候你竟还惦记着她，你这是要气死我！”

她这般吼着，轩苍墨尘也未曾说话，默默承受着。

他咬着牙，闭着眼，却还是有血一口一口地呕出来。那脸上、地上，全是血，早已看不见丝毫温雅公子的风度。

半晌之后。

她听见他微弱的声音：“皇姐，我爱上她了。我的爱，注定不能用家国来衡量，可……这能用我的命来衡量。”

他这话一出，老太太手一颤，手中的铁棍险些滑出去，却举了半天，没再落下去。一旁的下人们，看着他背后的锦袍已经破破烂烂，地上也都是血水，几乎漫到门口，忍不住道：“长公主，想必陛下已经知道错了！这个刑室，两百多年来，已经折了我轩苍两位皇帝，今日断不能有第三位了！”

尤其，陛下怕是撑不了几棍子了。

老太太闭上眼，深吸了一口气，缠着布条的眼睛却有泪水沿着脸颊滑了下来。她将手里的铁棍，丢给旁边行刑的下人，似是累了：“继续打，三百下，一下都不能少，这是祖上的规矩！”

说完这话，她转过头，背对着这边站着。

下人们对视一眼，心里也明白了，接着再打，下手便轻了许多，不再是几乎一下下去都能要人命的打法。可纵然轻了许多，那铁棍落在身上，也不是儿戏。

然而轩苍墨尘也已经明白了：“多谢皇姐！”

不再往死里打，已经是皇姐能做的最大的让步了，祖训不可违。

洛子夜和墨子渊在外头等了快半个时辰，屋子里头棍棒的声音终于停了下来。

他们两人心中都是一急，这时候门也开了。

老太太从里头走了出来，而从她身侧看过去，洛子夜看见了一地的血，这令她心头一跳。老太太这时候脸上已经没有泪了，神色如冰：“我轩苍瑙执掌千浪屿十年，第一次见着如此不守规矩的东西！按照祖训，三百杖已经打完！是生是死，看他自己的造化！”

“是！”门口守门的七个人同时点头。

她说完这话，墨子渊便迅速往屋内冲去，洛子夜也打算冲进去，却骤然被老太太伸手拦住，洛子夜抬头看她：“我知道你让我半个时辰之内离开，不然你就想杀我，现在半个时辰已经过了，我身上的毒刚解，这时候怕也打不过你们，你先让我进去看看我的救命恩人怎么样了，随后要杀要剐，悉听尊便！”

她这话一出，老太太倒是笑了，只是那笑容没有丝毫温度。她也没回洛子夜这话，只是冷声道：“他说得倒不错，你不会走！我问你，跟你一起来的那个人呢？”

“他带着东西先离开了！”洛子夜盯着她。

老太太没再多话，负手离开了。

洛子夜也顾不得她，飞快地奔入屋内，纵然在外头已经看见了满地的血水，但看见眼前的场景，洛子夜还是吓了一跳！他背上全是血，几乎已经分不出哪儿是衣服，哪儿是血肉。他脸上亦全是血，人已经没了意识。

墨子渊慌乱不已，匆忙握住轩苍墨尘的脉搏诊断，整个人却不停地发抖，根本没办法诊断。洛子夜手掌落在对方的肩头：“冷静些，现在只有你能救他！”

她这话一出，墨子渊怔了怔，抬头看了洛子夜一眼，才终于强迫自己冷静下来。

开始诊脉，他却发现脉息很微弱，若不仔细探，根本就没有。

他目眦欲裂，立即站起来："你们！快，抬着陛下到我屋内！"就只剩下一口气了，希望陛下能撑过这一关！

千浪屿，海边。

澹台毓糖扫了一眼萧疏狂："你说，我们要不要上去看看？"

这都上去一天了，也不知道他们出什么事没有。

萧疏狂听澹台毓糖这么一说，终于忍不住了："老子等不及了，管不了那么多了，上去看看吧！"

"走！"云筱闹立即凑了上来。

他们正说着，果果却忽然飞起，尖着嗓子道："下来了闽越，闽越下来了！"

它正说着，闽越已经出现在众人的视线之内，他什么话都没说，直接便将手里的妖莲丢给云筱闹，然后转过身，拿纸笔写密信。

雪山之上，一只雪白的貂飞快地在半空中穿行。摄政王殿下手中握着寒冰链，极快地挥了出去。可那貂速度奇快，飞速往一处雪峰而去，凤无俦紧追不放。

木汐尧看见那冰貂跑的是雪峰的方向，飞快地道："师兄，那边不能过去！那边的雪堆极高，却并不稳，你追过去很危险，只要不小心撞到雪峰上，是会雪崩的！"

他听了，魔魅的声音冷沉传来："今日抓不住这东西，日后怕是不好遇了！"

他话音一落，便跃了过去。

然而他的身体因为寒毒，武功在雪山上到底发挥有限。这几日下来，内伤早已被牵动，眉宇间也有一股黑气。可他丝毫未曾懈怠，速度甚至更快！

咻的一声。

他手中的寒冰链对着那冰貂飞了出去，可那冰貂也极为机灵，往后一躲，那尾巴在雪峰上一扫，雪花便对着凤无俦的方向飞了过来。

他扬手，内息拂动，雪花便在半空中激散而去。

可就在这时候，那冰貂骤然张开獠牙，对着木汐尧攻击过去！木汐尧一怔，正要出手，可这时候，凤无俦手中的链子已经甩了过来！

刺的一声，这一次，终于将那冰貂套住了！

然而，它并不是个老实的东西，被捆住了之后，依旧拼命地挣扎，猛烈地撞击，骤然一头扎入雪峰之中，这下……

原本就不牢固的雪峰，开始剧烈地晃动起来！

木汐尧目眦欲裂："师兄，快跑！要塌了！"

凤无俦正在雪峰之下，就是要跑，也来不及了！他手中的链子飞快地旋了几圈，将那冰貂彻底捆住，落入他手中，同时骤然一阵气血上涌，就在这稍稍不能提气的当口，那冰貂张开獠牙，在他手上咬了一口。

"师兄！"木汐尧惊呆了，冰貂的牙齿是有剧毒的！

凤无俦也管不得这许多，雪峰已经对着他的方位崩塌过来。他二话不说，将捆好的冰貂对着木汐尧掷了过去，抬起手，内息扬起，一掌送木汐尧和冰貂后退数十丈！

"将东西交给她！"

木汐尧瞪大眼，身体急速后退，便看着那雪峰倾倒，将那人埋了进去！

"师兄——"

轰隆隆——

轰——

那雪足有一座山峰那么高，倾倒之下，便是一阵地动山摇。木汐尧退了数十丈之后，轰的一声砸落在地上，那冰貂已经被捆好，这时候也跑不掉了。

但是她看着眼下不断倾倒的雪，最终那雪似乎埋了一切。

她忽然慌乱起来，连滚带爬地跑过去，雪足足堆了十米之高，她已经不知道凤无俦会被埋在哪里。

他有内伤、有寒毒，又被冰貂咬伤。

他也许……

不！他不会死在这里。她纵然一直在安慰自己，凭借着记忆里他似乎站立过的位置，拼命地刨雪，希望能将他挖出来。然而雪峰崩塌，那么多、那么高的雪……

她不断地刨，手在雪上磨出了血水，眼泪也不断地往外掉："师兄！你不会有事的，师兄！"

"不会有事的！"

多日以来，一直压抑着的感情这时候终于爆发。

阎烈也终于带着人追了上来。看着地上已经摔晕的冰貂，又看了一眼木汐尧，骤然就明白了眼下的情况，他也慌了："王……"

他们从黄昏一直挖到晚上，也并没看见人。

木汐尧跪在雪地上，手上全是血，眼神空洞，疯了一般在地上刨雪：“我看见他在这里，他那时候就在这里！他……”

“汐尧小姐您冷静一点！雪也许将王冲到其他地方去了，您一直盯着这个位置挖，也无济于事！”阎烈吼了一声，将她拉了起来。

木汐尧却挥开他：“你说得对，他也许被冲到了别处，我再看看别处！”

说完这话，她又去别处刨雪。

阎烈叹了一口气，低下头。而就在这时候，他看见自己面前的雪忽然动了动。他一惊，还没来得及伸手去探，便见着一只手从雪中探了出来。

他骤然一喜：“在这里！王在这里！”

旁边的人赶紧一起将人从里头拉了出来。凤无俦身上笼了一层寒霜，因为冰貂的毒，唇早已变成黑色，眉毛上头都是冰霜。木汐尧疯了一般冲过来，抱着他哭了起来：“师兄！师兄！”

“咳……”凤无俦咳了一声，将她推开。

阎烈立即拿出药丸喂他服下：“王，纵然不知道冰貂是什么毒，但这药可以缓解许多毒的毒性！”

凤无俦颔首，并没说话，在原地靠了一会儿。

木汐尧喜极而泣：“师兄，以后别这样了！冰貂的效用不过是增进武功罢了，何须你这样拿命来冒险，这对洛子夜的生死也没影响，何必……”

“不！”他沉声打断她，合上眼眸，似乎顺了一口气，才开口道：“你不明白，在她眼中，有尊严地活着，比活着两个字更重要！若她能早日运用她体内的内力，也将少有人能欺她，那于她而言就是获得尊严。何况，这是乱世，她若不早些强大，岂会不影响生死？”

他这话一出，木汐尧哽了一下，擦了一把泪，也不再说这个了，只是道：“师兄，我以为，我以为……”

以为他死了。

她没说完，他却明白她想说什么：“孤没那么容易死，区区一座雪山，区区冰貂，就能要了孤的命？”

话音落下之后，他便坐起身，运功将冰貂的毒排出去。所有人都不敢打扰他，阎烈将冰貂拎了起来，装入袋中。

快天亮的时候，凤无俦吐出一口黑血。

他魔魅的瞳孔睁开，扫了一眼自己被咬伤的手，轻轻一按，再出来的血，已经是红色。想必体内的寒毒对冰貂的毒也有克制作用，所以才能如此顺利地将毒排出来。

他收了手，打算起身。

而这时候，又是一只海东青飞了过来。他便未动，等着阎烈拿到消息之后过来禀报。阎烈将消息取下来，一扫之下，骤然顿住，随即迅速将那密信往自己袖中一收。

可抬眼之间，见凤无俦正盯着他。他皱了皱眉："王，并不是什么重要的消息，您还是回去再看吧！"

王寒毒未消，又在雪中埋了半天，好不容易冰貂的毒才排出去，他担心王看见这消息之后，会出事！

"给孤！"从阎烈的脸色，他就知道这消息怕是有古怪。

他伸出手。

阎烈犹豫了一会儿，终究还是不敢违抗他的意思，将密信递了过去，开口道："闽越说，太子已经无事，此刻还在岛屿之上，他们正打算营救。以及，太子在千浪屿打算拿命换嬴烬的药。并且她想让您知道，她对嬴烬只是朋友之谊，并非男女之情。而闽越问她是否爱过您，她说从没爱过，就连喜欢也不曾，对您不过是感激罢了。闽越也问她是否一直在利用您，她答不上来……轩苍墨尘也搅和了进来……"

他说完，凤无俦也看完了。

看完之后，他忽然沉默了，却骤然捂着自己的胸口咳嗽了几声，便又是一口黑血咳了出来！

阎烈吓了一跳："王！"

"师兄！"

他微微抬手，示意他们不必动，便站了起来，将密信收入袖中，一句话都没说，率先往山下走去。

阎烈有些担心地看着他的背影，正想开口，却忽见他顿住脚步，有些疲惫的声音传了过来："告诉闽越，孤对这件事情一无所知。洛子夜若问起，就说……这件事，他不会告诉孤！"

"王……"阎烈一愣，所以王这是打算假装自己什么都不知道，一切如旧吗？

"不必说了！没爱过也好，不喜欢也罢，利用就利用，孤不在乎！"他说完这话，大步离开。

那背影在寒风中却极为萧索。阎烈叹了一口气，看着那背影，那是真的不在乎吗？怕是已经快窒息了。

木汐尧的脸色却很不好看，她扭头看了一眼阎烈：“师兄和洛子夜之间，到底是怎么回事？”

阎烈眉头也皱得死紧：“汐尧小姐，之前的确是王先看上太子的，太子也一度有软化的迹象。但是这次的事情，属下也不清楚是怎么回事！难道一直以来，都是属下看错了？至于王……”

至于王在想什么，也许只有他自己知道了。

说完这话，他回头看向木汐尧，还有她血淋淋的指尖，一直未曾包扎。随着他的眼神看过来，木汐尧下意识地一收手，把自己的手一藏，但也就是这个动作，令她脸色一沉，深埋了很久的心思就这么被人看破。

“汐尧小姐，昨夜……”他从前真的以为汐尧小姐是忘记王了，但是从这一次她的反应来看……却似乎并非如此，他话锋一转，“您的手要不要包扎一下？”

罢了，有些事情看破不说破。

木汐尧摇了摇头，苦笑道：“不用管我了，你跟着师兄走吧，我就不回去了！”

说完，她转身打算走另一个方向。

阎烈皱眉：“老王爷就快回来了，您不打算见老王爷一面？”

“义父以后可以再见，只是师兄那里，我却不能再去了。阎烈，保重！你照顾好他，只有爱过的人，才知道心爱的人不爱自己有多痛。他心里一定很疼，可惜这些伤痕都不是我能抚平的。我连自己都帮不了，更不可能帮得了他。我走了，师兄的事就交托给你了，后会有期！”阎烈是跟了师兄二十年的人，他大概能知道怎么劝。

木汐尧说完这话，就大步离开了。

阎烈看着她的背影，问了一句：“汐尧小姐，您什么时候再回来？”

“也许是又一个三年之后，也许更久，你们也不必操心我，我能照顾好自己的！”说完这话，她伸手扯下自己肩头的披风，对着阎烈扔了过去，那是阎烈借给她的披风。

阎烈容色未变，伸手接住。他看着她走远，摇了摇头，转身跟着凤无俦走了。

而此刻的千浪屿，却是两方势力对峙着。老太太带着人站在岛屿的入口，而萧疏狂等人正准备上岛。

闽越道：“老太太，你应当知道，我们只是想带太子离开岛屿，你带着这么多人过来，是想跟我们动手吗？”

老太太却没回这话，对着闽越开口道："我问你，这是你第一次上千浪屿吗？"

"是！"闽越很快回话。

恍惚之中他觉得似乎来过，但仔细想想，那或许都是错觉，所以他没有多言，应了一声是。

老太太嘴角绷直，似对闽越的答案很失望。而她又问了一句："你的胳膊上，是不是曾经被动物咬过，缺了一块？"

她这话一出，闽越更是一愣。他胳膊上缺了一块血肉他是知道的，但这到底是不是动物咬下的，他却浑然不知。他坦然道："在下的胳膊上的确缺了一块。但这伤痕是早些年就留下的，也许是二十年前的旧伤了，所以在下也并不知道……"

他话没说完，老太太却陡然打断："你二十年前在哪里？"

话说到这里，闽越却沉默了，这是他的私事。

他不吭声，老太太却明白他在想什么："我并非有意打听你的私事，只是多年以前，我有一位旧友，当年胳膊就是被狼咬伤，留下的痕迹和你胳膊上的痕迹一模一样。所以，我想知道，二十年前你到底在哪里！"

她话音一落，闽越也愣了愣，皱眉道："二十年前，我七岁，刚刚到摄政王府，是老王爷将我捡回去的。但七岁之前我在哪里，我忘记了，老王爷说是不小心摔了脑袋，所以……"

老太太当即道："那老王爷有没有说过，他是在什么地方捡到你的？"

"这个老王爷没说，我也没问，不过，老王爷说了，什么时候我想知道了，可以问他！"说完这话之后，他又道，"姑娘想知道的东西，在下都已经说了。那么，可否请姑娘……"

"我会放她离开。只是你能不能告诉我，在哪里可以找到你们的老王爷？"老太太的语气有几分激动。

岛上——

洛子夜在轩苍墨尘的房间外头等着，她已经等了三个多时辰，下人们进去换了一盆又一盆的水，那血水看得令人觉得触目惊心。

也不知道他到底流了多少血，可是她不是大夫，一点忙都帮不上，只能在门口干等着。

两个多时辰之后，门口终于清静了，没有下人继续出入了。

洛子夜下意识地看了一眼门口，墨子渊出来了，容色疲惫："全身流血的地方终于止住了，断裂的十几根骨头也都接上了。但是人没有意识，能不能醒来，我也不知道！”

洛子夜问：“如果会醒的话，是什么时候？”

“明天早上！明天一早要是能醒，就不碍事了。但若是醒不了，就……我现在最担心的，不是旁的，是他发烧。一旦晚上发烧，后果不堪设想！”说完这话，他便转身回了屋子。

洛子夜也跟着进去了。

轩苍墨尘正趴在床榻上，因为后背的伤使得他不能躺着，只能趴着。那脸色苍白得可怕，几乎是惨白。洛子夜问墨子渊：“你知不知道，他为什么要救我？”

墨子渊默了一会儿道：“这件事情，等主子醒了，您自己问他吧！”

“那你分明是轩苍逸风身边的人，为什么到了轩苍墨尘身边？这个总不必问他吧？”洛子夜看了墨子渊一眼。

墨子渊正色道：“在下是轩苍皇朝的客卿，跟随风王殿下出使天曜，风王殿下不需要在下帮忙了，在下就回到陛下身边了，有问题吗？”

洛子夜盯了他一会儿，收回眼神，不再问了。

可接下来，墨子渊最担心的事情还是发生了，轩苍墨尘发烧了，而且是高烧不退……洛子夜一晚上都处于被墨子渊嫌弃的状态，一会儿被他从床头站立赶到床尾站立，一会儿又从床尾赶到桌子边上站着。

最后她站在门边上守了半夜，轩苍墨尘的烧才算是退了。

墨子渊累得人都虚脱了，还握着昏迷中轩苍墨尘的手，喜极而泣：“陛下，您终于没事了！”

原本该是君臣情深，但是洛子夜在旁边看着一个男人握着另一个男人的手，哭成这样，她觉得有点怪怪的。

“他没事了？”洛子夜问了一句。

墨子渊回头怒瞪她一眼：“不要以为陛下没事了，这件事情跟你就没关系了！洛子夜，你就是个……”

“爷就是个灾星、扫把星，害了嬴烬不够，还害了你们的皇帝陛下是不是？不用说了，你想说什么爷知道！”洛子夜帮他把话接了下去。

这下倒是把墨子渊给噎了一下：“你倒还知道！”

洛子夜再次点头：“爷知道你对爷产生仇恨的由来，无非嫉妒爷长得帅，没事，爷理解你！”

墨子渊：“……”

他不欲再跟洛子夜说话了，扭过头去！

洛子夜靠在门板上闭着眼，墨子渊对轩苍逸风尽心尽力，可看不出来他是轩苍墨尘的人。他要真的是轩苍墨尘的人，轩苍逸风那么明显地想要皇位，他看不见吗？不会禀报给轩苍墨尘？

也就在这时候，她骤然眉心一跳，心里有了一个大胆的假设，如果……

正想着，早晨的阳光已经从窗户边上洒了进来。

床榻上趴着的人长长的羽睫这时候终于动了动，墨子渊立即高声道："醒了！醒了！陛下醒了！"

他这话一出，洛子夜耳尖地听到门外松了一口气的声音。

她扭过头从窗户那里一看，便看见已经在门外站了多时的老太太负手走了。她没进来，洛子夜早就知道她在，也没有多话。她心知对方也是在乎弟弟的，怕当真是规矩不可违，只能下手打了。

轩苍墨尘睁开眼之后，就在含糊地道："水，水……"

他昨夜发了烧，此刻薄唇上干得起皮，看起来极狼狈。洛子夜赶紧倒了茶递过去，他也没偏头看茶水是谁递来的，接过之后便饮下。喝下之后，他表情似乎轻松了一些。

而洛子夜很快问了一句："还要吗？"

这声音一出，轩苍墨尘才意识到是她，有点艰难地偏头看了她一眼，见她一张娇俏的容颜上满是疲惫，还透着几分苍白，便也明白对方昨夜应当是守着自己没睡。他回首看了一眼自己几乎被绷带缠满的身体．对着洛子夜一笑："让你见笑了！"

他仿佛就是那种在任何时候都能保持温雅礼貌的人。

但若非见识了那天晚上他的无耻，洛子夜几乎真要当他是个谦谦君子。她摇了摇头："没什么见笑不见笑的，这一次的事，爷得谢谢你！"

"是，你得谢谢我。"他微微一笑，"如此大恩，你打算拿什么来谢？"

洛子夜跟他对视，却见他的眼神十分温柔，看她的眼神似乎是看着心上人，这令她有些不自在："那要看你想要什么！"

"咳咳……"他骤然咳嗽了几声，牵动内腑的伤，这一咳嗽便止也不住，连续咳嗽了数声后，那张原本就苍白得可怕的脸，更加惨白！

墨子渊立即道："陛下，您想说什么，还是等身子好些了再说吧！您的身体眼下……"

他话没说完，轩苍墨尘抬手，止住了他的话。轩苍墨尘眉眼含笑，凝视着她那

双漂亮的桃花眼："如此大恩，应当以身相许！"

洛子夜脸颊微抽，半晌说不出话来，似乎不知道应当如何拒绝，却令人轻易地在她的脸上捕捉到了尴尬。

他望向她的眼神慢慢暗淡下来，却还是在笑："我是开玩笑的！"

这笑容看起来莫名令人觉得有几分酸涩，就连洛子夜都觉得自己心头微微刺了一下，不能面对这样深情又充满失落的眼睛。她闭了眼，再睁开便是嘿嘿一笑："就知道你是开玩笑的，不过说起来，我倒是有个方式好好报答你！"

他温声道："在下洗耳恭听！"

他此言一出，洛子夜立即神神秘秘地往他身边一坐："其实按理说，我不应该把这件事情告诉你的，毕竟你弟弟轩苍逸风虽然是个心机婊，但目前为止，他也没做成过什么伤害爷的事，但是看在我欠了你这么大恩情的分上，爷觉得自己可以将他出卖给你！"

"咳……"轩苍墨尘成功地被呛到了！

见他被呛到，洛子夜立即关切地拍了拍他的背，心里的怀疑却是已经确定了八九分："冷静点！"

轩苍墨尘咳了一会儿，笑道："他有什么事情，需要你出卖给我？"

"他想篡位啊！他那司马昭之心，我们天曜见过他的飞禽走兽，都没有一只是不知道的。我建议你以后还是好好防备他，他抢了你的皇位之后，一定还要睡你的女人，霸占你的墨子渊。这是一件大事，你可千万不能当成儿戏！"她话一说完，轩苍墨尘下意识地看了墨子渊一眼，这关墨子渊什么事？

墨子渊也是脸颊一抽，觉得自己这枪躺得非常无辜。

看他不说话，洛子夜又补充了一句："你一定也相信了外界的传闻，认为他飘逸如风，一点都不在乎权势，其实那都是装的！怎么样，感谢我吧？要不是爷今天告诉你，你还不知道会被他蒙蔽多久呢！"

说完之后，轩苍墨尘沉默了，洛子夜也没再多说。

整个屋子里头安静得可怕。足足有半盏茶的工夫，他才开口："洛子夜，你真无情！"

她一哽，一下子心头似乎被什么噎住，不知道应当如何回话。

他微微一笑："我知道子渊出现，你必然会猜测我的身份。只是一定要在这时候问吗？用如此方式试探，还要说这是对我的感谢？这世上，是不是除了对凤无俦之外，你对所有将你放在心尖之人，都能如此无情？"

嬴烬爱上她更早，她却拿了嬴烬给她的珠宝，命人去赌场赌她跟凤无俦的姻缘。这事他知道。

而如今，他为她历经生死之劫，确定他无事之后，她关心的第一件事，只是他的真实身份。也许，除此之外，她还在怀疑他帮她的目的！这般冷情冷血的女人，可笑从前看着她对美男子的热忱，他还误以为她是真的多情。

他这话一出，洛子夜一时语塞，想解释，却不知从何说起。

而轩苍墨尘似乎并不想听她的解释："我只问你一句，你相不相信，我帮你、救你，完全出自真心，并无半分算计？"

他的眼神看向她，不再如同以往一般温润，却透着几分锐利，似乎要刺入她的心脏。洛子夜轻声道："我相信！"

"你已经猜到了我是轩苍逸风？"他又问了一句。

她点头："是。否则，轩苍墨尘，一个我只见过两面的人，不可能帮我这么大的忙，乱世之中，对于一位皇帝来说，一见钟情未免太儿戏了，不是吗？"

"不错！"他点头，盯着她的锐利眼神并没有收回，"即便你已经知道我就是轩苍逸风，那个你口中做任何事都不可能动机单纯的轩苍逸风，你也相信我此举并无算计？"

"相信！"洛子夜面上多了几分认真。

她这话一出，他笑了，笑容温柔，却又像一个刚刚得到蜜糖的孩子："你相信就好！"

"你不怕我是骗你的？"洛子夜眉心蹙了蹙，看着他的表情，她真的觉得心里过意不去，为自己对他身份的刺探感到抱歉。

他面上笑意更盛："即便是骗我，你愿意骗，那也说明你在乎我的感受，不是吗？"

洛子夜一时语塞，低头道："刚才的事情对不起，嗯，跟你之前潜入我浴室耍流氓的事扯平了！至于你的救命之恩，我会记住的，你需要我报答的时候，我会尽力！"

"好！"他点头，轻轻笑道，"我与凤无俦不同，与嬴烬不同。我不是施恩不望报的人，这恩情你总归有一天要还给我！"

他这话一出，墨子渊立即盯了自家主子一眼，眼神中含着几分不赞同，因为从追女人的角度来看，主子的这句话，实在是显得情商太低了。

然而，洛子夜听了这句话之后，心情反而轻松了："我倒是希望你们个个是这样的人！"

这世上什么东西都好还，唯独人情这东西不好还，若他们每个人都是施恩之后

指着她回报的，她也不必每天都觉得自已欠了这个人的、欠了那个人的。

正说着，门外有下人进来："天曜太子，老太太请您过去一见！"

轩苍墨尘温声一笑："你去吧，皇姐不会对你怎么样的！"

洛子夜回视了他一眼，但见他眸中泛着温柔的笑意，很快便踏了出去。她出去之后，墨子渊却看了轩苍墨尘一眼："陛下，您方才为什么那么说，说什么您是需要她报答的，这不就是……"

轩苍墨尘微微一叹，轻声道："也许最终，我会欠她比较多！"

说完这话，他便闭上眼养神。

墨子渊一顿，却想起一些事，最终那双手笼于袖中："陛下，那件事情，对于您来说，是不得不做的，那是您身为皇帝的责任。至于洛子夜……"

也许是注定的吧，注定这两个人不可能真的成为朋友。

"但我会带她走！"轩苍墨尘说完这句话，似乎是累了，不打算继续这个话题，却轻轻地道，"皇姐跟洛子夜谈完之后，告诉洛子夜，我们与她一起走！"

"是！"

洛子夜进了轩苍瑙所在的房间，门就被关上了。

进屋之后，那人倒是干脆果决的性格："我皇弟对你的心思，想必你已经清楚了！"

"好像是！"洛子夜面不改色。

她话一落，轩苍瑙立即转回头，对着洛子夜的方位道："好像？"

"他没明明白白地说，爷自然只能含含糊糊地理解。要不然，爷不小心猜错了，让你嘲笑爷自作多情，那可怎么办？"洛子夜的表情吊儿郎当的。

"哼！"轩苍瑙冷哼了一声，"我让你半个时辰之内离开，你为什么不走？"

洛子夜挑眉："似乎这个问题我并没有回答的必要。老太太有什么事情找爷，不妨直说，我这个人不喜欢兜圈子！当然，如果你叫本太子来，是想趁着爷的身体没恢复要杀本太子的话，那我们还是先兜兜圈子，谈一下天气，交流一下人生再说，你看呢？"

轩苍瑙嘴角一抽，她第一次看见无耻得如此理直气壮的人："明日你们离开千浪屿，我也要跟你们一起！守岛人可以离岛，但是这消息不能为外人所知，所以你必须为我保守这秘密！"

"爷为什么要答应你？"洛子夜可没忘记，这人之前对自己可是百般刁难！

轩苍瑙扬眉："就凭我弟弟救了你！"

“那也是你弟弟救的，你可别忘了，你差点把爷的救命恩人给打死！”洛子夜微微一笑。

轩苍瑙一怒：“你不答应我，就不怕你不能活着从千浪屿离开？”

“只要你不怕杀了爷一个信号弹抛向天空，马上满天下都会盛传，千浪屿的守岛人离开岛屿了，让无数觊觎你岛上药材的人蜂拥而至，使得你不得不留在岛屿上，哪里都去不了，那你就杀！”洛子夜胡扯得面不改色，她根本没有什么信号弹。

轩苍瑙脸色一青，跟他们一起走，就能直接跟闽越一起，省得事后又要想办法寻那个老王爷。她深吸了一口气：“你有什么条件？”

“痛快！条件很简单，你欠我一个人情，以后必须还！”洛子夜说着，手里的扇子收拢了起来。

至于要老太太一个人情将来有什么用，她目前还不知道，不过这种承诺还是先要着才不亏不是?

“好，我答应！只是，你的人情纵使要还，也不能是千浪屿上的药材，因为按照祖宗留下的规矩，就是守岛人，也不能随便将药材赠予外人！”轩苍瑙很快回话。

“没问题！”

反正，堂堂轩苍的长公主，轩苍墨尘都忌惮三分的人，她的一个人情，将来总有派上用场的时候。

煊御大陆——

戎国受降大典出了意外后，洛肃封明面上是原谅了戎国的君主，但不知何故，三日后戎国君主自己暴毙而亡，最终合齐在天曜摄政王的支持之下，登上了君主之位。

故而，当凤无俦从雪山上下来的时候，合齐早早地就带着人跪迎，申屠焱也同样在队伍之列。

摄政王殿下并未理会他们，到了之后，便随手将自己的披风扔给阎烈，并沉声道：“传孤的命令，王骑护卫，明日开拔，随孤前往蛮荒！”

“王？”阎烈一惊，就算是要远征蛮荒十六国，这时候未免也过早，粮草军备都没有准备。

他一个字出来，摄政王殿下睨了他一眼。

那是蔑然的意思，这眼神一出，阎烈嘴角一抽，立即反应过来他的用意：“属

下明白了，属下领命！”

狗屁的前往蛮荒啊，就是一个幌子罢了。

途经蛮荒的路上，会经过墨氏王朝云南王的封地，王是在惦记人家的圣晶石吧。但是算算时间，太子回来之后，圣晶石怕是还没拿到，不过总归也晚不了几天。只是他奇怪的是，到这时候，王竟然还有心思去给太子寻心头好。

申屠焱不知道这两个人在打什么哑谜：“兄长既然要远征蛮荒十六国，申屠焱愿意跟随同往！”

他这话一出，摄政王殿下扬了扬眉，嗤了一声：“愿意跟就跟着吧！”

说完这话，他大步离开。

申屠焱盯了一会儿他的背影，对着阎烈嘘了一声：“他怎么了？”为什么他觉得凤无俦有点怪怪的，虽然从前他也是这种傲慢的样子，但是他今日跟往常有些不同，或者说……他好像是在跟谁生气。

阎烈嘴角瘪了瘪，也不敢说自家主子的是非，只是道：“只能等太子回来之后，看看他的气能不能消一些！”从雪山上下来之后，王已经好几天没说过一句话了，今日能开口说几句话，阎烈都觉得很神奇了，申屠焱竟然还会发现王的奇怪之处。

他说完，就匆忙跟着凤无俦走了。

此刻，洛子夜已经踏上了归程。她站在船头，不知道为什么，忽然就颤抖了一下，总觉得自己回去之后没什么好下场。

倒是萧疏狂收到了上官御的密信，过来找洛子夜禀报：“太子殿下，果然不出您所料，近日他们的确在申屠苗的帐篷附近看见过秃鹫！”

“辛苦她了！”洛子夜感叹了一声。

她话音一落，澹台毓糖也点头：“太子您要小心，申屠苗一直是一个不辞辛苦的人！”

萧疏狂：“……”要是他没搞错的话，辛苦和不辞辛苦，这都是褒义吧？

“太子，我们怎么对付她？”萧疏狂问。

洛子夜瞟了他一眼：“我们有证据吗？没有！看见秃鹫的只有闹闹一个人，按照律法，一人之言不足为证。而且就算能作为人证，也无法确认那只秃鹫和当日攻击岩石的秃鹫就是同一只。所以从明面上，我们拿她没办法！”

“可总不能因为这样，就这么便宜她吧？”萧疏狂脸色微青。

这时候，倒是萧疏影笑了笑：“哥哥，太子方才的话，只是明面上没办法！至于暗地里……”

萧疏狂眼睛一亮：“是属下愚钝了！”

倒是果爷它老人家从后头跳出来，笑眯眯地尖着嗓子道：“果爷美鸟计……勾引秃鹫果爷，果爷勾引它……”

它这话虽然还是颠三倒四的，但是洛子夜还是听明白了它的意思。她打量了果果一眼，摇头叹息：“果果，鸟贵在有自知之明！秃鹫是猛禽，你是打算用八哥的身份去勾引，还是鹦鹉？人家瞧得上你这种玩赏鸟吗？”

“给果爷等着你！”它颠三倒四地说完，就扭头回自己的房间倒腾去了。

萧疏狂要笑不笑地看了一眼它的背影，又扭头看向洛子夜：“太子，那您到底是打算……”

“果果刚才不是说了吗？美鸟计，把那只秃鹫引诱出来，我们烤着吃了，骨架送还给申屠苗。为了表达对她不辞辛劳的赞赏，我们把骨架送回去的时候，还能合理地搭配使用一些毒粉，也好表达我们的感怀之情！”洛子夜笑容艳烈，但是那笑丝毫不达眼底。

那几人嘴角微微一抽：“太子，您不是说让果果贵在有自知之明吗？怎么忽然又赞同它的美鸟计了？”

洛子夜回头望了一眼，确定果果不可能听见她的话，才道：“果果这只鸟，最大的特点就是臭屁！我们要在自信上打击它，才能令它发愤图强，明白吗？越是说它不行，它越是会做成功给我们看！你们就等着瞧吧！”

话一说完，船舱里头猛然飞出一只五颜六色、花不溜丢的苍鹰。那一双天蓝色的大眼，很快暴露了它的身份！它老人家飞出来之后，就站在船头进行各种搔首弄姿的活动，硕大的翅膀挥啊挥的，看得出它的小身板装上这么大的翅膀，很吃力。但果爷为了尊严，玩命地扇动着，努力地表现着悠闲。

一众人目瞪口呆！

洛子夜也有点惊悚，她的确是从来没见过如此……花哨的老鹰，她睨了旁边的人一眼：“爷没说错吧？”

众人木然点头……

而这时，船舱的门帘被掀开，老太太出来了，问了一句：“还有多久能到？”

“两天！”洛子夜答了一句，也问，“轩苍墨尘怎么样了？”

轩苍墨尘也在他们的船上，但他一直处在昏迷之中，是老太太和墨子渊在照顾，这两个人都不是很欢迎洛子夜，只要洛子夜往那船舱附近一走，就会被拦下来。

对方这种态度，洛子夜也没有再坚持。

老太太开口："托你的福，这两日，他背后的伤口已经溃烂了。海上湿气太重，必须马上登陆，你们行船的速度要加快，这才是我出来问你们还需要几日的缘由！"

这个托洛子夜的福，自然是讽刺。

洛子夜也没说什么，扫了萧疏狂一眼，萧疏狂立即会意，进驾驶舱让船长尽可能地加快速度。

洛子夜看了老太太一眼，厚着脸皮又问："介意我进去看看吗？"

老太太点点头："去吧！"

洛子夜应了一声，迅速进入船舱，而这时候闽越正好走了出来，洛子夜叫了他一声："闽越！"她是打算有个机会把那天所谓的遗言的事情，解释清楚。

然而她这才叫了他一声，闽越似乎就已经明白了她打算说什么："太子您打算说什么属下知道，那个话题不必多论了，您也不必看您眼下无事了，就急着改口。属下一个字都不会对王多说，请您放心！"

他这样一说，洛子夜的表情就凝了一下："所以眼下，不论我对你说什么，你也不会相信我了？"

"您需要的，是王相信您，而不是属下相信您！至于遗言，既然属下不会告诉王，太子还在意什么？属下告退！"说完这话，他拱手后退。

洛子夜原本想再解释一句，但看他一副不想听的样子，想了想，他说得也对，她需要的只是凤无俦相信她，闽越是不是相信她，这还真的无所谓。

她转身进了轩苍墨尘的船舱，闻到了一股腐烂的味道，是伤口和肌肤溃烂的气息。墨子渊在照顾他，而他似乎在持续发烧。洛子夜眉梢皱了皱："既然你们知道他的身体不宜在海上颠簸，就不能等他的伤养好了之后，再回煊御大陆吗？"

她此言一出，墨子渊立即道："陛下有陛下的事情要处理，为了你跑来千浪屿，已经耽误了不少工夫，再不回去就来不及了！"

洛子夜看了墨子渊一眼："你们所谓需要处理的事情，比他的命还要重要？"

墨子渊沉默了几秒钟，沉声道："对于陛下来说，是！"

洛子夜摇了摇头："我觉得你们或许需要学会一句话——留得青山在，不怕没柴烧！"

"陛下永远只相信机会不等人！"墨子渊语气更坚决。

接下来便是半晌无话，盯着昏迷的他，洛子夜也不知道这个年轻的帝王身上到底担着多重的担子，但她觉得，有这样一个负责、为了国家连自己的性命都不顾的帝王，作为他臣民的所有人，都是有幸的！

船舶加快了速度之后，一天半就靠了岸。

有点意外的是，岸边没有洛子夜想象的许多人来迎接他们，只有一个老头，坐在岸边垂钓。洛子夜刚刚从船舱里头走出来，那老头的鱼钩就对着洛子夜的方向甩了过来……

鱼钩上血红的蚯蚓，把洛子夜恶心得赶紧后退。

她皱眉看了看那老头，对方的眼神并没看过来，也许不是故意的，所以洛子夜也没多话，直接便张罗着大家上岸，可果果忽然瞪大了一双鸟眼，对着岸上飞去，并尖着嗓子高声道："天哪！老不休！果爷看见老不休了！主人……主人，果爷要把洛子夜出卖给你，条件交换，交换条件，你要帮果爷对付老不休！"

"×！"洛子夜蒙了，老不休是谁？还有，要出卖她是什么鬼？

她手里的扇子正打算对着果果抛过去，将它拦住！那老头手里的鱼钩却骤然一晃，跟洛子夜的扇子缠在了一起！这下，要是还不知道这老家伙是故意找碴，洛子夜就是真的傻了。

她睨了那人一眼，那老头这时候也正看向她，嗤笑了一声："你就是洛子夜？"

"关你屁事！"没把果果拦住，洛子夜心里很恼火，对于这个明显找事的臭老头，她难以客气！

她这话一出，那老头似乎被噎了一下，眼神也冷了几分："这就是你对长辈说话的态度？"

一个老不休武修篁洛子夜就很讨厌了，这时候又不知道是从哪里蹦出来一个糟老头，人家的人生是犯小人，她的人生是犯老头！她张口便道："哪来的长辈？哪有长辈见面就为难年轻人的？你不要仗着你年纪大就倚老……"

话说到这里，正巧闽越从船舱里头出来，一声行礼打断了洛子夜的话："老王爷！"

"呃……"洛子夜的倚老卖老，被卡在喉咙里。老王爷，貌似就是凤无俦他爹，跟凤无俦他爹正面杠上，这不太好吧？

她噎着不说话，凤天翰的眼神也看了过来，似乎饶有兴味地问："本王仗着年纪大就倚老怎么样？倚老卖老？"

"哎哟！人家想说的是倚老卖萌，萌就是可爱的意思，您看起来真是宝刀未老，整个人都萌萌哒！"洛子夜立即狗腿地凑上去，把扇子打开给凤天翰扇风。

这画风让闽越的嘴角都抽搐了一下，太子什么时候变得这么……从前就是对着

王，她也极少这样客气啊！

凤天翰的脸颊也微微抽搐了一下，扭头看洛子夜的眼神像在看怪兽！他正打算说话，洛子夜就先开了口："老王爷，您家的宝贝儿子，平常听不听您的话啊？"

"本王让他往东，他绝不敢往西！"凤天翰冷哼，意图在洛子夜面前，表示凤无俦对自己这个父王的重视，同时暗示洛子夜应当尊重自己。

闽越腹诽：那是因为王往西，您就立即要闹上吊！

"哎呀！那就好！"洛子夜的扇子挥得更加卖力了，"事情是这样的，爷在路上把持不住摸了美男子的小手，您看果果那只没出息的破鸟，已经去告发本太子了！一会儿您儿子要是来揍我，您也千万要说几句好话啊。您看本太子这么尊重您，堂堂太子之尊，给您扇风，这个忙您可一定要帮！"

没想到她话刚刚说完，凤天翰就果决地道："不帮！"

她小脸一绿，手里的扇子就不想挥了。闽越这才明白她为什么忽然变得狗腿起来，抚了抚额头。

而这会儿，一阵脚步声传来，是阎烈带着人过来了："太子，王有请！"

"果果已经去告完状了？"洛子夜踮着脚问了阎烈一句。

阎烈心情复杂，但还是点头道："是的！果爷把关于美男子的事情都说了！"

"那都是诬告！"洛子夜一张小脸通红，努力狡辩。

阎烈严肃地道："您可以亲自去对王解释，王说了，让属下来请您去谈谈人生！"

谈人生？谈了还有活路吗？

洛子夜二话不说，一步跃上岸，扭头就往茫茫沙漠里头狂奔，一边跑一边跃，整个人还因为跑得太激动，蹦跶在半空，扭头高声道："告诉他，爷有事先走了，爷不谈人生！爷不谈！"

阎烈抚了抚额头，拱手对着凤天翰道："老王爷！属下还要捉拿太子，就先走了，还请老王爷恕罪！"

凤天翰扭头，看了一眼洛子夜离开的背影，见她奔得那么快，脸颊又抽了抽："难道这小子一点都不知道，什么叫跑得了和尚跑不了庙，躲得过初一躲不过十五？"

他老人家这话一出，阎烈立即深深地叹了一口气："老王爷，此人从来就不轻易屈服，而且洛子夜一直坚信，就算是躲得过初一躲不过十五，这初一到十五之间，他也多活了十四天！"

凤天翰眼角又是一抽，慢腾腾地开始收鱼竿："你去吧！"

“是！”阎烈一句话落下，立即带着自己手下的人过去捉拿了。

青城这时候也已经听到了动静，匆匆忙忙地到了海岸边，云筱闹担忧地看了一眼洛子夜的背影，把妖莲和写着使用手法的字条一起递给了青城：“太子这时候自身难保，有了这药，嬴烬公子想必也不会出什么事了，你就先把药拿去吧！”

青城也扭头看了一眼茫茫沙漠里头，已经跑成一个小红点的洛子夜，并没听说此人又作了什么死，但是既然求到药了，他也不想在乎这些：“替我多谢你们太子！”

“嗯！”

上官冰从云筱闹身侧走过：“闹闹你跟我来，我有事情想问你！”

她此言一出，她身后不远处的萧疏狂立即抬起头看向她的背影，心里已经有了预感，他看着上官冰的背影张了张口，最终握紧了拳头，什么话都没说，心却忽然揪了起来。

云筱闹看了一眼上官冰：“摄政王殿下捉拿太子……你有什么事情，能缓缓再说吗？”

上官冰耸了耸肩：“太子作死作妖了多少次，摄政王殿下舍得把太子怎么样吗？还不是大张旗鼓地抓一抓，抓回去了之后秀恩爱，花样虐待我们这些没有夫君的，有什么好操心的！”

“呃……好像很有道理！”云筱闹点了点头，跟上官冰一起走了。

轩苍瑙这时候倒是走到了凤天翰跟前：“老王爷，在下是千浪屿的守岛人，有些问题，想要请教您！”

第五章
宝宝跳起来就是一个么么哒!

她这话一出，凤天翰的鱼竿已经收好了：“已经到了本王午休的时间了，有什么事情要问，等本王休息好了之后再说！”

老太太眉梢一皱，打算上去拦着，然而凤天翰先开了口：“若是本王没料错，这船上还有一个人气息奄奄，若本王的消息也没有出错，里头的那个人应当是你兄弟。你还是先把他带上岸，安置好了之后，再来找本王吧！”

轩苍瑙听完，点了点头：“多谢老王爷体恤，今晚我就会去拜访老王爷，届时还请老王爷不吝赐教！”

“那是自然！”凤天翰说完这话，转身走了，走了没几步，扭头看了一眼闻越，“等王儿抓到了洛子夜，让他带着自己那个媳妇过来见本王！”

“是！”

而沙漠中，阎烈很头痛，洛子夜跑得影子都没了。

后头才跟上来的人问了一句：“阎烈大人，太子又跑了？”

阎烈在听见这个“又”字的时候，脑仁都疼了起来：“务必抓到，第一个发现太子者将有近身侍奉王的机会！但不能伤到太子分毫，否则将领受王的震怒！”

“是！”众人神情激动，近身侍奉王就是加入随护王军，是无上荣耀。

阎烈叹了一口气，转身带领军队奔了出去，全城捉拿！

灌木丛中，一个顶满了蓬草的脑袋挂着两根面条泪悲催地冒出头，她双手捂住胸口，做痛不欲生状！她不就是把持不住，往美男子的袖子里面伸了一下手吗，至于这么兴师动众吗？

没想到，她刚刚冒出头，一股强大气压便自身后而来，强大的魔息带着铺天盖地的怒意，不必扭头她都知道这是谁来了，脊背一凉，而也就在同时——

轰的一声，她脚边土地崩裂，出现一个大坑！她飞快地跳起来才没被炸个正着，扭头看向俊美沉怒的男人，她干笑一声："呵呵，摄政王殿下，您……"

轰——摄政王殿下似乎并不想跟她说话，再一次抬手，又是一阵内息涌动，她脚下土地再次崩裂！

他低沉冷醇的声音压人，似乎恨不能吃了她："摸了美男子的手？"

洛子夜疯狂摆手，飞快狡辩："没有！绝对没有，我早已忘记了那些不堪回首的往事……"

轰——

洛子夜又是一跳，堪堪避过："凤无俦，有话好好说！你再打老子就要还手了！"

"孤倒是希望你有底气还手！"他俊美冷沉的面上满是阴鸷。

这话却是说得洛子夜脸都白了，她瘪了瘪嘴角，扭头就跑："再见！爷公务繁忙，先去干活了！"

话说完，便又感觉到身后涌动的内息，对着她的后背砸了过来！她上蹿下跳，左躲右闪，蹦跶了好半晌，然而还是被逮住了！她垂死挣扎："凤无俦，果果只是一只鸟啊，它的话能相信吗？难道你宁愿相信一只飞禽，也不愿意相信我？"

说话之前，她人就被他砸到床上去了。

他倾身过来，魔息撩人，可更多的是危险的成分。那双浓眉这时候正紧皱着，诉说着他此刻心情十分不好，对视之间，指腹擦过她的唇角，他脑海中忽然想起来，在闽越的密信上看见的那句话。

"从没爱过，喜欢都不曾。"

这话骤然便将他刺了一下，似乎心脏都微微缩了缩，魔瞳却骤然一凛，生出许多怒气来。那手很快便探入了洛子夜的衣襟……

洛子夜脸一白，伸手就打算将他的手拍走，然而拍了好几下都拍不动不说，还激怒了他。令他抓住她的双腕，举在她头顶压着！

她盯着自己衣襟里的那只手，悲愤大哭："凤无俦，你打架就打架，瞎摸个啥玩意儿！"

他还是没吭声，那双魔瞳之中沉敛的怒，这时候也并无半分消退的迹象。甚至随着那怒气，还有几分欲念升腾了起来，他低头一口便咬住了洛子夜的脖子。

洛子夜心肝发颤："放手，老子是男人！滚开，老子还没娶媳妇！"

“娶媳妇？”她这话似乎又激怒了他，他魔瞳一凛，抬眸盯着她，令她后背的汗毛都竖了起来：“凤无俦，你好像有点不对劲！发生什么事了吗？”

“没有！”他魔魅冷醇的声音，慑人依旧，却似乎透着几分轻嗤和冷嘲，“洛子夜，你的话，到底哪一句是真，哪一句是假？哪一句，才是孤可以相信的？”

他说着这话，撩起她的一缕墨发，卷在指尖。

洛子夜干笑着打哈哈：“爷对你一向坦诚，爷的话你都能相信！”

“是吗？”他魔瞳一凛，凝眸看向她。

洛子夜正想说什么，却感觉到他的手缓缓地掐上了她的咽喉，却没有用力。指腹只是轻轻磨过，魔魅的声音，撩过她耳畔，缓沉道：“洛子夜……”

“你有话好好说，别掐爷的脖子！”洛子夜立即拉住他的手腕，“爷就算是真的摸了美男子的小手，也罪不至死吧？”

很显然，她直接就把他的行为理解成了他已经生气得想掐死她！

她这话却令他闷声笑起来，原本抚上她脖子的手收了回来，魔魅冷醇的声音，缓缓响起：“你放心，孤不会杀你！但对于你，孤也绝不放手。洛子夜，你能明白孤的意思吗？哪怕折断你的腿，哪怕你恨孤一辈子，孤也绝对不会放手！”

“你为什么忽然说这个？”难不成是闽越对他说了什么？可闽越说了他不会多话的呀！

“嗯……”还没等她再问，他便已经咬住了她的唇，似乎不想再跟她多说，或者是不敢再多说。这吻炽烈而疯狂，使得洛子夜呼吸微窒，抬眸之间，看着他魔瞳中隐约的刺痛，她心头一窒！

她红着脸，任凭他施为，心里如同几只小鼓正在敲打，并不知道，今日他是不是会做到最后，可她自己也辨不清，她是希望他做到最后，还是不希望。

咚——

煞风景的是，这时候骤然传来一声响动。如此气氛被这响动搅和了一下，便有了几分不伦不类。

然而，对于此刻兴致被打搅，摄政王殿下非常不高兴。

也就在这时候，又是咚的一声。他面色一沉，洛子夜结巴着开口道：“出去看……看看是什么情况吧！”

她往他身上一看，他此刻衣衫虽也微乱，但还穿在身上，没能看见令人流鼻血的美景，有点沮丧。

而他浓眉紧皱着，眉宇间是熟悉的褶痕。看着她微微失望的眼神，他那语调倒骤然傲慢了几分，抬起她的下颌，问她：“想看？”

“想！”洛子夜很坦诚！

她这话一出，他那张俊美堪比神魔的容颜上，露出了她熟悉的刻薄美感，以及高高在上到让人想给他一脚的味道。他唇角淡扬，两个字从唇中吐出：“求孤！”

“去你的！”洛子夜一脚就飞了过去，这破事还要求？他一秒钟不发国王病，会死是不是？

咚——

帐篷外头讨人嫌的声音再一次响起。

摄政王殿下的脸色立即黑沉下来。今日的好事，就全被这声音给坏了一个干净，他更清楚，他若是不立即出去，这声音一时半会儿怕还停不住！

他松开洛子夜的手，捏了捏她的鼻子，冷醇磁性的声音缓缓道：“等孤回来！”那语调温柔中透着几分宠溺，莫名令人觉得甜。

洛子夜偏过头，一副别扭的样子：“谁等你！”

这番女儿家情态的娇憨举动，却又取悦了他，令他再一次扬声大笑，扳正了她的小脑袋，倾身索吻。一吻作罢，他起身出门。

原本心头的郁结倒是散了一些，他忽然觉得她是不是爱他，甚至是不是利用，都并不重要。重要的是此刻她愿意亲近他，重要的是，她还在他掌心，飞不走，他也不会让她飞走。

“臭臭！”她忽然叫了他一声。

他脚步顿住，没有动，背对着她，等着她开口。

她微微扬眉：“我觉得你的反常，可能跟几日前的事有关。但爷想说，很多时候因为各种考量，会不得已说出违心之论！但我想请你相信我，对你，不论是软化还是靠近，或者是接受你的靠近，都是出自真心，未曾作假！”

她这话一出，他嘴角扬起，浓眉间的褶痕渐渐敦开。

他回眸盯着她的眼，那眸中似乎带有暖意：“洛子夜，此言是真？”

“是！”

“好！”他也没多言，应了这一声，便转身出去了。

他出去之后，洛子夜骤然听到外头传来轰的一声巨响。她立即站起来往外头走，将帐篷的帘子掀开，便又听到一声巨响，凤天翰的声音传了过来：“你这个小兔崽子！让你带媳妇来拜见老子，老子有事情交代，你倒好，先在王帐里头快活上了！”

闽越和阎烈捂着额头，站在门口。

而凤无俦那张俊美堪比神魔的面孔，这时候看起来也很是阴沉，手中的内力很

快聚集在一起，再一次对着凤天翰砸了过去："你倒知道孤在里头快活，却还来坏孤的好事！"

轰——

阎烈："……"

洛子夜一脸发蒙！见阎烈和闽越都看着她，她脸色绿了绿，飞快摇头，表示自己跟他们家不是一路人。她扫了阎烈一眼，问："嬴烬怎么样了？"

阎烈回话："听说是找了大夫来，但此刻他身上还有蛊毒，大夫现在不敢用妖莲，怕弄巧成拙！"

"那……"洛子夜的脸色有些发青，最后找到了妖莲，却不能用，那后果岂不是……

她看了一眼闽越："你也没办法吗？"

"不是有没有办法，只是那大夫也好，我也罢，都没有十足的把握！所以眼下此事的决定权在青城手里，那是他的主子，看他肯不肯冒这个险！"闽越很快又道，"您不是说过神医已经答应帮我们吗？如果是他的话，应当是有办法的！"

"但是他并没说什么时候来！"而她也不知道，嬴烬还能不能等。

他们说话的声音，那边摄政王殿下和老王爷都听得清清楚楚。老王爷眉毛微扬，看着他微沉的脸色，这时候也知道儿子眼下怕是心情不好，故而也不再多说什么。

他双手背在身后，走到了凤无俦跟前，问了一句："关于你的身世，洛子夜知不知道？"

凤无俦魔瞳微沉："还不知道，孤正打算说！"

"他到底是洛肃封的儿子，这件事情，父王不建议你对他多言！"他这话一出，凤无俦魔瞳微微眯了眯。

而很快，凤天翰的手落到了他的肩膀上："你若是信任洛子夜，告诉他也无妨。到底，这世上最不希望知道你的身世的，也最不希望你知道自己身世的，并不是旁人，而是……"

他话说到这里，忽然说不下去了，眼眶骤然一热，背过身去。

凤无俦看着他的背影，缓缓地道："父王的养育之恩，儿臣不会忘！"

"好！好！"凤天翰拍了拍他的肩膀，便回身去自己的帐篷，"你若是不想来，就让洛子夜单独来见本王，放心，本王不会为难他！儿子长大了，总归是不由父王，有时候传来见本王一面，都得三催四请……"

说着这话，凤天翰一咏三叹，欲擒故纵："我一把老骨头了，这样活着，还有什么意思，唉……”

凤无俦嘴角一抽，打断了凤天翰的话：“父王，孤知道了！”

“哎呀，活着真好！”凤天翰立即改口，心情愉悦，健步如飞地先回自己的帐篷了。

摄政王殿下回眸看了一眼洛子夜，抬手之间内息涌动，将洛子夜带到他身侧：“在担心嬴烬？”

“嗯！”洛子夜也不瞒他。

他冷醇磁性的声音带着点森冷的味道，沉声问：“洛子夜，倘若躺在那里，半个多月都不醒的是孤，你也同样会如此担心吗？”

她轻轻抽了抽嘴角，坦诚地道：“凤无俦，不是我不关心你，更不是我不在乎你，只是我真的很难想象，你会躺在那里很长时间不醒……”

凤无俦这样厉害的人，怕除了他寒毒复发的时候，轻易倒不下的，就是上次寒毒，也一天就挺过来了，她实在难以想象他哪天也会躺下这么久，那么她自然也不能预估，她那时候会怎样担心。

原本她还在担心她说这话，他听了会不高兴，觉得她不在乎他，但没想到摄政王殿下听了却扬眉轻嗤了一声：“不错，只有无能之人，才会晕倒数月之久！”

说完这话，他扯着她的手便走。

洛子夜嘴角一抽，也知道他一向就是这么嚣张瞧不起人的德行，懒得跟他争执，边被他拖着往不远处的帐篷里头走，边问：“你要去干什么？”

他魔魅的声音森冷阴鸷：“先让你去看看那个狐狸精，然后去见你公公！”

公公？刚刚那个差点被凤无俦揍了的老头？狐狸精？看着他们行走的方向，她倒是很快知道他口中的狐狸精是——嬴烬！

正想着，已经到了嬴烬的帐篷门口。摄政王殿下将帐篷的帘子掀开，洛子夜很快便看见了床榻上那张苍白的脸。

比起她离开之前，他看起来脸色更白了几分，几乎看不见血色。

她正打算进去，摄政王殿下已经松手，那帘子落下来，将洛子夜的视线隔断，她回眸看他，不明其意，他却扯着她的手腕，转身便走。他攥得极紧，她要是强制性地把手腕扯出来，十有八九得拉伤。

纳闷间，他偏头扫了她一眼，那眼神傲慢轻蔑，他冷嗤道：“你已经看见他了，就不必再进去了，进去看和在门外看，他依旧躺在那里，惨白着一张脸，如同残花败柳。既然如此，何须再进去？”

如同残花败柳是什么鬼？

洛子夜的嘴角猛烈地抽搐着，心知他这会儿不可能松手，倒也没做无用功，但她还是有点忍无可忍：“残花败柳是用来形容男人的吗？你是不是有点用词不当？”

他浓眉皱起，低头看了她一眼，下巴微仰：“难道跟孤相比，此刻他那张惨白的脸，看起来不算是残花败柳？”

洛子夜抽搐着嘴角问：“你是故意的？”

故意带着她去看嬴烬惨白的面色，然后再对比他那张俊美堪比神魔的脸孔，就是在从侧面对洛子夜强调，比较帅的是他老人家，嬴烬那是残花败柳？

她这样一问，他俊美的面孔上骤然掠过几分尴尬。这是一方面，另外一方面，是洛子夜总归是要去看嬴烬的，与其她自己进去看，倒不如他带着她在门口看看，也省了麻烦，他也比较放心。

他面上的尴尬只是一瞬间的事，随即偏头不再看她，冷嗤道：“故意又如何？你不是素来好美色吗？也该在合适的时机让你明白，孤比他强的，不仅仅是实力！”

洛子夜：“……”

她看了他一眼，又回头看了一眼嬴烬的帐篷，心里明白有这个丧心病狂的人在，她想进帐篷看嬴烬，怕还是得半夜里偷偷地溜出来，于是她也没再多扯这个问题。

她忍不住问了一句：“凤无俦，你几岁了？”为什么一大把年纪了，还这么幼稚？趁着情敌病了，赶紧去比美貌？

年龄的问题，无疑是踩了摄政王殿下的痛脚，这令他黑沉着一张脸道：“孤也只比你大九岁而已！”

只，九岁，而已？

洛子夜抽了抽嘴角，不想跟他说话了，回头一瞧，却看见老太太进了老王爷的帐篷。她灵机一动，老太太是千浪屿的人，想必医术也一定很高超。说不定嬴烬的事情，她有办法？

她正想着，凤无俦的眼神也随着她的目光看了过去：“那人就是千浪屿的守岛人？”

说着这话的时候，他身上有几分杀气。洛子夜心头一跳，忙扯了他一把：“算了，反正妖莲对方也给我们了，还是轩苍墨尘帮了我们，轩苍墨尘是她弟弟，这时候伤得很重，看她也是心疼弟弟心疼得不得了，之前的事情就不必再计较了！”

她这般一说，他身上的杀气便慢慢收敛了下来：“所以，眼下你已经知道了轩苍墨尘的真面目？”

“是的！没你俊美，我还是比较喜欢你这张脸，真的！”纵然轩苍墨尘那张脸其实比起嬴烬、凤无俦，都并不逊色多少，甚至是各有千秋，但是为了生活的安定，她还是赶紧表态的好。

她这般一说，他嗤了一声，不置可否。

轩苍瑙既然先去见老王爷了，他们要去见老王爷，也不急在一时。就在这时候，果果从南面飞来，它一边飞还一边尖着嗓子激动地道：“洛子夜，你往人家袖子里伸了手的美男子来了！穿的白衣服，拿着剑的那个……就在门口……嗝，主人，你怎么也在……刚才什么都没有说果爷！”

它捂住了自己的鸟嘴，出卖了洛子夜，它觉得洛子夜可能会报复它，所以看见美男子之后，果爷马上就来报信了，想修复关系，没想到太激动，没注意到主人也在这里。

洛子夜眼眸一亮：“百里瑾宸来了？”他来了！看来澹台凰真没忽悠她！

她激动的话一出，随即听得他森冷的声音传来：“往他袖中伸了手的美男子？孤倒要会会他！”

“喂……”洛子夜脸色微青，但对方根本不理会她，她只能加快脚步跟了上去。

这才刚刚到军营门口，便见一人缓步而来。他似乎一轮皎洁明月，带着不可攀折的高远姿态，那双月色般醉人的眼眸，似乎拢尽天下孤傲之气。若说凤无俦的傲慢，是因为实力纵横天下，而与生俱来，那这人那冷与傲，便似是从生来就融入骨血，拒人千里之外的孤绝。

凤无俦顿住脚步，百里瑾宸似乎也意识到了来人的恶意，一双纤尘不染的靴子停在原地。

一人的身上，带着铺天盖地的魔息和暴戾之气；一人淡漠如月，寡薄的唇角微动，眸色却骤然冷了半分。气氛一下子就变得剑拔弩张起来！

洛子夜正打算上前，摄政王殿下居高临下的眼神便落到百里瑾宸身上，魔魅的声音森寒响起：“阁下便是天下第一公子，百里瑾宸？”

百里瑾宸容色淡淡，应了一个字：“是。”

洛子夜立即干笑，对着百里瑾宸打招呼：“神医，你可终于来了！这位是爷的好朋友，他久闻你的大名，所以想认识你一下，你不要在乎他的脸色，他从来就是一张臭脸，我们快进去救人吧，你能来，本太子实在是感到蓬荜生辉！”

摄政王殿下容色微沉，看了洛子夜一眼：“孤是你的好朋友？”

"呃……"她有点心虚，"难道不是吗？"

"孤久闻他的大名，还从来都是一张臭脸？"摄政王殿下问着这句话，嘴角倒是微微地扬了起来。

洛子夜也不说什么了，把他往边上扯："行了，人家是来帮忙救人的，你就别堵在门口了，有什么话回去之后我们慢慢说！"

"洛子夜！"他一声冷斥，令洛子夜通身一激灵，也不敢随便拉扯他了。放弃了把他拖走的打算，觍着笑脸看了一眼百里瑾宸，指着嬴烬的帐篷的方位："要请神医救的人，就在那个帐篷里头，爷先带你过去！"

说完这话，她正打算走到百里瑾宸跟前去带路，但才走出去两步，便听得摄政王殿下不悦的声音响起："站住！"

"似乎，并不欢迎我。"这一句，语气淡淡，看百里瑾宸那模样，是准备走人了。

洛子夜赶紧开口："欢迎欢迎，谁说不欢迎？这里本太子说了算，你不要理会这个人！路儿、沓沓，你们谁来带着神医去嬴烬那里啊，快！"

她拔高嗓门吼了一声，同时站在凤无俦的跟前，挡在他前面，两只胳膊反扭在身后，分别抓住他的两条胳膊，挡住他一切可能有的动粗行为，并热切而谄媚地对着百里瑾宸笑着，却觉得自己脑仁很疼。

路儿和沓沓远远地听到召唤，飞快地奔了过来。

然而百里瑾宸不爱说话，并不代表他好说话。盯了一会儿洛子夜和凤无俦，明白了眼下的情况。他薄唇微扯，淡漠地道："你带我去。"

很显然，神医的架子很大。

洛子夜愣了一下："啊！应该的，应该的！爷请神医来救人，亲自带神医去，是该有的礼节！"

话刚说完，摄政王殿下骤然伸出手，将挡在自己面前的洛子夜拎了起来。

洛子夜脸一绿："凤无俦，你把爷放下来！"

她这句话说完，摄政王殿下没搭理她，但到底把她放下了，不过是用扔的，往后头一抛，抛到数十米之外，也相信她能自己站稳。

随即，他下巴微仰，态度傲慢轻蔑："神医不肯让下人带路，那不如就由孤带路如何？孤的身份，给神医带路，不会辱没神医吧？"

百里瑾宸闻言，寡薄的唇角微动："阁下的身份，自然不会辱没我。但求我救人的，并非阁下。"

对凤无俦这种找麻烦的姿态，神医表示，他并不打算买账。

“所以，公子宸今日是一定要贱内带路了？”摄政王殿下浓眉皱起，嘴角淡扬。魔瞳中涌起凛冽的寒光，从他的容色不难看出来，他此刻已经动了杀机！

洛子夜登时就不高兴了，黑着一张脸道：“贱内是什么意思？谁是贱内了？”

“难道你不是孤的人？”他闻言居高临下地看着她。那双魔魅的瞳孔中，掠过鎏金色的灿芒，似洛子夜这时候要是回答一句不是他的人，他眼下就要她好看！

洛子夜颤抖了一下，脸色还是非常难看：“是不是你的人，再议！可就算是，你也不该用贱内来形容爷吧？”

阎烈不想王在其他美男子面前跟太子发生矛盾，赶紧开口打圆场：“太子殿下，王并不是骂您，只是贱内是一种对于妻子的谦称，男人们在外提起妻室，都是用贱内和拙荆的，表示谦虚！”

洛子夜冷笑了一声，就凤无俦这样的人，还能有谦虚的时候？骗鬼呢！她沉着一张脸道：“要谦虚请谦虚地称呼你自己好吗？爷这个人一向表里如一，从内优秀到外，并不需要你替我谦虚！”

说完这话她看向百里瑾宸，伸出一只手指着凤无俦，有怨报怨有仇报仇地道：“这是爷的蠢外，你不要搭理他。走，爷带你去见爷求你救的人！”

她这话说完，即便淡漠如百里瑾宸，嘴角也微微抽了抽。

贱内和蠢外？

阎烈也吓得心里一突突，抬眼偷偷地看了看自家主子的脸色。蠢外？也是王自个儿不好好称呼太子，说夫人、王妃都好啊，说贱内干啥呢？虽然太子有时的确贱得人神共愤，但太子根本不想承认啊！

摄政王殿下听完这话，魔瞳中掠过怒火，但那怒气只是一瞬间的事，很快他又嘴角淡扬。蠢外也好，贱外也罢，洛子夜这也算是当着外人承认了他们的关系不是？

他老人家心情好了，倒也不打算继续为难了。就连洛子夜说要带着百里瑾宸去嬴烬那里，他也没吭声，打算直接跟着一起过去。倒是阎烈开口道：“王，不知道您是否记得，太子被武修篁绑架当日，您下令封锁城门，有人直接从城门处拔剑闯了出去，正是此人！”

摄政王殿下的浓眉也微微扬了扬。百里瑾宸忤逆他的意思，硬闯城门在先，在海上跟他的女人有牵扯在后，这样的人，他还真的不想容对方活在世上。

而百里瑾宸听完这话，淡漠的声音缓缓响起：“当日挡我去路的，是你们？”

凤无俦冷嗤了一声：“是孤拦你，你待如何？”

一听这话，这又是挑衅了！

洛子夜扭过头瞪了凤无俦一眼，没看见她正在孙子一样求人办事吗？他不搞破坏会死啊？

头大之间，百里瑾宸倒是薄唇淡扬，淡漠地道：“不如何。”

百里瑾宸说完这话，便往嬴烬的帐篷走去。洛子夜也赶紧跟上，摄政王殿下亦然。走到帐篷门口时，百里瑾宸忽然回眸，看了洛子夜一眼，淡漠地道：“我觉得我嫂子说得很对，你的确很适合我。三日后，我来天曜下聘。”

说完这话，他掀开帘子踏了进去。摄政王殿下闻言，骤然一怒。洛子夜当机立断，立即抱着他的腰：“冷静！冷静！你没看出来百里瑾宸正眼都没瞧过爷吗？他是被你挑衅了，故意刺激你罢了。你别再理他，他就不会招惹你了，真的！”

“所以，他的回击孤应当沉默以对？以及，你认为，这都是孤的错？”他说着这话，魔瞳中的怒焰倒是慢慢地平息下来。

洛子夜嘴角一抽，她觉得有些人的傲娇病又犯了，而且还有点无理取闹。她长长地叹了一口气：“不！你一点错都没有，这都是爷的错！”

她就像女朋友闹脾气时的男人一样，勇敢地把责任揽到自己身上，只希望他老人家适当宽容。

她此言一出，他浓眉慢慢地皱了起来，点评了一句：“洛子夜，这不像你！”

洛子夜在他面前，更多的是有错都不认，还会叱问他要媳妇还是要道理，今日这算是一种改变，那这改变是为了谁？

是为了百里瑾宸，还是为了嬴烬？

洛子夜看他冷静下来，心里很庆幸，没太在意他的异样，拍着自己的胸口道：“那是，爷毕竟是个男人，偶尔让着你一下也没什么不可以！当然，今天主要是有救人的事，寻常情况下，爷可是不会让着你的！”

所以，果然是为了嬴烬。阎烈身为一个局外人，听着这话都很不舒服，也不知道太子是真的这么在乎嬴烬，还是因为这个人情商低下，话才说得如此没心没肺。

“你就那么在乎他？”他又问了一句，似乎只是闲聊。

他这语气太平静，洛子夜也没看他的脸色，说话也没打心里过：“废话！要是不在乎，爷至于在海上颠簸那么久去求药，又至于像孙子一样求百里瑾宸吗？”

她说完，还踮着脚拍了一下凤无俦的肩膀：“看在爷的面子上，你就先别折腾了！爷好不容易才把药求回来，爷容易吗？爷不容易！你就当帮爷一把，别跟百里瑾宸杠了可好？”

他为她出生入死寻冰貂。

她为嬴烬出生入死求药。

他因她跟百里瑾宸有过牵扯动怒，她为了嬴烬求他做做好事，先忍了？他没说话，静默着看了她一眼，那眼神很冷，似乎没有丝毫温度。阎烈听着这些话都有点看不过去了，正打算开口，他却忽然抬手，做了一个制止的动作，示意对方不要开口。

阎烈动了动嘴巴，最终愤愤地没吭声。

而摄政王殿下也果然不说话了，也没走，只转过身背对着帐篷，手中握着墨玉笛，负手站着。他极高，所以一眼看去，给人一种天地孤一的高远之感，也渐渐令人感觉到了古怪的疏离。

他好不容易平静下来，不打算闹事了，但不知道为什么，看着他骤然平静的样子，洛子夜心里反而觉得没底了。她正想着是不是说句什么缓和一下气氛，帐篷里头传来一道淡漠的声音："安静，或者离开。"

她嘴角一抽，话都噎在喉咙里头，没说。神医在救人，他们在外头聒噪，的确不太明智。

她轻手轻脚地掀开帐篷，走了进去。

而门外的摄政王殿下似没听到她进去的声音，立在原地一动不动。阎烈悄悄地看了摄政王殿下一眼，他觉得如果太子真的那么在乎嬴烬，那么以后就算是王，也不能再感情用事了，要适当地防范着太子。

防范太子这句话，洛肃封身边的临安公公已经提醒过王许多遍了，而从来王都是选择相信太子。可事情到今天这局面，太子在千浪屿上说的话，以及刚刚说的话，的确令阎烈觉得不能轻信！

洛子夜还并不知道，自己的一番话，已经引发了这些事端，只是看着百里瑾宸治疗。

百里瑾宸自袖中掏出一瓶药水，白皙干净到近乎透明的手指持着那药瓶，将里头的液体尽数倒入药罐之中，接着便取过妖莲，将之抛入药水之中，旋即便见妖莲渐渐融化。

青城动了动嘴，但还未张口，便听得一阵清冷孤傲的声音，带着天生薄凉的味道："你来救人，否则噤声。"

青城噎了噎，闭上嘴不敢吭声了。

洛子夜同情地看了青城一眼，被人家公然说闭嘴，真的是蛮尴尬的，不过不少能力出众的人都有一些古怪的脾气，所以洛子夜除了同情之外，倒没有旁的想法。

那妖莲化成水之后，百里瑾宸偏头扫了青城一眼，淡淡地道："灌下去。"

"是！"青城立即将药罐子端起来，液体全部倒入碗中，而后将床榻上的人扶

起来，把那药喂了进去。

药喂下之后，青城退到一边。

百里瑾宸手中的五根针便一起对着嬴烬的穴道扎了上去。寻常人施针都要给人宽衣，百里瑾宸却并不用，他甚至在那五根针射出去的时候，眼神都并不在嬴烬身上，而是落在桌案上的另外几十根针上。

这若不是特别不负责任，就是医术高超到逆天，根本不回头都能确定不会弄错位置了。

而这五根针扎入嬴烬体内之后，嬴烬骤然面色一变，那容色似乎十分痛苦，额角的青筋也都暴了出来。倒是百里瑾宸听着这轻微的响动回眸看了一眼。他容色淡漠依旧，只是微微扯起的唇角，似带着玩味："他中过万蛊之王的毒？"

青城立即点头："是的！若非如此，公子的血也是不能将洛子夜体内的断肠蛊引入体内的！"

"万蛊之王是什么？"洛子夜作为一个土包子，忍不住问了一句。

百里瑾宸并没理她，旁边的轩辕无看了一眼自家主子的面色，开口解说："万蛊之王，是所有蛊毒之首，中毒者会承受常人不能承担的痛苦，拔除这种蛊毒更是蚀骨之痛。这世上拔除此毒后还能活的，迄今为止，这个人，可能是唯一一个！"

洛子夜忍不住看了青城一眼，她对嬴烬的过去，越来越好奇了。

青城听完这话，一张脸很快沉了下来，难看得可怕。轩辕无说的他自然知道，可是知道并不代表能够毫无感觉地听人提及。

百里瑾宸扫了嬴烬一眼，面色淡漠，语气中更无丝毫感情："他既然中过万蛊之王的毒，自然也应当清楚，以后再中任何蛊毒，都将承受三倍痛楚，再次拔毒痛楚更是百倍。今日能活，算他命大。"

他这话一出，青城松了一口气。百里瑾宸这么说了，那么公子的性命是不必担忧了。

但洛子夜表情复杂，断肠蛊的痛苦到底有多难受，她至今记忆犹新，单单就是那种痛，她都觉得生不如死，百里瑾宸却说，嬴烬是承担三倍痛楚，拔毒更是百倍。

那……

正想着，床榻上的人嘴角猛然涌出血来，沿着那张苍白的面容滑落，似罂粟中绽开了曼珠沙华，美艳惑人之中透着凄冷，美得惊心动魄。

她眉头紧皱，也不敢问。又等了一会儿之后……

噗的一声，床榻上的人猛然呕出一口黑血。接着，百里瑾宸手中又是一根针飞了过去。这一针落在嬴烬的指尖，刺破了皮肤之后，一条丝线一样的毒虫掉了出来，在地上动了几下，就死了。而嬴烬的指尖，这时候还在流血。百里瑾宸的眼神都没落过去，淡淡地道："自己替他包扎。"

"好！"青城马上过去。

而洛子夜正打算开口，这时候轩辕无已经备好了水，递了一块白绢给百里瑾宸净手。他月色般醉人的眸子，落在她的脸上，淡漠道："神医门的规矩，一命换一命，你应当知道。"

"呃……听说过！"之前听说过。

接着他道："那今日起，你的命是我的，三日后，你必须嫁给我。"

洛子夜："你认真的？"她实在很难从他身上看出一丁点对她的意思，和一丁点想要她的情绪！

她一问，他抬眸看向她，那双月色般醉人的银色瞳孔平静无波："是。"

"……"洛子夜觉得自己有点无语。

轩辕无认真地看了自家主子一眼，主子早就明确地表示过，不喜欢聒噪的女人。洛子夜虽然不特别啰唆，但聒噪也是有目共睹！他小心翼翼地道："主上，这件事情属下觉得您应慎重考虑，婚姻大事，父母之命，媒妁之言，您是不是要先问过老主子和夫人的意思？"

"她的意思，是早日完婚。"他语气淡淡，眼神投射到洛子夜的脸上，等着她的答案。

听到这里，洛子夜才算明白了，他想必一来是为了跟凤无俦抬杠，二来是因为家里逼婚。她咳嗽了一声："你这样的美男子，也不愁没对象，所以你还是换个要求吧，但凡爷能做到的，定不推辞！"

"嫁给我，你同样可以做到。"他语气清浅，并不因为洛子夜话中隐含的拒绝而动怒，似只是淡淡地陈述一个问题。

洛子夜嘴角一抽："哥们，婚姻大事不是儿戏，而且你看不出来爷的性别，爷……"

她话没说完，却被他打断："的确不是儿戏，我考虑过了。"

她嘴角一抽："你能告诉我你是怎么考虑的吗？"

他却没打算回她这话，回身走到帐篷门口，清冷的语调传来，缓声道："答应，或者不答应？"

洛子夜摇头："抱歉，不能答应！"

她这答案，其实并不在百里瑾宸意料之外。他似乎想说什么，但最终什么话都没说，持剑出去了，掀开帘子之后，自然遇见了门外的凤无俦。

他直接走了出去，洛子夜也不太明白他这是什么意思。

青城看向床头的大夫，那大夫立即会意，给嬴烬诊脉。只消一会儿，面上就露出了惊叹的神情："没……没事了！不仅仅脾胃的结症已经解开，蛊虫也拔出去了，这真是，真是……神奇！"

青城心头一喜："所以我们家公子，这是没事了？"

"不！拔除蛊毒他的经脉受了很大的损伤，需要调养，那胃也还是要好好养，三年之内不得沾酒，也不宜食用辛辣之物，这般方可痊愈！而调养经脉、治疗胃部的药，小人也可以调配出来，这些都不必神医再操心了！"那大夫说着这话，眼神非常狂热，那是对百里瑾宸的崇拜！

青城听完松了一口气，洛子夜问了一句："他什么时候能醒？"

"我开一服药，黄昏吃了，今晚就能醒！"大夫笑着回话。

洛子夜松了一口气，她也没忘记自己答应过青城，等嬴烬过了这一劫，以后在不影响友情的前提下，尽可能地跟嬴烬保持距离。她看了一眼躺在床榻上的人，又看了青城一眼："你好好照顾他！"

说完她便离开，青城也没留她。

洛子夜掀开帘帐，便看见了两个人的背影。百里瑾宸在她跟前，离她一步之遥，而凤无俦还站在原地没有动，那是她进入帐篷之前，他所在的位置。

这两人并没有对视，也没有对峙。彼此之间，却弥漫着一股强大的火药味。

她看了一眼百里瑾宸："今日之事多谢神医相助，日后若有什么用得着本太子的地方，我赴汤蹈火，在所不辞！"

她说完，百里瑾宸容色未动，清冷的声音淡漠响起："我初衷不改，三日后再见。"

"喂……"洛子夜还想说话，但是对方似乎并不打算搭理她。说完这话，从她身侧错身而过，带起一阵微微的风，却如雪山之上飘飞的雪。他大步而去，未曾再多看她一眼。

就这般正眼都懒得瞧她，像要娶她的吗？还初衷不改？！

而这时，凤无俦魔魅冷醇的声音，带着戾气和杀意，扬声道："三日之后，若阁下执迷不悟，应当是生死之战！"

百里瑾宸脚步微滞，淡漠的话语传来："奉陪。"

两个字说完，他大步离开。

摄政王殿下魔瞳微凛，嘴角淡扬，单看这样子，就知道他已然怒极。然而他到底没有现在就出手，百里瑾宸刚刚才帮洛子夜救了人，眼下自己对他动手，难免令洛子夜不快。

洛子夜嘴角抽了抽，扯着凤无俦的胳膊："他对我没意思，看他像是家里逼婚，加上你刚才得罪了他才这样，要知道之前在海上，我摸他的手的时候，他险些将爷掀到海里！"

她此言一出，他扬眉看向她："你这算是解释？"

"不算解释，算是陈述。爷觉得这么一点小事，够不上解释的必要，你说呢？"她扬眉看他，表情毫不心虚。

他顿了片刻，大掌抓握着洛子夜的手，举步离开。洛子夜看他这时候的表现还算是比较淡定，于是勉强放下心来，抬眼之间看见轩苍瑙从老王爷的帐篷里出来，表情似乎失魂落魄。

洛子夜扭头瞟了凤无俦一眼："这个老太太，好像以前跟闽越有什么关系！"

"嗯！"他应了一声，似并没将这件事情往心里去。

洛子夜知道他不是八卦的人，也没再多言，只问了一句："我们接下来是去见你父王吗？"

"你想去做什么？"他凝眸看向她，霸凛的语气变得柔和，并无半分压迫的味道，似乎只是在问她的想法而已。

洛子夜摇摇头，笑道："只要你不随便发脾气，我觉得咱俩今天下午可以出门踏个青，谈谈人生！"

他们之前就说过了，她从千浪屿回来之后，他们就坦诚相对。

她此言一出，他浓眉微扬，偏身低头："你不是说，不谈人生吗？"

"呃……此人生非彼人生！"洛子夜嘴角微微一抽。

他并不吭声，那双魔瞳却有几分隐约的怒意，令洛子夜意识到他还在为之前的事情生气。她干笑了一声，肩膀往他的胳膊上一撞，努力地拉近两人之间的距离："生活还是要继续的，误会还是应该化解的，矛盾终将不存在的，人生也还是要谈的！"

他轻嗤了一声，看着她谄媚的表情，还是沉声道："好！"

阎烈一听，当即开口道："王！"他并不赞成王跟太子谈什么，洛子夜跟洛肃封有血缘关系，而她寻常的表现，也并不令人觉得她是完全可信的。

"咋了？"洛子夜回眸看了阎烈一眼。

摄政王殿下扫了他一眼，也明白他的意思，冷醇磁性的声音带着不以为意的味

道："孤自有分寸！"

"可属下认为您不能感情用事！"阎烈皱眉，大着胆子说了这么一句。

凤无俦冷嗤，沉声道："你认为孤是在感情用事？"

阎烈表情僵了僵，不敢回话。

听到这里，洛子夜要是不明白阎烈是在提醒凤无俦不要相信她，那她就白混了。她嗤了一声："无妨，不能谈就不谈，反正交流这些对我对他，也没什么好处！"

洛子夜这话说完之后，摄政王殿下倒扫了她一眼，他魔魅的声音，带着一贯的压迫感和傲慢，冷沉道："那么洛子夜，你认为什么才是对我们有好处的事？"

"呃……"所以凤无俦这句话的意思，是并不高兴她方才的话，以及，尽管阎烈不信任她，他却并不打算瞒着她？"凤无俦，其实我们总这样猜来猜去，威胁来威胁去，真的挺累的。爷觉得咱俩以后说话可以坦诚一点，不要什么事都搁在心里，以免产生不必要的误会，你说呢？"

"好！"他应了下来，抬眸扫了阎烈一眼，阎烈还是没忤逆主子的意思，转身退下了。

他抓着她一只手的大掌忽然抬起，将她的小手贴在他的胸口。这样的举动，令洛子夜微微一愣，手几乎能触摸到他的心跳，这令她面色微微燥红，心里却有种莫名的悸动。

旋即，她便见到他逼近的脸。那张俊美无俦的面孔，美得令人心颤，诱人共赴魔道。他魔魅的声音，传入她耳中："有什么就说什么，那你老实说，出海这几日，对孤，你是否有过片刻思念？"

洛子夜听了，脑子里轰的一声，似乎炸了。人家不好意思的时候，心情都是小鹿乱撞，但是洛子夜的心情状态是野猪狂奔，脸颊烧得发热。

对视了几秒钟，她忽然低下头，抿唇道："有！"那张通红的脸，在此刻看来如天边的霞光，美艳之中透着几分娇羞，充满小女儿家的情态，便也骤然令他的心跳快了几分。

他魔瞳凝锁着她，伸手抬起她的下颌，令她跟他对视。他墨发轻扬，有几根轻轻地从她脸上刮过，骤然便令人觉得心痒，洛子夜感觉自己心里的野猪跑得更欢乐了！

"有多想？"他又问了一句。而洛子夜也发现，在她说出有之后，他眸中的戾气和怒气尽数散了，只余下淡淡霸凛，和说不清道不明的温柔。

然而，在回复了一句有想他之后，她就已经很不好意思了，这时候怎么还好意思剖析一下自己有多想？于是她恶声恶气地道：“你先说，你想爷没有？有多想？”

他听了，嘴角淡扬，话语中透出几分罕见的温柔，还有他一贯傲慢的味道：“每刻都在想，哪怕你在孤面前，也同样如此！”

“凤无俦，你不要随便说些花言巧语！”洛子夜眼神更是四处乱看，不敢再看他。

他闻言，扬声笑起来：“洛子夜，孤从来不说花言巧语！”

话音一落，他唇角骤然一热，方寸之地，眼前便是她那双漂亮的桃花眼。风扬起，她踮着脚，轻轻地吻住了他的唇……

他微微怔住，似恍然之间失去了知觉。大掌还抓握着她的手，唇瓣相贴之间，能感受到彼此的热度。她面色绯红，眸色中却藏着几分大胆的勇气，也就是这勇气，将心中的羞怯击退。

而他攥住她小手的掌心忽然收紧了一些，将她的手包裹得更加严实。

他手心的力道有些重，令洛子夜感到微痛，踮起的脚这时候也缓缓放了下来，离开他的唇，微微垂下眼帘，眼神到处瞟：“那个．刚刚……”

“刚刚如何？”他霸凛的语气之中，似乎带着几分笑意。倒没有看洛子夜笑话的意思，却也能明确地叫人知道，他此刻心情很好。

洛子夜咬了一下唇，故作一副无所谓的态度给自己撑台面：“刚刚没怎么样啊，爷就是……嗯……”

“就是怎么样？”他低头吻住她，不同于以往的霸道，也不同于以往狂风骤雨般的掠夺，倒是温柔得过分。一只大掌攥着她的掌心，另一只手揽住她的腰，令她贴近他，几乎嵌入他怀中。

而不远处的树下，正有一人默然站立。

那双血瞳微微眯起，握紧的拳头能令人清楚地看见上面的青筋。不可能！洛子夜不可能真的跟凤无俦在一起，明明之前那两人是那般剑拔弩张，明明洛子夜那么多次的表现，都似乎只是迫于凤无俦的权霸，不得已跟他在一起。怎么可能……

他咬紧了后槽牙！而他身后有人道：“龙将军．七皇子殿下传来密信，说是请您早做准备，他已经下定决心了！”

龙傲翟回眸扫了对方一眼：“他已经决定好了？他那么在乎洛子夜，竟然也会答应我们的计划？”

“那边的意思，似乎是洛小七查到了当年的一些秘密，最终才决定同意这计划，只是到底是什么事我们还不得而知！”下人说完就低下了头。

龙傲翟点了点头："知道了！"

这一句说完，他手中拿着那封密信站在原地，又盯了洛子夜和凤无俦的方位半晌，最终转身，大步离去。既然洛小七都做出决定了，他自然也没有什么不能决定的。

这才刚刚走出去二十多米远，他身后忽然传来一道声音："殿下！"

他脚步一滞，并未回头。

是萧疏影。他看了洛子夜很久，而她也在不远处看了他很久。萧疏影扬眉，轻声道："殿下莫不是忘了，你我之间的婚约？"

"你可以选择先退婚，以免伤及颜面！"他头也不回，语气冰冷中带着磁性。这话无异于在告诉萧疏影，要是她不主动退婚，他会主动去退。

这言辞仿佛利刃插入她心间，她眉梢一皱："殿下心意已决？"

"是！抱歉！你知道我对你无意，既如此，你也不必对我有心！"龙傲翟语气更加冰冷。

萧疏影眸中寒光一闪："那么，如果我杀了洛子夜呢？"

这话一出，他骤然转过身，盯着萧疏影的脸冷笑了一声："你杀不了她！"

萧疏影笑了："你说得不错，我杀不了她。但只有在我说我要杀她的时候，你才会回头来看看我！"

龙傲翟眉梢一皱，半晌后，开口道："你是个好姑娘，没必要如此，墨氏王朝的京城喜欢你的人也不少，不必执着于我，也并不值得！"

萧疏影轻轻地笑，不错，墨氏王朝喜欢她的王孙公子很多，可是……可是她喜欢的，只有他一个而已。她笑叹："我爱着的人不爱我，其他爱我的人再多，又有什么用？"

这心只为一人而生，他不要，她又当将之置于何地？

龙傲翟再一次沉默了。

这沉默之中，萧疏影开了口："那么，殿下，我能不能问问，你喜欢洛子夜什么？我又是……输在哪里？"

"在我眼里，能作为对手的男人，卧榻之侧，岂容他人鼾睡。生死之战，一人死一人生。可对方若是女子，那便应当征服她，只有能作为对手的女人，才有站在我身边的资格！"他眼神寒凉，但眼角的余光往洛子夜的方向看了一眼。

萧疏影一怔！所以，龙傲翟的言下之意，洛子夜是女人？

对视间，龙傲翟又寒声道："相信你够聪明，就不会拿我今日对你说的话去对付洛子夜！否则，你即便不考虑你自己，也要考虑那后果你们煜成王府能不能承担！”

他这话已算是威胁了。她点头：“我明白了！”

不仅仅是明白了殿下的意思，也在殿下的眼神之中，看见了一些狂热的东西，让她知道他对洛子夜的喜欢，并非他描述的那样浅薄，也还有些旁的……如同自己多年前，在狩猎场上看见战神临世般的殿下，只是一眼，就倾心相付……

似知道她在想什么，他冰冷的声音再一次响起：“也的确，当我的眼神落到她身上时，常会觉得……错不开眼！这答案，你能满意吗？”

萧疏影苦笑：“如果臣女说满意了，殿下的下一句话，是不是建议臣女立即回古都，不再出现在这里？”

“这里并不是你该来的地方！”他没正面回答她的话。

萧疏影轻轻笑了一声：“殿下，我明白了！殿下请便吧，臣女也先告退了！”

说完这话，她转身便走。那双漂亮的眼睛里，在转身那一瞬有泪落了下来。她其实姓墨，他也姓墨，多年以前她对他一见钟情，却误以为他们是同宗，注定无缘。可那时候皇帝一句戏言，为他们许了婚约，她才知道，他们家并非姓墨，祖上姓萧，因功在社稷被赐了国姓。她永远不会忘记，跌落泥潭的心忽然被人高高捧起，举到很高那一刻，让她误以为自己飘飞在云里。

可，今日那一颗心再一次落地，摔得粉碎，痛得不能自抑。如果不曾希冀过，那么在知道不可能的时候，也不会这么痛吧？

身后传来了脚步声，龙傲翟离开的脚步声。

直到他走远，她方顿住脚步，紧握手心，眸中涌起幽冷的光，还有彻骨的嫉妒与恨意。那声音很小，小得只有她自己能听见：“殿下，你大概不知道，女人的嫉妒是很可怕的东西。我真的……杀不了洛子夜吗？”

说完这话，她唇际泛起冷笑，大步离去。

而洛子夜尚且不知道自己这么倒霉，平白无故地又被人盯上了！

他越吻越深，似乎要抽尽她身上所有的空气，然而，在她险些提不上气的当口，他又迅速退开。两人之间疏离的味道，也随着这吻渐渐淡化了，他握住她的手：“走吧，先去见父王！”

说完这话，便牵着她往凤天翰的帐篷里走。

掀开凤天翰的帐篷，那老家伙正坐在主位上吹胡子瞪眼：“本王已经等你们半天了，让长辈长时间地等待你们，你们的教养呢？”

“养不教，父之过！”洛子夜很快地接了一句。

凤天翰嘴角一抽，摄政王殿下听了，魔瞳中掠过几分好笑的味道，带着她落座。然而，刚刚坐下，凤天翰骤然呵斥了一声：“凤无俦，你给我站起来！”

这话里头带着几分属于父亲的威严，令摄政王殿下微微一愣，站了起来。

在帐篷的正中央，他拿着墨玉笛，勉强算是恭敬地站着。接着，凤天翰的眼神就落到了洛子夜的身上，与方才他们进来的时候，那副虽然吹胡子瞪眼、但勉强还算是和善的神情浑然不同。那是愤怒的眼神：“是你让他去雪山的？”

“啊？”洛子夜愣了一下，看了凤无俦一眼。

她还没回话，摄政王殿下魔魅的声音便响了起来：“父王，此事不怪她，是孤的意思，她也并不知道孤的行踪！父王若是因为此事生气，责罚孤一人便可，不必将她牵扯进来！”

这语气之中带着几分对长辈的恭敬，但也并无惧意。

凤天翰闻言，更是怒极，指着洛子夜：“你为了给他找什么冰貂，险些在雪山丧命，此刻你却告诉本王，此事与洛子夜无关？！你是在将你的父王当成傻子愚弄吗？”

他过激的话吐出时，手指还正对着洛子夜的鼻尖。

摄政王殿下浓眉蹙了蹙，上前几步，将洛子夜从座位上扯了起来：“父王，如果你找洛子夜进来是为了责问她，那孤就只能先让她出去了！”

他说完这话，那双魔魅的瞳孔落在凤天翰的脸上，眸色冷然而坚持，便就是一副有什么不满意，你尽可以冲我来，但别找我媳妇事的态度。

凤天翰轻哼一声：“人家都说有了媳妇就忘了爹娘，你果然是如此！”

洛子夜看着这剑拔弩张的气氛，开口道：“去雪山找冰貂是怎么回事？险些在雪山丧命，又是怎么回事？”

“你先出去！”摄政王殿下似乎无意回这话，直接便让她出去。

凤天翰这时候怒吼了一声：“本王说不准走，谁都不准走，除非凤无俦你不打算认我这个父王！”

摄政王殿下浓眉皱起，似也动了怒气，正打算开口，洛子夜便先制止了他。她看了一眼凤天翰：“虽然说家家有本难念的经，不过我们之间并没深仇大恨，您因为爱重儿子，所以在这里，我因为……喜欢他，所以在这里。毕竟都是为了同一个人，既然如此，有什么话不能好好说，何必剑拔弩张？”

她这话一出，摄政王殿下眸色微凝，凤天翰反而平静了下来。

三个人僵持了半天，凤天翰终于说了一声：“你说得倒也不错！的确，我们并非仇人，坐吧。”

这倒令摄政王殿下有几分惊讶，父王看似疯癫，骨子里却倔强，认定了什么，那便是九头牛也拉不回来。可竟被洛子夜几句话说得软化了态度？

见凤无俦盯着他，凤天翰嘴角一抽，吼道："你以为你父王是不讲道理的人？寻常父王说什么，不容你们讨价还价，那是因为父王认为自己是对的，而你们没有能让父王退让的理由，洛子夜今日的话有道理，父王就暂且认同，你看什么看？"

他这话一出，摄政王殿下的脸颊抽搐了一下。印象里父王说什么，只在他们听不听，他也没有跟人讲道理的习惯，故而也从未跟父王争论过，倒还不知道父王是个讲道理的人？

洛子夜看着他们父子，觉得有点好笑，因为她真的不能想象，凤无俦认真讲道理的样子。凤无俦坐下之后，凤天翰看着洛子夜道："这小子从小就是头驴，脑子里面只有喜欢不喜欢，想做不想做，从来没有所谓道理，行事也从来张狂随性，平日里都要顺着毛摸，这一点想必你也知道？"

他这话一出，摄政王殿下的脸立即黑了。

洛子夜瞅了凤无俦一眼，好像还真的就是这么回事。她看着凤天翰道："对，他就是一只翻毛鸡，浑身的羽毛时刻都会翻起，他说什么就是什么，人家必须按照他的心意行事，而他只要有一点不高兴，立刻就会发脾气！"

"洛子夜！"他从牙缝里挤出了三个字。父王要为难她，他紧张维护。这才没一会儿，这两个人就开始当着他的面，旁若无人地诽谤他，一会儿是驴，一会儿是翻毛鸡！

洛子夜扭头看了他一眼，很实在地道："爷哪一句话说错了吗？欢迎指正！"

他脸色一沉，不说话，目光却很是森冷，并觉得这女人欠教训。

万没想到方才还生气的凤天翰，这时候倒是来了兴致："你分析得很对，形容得更是贴切！本王这个儿子啊，从来就是这个德行！"

"那可不，刚刚见面那会儿……"

"是的，是的！他呀……"

这公媳两人，就这样当着摄政王殿下的面开始吐槽他，两人一说就是小半个时辰，他黑沉着一张脸坐在旁边，也没人顾及他的感受。说到尽兴的时候，凤天翰还头也不回地吩咐一声："我儿，去给父王倒杯茶来！"

洛子夜也正描述他的过于霸道，说得正尽兴，看了凤无俦一眼："顺便帮爷也倒一杯来！"说完扭过头继续吐槽。

摄政王殿下那张俊美堪比神魔的面孔，简直黑沉到令人不忍直视，这两人说了他半天，没有一句好话，说得口渴了还让他去倒茶。倒好茶，让他们更加尽兴

地说吗？

他冷着一张脸站起身，大步走到门口，掀开帘子就出去了。

而凤天翰和洛子夜聊着聊着，差点聊成了忘年之交，这友情还都是从吐槽凤无俦得来的，又说了小半个时辰，终于口渴得不行，凤天翰忍不住皱眉：“这臭小子，出去倒茶，怎么这么半天都没回来？”

“是啊，渴死爷了！”洛子夜也忍不住说了一句。

这话说完，反应过来什么之后，两人都蒙了！凤天翰立即站起来：“坏了！”

洛子夜也一脸悲催：“完了！”

这显然是生气了，招呼都没打，直接就出去了，他们忘情地说了半天，还以为他是去倒茶了。这可怎么是好？

她一脸悲痛：“你是他爹不？我说了他那么半天的坏话，你也不喝止我一下？这下可好了！”

“你是他媳妇吗？本王说了他半天，你也不提醒本王一下！”凤天翰也盯着洛子夜。

两人互相推卸责任。最终洛子夜问道：“他去雪山找冰貂，是怎么回事？”

凤天翰立即道：“冰貂对于从小未曾练武的人来说，是精进内功的圣品，他自然是去为你寻的。可他身上有寒毒，冰寒之地根本不能近身，这一次为了冰貂，他在雪山待了数日之久，还遇上了雪崩，被冰貂的毒牙咬伤，差一点就将性命丢在雪山上，你说本王知道了这些，能不生气吗？”

洛子夜一听这话，也沉默了。她去帮嬴烬求药的时候，他在为她出生入死。他素来算不得大度，所以不必想，她都知道她为了别的男人去千浪屿，他心里肯定不高兴，可……他还是拿命在为她寻冰貂。

回来之后，果果还告诉他她摸了其他美男子的手……

这种种想起来之后，洛子夜也觉得挺对不起他的。

她沉默着，看了凤天翰一眼：“那个，他好像生气了，怎么办？他平常这样生气的时候，好应付吗？”

凤天翰听完这问题，悲伤扶额，如丧考妣……要是好应付，在意识到对方生气了时，他的第一反应就不会是“坏了”！

看他的表情，洛子夜就知道不好应付了，开口提议道：“他是你儿子，你快去哄哄他！”

“你去哄他！”凤天翰瞪大眼，将建议原封不动地丢给洛子夜。

洛子夜：“……”

凤天翰说完走到门口，掀开帘子四面一扫：“这下可好了，他人跑到哪里去了都不知道，你还不赶紧去追！”

洛子夜嘴角一抽，这种媳妇生气跑了，她需要马上追上去解释的既视感，是什么鬼？明明他是个男的，她才是女的啊！她叹了一口气，看了一眼那个不靠谱的老家伙，掀开帘帐出去了！

才走了几步，背后骤然传来凤天翰的声音：“洛子夜，本王希望你是表面表现出来的样子，并未遗传洛氏自私冷酷的血液。若有一天，让本王知道你所有的表象都不过是伪装，那么你必将承担后果！”

她闻言脚步一顿，嘴角扯了扯，并没有回话，笑了笑，大步离去。

凤天翰站在原地看了她的背影许久，最终收回了目光。

洛子夜出了他的帐篷，便去找凤无俦了。她觉得凤无俦不仅仅是一只翻毛鸡，还是一个刁蛮的小公举，不高兴了还发脾气玩失踪！

她在军营里找了他许久，终于在快要黄昏的时候，在一座高坡上找到了他。他坐在那里，手肘放在随意屈起的膝盖上，一双魔瞳定定看向远方，那视线很悠远，令人并不清楚他的眼神是落在哪里。

他听着身后的脚步声，不必去看，也知道是谁来了，倒也未动。

洛子夜走到他身边坐下，谄媚地笑着，胳膊撞了一下他的胳膊：“还生气呢？”

洛子夜见他不说话，干脆把他的腿往自己身边一扯，枕靠在他的大长腿上。这举动一出，他微微一滞，垂眸看了她一眼。随后那冷硬的表情竟也淡化了，大掌伸出，落在她发间。

感受到他掌心的温度，洛子夜知道他这是气消了，便随口找话题：“你父王的性格，跟你好像完全不同……”

她这话一出，他轻抚她墨发的手忽然顿住。

洛子夜抬眸看向他，他霸凛的目光也正落在她脸上，四目相对。她忽然透过他那双眼，看见了一丝悲凉。她觉得心里像是被刺了一下，从未想过在这个强悍霸道得可怕的男人身上，会看见这样的情绪和眼神，这令她感觉心疼。

“臭臭……”她主动扯住他的手掌，与他十指相扣。

他很快地回握住她，将她圈入怀中。到他怀中之后，她便显得娇小得可怕，身子靠在他胸前，她抬眼看他。旋即，便听得他魔魅的声音落入她耳中：“因为孤并非父王的亲生儿子！”

“啊？”洛子夜愣了，心头微颤。

“很惊讶？”他垂眸看了她一眼，魔瞳中掠过一丝异样的光芒，却似乎也有几分隐约的笑意。

洛子夜点点头：“的确惊讶！因为从老王爷的表现来看，他待你是对待亲生儿子的态度。”

“不错！”他沉眸，随即微微合上眼帘。

但洛子夜从他的面部表情看来，便知道他此刻应当是隐忍着非常痛苦的情绪。她握紧了他的手，靠在他胸前：“在问你的身世之前，爷先给你讲一个故事吧！”

她话毕，他魔瞳睁开：“你说！”

她看了一眼天边，轻轻地道：“在很久很久以后……”

说着她险些笑出声，人家讲故事都说很久很久以前，但是她的故事是很久很久以后，因为她来自一个更先进的时代。而他并没有打断她，等着她的下文。

她也接着道：“那大概是几千年之后，在一个大家族里头，有一对夫妻，他们很相爱，有一个女儿。女儿从小就是父母的骄傲，十二岁的时候，就崭露出了锐利的头角。父母是商人，而女儿小小年纪，就帮着父亲出谋划策，拿下了很多生意，击败了许多竞争对手。后来……”

她说着，忽然咬紧了后槽牙。这点轻微的动静，自然难以逃过他的眼，他铁臂将她抱紧：“不怕，有孤在，无人再能伤害你！”

这话一出，像是什么东西击溃了她心头最后一道防线，温暖得不像话，也令她骤然眼眶一热，偏头埋入他怀中，将即将夺眶而出的泪都擦在了他的襟口。他的大掌落在她背上，轻轻地拍了几下，带着安抚的味道。

洛子夜冷静下来之后，又接着开口：“说句不要脸的话，大概这世界，生来便应是平衡的世界，不该有人太出色，否则就会遭嫉恨。在一天晚上，家里起了一场大火，将所有的一切全焚毁了。那一对夫妻在大火中丧生，父亲在最后一刻将女儿从火海中推了出去。然后……然后那个家，就什么都没有了，只剩下女儿一个人，孤魂野鬼一般活着！”

他听到这里，低头看她眼神空茫的样子，虽然他骤然而出的念头有些离谱，但他莫名确信，这应当是她的故事：“这就是你藏在心中最深重的悲伤？”

他还记得，那日在狩猎林中，她昏迷之中泪流满面的场景。

洛子夜一颤，未曾问他怎么会知道她心中藏着事情，便又听得他道：“以后，有孤。即便世上的人全是孤魂野鬼，你也不会是！”

她心中一暖，一句话到了喉间，几乎就要脱口而出，但最终还是没说出来。

“嗯！”她点头，微微闭上眼。

他问她：“还想说吗？”

她知道他这话的言下之意，如果说出来是挖开伤口，是可以不说的。她感动于他的体贴，却笑了：“既然已经说过了要坦诚相对，爷当然会说完！”

他浓眉微蹙，那是不认同的情绪：“洛子夜，坦诚相对不是为了令你掘开自己的伤口！倘若说出来会令你难过，孤宁愿一无所知！”

他这话一出，她凝眸看向他：“可我想告诉你我的过去，告诉你，一个完完整整的自己！”

这一眼里头，他似乎看见她的深情，似乎能透过那双桃花眸，看见她对他那一丝丝未曾言表的爱意。这令他嘴角淡扬，心情也好了起来：“好，你说，孤听着！”

洛子夜点点头，思绪又骤然飘远：“那场大火不是一个意外，是有人故意纵火，警察……也就是官府的人，倒也没有辜负他们吃的那一口官家饭，很快找到了凶手。是因为商场上的事情，两家争夺一笔生意，对手不甘心，而那个大家族中也担心这一家三口会威胁到他们的地位，里应外合……凶手最后被绳之以法。但你知道吗？那笔生意，是那个女儿灵机一动，想到办法拿下的！”

她说着这话的时候，面上泛起苦笑：“真相大白之后，那女孩知道了是自己锋芒太过，才害死了父母。而凶手除了被绳之以法，还赔偿给那小女孩一笔钱，那笔钱她一分都没有拿，委托人捐出去了，从此她就失踪了。后来，是一个叫妖孽的人在垃圾堆里捡到了她！她那时候蓬头垢面，浑浑噩噩地活着，可偏偏又不能死，因为是父亲全力救了她的命。她跟着妖孽，知道了一个组织，是一个杀人的组织，里头只有三个人。一个老大，一个夜魅，一个妖孽。若加上她，那就是四个！”

说起她们三个人的时候，她忽然笑了起来，脸上那一片阴云骤然散开，似能令人看到一丝明媚的阳光：“你知道吗？她们三个在杀手界是最可怕的人，所有人提起她们都闻风丧胆，但她们也是世上最温暖的人。那个小女孩起初并不爱说话，跟她们相处久了之后，性格也慢慢开朗起来，还学会了许多东西，学会了杀人的技巧、武器制造，但她从来不敢在外表露。在杀手组织里，她有一个代号，叫妖物。她从加入组织开始，从来没有完成过一项杀人的任务，可老大她们一直护着她，没有抛弃她。纵然老大一直在说：我养着你，是觉得你厉害，就算你不帮我杀人，也能避免你被其他组织挖走，帮别人杀人成为我的竞争对手。但她心里知道，其实不是这样的，老大一向是刀子嘴豆腐心！”

这几个人，之前在山洞中他也是听她提过的，竟不知她们在她心里，有如此重

要的地位，这也令他心中泛起微微的酸意，有些吃醋了。

而洛子夜也看着他道：“父母故去之后的妖物，做得最好的事，就是学会了完美地隐藏自己。她不喜欢展露自己的锋芒，甚至自暴自弃，希望自己没用一点，再没用一点，做一个最纨绔最普通甚至是不成器的人，安稳地度过这一生，这样才不会害了身边的人。然而，在又一次杀人失败的任务当中，因为一点小小的……意外，妖物死了。她醒来之后，就到了洛子夜身上，屁股被杖刑打得很痛，听说是因为非礼了一个将军？她很愤怒，跳起来就去找将军报仇，然后她认错了人，得罪了一个脾气暴躁又傲娇的小公举，那人叫凤无俦！”

说着这话，她抬眸看向他，俏皮地眨眨眼。

脾气暴躁是不假，但傲娇，有吗？小公举又是什么？

他魔瞳微敛，脸颊也有几分抽搐，但看着她含笑的眼眸，他那双带着几分怒气的魔瞳，顷刻间怒意就平息了些。而洛子夜耸了耸肩：“接下来的事情你都知道了，原本我还是我，还是那么一个不成器也不想成器、想要插科打诨混日子的人。醒来发现自己是个太子，却没有男人那玩意儿之后，爷就开始策划让洛肃封废了爷的太子之位，但是被你打了岔没成功。自然，爷心里有数，就算你不搞破坏，爷也成功不了！接着什么天子令，什么国寺龙脉……”

她就这么被卷进去，出也出不来了。或者从她以洛子夜的身份醒来的那一刻，她就已经在局中，没有置身事外的机会。

“所以，国寺里的那一场大火，你的情绪才会如此激动？疯了一般，冒死也要进去将小鸣子救出来？”那时候他的确有些奇怪，小鸣子虽跟了洛子夜一段时间，但如洛子夜这般，看似有情实则无情的人，在小鸣子未曾对她舍命相护的情义之前，她并不可能先对对方如此在乎，而且她那时候的情绪几乎失控，眼下听了这些，这件事情便说得通了。

他此言一出，她点点头：“不错。也是那时候我才知道，一味懦弱无能，才会真的将自己和身边的人都置于险地。必须要强大，要非常强大，才无人能欺辱！”就如同凤无俦这样，强大到超神的地步，无人奈何得了他，也无人敢挑衅他。

她话音一落，他的手穿过她的发间，令她心头微暖，却在抬眸间，与他那双魔瞳对视。随即听得他道：“几千年之后吗……”

洛子夜点点头：“人家都说修了八辈子的善缘，才换来相遇相逢，咱俩隔了几千年都遇见了，爷觉得……”

“至少十八辈子？”他魔瞳染笑，看向她。

不承想她一本正经地摇头，睨了他一眼：“爷指不定干了八十辈子的坏事，才撞上了你！你瞅瞅你这个人，是从来不讲道理的，你说的都是对的，旁人都要听你的，撞到你手上可不是……嗯……”

她的嘴忽然被堵住。

那魔瞳中怒焰高燃，似并不想再听她说这些惹他生气的话。洛子夜先是愣了一下，接着便笑了，眼睛里头全是潋滟的笑意，对他如此炽热的吻给予了回应。这也令这吻更加炽烈，似乎周围的气温都升了起来，令洛子夜的眸色都迷离了几分。

而他的手，这时候已经扯到了洛子夜的衣带上。她赶紧抓住他的手腕：“说……说正事呢，而且这光天化日的，你别想着白日宣淫好吗？”

她这话无疑取悦了他，令他扬声大笑起来。

扯着她腰带的手，到底还是收了回来。只是那魔瞳中的怒气，这时候看起来还有些可怕。洛子夜也识相地说了一句：“不过你遇上我，估计也是倒了七十九辈子的血霉！反正你这种控制欲强到刁蛮的人，除了爷没人受得了。爷这德行，估计你摊上爷也幸福不到哪里去，所以咱俩谁也别嫌弃谁，就凑合凑合过吧！”

她这个人还是有自知之明的！

她这话，倒是令他嗤了一声：“就算你说得对！”她既然打算跟他凑合凑合过，那么她讽刺、描述、诽谤，甚至用“刁蛮”来形容他的事，他都能不计较。

洛子夜瞟了他一眼：“什么叫就算？本来就很对！”

“是，你都是对的！”他倒是难得地配合。

接着洛子夜又瞟了他一眼：“不过，爷说自己是几千年之后来的，你就一点都不怀疑？”

“孤并不认为你有编故事的必要。而且，原来的洛子夜的确也好美色，但她从来不敢抬眼看孤，岂会如你当日一般，有这样的胆子，拦住孤的轿子，还让孤出去给你摸一把！”说起这话的时候，他语气忽然森冷起来，显然是想起了当日的事情，并不高兴。

洛子夜嘿嘿地干笑了一声。

他倒也揉了揉她的发，柔声道：“从前的事情，都过去了，以后有孤在你身边！”

“嗯！”洛子夜点点头，“那你呢？你说你不是老王爷的儿子，那你是从哪里来的？捡回来的？”

她回头看了他一眼，却见他此刻正垂眸盯着她，魔魅的声音缓沉道：“孤的故事，其实你知道一二的！”

“我知道？”她愣了，迅速开始在脑海中搜寻，但并不记得有人提起过凤无俦

的身世。

她这一问，他微微颔首，魔魅的声音带着几分蔑然又讥讽的笑意，眼神看向远方，沉声道："帝拓那个与孤同年出生却被活剐的皇子，你应当还记得吧？"

"记得啊，那时候小鸣子说那个小王子，他……"说到这里时，她心里忽然咯噔一下，似乎一盆子冰水兜头浇了下来，令她觉得冰凉得发颤，那双桃花眼很快扫向他，颤抖着唇道，"难道……"

看她身子都微微发颤，他抓住她的小手："怕了？"

"没，只是……"只是那若真的就是他的身世，她会觉得心凉，会觉得……心疼。她会忍不住想看看他身上是不是有被生生扯掉皮肉的痕迹，她会……想杀了那个那样对待他的人！

看见她眸中一晃而过的心疼，他顿时心头一暖，笑了一声，环抱着她，开了口："是个很简单的故事！你既想知道，孤便说给你听。孤六岁的时候，帝拓经历了一场天灾。国师说孤为不祥之身，天煞孤星，是弑父杀兄的命格，若不除掉，天灾不能消，帝拓皇族也恐有灭族之祸。这消息出来之后，百姓们沸腾了，他们相信鬼神之说，并写了万民书，要父皇烧死孤！宗族的几位老王爷不忍孤身为皇室中人，却……于是站出来力保孤，母妃的母家那时候也站了出来！"

他心情似乎很平静，平静得就像是在说别人的故事："可那个预言，不仅百姓们信了，父皇也信了。父皇下了旨意，宗族之人也只能退让。而彼时母妃正好怀孕，舅舅手握重兵，若母妃和舅舅不肯让，父皇也没办法。只是，父皇对母妃承诺，只要孤死了，母妃将来再生出儿子，便一定是帝拓未来的新君。父皇有许多儿子，孤不过是他最小的儿子，论嫡论长，皇位都轮不上孤，也轮不上母妃所出的孩子！"

"所以你母亲……"听到这里，她觉得身上的血液都结了冰。

他嗤笑："不错！母妃一心以为她再生下儿子，就可以母仪天下，故而她跟舅舅商讨，舅舅也选择了退让。而他们商讨的那个晚上，孤正好就在窗外！"

"臭臭……"她回头看向他，偎进他怀中，希望自己的体温，给他几分温暖。

他也抱紧她，享受她难得的主动。接着，他闷声笑道："后来的事情，就是天下人都知道的了，帝拓的小王子，因为命格不祥，被扔进冰室，处以极刑。国师说要活剐，才能洗清天煞孤星的命格，平息天怒。孤被关在冰室三天三夜，便染了这一身寒毒。至于活剐，后背的皮肉也的确被揭掉了……可那时候孤杀了几个人，勉力闯了出去，掉进了天下有名的涟河，里面的水比冰还要凉！孤跳进去那一刻，也觉得比冰室还要冷。接着孤便失去了知觉，再醒来，就到了天曜的王府，是父王救了孤。没人会以为掉进涟河的人还能活，何况那时孤还只是个六岁、已经冻成冰人、被揭了一层皮的孩子，但孤那父皇没有见到孤的尸首，似乎夜夜不能安寝！”

他说到这里，又笑起来。

洛子夜抬眸看了他一眼：“再冷的冰室，再冰的河水，怕也比不上那时心中的冷！”

她说完，他一怔，随即又闷声笑起来：“不错，父皇负我，母妃负我，天下人也要我死，可孤偏偏就不想死！等那年的风头过去，一年之后父王才对外宣称，孤是他离家学艺的世子，学成才归。你知道那时候，凤无俦这名字是谁起的吗？是孤自己。无俦二字，意味着天下间无人与孤比肩，也意味着，一生没有伴侣。因为孤是天煞孤星，是天下人都放弃的人！”

她听着这话，忍不住抱紧了他的腰。

他掌心落到她发间，缓沉着声音，笑道：“只是那时候，孤没想过此生会遇见你！”

洛子夜听着，忍不住笑出声：“大概你也是没想到，自己会倒了七十九辈子的血霉，撞到爷手里！”

“不错，孤的确没想到！”他应了一句，抱紧了她。

但洛子夜骤然抬头：“你竟然敢这么说话！你应该立即说，你是走了七百九十辈子的好运，才遇见爷。爷吐槽自己，你也敢接！”

摄政王殿下：“……”

他一双魔瞳沉敛，盯着她，并不明白她为何忽然态度大变，果然女人就是这么善变，不讲道理？他盯着她，她也盯着他，那张小脸上的表情看起来还很有几分严肃。最终他嘴角微微抽了抽，开口道：“孤记住了，孤走了许多大运，才遇见你。约莫孤这一百辈子的好运，全部用来遇见你了！”

“哼！”洛子夜满意地点头，活跃了一下气氛之后，她才问他：“臭臭，你难过吗？”

他一怔，垂眸看向她。随即唇角扯出蔑笑，魔魅的声音里，是他一贯的狂肆傲慢：“难过？”

洛子夜盯着他俊美无俦的脸，骤然伸出手扯了一下他的嘴角：“别笑了！”

说着这话，她眼眶里有些晶莹的东西在闪烁，似乎下一秒钟，那里头的东西就要掉出来。她清楚，他其实并不想笑。她这话一出，他果真也不笑了，倒是微微叹了一声：“难过是这世上最无用的情绪，孤不会有，也不希望再有！”

如今，还能让他难过的人，大抵也就只有她了。

她点头，这一刻的她看起来很乖巧，贴在他怀中："那你是怎么打算的？"

她知道他是有打算的，否则之前便不会有人神神秘秘地来找他禀报消息，而那时候他支开了她，让她去看嬴烬。她也知道，不知道是因为什么，他身边的人包括阎烈，都开始对她产生不信任。可她莫名地相信，他会信任她，会告诉她他的打算。

而她也没料错，他凝眸看了她一眼，沉声道："报仇！"

"天下人对孤不仁，便将成为孤脚下的蝼蚁，被踏于足下。至于担心孤弑父担心到夜不能寐之人，孤的父皇，孤自当令他得偿所愿，死在孤手里。而心心念念想要登上高位之人，孤的母妃，孤会将她踩进尘埃里，去过最低贱的日子，品尝她自己种下的苦果！"他说着这话，那双霸凛的魔瞳中，迸出一丝恨意来。

她明白他的恨，如果同样的事情发生在她身上，她一样会恨。她没有圣母一般劝解他放下仇恨，因为她明白，有的仇恨可以放下，但有的仇恨不能："到时候你若是下不了手，我来帮你。不要再为那些人眉头深锁了，他们种下的因，我们应当喂他们食下恶果。但你要学会让自己快乐！"

她说着这话，伸出手触摸他紧皱的眉梢。

他一直有蹙眉的习惯，而此刻，他浓眉同样皱着。在她的触摸之下，那褶痕渐被抚平，在她收回手的那一刻，他骤然握住她的手，一吻落在她的手背上。似乎是骑士对着公主庄重地一吻。他抬眸的时候，看着她的脸，似乎想说什么，那话却留在喉间，没有说出来。

洛子夜傻鸟一样愣了半晌，吻手礼在古代表示什么，她并不清楚，但在现代是表示敬意的，而且这种礼节，是给已婚妇女的。她又没有出嫁……呃，好吧，重点是凤无俦这种拽得眼睛恨不能放到天上的人，居然这么尊重她？她有种农奴翻身做主人的错觉！

而他眉间的褶痕，也果然舒展开来，洛子夜小心翼翼地收回手，决定一年不洗手，这不是因为被男神吻了激动，而是骤然被他尊重了，太感动了！她含泪捧回了自己的爪，才瞄了他一眼："你刚才那一本正经的样子，爷还以为你要求婚！"

她这话一出，他目光微闪，鎏金色的波光在魔瞳里涌动："孤若当真是要求婚，你可会应？"

事实上，他方才留在喉间的的确是一句"嫁给我"。是我，不是孤。然而他忍住了，因为圣晶石他还未曾为她夺来，离圣晶石所在之地，他们还有数日的距离。手中什么东西都没拿，也未曾如阎烈所言，穿好华服认真打扮，就这般开口求婚，显得太随便了，故而他忍住了。

可没想到，她竟然主动提了，他自然也顺着问了一句。

洛子夜没想到他居然就坡下驴，顿了一会儿之后，她沉默了。婚姻和谈恋爱可不一样啊，需要慎重又慎重。她纵然除了他之外，不会再想选别人，可这就代表她已经准备好嫁给他了吗？

她不确定。

她的沉默，很快让他的心沉到谷底。一贯的霸凛，令他伸出手抬起她的下颌，那双魔瞳凝锁着她，里头是怒焰和烧灼的火，冷醇磁性的声音，带着危险的味道："怎么，不愿意嫁给孤？"

"那倒也不是！"洛子夜摇摇头，愿意吗？不知道。不愿意吗？那也不是。她顿了一会儿道，"要不然你分析几个嫁给你的好处，说服爷一下？"

她这问题倒似将他难住了。

嫁给他的好处？他能保护她，为她遮风挡雨，可即便她不嫁，这些他依然会做；他所有的东西，她若想要，不论她是不是已经嫁给他，他一样会给；她爱面子，喜欢在外头……出风头，不论她是不是他名正言顺的妻子，他也依旧会给她做后台、当靠山，甘之如饴。

既然这样，他还真的想不出有什么好处能够说服她！嫁与不嫁，似乎都一样，并没有多出什么好处来。

洛子夜瞟了他一眼，看他那张俊美堪比神魔的脸此刻微微发沉，她就知道他说不出什么好处来。于是她开口问了："要是嫁给你，你能从此对爷唯唯诺诺吗？"

他脸一黑："不能！"

洛子夜白眼一翻，她就知道他不能，要是他真的能了，那他就不是狂拽酷霸帅的凤无俦了。于是她又问："要是嫁给你，哪天爷不高兴了，不由分说地让你跪地道歉，你会跪吗？"

"洛子夜！"他面色更沉，二十年来，他未曾向任何人屈膝，天地亦担不起他一跪。他此生岂会跪下道歉？何况她描述的言辞，还是不由分说地让他跪下。

洛子夜眨眨眼，也知道让他跪下比要他的命还可怕。她伸手拍了拍他的肩膀："你不能跪我非常理解你，因为要是搁在爷身上，爷也不能！可虽然理解你是没错，但是你这也不能，那也不能，指望你给爷招几个面首什么的，那也是想都不用想了。你想了半天也说不出啥嫁给你的好处，那爷为什么要答应你呢？"

根本没好处啊！而且以他变态的掌控欲来看，嫁给他之后，她从此面对的人生，就会从被他威胁恐吓，变成名正言顺地被他威胁恐吓。这根本就是亏本

的生意！

而话说到这里，摄政王殿下浓眉微微皱了皱，最终凝锁着她，一字一顿地道：“好处吗？孤能许你一生一世一双人，能许你世上最好的荣华，能为你夺来你想要的一切，能……”

他似乎还想说什么，但大抵是因为情商从来低下得令人崩溃，倒骤然想起什么，一本正经地道：“你也说了，大概不会有人比我们更加适合，也更能容忍彼此。尤其，我们身高互补！”

“×！”洛子夜气得整个人都蒙了！

上次在大街上被人叫唤“最矮的那个”，噎得她几天吃饭都不香，他倒好，还正儿八经地提起这事，长得高了不起是吧？她伸手猛然把他一推，他猝不及防，险些被这大力推得向后仰了仰。

这令他魔瞳微眯，眸中全是冷怒，并不能理解她为何这么大的反应。

洛子夜跳起来指着他的鼻子道：“凤无俦，咱俩啥也别说了，你长得高了不起是吧？你长得高就可以侮辱爷了是吧？你也别再说什么好处了，爷是不会考虑你的了，因为你太高了！身高互补，大补过度爷怕自己承担不起呀！”

说完这话，她怒气冲冲扭头就走。该死的凤无俦，居然还专门拣着让她丢脸的事情说，这是求婚吗？这是想气死她吧？走了几步之后，她还觉得心头一口气难消，脱下鞋子对着他的脸就甩了过去！

“洛子夜！”他敏捷地接住那只鞋，脸全黑了，心里也明白自己触到她的逆鳞了。他提起此事，也是因为记得她当日因此心情不好，还以为自己这么说，能令她聊表安慰，不承想她竟如此生气。

“干吗？”她回眸瞪着他，眼睛似乎能喷火。

等了半晌，他忽然站起身，拿着那只鞋走到她面前，纡尊降贵，蹲在她跟前，大掌握住她提在半空的脚，为她把鞋子穿上。随后，他抬眸看她，对视之间，她望进他霸凛的眼，那眼神很温柔，是她从未见过的温柔。怔然间，她听见他的声音：“洛子夜，孤想给你一个家！”

他这话一出，她怔住，一双桃花眼凝滞。对视之间，她忽然觉得心绪飘得很远，家吗？

情绪似乎飘飞到童年，女儿骑在父亲的肩膀上和母亲打闹，那是温暖和幸福的感觉。但是她和凤无俦能有那一天吗？

她怔然思索之间，他魔魅低沉的声音又响了起来：“你不必急着答应，也不必急着拒绝。孤等得起！”

反正，他对她，从来最不缺乏的就是耐心。反王，圣晶石他还没拿到手中。

他此言一出，洛子夜眨眨眼："婚姻大事，需要父母之命，媒妁之言！虽然你刚才的吻手礼，像骑士对待公主，让爷的虚荣心很满足，但怎么的也还得有三媒六聘、堆成山的稀世珍宝吧？你这样空手套白狼可不行！"

其实她想说的是，她这会儿还是个男的呢，怎么名正言顺地嫁给他？还有，没有聘礼，没有戒指，没有鲜花，说几句好听的话，她就把自己嫁了？

要是他是个没钱没权没势的，啥都没有地来求婚，她也不计较那么多了，但是他什么都有，天下大权尽握于他掌中，珍宝于他也如囊中取物，鲜花他要是想折腾，能在她眼前铺一片原野。就这样的人，跑来求婚，啥都不带，这合适吗？

她此言一出，他嘴角扬起，威严霸凛的声音染上愉悦，沉声大笑起来："不错，什么都没带，的确不足以表明孤的诚意。那么，洛子夜，你就等孤备好聘礼，娶你过门！"

骑士与公主吗？

"一言为定！"洛子夜眉梢染笑，应下这四个字之后，她却觉得心跳都加快了，像人站在岸边，隔海相望，望见幸福的彼岸。

她这话无异于许诺，他魔魅冷醇的声音也染了几分难得的笑意："一言为定！洛子夜，相信孤，孤会让你做世上最幸福的女人，你将永不为你今日的决定后悔！"

骑士将保护他的公主一生一世，他会是她一生的骑士，也会是她相伴一世的王子。

"说的比唱的都好听！"洛子夜语气很不屑，似乎非常不相信，悄悄上扬的嘴角却泄露了她的情绪。

他扬声大笑，扯住她的手腕将她拥入怀中。夕阳的余晖洒到他们身上，天边的霞光也一片深红，似在为他们高兴。而洛子夜忽然觉得有什么不对劲，回头看了他一眼："凤无俦，为什么是爷嫁给你，不是你嫁给爷？"

他眉心一跳，脸颊微微抽搐，垂眸居高临下地看向她，魔瞳中似乎有跳跃的火光。

而洛子夜丝毫没在意这些，认真地继续道："你看吧，现在在天下人眼中，咱俩都是男的。要是真的在一起的话，为啥一定要是爷丢面子嫁给你，而不能是你嫁给爷呢？"

说到这里，她忽然动情地握着他的手，回忆起之前他们的对话，一本正经地道："虽然成亲之后，爷不能对你唯唯诺诺，也不能在你的要求之下不由分说地跪下道歉，更不能为你找几个漂亮姑娘养在后院，但是爷也想给你一个家啊！”

这些话他会说她也会，不太一样的是，他是发自内心，而她是依葫芦画瓢。

两人把话说到这里，摄政王殿下就沉默了，脸色还有几分发黑：“洛子夜！”

看着他略微恐怖的面色，洛子夜干笑了几声，心里已经开始害怕他发火，但仍然死鸭子嘴硬：“怎么了？生啥气啊，你嫁给爷和爷嫁给你，可不都是在一起吗？有啥不同？”

“的确，既然都是在一起，那你为何要计较这些？”他倒并非为她计较谁嫁谁娶的问题生气，而是因为她竟然将他的话全然翻过来说一遍，就似乎将他方才的话都当成玩笑一般，这实在难以令他心情愉悦。

洛子夜眨眨眼：“话虽这么说，但爷还是觉得……”

话没说完，他骤然打断了她：“实力决定一切，什么时候你打得过孤了，你说什么就是什么。若不能，就乖乖听孤的！”

他这话一出，洛子夜眉梢一挑：“你这就是确定了爷不能打过你了是吧？凤无俦，你都一大把年纪了，还事事都要计较，你让爷一下怎么了？”

他：“……”一大把年纪了。

他还没来得及再说话，他们身后便骤然传来一阵脚步声，是闽越。他手中端着一碗药：“王，冰貂已经备好了！”

“嗯！”他伸出手，闽越很快将手中的碗递给他。

洛子夜抻长脖子看了一眼那碗，发现里头是透明的液体，若不仔细看，会觉得只是一碗白水，但仔细地看一眼，能看见面上波光粼粼，仿佛是龙的鳞片。

闽越将药递给他，洛子夜问了闽越一句：“我们带回来的那只狐狸，怎么样了？”

闽越开口道：“已经服下百灵草，过几日就没什么事了，果果也找到了玩伴，太子可以放心！”

“嗯！麻烦你了！”洛子夜点头。

闽越应了一声：“属下不敢！”说罢，转身大步离开了。

而摄政王殿下接过那碗之后，便拿起汤勺，打算喂给她喝。她有些不好意思地看他一眼，伸手欲将他手中的药碗接过来：“爷有手有脚的，还是爷自己来吧！”

他却没放手，那碗在他手中握得牢牢的，他魔瞳盯着她道：“张口！”

左右是斗不过他，洛子夜瘪了瘪嘴，乖乖地张口。不过这种喝点东西都有人伺候的感觉，还真是——爽！她将那东西咽入喉中，竟并没喝出什么味道来，只觉得自己身上的毛孔似乎全部被打开，血脉也急速流动起来，但并没有觉得哪里不舒服。

却在低头近距离地看他握着汤勺的手时，她看见了他手上的一个伤口。

很细微的伤口，看样子已经有几天了，但从深度来看，当时应当是见了骨。她骤然伸手覆上他的伤口，他动作一滞。她抬眼看他："这是抓冰貂的时候，被咬的？"

看出她眸中的心疼，他嗤了一声："区区小伤，奈何不得孤！"

他素来强悍，这一点她当然知道，她也没过多地为此争论，非要说他这伤很严重不可，却轻声道："臭臭，以后不要这样了，要是你真的被咬出个好歹，或者在雪山上出了什么事，我可怎么办呢？"

这声音很轻，轻得她自己都险些听不见，心却莫名慌了起来。他要是真的在雪山上出了事，她会觉得……天都塌了吧，会觉得，从此人间便是黑夜，永不见白昼。

看着她暗沉的面色，他扬声笑起来："洛子夜，不要小视你的男人。孤的命，硬得很！"

说完这话，他再一次举起汤勺，示意她喝药。

她盯着他，看他魔瞳中漫不经心的笑意，也知道很难说服他。他太强大，以至于一切都不看在眼里。她让他不要涉险，可大概在他看来，世上于他根本没有险地这一说。但洛子夜也不是轻易就退让的人！

她很乖巧地喝着药，嘟囔着道："反正爷的话放在这儿了，你这条命你自己好好珍惜着，你要是哪天有个什么万一，爷是不会为你守身如玉的，爷肯定立即再找一个。你自个儿一大把年纪了，本来大概就活不过我们这些年轻人，你再不好好注意着……不说了，你自个儿看着办！"

她话一说完，他脸全黑了。喂她喝药的动作也骤然粗鲁起来："自己看着办？洛子夜，孤真想把你办了！"

"嘿嘿……"洛子夜干笑。一碗药汤很快喝完了，胃部像饮下去一团火，有什么东西正沉淀在腹部，使得她感觉整个丹田都烧灼起来。气流渐渐向上，似乎是要为她打开气门！她忙闭上眼，为体内的气息引流，从四肢百骸穿过，接着，她欣喜地发现，内息和她身体融合的程度，就在这么短短一会儿，提升了三倍有余！

而近日在攻向第六重的时候遇见的瓶颈，这时候也已经有被冲开的架势！

思绪正在此处，一双浑厚有力的大掌落在她的后背，传导出来的内息很快涌入她体内，与她体内那一股内息融合，令她身体中如蛇一般蜿蜒而上的气息瞬息之间充沛，如同狂蟒一般狂驰而上！

两股内息的引流之下，使得洛子夜脸颊发烫。但心头有一种熟悉的心悸感，这

种感觉她非常熟悉，曾经经历过五次，这让她感觉到第六重功力就要破了！她在他的帮助下，慢慢地引导体内的内息，一点一点地去冲破那个关口。

然而，就在那内息即将到达那个关口的时候。

他魔瞳一凛，掌中内息散出，灌入她体内，令她通身一怔，她原本小心翼翼去冲破那个关口的计划全部被他打乱，轰然之下，那关口就被他悍然相助的内息击破了！接着便似一股电流分支散开，种子般在她体内投射，似乎点燃了一簇一簇的火，使得她整个人都微微发颤。

接着，体内似乎有一股激流立即将破体而出！磨折之下，她霍然睁开眼，双掌抬起——轰隆一声！那激流从掌中迸出，气流撞向几十米前的一座高坡！

轰隆一声巨响！

那高坡应声而倒，上头的泥土和石屑被炸得飞起！接着落地，便寂静无声了。

洛子夜难以置信地睁开眼，眼眸看向自己的手，又瞟了一眼不远处的石堆，这就是她体内第六重的力量？

怔然中，听得他魔魅冷醇的声音从身后传来："吓到了？"

洛子夜回眸看了他一眼，猛然一跃扑入他怀中，唇瓣与他相撞，话语中带着兴奋的味道："宝宝跳起来就是一个么么哒！"

她一吻印上去之后，感受到了彼此唇间的温度。

而这会儿，天色渐黑。

远处阴凉的树下，站着两个人。一人的肩膀上还有一只秃鹫，她斜睨了一眼身侧的女子："你确定，洛子夜是要打我秃鹫的主意？"

"公主自己用这秃鹫做了什么事情，公主自己不清楚吗？"萧疏影轻轻笑了笑，那双漂亮的眸子里泛着森然的幽光，还有刻骨的嫉妒。

凭什么自己心心念念的人，她名正言顺的未婚夫，心里惦记的竟然是这个洛子夜？倘若洛子夜是个男人，她倒也认了，想着殿下喜欢的是男子，败在起点她无话可说，可偏偏，洛子夜竟也是女人，这让她如何接受？

"你是何时知道，洛子夜是女人的？"申屠苗扫了她一眼。

萧疏影看向她："这个你不需要知道！你只要明白，这一点你我能知，天下人不能知便罢。这也是我告诉你这个秘密之前，你答应我的条件！"

是龙傲翟向她透露了洛子夜的性别。可她明白那个人的秉性，她若公然将这件事情传出去，给洛子夜惹出麻烦，龙傲翟不会放过她。她不怕死，但是她怕连累父亲，连累煜成王府。

申屠苗冷笑出声："你以为我傻？洛子夜在天下人眼中是个男人，这就是横在他们之间最大的障碍，短时间内，洛子夜若是不愿意放弃她眼下的身份地位，那么凤无俦就无法名正言顺地跟她在一起，可我们若是捅破了这件事情，意味着什么？”

萧疏影明白了对方的意思：“的确，于你而言，此事也不能捅破！”

“所以你尽管放心！不过，你是洛子夜身边的人，怎么会过来帮我？”申屠苗看萧疏影的目光透着几分怀疑。

萧疏影睨了她一眼：“你若是不相信我，大可以当我今日没来找过你！”

申屠苗立即笑了：“好，是我的不是。既然已经决定合作，自当不该怀疑！洛子夜可说了，她打算如何对我的秃鹫出手？区区一只鸟而已，若是用得好，说不定还能令凤无俦对她失心！”

“她打算……”

萧疏影说完事情，便转身先回去了！

申屠苗远远地看着相拥的那两人，眸中幽冷的光更甚。洛子夜，她竟然敢主动吻凤无俦！一个不知廉耻的女人，也不知道凤无俦喜欢她什么。或者，凤无俦就是喜欢这样主动的？

她在原地站了许久，素手掐入了手中秃鹫的羽毛之中。

掐入得极深，那秃鹫都已经开始感到不舒服，想要挣开她！但她岂会让它如愿？反而下手更狠，将那秃鹫抓得更紧，另外一只手捏住了秃鹫的嘴，让它无法痛鸣出声。她嘴角微微勾起，洛子夜，终有一日，她申屠苗会让她如这秃鹫一般，落入自己手中挣扎，痛极了却哭也哭不出来。最终一点一点地走向覆灭和死亡！

她正待要转身，身后传来一道粗犷的声音：“洛子夜当真是女人？”

他这话一出，申屠苗一愣，立即回眸看向暗处，便见着了兄长那双如鹰般锐利深邃的眼。她微微愣了一下：“王兄，我……方才的话，你都听到了？”

“不错！听见了。”申屠焱点头。

申屠苗看了他几眼：“既然你已经听见了，那臣妹也不多说什么了，臣妹先行告退！”

“洛子夜并非你能招惹的人，凤无俦的脾性也是你我心知肚明的事情。你当真要……”他皱着眉头，提出自己的警示。

但他才说了一半，申屠苗便开口道：“此事是我自己的事，与兄长无关！也请兄长放心，苗儿做任何事，不论成败，那也都是苗儿自己的事，与兄长无关，也断然不会连累兄长！”

说完这话，她不等他再开口，便转身离开。申屠焱看着她的背影愣了几秒，摇了摇头，大步离开。

等到这里安静了，不远处树上的人已经做了一回黄雀。那对兄妹的身影渐渐消失在一双邪魅的桃花眼中时，那人微微苍白的唇角轻轻扯了扯：“所以，我算是最后一个知道小夜儿是女子的吗？”

青城默默地立在树下：“公子，您才刚醒，不宜在外头待太久，属下还是送您回去吧！”

他话音一落，嬴烬眉梢微挑，靡艳的声音轻飘飘的，带着他天生风流的味道，也带着几分久病初愈的虚弱。他薄凉的唇角微扯：“原本我以为，我醒来之后，见着的第一个人会是小夜儿！”

“公子……”青城皱了皱眉，抬眸看了他一眼，心下有些担忧。心中也开始怀疑，自己让洛子夜跟公子保持距离，这到底对不对！如果他不说……

他这一声叫出来，嬴烬扯了扯薄唇，那双桃花眼轻轻地闭上：“不管申屠苗打算拿那只秃鹫做什么，明早之前，我都不希望看见那只秃鹫还活着！”

青城一怔，随即道：“是！”

听完这一声，树上的人又霍然睁开眼，看了一眼洛子夜所在的方向。那双桃花眼中灿光微闪，看向她的眼神仿佛是看向最美的星光，那也是他此生可遇而不可及的璀璨宝石。他忽然叹笑：“青城，你知道吗？在山洞里的时候，她已经拒绝我了。她说希望我退，而我，也已经答应过她了！”

青城一怔，正诧异之际，嬴烬的目光又投到了他身上，那眼神不见喜怒，不见悲欢。只轻轻地道：“我已经答应退了，可是青城你为何连她能施舍给我的最后一丝温暖，也要剥夺呢？”

他这话一出，青城一僵，登时便明白了公子的意思。他面色煞白，扑通一声跪下，面部表情紧绷：“公子，您知道了？”

嬴烬盯着他，那双桃花眼里潋滟的波光尽散，眸色零散得如同一盘散沙，只回了青城一句话：“她不是这样的人！”

洛子夜并不是这样的人，她纵然无情，但绝不会无义。便单单是出于朋友之谊，他醒来的时候，她也不会不在。然而，她真的不在。他也太了解青城，明白在自己昏迷，甚至生死难料的时候，青城可能有什么样的反应。

“是属下的错，请公子处罚！”青城低下头，不再看他。

嬴烬闭上眼沉默了几秒钟：“你走吧！”

青城一怔，难以置信地抬眸：“公子？”走？这是要赶他走？

他语中的难以置信，令嬴烬睁开了眼，那张又美又妖魅的脸宁静而淡漠：“你走吧，青城。你要的，我给不了！”

他这话一出，青城愣住了。自己要的，他给不了？他知道？他一直知道自己想要什么？或者，他甚至还知道自己的身份？青城咬了咬牙，咽下喉间那一抹苦涩：“我知道你给不了，我从来也不敢求。我只是想陪着你而已，冥吟啸，也许有些东西是注定的，就像你遇上洛子夜是注定，而我遇见你也是注定。注定相遇，注定没有结果，但你和我，谁都不会想从这条路上退回去，因为身不由己，因为人不能控制自己的心！”

这是他第一次叫出嬴烬的名字！说完这话，他霍然抬眼，面上露出与自己这张清俊容颜不符的沉稳，还有几分犀锐的味道：“其实原本你想过给的，不是吗？如果，没有遇见洛子夜！”

他这话一出，嬴烬竟怔住了。随即轻轻摇头，原本想过给吗？他不知道。除了他的小夜儿，他其实并不能接受男人，甚至是反感。所以怎么会想给？但他不会忘，武青城这十数年如仆如友的陪伴，如果没有遇见洛子夜，在未来的某一日，他会不会终有一天，觉得无以为报，所以让对方得偿所愿呢？他也不知道。

“冥吟啸，你就是这样！你的心到底有多凉，才会只要有人对你有一点好，你就会忍不住去抓住他，甚至不惜付出你自己的一切，违背自己的意志去回报？仿佛你自身于你而言，根本毫无价值。这么多年来，你一次次酗酒病倒，倘若我想……就算是乘人之危，也多的是机会。或者你念我的恩，连反抗都不会，可你以为我为什么不这么做？”话说到这份上，便也等于是撕开了所有的伪装。

靠在树上的人，长长的羽睫颤了颤，并未出声。

接着，武青城又道：“因为我知道，你恶心这样的事，你甚至恶心我对你的感情，所以我只求陪着你。可你最好不要逼我！”

他说到恶心这样的事，和恶心他的感情，原本在树上靠着的人骤然睁开了眼。

武青城冷冷笑了一声，嘴角扯起一抹轻嘲：‘难道不是吗？”

嬴烬顿了顿，那双邪魅的桃花眼中，有几分微微的叹意：“武青城，你是龙昭的四皇子，更是修罗门始祖的唯一关门弟子，倘若你不在我这里，也许你有机会登上龙昭皇位，你也还是修罗门的门主。更不必改头换面，遮住自己的容貌做人。让你走，是因为我明白，终我一生也不能让你得偿所愿，我并不想伤你！”

“皇位可以舍，修罗门六年前我就已经抛下，早已与我无关。我不惧伤，可是冥吟啸，如果不在你身边，我也许会忍不住伤害你在乎的人，比如洛子夜，比如凤溟皇宫里的那位。若是如此，冥吟啸，你还是坚持要赶我走吗？”武青城看向树上

的人，嘴角含着笑意，可那笑丝毫不达眼底。

嬴烬抬眼，眸色冷冽："你是在威胁我？"

青城闭上眼，怎么能说威胁呢？若是说威胁，他们就会站到对立的位置，再没有回旋的余地，这一句话，他如何敢应？嬴烬，也并非他表面这般畅饮天下酒，举手尽风流，他心狠手辣的时候，比任何人都要可怕百倍！

"并非在威胁你！"武青城应了这么一句，也不说旁的话了。他什么都可以抛下，也什么都抛下了，怎么舍得威胁他？明明他是他倾尽所有也想守护的人。

场面诡异静默得可怕，嬴烬那双邪魅的桃花眼投在他脸上，未曾离开。看了半晌之后，他骤然收回了眼神："你愿意留，就留下吧。只是不要再干涉我和小夜儿的事！"

"是！"武青城站起身，退到一边。

月儿从云层中探出来，嬴烬的目光远远地投到那山坡之上，这时候凤无俦和洛子夜还在那里。他盯了一会儿，忽然自言自语："青城，她会幸福的！"

他这话一出，武青城也跟着看了过去，不明白他这话的意思。

接着，便听得那人靡艳的声音低低地笑起来，他抬手遮住了自己的眼，仰靠在树枝上："因为……我会帮她守着的！"

武青城一怔，抬眸看向他，忽然心疼得不能自抑。

"也好，我这样的人，原本就不配！"他语落，从树上下来，脚步倒是轻快了不少。就算是因为青城的话，小夜儿没守着他，但无论如何，知道他什么时候会醒，她也一定会去看看的。

武青城看着他的背影，摇了摇头，跟了上去。

也的确如嬴烬所料，洛子夜跟凤无俦在山坡上又坐了一会儿，她开始欲言又止地看他，心思表现在面上。

他自然知道她的意思，倒是主动开了口："想去可以。不准长时间盯着那个狐狸精、小白脸，不许勾肩搭背，不许摸手流鼻血……"

"等等，流鼻血不是爷能控制的啊！"洛子夜没忍住打断了他。

"如果你实在无法控制，那孤觉得你还是不见他为好！"摄政王殿下语气很冷硬，面部表情更冷硬，丝毫商量的余地都没有。

洛子夜瘪了瘪嘴："那好吧，爷一定忍着！"

说完这话，她站起身，往嬴烬的帐篷那边走去。摄政王殿下也在后面跟着，洛子夜看了一眼北面的王帐："父皇这时候还没有回京城吗？"

她出海到现在，已经有半个多月了，可对方的帐篷还在！

她这话一出，摄政王殿下微微扬眉：“洛肃封身受重伤，不休养几日，他岂敢回京？两日之后，军队会在大漠出口分开。届时你或许需要回京城监国！”

“分开？”洛子夜愣了一下，扭头看了他一眼，“你不跟我们一起回京城？”

她这一问，他魔瞳沉敛：“不想跟孤分开？”

看他这种说着撩妹的话，还用着一本正经表情的无耻德行，洛子夜瘪了瘪嘴角，不想承认让他得意：“没有，只是好奇！”

她这话，他倒也没觉得意外，只是听着，还是难免觉得失望。但他也没有多说，只应了一句：“孤要出征蛮荒，你忘了？”

“呃……”洛子夜没忘，只是没想到会这么快而已。

说话之际，他们便已经到了嬴烬的营帐门口。

洛子夜还没开口问，门外的守卫便率先道：‘太子殿下，嬴烬公子已经醒了！大夫也看过了，说没有大碍，您可以放心！”

“嗯！”洛子夜掀开了帐篷的帘子。

而彼时嬴烬已经下床，正坐在桌案边上饮茶。她进来的时候，他抬眸看了她一眼，面色依旧苍白虚弱，眼神却在看见她的那一瞬间，兀地晶亮了一下：“小夜儿，你来看为夫了？”

这话，他似乎是故意说给她身后的人听的。果然，摄政王殿下听见“为夫”这两个字，魔瞳中骤然燃起怒焰。一看他这样子，洛子夜就知道他要挑起战火，二话不说，把凤无俦拦在自己背后，觍着笑脸看着嬴烬：“嗯，来看看你！”

她这一句落下，嬴烬倒不看她了。眼神落在了她身后的凤无俦身上，凤无俦比洛子夜要高出一个头，故而他们很容易盯着彼此的脸对视。摄政王殿下嘴角淡扬，唇角是轻蔑的弧度，似是根本就看不起他。

嬴烬的嘴角同样微微勾起，也令人感受不到丝毫善意。

洛子夜咽了一下口水，心里也开始后悔，自己咋忘记了这两人常常一见面就打的事！头痛之间，嬴烬已然盯着凤无俦开了口：“情敌，幸会！”

洛子夜扶额，摄政王殿下微微挑了眉梢，魔魅冷醇的声音，也带着几分显而易见的戾气，竟应了一声：“幸会！”

“听说不久之后，便是情敌你二十七岁的生辰，恭喜恭喜，在下也很为情敌你高兴，届时必然备上大礼！”嬴烬轻轻笑着，那笑容魅惑诱人得很。

“啊？凤无俦，过几天是你生日啊？”洛子夜迅速扭头看了他一眼。话说这事，她还一点风声都没听见过，果然最了解自己的人是对手啊。嬴烬把凤无俦的生日都记得清清楚楚！

摄政王殿下垂眸，眸中火光跳动。然而见洛子夜只在好奇他的生日，并没在意二十七岁这个问题。他这才平静下来：“不错！”

只是，他从来没有过生辰的习惯，也未曾有人敢自作主张为他庆贺。

嬴烬也笑笑，轻声开口：“是啊，小夜儿，凤无俦还有几天就二十七岁了！二十七啊……其实我这般二十出头的人，一直很佩服情敌这样的人，毕竟阁下与我们相比，有着前辈般的阅历和眼界！”

洛子夜听着听着，就越来越觉得这个话不对味了。嬴烬这到底是在夸赞凤无俦有眼界，还是在讽刺对方年纪大啊？都用上前辈了！

摄政王殿下魔瞳一凛，嘴角淡扬起讥诮和轻蔑的弧度：“所以你的意思，是打算从此称呼孤为前辈？”

若当真如此，那凤无俦就长了嬴烬一辈了。

嬴烬轻轻一笑，那笑容似荼 花开了遍地：“岂会如此！毕竟小夜儿如今虽然选了你，但情敌你毕竟年事已高，不比我们这些年轻人，一个说不定，情敌你恐会在小夜儿之前与世长辞，届时我也好照顾疼爱小夜儿。此刻，后辈的名分，我自然不敢随意认下，否则若真有那一日，旁人岂不说我乱了伦理纲常？”

洛子夜听得一愣一愣的，大了九岁多就是年事已高？都想到与世长辞了？虽然哲学告诉我们，应当以发展的眼光看问题，可嬴烬这看得也太长远了吧？

然而，摄政王殿下听到这里，身上的戾气反而散了一些，已经明白了嬴烬的意思。对方无非想告诉他，哪怕等到自己百年之后，对方也不会改变对洛子夜的执着，所以这是在提醒自己，不要以为洛子夜已经选择了自己，就能放松警惕不再珍视她，因为他的情敌将百年如一日地在一旁虎视眈眈！

清楚了情敌的本意，他心中的怒气自然也散了一些。轻嗤了一声：“嬴烬，你的意思，孤明白了！你可以等，你可以盯着，但孤不会给你任何机会。从前没有，如今没有，以后也不会！”

“那样最好！”嬴烬扯了扯唇，应了一句。

洛子夜看他俩原本剑拔弩张，这会儿气氛又正常了，这反而让她看不懂了，两边看了一会儿，她问了一句：“那个，你们……”

“无事！”嬴烬轻轻笑了笑，收回了看凤无俦的眼神，看向洛子夜，“小夜儿，出海求药，是不是很危险？”

洛子夜笑了笑：“还好，总不会比你当时的情况更危险！闽越那时候可是说，找不到妖莲，找不到神医，你也许就醒不过来了！”

她这话刚说完，门外忽然传来一阵脚步声。接着，外头就有下人进来：“太子殿下，陛下传您觐见！”

洛子夜愣了一下，回眸看了凤无俦一眼，摄政王殿下眉梢也微微挑了挑，表示他也不清楚洛肃封找洛子夜做什么。

洛子夜盯着那下人：“父皇可说了找本太子做什么？”

“不清楚，只听说是有些机密的事情要商讨，龙将军也在。只请太子殿下一个人过去！”下人说着这话的时候，情不自禁地低下头，小心肝也在发颤。陛下这话的意思，分明就是不想让摄政王殿下去，陛下是皇帝敢这么说话，但是传话的自己，很害怕啊！

嬴烬剑眉挑了挑：“你们的皇帝陛下倒很有几分意思，小夜儿难得来跟我说句话，他便要小夜儿去见他，早不见，晚不见，偏偏选这个时辰。怎么，你们陛下这是在针对我吗？”

他这话一出，来传话的人倒是愣了，抬眸看了嬴烬一眼，在看见对方那张脸的时候，顿时一惊。纵然他是个男人，可看着对方那张比女人还要媚上几分、美上几分的脸，也禁不住红了脸，赶紧低下头：“这个……”

支吾之间，他倒也反应过来了，嬴烬纵然是天下第一美男子，但也就只是太子府的一个男宠，他哪里来的这么大的胆子，居然问他们天曜的皇帝陛下是不是针对他？

他还没想好怎么回话，洛子夜就叹了一口气：“好了，你也别为难他了，他就是一个传话的！爷先去看看父皇找爷有什么事，你们两个也冷静一下，别动不动就动手打架！臭臭，我最喜欢你了，你千万别欺负病号，么么哒！”

洛子夜说着这话，对着摄政王殿下噘了噘嘴，做出一个亲吻的动作，这才转身出门。她是真的很担心自己不在，这两个人又打起来，尤其嬴烬这时候身体虚弱，可别被凤无俦打出个好歹来！

她这话一出，还有这噘嘴的表现，摄政王殿下见了，心情自然不错：“对只会吃软饭、无能的小白脸，孤素来有包容度，你放心！”

嬴烬原就在洛子夜这一句话之下表情发黑，此刻又听情敌这么说，竟也轻轻笑了一声：“对年纪大得可以给小夜儿和我当叔叔的老男人，本公子也从来秉承敬老的态度，不会随便动手！小夜儿你不必害怕。”

洛子夜：“……”当她啥都没说，转身便走！

她在下人的带领下，进了洛肃封的王帐。洛肃封的声音传了过来：“太子！你回来之后，都没来拜见朕，你心里还有朕这个父皇吗？”

洛子夜嘴角一抽，就知道来了没啥好事。她孙子一样马上跪下：“儿臣心知父皇伤势未愈，不敢打扰父皇休养，故而未至。还请父皇恕罪！”

洛肃封盯了她一眼，这才看向龙傲翟："龙将军说有要事要找朕禀报，必须等太子来了，才能说，不知道是何要事，你但说无妨！"

"启禀陛下，末将有一事相求！"龙傲翟说着这话，跪在了洛子夜身边。

洛肃封蹙眉，显然也是少见龙傲翟如此慎重的样子："爱卿有什么话，直说便是，只要朕能答应，朕必会答应！"

"不知陛下可还记得，数月之前，末将因为太子对末将无礼之事，弹劾太子？"龙傲翟低头开口。

洛子夜嘴角一抽："龙将军，那时候父皇已经下令责打本太子了，您不会还想翻旧账吧？"

龙傲翟没理她，洛肃封皱眉："朕自然记得，怎么了？"

龙傲翟倾身，意味不明地道："末将近日左思右想，觉得太子此举实在辱没末将清誉。末将认为，陛下应当即刻下旨，让太子对末将终生负责！"

"咳……"洛肃封被他呛到了！

洛子夜也差点被自己的口水呛到，难以置信地看了他一眼："龙将军，你没中邪吧？"

她这话简直问出了洛肃封的心声，龙傲翟听完之后，偏过头扫了她一眼，那双血瞳中带着洛子夜看不懂的神色："末将没有中邪，这件事情，末将是认真的！"

洛肃封听完这话，看向龙傲翟的眼神中透着几分阴冷，在他们两人之间互相看了看，不明白当真只是龙傲翟一厢情愿，还是洛子夜和龙傲翟已经神不知鬼不觉地站到了一条线上！

"那一定是发烧了！"洛子夜关心地看了他一眼，眼神很是惆怅，"龙将军，本太子知道你这是身体不康健的表现，你不如还是等高热治好了之后，再来找父皇说吧？"

龙傲翟睨了她一眼，却根本不买这账："太子殿下，本将军没有发烧，也并没有高热！本将军是在向陛下请旨，与太子无关，还请太子不要开口！"

洛子夜："……"

她正打算让他滚回家好好治治脑子，洛肃封这时候却先开口了："龙将军此举何意？"

"启禀陛下，当日太子殿下说，也许臣心中对太子殿下倾慕已久，并时刻梦想着成为太子妃，甚至未来还能成为一国之母母仪天下，不知道陛下是否还记得？"龙傲翟低下头，微微抿着嘴角。

洛子夜一听这话，立即便道："可龙将军当时也说了，您没有这个意思！"

龙傲翟扫了她一眼，血瞳微眯："末将是不打算成为皇后，但这并不妨碍太子成为将军夫人。太子说只是玩玩而已？那太子不妨说说，出了大殿，太子对末将说，从轻薄末将的那一刻，太子就是真心的。这又作何解？"

洛子夜一噎，还将军夫人？她也不在这个上掰扯，只问："龙将军，您见过渣男吗？渣男就是像本太子这样的，非常擅长说一些骗死人不偿命的甜言蜜语，而一切都不过是爷玩弄你感情造就的假象，只是为了得到你倾心相付，等到爷失去兴致了，爷从前说的那些话就全部忘得一干二净了。你跟渣男是不能较真的，认真你就输了，最终伤害的也只是你自己！"

洛肃封听着洛子夜这话，嘴角直抽。自己也好，武修篁也罢，哪怕是水漪，也没有一个是花心滥情的，到底是怎么生出洛子夜这么个不是东西的东西的？说起玩弄别人感情的时候，她还分析得如此头头是道，毫无愧色地自称渣男，还说人家认真才是输了？

而龙傲翟听完，看向洛子夜："太子是不道德的男人，但末将是清白的男子！不论太子是玩玩而已，还是真心诚意，太子也必须为自己做过的事情负责！"

洛子夜这回彻底蒙了。

洛肃封也算是明白了眼前的事只是龙傲翟一个人的意思，盯了这两人数秒之后，他开口道："那么龙将军想过摄政王殿下的意思吗？"

"摄政王殿下的意思，末将倒认为可以暂且不必想。眼下，末将只希望陛下答应末将这件事，并且以后都不要答应别人便可。"除掉凤无俦之后，洛小七、轩苍墨尘，都会对洛子夜虎视眈眈，尤其这时候百里瑾宸似也有搅和进来的心思，他自当先下手为强。

他这样说话，洛肃封便仿佛意识到什么，明白他们是打算对凤无俦下手了。洛子夜听着这话，也咯噔了一下，私下觉得龙傲翟这货胆子挺大的，居然连凤无俦的意思都敢不考虑了！他是真的胆子大呢，还是有什么龌龊见不得人的打算？

洛肃封沉默了一会儿，盯着龙傲翟道："那么，龙将军的意思，是要朕的一纸诏书吗？"

龙傲翟拱手道："末将斗胆恳请陛下成全！"

"父皇，儿臣认为不妥！"洛子夜看向洛肃封，脊背更是挺得笔直。

洛肃封沉眸，盯着洛子夜道："太子认为哪里不妥？"

洛子夜开口道："父皇，难道您忘记了，儿臣是男儿身，龙将军也是男儿身？两个男人，这成何体统？龙将军可以不顾及龙家的血脉，但儿臣可还是要为我洛氏皇族开枝散叶的！龙将军此请，简直其心可诛，父皇万不可答应！"

她这话一出，洛肃封一噎，龙傲翟也是一噎。他们两人都知道洛子夜是女人，可眼下这是一个不能捅破的秘密，这样听起来，洛子夜的话仿佛无法反驳。尤其这还是皇家！只要闹出去，那决计是天大的笑话。

看洛肃封沉默了，洛子夜赶紧趁热打铁："父皇，此事实在是荒唐，还请父皇三思，万万不能答应龙将军所请！龙将军的话，简直就是骇人听闻，若非儿臣知道龙将军一直对我天曜忠心耿耿，此刻儿臣都要怀疑，龙将军是不是妄图将我天曜陷入天下人的口舌之中！"

龙傲翟默了半晌，在洛肃封若有所思的眼神下开口："太子有太子的想法和顾虑，但末将也不是没有身份地位的人。末将这么多年来对天曜忠心耿耿，更被陛下封为护国将军，却要蒙受被太子轻薄的奇耻大辱，太子轻薄之后，更不打算负责。那又将末将置于何地？"

"龙将军是不是忘记了，您弹劾本太子之后，父皇已经给了龙将军一个交代，将本太子打了一个半死？"洛子夜眼神已经开始不耐烦起来。

龙傲翟立即道："即便如此，末将也认为，这不能弥补末将所承受的损失！"

"我说你一个大男人，被摸一下能有什么了不得的损失？"洛子夜真的怒了！

"够了！"洛肃封呵斥了一声，示意他们两人都闭嘴。他沉眸盯着龙傲翟，开口道："龙将军，事关我天曜国体，龙将军纵然为我天曜立下了汗马功勋，但朕也要考虑此事的最终影响，故而……"

龙傲翟听着，立马就知道皇帝想表达的意思，若是真的让他说出一句拒绝，那么这件事情就真的没戏了，于是，他直接开口打断："陛下，末将入天曜这么多年来，只求过陛下这一件事！"

说完这话，他面部表情冷硬，单单看这样子，也知道他是不好说话的。

洛肃封盯了他一会儿，也在他面上看见了不退让的决心。顿了片刻之后，他开口道："既然如此，那龙将军还是先回去吧。这件事情，容朕再考虑几天！"

他这话一出，龙傲翟还想说话，却见洛肃封这时候面色也冷了下来，显然他已经做出了最大退让，不再有丝毫回旋余地。

龙傲翟也只能开口："末将遵旨，那就请陛下好好考虑此事。末将等着陛下的消息！"

"你先退下吧！"洛肃封不咸不淡地说了一句。

"是！"龙傲翟起身往外走。

他刚刚走出门，洛肃封便看向洛子夜，那眼神中带着几分审视："龙将军方才所求，太子为何坚决反对？太子不是曾经对朕说，太子喜欢美男子，而那美男子是谁，都并无关系吗？或者，太子当初对朕说的话都是假的，太子跟摄政王，当真……”

“启禀父皇，儿臣很早之前就说过了，只要是美男子，儿臣都没什么意见。但那也只限于玩玩而已！而且，天下人都知道儿臣是个男人，岂能答应龙将军所求。就算儿臣不要颜面，天曜也要颜面不是？”洛子夜继续胡诌。

说完这些之后，她又说了一句比较有说服力的话：“父皇应当也知道，这段时间以来，儿臣跟龙将军的关系实在是算不得好！龙将军似乎看不惯儿臣已久，不管儿臣做什么，他都要表示反对，儿臣觉得自己跟他简直就是前世有仇。这时候他居然提出如此丧心病狂的请求，儿臣也不知道他心里到底是怎么想的，说不定就是想算计儿臣。儿臣可不敢答应，希望父皇也千万不要答应！”

这都是些什么事啊，龙傲翟的脑袋是不是被驴给踢了，也不知道是不是该给他找个大夫看看！

洛子夜这样一说，洛肃封倒是信了大半。毕竟这段时间以来，龙傲翟的确事事跟洛子夜作对。他盯着洛子夜的眼，开口道：“朕可以将这件事情暂且压下，不答应！那么太子，能不能诚实地回答朕一个问题？”

“父皇请说！”他这般一说，洛子夜立即打起了十二万分的精神。

洛肃封开口道：“朕想问你，倘若朕要你帮朕对付凤无俦，你会不会答应？”

这话一出，整个帐篷内的气压顿时低了下来。

洛子夜心头一跳，她心里很明白，洛肃封今日这算是在让她选择，是选择站在凤无俦那一边，还是选择站在他这一边。一旦说错了话，洛肃封指不定就会突然发难。她故作懵懂地抬起头：“父皇，您对付摄政王殿下做什么？摄政王殿下是我天曜的大功臣，天下人谈起他无不闻风丧胆，我天曜第一大国的地位也无人敢轻易动摇，您为何……”

话是这么说，她的脑子却在飞速运转，想着应对之策。

洛肃封看她一脸懵懂，骤然打断：“但你也应当记得，当初创建神机营的时候，你对朕说过什么话！”

洛子夜当即皱眉，一脸忠心诚恳地道：“儿臣当时的确是那般想的，现在也同样如是。摄政王殿下的实力，需要一个人去牵制他，否则我天曜皇室的尊严将荡然无存。可牵制到底是牵制，父皇是否真的想过，若是真的除掉了摄政王，我天曜第一大国的位置到底还能不能保住？龙昭也是大国，他们的皇子和公主极为傲慢，说明他们也不甘心屈居天曜之下，摄政王殿下真的被除掉了，王骑护卫也许会暴动，到时候我天曜被动摇国本，就会便宜了龙昭！”

之前在皇宫里头，那个引路的公公对自己说过水漪公主的事，这时候提起来会便宜了龙昭，说不定洛肃封能有点反应！

果然，不出洛子夜所料。洛肃封立即聚拢了眉梢："你说的话，倒也有道理！"

可，要因为这个，他一国皇帝便要天天看人的脸色行事吗？凤无俦实在是太嚣张，若是在人前，他能适当地给自己一些颜面，自己也不会坚持想要除掉他，自剪双翼。可凤无俦是明里暗里的面子都不给自己，这样一个人……

"那太子可曾知道，朕作为帝王，因为凤无俦，被各国和古都的人常用何种眼光看待？"洛肃封接着道，"太子，你是朕的儿子，也是朕最看重的皇位继承人，朕今日才对你说这些。你要明白朕的难处，和朕不得不除掉凤无俦的苦衷！"

这话听起来情真意切，但洛子夜知道没一句是真的，无非为了拉拢她帮忙对付凤无俦打的亲情牌。她也不往心里去："父皇的意思，儿臣理解！凤无俦也实在是太过分了，父皇打算怎么做？"

先假意投诚套话，她也好回去跟臭臭商讨应对之策不是？她一问，洛肃封坦然道："如今凤无俦与你亲近，眼下也只有你能在他的王帐和摄政王府出入，朕希望你能盗走他的兵符！朕要的不是他手中掌管的天曜军队的兵符，而是王骑护卫的！你可能帮朕盗来？"

洛子夜心里倒佩服了一下，想得倒挺美，王骑护卫的兵符都惦记上了。

她面露难色："父皇，儿臣虽然进出摄政王府不少次，但从来没有接触过任何兵符。儿臣……"

"如此重要的东西，他自然不可能随便放在床头等你去拿，这需要你日后小心探索，为朕将它夺来！太子，因为天子令，朕对你已经很不满意，希望你而今能做一件令朕满意的事！"洛肃封倒仿佛全然信任了洛子夜。

洛子夜一愣，洛肃封都把话说到这个份上了，她自然只能道："还请父皇放心，此事，儿臣一定记在心上，必当竭尽所能，完成父皇嘱托！"

乐不乐意做，都只能这么回答了。

她这样一说，洛肃封倒是强撑着病体起了身，将洛子夜从地上扶了起来："太子，你一定要清楚，朕与你才是父子。凤无俦跟你再亲近，对你再好，他到底也不是我们洛家的人，与我们没有血浓于水的关系。而朕与你不同，父皇决计不会害你，明白吗？"

从洛肃封的嘴巴里，洛子夜一再明白什么叫说的比唱的还好听，她立即做出一副非常感动的样子："父皇，您的意思儿臣明白，没想到这么久以来，儿臣做了这么多令您失望的事，您依旧如此看重儿臣。儿臣……"

说着这话，她眼中仿佛有泪光闪烁。

洛肃封嘴角一抽，洛子夜的话说得如此情真意切，还搭配了真诚的表情若干，眼角的泪花少许，看起来当真是一副真诚得不能再真诚的样子，可为什么他看着，感觉就那么假呢？

他拍着洛子夜的手，道："你能这样想再好不过！一直以来父皇最看重的就是你，你出生之后没多久，便被朕册封为太子。朕的天曜，迟早是要交到你手中的，如今帮朕除掉凤无俦，就是帮你自己，知道吗？"

"儿臣明白，儿臣必当全力以赴！"洛子夜感觉自己浑身的鸡皮疙瘩都要被这些假得不行的话，给说得全部跳出来了！

洛肃封看她一脸严肃，这才满意地点头："你退下吧，朕累了。你出海多日，想必也辛苦了，先好好休养几日，朕伤重未愈，不久之后，朝政上的大局也许还要你来拿主意！"

洛子夜听着这话，只当洛肃封是在画饼充饥，给她许诺一些美好的事情，什么朝政交给她，皇位将来要传给她，忽悠她帮忙做事而已，她点点头："天曜离不开父皇，还请父皇保重身子，儿臣就不多叨扰了！"

"去吧！"洛肃封点点头，洛子夜很快退了出去。

等到洛子夜从帐篷里头消失，洛肃封身后的临安看着洛肃封的背影，问了一句："陛下，您觉得，太子会答应您的要求吗？"

他这话一出，洛肃封立即回头看向他，那眼神极为阴冷。

临安浑身一颤："陛下，奴才只是觉得太子方才情真意切，似乎与以往不同，奴才是担心太子阳奉阴违，故而才斗胆一问，还请陛下千万恕罪！"

他这话一出，洛肃封阴冷的眸色才算是稍稍淡了一些，盯着门口，冷声道："朕自然有办法叫她答应！"

……

洛子夜出了帐篷，就看见了龙傲翟。

她将手里的扇子收拢起来，而龙傲翟也正回过头来。两人对视，洛子夜的嘴角扯了起来："本太子能不能问问，龙将军今日又是在盘算什么呢？"

龙傲翟眉梢微挑："太子认为末将是在盘算？"

"难道不是？"她扬眉，一双明媚的桃花眼带着看透一切的了然和几分微微的轻鄙！

没想到她这话一出，龙傲翟却忽然上前一步。

第六章

第一腹黑百里瑾宸！

洛子夜眉心一跳，后退一步：“龙将军有话请直说！”对视间，不难看出她那双桃花眸中的防备和对他的不信任。

他微微敛眸：“太子对末将，就半分信任之心也无？”

“龙将军自己觉得，以我们之间的关系，本太子有丝毫信任你的必要吗？”洛子夜不答反问。

龙傲翟剑眉皱起：“可几日之前，太子分明在狩猎场中说过，只要嬴烬无事，只要本将军能活过那一日，太子便不再计较之前的事！”

“不计较表示不做敌人，但不做敌人不等于做朋友！毕竟世道这么乱，你们也每日操心着怎么合作，怎么算计。爷不能明知道你是个危险分子，还往你坑里跳。大家都这么忙，我们还有许多个人价值没有实现，爷觉得我们没必要继续讨论这些毫无意义的事了，各忙各的去吧！”洛子夜亲切地拍了拍他的肩膀，转身离开。

她刚走了两步，龙傲翟骤然抓住了她的手腕。

洛子夜一愣，他猛然用力之下，将她带回了他身前。若非洛子夜反应及时，赶紧稳住了下盘，还得被他这一拉，直接撞到他胸口上！她眉梢皱起：“龙将军，你这样的举动，不觉得冒犯了吗？”

没想到她这话一出，他非但不退，反而低下头逼视她：“还有更冒犯的，你想不想试试？”

洛子夜果断地道：“不想！”谁想被更冒犯，她又不是脑子有病！

应完这两个字，她微微使力，手腕的力气偏转，只凭借力道的原理，便将自己的手腕从龙傲翟的手中解救了出来："龙将军，都是想拿奥斯卡的人，你也别装什么深情，本太子心里明白你有所图，你也别以为爷只是长得好看，爷演起戏来技术也是一流的，奥斯卡已经欠爷二十年的影帝奖杯了。所以，你这些话和这副样子，是做给谁看呢？"

"你就一点不信我只是单纯想娶你？"他说着这话，那双血瞳幽光闪闪。

洛子夜瞟了他一眼："龙将军，从你事事都要跟本太子作对，从你没事就要联合大家对付一下本太子，从你几日之前半夜里追杀、想把本太子给宰了来看，换位思考，如果是龙将军你，能相信这么一个人会忽然脑子被驴踢了，想跟你相亲相爱一家人吗？"

"我……"龙傲翟一哽，竟答不上话来。

洛子夜耸了耸肩："那么龙将军还有什么指教吗？如果没有的话，本太子就先走了！"

夜风中，她艳红色的衣摆张扬夺目，与墨发随风而舞。他顿在原地，血瞳沉敛，静静地看着她的背影，拳头忽然紧握，又渐渐松开。其实洛子夜说得没错，换了是他龙傲翟站在洛子夜的位置上，也不可能相信自己这些话。

那松开的拳头，又渐渐握了起来。终有一日，他会让她相信的！

……

洛子夜大步往回走，心里琢磨着龙傲翟这葫芦里到底卖的什么药。思虑之间，正打轩苍墨尘营帐的门口经过。她脚步一转，便打算进去看看。

可没想到这才走了两步，身后便传来一声嗤笑："怎么，刚刚才跟龙将军牵扯不清，马上又来招惹轩苍的风王？天曜的太子殿下，当真是风流啊！"

这声音是申屠苗的。洛子夜冷笑一声，回头看向她，也很快看到申屠苗的手里捧着一只秃鹫："公主找本太子做什么？夜里睡不着，想邀请本太子一起烤秃鹫吃？"

她此话一出，申屠苗笑了："既然太子开了口，区区一只秃鹫而已，送给太子烤来吃了，又能如何呢？"

哟嗬！还挺大方！

这下洛子夜也不客气了，大步上去，伸出手："既然这样的话，那公主就将秃鹫给本太子吧，我天曜的厨子，做菜都极为精致，我们可以水煮、红烧、热焖、烧烤，还能炖汤。公主若是想吃，本太子还能请公主过来一起品尝！"

申屠苗眸色一冷，眼角渐渐掠过幽冷的光：'那么太子是否想过，吃了本公主的秃鹫，拿什么来还情呢？"

“拿条凤无俦不要了的亵裤来换，行不行？”洛子夜眨眨眼，仿佛她说的是一件宝物。

但这话里头的意思足以诛心。亵裤是贴身的东西，凤无俦贴身的衣物，洛子夜却能做主拿来换，这是什么意思？为了表现他们关系不一般？

申屠苗阴冷着表情开口：“摄政王殿下的东西，本公主就不要了，太子……”

洛子夜笑着说了一句：“你不想要是正确的，你想要爷也不会给你！哪有拿自己蠢外的贴身衣物给对他图谋不轨的女子的，你说呢？”

申屠苗自然不明白蠢外是什么，可对他图谋不轨的女子，这句话她是听明白了的。她铁青着一张脸道：“太子想多了，本公主从未对摄政王殿下图谋不轨！”就算是真的图谋不轨，她作为女子，也不能承认！

洛子夜还没再开口，申屠苗忽然面色一变，抹起眼泪来：“太子殿下，这只秃鹫从小就陪着本公主，本公主真的不能将它给您啊！太子，求求您就饶了它吧……”

这画风一变，洛子夜就知道背后决计是有人来了。

果然，申屠苗说完这话，便转身飞扑到洛子夜身后的申屠焱怀中哭诉：“哥哥、摄政王殿下，你们要给苗儿做主，太子非要吃苗儿的这只秃鹫，你们看看，太子一把就将它掐成这样了……”

她哭得似乎就要昏厥过去。

洛子夜回过头，便见着了凤无俦和申屠焱，而申屠苗手里刚刚还活蹦乱跳的秃鹫，这时候歪着脖子仅剩下一口气了！这样的手段，当真令洛子夜咋舌！好歹这秃鹫是申屠苗自己养大的吧？说掐就掐，就跟从隔壁老王家抱来的似的，半点都不心疼！

申屠焱闻言，低头看了一眼她梨花带雨的样子，又抬头看了一眼洛子夜，喉结动了动，却没说话。

而暗处，二十米之外，几个黑衣人对视了一眼。青城大人派他们出来，就是为了除掉那只秃鹫，但眼下申屠苗已经将这只鸟派上用场了，他们选择了先回去复命。

“哥哥，这是妹妹养了……养了三年的秃鹫，好不容易才长这么大，太子却要为了口腹之欲，将它……将它掐成这样……我……”申屠苗哭着，仿佛气都提不上来。

洛子夜相信条件允许的话，这女人想飞扑的怀抱，绝对不是申屠焱的，而是凤无俦的。

凤无俦却显然不想听这样聒噪的哭声，霸凛的魔瞳很快放到了洛子夜身上，洛子夜看了一眼哭得仿佛要背过气去的申屠苗，摇了摇头之后，也不说啥话了，跟着一阵飞扑！

她几个大步就扑到凤无俦怀里，落入他宽广的怀中后，学着申屠苗哭诉的姿势，抽噎道："爷长这么大，第一次想吃秃鹫……她居然不给，嘤嘤嘤……不给就算了，还要爷拿你的亵裤去换她才肯考虑一下。你的贴身衣物，爷怎么舍得给她嘛，宝宝心里苦……"

"呜呜呜……"声泪俱下的申屠苗。

"嘤嘤嘤……"只打雷不下雨干号的洛子夜。

哭到动情处的申屠苗一听这话，脸就黑了！那张漂亮的脸蛋上还挂着泪水，扭头就对着洛子夜吼道："你胡说八道，我是几时……我是几时说要摄政王殿下的贴身衣物了，分明是……分明是你主动提起，我……我根本就没敢说要！"

"你才胡说八道，爷什么时候动你的秃鹫了？你自己把秃鹫掐了一个半死，还栽赃给爷！"都是女人，谁不会哭诉咋的？谁不会扯淡咋的？

申屠苗立即怒目圆瞪："怎么，太子将我的秃鹫掐成这样，竟然不敢承认吗？"

洛子夜扭头就往凤无俦的怀里钻，还伸手往他身上一顿捶："爷没有做的事，怎么承认？浑蛋，你没看见她欺负爷吗？"

她眼下对着凤无俦这一顿小粉拳，申屠苗和申屠焱要是不知道她是个女人，一定会被恶心得吐出来！

"看见了！"凤无俦应了一声，大掌安抚地摸了摸她在他胸口乱钻的小脑袋。他还很清楚，所谓拿亵裤换，一定是洛子夜这女人主动提起的，这个账，回去之后慢慢算。眼下，自然还是先为她出了气再说！

然后洛子夜就不动了，扭头看向申屠苗。而摄政王殿下的眼神也看了过去，魔瞳先落在那只秃鹫上，魔魅的声音很快传入洛子夜耳中："真的想吃这只秃鹫？"

申屠苗脸上挂着泪珠，盯着凤无俦，惊呆了！方才洛子夜和凤无俦在说什么？洛子夜问他有没有看见自己欺负她，凤无俦说看见了？自己怎么欺负对方了？她也就是哭了几声而已啊。还有，凤无俦问洛子夜是不是想吃自己的秃鹫是什么意思？

洛子夜认真地点点头："想吃！"

摄政王殿下扫了一眼阎烈，阎烈立即会意，几个大步上前，站到申屠苗跟前："公主，我们太子想吃，就有劳您忍痛割爱了！"

"我……"申屠苗难以置信地看了阎烈一眼，又很快看向凤无俦那张俊美堪比

神魔的面孔，却见对方霸凛却温存的目光一直放在洛子夜身上，大掌也安抚性地落在洛子夜的头顶，似乎看都懒得看自己一眼。

阎烈看她不交，表情已经有点不耐烦了："公主，还请您立即将秃鹫交给属下，烹饪还需要时间，若是拖太久，太子不耐烦了，王也动了怒，相信那样的场面，不会是公主愿意看见的，也不会是王子殿下愿意看见的！"

阎烈说着这话的时候，扭头看了申屠焱一眼。

申屠焱一怔，看申屠苗还没有动，开口提醒道："苗儿，一只秃鹫而已，给他吧！"

凤无俦都开口了，若是坚持不给，最后吃亏的只会是他们。而且眼下的事情，他心里清楚是苗儿找事在先。更何况，他们面对的人是凤无俦，凤无俦对他有兄长之谊，救命之恩！

申屠苗这会儿完全愣了，凤无俦果决地帮洛子夜对付她就算了，没想到自家王兄都不向着自己："可是王兄，我……这秃鹫我养了几年，我……"

"你倒也知道你养了几年！"申屠焱呵斥了一句。言下之意：你也知道你养了几年，那下手的时候为何就一点都不心疼？

申屠苗眼眶一热："我……"

"公主！"阎烈又提醒了一句。

申屠苗两边看了看，没有一边是向着她的，最终心头一酸，这会儿眼泪才是真的掉下来了，忍着心头的怒火和不甘愿，将自己手里的秃鹫递给了阎烈。阎烈接过来之后，便站到摄政王殿下身后去了！

而申屠苗凝眸看向凤无俦："摄政王殿下，太子徒手将本公主的秃鹫捏成这样，您就真的无动于衷吗？"

摄政王殿下听了这话，只是冷嗤了一声。沉眸扫了一眼申屠焱，申屠焱立即低下头，面有愧色。兄长已经警示过他，要管束一下苗儿了，然而他还是没把事情做好，又出了这样的闹剧。

这一眼扫过去之后，凤无俦冷醇磁性的声音方才响起："不过是一只秃鹫罢了，且不论是不是洛子夜掐的，即便真的是，她就算掐死了整个大漠所有的秃鹫，孤都好奇，谁敢说出一句不满意！"

他这话一出，申屠苗哽住了。

洛子夜也愣了一下，抬眸看了他一眼，却见他此刻正低下头，那眸中是宠溺和纵容，还有他一贯的傲慢霸凛："闹完了吗？"

这话里头是难得的戏谑，洛子夜老脸一红，明白他就差没明明白白地讲，从一开始就知道她是装的了。假哭假闹假委屈！她也没觉得尴尬，站直了身板，瞟了申屠苗一眼："爷这不是看见人家哭得辛苦，怕她一个人单独唱戏，演得没意思吗？"

申屠焱立即道："既然太子的目的只是秃鹫而已，本殿下就先带苗儿回去了！"

摄政王殿下还没吭声，倒是洛子夜上下打量了申屠苗一眼，对着申屠焱开口："王子急什么，公主自个儿都没说想回去呢，公主还有什么话想说吗？"

申屠苗扫了一眼洛子夜，又看了一眼阎烈手中自己的秃鹫："本公主没什么好说的，可太子，你不觉得自己欺人太甚了吗？"

"到底是谁欺人太甚呢？"洛子夜突然上前一步，逼近申屠苗，那双桃花眼里头是凛冽的幽光，"公主，做事情最好是有点限度。搞清楚自己几斤几两，做完坏事也得把屁股擦干净，明白吗？"

申屠苗眼眶一热："天曜太子，本公主不知道您到底在说什么，什么几斤几两？太子这是在侮辱本公主吗？"

"你知道的！"洛子夜笑笑。

摄政王殿下这时候也看出了些端倪。申屠焱赶紧笑道："太子，本殿下日后一定严加管束王妹，过去的事情还请太子不要再提了！这秃鹫可是我们草原最好的珍品，直接烤着吃味道也是很鲜美的，希望太子能用餐愉快！"

说着这话的时候，他冰冷的目光往申屠苗身上扫了一眼，警告她不要再开口。

申屠焱这话一出，洛子夜倒是上下打量了他一眼："不错！虽然妹妹不懂事，但是哥哥是个明事理的，本太子很是欣慰。只希望申屠王子真的能够管好令妹，否则下一次，爷就要动真格的了！"

申屠焱扫了洛子夜一眼，心里倒是玩味起来。洛子夜不过十七岁的年纪，怎么说话做事都这样老成？若是不知道，他还以为洛子夜比苗儿大上不少呢。这般想着，他眼神里倒多了几分戏谑。

正看着，骤然传来摄政王殿下的声音，带着几分阴冷的味道："你在看谁？"

"在看天曜的太子殿下啊！"申屠焱愣了一下，回眸看了凤无俦一眼，却见对方阴鸷的眼神正放在自己身上，申屠焱立即明白过来什么："小王在看嫂子！"

"嫂子是能多看的吗？"摄政王殿下声音寒凉，傲慢之中带着森然冷意，魔瞳也噙着几分不豫，盯着申屠焱如鹰般锐利的眼。

申屠焱嘴角一抽，正色道："不能！"

脑后的冷汗已经滴了下来，还有一面硕大的黑线墙，他自然知道兄长性格威

严霸凛，他的东西定然不允许别人染指，但是多看一眼都不行，这未免也太可怕了吧？

他这样回答，摄政王殿下这才满意，收回了目光。

洛子夜嘴角一抽，觉得这个人不是一般的丧心病狂！她瞟了申屠焱一眼，指了指自己："你知道我是谁吗？是姐夫！"

申屠焱："……"你们夫妻的事，自己回家关上门解决好吗？本殿下只是多看了你一眼而已啊！

可申屠苗听着这话，手上的指甲直直地掐进了皮肉里，令人闻到了一股血腥味。洛子夜几乎不必看，都知道她是怎么了："公主，如果气量小、承受能力差的话，不宜留太长的指甲，很容易伤到自己。本太子一向这么怜香惜玉，所以特别真诚地提醒公主一下，回去就把指甲剪了吧！"

申屠苗脸色一僵："本公主的手可没有出血，这都是那只畜生被太子掐出来的血！"

洛子夜听了，也懒得跟她辩："哦，原来公主手上不是自己的血，是畜生的血！"

申屠苗听罢，脸色立即青了。所以洛子夜这是在骂她是畜生吗？她皮笑肉不笑地道："不错！若不是畜生的血，难道还是本公主自己的血吗？今日这只秃鹫，太子一定要吃，那就吃，只要太子自己仔细着别卡到喉咙，可……"

"申屠苗！"申屠焱立即呵斥了一声！

而摄政王殿下听到这里，眸中很快便有鎏金色的灿芒掠过，是动了怒气的表现。

而申屠苗听了申屠焱这一声呵斥，心中的恼怒似乎已经到了临界点："申屠焱！你到底是不是我哥哥？眼见着人家欺负你妹妹，你居然还呵斥我？"

"你！"见她如此冥顽不灵，申屠焱也气得说不出话。难道她一点都看不出来，凤无俦已经动了怒气？自己要是不立即开口呵斥，指不定还会闹出人命，她倒好，如此不识好歹！简直……

洛子夜扫了一眼凤无俦，示意他少安毋躁，旋即扬了扬眉毛："公主都关心到这里了，所以公主是打算为本太子将秃鹫里头的骨头都挑干净了再给本太子吗？"

申屠苗脸一绿："本公主不会挑骨头，还请太子另请高明吧！"

吃她辛辛苦苦养了三年的秃鹫，竟然还要她来挑骨头？洛子夜实在欺人太甚！

洛子夜嗤了一声："公主，本太子可不是在麻烦你帮忙挑骨头，这是命令！"

"我……"申屠苗的话被堵在了喉咙里。准格尔属于大漠，可大漠早就在凤无俦的铁骑之下，成为天曜的附属国，洛子夜身为天曜的太子，下了命令让自己做事，自己还真的只有听从。

“怎么，公主有异议？”洛子夜笑看着她，又给了凤无俦一个安抚的眼神。

申屠焱跟凤无俦的关系很不错，这么久以来，她很少看见凤无俦跟哪个男人一起并肩行走，甚至还能聊几句的。申屠焱也是将他奉为兄长，那么他心里指不定就将之当成小弟。眼下凤无俦要是对申屠苗出手，应当怎么出？

摄政王殿下收到她的眼神，心里也清楚她是在顾忌什么，倒也不以为意。他自然不惧令申屠焱面子上过不去，却很享受这女人为他考虑的这一份心意。他霸凛的魔瞳从申屠苗的身上掠过，却傲慢得不屑落在她身上，那威压中的怒气却令人屏息！

申屠苗一颤，不敢迎视凤无俦的目光，却盯着洛子夜，久久说不出话来！

看她不说话，洛子夜转而看向申屠焱：“申屠王子，怎么如今我这个天曜太子说话，你们准格尔都可以不用听了吗？”

“怎么会，本公主不过有几分吃惊罢了，决计没有违抗的意思！”洛子夜把事情都上升到了国与国的层面，这时候申屠苗自然要立即退让，否则就是王兄不说话，父王也会让她吃不了兜着走！

洛子夜满意地点头：“公主还是决定听就好，阎烈，把秃鹫交给公主，有劳公主亲手为本太子做一碗羹汤，做好之后，送来给本太子！”

“我……是！”申屠苗脸色微青。

阎烈听着这话，抱着自己手里的秃鹫上前来，将之交给申屠苗。申屠苗青白着一张脸，将之接了过来：“本公主要去炖汤了，就先下去了！”

“去吧！”洛子夜笑着点头，一副矜贵的模样。

而申屠苗倒似是想起什么，骤然变了脸，面上的笑容看起来温婉娴静：“既然太子殿下已经吩咐了，本公主一定会好好做好这一碗羹汤，供太子品尝！”

洛子夜点头：“那本太子就拭目以待了！”

申屠苗弯腰：“是！不知道摄政王殿下可要一起品尝？本公主虽然不会挑骨头，但也曾经找名厨学过中原做汤的法子，也许会合摄政王殿下的口味！”

听到这里，洛子夜算是明白了，有句话叫作要抓住男人的心，先抓住男人的胃。这位申屠公主这时候可是想着用自己的厨艺来征服凤无俦呢！

摄政王殿下却显然没那个兴致，冷嗤了一声，根本话都懒得回申屠苗。

阎烈立即道：“我们摄政王府的厨子，是整个中原最好的。或者您认为您的厨艺，已经能超过他们了？”

申屠苗闻言，立即笑笑：“虽不应当托大，但本公主的师父也的确说了，本公主的厨艺，早已青出于蓝而胜于蓝！”

“然而凤无俦根本不想吃，对吧？”洛子夜斜眼睨了一下凤无俦，内心觉得自己真的好辛苦啊。他的追求者们个个多才多艺，木汐尧的武功那就不必说了，申屠苗还会做饭，接下来是不是还有会唱歌、会跳舞的？

摄政王殿下听了这话，霸凛的魔瞳看向她：“你觉得孤会想吃？”

这话是反问的口吻，洛子夜摸了摸鼻子：“爷就知道你不是好吃的人！”

他听了这话，倒是伸出手，抬起她的下巴，魔魅冷醇的声音缓缓地道：“你若是肯做，孤倒是愿意好吃一回！”

啪——洛子夜把他的手拍下去：“想得美！”

她这样的反应，自然不在摄政王殿下意料之外，当即便惹得他扬声大笑起来。

洛子夜瞟了他一眼，眼角的余光也看了看轩苍墨尘的帐篷。凤无俦在，想去看看轩苍墨尘的打算，自然也只能改天了！她伸手拖着他就走，并看了申屠苗一眼：“公主，你既然已经学过厨艺了，相信你很快就会做好汤的，本太子就等着你的成果了！”

“太子安心等着便是！”申屠苗冷声应下。

待到洛子夜和凤无俦的身影消失在他们的视线范围之内，申屠焱这才看向申屠苗：“你知道你方才是在做什么吗？”

“我知道！”申屠苗点头，“我当然知道我在做什么，是哥哥你不知道我在做什么吧？”

申屠焱看了几秒钟，忽然顿悟了什么：“你是在……”

“不错！哥哥放心吧，妹妹没有你想的那么蠢。不过哥哥从一开始就没站在妹妹这边，其实也让我有些惊讶！”申屠苗看了申屠焱一眼。

申屠焱立即道：“那是因为我知道这都是你做的，我们大漠的人，不论是为人为鬼，都应当光明磊落，你的处事手段我实在不能苟同！而且，凤无俦也不傻，你更应该明白，我说的话是在对你进行保护！”

申屠苗看向他，又扫了一眼轩苍墨尘的帐篷门口，在轩苍墨尘的大门口说这些，未必是什么好事。她举步准备回自己的营帐，而申屠焱也一起，走出去老远，她方才道：“哥哥不会明白，从我看见凤无俦的第一眼，就知道他是我此生想要的男人。只有他那样的英雄，才配得上我！凤无俦对我而言，就像中原对哥哥那样的位置，我这么说，哥哥能明白了吗？”

她知道哥哥一直有逐鹿中原的野心，申屠焱听到这里，倒怔住了：“你当真……”若是这般，想要她轻易放手，那恐怕是不可能的事了。

“不错！为了得到想要的东西，为了自己的梦想和理想，本来就应当使出浑身解数，不择手段。也许哥哥觉得我像疯子，但即便像疯子，我也没有什么错处！就像即便有人说哥哥想逐鹿中原是在做梦，哥哥也是不会放弃的，不是吗？”申屠苗笑看向他。

申屠焱大笑出声：“不错！”

申屠苗冷冷地笑了一声：“从一开始我就知道，凤无俦不是随随便便就能企及的，可即便这样……”

即便这样，她也是不会放弃的。

申屠焱听到这里，反而不劝她了，只道：“像我申屠焱的妹妹，可做完事情，你也要有承担后果的准备！”

“自然！”申屠苗应了一声。

这两兄妹走远，百米之外的萧疏影却看见了一批黑衣人原本是跟在申屠苗后头，最终却跑到嬴烬的帐篷附近去了。她眸色凝了一凝，当即便知道情况不好。嬴烬他们这是发现了什么？那自己找过申屠苗的事，会不会……

……

而所有人走后，营帐之中，趴在床榻上的轩苍墨尘伸手揉了揉眉心：“看来，想躲个清闲当真不容易！”

他身畔，老太太不冷不热地道：“你是想躲清闲？难道你不是想让洛子夜进来看你？”

“皇姐……”轩苍墨尘低笑出声，那张俊雅的脸早已被封颜术遮住，却丝毫不损他雅致的风华，“皇姐既然知道，又何必戳破呢？”

老太太冷笑了一声：“你那心思都写在脸上，我倒是不想戳破你！听见门外洛子夜的脚步声，你就仿佛饿了几天的狼闻到食物的味道了，立即便抬起头。我遮着眼睛是看不见，但我的耳朵可听得清清楚楚！”

“你一定是我的亲姐姐！”轩苍墨尘笑笑，趴了下去。可惜，申屠苗的出现把洛子夜来看他的打算，给……

老太太上前给他换药：“你身上的伤口，这些日子正在化脓，内腑被伤，累及根本，以后或许会留下后遗症，日夜咳血，你心里要有数！”

“我知道！”轩苍墨尘笑了笑，并不以为意，“皇姐已经手下留情了，眼下已经是最好的结果了！”

若非皇姐手下留情，他这时候怕是已经没命了。

“你知道就好！”老太太应了一声，没再多话。

而轩苍墨尘默了一会儿，忽然问：“皇姐，在海上我昏迷的那些日子，洛子夜……”

“洛子夜怎么样？”老太太语气不是很好，“洛子夜和凤无俦在一起，你还在指望什么？”

轩苍墨尘轻笑了声：“我知道她和凤无俦在一起，我只是想知道，我昏迷的这些日子，她来看过我没有？”

“看过！”老太太只说出两个字，多的不肯再说。

他笑着点头，却骤然咳嗽了一声，喉咙里头吐出些血沫。墨子渊赶紧拿出白绢给他擦了，神色凝重：“陛下，你还是别说话了，先休息吧！”

轩苍墨尘没理他，倒是问了一句：“我还有几日能下床？”

“三日！”墨子渊很快应了一声，“应当不会误了您的事，只是洛小七那边，最近似乎出了些变故……”

轩苍墨尘听到这里，却并不在乎会有什么变故，只问：“会影响最终计划吗？”

“不会！”墨子渊摇头，“只是臣有一种预感，也许这件事情，洛肃封也会在其中推一把。”

轩苍墨尘温声道：“也许最终，洛肃封才是主导，我们都不过是配合他罢了。”

“凤无俦最近惹上的桃花似乎不少，我们要不要推一把？”墨子渊说着这话的时候，笑容很古怪。

轩苍墨尘低笑：“怎么推？我固然也希望凤无俦跟他的烂桃花们纠缠不清，可他并不是好算计的。他执政这么多年，遇上的勾引、下药、低劣或出众的诱惑，决计不少。可遇上洛子夜之前，他还是孤身一人，洁身自好。在我看来，谁若是妄想引诱他，才是异想天开！”

他此言一出，墨子渊低下头，惭愧地道：“是臣考虑不周了！”

他接着道：“那凤无俦和洛子夜之间……”若是一直这么好，陛下插不进他们之间，那陛下这么重的伤，岂不是全都白受了？

轩苍墨尘当然知道他在想什么：“这世上从来没有牢不可破的关系，他们之间早有芥蒂，只要在合适的时候，令他们矛盾激化，足矣！”

“臣明白了！”看来陛下是早有打算了。

倒是老太太听了这么半天，提醒了一句：“这世上最难算计的东西是人心，最易伤的也是人心，纵然多年来，你常常将人心玩弄于股掌之中，但也要小心，仔细着别弄巧成拙！”

轩苍墨尘轻笑：“弟弟明白。只是，如果算计，我也许还有几分机会，要是不算计，我一分机会也没有！”

老太太闻言失语。

墨子渊顿了顿，骤然道：“陛下，这世上有一种药，可以打乱人的记忆，将人的所有感情移到他醒来的时候，看见的第一个人身上。只是喝过这种药的人，智力会如同孩童，不过六岁。如果……”

如果有一天，陛下真的不可能得到洛子夜，说不定能用这种办法。

他这话一出，莫说是轩苍墨尘了，就是老太太都是一惊，扭头看了一眼墨子渊：“这种禁药，你怎么会知道？”

“臣手中有一瓶，是当年在千浪屿学医的时候，师尊交给臣的，只有这一瓶！”墨子渊说着，立即低下头，有点汗颜。这种做法，非君子之道，可在没有办法的时候，说不定是唯一的办法！

轩苍瑙、墨子渊，还有当年的……他们三人的师尊都是同一人，只是接手千浪屿的，只能是轩苍皇室中人，若师尊私下给了墨子渊什么药，这其实也不奇怪。

轩苍墨尘听了，并未吭声。

老太太听到这里，不冷不热地道：“你们要是真的这么做，最好还是考虑清楚。一个智商只有六岁的孩子，是你想要的吗？”

说完这话，她转身出去了。

轩苍墨尘不置可否，只轻轻笑了笑，闭上了那双温润的眼眸。不错，六岁智商的孩子，当然不会是他想要的，但有时候，爱情是能将人逼疯的，若情到深处，妒上心头，他会做出什么事，他自己也不知道。

洛子夜和凤无俦，正在回营帐的路上。

她先开了口：“那个申屠苗，定然不像她表现出来的那么简单，爷若是没料错，方才她那尖锐的表现，其实只是为了试探，试探你对申屠焱的容忍度有多少，她能借你对申屠焱的容忍度，嚣张到什么程度！”

摄政王殿下闻言，浓眉微微扬了扬：“比起这个，孤更加好奇，你跟申屠苗起争执的地方，怎么会是轩苍墨尘的帐篷门口？”

说着这话，他骤然逼近，站到她跟前。

“呃……”洛子夜试图转移话题，“我觉得你更应该好奇的问题，是父皇找爷

是为了什么！”

她这话一出，他铁臂骤然伸出，揽住她的腰，一把便将她摁入怀中，令她能感觉到他的欲望，火热的气息在四周涌动。她面色一僵，小身板也有点不自在地在动，却骤然感觉到随着她的动作，他身上的欲念似更盛了些。

感觉到他灼热的气息喷洒在她颈间，洛子夜惊悚道：“咱有话好好说行吗？你这是想干吗呢？”

“你觉得孤想干什么？”魔息缭绕，动的是他的欲念。

她立即把话题转移回来：“爷正巧走到轩苍墨尘的门口，在千浪屿他为了帮我被他皇姐打了个半死，所以爷就想顺便看看他怎么样了，可没有去探寻美男子或是其他的意思，你可千万不要多想！”

她这般一说，他魔瞳微沉，眸中的欲火还在，怒火却散了些：“孤若是真的多想了，你认为轩苍墨尘还有命活？”

洛子夜嘴角瘪了瘪：“你没多想还拎着爷干吗？爷可是个小纯洁，你先把爷放下来”

小纯洁？

摄政王殿下脸颊微微一抽，阎烈更是默默望天。如太子这般猥琐的人，都自称纯洁了，纯洁的门槛到底把守得多么不牢固啊，是不是一步就能跨进去？

正说话之间，来来往往的侍卫们巡逻过来了。摄政王殿下扫了他们一眼，倒是遂了洛子夜的心意，将她放了下来。洛子夜平稳地落地之后，开口：“凤无俦，我以前听过一个故事，关于老虎和山羊的。你想不想听一听？”

她倒很少有主动跟他攀谈的心思，他冷醇磁性的声音缓缓响起：“说！”

她默默地看了一眼天空：“从前有一只老虎，被圈养了起来，有一天饲养它的人送买了一只羊作为老虎的食物，但是那只羊进了虎圈之后，竟然一点都不害怕，还装起来，老虎当场也蒙了，看上了那只羊！”

说着这话的时候，她嘴角抽了抽。

阎烈的嘴角也抽了抽，他怎么觉得太子的这个故事那么写实呢，这可不就是王和太子之间的故事吗？

摄政王殿下听了，倒没什么表情变化，等着她的下文。洛子夜又接着道：“然后那只羊就开始作了，各种矫情，不讲道理，经常欺负老虎，挑战老虎的底线……”

说到这里，洛子夜也无语了，虽然她不想承认，但她这段时间的情况好像也真的就是这样。各种作，各种惹怒凤无俦。

"然后呢？"摄政王殿下似乎来了几分兴致，问了她一句。

洛子夜望着天空："有一天羊又开始作了，用自己的角顶了老虎几下，老虎彻底生气了，一掌把它从山坡上拍了下去，它摔伤了，爬都爬不起来！饲养老虎的人赶紧把羊带去救治了，羊没有什么大碍，但是老虎和羊的爱情，就这么结束了！"

她还真的有点担心，自己继续这样作，有一天也会被凤无俦给一掌拍蒙！

摄政王殿下听了，嘴角淡扬："后来那只老虎的情绪如何，羊又如何？"

"啊？"洛子夜没想到他还听认真了，问得这么细致，"老虎就一直坐在山坡上，经常孤独地张望，羊也很伤心，它做梦都没想到有一天老虎会揍它，从此耷拉着脑袋，再也不相信爱情了！"

他们后头的阎烈忍不住说了一句："属下觉得，这个故事告诉我们，再牢靠的爱情，也经不起反复作。羊应当适当学会收敛，不然真的到了激怒老虎的那一天，它后悔都来不及了。届时老虎也孤独惆怅，羊同样伤心欲绝，您说这是何必呢？"

洛子夜回眸看了阎烈一眼："看来你懂得还挺多！"

阎烈干笑："没有没有，属下就是随口一说，还请太子殿下不要放在心上！"得了，王都没发话呢，他慌慌忙忙地开口得罪太子干什么？要是王被太子吹了枕边风，自己以后还怎么稳坐首领之位？

洛子夜冷嗤了一声，懒得跟他计较，回眸看了摄政王殿下一眼，把脸凑到他跟前："你怎么看？"

"不过一个故事罢了，你觉得孤应当怎么看？"他垂眸看向她，魔瞳中噙着几分玩味的笑意。

洛子夜眼角一抽，她就不相信他没听懂自己的故事，瘪了瘪嘴角："那好吧，当爷没说！"

话音一落，他的大掌忽然落在她发间，像是摸宠物一般，亲昵地摸了几下。冷醇磁性的声音，带着几分难得的温柔："你想问什么？"

她扬眉看了他一眼，嘟囔着问了一句："爷是想问，会不会有一天，爷作着作着，你忽然就给爷一巴掌，然后咱俩就闹掰了？"

要是哪天凤无俦真的给她一巴掌，那的确是得掰。

他闻言倒是沉声闷笑了起来："你倒也知道，你一直在作！你放心，孤不会打你的。孤最多也就折断你的腿，把你囚禁在地牢里，从此为满足孤的欲望而活！"

洛子夜脸颊一抽："你这还不如打我呢！"

这话无疑取悦了他，令他扬声笑起来，笑得洛子夜很想一脚把他给踹飞。她还天真地以为，凤无俦听完之后，会承诺决计不会揍她呢，结果他居然打算让她变成

残疾！

眼见已经走到了洛子夜的帐篷门口，他骤然伸手，将她的后领拎了起来：“不如，我们先讨论一下你说过的话，比如，为何要主动对申屠苗提起孤的亵裤？”

“×！这可不是爷提的，是申屠苗，呃……”正说着，他那双魔瞳对着她左右乱瞟的桃花眼，那眸中带着几分看透一切的了然。

于是，洛子夜也明白自己鬼扯不下去了！她很快地道：“的确是爷开始提的，但是爷也说了，不可能把你的贴身衣物给对你图谋不轨的人！”

“当真？”他敛眸，这话也像是洛子夜说得出来的。

洛子夜立即点头：“当然是真的！”

摄政王殿下魔瞳微眯，嗤了一声，道：“龙傲翟找你，又是为了什么？”

“求婚。爷也不知道他是在盘算什么，洛肃封已经承诺了爷不会答应他的提议，相信不会有什么事！”洛子夜迅速回话。

摄政王殿下听了，魔瞳一凛，那眸中鎏金色的灿芒掠过，是动了怒气的表现。而在听见她说洛肃封已经承诺不会答应时，那怒气便骤然散了几分，冷嗤道：“孤谅他也不敢答应！”

“对了，他让爷……”洛子夜说到这里，眼角的余光看见了路儿和杳杳。

路儿已经是轩苍墨尘的人，这毋庸置疑，杳杳是谁的人，她却还不清楚。指不定还真的就是洛肃封的人，要是自己当着对方的面，把洛肃封让自己算计他的事情告诉凤无俦，她跑洛肃封那里把自己告发了，这可不就完蛋了吗？

于是，她到了喉咙口的话噎住了。摄政王殿下凝眸看向她，沉声问：“让你做什么？”

“没什么！”她话锋一转，接着笑道，“让爷跟你保持友情，让你继续为天曜发光发热，奉献你的价值！”

算了，反正洛肃封让她来偷虎符，她也不会真的去做，所以告不告诉他也没什么关系，眼下还有人在这里盯着，那就不说好了。

她这般一说，他魔瞳微微一凛，自然知道这是一句假话。可他也没说什么，将洛子夜放了下来。而这会儿，一名穿着王骑护卫军服的人对着他们这边跑了过来：“王，内线有要事禀报！”

摄政王殿下听了，睨了洛子夜一眼，用眼神警告她老实之后，转身回了王帐。洛子夜也很快进了营帐，走到床边，便见着自己的床沿上插着一枚飞镖，上头是一张纸。从折叠的角度来看，洛子夜看清楚了，这是暗中威胁她的神秘人送来的！她将那纸取了下来……

而此刻，摄政王殿下的王帐之中。

大殿中央跪着一名小太监，做了结束语："这些就是临安公公让奴才传来的消息！"

阎烈一听这话，脸色就沉了下来。这么大的事，临安定然不会开玩笑，可若真的是这样，那岂不是……而王座上的摄政王殿下听了这话，倒没什么表情，只是合上了眼眸，那手轻轻地敲打在桌案上，一语不发。

阎烈一挥手，那下人立即会意，马上退了出去。接着，阎烈开口道："王，皇上和太子殿下是这么说的，可太子殿下为什么不肯如实相告？难不成太子当真认为，洛氏的人才是一家，您只不过是外人，他打算帮洛肃封对付您？"

闽越也道："上一次在千浪屿上，属下就觉得洛子夜不可信。也许，这段时间以来……"他们都被洛子夜给骗了。

"够了！"没等他说完，凤无俦便打断了他。

……

"公子，我们的人还没有找到下手的机会，申屠苗的那只鸟就已经派上用场了，好在没对太子造成什么影响，反而她自己弄巧成拙，赔了夫人又折兵。属下以为，这件事情我们就不用跟进了！"这话，是青城说的。

摆弄着桌上那一株罂粟的人偏过头，靡艳的声音缓缓响起："此事既然已经如此，便先作罢。只是你我都清楚，小夜儿重情义，难免被身边的人骗，就如同这罂粟，开得极好，身边的枯叶却败了，这便需要摘除，否则就会累及这整株花！"

说话之间，修长的指尖已经将那一片枯叶摘了下来，并伸出手，将之递给青城！青城微微一怔，看着他手中的那片枯叶，也明白了对方话里头的意思："公子的意思是萧疏影……"

"不错！"嬴烬淡淡地应了一声，也轻轻地笑了笑。

青城垂首："萧疏影的确要除，但她是墨氏王朝的郡主，眼下至少在名义上还是墨氏王朝皇家未来的儿媳。若是我们暗杀了她，会不会……"

"不惜代价！"嬴烬轻轻吐出了四个字。

青城立即点头道："是！"

……

而此刻，萧疏狂正有些蒙，迅速穿好了衣服，不明白这半夜三更的，妹妹怎么会忽然来找自己，而且还是一副急急忙忙的样子。

他起床之后，萧疏影便慌慌张张地进来了："哥哥救我！"

萧疏狂一怔，不明其意："发生什么事了？"

萧疏影面露为难之色："是这样的，我串通了申屠苗，打算对付太子，但是这个消息好似被嬴烬知道了。嬴烬若是开口对太子说了什么，不管是以太子的性格，还是以摄政王殿下的性格，恐怕都不会放过我！"

"你说什么？你联合申屠苗？"萧疏狂难以置信地看着她！

他这样一问，萧疏影立即落了泪，将当日龙傲翟对她说的话尽数说了出来，并开口道："我也是一时糊涂，可眼下事我已经做了，就算是后悔也来不及了，嬴烬既然已经知道了，不论我再去他面前说什么，恐怕也没用！所以只有哥哥你能帮我了！我也只是被嫉妒冲昏了头脑，并不是真的要加害太子。哥哥，这么多年来，从小到大，你何曾听说我害过谁？我真的知道错了，哥哥你就帮我一次吧！"

她不是没想过到嬴烬面前去忏悔，但嬴烬是什么人？莫说从初见至今，她根本就看不透对方，就凭着对方当初是相思门的头牌，也定然看过不少世间百态，能辨别真假的，她这点本事，还真的不敢在对方面前卖弄！

所以，眼下她只能想办法让哥哥送她离开，嬴烬手中毕竟没有她跟申屠苗搅和在一起的证据，自己走后，他定不能随便指证，否则会坏了洛子夜和哥哥的关系。只要嬴烬不说，洛子夜也就不会怀疑她，以后，她还会有机会再接近洛子夜的！

留得青山在，不怕没柴烧！不过是先去避几天罢了，她等得起！

她正想着，萧疏狂却冷了脸："你若是真的知道错了，现在就跟我到太子面前去忏悔！若是太子相信你真的知道错了，以后不会再犯，想必嬴烬也不会将你如何。太子并非绝情之人，只要你好好忏悔，也许她会原谅你！"

他这话一出，萧疏影立即摇头："哥哥，不是妹妹不肯亲自去找太子忏悔道歉，实在是妹妹不能啊！只要我去了，这件事情必然会闹大，而龙傲翟……不，是殿下，殿下当时对我说太子的事情之时，就已经警告过我，不能找太子的麻烦，否则他不仅仅会动我，还会动我们煜成王府。纵然父王这些年对你一直不好，但不论怎么说，他也还是你的父王，你岂能不管他的死活？"

萧疏影说完这话，萧疏狂就沉默了。

萧疏影忙又补充道："哥哥，我也不是求你别的，我现在是要离开，只要我走了，以后也就没有机会对太子不利，既然这样，你还顾忌什么？反而我今日若是随你去见了太子，倘若太子原谅了我，我什么时候又起了这样的心思，到时候哥哥应当如何自处？最好的办法，就是我立即离开，不给哥哥添麻烦，也不再给太子惹麻烦！"

“你知不知道你在说什么？太子原谅你之后，你还有可能继续……”萧疏狂皱眉看着她，仿佛今天才认识自己这个妹妹。

萧疏影立即低下头：“我也不想，我怕我控制不住自己！”

“你——”萧疏狂这时候是真有些怒了。

“哥，嬴烬手下也是有不少人的。你若不立即将我送走，恐怕明天你再见到妹妹的时候，我已经没命了！”萧疏影又说了一句。

萧疏狂盯了她一会儿，两人对视了半天，他终于叹了一口气：“那好，我马上派人护送你离开，你立即就走，看在你是我亲妹妹的分上，这一次我饶了你，若是再有下一次，不必太子出手，我会亲自了结你！”

他这话一出，萧疏影怔了一下，没想到对方会说出这种话，却也只能点头：“妹妹知道了，妹妹保证决计不会有下一次，哥哥尽管放心！”

“哼！”萧疏狂冷嗤了一声，便马上吩咐人送她离开。

摄政王殿下的王帐之中，陷入死一般的寂静。

凤无俦魔瞳微眯，盯着跪在地上的那两人，冷醇磁性的声音响彻王帐：“或者，不过是因着路儿和沓沓在旁边，她才没有多言。她心里应当明白，那两个人不可信！”

闽越沉眸：“王，太子在千浪屿上说的话，相信王您不会忘记，属下恳请您不要意气用事！小心防范着些总是好的！”

摄政王殿下闻言，魔瞳扫向闽越。那眼神之中，有鎏金色的灿芒掠过。他举步走到王帐中央，魔威逼人：“你们不让孤信她，孤却偏要信！今日起，便将虎符放在孤的桌案之上，放在她眼皮子底下，孤倒要看看，她是不是真的会拿！她是不是真的会如你们所言，跟洛肃封合谋来算计孤，拿刀子捅孤的心！”

说完这话，他便将虎符取了出来，放下。那气势令人震颤，他身上的怒气也不难令人探知，魔瞳扫向跪在王帐中央那两人，沉声道：“现在，你们知道孤的意思了吗？”

“属下明白了！”阎烈低头，王的意思不容违背。

闽越也不敢再多话，他们说这些是为了让王防备太子，却没想到王竟然还刻意将虎符拿了出来。说明他们劝了这么半天，反而是弄巧成拙。

见他们都保持沉默，凤无俦心中的怒气才算是消了一些：“退下吧！”

“是！”那两人领命，迅速退了出去。

他们出去之后，帐篷里头便只剩下凤无俦了。他沉眸盯着自己的虎符，缓缓坐

于墨王长榻上，合上了双眸。

这是他跟自己打的一个赌，赌洛子夜不会背叛他。是输或者赢，这结果他都认。

而不管输还是赢，他也决计不会放开她，绝不！

王帐之外，阎烈叹气：“王已经很久没有发过这么大的脾气了！”

闽越慢慢闭上眼：“王自己有主意，我们就不要多言了，你负责守卫，小心着太子就是了！”

正说到这里，果果两只翅膀背在身后，走到门口，就听见一句主人不痛快，它当即便道：“是谁……惹了主人不高兴的是谁？告诉果爷，果爷在他门口拉屎一个月！每天准时不定点拉屎……”

惹了凤无俦不痛快的闽越和阎烈：“……”

洛子夜将飞镖上的纸取下来，上头写着：“三更天，营帐往西五百米，榕树下，我要见你！”

她沉眸，去见一下还是可以的，看看对方到底是何方神圣！

三更，洛子夜从帐篷里出来，也没跟谁打招呼，便去了见面的地点。在榕树之下，并没看到其他人，她眉梢微微挑了挑，耐心地站在原地等了一会儿。

暗夜中，传来一道带笑的男音：“不许回头！”这笑声十分阴凉，像是久未开口说话的人，从喉咙里磨出来的铁锈般难听的嗓音。

洛子夜耸了耸肩：“为何不能回头？因为阁下长得丑？朋友，就算长得丑也不要自卑，毕竟这世上如同本太子这般英俊的人，着实不多，你……”

“闭嘴！少给我用激将法！”男人呵斥了一声，“我给你传了好几次消息，你就没有一次是听的，你就真的不怕死？”

洛子夜笑眯眯地道：“爷倒是想听，但是你的要求每次都灭绝人性，按照你的要求办事，爷指不定死得更快。既然左右都是一个死，爷为何还要配合你做自己不愿意做的事？”

她这话一出，她身后的人倒语塞了。默了一会儿，那人才道：“你认为我约你出来见面，是为什么？”

“为了给我最后一个机会？”洛子夜话里带着淡淡的讥诮！

他冷笑：“不错！这机会，洛子夜，你打算抓住吗？”

洛子夜反问：“你不让我转过头，这样小心翼翼，是不是说明，这一次是威胁我的人亲自上门来了，而非派了一个小喽啰过来？”

“你问这个是想做什么？”她身后的人听了，骤然讥讽出声，“倘若我真的是幕后之人，你是不是打算杀了我灭口？只要我死了，关于你的秘密就没人知道了？”

“这都被你知道了，你简直是爷刚如厕排出来的蛔虫！”洛子夜说着这话，直接便转过头，看见了一个黑色的斗篷下，裹得眼睛都看不见的人。

她这行为，加上这话一出，那黑衣人嘴角立即抽搐了一下。他眼神骤然认真了起来：“洛子夜，你有没有想过自己的处境？”

“爷的处境不劳你操心，至少爷眼下出门光明正大，不用跟你似的，蒙着这么大一块黑布，也不知道你裹在身上的，是你家年久失修的窗帘，还是多年没有换洗的床单。由此可见，爷目前的处境比你可要好多了！”洛子夜说着这话，还认真地点了点头。

那人嗤了一声：“洛子夜，你也不必故意说这些话气我！你的处境你心里清楚。你跟凤无俦搅和在一起，但你们的身份注定天然敌对。他迟早要天曜的权，甚至要天下的权，而你是天曜的太子，你们的身份，也注定了你们最终会为权位争得头破血流！”

“等等！”洛子夜忍不住打断了对方，“是谁告诉你他迟早要天曜的权，要天下的权的？谁又跟你说了，爷会为了权位跟人争得头破血流的？权位你们喜欢，可不代表每个人都喜欢！”

至少她洛子夜没有任何兴趣。

她这样一说，那人嘴角扯出诡谲的笑：“凤无俦若是不想要权，他何至于霸占着摄政王的位置这么多年不放？”

洛子夜听着有些无语：“谁规定做出了杰出贡献的人，一定要马上功成身退，才能表示自己不重视权位？凤无俦为天曜做了这么多事，换来了今日的地位和荣耀，他还不能好好享受凭借自己的双手得来的东西，过几天享福的日子了？”

那黑衣人嗤了一声：“看来你很维护他！”

此言一出，洛子夜自己也愣了一下。维护他？这算吗？但也只是听见对方凭借凤无俦没有引退就说他的是非，她的确有点不高兴。尤其对方不是善意的揣度，而是恶意的。

她敛了心神，同样嗤了一声：“爷只是希望你不要随便拿你们自己的心思去衡量猜测别人的想法。爷也从来没有与人争权的打算，爷只想好好活着罢了！”

“既如此，你更应该跟我合作！”那人立即正色。

洛子夜盯着他，等着他的下文。黑衣人很快又开口：“我不知道，在你的眼

中，洛肃封是一个怎样的人，但我不得不告诉你，你对他来说，只是一颗可以利用的棋子。身为一颗棋子，倘若你失去了利用价值，你说，这意味着什么？”

“死？”洛子夜扬眉。

那人点点头：“不错，当你为洛肃封做成他想让你办的事，你就会迅速消失在这个世上。既然这样，你还不如跟我合作！他让你去取凤无俦的虎符，你取到之后，便将虎符交给我。我能保证，交给我之后，你不会有性命之忧，而且，你若是想继续当男人，你能是天曜最尊贵的王爷，不想做男人了，也能是公主。至少你活着，而且我会给你荣华富贵。这可比听洛肃封的命令要划算多了！”

洛子夜似笑非笑地道：“听起来好像是不错，不过，你为什么觉得，我一定会按照洛肃封的意思去盗取凤无俦的虎符呢？”她根本没打算干啊！

“因为你要是不去做，洛肃封会觉得你是凤无俦那边的人，他会杀了你。你不正是因为这个，才会答应洛肃封的要求吗？”那黑衣人语气有几分讥诮。

这倒把洛子夜给逗乐了：“话虽然是这么说没错，可你能不能透露一下，为什么洛肃封对爷说的话，你知道得这么清楚？”

那人似乎被洛子夜戳了痛脚：“我是怎么知道的，不必你操心！你只需要好好考虑，要不要答应我的条件就足够了！”

他一副欲盖弥彰的样子，洛子夜明白了过来：“看来洛肃封很信任你，什么话都对你说了，然而你知道了之后，却打算挖他的墙脚。啧……”

“你！”他怒了，“废话不必多说，你自己好好考虑，这个哨子可以找我，如果你打算合作，随时通知我！这是一件双赢的事，相信你明白其中利害！”

洛子夜漫不经心地接过：“那没什么事，爷就先回去想想了？”

“请！”他还算客气，并郑重地道，“在下是重诺之人，今日的承诺全然是真，请你务必多想想。毕竟你也应该明白，你是女儿身，不可能登上天曜皇位。能作为王爷或者公主，对你来说，已经是最好的结果！”

洛子夜盯着他，不置可否。

而对方这时候丢出了一个重磅炸弹：“洛子夜，到眼下我与你，已经不是威胁的关系了，而是合作。事实上如非必要，我不会将你是女儿身的事情公布出去，因为公布出去后，洛肃封会第一个帮你打掩护。他早就知道你是女儿身，你想想，他明知道你是女人，却让你做太子，这说明什么？”

“他早就知道？”这个消息倒把洛子夜惊住了。

“不错！你也不必怀疑我这话，我也不打算说太多让你一定信服我，你可以自己回去多想想，我说的到底是不是真的！”他说完便沉默了。

洛子夜没再多说："告辞！"

话音落下，她便转身而去。要是洛肃封真的早就知道她是女人，那他到底想干什么？

洛子夜走远后，那黑衣人还站在原地，一名下人皱着眉头出现在他身后："殿下，属下觉得您今日这件事情做得太莽撞了，告诉洛子夜这些……而且，陛下既然已经为您做好了打算，您何必还要多此一举呢？"

黑衣人冷嗤了一声，转身离去："他的打算是他的事，我只相信我自己！"

洛子夜盯着手里的哨子，倒越发好奇那个黑衣人的身份了，能让洛肃封这样冷血自私又贪婪的人对他充满信任，要么就是那个黑衣人在洛肃封心里有着重要地位，要么就是他手段高明，能把洛肃封耍得团团转！

正准备回自己的帐篷，就看见云筱闹举步走了过来，对方像是有什么心事，还有一点恍神。听见洛子夜的脚步声后，她这才抬起头，怔住了："太子，这么晚了，您怎么会……"

"与其问我，不如问问你怎么这么晚了还在外头吧？"洛子夜知道她要问什么，先问了回去。

云筱闹嘴角动了动，开口："上官冰说她喜欢上阎烈了，而且她知道当初我跟阎烈的婚事其实是权宜之计，故而她问我跟阎烈有没有可能……"

"上官冰的事情，爷知道一些。不过说起这个，阎烈也还跟本太子提过一件事！"洛子夜打断了她，倒想起一个事了，"因着眼下你住在太子府，外头有很多风言风语，是关于阎烈的，大致的意思是……咳咳，是你给阎烈戴了绿帽子，阎烈请求我们稍微顾及他的颜面，让你住到摄政王府！"

云筱闹愣了一下："那……太子是怎么回答阎烈的？"不会已经答应了吧？

"这毕竟是你的事，我太子府也不缺一个房间给你住着，这事自然是你自己拿主意！你眼下给个话，我明儿个见着他也好回他！"洛子夜笑了笑，看着云筱闹的脸色。

云筱闹皱了皱眉："太子，我跟阎烈有没有可能和离？"

洛子夜蹙眉："爷也不清楚，毕竟当时因为你是阎烈的夫人，才免于被株连，按照律法你们能不能和离，或者和离之后，你是否会有什么事，爷得回去翻翻刑部的典籍才知道。只是，你确定你真的要和离吗？因为上官冰？"

云筱闹没有回答，只是道："那太子先查查看吧，我和阎烈这样的关系，一直拖着也不是个办法。太子也请放心，在知道您是个断袖的时候，我就没有再动过您

的心思了，我跟阎烈的事情，跟您没有什么关系！”

洛子夜道：“那你要不要去跟阎烈商量一下？这毕竟是你们两个人的事，他也有权知道你的决定！”

云筱闹点头：“您说得不错，这件事情不管怎么样，我也应当跟阎烈说一声。”

说完之后，云筱闹直接从洛子夜身侧走过。还没走出三步，洛子夜骤然开口：“闹闹，你的脸色不太好！”

云筱闹回头盯了洛子夜一眼：“太子，您陪我去喝酒吧？”

“嗯？”洛子夜扬眉。

一炷香之后，山坡之上，两人一人抱着一个酒坛，吹着夜风，瑟瑟发抖地坐着。

寒风把她们俩的头发前后吹着，洛子夜觉得她们两个其实应该多穿一件衣服。云筱闹也没想到她追求的吹吹风冷静一下的意境，竟然是这样的。

两人在山坡上被风吹得打哆嗦！自己装的×，跪着也要把它装完！两人坚忍不拔地坐在山坡上，喝着酒。

接着，云筱闹开了口：“太子，其实阎烈对我还是挺好的，常会派他手下的弟兄们来问我缺不缺什么，也常常送来一些生活必需品，还有奇珍异果。他的兄弟们习惯叫我嫂夫人，但我并没自作多情，他应该不过是出于夫妻名分，关照我一下罢了。不过我爹出事之后，除了您，就没人对我这么好了！”

“那你对他……”洛子夜很快问出了问题的关键。

云筱闹仰头喝了一口酒：“我也不知道，陪着您出海的日子，我也没有思念过他，见到他我也并不觉得心情立即好了起来，但是……当上官冰来告诉我她喜欢他，问我介不介意的时候，我心里忽然开始不舒服起来！”

洛子夜开口道：“你是怀疑，你喜欢上他了，而不自知？”

云筱闹很快摇摇头：“我也不确定，也许只是因为自私吧。您想想，阎烈如今对我这么好，忽然让我把这份难得的关心拱手送给别人，我怎么能开心呢？而且，他还是第一个会把自己的俸禄都主动交给我的人！”

“噗——”洛子夜一下没忍住，一口酒水喷了出去，“把俸禄都主动交给你？”

阎烈私下这么……她怎么一点都不知道？

云筱闹奇怪地看了她一眼：“是啊，出海的前一天他来找我，说那是他这个月的俸禄，全给我了。当时我不肯要，他说好歹有个夫妻名分，我手上有些银子，也能买些女人需要的东西，有时候做事也能大方些，不会失了他的面子。他这么说，我才收下的。怎么了？有什么问题吗？”

“全交给你了？”洛子夜盯着她询问。

云筱闹愣了愣：“是啊，全部交了，说朝廷按军衔发的俸禄，还有摄政王府给的，都交给我了。我原本也是让他留一些的，但是他说他一个男人，平日里也不需要花钱，摄政王府也不缺吃的喝的，更没有呼朋唤友出去花天酒地的习惯，所以……”

话说到这里，洛子夜拍了拍云筱闹的肩膀：“闹闹，我劝你还是慎重些吧，阎烈八成是认真了，你跑去说要和离，他估计会很难过！”

一个男人把自己所有的钱，所有的身家，全部交给一个女人，宁可身无分文苛刻自己，也要女人在外头能随心所欲地买自己需要的东西，这意味着什么？

“什么？”云筱闹冷不防听洛子夜这么一说，也蒙了，“可是从他身上，我也看不出来什么啊，而且每次他都是说，他不想他自己因为我丢脸，或者不想被人说长道短，说他苛待妻室……”

“难不成你听不出来，这些都是借口？”洛子夜斜睨了她一眼。

云筱闹顿时语塞！她还没想明白，洛子夜又问：“上官冰那边，你是怎么跟她说的？”看来这事，最后指不定会有点乱。

云筱闹支支吾吾：“最后……最后我心里虽然有点不舒服，但还是硬着头皮说，我不喜欢，她若是喜欢的话，就自己去追求。她说谢谢我，然后……”

“然后她就走了，你就回来了？”洛子夜知道情况了。

云筱闹犹豫道：“差……差不多是这样吧……”

她这个差不多一出，洛子夜立即明白了里头还有旁的幺蛾子：“你是不是还对上官冰说了，你会马上想办法跟阎烈解除婚约，成全她？”

“是的！”云筱闹点了点头，又喝了一口酒，“但是不知道为什么，说完这话我心情就低落了，我一定是太贪心了，明明不喜欢人家，却还霸占着人家的好，那原本就是不属于我的东西呀！”

“我却觉得，你是把原本属于你的东西，拱手相让了。不过既然你不喜欢，而上官冰喜欢，也没什么，她也是个好姑娘，时间长了，希望阎烈能知道她的好吧！”洛子夜已经开始同情阎烈了！

她这话一出，云筱闹仿佛怔住了，当即便仰头又猛地灌了几口酒。洛子夜其实脑子已经喝晕了，但还是跟着她猛灌。

两人接下来都没说话，一人一坛子烈酒就这么喝光了。而且两人都喝得有些上头了，坐着左摇右晃，云筱闹砰的一声，把自己的酒坛子给砸了，碎片在地上炸开："让了就让了，没办法了！答应了姐妹的事，怎么能反悔？再说了，一个好姑娘，是不应该跟好姐妹抢同一个男人的！"

风越来越大了，她俩的脑子也越来越晕乎。

洛子夜猛然站起身："我们回去吧！"这一站，她脚下一个踉跄。云筱闹也没比她好多少，直接一跤滑了下去，舌头都大了起来："太……太子，好……晕，这酒后劲大！"

"是的！"洛子夜也意识到了，大漠的酒不仅烈，还有这么可怕的后劲。

两人互相搀扶着站起身，醉醺醺地走着，越走神志越不清，洛子夜忽然踢到了一块石头！两人一起往地上摔去，洛子夜一下子摔下去，骤然被人打横抱了起来。很陌生的怀抱，她头痛欲裂，眯着眼睛也没看清楚，接着就听见一道冰冷的声音，带着几分斥责道："怎么喝这么多酒？"

云筱闹那一跤却结结实实地摔到了地上，来人根本不管她。她迷迷糊糊地睁着眼，看见那人把洛子夜给抱走了，可是她趴在地上爬都爬不起来，也没能阻止，晕乎乎地睡了过去，不知道睡了多久，有人扯了扯她。她醉醺醺地看见了阎烈那张放大的脸，大着舌头道："龙傲翟……太子喝醉了，龙傲翟把她抱走了……"

"什么？！"阎烈蒙了，直觉太子是要出事！他赶紧把云筱闹扶起来，并带着她去找摄政王殿下禀报。这一路上，云筱闹晕晕乎乎的，过一会儿又大舌头了："太……太子，咱俩继续喝酒，嗝，喝酒……"

阎烈忍不住皱起了眉头："你们到底为什么喝这么多酒？"她们最近有什么苦闷需要借酒消愁吗？

"冰冰……"云筱闹骤然摆脱了阎烈的搀扶，大气恢宏地吼了一声，"我说不喜欢就是不喜欢！你拿去吧，姐妹如手足，嗝……那啥，那啥如衣服！给你了，我不后悔！"

她一个酒嗝下去，转身又栽进阎烈怀里。阎烈也不知道这女人到底是在说什么，看这女人醉成一团烂泥，也没心思再想那么多，拖着她往摄政王殿下的王帐里头飞奔。

龙傲翟被洛子夜吐了一身，并且她还揪着他胸前的衣襟撒酒疯："放开你大爷，大爷还要喝，大爷没醉！"

"你醉了！"他冰冷的声音带着几分责备和不悦。

洛子夜却比他更加不悦："没醉！老子还能喝三坛子！"

龙傲翟揉了揉眉心，抱着她进了营帐，将她放在床榻上，充满了男性阳刚气息的床榻还带着一股子燥热的触感，使得洛子夜脸色微红。她从来没有认床的习惯，一头扎进去，迷迷糊糊就睡着了。

龙傲翟将她放下，便吩咐人送水来，到屏风后头简单地清洗了一下自己，才从屏风后头出来，旋即那双血瞳就落到了床榻上。

她发丝微乱，一张雌雄莫辨的脸，此刻透着几分难得的秀美恬静。而后她骤然面色一变，翻过身趴在床榻上就呕吐了起来。好在那东西都吐在了地上，并没吐到床榻上。下人们很快进来清洗，而洛子夜吐完之后，又在龙傲翟的伺候下漱了口，安静了下来。

她继续在床榻上呼呼大睡，却骤然伸出一只手："混账！这封情书明明是我的……"

梦中，妖孽进屋之后，在门口捡起一封情书，她劈手夺过来，坚定不移地认为这封情书是写给自己的。妖孽狐疑地看了她一眼，还是将情书递给她了。然后她心满意足地接过来……

接着，龙傲翟就见她抱着被子，快乐地翻了一个身："也不知道写情书这货帅不帅，嗝……"

龙傲翟哭笑不得，到了她跟前，洛子夜迷迷糊糊地睁开眼，便看见了一张帅脸，刀削般的棱角，完美的五官，处处令她心旷神怡，尤其那一双血红的瞳孔，几乎要将人的魂魄吸进去！她迷迷糊糊地打算凑上去，然而，在红唇将要碰上他那一刻，骤然想起什么，摇了摇头，睡了下去："不能亲，臭臭会不高兴……"

她这举动一出，龙傲翟骤然一怒，瞳孔中浮现出几分冷意。臭臭？凤无俦？！她都醉成这样了，还记得凤无俦？这靠近之中，一阵淡淡的馨香透过那酒香飘入鼻中，他骤然心念一动，下腹有了些反应。

洛子夜方才躺下去，他骤然掌住她的后脑。血瞳盯着那片红唇，狠狠地吻了下去，温软的味道对于他这般禁欲二十多年的人来说，便令他如血气方刚的小伙子，体内的欲望如同出柙的猛兽奔涌而出，他竟覆身压了下去。

洛子夜还浑然不知自己处于什么样的境地，却觉得唇被咬得生疼。

她伸出手打算推开他，双手抵住他的胸口。她掌心温热的触感传导到他胸口，使他觉得身上仿佛被点燃一把火。他离开她温软的唇瓣，目光灼灼，却想重新吻回去。

气息很陌生，决计不是凤无俦的味道，这令洛子夜有点上火："走开！"

她这样的举动，却骤然激怒了他。他血瞳中满是戾气，大手钳住她的手腕举过头顶："凤无俦可以，我不可以？"他纵然知道她醉了，他此举绝非君子所为，可洛子夜这样醉酒中都惦记着凤无俦的情态，着实令他生气！

正想着，洛子夜被他压得很不舒服，偏了偏身子，打算将他从自己身上推下去。

然而，她越抗拒，就越令他生气。他擒住她的手腕，挣扎之下，她肩头的衣襟也滑落开来，露出一抹香肩。

而这时候，门外正有人开口行礼："摄政王殿下！"

还未及反应，帐篷的帘帐便被人掀开。随着魔息进入帐中，带起了几分铺天盖地的压迫气息。那双魔瞳落到床榻上那两个人身上的时候，便有一阵怒火直冲头顶！龙傲翟压在她身上，而她双手正抵在对方胸前，一副欲拒还迎的模样，香肩半露，怎么看都是一副好事被他打搅了的样子。

龙傲翟抬眸看向他，薄唇微微扯了扯："摄政王殿下就这么闯入末将的营帐，不觉得自己唐突了吗？"

话音刚落，一股黑色的魔息猛然对着他撞了过去！

龙傲翟纵然迅速起身，但还是不可避免地被这魔息击中，从床榻上翻滚下来，后退了数步。他一双血瞳眯起，盯着自己面前的人："怎么，摄政王殿下这是动怒了？"

凤无俦并未说话，嘴角却微微扬了起来，看不到丝毫笑意。他魔瞳一凛，整个帐篷都开始晃动起来。这是震怒的表现，他要是再晚来一步，会发生什么？而他看见的情景，洛子夜是被迫，还是喝醉了酒，根本不知道她自己在做什么？

那双魔瞳盯着半坐在地上的龙傲翟，骤然伸出手，内力化作掌风，对着对方打了过去！龙傲翟也很快抬手，打算迎击！可龙傲翟即便在大陆已经算是佼佼者，却绝不可能是凤无俦的对手！

这内息相撞之下，他嘴角很快滑下一抹血线。

他却没打算认输，盯着凤无俦冷笑："怎么，摄政王殿下迫不及待地想除掉自己的情敌，是因为，怕输？"

"怕？"凤无俦冷笑，魔瞳中鎏光一凛，内息造就的压迫力将龙傲翟困在原地，动弹不得。

他举步走到龙傲翟跟前，居高临下地看着他，脚抬起，踩在对方的胸口上。这是一个侮辱的动作，使得龙傲翟脸色铁青，然而对方的内力实在太强，将他困在原地，根本不能动弹分毫。

接着，便听得霸凛的声音在他头顶炸响："情敌？你也配？洛肃封天真地想拿你来牵制孤，你就真的以为自己是个东西？敢动孤的人？敢打洛子夜的主意？"

龙傲翟薄唇微扯，血瞳看向对方，毫不客气地道："可惜，洛子夜眼下是在我的床上，并非本将军抢你的人，而是摄政王殿下进来打搅了我们！"

他这话一出，凤无俦眸中怒气一凛，脚下的动作加重了几分。

这一脚之下，龙傲翟清晰地听见了骨骼断裂的声音。然而，他眼神依旧冰寒，分毫不让："怎么，摄政王殿下是听不得实话，被戳了痛处？"

"墨子耀，墨氏皇朝的皇太子，古都最神秘的殿下。你真的以为，孤不敢杀你？"凤无俦的唇边，带着讥诮和怒意。

龙傲翟血瞳微眯，上一次在山上，他就知道对方已经探知了他的身份："你当然敢杀我，只是墨氏皇太子死在你手中，诸侯必将群起而攻之！杀了我，你就必须反了，不是吗？"

他这话音落下，凤无俦倒是笑了，嘴角微微扬起，一字一顿地道："你觉得，是天下人的敌对会令孤畏惧，还是一个反字，会令孤退却？"

龙傲翟冷笑："我死在这里的时候，洛子夜也在，到时候我的死，是你做的，还是你跟洛子夜一起做的，谁说得明白？凤无俦，你的确可以杀我，但你最好想好，你打算让洛子夜如何自处？"

他这话一出，凤无俦沉眸。他自然不惧担上反贼之名，也从来不在乎天下人如何看待他，只是，洛子夜那般好面子的人，是否担得起千万人对她的唾骂？

龙傲翟看他的表情就知道这一关自己过了，盯着自己的胸口，也终于服了软："摄政王殿下既然知道本太子的身份，应当也知道你是在以下犯上！对于皇室中人来说，你给本太子这样的侮辱，早已胜过让本殿下丧命，怎么，摄政王殿下还觉得不够吗？"

他这话一出，凤无俦霸凛傲慢的声音带着森寒的味道："或者你觉得，这点惩罚已经够了？"

龙傲翟一怔，铁青着一张脸，冷声开口：'末将保证，定不会再有下次！"凤无俦无非觉得自己的诚意不够。

今日之耻，终有一日，他墨子耀会尽数奉还给他。希望到那一日，凤无俦不会后悔他自己今日所为！

他这话一出，凤无俦才收了脚。只是收脚之前，他又一次用力，使得龙傲翟胸口再一次承力，又听见了骨头断裂的声音。这令龙傲翟原本就铁青的脸色，顿时更加难看。

这一场短暂的交锋，就这么结束了。

而此刻，躺在床榻上的洛子夜倒翻了个身，梦中她抱着话筒唱得正开心："你是我的玫瑰，你是我的花……嗝，你是我的爱人……"

这一句唱出来，摄政王殿下的脸色立即青了。眼下她在龙傲翟的帐篷里头，所以她这歌是打算唱给谁听的？

龙傲翟脑后也有一面巨大的黑线墙，这种恶心的歌词、奇怪的曲调，洛子夜到底是从哪儿听来的？

洛子夜狼嚎了一曲，犹觉不够，还抱着龙傲翟的被子，耸着肩膀，又开始鬼叫："这是飞一样的感觉，感觉，这是自由的……感觉！嗝……"

摄政王殿下忍无可忍，将这女人从床榻上拎了起来，并伸手给她把衣服扯好，遮住那一抹香肩。

他扛起这女人，忍着一肚子火，大步走到门口。到门口之后，他脚步却骤然顿住，回头看了龙傲翟一眼："你知道了？"

龙傲翟沉眸，不消片刻，便明白了对方想问什么："不错！"

"你让孤很惊讶！"凤无俦嗤了一声，知道了洛子夜的性别，却没有拿这一点去威胁她，反而对洛子夜起了这样的心思。

龙傲翟冷冷地道："能让摄政王殿下感到惊讶，末将应该荣幸吗？"

摄政王殿下冷嗤了一声，不置可否，扛着洛子夜出去了。

他出去之后，龙傲翟门前的下人们立即进来请罪："将军，是属下等无能，没有拦住摄政王殿下！他……"

龙傲翟并未多言，只是冷声道："去请军医！"

"将军，您受伤了吗？"下人有些惊讶。

龙傲翟冷着一张脸道："让你去就去，记住，保密，不得让外人知道本将军受伤的事！"

"是！"下人匆匆忙忙地出去了。

帐篷里只剩下龙傲翟一人，他回眸盯了一眼自己的床榻。半盏茶之前，她还躺在上面，他似乎还能闻到她的体香，感受到她唇瓣的柔软，然而……他目光骤然一冷，狠狠地一拳砸到了地面上！

凤无俦，今日之耻，他必报！

摄政王殿下的心情，也并没比龙傲翟好多少。扛着洛子夜出来之后，她还在发酒疯，趴在他背上，引吭高歌："我要像梦一样自由，像，像天空一样坚强……啦，在这曲折蜿蜒的路上，嗝……"

整个营帐来来往往的人，巡逻的侍卫们，就听见她尖着嗓子的鬼叫。

当他扛着洛子夜进入营帐那一刻，洛子夜又扯着嗓子号了一句："我要带你去私奔……"

凤无俦顿住脚步，他身后的阎烈已经听到了切齿的磨牙声。阎烈都忍不住颤抖了一下，咽了一下口水。

而洛子夜号完，还扯着嗓子，喊破了音，又咆哮一句："我要带你去私奔——"

摄政王殿下心中的怒火终于到了临界点。

她这些歌，是因为他凤无俦的存在，使得她觉得自由受到限制，所以高歌要像梦一样自由，再遇见一个美男子，带着对方私奔，是这个意思吗？

也实在怨不得他这么想，只怪洛子夜的歌唱得实在是太有连贯性。他沉声道："去备冷水来！"

"是！"眼下到底是在夏天，温度也低不到哪里，冷水泡泡应该也没事。

下人抬了一桶冷水进来。

"出去！"摄政王殿下冷醇的声音，很快传了过来。

阎烈也不敢多话，立即一挥手，带着所有下人出去。而洛子夜这会儿还不合时宜地在唱歌："那一夜，你没有，你没有拒绝我……那一夜，我伤害了你……"

唱着这种暗示意味十足的歌不说，她唱着还打着酒嗝，猥琐地笑起来。

摄政王殿下顿时感觉到怒火攻心，将她丢入那一桶冷水之中。洛子夜冷不防泡到冷水里，打了个寒战，求生的本能使得她迅速伸出手，抓着浴桶的外围站了起来。眼前一片模糊，她伸手抹了一把脸上的水珠，脑子清醒了一些，但喝了太多酒，仍旧感觉到头痛欲裂！这使得她踉跄着站稳，伸出手揉了揉自己的太阳穴。

正闷着，头顶冷醇磁性的声音骤然炸响："清醒了吗？"

"呃……"原本洛子夜还是有点不清醒的，但是听见这声音，她分分钟就清醒了，整个人都精神了不少，抬眸看了他一眼，眼前模糊的身影渐渐成形。

她看见他胸前交叠的墨色衣襟，还有金色的绲边，条件反射地抬头，跟他那张脸对视。看着他冷沉的面色，还有眸中的冷意，她就知道情况有点不妙。她伸出手揉了揉自己的眉："发生什么事了？"

她这一问，他没答。

而洛子夜自己的记忆也在慢慢地回笼，她记起自己是跟云筱闹一起喝酒来着，

然后喝醉了，接着……接着发生什么事了？她似乎摔了一跤，然后被谁给抱起来了。

她立即看向他："是你把爷抱回来的？"

这一问，他眸中的怒意登时更盛了一分。洛子夜忍不住颤抖了一下，从他的表情来看，似乎不是！她又努力地回忆了一下："好像不是，那个人的气息很陌生很冰冷，跟你的感觉不同。那……"那她是怎么到这里来的？

看他的脸色实在不好，而且已经生气到用冷水帮她解酒，洛子夜顿时感觉到脊背一凉："等等，爷不会跟什么人，干什么了吧？"

凤无俦的脸色很臭，难不成她做了啥对不起他的事？

她这样紧张的样子，一副不愿意跟旁人发生事情的状态，令他沉郁的心情好了许多。但那眼神依旧寒凉，魔瞳凝锁着洛子夜，似恨不得将她生吞活剥！他切齿道："衣衫不整地被龙傲翟压在身下，你还想发生什么事？"

"什么？"洛子夜惊呆了，"你确定？是龙傲翟，而不是其他什么人？"这话一问出来，洛子夜立即知道自己犯傻了，问了一个更作死的问题。

果然，她这话一出，他的脸色真的更难看了："你希望是其他什么人？"

"呃……"洛子夜干笑，"爷当然希望是你啊！"

"是吗？"他扬眉，魔瞳冷冽，面上的容色更是森然，显然不信。

洛子夜为了防止他将她压在身下验证这句话的真假，立即转移话题："可龙傲翟跟爷势同水火，怎么可能做出这种事情来？难不成是爷喝多了，主动……"

说到这里，洛子夜感觉到室内的温度顿时下降，立即改口："不……不可能的，爷是不可能主动的，一定是龙傲翟那个禽兽欲行不轨，是的！"

他听了她这话，面上倒是没什么表情，眸中却怒气一凛，等着她再一次开口。

洛子夜哆嗦着道："爷也不知道是怎么回事啊，你要相信爷，爷就算跟任何人牵扯在一起，也是不希望跟龙傲翟牵扯在一起的。不是，我的意思是……"

"那你更想跟谁牵扯在一起？"他语气倒是骤然温柔了起来。

洛子夜也不知道为啥越慌乱越是不能好好措辞，她故作镇定地看着他："事情是这样的，爷喝酒喝多了，也不知道怎么回事就晕菜了，浑然不记得到底发生了什么……"

他冷醇磁性的声音缓缓响起："为什么喝那么多酒？"

"是因为……"话说到一半，她哽住了！她能说是云筱闹心情不好，所以她陪着云筱闹喝酒吗？她喝酒之后做了让他不高兴的事，他指不定会找云筱闹的麻烦。

他魔瞳微沉，眸中怒气一凛："不肯说，还是有不可说的理由？"

"不是不肯说，只是觉得没有说的必要！"洛子夜心里觉得非常累，自己活得就像夫管严，这样的人生有什么尊严？"凤无俦，要不然你先告诉爷，爷和龙傲翟发生什么事情了没有？"

他面色骤然又沉了几分，阴恻恻地问："你是希望发生了，还是希望没发生？"

洛子夜惊悚摇头："当然希望没发生！你这么说的话，应该就是没什么事了？既然没发生什么事，你还搁这儿堵着爷干啥？"

她这样一副随意的态度，更是令他怒气高扬："不错，的确没发生什么。可倘若孤知道消息太晚呢？倘若发生了呢？洛子夜，你防备孤的时候，倒似防狼，防备其他人，就这样随意松懈？"

他像一只暴怒的狮子，洛子夜盯着他那双魔瞳，对视几秒钟后，她方才理直气壮的模样立即消失了。本来也是自己理亏，她眼珠一转，盯了一眼泡着自己的这一桶冷水，骤然打了个喷嚏！

他目光一凝，将她从冷水里拎了出来，头也不回地吩咐阎烈："送热水进来！"

"是！"门外的阎烈回话。

然而摄政王殿下此刻并未注意到埋在他怀中的洛子夜奸诈的小表情。打个喷嚏忽悠他一下，假装感冒，这家伙就心软了。于是她索性又打了两个喷嚏，当然，还是装的！

他眸色微凛，垂眸看了她一眼。魔瞳中鎏光掠过，垂眸看她的容色多了几分复杂："还装？"

"呃……"洛子夜死鸭子嘴硬，"装什么，爷这么单纯的人，怎么会假装？"

他倒也没顾着她一身湿漉漉的，抱起来会让他沾染一身水，便将她纳入怀中，冷醇磁性的声音嗤道："没装？要闽越进来诊脉？"

"啊哈哈哈……"洛子夜干笑，"哎呀，打喷嚏就是有点不舒服嘛，怎么会一诊断就能诊断出问题来呢？你肚子饿不饿啊，爷觉得这个点我们可以吃点夜宵！阿嚏——"

这个喷嚏却是扎扎实实地打出来的，洛子夜还跟着这个喷嚏，忍不住颤抖了一下。

她心里顿感不好，感觉自己是真的要感冒了。而这时候，阎烈也让人把水抬进来了，摄政王殿下吩咐道："一刻钟之后，让闽越带姜汤和药箱过来！"

"是！"阎烈很快应了一声。

他退出去之后，扑通一声，洛子夜就被抛入热水之中，那可跟刚刚泡凉水的感觉截然不同。然而，将她扔进浴桶之后，他却并没有出去的意思，洛子夜警惕地盯着他："干吗？"

他看着她眸中的防备，冷嗤了一声，转身大步走了出去。

摄政王殿下走出王帐，便背对着王帐负手站着。那双魔瞳微微眯起，目光放得很远，俊美无俦的面色微沉，令人不难探知他此刻心情不豫。

阎烈小心地开口问道："数日之后，我们跟太子要分道而行，王是担心太子回了京城之后，没有您在，会……"这让人不省心的媳妇，能让人放心吗？

摄政王殿下并未吭声，阎烈心知自己猜对了，因为他的情况并不比王的情况好上多少。云筱闹是他名正言顺的妻子，喝醉酒躺在路边上，亏得遇见的是自己，把她带回来了，要是遇见什么心术不正的人……

这么想着，阎烈整个人都不好了，切齿道："王，属下觉得，太子需要往死里教训，才能知道这种事情以后不能再做！"云筱闹也一样需要教训！

摄政王殿下闻言，嘴角淡扬，那笑容看起来也的确森冷。单单从表情看，他似乎真的动了将洛子夜往死里教训的心思！

而此刻，嬴烬的营帐之中，萧疏狂正弯腰站在对方面前。

旋即，便传来那人靡艳的声音："所以，你的意思是，萧疏影你已经送走了？"

"不错！她这次的确做错了事，但请嬴烬公子念在并未造成不可挽回的后果的分上，原谅舍妹一次。日后她不会再出现在太子面前，在下斗胆请公子手下留情！"这个人的手段，他虽然没有亲身经历过，但一直给他一种很危险的直觉！

嬴烬轻嗤了一声，骤然上前，修长的手掐住了对方的脖子，猛然一收，萧疏狂立即面色惊变，因呼吸困难而面色赤红！他声音惑人，带着天然勾魂的尾音："或者，你应当告诉我，在你心里，是你妹妹比较重要，还是效忠小夜儿比较重要！"

萧疏狂没想到，看似弱不禁风的嬴烬，在重伤之后昏迷了这么久醒来，竟然一出手，还有这样的真力！他盯着对方那张冠绝天下的容颜，艰难地开口："自然是对太子的忠诚重要，否则，这一次我就不是送我妹妹走，而……而是帮助她跟你们周旋，让……咳咳，让太子怀疑是你在挑拨离间！"

他这话一出，嬴烬倒嗤了一声，收了手，垂眸扫了他一眼，那双邪魅的桃花眼中，是令人惊惧的幽光："在我面前挑拨离间，你以为你有这个本事？你今日若是不能给我一个满意的答复，明日天下人就会知道，如今大名鼎鼎的神机营大将之一萧疏狂，被身份不明之人五马分尸、弃尸荒野！”

他魅惑的声音，令人觉得神志酥麻，在寒凉之下立即惊醒，似乎还能看见血腥！

萧疏狂微微垂眸：“我妹妹这么多年从没做过任何坏事，我相信她这次只是被嫉妒冲昏了头脑。她自己也坦言，担心以后在太子身边还会做出对太子不利的事，所以让我送她走。嬴烬公子素来知道太子的性子，这一次疏影虽然糊涂，但太子看自己并没受到什么伤害，想着我的情分，未必会处置疏影，说不定就原谅了她！”

说到这里之后，他抬起头看向嬴烬：“若是这样，疏影继续留在太子身边，倘若什么时候她又起了歹念，后果……才是我们都不想看见的不是吗？”

“听起来似乎有点道理！”嬴烬评价了一句。

萧疏狂微微松了一口气，很快又道：“以后疏影不跟我们在一起，自也不可能再对太子如何。她到底是我妹妹，让我改过的机会都不给就杀了她，我也不忍心。所以也恳请嬴烬公子给她一次机会，若再有下次，不必公子出手，我会亲自了结她！”

他说到这里，嬴烬眸中的冷光倒散了一些：‘萧疏狂，我不相信萧疏影，但我相信你。你当真能保证，萧疏影离开之后，不会再给小夜儿造成任何威胁？”

萧疏狂点头：“是，我确定！”

“那我凭什么相信你的笃定？”嬴烬弯腰，跟萧疏狂平视。

萧疏狂肃了肃眉头，看向嬴烬：“那么，嬴烬公子希望呢？”

仿佛就是等着这么一句话，嬴烬笑了笑，那声音似乎勾魂的妖魅，从萧疏狂耳侧擦过：“就拿煜成王府上下三百六十三口人命来打这个赌，怎么样？”

“你……”萧疏狂眸色微凝。

嬴烬轻飘飘地道：“你既然已经送她走了，还让神机营的人护送，我若追杀她，神机营的人势必以命相护，这难免就会杀了神机营的人，惹小夜儿难过，所以……这个赌约，你答应得答应，不答应也得答应。传信告诉你妹妹，这一次有你这个哥哥的庇护，算她命大，可她若再敢妄动小夜儿分毫，我要整个煜成王府为她的愚蠢陪葬！当然，那时候我不会动你，会让你好好活着，看着亲人被屠杀，看着因为你自己愚蠢地信任她，而付出代价！”

萧疏狂一怔，险些没站稳。嬴烬又笑了：“相信你不希望看到这样一幕，而我也并不希望。否则，那不仅仅证明你愚蠢，也是在证明我愚蠢，毕竟今日我选择了相信你！”

萧疏狂盯了对方半晌，眼里多了几分审视：“嬴烬，煜成王府是墨氏王朝古都

的名门，你……”一个相思门出来的小倌，哪来的本事跟煜成王府作对？

他话没说完，便被嬴烬打断：“谁敢动我的小夜儿，我必让他付出代价。区区煜成王府，算得了什么？哪怕是我们那位至高无上的墨天子，他今日敢动小夜儿，明日我也会让他看到兵临古都，血洗皇城，你信不信？”

他说着这话，面上含笑，就那般幽幽地盯着萧疏狂，却莫名令他呼吸一滞，嘴上没说，心中却莫名有了答案，他信！

而数月之后，当嬴烬真的印证了这句话，他也知道，自己今日的“信”，是正确的。

他不知道自己是怎么从嬴烬的帐篷里头离开的，只知自己是浑浑噩噩地走的。

待他离开之后，嬴烬敛了目光：“小夜儿眼下在哪儿？”

“在凤无俦的营帐里！”青城很快答了一句。

嬴烬似乎微微怔了一下，望向窗外的明月，感叹了一句：“我在这里为她累死累活，她却在跟凤无俦逍遥快活。我眼下忍着，没有去打那对狗男女，你是不是也觉得我的修养相当不错？”

青城默默地望了一眼天空：“大概是吧！”

嬴烬头也没回，却骤然问道：“青城，如今修罗门，在谁的手中？”

青城一怔，很快回道：“公子，六年前属下离开修罗门时，交给几位护法打理了。如今他们是谁在当家，是否为外人所用，属下一无所知。毕竟离开了，属下也没有权力再管束他们！”

嬴烬点了点头，却骤然目光一冷：“既然你一无所知，那么就去查查，他们为什么会跟武琉月搅和在一起！”

“是！”

此刻，摄政王殿下的王帐之外。

“王，不久之前，萧疏狂从嬴烬的帐篷里出来，不知道他们商量了什么……”一名王骑护卫禀报消息。

凤无俦沉眸：“萧疏狂出来的时候，是何种表情？”

“浑浑噩噩，失魂落魄的！”下人回话。

摄政王殿下眸色微敛：“还有什么关于萧疏狂的消息？”

“他今天晚上连夜送走了他妹妹，负责护送的是神机营的人。做完这件事情之后，萧疏狂就去找嬴烬了！”那下人立即开口。

阎烈道：“王，嬴烬既然已经见过萧疏狂，相信事情他已经解决了，不必我们再操心！”

他这般一说，凤无俦敛眸，沉声道：“以嬴烬的手段，区区一个萧疏影，孤倒不担心他料理不了。只是，提点肖青，洛子夜身边的人并非每一个都信得过，都给孤盯着！”

“是！”阎烈点头。

而这时候，凤无俦闭上眼，随口问了一句：“父王呢？”

“老王爷最近在审讯屠浮子，那老家伙嘴巴硬得很。老王爷让我们不必操心，半个月之内，他一定会让屠浮子乖乖答应，为您解开寒毒的！”阎烈迅速回话。

他们这交谈之间，洛子夜已经洗好了，屏风上头放着的是凤无俦的衣服，她很快就把衣服扯过来穿上了！听着王帐内的响动，摄政王殿下知道她处理好了自己，闽越也正好带着姜汤过来了。洛子夜鉴于自己有错在前，这时候也不敢吵着要回自己的帐篷。喝完姜汤之后，就老老实实地在凤无俦的床榻上，找了一个角落坐下练功。

于是，这个夜晚就在洛子夜练功、摄政王殿下的护法之下，平稳地度过了。

接下来的两天，都很平静。各方都安静着，在第三天的早上，到了沙漠的分界点。

因着摄政王殿下将要出征蛮荒，洛肃封非常高兴，下旨晚上为摄政王殿下举办一场饯行宴之后再走。也因着如此，大漠诸国的使节都还没回去，等着晚上的欢送会。

洛子夜今天一整天也是提心吊胆的，前几天百里瑾宸说了，三日之后他来提亲，今天就是第三日。凤无俦那时候也扬言，对方要是真的来了，那就是一场生死之战。好在，黄昏降临也没见着百里瑾宸的人，洛子夜估计对方是不会来了，才终于放下心。

此刻，摄政王殿下正在王帐中和洛肃封会谈。

洛子夜回头看了一眼沙漠上的军队，微微眯了眯眼，不知道为什么，心情莫名地低沉了下去。

嬴烬扫了她一眼：“有心事？”

洛子夜摇摇头：“心事倒是没有，只是不知道为什么，我总有一种预感，觉得这一次回了京城之后，可能会发生什么事！”

也许是属于女性的第六感，她竟然还莫名觉得心慌，这种感觉曾经有过一次，那是在爸妈出事的前几天。

看她面色越发凝重，赢烬扫了她一眼：“怕吗？”

洛子夜怔了怔，回眸看了他一眼，笑道：“老实说，从前死就在眼前的时候，我都不怕，可是不知道为什么，这次我真的有点怕！这感觉，就像……”

说着这话，她骤然伸出手，接住风卷来的一片落叶：“就像，我将要失去一件生命中最重要的东西！”

是错觉吗？可这感觉来得猛烈而真实，尤其那种似曾相识的熟悉感，令她心惊。

“小夜儿，你还有我。”他轻轻笑着，那双含情的桃花眼看向她，是在告诉她，不论她注定要失去什么，她都不会失去他，他会一直陪在她身边。

洛子夜哽了一下，看着他笑道：“谢谢你！”不论对方是以怎样的身份站在她身边，这一份永远不会背弃的心意，这样一个永远相随的承诺，也足以令人感激。

赢烬笑了笑，眼角的余光看见洛肃封的王帐被掀开，凤无俦从帐篷里走了出来。他扫了对方一眼，在一个眼神交会之后，回眸看了一眼洛子夜：“我忽然想起来还有事要处理，回头再聊！”

洛子夜还没看到凤无俦，倒愣了一下：“那你去吧！”

他转身大步离开，然而，在转过身的那一刹那，他面上的笑意顷刻之间敛下，落寞得令人心疼。作为一个守护者，凤无俦不在的时候，他可以上去跟她说话，给她一些底气和温暖。而凤无俦在的时候，他自然应当退，否则，他的存在便容易令他们之间生出隔阂，甚至矛盾误会。

她好不容易在这乱世找到了想要栖息的地方，他怎么能让自己成为阻碍她幸福的绊脚石？

他走后，摄政王殿下便大步到了她身侧，人未至而魔息先行，令万物屈膝的气场，让洛子夜很快知道是他来了。这令她看了一眼赢烬的背影，他是因为凤无俦出来了，才转身离开的吗？

看她看着赢烬离开的方向，摄政王殿下似是知道她心中所想，倒也没说什么。可心下也对赢烬的印象好了许多，不得不说，作为一个情敌，在感情上败了之后，赢烬的确保持了良好的风度，也很知进退。这样的人，也许未来成为朋友，也未尝不可！

洛子夜看了一眼之后，就收回眼神，看向凤无俦：“商量完了？”

“是！”他应了一声，魔魅的声音霸凛依旧，看她的眼神倒柔和了几分。他宠溺地伸手，揉了揉她的发：“明早一别，也许是数月，会想孤吗？”

她抬眸与他对视，忽然笑着眨眨眼：“不会是数月，十日之后，不管你在哪里，我都会去找你的！”

他浓眉微扬，自然是高兴听到这句话，可并不明白她为何有此一言：“十日？”

洛子夜立即笑了：“你忘了，十日之后是你的生辰，爷肯定要陪你过！爷会送你一个大大的惊喜！”

她打听了帝拓那位小王子的生辰，又找他父王确定了的，就是十日之后，不过看他的样子，怎么好像他根本就不记得自己的生日似的？

他微微怔了一下，他似乎忘了告诉她，二十多年前，他被活剐的那一日，也正好是他的生辰。这也是为什么，这么多年来他未曾有过生辰的习惯，也无人敢自作主张为他庆生。父王对外宣称他的生辰之日，比帝拓的小王子只早了几日，故而几日之前赢烬能知道他的生辰快到了，只是赢烬知道的生辰，和他真正的生辰，并非同一天。

而他没想到的是，她在知道自己的真实身份之后，没有按照世人知道的日子为他准备，而是为他真正的生辰在准备。

看着她桃花眼中的笑，他也不忍拂了她的好意，尤其在看见她眸中的暖意那一瞬，他眉间习惯性的褶痕也不由自主地散了，大概，这也就是上天给他的改写未来的机会。这一次的生辰，因为有她，将与以往不同，从此，也许都会不同。

他嘴角淡扬，沉声道：“好！十日，孤等你！”

天色渐黑，这一场饯行的宴会便开始准备了。明月高悬，这一天将要过去，洛子夜才算是彻底放心，百里瑾宸那熊孩子应该不会来了！

然而，她还没高兴完，便骤然传来一道清冷孤傲的声音：“来晚了吗？”

洛子夜感到自己被噎了一下，而很快，整个场中的人也立即感觉到四周的气氛变得很诡异，强大的压迫感使得所有人精神一肃，不知道来人是谁，也不明白摄政王殿下的怒气从何而来。

不远处，夜色中，白衣男子缓步而至。

洛子夜操心的，并不是他长得多么英俊，而是他带东西来没有。提亲当然不可能没有聘礼，只要他没带聘礼，自己就可以放心。

她抻长了脖子看百里瑾宸身后，她对面的申屠苗捂嘴一笑：“瞧瞧天曜太子，看得目不转睛的，这位公子当真很英俊，让太子按捺不住了吧？”

说完这话，她眼角的余光立即瞟向凤无俦。果然，她这句话出来之后，摄政王

殿下的确魔瞳微沉，回眸扫了洛子夜一眼。然而下一秒，他却扫向申屠苗的方向，可那傲慢的眼神并不落在对方身上，魔魅的声音沉沉道："孤批准你说话了吗？"

这话一出，原本就很安静的场面顿时更加安静了，申屠苗更是瞬间惨白了脸！

诚然，摄政王殿下不喜欢洛子夜在其他男人身上浪费太多的目光，但这并不代表，他喜欢有人公然挑拨他们之间的关系。

"臣女知错！"申屠苗闭了口，不再吭声了。

洛子夜根本懒得多看，跟这种无聊的女人打交道，只会让人觉得她很无聊。

此刻，最震惊的是轩苍墨尘。他看着自己的好友过来，但对方眼神都未曾落到自己身上，反而在看了洛子夜一眼之后，看向凤无俦，寡薄的嘴角微微抿着，令他嗅到了一丝挑衅的味道。

轩苍墨尘眉心一跳，有了不好的预感。

百里瑾宸到了众人跟前，洛子夜也确定了他身后并没带聘礼，松了一口气。而洛肃封看着眼前这人的气度，感受到他一路行来，路上的士兵们根本来不及去拦他，他便缓步走过来的绝顶内功，眸色沉了下来，这人怕是不简单！

他冷声问道："来者何人？朕为我国摄政王殿下举行的饯行宴，阁下不请自来，这是何意？"

"饯行？"百里瑾宸倒只问出了这两个字。

"不错！"洛肃封立即开口，"摄政王殿下有军务在身，明日便将带兵独行。朕……"

砰的一声，洛肃封的话还没说完，摄政王殿下手中的酒杯便落到了桌案上。大地都似乎随之震动了一下，不少大臣都忍不住摸了一下自己的板凳，吓精神了，不少胆子小的，这时候甚至直接起身跪下了："摄政王殿下息怒！"

胆子小的跪了，胆子大的也只能赶紧跟着跪下。可是大家心里都很纳闷，摄政王殿下脾气大，性情暴躁，这是全天下人都知道的事，可是这会儿他老人家到底为啥动怒啊？谁招惹他了吗？

洛肃封龙袍下的手握紧，他强撑起笑脸开口："摄政王殿下怎么了？"

他这话说完，自己的嘴角都抽搐了一下，这世上除了洛子夜，有谁敢让凤无俦不快？他不让人不快就不错了，就算谁惹了他，哪里轮得到自己为他做主？

"多谢陛下！"令人没想到的是，摄政王殿下竟然扬声回了一句，听起来似乎对洛肃封十分敬重。

洛肃封哽了一下，登时有了受宠若惊的感觉，不明白凤无俦的葫芦里卖的什么药。但还是笑道："摄政王殿下与朕之间，何须言谢？"

说到这里，摄政王殿下倒也不再理会洛肃封了。魔瞳微沉，扫向百里瑾宸："百里瑾宸，说吧，你的来意！"

洛子夜的心都提到了嗓子眼，看她一副紧张的模样，她身侧戴着面具的嬴烬凑到她耳畔问了一句："小夜儿，你这小心翼翼的，莫不是背着为夫跟百里瑾宸做了什么？"

他这话声音虽然不大，但也算不得小，在场的人基本上都听了一个清清楚楚。

洛子夜嘴角一抽，还没开口，百里瑾宸倒淡淡应了一声："找人。"

说完这话，他的眼神却并不看向洛子夜，而是看向轩苍墨尘。轩苍墨尘纵然担着天下最雅之称，但不知为什么，此时竟莫名想骂人。百里瑾宸这小子来了之后，正眼都不曾看自己，看那模样，就是在与凤无俦抬杠，眼神还往洛子夜的身上看过一次。这算是明知道好兄弟的心上人是谁，也打算来抢？这还不算，还好意思说是来找自己的？

轩苍墨尘心中也明白，百里瑾宸不是好东西，他轩苍墨尘也同样不是什么好东西，便也敛下心神，微微一笑："怎么不提前打招呼，我也好去接你！"

百里瑾宸薄唇微扯，扫向凤无俦："既是宴会，不介意多一个人吧？"

摄政王殿下魔瞳微微眯了眯，看百里瑾宸的目光也多了几分审视。百里瑾宸见他不应，又开了口："不敢？"

"坐！"摄政王殿下嗤了一声，以主人的姿态应了一个字。高高在上，傲慢霸凛，似乎是在宣示主权，同样，也是丝毫不将对方看在眼里！

旋即，便有下人搬了板凳，准备了新的桌案上来。

百里瑾宸既然自称是来找轩苍墨尘的，那座位自然就在轩苍墨尘身侧。他倒也没什么疑义，过去落座。接着，便话也不说，招呼都没同好朋友轩苍墨尘打，自顾自喝酒。

这模样，看得四面的人都云里雾里。

百里瑾宸没再说话，凤无俦也并未出言为难，看着风平浪静。但不知为什么，洛子夜总觉得事情不会这么简单。瞅着嬴烬还看着她，她叹了一口气："他是之前爷求来救你的，这事青城应当跟你说了吧？"

希望嬴烬大爷，这会儿就先别添乱了。

嬴烬笑笑："为夫知道你心里有我，为了为夫才招了些烂桃花。所以，小夜儿，这些人你就不要多看了，他们粗鄙的容貌哪旦比得上为夫冠绝天下之姿！"

容貌"粗鄙"的众位美男子："……"

他这话一出，摄政王殿下森冷的目光就看了过来。他觉得自己也许对这个情敌放心得太早了，对方显然并不完全安分，还在强调自己的美貌，妄图引诱洛子夜这个常常见了美男子就会瞬间忘记自己是谁的女人！

而其他几位美男子，这会儿都忍不住扫了嬴烬一眼。他纵然是天下第一美男子不错，他纵然姿容绝世不错，但他们这些人的容貌，哪里“粗鄙”了？

洛子夜的嘴角抽搐了一下，嬴烬还不嫌事大一般，扯了一把洛子夜的胳膊：“小夜儿，你看他们都嫉妒地瞪视为夫，都是为夫这张脸惹的祸！”

洛子夜心道：这是你的嘴惹的祸吧？

眼看众位美男子的脸色越发难看，好歹嬴烬目前在外的身份是自己的男宠，为了避免他被群殴，她立即干笑：“嬴烬啊，虽然你的美貌毋庸置疑，但各花入各眼，各位美男子的容貌也是各有千秋，你要适当地谦虚一点！”

说完这话，洛子夜立即又看向其他美男子：“他就是这样，你们别在意！”

洛肃封瞪了洛子夜一眼，斥责道：“管好你自己的男宠！”

洛子夜只得立即装孙子：“儿臣遵命！”

“为夫知错了！”洛子夜正打算横他一眼，嬴烬立即装乖，他是不会让凤无俦和洛子夜之间，因为自己产生误会，但这并不代表他会放弃给凤无俦制造危机感。

洛子夜看他一副低眉顺目、仿佛绝世好男宠的样子，不说话了。不过讲真的，嬴烬在外头这么给她面子，的确很满足她好面子的虚荣心！

凤无俦眸色微凉，扫向嬴烬，须臾之间便明白了对方的想法，嗤了一声：“男宠在外头被打了，主人也丢面子罢了！”

这话没头没尾，却骤然令嬴烬黑了脸。凤无俦不过就是想说，洛子夜方才帮他说话，也就是因为他的身份，她的男宠被群殴了，她也丢脸。

洛子夜假装没有听到，到处抛媚眼，看着姑娘们调笑。

倒是楼兰的那位公主站了起来。她的笑不似中原女子那般含蓄，而是风情万种的笑，似乎一颦一笑都在勾人。她双手交叠，放在胸口：“今日应当是欢送的宴会，请各位远方来的客人都不要不快。赫提娜愿意献歌、献舞，让客人们感受大漠的风情，也使得贵人们心情开阔！”

“好！”洛肃封立即应了一声。

申屠焱也拊掌笑道：“早闻大漠三大美人之一的楼兰公主歌舞天下一绝，今日有幸一见，我倒不枉来此一回！”

“多谢申屠王子赞赏！”赫提娜轻笑一声，后退数步，下去准备了。

半刻钟之后，带着楼兰特有风情的乐声响起，八个姑娘穿着薄纱站在前头，半遮着脸，并随着音乐的节拍，慢慢散到一边，接着，便露出了赫提娜那张艳美的脸。她那眼睛仿佛能勾魂，唱着楼兰的词曲，那是不懂楼兰语的人都听不懂的歌词。

肚脐露在外面，那腰灵活得如同水蛇。

她跳着舞，舞衣如火，一路扭动着到凤无俦跟前，胸脯几乎就要贴到他身前的桌案上。洛子夜面色微僵，盯着那边，心里的火开始往上突。

而也就在赫提娜靠近自己的同时，凤无俦眸色一凛，闻到了一阵异香……

他骤然抬眸看向自己面前的女人，那目光冷锐了几分，同时也觉得，随着这香味，他身上的内息似乎开始凝聚不拢。他魔瞳中掠过一丝玩味，倒也明白眼前这妖艳的女人并非来引诱他的，而是为了行刺!

楼兰的胆子不小!

他嘴角淡扬，魔瞳一凛，里面是凛冽的杀意，看起来令人心惊。然而，这目光放在赫提娜身上之后，在不远处的洛子夜看来，那眼神就落在对方雪白半裸的胸口。她脸色扭曲，在心里把凤无俦骂了一个狗血淋头!

色情狂，看见漂亮妹子的大胸就成这样了，眼睛都移不开啊，浑球王八蛋……

嬴烬从旁看见她铁青的面色，倒明白她在想什么，在她耳畔道："小夜儿，你可得先稳住，眼下这么多人都看着，你公然吃醋，是很折面子的！"

洛子夜咬了咬牙，努力地令自己的面部表情看起来不那么狰狞。而对面的申屠苗，脸色也并不比洛子夜好看多少，拳头都握了起来。要是早知道凤无俦喜欢的是这种风格，她还装什么中原女子的含蓄?

而在场的不少大臣看着热情的赫提娜一路跳到了摄政王殿下身边，每个动作都似在引诱。摄政王殿下似乎没有什么不豫，正在欣赏，不少人都忍不住弯了弯嘴角。看来他们近乎无所不能的摄政王，也有英雄难过美人关的时候，指不定他一高兴，今天晚上就宠幸了这位楼兰公主呢!

随着楼兰歌舞的曲调渐渐奔向高潮部分，赫提娜扭着腰身，轻轻笑着，那笑容美艳如花，似打算倚进他怀中。而同时，凤无俦也伸出手，所有人看着他伸出手的动作，都以为这是打算将他面前的美人纳入怀中。

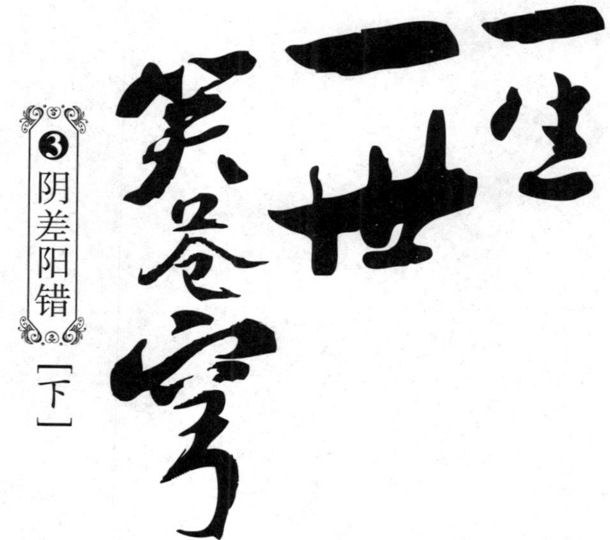

君子江山 作品

青岛出版社
QINGDAO PUBLISHING HOUSE

第七章

她要的东西，旌旗蔽日孤也会为她取来！

洛子夜更是脸色黑沉！然而，她也骤然意识到一个问题，没理由啊，凤无俦就算真的移情别恋，没道理连她的脸色都不看一下，而且就这么毫无预兆、毫无压力地对美人的投怀给予正面反应，这不合常理！

难不成，这女人有什么问题？

她正打算起身，而令人讶异的是，摄政王殿下伸出的手，却并非搂向美人的腰身，而是毫无预兆地掐住了对方的脖子！

铮的一声，音乐骤然止歇！

四面的大臣都吓了一跳！方才不是明明还好好的吗？赫提娜目光骤然一冷，也未曾想到，对方竟然察觉到了。她飞快地将手深入袖中，拿出刀子划向凤无俦的手腕动脉！

对方已经中了自己的索魂香，不可能还用得出内力，就算用得出来，也应当没有多少！而同时，跟她一起跳舞的舞姬也都迅速自袖中抽出匕首，对着凤无俦攻击过去！

赫提娜手中的刀子还没碰到凤无俦，凤无俦便骤然出手，狠狠地将对方砸了出去！

就如同扔出去一个死物，坐在一旁的武项阳竟不自觉地闭了一下眼！他恐怕此生都不会忘记，当日在山上交手，凤无俦也就是这么一招，将自己砸了出去，若非父皇请来神医相救，自己这条命大概早就没了！而浑身经脉和骨头断裂的疼痛感，一直到今天他都还记得清清楚楚！

那些随同赫提娜一起出手的舞娘，还未曾近凤无俦的身，一旁的洛子夜便骤然

起身，手中的扇子抛出，在半空中划出半个圆圈，从这些舞娘的喉间划过，伴随着刺刺的声音落下！

咚咚的几声，那几名舞娘难以置信地瞪大眼，尽数倒下！那扇子在半空中转了一圈之后，回到了洛子夜的掌心。她容色冷冽，面上带着几分讥诮的笑，然而那双桃花眼中的怒火却令人心惊！

莫说是旁人了，就连摄政王殿下都愣了一下，魔瞳扫向洛子夜。

他了解她，她从来豁达，素来愿意大事化小，小事化无，极少这样不问青红皂白，也不问这些人为什么刺杀他，便直接下杀手，而且是这般一击毙命！

大家都蒙了……

嬴烬和轩苍墨尘看着洛子夜眸中的怒意，眸色一黯。他们自然明白，洛子夜这怒气，在于这些人竟打算刺杀凤无俦！

杀了她们之后，洛子夜才冷静一些。然而她的心脏依旧跳得很快，她很清楚自己这是激动过度的表现，但想起近日一直盘旋在自己心头的不祥预感，使得她几乎控制不住自己，脑子里什么都没想，扇子就先飞出去了！

割向她们喉咙的时候，她心里只有一个念头——要她们死！

她这样几乎狂躁的情绪，让她自己的脑仁生疼！而此刻，被砸落在地上的赫提娜也从震惊中回过神来，看向凤无俦："你是怎么知道……怎么知道我打算刺杀你的？"

摄政王殿下闻言，原不打算回答，但看洛子夜的眼神看了过来，那脸色看起来很不好。摄政王殿下也明白了，大抵自己方才的表现看起来有点像是对这女人起了心思，令洛子夜误会了。

于是，为了避免洛子夜误会，他便回了话。魔魅的声音，带着几分讥诮和轻鄙的味道："从你靠近的时候，孤便知道有问题！"

他这话一出，赫提娜一怔，几乎难以置信。她不服气地看着对方，很快又道："那……你……咳咳，你中了索魂香，怎么可能还有……"还有还手之力？

她这话说完，摄政王殿下下巴微仰，面上的傲慢和轻蔑更甚："以你的能耐，从一开始就被孤发现异样，竟也敢指望孤能在你的靠近之下，内力尽失？或者，你太抬举你自己。你认为对付你，孤也需要内力？"

他这话一出，赫提娜脸色灰败。

她趴在地上，倒也不多说什么了，只是冷冷笑道："既然如此，我也……我也无话可说，要杀要剐，悉听尊便！"

说完这话，她便闭上眼，一副打算等死的模样。

洛肃封冷着一张脸看向赫提娜，扬声道："赫提娜，你们楼兰如今是打算反了吗？"

“不是你们天曜逼我们反的吗？”赫提娜说这话的时候，看向他们的目光，阴冷得可怕。

洛子夜也冷着一张脸，起身走到赫提娜面前蹲下，寒声开口道：“把话说清楚！爷还能留你一个全尸！”

她身上这时候透着煞气，还有几分杀意！

赫提娜却没看洛子夜，而是看向凤无俦：“你……你杀我楼兰太子，杀我兄长，这……咳咳，这等血仇，我……我楼兰岂能不报！”

她这话一出，所有人都愣住了。有这事吗？他们怎么从来都没听过？

而凤无俦听了这话，浓眉亦微微扬了扬：“孤杀了楼兰太子？”这话里头，带着几分询问的味道，但从他的表情不难看出来，他似乎也并不知道这件事。

以致，他偏头看了阎烈一眼，用眼神询问对方。

他这模样一出，不少人的嘴角都忍不住微微抽搐了一下，摄政王殿下这表现……这分明就是平日里脾气太差了，做事也是任由自己高兴，就连杀人也并不在乎对方是谁，以至于他老人家已经忘记自己杀的那些人里头，有没有一个人是楼兰的太子。

洛子夜看着他这样子，也骤然有了翻白眼的冲动！阎烈也是脸颊微抽，扫了赫提娜一眼：“王，您并未见过楼兰的皇太子，而今年死在您手中的皇族，就只有戎国君主而已，其他参与大漠土地争夺的，您都直接下令赐死，并未亲自动手。您赐死的这些人里头，并不包含楼兰太子，楼兰并没有参与那一场争夺！”

“不可能！”赫提娜瞪大眼，一脸不相信。

旁人都没说话，倒是一旁的申屠焱开了口：“兄长是什么样的人，本王子再清楚不过！区区一个楼兰的太子，就是我申屠焱杀了，我都敢承认！你认为兄长会不敢承认吗？”

洛子夜也接了一句：“而且，他要是真的杀了你兄长，你第一次出现在我们面前的时候，就应当防备着你，或者干脆斩草除根，今日怎么可能给你动手的机会？”

赫提娜难以置信地摇头：“不可能……安卓格不可能骗我，他不可能骗我们，不可能……他一直是父王最信任的人，他……”

她口中说着不相信凤无俦没杀人，但从她眼下的表现来看，她已经开始怀疑了！的确，在凤无俦眼中，区区一个楼兰，什么都不算，自己的性命这时候已经落到了对方手中，他根本没有欺骗自己的必要，但是……

看她这样子，大家就明白，这大概是一场陷害和阴谋了。

洛肃封脸色很难看，冷声道：“来人，将这女人好好审问，朕要知道到底是怎

么回事！太子，上一次你在宫中遇刺，小七为你挡了一箭的事，至今你都没有查出凶手是谁。今日，这件事情朕再交给你处理，三日之内，你若还是不能查出这到底是怎么回事，朕两罪并罚，拿你是问！”

“是！儿臣领命！”这件事，洛子夜也想自己查，她也想知道是谁想害凤无俦！

摄政王殿下听了洛肃封的话，也没在意，就算三日之内洛子夜没查出来，有自己在，洛肃封也不可能处置得了洛子夜。

只是，眼下还有一件有意思的事。

他举步走到赫提娜跟前，却根本懒得看她，魔瞳落到了百里瑾宸身上，一字一顿地问：“天下人皆知，孤与龙同归大成，这天下的毒药和迷香，还奈何得了孤的，不超过十种。索魂香却是能克制孤内力的迷香之一，可它极为难得，至少楼兰是不可能有的。赫提娜，你的索魂香，是从何处得来的？”

“她捡的。”百里瑾宸淡淡地应了一声，美如清辉的目光落到了凤无俦身上。

他这话一出，所有人包括洛子夜都愣了一下，百里瑾宸怎么知道赫提娜是捡到的？他看见了？

很快，大家就知道了答案，因为那人淡漠的声音再一次传了过来：“我路过，随手扔的。”

众人：“……”所以百里瑾宸是故意的？

洛子夜也愣了，从这家伙当日张口就来一句要娶她开始，她就觉得这孩子有点熊，现在发现她的判断果然没有问题，他是真的熊！帮助赫提娜害人，竟然如此毫无压力，还路过，随手扔的？

她问了一句：“那你想到了赫提娜会拿这东西来算计凤无俦吗？”若是想到了，那就是有预谋地帮助赫提娜杀人了！

她一问，他没说话。是一副其他人爱怎么想怎么想，就算大家都知道事情是他干的，他也不会承认的傲娇态度！他既然说他是随手扔的，就不会承认自己故意害凤无俦，所以一切就是个意外。

就像如果有人拿菜刀去杀了人，只能抓凶手，但不可能把卖菜刀的人抓起来。

他不说话，场面便沉默了。摄政王殿下嗤笑了一声，魔魅冷醇的声音缓沉地道：“所以，孤能认为此事，算是阁下的挑衅？”

“见面礼。”百里瑾宸的语气里，听不出情绪起伏。

洛子夜的嘴角抽了抽，除了嬴烬之外，百里瑾宸算是第二个敢公然跟凤无俦抬杠的人。然而事实上，对对方等于间接和赫提娜合谋害凤无俦的行为，她并不喜欢！

就在这时，凤无俦的目光落到了洛子夜身上，他魔瞳微敛，神情一贯的傲慢和霸凛，似乎是在宣告，一字一顿地道："洛子夜. 这一次的事情，孤不与他计较，那么上一次，你欠他的人情，就还清了！"

他不喜欢自己的女人欠着旁人人情，尤其那人还是个美男子。

洛子夜一愣，百里瑾宸听了却不以为意，低下头给自己倒酒，仿佛眼下的事情都跟他没有关系。

很快有人将赫提娜给带下去录口供了，一场饯行宴搞成这个样子，洛肃封冷声道："宴会继续，不要因一个楼兰的贱妇扫了大家的兴致！"

接下来，没再发生什么事，唱歌的唱歌，跳舞的跳舞。

到了后头按照草原的风俗，大家都席地坐着，喝酒吃肉。摄政王殿下把洛子夜摁在自己身边坐着，强大的气场压迫着，吓得洛子夜眼睛都不敢乱瞟。倒是上官冰扯了扯阎烈，阎烈诧异地扫了她一眼，看了看摄政王殿下。

凤无俦表示没有异议，阎烈疑惑地跟着上官冰离开。云筱闹的表情有点复杂，扫了一眼那两人的背影，笑容有些疲惫勉强。

酒过三巡，大家都有了几分醉意。没过多久，阎烈铁青着一张脸回来了。

他臭着一张脸，站在凤无俦身后。这样难看的表情，就是摄政王殿下都侧目扫了他一眼，阎烈小声道："王，属下有些私事……"

"嗯！"凤无俦应了一声，表示他可以去做。

凤无俦这声应下，阎烈二话不说，伸出手将云筱闹拎了起来，提白菜一样，大步走了!

场面似乎沉默了几秒……

洛子夜觉得这个场景真熟悉，以前凤无俦经常这样拎自己，阎烈果然不愧是凤无俦手下的第一人，拎人的习惯也一模一样……

云筱闹大声咆哮："阎烈，你干什么？放我下来……"

这时候上官冰也回来了，她的脸色也不是很好看，看了一会儿阎烈和云筱闹的背影，不知道在想些什么。而洛子夜眼尖地看到，萧疏狂正盯着上官冰，脸色复杂。

她忽然觉得自己额头一阵疼，这是复杂的四角恋啊貌似。她骤然想起阎烈凶神恶煞的样子，飞快地从地上跳起来："我先去看看！"

摄政王殿下抬了抬眼，倒没在意。而此刻，肖班忽然到了他身侧："王，屠浮子招了！帝拓的先皇在什么地方他并不知道。但是您的寒毒，他的确有办法解，需要准备个八九日！老王爷知道您这一次攻打蛮荒十六国只是顺便，真正的目的不过是给太子夺那圣晶石。但他让属下提醒您，不要忘记您应当做的事，他不希望您错失了机会，日后后悔！"

“嗯！”摄政王殿下应了一声。

他自然不会错失机会，报仇的日子，他已经等了二十年。再过几天，便是二十一年，有些账，早就该算清楚了！

他回眸，扫了一眼百里瑾宸，魔魅的声音缓沉地道：“阁下今日还有什么打算吗？”

百里瑾宸美如清辉的眼眸看向对方，淡漠地道：“并无。”

凤无俦嘴角淡扬，冷嗤了一声，不再多言。

已经到了下半夜，洛肃封笑道：“天色不早了，朕有些倦了，就先去歇息了。爱卿们自便！”

“恭送陛下！”大臣们迅速跪下。

洛肃封一走，凤无俦也起了身，循着洛子夜的脚步去了。他一走，剩下的人自然都散了。申屠苗眼睁睁地看着他朝着洛子夜离开的方向走了，气得红了眼。

轩苍墨尘扫了百里瑾宸一眼，那双眼眸深如寒潭，温声道：“我们是不是应该谈谈？”

百里瑾宸转身走了，但脚步不快，并没打算回避谈话。半炷香之后，这两人到了百米之外的榕树下。

轩苍墨尘也没打算绕弯子，开门见山：“你是为洛子夜来的？”

百里瑾宸听了，容色未变，并未开口。

轩苍墨尘也知道他的脾气，没觉得他一定会开口。他叹了一口气：“兄弟一场，我要原因！”

他这样一说，百里瑾宸才终于扯唇：“母亲希望我成婚，嫂子觉得洛子夜合适，你也喜欢洛子夜……”

轩苍墨尘忍不住打断了他：“等等！我也喜欢洛子夜，这也是你的原因之一吗？朋友看上的女人，你也来凑热闹，这恐怕非义气之举吧？”

若非轩苍墨尘良好的皇家教养，都已经忍不住爆粗口了！他也喜欢洛子夜，所以百里瑾宸就要抢？

百里瑾宸听到这里，淡淡地道：“你也喜欢洛子夜，所以她应该差不到哪里去。”

轩苍墨尘：“……”这怕是三个原因里面最重要的一个吧？所以，自己对对方说看上洛子夜了，等于给自己惹了一个情敌？

他克制着情绪，保持着自己的君子风度，没有动怒，温声问了一句：“那么，瑾宸兄之前是否考虑过，你我多年来称兄道弟的关系？若未曾考虑过，此刻是否有考虑一下的念头？”

百里瑾宸闻言，薄情地道：“没有。”

轩苍墨尘："……"也是时候友尽了。

轩苍的皇帝陛下摸了摸鼻子，友情走到这一步，真的是无话可说。他敛了心神，问道："今日，你与凤无俦在打什么哑谜？你似乎有什么打算没做？"

百里瑾宸扫了对方一眼，原是懒得说，但最终还是开了口："饯行，凤无俦明日走，我的事，何必今日一定要做？明知他会阻挠，不如等他走后再论。"

轩苍墨尘问了一句："你会一直留在煊御大陆？"

他一问，百里瑾宸就明白对方真正想问的是什么。他语气依旧淡薄："不会，我有我的事，也不会干涉你们的事。"

他这般一说，轩苍墨尘才算放心。

话说到这里，百里瑾宸举步离开。轩苍墨尘骤然开口："你是认真的吗？"

百里瑾宸清冷孤傲的语气淡漠如旧："对此事，是。对洛子夜，不是。"

轩辕无跟在百里瑾宸后头："公子，您既然对洛子夜没什么兴趣，您这么认真做什么？还专程赶来……"

"有什么事比此事更能令凤无俦不高兴吗？"他淡淡问了一句。

轩辕无嘴角一抽，所以您也没别的意思，就是想弄点事情给凤无俦添堵是吧？

无语之中，他道："那公子您可要考虑清楚，您这墙脚若是真的挖成功了，难不成您还真的要娶洛子夜？"这是一定会让轩苍墨尘跟您友尽的好吗？您又不喜欢那女人，到底是何必呢？

百里瑾宸淡漠依旧："成了，许是命中如此。"

轩辕无嘴角一抽……

洛子夜悄悄地跟着阎烈走了老远，前方那人才终于停了下来，他拎着云筱闹的衣领，便将她提在半空，压在树干上！

云筱闹也是吓蒙了："你到底想干什么？"

阎烈的表情也很难看，然而他说出来的下一句话，差点没把洛子夜气个半死："云筱闹，你还当真是跟太子待久了，连太子不识好歹的性子，你也学了个十成十！"

洛子夜："……"她招谁惹谁了？她怎么不识好歹了？她很想出去给阎烈一板鞋。

骤然一阵魔息而至，一条铁臂揽住她的腰，熟悉的味道令洛子夜清楚来的是何人，索性往后一靠，倚在他怀中。

而云筱闹的一句话，险些让洛子夜再次呕血："是！太子是不识好歹，但跟我有什么关系？我是如何不识好歹了？"

洛子夜："……"这都是什么人！亏她还担心云筱闹被阎烈收拾了，赶紧跟上

来，结果……

摄政王殿下看着她微青的面色，嘴角淡扬，魔瞳却一凛，亦看向不远处那两人。胆子倒是不小，把洛子夜气成这样！

阎烈似乎被云筱闹气得不能自抑，面色铁青了半晌：“云筱闹，我阎烈自认对你不是绝好，也不算差！你可以不喜欢我，你甚至可以拒绝我，找我谈和离。但是你告诉上官冰，你对我没意思，让她可以来追求我是什么意思？怎么，我就这么入不得你的眼？于你而言，就如同负担，让你恨不得立即将我介绍给别人？”

他越说火气越大，云筱闹也被他吓到了，一时间竟然失语。

阎烈说完这话之后，骤然松手，放开了她：“你要和离可以，我会去办！你要从此跟我陌路也可以，就当我们从来没认识过。但是，从此以后，我的事情请你不要管！我要跟谁在一起，你也没有资格置喙。上官冰是不是喜欢我，与你无关。如果你我成为陌路，是你想要的，我成全你！”

他说完转身就走，脑中很快想起来，当日她喝醉酒，口中说什么姐妹如手足，那下一句，就应当是男人如衣服了？那日她含含糊糊，说她不喜欢就是不喜欢，原来说来说去，她不喜欢的是他，要如同衣服一样转让出去的，也还是他！

云筱闹看着他愤愤离去的背影，开口：“阎烈，那天晚上……谢谢你照顾我！”她喝醉酒的那天，是从他的帐篷里头醒来的，她占了他的床铺，他便在门外守了一整夜。

阎烈听了没说话，离开的脚步也未停。

洛子夜有点着急，尽管这两个人都说了一些“伤害”她感情的话，但是她大人大量，还是更关心他们。从云筱闹的表情来看，并不像对阎烈一点意思都没有。

就在这当口，云筱闹忽然开口了：“等等！”

阎烈脚步一滞，头也没回。云筱闹咳嗽了一声，支支吾吾地道：“那个，我是想问，你的钱我需要还给你吗？”

她自己是一分钱都没花，还给他存着没动呢，按理说是应该还的，但他如果坚持不要怎么办?

洛子夜伸出手，默默地扶了一下额头，也不知道阎烈会不会被她给气死！

果然，阎烈稍微缓和的面色登时又青了：“不必！”

说完，大步走了。洛子夜两边盯了一会儿，云筱闹似乎犹豫了几秒钟，但最后还是没有再开口，那样子看起来怅然若失，默了一会儿之后，也转身走了。

洛子夜看情况都成这样了，出去也改变不了什么，回眸看了凤无俦一眼，想着那两人的话，问了他一句：“凤无俦，我看起来很不识好歹吗？”

对视了一会儿，摄政王殿下选择了实话实说：“洛子夜，你并非看起来不识好歹，你的确就是不识好歹！”

洛子夜：“当爷没问！爷还有事要去处理，你既然也觉得爷是个不识好歹的人，就先回去，省得爷碍了你的眼！”

他浓眉皱起，揉了揉眉心，倒是他大意了，明知道许多时候，这女人都不讲道理，可他还是说了实话。

“站住！”看着她的背影，两个字吐出来，带着几分威慑力。

洛子夜听了，头也不回，仿佛一个矫情的女子：“你既然觉得爷不识好歹，还让爷站住干什么？”

有他这么说话的吗？人家的女朋友不都是用哄的吗？他一大把年纪了，在这个时代正常情况下都是几个孩子的爹了，然而他还屁都不懂一个，居然说她不识好歹，他还想不想过日子了？

他虽然觉得这女人简直莫名其妙，问话的是她，他说了实话发脾气的也是她，但还是举步走到她身侧，魔魅冷醇的声音带着几分认命的味道：“你很好，是孤不识好歹！不知道你的好，一切都是孤的错！”

他这话一出，洛子夜的脸色立即缓和下来，轻哼一声：“算你识相！”说完这话，再一次举步走了，这一次脚步倒是轻快了许多，怒气也没了。

摄政王殿下无奈，举步跟了上去。

牢狱之中，赫提娜被绑在十字木杆上，洛子夜进入地牢的时候，龙傲翟已经在了。

龙傲翟看见他们过来，弯腰道：“摄政王殿下、太子殿下，赫提娜已经招了。”

一名官员立即上前来，跪下道：“启禀摄政王殿下，这贱妇没有用刑，就都招了！说是几日之前，我们皇帝陛下寿宴，诸国都送上了贺礼。也有不少使臣前往天曜，而楼兰的权臣安卓格，建议楼兰王派太子和他一起去天曜祝贺。为表示楼兰对摄政王殿下您和天曜的敬意，楼兰王便欣然答应了！”

话说到这里，洛子夜想起了之前赫提娜的话，就明白了个大概：“结果，楼兰的太子在路上出了事，安卓格回去之后，说是凤无俦把他给杀了？”

那官员开口道：“您说得不错，安卓格回到楼兰，已是身受重伤，自称是好不容易逃回来的。还带回去了楼兰太子的尸体，说在宴会上，楼兰太子不小心冲撞了摄政王殿下，被摄政王殿下杀害。王，您……您知道的，您的大名，是大陆上的人都不敢随意提起的，所以楼兰派人来天曜潜伏，打听是否当真如此，一说出您的名字，百姓们就吓得面色惊变，摆手表示什么都不知道……故而，楼兰人就把他们的反应理解成了您是真的这么做了，百姓们不敢多说！”

听到这里，洛子夜都无语了，扭头看了凤无俦一眼，眼神曰：你看吧，你平时那么凶狠，把人都吓成这样，这下可好了，这么简单就能说清楚的事，就是因为你在百姓心中的地位超越了神，又堪比魔，以至于大家吓蒙了之后，啥都不敢说，脑门上就这么顶了一个黑锅！

摄政王殿下自然懂她眼神的意思，但他并不以为意。

他的权霸从来就是不能撼动的存在，旁人不敢提他的名字，也就证明他的威严不可冒犯。至于这样的黑锅，他并不看在眼里，即便有百里瑾宸相助，十个赫提娜想刺杀他，也是痴人说梦！

那官员又道："楼兰王知道了这消息，一病不起。原本楼兰也是不敢挑衅您的威严，唯恐给楼兰带来灭顶之灾，然而楼兰王室只有楼兰太子这么一个儿子，正巧又逢您要来戎国受降，安卓格说这是上天给的机会，认为这是楼兰复仇的时机。楼兰王听了他的话，这才被煽动，就派了这个贱妇来刺杀您！"

"可爷有一点不明白，按照这说法，那安卓格就是嫌疑最大的。八成这事是他给整出来的，杀了楼兰太子，然后图谋楼兰的王位？但楼兰王竟然都相信了他的说辞，也不敢找凤无俦报复，那安卓格就当这件事情没有发生好了，为何要提议让赫提娜来刺杀？要是刺杀失败，赫提娜把事情弄清楚了，不是反而给他自己惹了一身臊吗？"洛子夜觉得这是个问题！

话说到这里之后，在场的几个聪明人目光都是一闪……看这样子，这时候的楼兰应该已经乱成一锅粥了！

赫提娜听到这里，原本无神的眸子立即一凝，也是瞬间白了脸："难道他是打算……"趁着她被派出来刺杀，谋夺王位？

洛子夜扫了她一眼："你在楼兰的威信，应该很高吧？"

赫提娜脸色微青，龙傲翟便先回道："赫提娜在楼兰的威信的确很高，是不少男子心中的女神，也有许多人提议，楼兰太子不在了，可以由赫提娜登基！楼兰是有过女王的。"

"哦！"洛子夜点头，所以情况是安卓格杀了王位第一继承人，又打算除掉第二继承人。赫提娜刺杀失败被擒的消息，如果传回去，那么事情的真相就会浮出水面，安卓格肯定会立即造反。

而说不定，不等她失败的消息传出去，在她出门之后，安卓格就已经反了！

赫提娜的眼神看向凤无俦，眸中带着几分乞求："摄政王殿下，楼兰……求您救救楼兰，安卓格这是想篡位。楼兰当年是臣服于您的，楼兰，楼兰对您……也一直都是忠心耿耿，这一次，这一次父王也是被人蛊惑……摄政王殿下……"

“你想杀他，还指望他救你全家！公主，你不仅长得美，想得也很美啊！”洛子夜看着她的眼神，仿佛是看着一个百年难得一见的奇葩。

这话显然也把赫提娜噎着了，她面色一阵青一阵红，也是臊得慌。

而摄政王殿下眼皮都不曾抬一下，他并无以德报怨的习惯。尤其面前这女人，还够不上与他说话的资格！

赫提娜见凤无俦不说话，容色中也是傲慢轻鄙，似乎看她一眼都怕抬举了她，这令她失望地收回了目光：“也罢，是我们楼兰识人不清，自作自受！”

洛子夜赞同地点头：“这一点倒是没说错！你还能知道这些，说明你还不至于蠢得无药可救。人在临死之前，要是能说几句有见地的话，其实也不枉活了一场！”

洛子夜这话一出，龙傲翟都看了她一眼。洛子夜这意思，是要赫提娜死了？

摄政王殿下闻言，浓眉倒是微微扬起，看着那面色，心情倒像是不错。洛子夜不是心狠手辣的人，凡事也不喜欢做绝，可今日摆明了没打算让赫提娜活，无非就是因为对方勾引自己在前，企图暗杀在后。她这样的反应，也就是因为在乎他，他自当愉悦。

赫提娜断断续续地道：“天曜太子，我知……我知道我犯了死罪，不可能被宽恕。可……咳咳，可请太子给我……给我一个杀掉佞臣，为我……为我兄长报仇的机会！”

洛子夜扬眉：“所以，话说到这里，你算是百分之百相信这不是我国摄政王殿下所为了？”

赫提娜一听这话，那张美艳的脸上露出一个讽笑，那是在讽刺她自己，讽刺楼兰：“摄政王殿下，是不屑……不屑说这种谎话的！”

说完这话，她便是一副面如白纸、心如死灰的模样。

不必问洛子夜都知道，这个赫提娜十有八九还喜欢安卓格来着，不然不会那么信任对方，眼下还是这种神情。她回眸看了一眼凤无俦：“你打算怎么处理？”

摄政王殿下沉眸扫向她，嗤道：“拿孤当挡箭牌，并算计孤的人，不会比楼兰王长命多久！”

他这话一出，赫提娜立即睁开眼，当即便笑了一声：“既然……既然摄政王殿下并没打算放过他，那……那我也没什么遗憾了，只要……只要那个狗贼也死了，他得到应有的惩罚，这一切也都没关系了……天曜太子，您动手吧！”

她话刚说完，门外便传来一阵脚步声。洛子夜回眸一看，阎烈大步走了进来：“王，肖青查到消息，楼兰的第一权臣安卓格在两日之前起兵谋反，已经囚禁了楼兰王，眼下正准备登上楼兰王的宝座！”

阎烈说着这话，脸色也是发青，肖青不单单查到了这些，也查到了赫提娜为什么会来这里行刺。

他接着道："王，安卓格和楼兰王的胆子实在是太大了，属下请命先带兵剿灭楼兰，再去攻打蛮荒十六国！"

他这话一出，赫提娜面色极为苍白，强撑着精神道："此事……此事与我楼兰百姓绝无关系，请摄政王殿下饶恕楼兰百姓，他们……他们都是无辜的！"

摄政王殿下尚未开口，阎烈便扫了对方一眼，寒声道："做这件事情的时候，你心里就应当有准备，可能承担什么样的后果！楼兰王派你行刺的时候，想过楼兰的百姓吗？在你领受这样的任务出来的时候，你想过楼兰的百姓吗？既然都没有想过，到这时候，何必装出一副在乎他们的样子？"

"我……"赫提娜脸色微白，仓皇道，"摄政王殿下，您……您要什么都可以，我赫提娜……我赫提娜愿意为您做任何事，求求您，求求您放过那些无辜的百姓！"

是，是他们愚昧。忘记了凤无俦的脾性，忘记了王骑护卫的杀伤力，便只是愚蠢地以为，只要杀了凤无俦就可以了。却未曾想过，如果失手会怎么样，就算是得手了，王骑护卫是不是会报仇。他们都没想过，他们只想着，大不了就是一个死。却没想到百姓也都会被牵累进来！

她泪流满面，摄政王殿下却并未在乎她的哭诉，只扫了阎烈一眼，冷嗤道："楼兰的事情，回来再料理也不迟！孤眼下想要的是什么、更重要的是什么，你应当知道！"

阎烈眉梢一皱，心里咽不下这口气，只想现在就带兵去把楼兰给踏平了！可王的意思，也不容违逆。只得应了一声："是！"

洛子夜听到这里，提议了一句："总归这件事情，父皇是交给爷负责了！臭臭，要不然你先去忙你的事，那个什么安卓格，爷帮你教训得了。反正爷的神机营也没正儿八经地上过战场，正好练练兵！"

摄政王殿下浓眉微蹙："洛子夜……"她没有上过战场，战场并非儿戏，刀剑无眼。

"你不要太小看爷，不过话可说在前头……"洛子夜顿了顿，"爷能去给你把安卓格那个兔崽子宰了，也能把跟这件事情相关的人一起宰了，但是屠杀楼兰百姓的事情，爷不做！"

他魔瞳凝锁着她的眼，半晌，最终伸出手，放在她头顶："好！"

她很倔强，他若是不应，她怕也不会善罢甘休。一个字，便表明了他的态度。

她可以带兵去杀了安卓格，也可以不杀楼兰百姓。

这两人这样的互动，使得龙傲翟血瞳一暗："那这女人，如何处理？"

洛子夜回眸看向赫提娜："既然她都觉得自己可以死了，那就向父皇请旨，杀了她。父皇允准之后，爷亲自动手！就说，杀她是……摄政王殿下的意思！"

其实是她的意思，但要是说是凤无俦的意思，洛肃封才没意见。

说完这话，她扯着凤无俦的手，举步出去。出去之后，洛子夜的心情也算平静了一些，夜风吹来，她抓着他的手开始喋喋不休起来："凤无俦，要分开十天了，你以后要适当控制你暴躁的脾气，不是每个人都像爷一样能容忍你的！"

他脸颊微微一抽，看了她一眼，她知道她在说什么吗？

她又继续道："还有啊，打仗的时候，还是小心一点，虽然爷知道你很厉害，但人有失足，马有失蹄……

"你说阎烈和云筱闹他们，嗯……

"不对，我们还是说说别的，我感觉那个……

"算了，估计你也没兴趣。嗯，你觉着……"

他听了半晌，没有一句话是完整的，魔瞳扫向她，打断了她的话："洛子夜，你到底想说什么？"

这话一出，她噤了声，低头盯着自己的脚尖："好吧，爷其实就是想说，爷舍不得你！"洛子夜说完这话，觉得血液直冲上头顶，眼神也开始四处乱瞟，不敢往他脸上看，恨不得找个地洞把自己埋了。

他听了，也怔住了。指望从这女人口中听见一句亲近的话，就已经很难，遑论是听她说舍不得他。而之前明明他问她会不会舍不得他的时候，这女人的答案，是不会！

他不说话，这下洛子夜脸烧得更加厉害了："那个，没……没什么事情了，爷就先回去了！"

话刚刚说完，举步欲走，却被他拉住了手腕，力气还是那么大，几乎要抓痛她。

他扬手一扯，没用太大的力气，她还是很快落入他怀中，唇上一热，腰肢也被他掌住。他将她压向他。两人的呼吸越发粗重，他的吻也不知什么时候落在了她颈间。

洛子夜赶紧推了他一把，他浓眉便微微扬了扬，魔瞳凝锁着她，显然不悦，嗤道："洛子夜，对孤的触碰，你以为你能抗拒一辈子？"

"不能！"洛子夜摸了摸鼻子，床单迟早要滚，只不过她还没准备好而已！

她等于在表示终有一日，她将不会再推拒，他的情绪倒是好了一些："你知道就好，这身子，还有你，迟早都是孤的！"

这话说得洛子夜脸红心跳，白了他一眼，扭头回自己的帐篷了。

凤无俦看着她娇俏的模样，扬声笑起来。洛子夜正往前走着，忽然感觉一物对着自己身后袭来，回眸伸手一接，玉质的触感到了她的手心。低头一看，是个墨玉哨。

他此刻也盯着她，那张俊美堪比神魔的脸带着一贯的傲慢和威严霸凛："这是墨玉哨，什么时候想孤了，就吹响它，孤会回来找你。无论多远，无论何时！"

她微微一怔，凝眸跟他对视。无论多远，无论何时，他都会回来找她吗？

她忽然觉得鼻尖酸涩，有那么一个人，在她心上，也将她放在心上，待她如珍如宝。这是世上最美好的事，也是她此刻握在手心里，永不想放手的幸福。

她点头，看着他俊美无俦的脸，笑道："好！爷要是天天吹，你也日日回来找我？"

他浓眉微扬，魔魅的声音染笑，沉声道："若如此，你不如日夜待在孤身边！"

洛子夜嘴角一抽，日日待在他身边倒是没什么，但是日夜待在他身边？她听着就觉得他在撩她。她耸了耸肩，挑眉开口道："看见什么好玩的东西，记得给爷带回来！"

他听了，几乎未经思索，便应了一声："好！"

她脸色忽然一沉："路上漂亮的女人不允许多看，不然爷就挖了你的眼睛！"

她此言一出，他眉梢微蹙，显然这么多年来，还没有人对他说出过威胁。但看她沉着小脸的模样，他倒莫名觉得好笑："好！"

往日分别，都是他警告她跟美男子保持距离，今日竟反了过来。

洛子夜说完这话，倒想起什么："下次像赫提娜这样的，你知道她有问题，直接把她丢出去就结了。不准扮深沉，让她在你跟前扭腰半天才动手！爷严重怀疑你是不是为了多看几眼她的胸！"

她这话一出，他脸颊微抽。当时没有直接动手，是因为怀疑赫提娜的动机，可并未确定。可话到了洛子夜口中……尽管有些无语，但他也并未做一些无谓的争执："好！"

洛子夜满意地点头："申屠焱也要跟你一起去，他那个妹妹是一定会跟着的。你得跟她保持距离，明白了吗？"

"明白了！"他魔瞳染笑，这一声应得更是干脆。

洛子夜这才算是满意了，然而走了几步之后，她忽然想起什么，回眸看了他一眼："你觉着……是申屠苗长得好看，还是爷长得好看？"

"你！"他答了一个字，容色微敛。入得了他的眼的，从来只有她一个而已。

"嗯……"她顿了顿，有点胡搅蛮缠地又问了一句，"那木汐尧和爷，谁好看？"

他嘴角淡扬，魔魅冷醇的声音缓缓地道："在孤眼中，只有你。其他人好看还是不好看，孤都看不进眼里。若你一定要孤答，自然还是你！"

他这倒是一句肺腑之言，洛子夜听着微微红了脸，心里也觉得自己无聊，但大抵如所有平凡女子一样，她也希望在自己心上人眼中，她是最美的。她不好意思看他，望着前方的远星，一本正经地继续问："那爷什么时候最好看？"

看她微红的脸，他嘴角淡扬，带着几分笑意："你任何时候都好看！"

阎烈听了这么半天，觉得肉麻得浑身不好，眼珠翻起，带着几分眼白，瞅着摄政王殿下的背影。

他的表情，摄政王殿下背对着他没看见。但他对面的洛子夜看了一个清清楚楚，瞅着阎烈那表情，她更不好意思了："爷先回去了，你回去早点休息。记得想我！"

摄政王殿下当即笑起来："好！"站在原地，目送她跑走。

阎烈看得发愣，忽然道："王，属下觉得您现在已经掌握到一些技巧了！"宠而不溺，不会令太子过分张狂，却能令太子对王的态度越来越好，这不，太子都开始让王好好休息，记得想她了。以前何时有过这样的事？

摄政王殿下闻言，并未搭话，见洛子夜已经消失在他的视线范围之内，便也举步回去。

阎烈忍不住又说了一句："王，可是属下认为，太子说什么，您都……"都答应，一点架子都没有，这是不是还有点不好啊！

他话没说完，便被摄政王殿下沉声打断，魔魅的声音带着几分笑意："这女人，蛮横不讲道理，分明不识好歹，却不让孤说实话。以后，她说的都对，她怎么都美。她若能高兴，孤顺着她的心意就是了！"

何况，他方才的话，也的确是肺腑之言。而她的要求，他也都能应。

阎烈觉得王的情商日渐提升，自己好似都派不上什么用场了："还是王看得透彻，属下明白了！"不过……这女人是什么鬼？他惊悚地看了王一眼，王这是打算把太子当女人看待了？

洛子夜心情不错地回去，小心翼翼地把凤无俦给她的哨子收好。她并不知道几日之前，摄政王殿下找肖青收回这个哨子时，肖青一个铮铮男儿，哭得一把鼻涕一把泪，伤心地问自己是不是做错什么事情了，是不是王不信任他了，要把哨子都收回去，险些还来一个撞柱自杀，幸好当时肖班出手迅速，拉住了他。

接着摄政王殿下皱着浓眉，说了这哨子是要给洛子夜，他们未来的王妃，肖青这才冷静，但是肖青的寻死行为令王骑护卫中众人取笑了很久。

她刚刚走到帐篷门口，便看见合齐，对方手里头拿着一块宝石，在月光之下还是美得炫目，令洛子夜忍不住多看了一眼。她的眼神，落入了合齐眼中，他看着洛子夜一笑："太子是喜欢这块宝石吗？"

洛子夜当即笑着摇头："没有！只是嬴烬他很喜欢宝石之类的东西，我也曾经许诺过，会为他找到一块美如星光的宝石，所以看你拿着一块宝石，爷忍不住多看了一眼！"

"太子的朋友喜欢，既然如此，这块宝石不如就送予太子？"在合齐心中，洛子夜是他最好的朋友，区区一块宝石，的确算不得什么。

洛子夜拍了拍他的肩膀："知道你讲义气，不过嬴烬想要的是灿烂如星光的宝石，你这一块是蓝宝石，跟星光并不相似，故而也没有必要。但是你的好意，还是多谢了！"

"你我之间，客气什么？不久之后，摄政王殿下要征讨蛮荒十六国，戎国奉召要一同前往。阎烈大人透露，摄政王殿下带上小王的本意，是为了练练小王，日后也好坐稳戎国的君主之位，闲来也能帮帮太子，此事不知太子是否知晓？"合齐面上带着几分跃跃欲试。

能随同摄政王殿下出征，不管于大漠中哪一国而言，都是莫大的荣耀。一战成名的机会也很大。有人都已经在猜测，摄政王殿下这一次出征，带了准格尔的申屠焱和戎国的合齐，这是不是意味着，他打算在准格尔和戎国之间，挑选出一个部落，作为大漠诸国之首？

这样的想法，更是令诸国君王心里十五个吊桶打水，七上八下，猜测着，担忧着，妒恨着。大漠诸国，其实也就是如此，所有人都惧怕凤无俦，不少人想推翻凤无俦的霸权，但又想得到凤无俦的青睐和提携。

洛子夜倒愣了一下："这个倒是没听说，你不想去？你若是不想去的话，爷可以……"

"不，我想去！"合齐打断了洛子夜，"戎国几次三番忤逆摄政王殿下，早已成为大漠诸国的笑柄。摄政王殿下这一次决定带我去，是给我一个重振戎国的机会！而这些，摄政王殿下都是为了您！为了您有一个有力的帮手。太子，请您放心，戎国和合齐，永远是您的好朋友，不会背弃，不会背叛！"

洛子夜被他这一席话震到了。她笑笑："朋友之间，便是互相帮助，互相体谅，仅此而已。阎烈的那些话你不必放在心上，做你自己认为对的事，对你认为值得的朋友尽你所能就够了。友情应该是轻松快乐，让彼此都觉得舒服的事，不必给自己太多负担！既然明日你也要带兵出征，就早点回去休息吧！"

洛子夜说完，便转身回营帐了。

留下合齐站在原地，看了她的背影半晌。洛子夜恐怕并不知道，她这样说，却是令人更想为她不顾一切。她懂得朋友之间的体谅，并希望彼此的情谊是舒服的而非负担。这样一份心思，又如何能令人不对她掏心掏肺，肝胆相照？

如果洛子夜是女人就好了。想到这里，他把自己吓了一跳……

洛子夜回了帐篷之后，问了路儿一句："百里瑾宸眼下还在军营吗？"

"在。陛下下令，为他安排好了营帐！"路儿回话。

正说着，外面传来一阵脚步声，下人匆匆进来禀报："太子，公子宸求见！"

洛子夜一愣，说曹操曹操就到了："请他进来！"

话音一落，门外的人便进来了。一袭白衣惊鸿，姿容和气质如谪仙一般，他的眼神很快落到了洛子夜的身上，淡漠地道："明日，楼兰。我也去。"

"啊？"他怎么知道她要去楼兰？

他淡漠地道："路过，听见你和凤无俦的话。"

洛子夜："……"又是路过？为什么这个人能把偷听说得这么清新脱俗？

她盯着他道："你去是有何目的？"

他一副话他已经说了，同意还是不同意随便她，总归他一定会去的模样。

洛子夜看他不答，摸了摸鼻子："你要跟着就跟着吧，别跟爷对着干就成。不过说起来，爷还想请你帮爷救一个人，他……"

她话未说完，他便吐出了一句话，语调并无丝毫感情："你以为，我是善人？"

这话，就是不想帮了。

"我……"洛子夜刚想说话，对方便转身离去，招呼都没打。

洛子夜想追上去说几句，帘帐之外便传来他淡漠的声音："你若想我再出手救人，便去求洛肃封赐婚，让你嫁给我。"

"没的商量？"洛子夜挑了挑眉毛。

他淡淡说出答案："没的商量。"说完举步而行，月色下他雪白的衣摆掠过，如梦随风，踏月而去。

她脑中邪火直突，这时候萧疏狂来了："太子，准备出发的人数已经清点好了。两千多人，只是我们只有两千人，楼兰的兵马却众多，这会不会……"

他问着，百里瑾宸已经走远了。

洛子夜叹了一口气，看向萧疏狂："这件事情本太子自有计较，你去把楼兰附近有什么国家，以及如今内政如何，都找来一份消息。这应当不是难事吧？"

“太子，大漠诸国的消息，属下很快便能找来，只是眼下楼兰内部的事情，属下实在是拿不准……”萧疏狂说到这里便顿住了。

洛子夜也很快反应过来，情报网并非想建立就能随便建立起来的，就目前而言，他们还无法及时地收到各方消息。她看了萧疏狂一眼：“情报你查不到的地方，可以去找阎烈要。相信他不会拒绝告知我们！”

萧疏狂点头：“那属下便去了！”

“嗯！”洛子夜应了一声，他便退下了。

她伸手揉了揉自己的眉心，爬上床榻修炼内功。

旭日即将升起，那光芒会渐渐普照。而她洛子夜，会很快令自己成为那一轮旭日。不能总是给凤无俦拖后腿，他站在高处，她也要爬上去，他们之间才能不再是她的仰视和他的俯视。

想着，她嘴角忽然抽了抽，貌似就算她哪天牛到超神，他也还是在俯视她。因为他真的比她高太多了，基因真是个严肃的问题，影响人的身高……

大漠边境，玉门关之内，城中。茗人站在武修篁身前：“陛下，我们未曾找到无忧老人，冷子寒公子也传信说没见着他！既然如此，属下斗胆说一句，陛下，水漪公主她已经故去，札记上的东西，您一定要知道，又有什么意义呢？”

他这话一出，武修篁骤然目光一冷：“于你们而言，这也许并不重要。但于朕而言，这比一切都重要！继续找无忧老人，不管怎么样，一定要找到他！”

“是！”

“父皇，你们在说什么？”他们正说着，武琉月忽然出现在门口。札记？那女人在札记里写了什么？会不会……写了自己其实不是她女儿的事？

武修篁直接道：“朕得了一本札记，是你母亲的遗物，一半在洛子夜手中，一半在朕手上。可那札记被无垠之水浸泡过，朕也不知道上头写了些什么。故而这段时间以来，朕一直在找无忧老人，他可能有破解之道！”

武琉月听到这里，心里咯噔一下。

她心里头忽然很慌张，那本札记上头，也许有能要自己命的东西。心头忙乱之下，她面上却丝毫不动声色，依到武修篁身边：“父皇，那札记是母亲留下的，您能将它给女儿看看吗？”

她说着这话的时候，眼中含着泪光，似乎极为思念她从未见过的母亲。

她这眼神一出，武修篁心中便又多了几分愧意和疼惜，伸手拍了拍她的头，自怀中将那半本札记拿了出来，仔细地递给她。

看着武修篁这小心翼翼，生怕弄出什么破损的样子，武琉月心绪微动。父皇这般重视的模样，其实也是说明，眼下想当着父皇的面将这本札记如何的心思，那是想都不必想了，很快就会被制止不说，也会立即引起父皇的怀疑。

故而，她只从对方手中将札记接了过来，状若珍重地看了几眼，的确是一本年代已经很久远的札记，应当是多年前的，上头也一个字都没有。而自己不是洛水漪的女儿，那个女人自己是知道的，若这本札记里头真的写了什么……

翌日，一大早。洛子夜睁开眼的那一瞬，只觉得通身舒畅。收了功，接着便听见外头传进来的声响，是军队已经开拔的声音。她看了一眼窗外："什么时辰了？"

"太子，已经巳时了，皇上他们都去送摄政王殿下了，听说您还没睡醒，陛下原本有些不高兴。但摄政王殿下说无妨，所以……"沓沓很快回话。

洛子夜明白了，所有人都恭送凤无俦他老人家了，就只有她在这儿。她起身，路儿准备好了洗漱的东西进来。她又问了一句："眼下凤无俦走了没有？"

"启禀太子，还没有走。不过快了！太子您要赶紧去送送吗？"沓沓笑着回话。

然而洛子夜摇了摇头，送的时候那么多人，她要是跑去了，怕也不能单独说上话，表现得太亲密，洛肃封还容易出幺蛾子。她握了握他送给她的墨玉哨，心思转了转："不去送了，本太子索性再睡一会儿，你们先出去！"

"是！"那两人退了出去。

她们出去之后，洛子夜打点了一下自己，听着外头的动静，军队开拔的声音已经越来越远，他应当是已经出发了。她这才把哨子摸出来，放在掌心，盯了一会儿，有些犹豫。要不要吹？

最后，她还是没忍住，把哨子放到唇边，轻轻地吹了一下。

既然要分别，当然还想单独再见一面。眼下他刚刚走，见她这时候吹动哨子，他一定会明白她的心思，悄悄回来见她一面，再赶紧跟上去，不会被人发现，也不会耽误他的行程。

一吹，没声音。

用力地又一吹，还是没声音。

这下洛子夜蒙了！举着那哨子看了一眼，坏了？她揣着一整夜给揣坏了，还是凤无俦给她的时候就是坏的？她从气道口仔细看了几眼，也并没看见什么东西堵在那里，没理由会坏啊！尤其昨天晚上她拿着这东西的时候，就是小心翼翼地收着，

根本不可能无缘无故地坏掉。这下，她的脸色黑了："该死的凤无俦！"

话说得好听，说让她想他了就吹动这个哨子。这下可好，这破哨子根本就吹不响，等到自己再找他算账的时候，他再假装不知道怎么回事，并且怀疑是她把哨子弄坏的就没事了是吧?

恋爱中的女人总是喜欢胡思乱想，洛子夜就是个中翘楚。越是乱想，她的脸色越是难看。她生气地把这破哨子往地上一扔，还愤怒地踩了两脚，情绪实在太暴躁，以至于她都没意识到有人靠近。

踩得正在兴头上，骤然被人揽住了腰肢。

她整个人被往后一带，魔息随之而至，带着暧昧的味道和独属于他的重压。洛子夜一愣，回头扫了一眼，他魔瞳微凛，正盯着那哨子，眸中掠过戏谑，似乎知道她为何踩它，魔魅冷醇的声音缓沉地道："这哨子原就无声，只不过你吹它的时候，孤的墨玉笛会动，并发出轻微的呜咽声而已！"

所以，她是根本不可能吹响这个哨子的，但她只要吹动它，他就知道。

洛子夜变了变脸色，盯着自己踩了好几脚的哨子，尴尬得不行！他倒也没取笑她，只沉声问道："想孤了？"

洛子夜脸一变，当然不好意思承认，这才一夜没有见，她就又想再见一面了，这多折面子："没有，爷只是试试这哨子的功能，随便吹了吹而已！"

"哦？"他浓眉扬起，不置可否，魔瞳扫了一眼那哨子，似已看出她的口是心非。

洛子夜随着他的眼神看过去，继续睁着眼睛说瞎话："爷也就是看看这哨子经不经摔罢了，顺便看看踩几脚，会不会踩碎！"

他魔瞳微凛，冷沉着语气道："所以，不是想孤了？"

"不是！"洛子夜的语气很坚决。

对视之间，他逼近她，沉声问道："当真没想？"

"没有！"洛子夜盯着他，脸不红心不跳，面不改色。

他沉眸，似乎有些无奈。却骤然低头，鼻尖碰上她的，四目相对，几乎是毫无预兆地颔首，攫住她的唇："好！你不想孤，是孤想你了！"

"嗯……"洛子夜脸一红。唇舌交缠，空气中满是暧昧的味道，靡靡令人沉醉。

她低头盯着他覆上她的魔爪，把他的爪子往下扯："爷觉得自己最近不需要锻炼胸肌，你的好意……好意，爷心领了！"

流氓!

洛子夜说完，就红着脸让他走人了："行了，赶紧走吧，快走快走，你在这里待久了，容易被人发现！"

她这嫌恶赶人的语气，令他魔瞳微凛，里面浮现出几分戾气。他沉眸看着她，一语不发，也并没有要走的意思。

洛子夜心里咯噔一下，也知道自己刚才的语气是把这脾气不好的祖宗给得罪了："好了小臭臭，爷也知道自己刚才语气不太好，但是你都一大把年纪了，眼瞅着就要奔三的人，跟爷这样的孩子计较什么？别生气了，快走吧！"

他脸色黑沉，几乎是从牙缝里磨出来三个字："洛子夜！"他是一大把年纪的人，而她还是个孩子？

"干啥？"她见他俊美无俦的面色不但没有因为她那一句抚慰而好看起来，反而黑沉得可怕，顿时也蒙了，"你怎么了？爷说错什么了吗？"

"没什么！"他听着她的话，脸色越来越沉，黑着一张脸，沉声道，"孤先走了，十日之后，孤在杨义等你！"

说完这话，他便转身，大步离去。墨色的身影很快消失在帐中。

杨义，是一个地名，似乎在云南附近。

洛子夜看着他莫名其妙就生气了，摸了摸自己的脑门，她的低情商也实在不支持她找到他生气的点，抓了半天脑袋，她放弃了琢磨他在气啥。

扫了一眼墨玉哨，她将其捡起来，擦干净了重新珍重收起。

走出帐篷的门，门口站着洛肃封身边的临安公公，也是刚到。

他笑着行了一个礼："太子殿下，陛下知道您今日就要带兵前往楼兰，陛下说准您前去，但最多六日，六日之后，您必须回到京城。陛下让您速战速决，这是边关二十万大军的虎符，摄政王殿下临走的时候，当众让陛下交给您的，助您擒安卓格一臂之力！"

说着这话，他便将虎符递给洛子夜。

凤无俦手中除了王骑护卫，还握着天曜的二十万大军。洛子夜挑了挑眉梢，将虎符接了过来。这东西目前对她来说，并没什么用处，但她要是不接下，那就落到洛肃封手里了。

临安公公接着道："楼兰加起来怕也只有二十多万兵力，有了这二十万大军，太子您必定能凯旋。陛下也说了，倘若您有什么意外需要援军的话，可以飞鸽传书给凉城的蒙将军，凉城离边关很近，一定赶得及过来帮您！"

他这话一出，洛子夜非但没感激涕零，反而目光冷了冷。洛肃封是什么时候变得这么好心了？看来他下令让她六日之内一定要回到京城，这个命令里头，怕就藏

着古怪和猫腻。

她做出一副感动的样子：“还请临安公公回禀父皇，父皇的一片心意，本太子已经感受到了，定然不负父皇所托！”

“是，老奴这就回去复命了！”临安笑着转身。

沓沓立即上去，机灵地往对方的袖中塞钱，临安立即摆手表示不要，大步走了！开玩笑，未来王妃的钱能随便拿吗？让王知道了怎么办？

洛子夜看着他走远，感叹道：“没想到这世道，还有这样出淤泥而不染的太监！”

路儿、沓沓：“……”

神机营大军开拔，萧疏狂乐颠颠地到了洛子夜跟前：“太子，难怪昨夜属下问起我们只有两千人，是不是有胜算的时候，您当时一副胸有成竹的模样，原是料到了摄政王殿下会帮我们！”

洛子夜斜睨了他一眼：“爷没料到！”

“啊？”他蒙了。

接着，便听得洛子夜道：“带着人跟着爷出发就是了，凤无俦的二十万大军没有动用的必要！人数清点好了吗？清点好了我们就走吧！”

“是，太子！可是……”萧疏狂还想说什么，但是洛子夜已经走了。

楼兰再不济，也有十万大军搁那儿放着呢，太子殿下这到底是从哪里来的自信？这……

他的“可是”还没说完，洛子夜头也不回地问：“昨晚让你查的东西查到了吗？”

“查到了！”萧疏狂递给她一张纸，并飞快地道，“眼下楼兰是安卓格执政，他们也收到了摄政王殿下震怒的消息，知道天曜皇帝派了您去对付他们。知道要去的是您，安卓格，咳咳……安卓格放了心。但是楼兰的另一位权臣，却因安卓格触怒了摄政王殿下而十分不安，原本他跟安卓格就是死对头，正打算打着除佞臣的名义，讨伐安卓格。可是，能确定的是，您带兵去了，他们还是会先一致对外的。这些消息是阎烈告诉我的，纸上其他的，就是楼兰与邻近的各部族之间的关系！”

洛子夜听完，又扫了一眼那纸上的内容，已是有了主意：“行了，等着看好戏吧！神机营，也是时候在天下战局中露露脸了！”

萧疏狂愣了……

军队浩浩荡荡地出发，听闻百里瑾宸也要随同一起去楼兰，洛肃封热络得跟百里瑾宸是自家亲戚似的，派人备好了良驹给他骑乘。神医嘛，能不得罪当然不要得罪，能通过一些细枝末节的行为拉近一下距离，自当拉近一下距离。

洛子夜带着自己的两千人马，在前头前行。百里瑾宸就在她身侧不远处，亦步亦趋。

洛子夜问了一句："之前爷请你或者你嫂子，把关于爷的事情对你娘说说，你们都说了没？"

这货一直高冷，洛子夜没指望对方会回答，然而没想到，在她如此悲观地看待他的情况下，他竟然答了："她没说。"

"为什么？"洛子夜眉头皱了起来。

他淡淡扫了她一眼，缓缓地道："我告诉澹台凰，此事我会对母亲说，让她不必管。"

"啥？"洛子夜的脑袋差点没转过弯，"那你跟你母亲说了没有啊？"哎，他找他娘说，肯定是容易得多。

她这还没高兴完，他下一句话就把她打入深渊："没说。"

洛子夜："……"她被噎得说不出话来。

他继续淡漠道："我忘了。"

忘了？！说得好轻巧啊。她每日期盼得晚上觉都睡不好，他老人家就不痛不痒地说出三个字——我忘了？洛子夜心里的火直突，可毕竟前几天对方还帮自己救了嬴烬……嗯，不对，嬴烬去哪儿了？今日一早起来就没看见他，她还以为对方会跟着自己来的，就算不来，也应当打一声招呼啊！

收敛了情绪，她尽可能地让自己看起来慈眉善目一些："既然你的记性不是很好，那为什么不让你嫂子去帮爷问呢？现在耽误事了，这不好吧？"

他老人家听完，面上无半分愧色，淡漠的声音缓缓地道："我以后恐怕也很难记起。"这便是对她的问责表示不豫，故而不打算再帮她传话的态度。

洛子夜一哽，险些没呕出一口老血！

轩辕无这会儿也是默默地望天……其实事情是这样的，之前澹台凰和夫人，不知道是怎么搅和到一起了，这两个人说是什么老乡，并且一人扛了一把锄头和铲子，去挖了主上的义兄、煌墷大陆北冥太子君惊澜的祖坟。挖皇陵的目的，是看看能不能找到什么时空隧道，找到她们回去的方法！

她们虽然没成功，但动机被老主子和君惊澜给知道了，所以洛子夜的事，公子还没开口，老主子就明确地说了，不希望再出现任何人，让夫人再一次有回去的念

头，对这件事，君惊澜也表示赞同。所以……

洛子夜强压下了心头的那一把怒火：“要怎么样，你才有可能在面对你母亲的时候，记起此事，并且提一下呢？”

“你嫁给我。”他语气不含情绪起伏，平淡得好似就是在说今天的天气。

洛子夜觉得自己一定是最近日子过得太好了，老天爷开始嫉妒她了，所以把百里瑾宸这货派来气她的。她叹了一口气：“爷自己派人去找，说不定爷自己能找到，您老人家就端着架子吧！”

洛子夜说着这话，脸色黑得可怕，打马加快了速度，以免自己忍不住又跟他说话，最后楼兰还没到，就在路上被他给噎死了。

她不打算跟他说话了，他也没打算主动搭话。

就这样沉默着，军队前行了一整天，在离楼兰还有二十里的时候，洛子夜下令扎营，炊事班开火，洛子夜黑着一张脸，郁郁地坐下。

她也不端架子，跟士兵们坐在一起烤兔子。百里瑾宸就在她旁边坐着，洛子夜却根本不看他，轩辕无也在烤，百里瑾宸却没有，一副等着伺候的模样，闭着眼，右臂的手肘放在屈起的膝盖上，身后靠着一棵树，容色绝美，像是睡着了的王子。

洛子夜的兔子刚烤熟，正打算往嘴里送。

他骤然睁开眼，看向她。准确地说是看向她手中的兔子，轩辕无这会儿也烤好了兔子，正伸出手递给他，然而百里瑾宸根本看都没看他一眼，只盯着洛子夜。

洛子夜的表情僵硬了几秒，所以对方这意思，是要吃她手里的兔子？

她想着他们两个方才的对话，想想指不定自己给他吃了，他老人家心情好了，就把话传给他娘亲了呢？考量之下，她忍辱负重，一副讨好大爷的模样：“您老先尝尝，本太子的手艺素来不错，你算得上是第一个品尝本太子厨艺的人！”

他干净修长的指尖似乎动了动，但最终顿住，眼角的余光扫向轩辕无，轩辕无赶紧掏出一块白绢，将洛子夜手里穿过兔子的木棍接过，并在木棍下端缠了一圈，这才把这兔子递给百里瑾宸。

而他干净得近乎透明的手，握到了那块白绢上。

洛子夜明白了，在这货身上打上了一个硕大的标签：有洁癖。并且，嫌弃她脏，但她不能理解的是，既然他这么嫌弃她，为什么还要吃她烤的兔子？

那人动作优雅地进着食，咀嚼的动作都要比在场的所有人清贵许多，令在场的不少人禁不住调整了一下自己的吃相。

兔肉入口的时候，百里瑾宸尝到了熟悉的味道。和多年前母亲烤过的兔子的味道一模一样。所以，洛子夜真的很可能是跟母亲认识的，甚至是来自同一个地方。

看他的眼神似乎若有所思，洛子夜问了他一句："对了，你娘有没有烤过兔子给你们吃？跟爷烤的味道，是不是差不多？"

烤肉这一手，是妖孽教她的！

然而，她这话问出来，百里瑾宸骤然沉默了，似乎是被说到什么痛处，半晌没吭声，在洛子夜以为他不会吭声的时候，他忽然开了口："因为一位故人，母亲许多年没有烤过兔子了。我第一次吃到，是兄长想吃，母亲也只烤过那一次。"

话说到这里，洛子夜眉梢皱了皱。也不知道是不是她太敏感，在百里瑾宸的话里头，她听出了一点不一样的味道，比如，他母亲其实很偏心，只愿意烤给他哥哥吃，并不愿意烤给他吃。

这么想着，她忽然同情起他来。

他说完这话，也似乎意识到什么，见她面上容色复杂，倒也没多言，慢条斯理地吃完了兔子，语气淡漠地似在评价："味道不错，尚可为妻。"

洛子夜："……"所以他忍着洁癖、忍着嫌弃她脏的情感，也要吃她烤的兔子，是为了看看她的厨艺，判定她有没有嫁给他做妻子的资格？

她憋着一肚子气，也不打算跟他说话了，食欲也没有了，扭头对着萧疏狂吩咐正事："传消息出去，说天曜太子到了此处，开始畏战，不敢出击！"

"是！"萧疏狂领命而去，在场的士兵面面相觑。这是打算做什么？

洛子夜吩咐完之后，黑着一张脸，看着他开口道："俗话说得好，吃人嘴软，拿人手短。你既然吃了爷的兔子，那就应该帮……"

"不救。"他吐出两个字，便闭上眼，拒绝再多看她一眼，也拒绝交流。

洛子夜脸一绿！实在是难以捉摸这个人的性格，在船上的时候，没怎么求他就答应了，上岸了之后怎么求都不答应，难道是因为船在海上，他心情好，所以比较好说话？

她提议道："百里瑾宸，咱俩什么时候有空，一起去划船吧？"然后她在船上再试着问问看？

似是明白她的动机，百里瑾宸轻轻地扫了扫她，那眼神仿佛在看一个智障，随即站起身，回了洛子夜为他备好的帐篷。

洛子夜的脸色彻底变难看了："喂！"

对方并没打算搭理她，她恼怒地盯着他的背影，狠狠地压下了心头的这股怒气，拿着棍子愤怒地捅了几下火堆。洛子夜，你是一个能屈能伸的人，你不能随随便便被人气死，你要坚强！

愤怒完了之后，她觉得不能拿百里瑾宸的高冷来惩罚自己的胃，在气得没啥食

欲的情况下，她还是烤了点东西吃了，并吩咐道：“部分人站岗巡逻，其他的径自去睡，将这个地方打理得舒适点，大家还要在这里住两天！”

“啊？”有人蒙了。

这会儿，萧疏狂也已经回来复命了：“启禀太子殿下，您吩咐的消息，末将已经让人传出去了，说摄政王殿下给了您二十万大军，可是您为了面子只带了两千人，然而到了楼兰附近，您忽然又开始后怕起来，不敢再往前一步！”

他这话逻辑很分明，故事里头的洛子夜就仿佛一个傻子，不过她以前的名声也一直是这样，她赞赏道：“做得很好，你们跟爷来！”

说完，她就进了自己的帐篷。萧疏狂和上官御也都跟了上去。

跟着洛子夜进了帐篷，洛子夜铺开地图，并看了看楼兰邻近的几个国家。旋即她笑着看向上官御：“我们只有两千人，两千人能用的手段，除了如同凤无俦的王骑护卫一般以一敌百的能力之外，我们还能用什么才能取胜？”

“兵不厌诈？”上官御懵懂地回了一句。

“不错！”接着，她看向他们两人，“眼下在楼兰，跟安卓格对立的人是谁？”

“此人名叫赫提绪，与赫提娜是同宗。按理说，如果楼兰王死了，他才应当是王位的第三继承人，怎么样都不可能轮得上安卓格，加上安卓格的王位名不正言不顺，他自然也不会服气。只是眼下，楼兰王在安卓格手上，他投鼠忌器，担心自己动手，安卓格会对楼兰王不利，故而没有动作！”萧疏狂很快回道。

洛子夜点头表示明白，盯着萧疏狂道：“那么，你觉得赫提绪是真的顾忌楼兰王的生死，所以才没有出手，还是有其他的打算？”

这时候上官御皱了皱眉头：“作为一个政治家和阴谋家而言，赫提绪和安卓格都算得上个中翘楚，应当不是什么重感情大义的人。但这时候，如果赫提绪对楼兰王的在意是假的，这说不过去……毕竟楼兰跟安卓格有一争之力的只剩赫提绪，他只要杀了安卓格，而安卓格要是还把楼兰王给杀了，那他就是顺理成章的王位继承人，弑君的罪名也是安卓格的，所以他不动手，属下也很是费解！”

萧疏狂也很快开口：“的确，太子，属下收到的消息里头，赫提绪是个很凶残的人，但也很有脑子，为人虽然不算阴险，但也绝对跟正直不沾边。若说他是为了楼兰王的生死不出手，这其实不符合他的性格，可他自己对外就是这样宣称的。他的行为，其实并不合常理！”

看他们茫然，洛子夜提点了一句：“如果一个人真的想做一件事，真的在乎一件东西，他会在敌人正盯着他的前提之下，说出自己在忌惮什么吗？”

“这……”两人一愣。对啊，赫提绪若是真的在乎楼兰王的死活，应当不会蠢到这地步才对，所以他的举动，是……作秀？

上官御立即明白过来：“这定是因为安卓格登上楼兰王位，并不得人心。而赫提绪这样做，大抵是在乎自己声名的，希望舆论偏向他，自己能名正言顺地登上王位？”

“不错！”洛子夜点头。

萧疏狂又问道：“那太子，您是打算跟赫提绪合作吗？”

上官御却摇了摇头，似乎看蠢猪一样看了萧疏狂一眼：“太子要是真的打算跟他们合作，就不会让你传出太子畏战的消息了，我们就这么两千人，太子还畏战，你觉得哪个蠢货会在这样的情况下跟我们合作？”

“呃……”萧疏狂愣了一下，也是。

洛子夜笑着摇头：“这可不对，虽然我们表现得很没有合作价值，但是赫提绪还是会跟我们合作的，因为楼兰对天曜称臣，赫提绪既然表示他很在乎楼兰王，那么也就表示，他很重视名声，很重视后人和天下人对他的评价，很重视舆论的走向，要是这时候代表着天曜的本太子站到了他那边，不管我们对他有没有帮助，他都会很乐意跟我们合作，因为这代表着他是正义的，天曜甚至摄政王殿下也都是站在他这边的！”

她这样一说，他们才算是明白了。萧疏狂道：“所以，您断定他会过来找我们合作？”

“不错，若是快的话，今天晚上他就该派人来了。眼下楼兰边关查得很严，我们想要潜伏进去也不容易。不如借着跟赫提绪合作的契机进去好了，还能进入最内部！”洛子夜说出了自己的打算。

上官御一愣：“潜伏进去？那太子您是准备……”

“挑拨离间啊！”洛子夜表情很单纯。

上官御和萧疏狂一噎。萧疏狂问：“我们两千人，要全部进去吗？”

“不！”洛子夜摇摇头，“上官御你跟着爷进去，带上二十多个精英中的精英就可以了。我们进去太多人，会引起赫提绪的怀疑和防备，进去之后……”

后头的话，洛子夜附在他们耳边说了，那两人听得目瞪口呆，深深地为洛子夜的无耻感到敬佩又羞耻……

她说完咂咂嘴：“楼兰一共有三个部落做邻居，结果却跟自己的两个邻居关系都不好，说起来爷也真是要感谢他们人际关系处理不好，让我们白捡便宜！”

上官御默默地看了一眼帐篷顶，太子这无耻的手段也是没谁了：“话虽然是这

么说，可是您亲自进入楼兰腹地，又只带二十多个人，这会不会不安全？”

“不入虎穴，焉得虎子！”洛子夜笑得安然。

说到这里，便算是商量完了。上官御却忽然看了洛子夜一眼：“太子殿下，有一句话，属下不知道当讲不当讲！”

“你说！”洛子夜这句话出来之后，上官御立即开口：“是关于神医……咳咳，属下知道您一直对这美男子格外偏爱，但神医既然一直在拒绝您，您就不要再贴上去了，弟兄们可都看着呢，您这还是有点丢面子……”

“什……什么玩意儿？”洛子夜蒙了。

上官御接着道：“虽然您一直在极力掩饰，仿佛是打算求对方救人，但是您的司马昭之心，简直路人皆知。您还是收敛一些吧！”

洛子夜抽搐着嘴角：“如果爷说，爷是真心实意地找他救人，是他一直不肯松口，还扬言要娶爷，你信不信？”

“啊？”上官御嘴巴张得很大，脸上的两个字很是分明——不信！

在他对她充满怀疑的容色之下，洛子夜扭曲着表情：“不信就算了，你先退下吧！”

上官御赶紧说：“太子，属下也不是真的怕您会折损颜面，属下只是怕摄政王殿下知道了，会对您心生误解罢了！”

“这话什么意思？”洛子夜挑了挑眉毛，从上次在大漠的大街上，她甩下了凤无俦手下跟踪她的人之后，他就没有再派人监视过她了，但上官御这么说……她可不相信自己手下神机营的人，会闲得没事卖主求荣，跑去找凤无俦告发她。

接着上官御道：“是摄政王殿下遣人放了话，说这一路上您要是跟百里瑾宸有什么越矩的举动，我们这些人若是有人没有加以制止，被他知道了，会送我们去相思门伺候客人！太子，我们和嬴烬可不一样，嬴烬生得美，没人舍得为难他，但是我们要是在摄政王殿下的命令之下进去了，怕是第一个晚上就清白难保，还请太子殿下千万要为属下们考虑考虑！”

上官御说着这话，额角也是冒出了硕大的汗珠，所以大家这一路上都是战战兢兢的，生怕太子做出什么越矩的举动，他们没来得及制止。

洛子夜完全蒙了，难怪她一路上总感觉身上黏糊糊的，像是什么人一直盯着她，弄了半天是他们都看着她呢？她黑着一张脸道：“爷知道了！”

凤无俦真是丧心病狂，早知道他会做出这种事情来，她也应该有样学样，警告一下阎烈他们也帮她把他给盯着，气人。

上官御又道：“太子殿下，属下也认为摄政王殿下殃及池鱼的行为其实很过分，等再见面之后，您一定要好好调教他！太子，我们都很看好您，这个仇您一定要给弟兄们报了！”

洛子夜听着，深以为然：“这是一定的！不过，倘若凤无俦料中，爷真的对百里瑾宸怎么样，你们是真的会去找他告发爷吗？”

上官御坚定地摇头：“爷，我们岂会做这种卖主求荣的事情？我们最多也就制止您一下，是一定不会告发您的，毕竟我们都是您的人，也都是重义气的铁血男儿。”

洛子夜刚刚要感动，上官御又道：“但是士可杀不可辱，如果为了我们的清白，我们会做出什么事，自己也不知道，还请太子理解！”

洛子夜：“……”

后来上官御被她一脚踢了出去，还是踢的屁股。

刚把他踹出去，便听到了一阵动静，她正要转过头，来人却先一步开了口：“小夜儿，跑出来玩，也不叫上为夫。你知道为夫一个人在军营多寂寞吗？”

洛子夜嗤了一声：“得了吧，你要是想跟上，岂会被一个人丢下？说吧，你干吗去了？”

“呵呵……小夜儿想杀赫提娜，向洛肃封请旨了，他暂且没回复。”嬴烬轻笑一声，往洛子夜身上蹭了过去。

洛子夜下意识地避开一步：“所以呢？”

她这样下意识避开的动作，自然落入了他眼中，他邪魅的桃花眼微微一闪，带过几分稍纵即逝的落寞，旋即道：“所以为夫自然应当帮你解决她了，洛肃封的本事虽然没有多少，但他手下还有一个龙傲翟，为了穿过龙傲翟手下那些人的守卫，为夫可花了不少工夫呢！”

洛子夜摸了摸鼻子：“其实你没必要这样的，赫提娜的事情根本不关你的事！”所以，赫提娜是已经死在他手中了？

他轻笑，修长的指尖伸出，落在她的发顶，轻轻地道：“当然关我的事，凤无俦若死在她手中，你会很难过。你难过，我也会很难过的。”

他此言一出，洛子夜心头骤然一酸：“嬴烬……”他真的没必要这样子，他给的、他求的，她根本回应不了。

她抬眸之间，他已经收回手：“这么看着我做什么？你若是觉得亏欠我，我也很认同。为夫觉得你可以认真地想想怎么报答为夫，比如，亲为夫一口！”

说着这话，他点了点自己的唇角，一副不正经的模样。

洛子夜嘴角一抽，方才感动得不行的情绪，被他这么几句话破坏得干干净净！

简直想给他一脚。

接着他道："看你的样子，是打算亲自进楼兰吧？我陪你一起去！"

"好！"这一点洛子夜没有推托，嬴烬武功高强，进去之后应当能帮上忙，而且她推托估计也没什么用。

她应下之后，帐篷里头忽然安静下来。他也忽然凑近她，靡艳的语气带着缠绵的味道："小夜儿，我问你，如果有一天，我也能……我也能跟凤无俦一样，站在高位保护你，让天下人都不敢欺辱你，会不会……"

"不会！"他话没说完，她已经明白他想说什么，"嬴烬，从一开始我就知道你的身份不简单，冥胤青不会无缘无故不杀你。你若是没什么能耐，凤无俦想必也瞧不上你，不会与你动手打斗。所以，我相信你若是想，也能站到高位，站到天下人仰望的位置。但是，我喜欢他，并不因为他站在高位，并不因为他能护着我，只是因为，他是他而已。"

"我明白了，是我妄求了。"他轻声开口道，"早点休息吧，指不定两个时辰之后，赫提绪就会派人来了！"

他说着这话，面上丝毫不见尴尬，笑容悠然自在，仿佛他方才只是跟她开了一个玩笑，心头却落寞不已。

原来，怎么样都没用。

也好，反正那地方于他而言，就如同地狱，他不想回去。

"嗯，你也回去休息吧！"洛子夜笑了笑。嬴烬点头，转身离开，一袭艳红的衣摆妖娆得像极了绽放在彼岸的花。洛子夜看着他的背影，心头竟似被什么蜇了一下，似乎预见他的未来，预见他继续跟她待在一起，也许会出事。她忍不住开口道："嬴烬！"

这两个字一出，他立即顿住脚步，等着她的下文。

她顿了顿，方才那一瞬间的预感又骤然消失殆尽，仿佛一切都不过是她的错觉。她愣了愣，轻声道："什么时候，你觉得累了，就离开吧。"

他听罢回眸，一双邪魅的桃花眼看向她："小夜儿，等你为我找到如星光般灿烂的宝石，我会离开的。你不会打算食言吧？"

"不会！"这个是洛子夜主动答应他的，自然不会食言。

嬴烬说完这话，便出去了。

洛子夜也不知道这都算什么事，美男子们要么就都跟她作对，要么同一时段掏心掏肺，让她不想伤害他们，却又不得不说出伤害他们的话。总归就是让她为难就是了，这让她忍不住唱了一句："我总是心太软，心太软……"

是夜，不出洛子夜所料，赫提绪手下的人果然来了。

来了之后，听说洛子夜已经休息了，也都不着急，安安分分地等着天亮，并表示赫提绪明日一早会亲自来跟天曜太子详谈，以示诚意。

洛子夜作为一个装无能的人，怎么会让他们等一整夜？

于是装作下人们将她吵醒，爬了起来，并且握住了赫提绪派来的来使的手，一副看见救星的样子："那真是太好了！本太子一时冲动，出门的时候人带少了，正想着赫提绪一贯有正义之心，也许会帮助本太子，没想到你们就来了。快，赶紧坐下，你们渴不渴啊，饿不饿啊？"

她这样过分热络到甚至有些谄媚的样子，让萧疏狂和上官御都表示不忍直视，但两人都很配合地露出了对洛子夜非常无语，并很为自己有这样的统帅而感到羞耻的神情。这也令赫提绪的人对洛子夜不再怀疑。

他们虽然连道："不敢！不敢！"但表情都不比萧疏狂和上官御好看多少，都是瞧不起洛子夜的样子。

这半个晚上，就这么折腾过去了。

而此刻，洛肃封回京城的路上，各国王孙贵胄也都纷纷告辞，表示自己要回国。他们不走，天曜礼部的人都想赶人了！

哪有来主人家祝寿，一祝一个月不走的？偏偏这些人还是不安分的，今天起个火灾，明天涉嫌谋害他们二皇子，后天又被人给揍了，害得他们礼部的长官们，因为对他们招呼不周、保护不力，这都换了好几任，眼下的礼部尚书更是每日战战兢兢，如履薄冰。也就只有轩苍的那位风王殿下，来了天曜之后没怎么惹事，很给他们省心，其他的就都……呵呵了。

眼看他们终于要走了，洛肃封都还没开口，礼部的人就忍不住全部出来恭送了一番，看得洛肃封眼角直抽。

武项阳和冥胤青明白自己不受待见，很快告辞，各自回国去了。轩苍墨尘也离开了队伍，他的马车也往轩苍驶去。只是，那马车里头坐着的人并不是他。一辆商贾的马车很快再一次进入天曜境内，马车之内坐着一个人，他的脸看起来很平凡，但那一身朦胧如月、温润如玉的气质，却无人能仿。

墨子渊也易容了，就在他身侧："陛下，您真的考虑好了吗？再入天曜皇城后，这一步棋走出去，您就不能回头了！"他是指陛下和洛子夜之间，再不能回头了。

轩苍墨尘轻轻地道："棋局已经开始，无人再能抽身而去。子渊，你要明白，

我身处的位置，并没有给我回头的资格。”

墨子渊静默不语，低下了头。

轩苍墨尘温声道：“轩苍还处在人人可欺之境，如果一两个人的不幸，换来的是百姓之幸，子渊，这笔生意是划算的。洛子夜，她……会怪我，会怨恨我，但她也会懂我，知我没的选择。”

只是，她懂，她理解，却永远不会原谅。

“陛下，既然您心中已经有决定了，那属下就不再多言了！”墨子渊点了点头。

轩苍墨尘却骤然抬眼：“你已经十多年没有回古都了吧？”

“古都皇子众多，父皇也有重视的太子，我资质平平，当年被送到千浪屿学医，便是皇族对我之弃。回去或者不回去，并无什么区别！”墨子渊面上带着苦笑。

轩苍皇室掌控着千浪屿的事情，天下人知之甚少，但墨氏皇朝的人是知道的。

而几乎每一代，墨氏皇朝都会挑选一位皇子进入千浪屿，美其名曰学医，事实上也就是为了监视。被选出来学医的皇子，自然就会错过被教导为君之道的机会，也等于是与皇位无缘，故而他才有此一言。

轩苍墨尘扫了他一眼：“那你可否告诉我，龙傲翟，到底是你什么人？”

“是我大皇兄！”墨子渊低下头。他学成了医术之后，是应当回去的，但他拒绝了回去的诏令，选择留在轩苍。在轩苍做一个举足轻重的权臣，比回去做一个已经日渐凋敝、国脉衰落，更不受重视的皇子要好得多。

而他待在陛下身边，陛下从未问过他有关墨氏和古都的事情，今日倒是第一次，他还有些惊讶。

他这答案，轩苍墨尘很满意：“不出我所料。”

他回眸扫了墨子渊一眼：“不必紧张，从前不曾问你，是不愿你夹在中间左右为难。如今要确认，也不过是因为此事之后，龙傲翟的身份必然暴露出来，不论你说不说，我也一样会知道罢了。”

他这般一说，墨子渊立即平静下来，心中涌起些许感动：“陛下，从前是属下愚钝，有负陛下恩德体谅。既然属下已经选择了效忠轩苍，效忠陛下，断然不会再举棋不定，左右徘徊。墨氏的事情，以后只要您问，臣一定知无不言！只是……”

只是他很小的时候就被派出来了，所以真正的机密，知道得也不多而已。

轩苍墨尘颔首：“起来吧。”

“谢陛下信任！”君臣之道，从来是君王爱护臣子，臣子鞠躬尽瘁死而后已。

陛下既然这样体谅他，他日后定要更加忠心于陛下。

车帘之外，一片阴云过来，遮住了天边刺眼的日光。

轩苍墨尘微微一笑："这一轮烈日，也到了更替的时候了。"

"兄长，您是认真的吗？"申屠焱简直不敢相信自己听到的。

摄政王殿下闻言，浓眉微扬，魔魅冷醇的声音缓缓地道："或者你认为孤的语气，像是不认真？"

申屠焱蹙眉道："可圣晶石与我们有什么关系？兄长也并非喜欢这些财宝的人，何须如此大动干戈？"

他这话说出来，凤无俦嘴角淡扬起一抹讥诮的弧度："不错，那只是一件宝物而已，但倘若你嫂子喜欢，孤志在必得。她想要的东西，旌旗蔽日，血染重楼，孤也会为她取来，明白吗？"

申屠焱闻言一哽，好吧，以兄长的实力，他有这么做的资本："既然如此，小王建议兄长先找云南王谈判，他若是不给，我们再出手不迟！"

"准！"凤无俦表示应允。

可申屠焱心里明白，圣晶石是云南王在墨王室里权力和地位的象征，这样的东西他们是不可能交出来的："兄长，其实我觉得即便是嫂子喜欢，我们这样强抢也是不好的！"

到底他们一个是威震天下的摄政王，一个是赫赫有名的"大漠苍狼"，他在兄长的带领下去抢云南至宝，跟强盗有什么分别？

摄政王殿下闻言，魔瞳微敛地扫向他。

他端起桌案上的酒杯，在手中悠闲地转动了几下："谁说孤要强抢了？孤很愿意拿等价甚至高出十倍的价格去换。可他若是不给，孤也只好用点手段让他卖给孤了。你放心，孤会给他合理价格的！"

申屠焱："……"人家那是象征着皇室威严的宝石啊，谁会在乎价格合不合理？兄长真的不是在逗他玩吗？好吧，这样说是比他们直接去抢要体面许多。

但他不明白的是："兄长，您并非重视声名的人，从来您看上的东西，只要您开口，旁人就应当奉上才对，如今怎么……"怎么还玩起买卖这一套了？做得这么虚伪，不是兄长的风格啊！

摄政王殿下颔首，饮下杯中酒之后，将酒杯放下。魔魅冷醇的声音缓缓地道："孤自是没什么，你嫂子却爱面子。若让天下人说孤送给她的求婚礼物是抢来的，她定然觉得对她的颜面有损。孤便只能退而求其次，买回来了！"

申屠焱：“好吧……”他现在已经开始怀疑自己从来正直、敢做敢当的兄长，是不是被洛子夜那小子给带坏了。分明强买强卖，还要说自己会给合理的价格。

“既然兄长已经决定了，那就先这么干吧。不过……嫂子知道您的打算吗？”说着这话，他悄悄地看了一眼对方的脸色。如果告诉他，洛子夜不知道，一切都是兄长的主意，那他就是真的无语了，只能说爱情对一个人的影响力太大了。

故事的最后，他终于还是无语了。摄政王殿下睨了他一眼：“她不知道，既然是要作为求婚礼物的，定当是惊喜，岂能让她知晓？”

好……好吧。申屠焱叹了一口气：“既然这样，就由申屠焱来帮兄长夺来那东西吧。”

凤无俦扫了他一眼，沉声道：“你带兵先行，让阎烈协助你，王骑护卫作为主力军。云南王的封地，离你准格尔很近，想必你也能知道最好的应敌之策，此事孤便交给你。倘若云南王不接受买卖，必要动兵，拿下云南之后，云南王的封地便赏给你，孤只要那块宝石！”

他这话一出，申屠焱登时眼前一亮。云南王的封地十分富饶，一直以来都是他们大漠诸国惦记的肥肉。纵然对兄长而言这只是一句话的事，但对他们准格尔来说，足以令准格尔繁华许多：“兄长就等着我的好消息吧！”

“嗯！”摄政王殿下应了一声，半合上眼眸。

申屠焱顿了顿：“兄长，我有一个请求！”

“说！”摄政王殿下眼也未抬。

申屠焱接着道：“已经半个多月过去了，小弟可以把胡子刮了吗？”虽然他们大漠的汉子不会觉得胡子需要天天打理，但是来见兄长之前，他的胡子就已经很长了，又在兄长的命令之下，足足半个月没有刮，已经开始碍事了。

摄政王殿下闻言，眯起魔瞳扫了对方一眼。

纵然他并不认为对方的胡子刮了会比自己英俊，甚至洛子夜就会立即移情别恋，但申屠焱也的确算得上是难得一见的美男子，九日之后洛子夜就要为自己庆祝生辰，彼时若是申屠焱的胡子不在了……多一事不如少一事。

他沉声道：“再养半个月吧。”

申屠焱嘴角一抽：“兄长，再养半个月，垂下来会很碍事的！”现在就已经很碍事了，否则他也不会主动找兄长提起。

他这话一出，摄政王殿下又盯了一会儿，提议道：“或许你可以将胡子编个辫子，扎起来？”

申屠焱：“……”好吧，当他什么都没说。

“兄长，没什么事了，小弟先出去了！”他要回去看看胡子怎么编成辫子……啊呸，他要看看怎么打算，才能更快地为兄长夺来宝石。

“嗯！”摄政王殿下应了一声。

站在旁边的阎烈忍不住用翻白眼模式的嫌弃眼神偷偷地看了一眼摄政王殿下的侧颜。申屠淼好歹也是大漠苍狼，出于对王的敬重，才亦步亦趋地跟在王身边，王倒好，不让人家刮胡子就算了，还建议人家编个辫子。

“阎烈翻白眼了主人，翻白眼了阎烈……主人，果爷看见了……”在角落里拾掇自己的果果，伸出一只翅膀告发。

接着，摄政王殿下森冷的目光就落到了阎烈的身上。

阎烈艰难地咽了一下口水：“王，属下最近眼抽筋……”

翌日一大早，赫提绪果然浩浩荡荡地来了。守着楼兰边防门的，早就换成了他的人，所以眼下出入楼兰，也十分方便。

洛子夜也是一大早就起来，抻长了脖子远眺，似乎非常期待对方早点到来，并且时不时地在原地打转，当着赫提绪手下来使的面，急得仿佛热锅上的蚂蚁：“你们主子怎么还没来？他到底来不来啊？他是不是后悔了？他……”

每次她说到这里，上官御都会假装提点地上去，扯了扯洛子夜的胳膊。

洛子夜再做出一副如梦初醒、被提点了的样子，开始摇摇扇子摆谱，表现出一副故作淡定的模样。完完全全把一个胆小怕事，还好面子，并且慌张错乱的形象，表现了个十成十。

赫提绪派来的来使，面上都是客客气气的，心里却都在暗笑，主子也实在是多虑了，就洛子夜这样的，主子还让他们来小心地盯着。就这德行，像是能玩花样的吗？他们安抚道：“请天曜太子不要着急，主子很快就会来了！”

“嗯！”洛子夜皱着眉头应下。

天刚亮没多久，一队人马就出现在洛子夜等人的视线内。为首的人，穿着一身楼兰的民族服饰，一张脸阳刚方正，看起来还真的是一副正直的面孔，说不上多英俊，但也绝对不丑。

身上带着几分部落民族有的坦率，也有几分常年在政场浸淫的阴鸷。

他抬眼看了过来，很快在人群之中看到了洛子夜。正打算开口，洛子夜就先冲了上去：“哎呀，赫提大人，你可来了！本太子还以为你后悔了呢。我们赶紧商讨一下怎么对付安卓格的事情！您有好主意吗？本太子真是一点主意都没有，简直六神无主！”

赫提绪还没开口，就被她先声夺人说了一堆。他皱眉试探了一句："那天曜太子眼下是预备听听我的打算？"

他这样一问，洛子夜仿佛听不出他语中的试探："那是当然啊，啊，不对，你一定要打算好啊，你的打算里面，本太子应当没有生命危险吧？嗯，本太子也没有别的意思，只是本太子这个人，不太喜欢身先士卒，希望赫提大人一定保护好本太子！"

她说着这话，神情十分紧张，甚至语无伦次，一副生怕自己出了意外的模样。赫提绪盯着她，从她那双漂亮却毫无主见的桃花眼中看出了她的慌乱和不知所措。他顿了顿："太子请放心，只要有赫提绪在，是一定不会让您涉险的！"

他这样一说，洛子夜便立即长长地舒了一口气，很快敛了容色，一副故作镇定的模样："方才本太子失态了，还请赫提大人不要放在心上。区区一个安卓格，本太子根本就不看在眼里，不然本太子也不会只带这两千人，就浩浩荡荡地出来了！"

赫提绪早已明白这人什么德行，他恭维道："不错，区区一个安卓格，乱臣贼子，杀我君上，害我楼兰公主和太子，甚至还敢设计陷害摄政王殿下，他的恶行，早已经是罄竹难书。就算是太子能饶过他，我们能饶过他，苍天也不会饶过他！我们如今是替天行道，苍狼神会帮助我们的！"

大漠的人，都是信奉苍狼神的。

洛子夜听着他这冠冕堂皇的话，认同地拍着他的肩膀："赫提大人说得不错，我们是正义的这一方，不过，虽然话是这么说，可要是有危险，你还是要保护好本太子才行！"

赫提绪点头笑道："那是自然的！"

洛子夜立即放心点头："得到赫提大人的再三保证，本太子就可以完全放心了。那不知道赫提大人需不需要本太子帮忙做什么？"

赫提绪笑看洛子夜一眼："太子殿下什么都不必做，对付安卓格的事情，在下定会做好，太子大可不必挂心！"

"啊？你这话的意思，就是本太子什么都不用做，你就能把安卓格给除掉，那本太子就可以回天曜领赏了？"洛子夜瞪大眼看着他，仿佛做梦都没想过，天上会掉下如此馅饼。

她这话一出，上官御和萧疏狂都默默地皱眉，露出嫌恶的眼神看着洛子夜，可又是一副敢怒不敢言的模样，一声不吭。

洛子夜这样的话，加上他们两人这样的表情，到了赫提绪眼里，自然心里也对洛子夜又轻看了几分。他很快道："若是在下除掉了安卓格，能让太子回到天曜领赏，在下自然不胜荣幸。届时，也请天曜太子在陛下和摄政王殿下面前，为在下和楼兰美言几句，希望摄政王殿下能在安卓格和相关人都伏法之后，对我楼兰网开一面！"

她点头："哎呀，那是一定的！一定的！赫提大人帮了本太子这么大的忙，本太子自然也会好好地报答赫提大人，在父皇和摄政王殿下面前为楼兰求情，为赫提大人表功的！"

"既然这样，那臣下就先多谢天曜太子了！"赫提绪面上的笑容才算是真诚起来。

"无妨，这都是些小事！"洛子夜一副哥俩好的态度，拍着对方的肩膀，"我们进去坐坐吧，本太子一见赫提大人，就觉得一见如故，我们当真应当好好地喝一杯！"

赫提绪立即道："太子殿下，眼下我楼兰的局势吃紧，纵然有太子您的帮忙，可还是不能有丝毫懈怠，臣下认为，我们还是先回楼兰。回到楼兰之后，你我再把酒言欢，彻夜长谈不迟！"

"进楼兰？"洛子夜一副犹豫的模样。

赫提绪立即道："太子是怕进了楼兰之后，赫提绪对您不利，或者拿您来要挟天曜？"

洛子夜一听这话，也不吭声。赫提绪皱了皱眉梢："太子，臣下认为既然合作，那就要互相信任。眼下您有两千多人，赫提绪带着五十名精锐就出来见您了，丝毫不担心您会扣下赫提绪，并威胁赫提绪的部下帮助您。故而，赫提绪也想请太子信任赫提绪！"

洛子夜立即摆手："赫提大人多虑了，本太子只是在想，楼兰的皇城，这时定危机四伏，若是安卓格知道本太子进了楼兰，说不准就会对本太子出手，这实在是……赫提大人您也不要多想，本太子也并不是怕死，本太子只是……啊，只是，君子不立危墙，故而……"

欲擒故纵，才更能取信于人。越是假装不想去，等进了楼兰之后，他们做了什么坏事，赫提绪才越是不会怀疑到她身上来！

赫提绪听得嘴角直抽。怕死说怕死便罢了，却偏生要说出这许多话来："太子，请您一定放心，有赫提绪在，您……"

"不行不行！"洛子夜连忙摆手，表明她不放心。

赫提绪一咬牙："太子，赫提绪向您保证，只要赫提绪活着，定然不会让太子

您有任何万一。若是有人想对太子不利，也要先取了赫提绪的性命再说！”

洛子夜斜睨他一眼，将信将疑地问：“此话当真？”

赫提绪立即呈指天发誓状：“苍狼神在上，赫提绪方才的每一句话都是真的，若是有半句虚假，就让赫提绪遭到天打雷劈！只是，赫提绪还有一事相求！”

“哦？什么事？”洛子夜一脸小心翼翼地看着他，生怕上了当的模样。

赫提绪道：“进了楼兰之后，请太子帮赫提绪宣称，天曜朝廷和摄政王殿下是支持赫提绪讨伐安卓格的！”若不是为了这个，他也犯不着这样费尽心机，把洛子夜请进楼兰了。

洛子夜斜睨了他一眼：“你确定本太子说了这样的话，不会有人对本太子不利？”

“臣下确定，请太子殿下千万放心！”赫提绪赶紧点头。

话说到这里，洛子夜摆出一副终于放心了的姿态：“既然这样的话，那本太子就……就随同你去一趟楼兰吧！本太子也要带上二十个亲兵护卫，对了，还有本太子的男宠，赫提大人没有什么意见吧？”

说到男宠的时候，赫提绪那一行人的嘴角都抽了抽，这下是完全没有半分疑虑地确定了洛子夜是个没用的东西。旁的也就罢了，出门打仗的时候她居然还带着男宠，她还真是懂得享受！

“太子殿下的要求都是合理的，赫提绪自然也不会有什么意见！”赫提绪笑着说出了这么一句，心里也是对洛子夜的难缠胆小表示无语。

就在这时候，不远处的一个帐篷门帘被掀开。一袭白衣飘然，那人出现的那一刻，似令人看到皑皑山上的一捧雪，绝尘脱俗，立于红尘之外。他淡漠如月的眼神扫了过来，吐出了三个字：“我也去。”

他出来那一刻，所有人都怔了怔，就连赫提绪都有几分失神。他盯了一眼洛子夜贪生怕死的样子，又看了那人一眼，难以置信地道：“这位公子就是您的男宠？”

“咳……”洛子夜成功地被呛住，然后开始闷笑，一路上受这货的气，这下终于有人帮她扳回一句。

赫提绪话音一落，便骤然看到剑光一闪。

无人看得清他如何出的剑，他的剑便已经收回了剑鞘。而赫提绪头上的帽子就这么被劈成两半，落到地上。可想而知，倘若他方才是想要对方的命，这时候赫提绪已经死了。

这下，赫提绪的脸沉了，他手下的人更是打算出手。然而赫提绪一抬手，止住了他们，凝眸盯向百里瑾宸：“阁下这是？”

“教你说话。”四个字吐了出来，听不出丝毫感情，也没带丝毫怒气。

洛子夜立即道：“爷可没那么大的本事，养这样的男宠。这位是赫赫有名的神医，百里瑾宸。先前帮爷救过人，这一次也只是在路上偶遇而已！”

“原来是公子宸，失敬失敬！”赫提绪立即抚手而笑，方才的不快似乎只是瞬间的事，毕竟谁都不会傻到去得罪神医，“不知公子宸这时候要进入楼兰，所为何事？”

这个问题，同样也是洛子夜好奇的。

百里瑾宸淡淡扫了他一眼：“血蛛山。”

血蛛山是什么，洛子夜不明白，但赫提绪明白，血蛛山上毒物多，可以解毒解蛊的药草也很多，神医对那上头的东西感兴趣，这也不是什么稀奇的事，对自己也没什么影响，犯不着得罪对方。而且自己要是想拦着，还未必拦得住，何必？

这般一想，他开口道：“神医愿意光临楼兰，自然不胜荣幸。”

话音一落，不远处又一顶帐篷的门被掀开，嬴烬松松垮垮地穿着衣服，打着哈欠出来了。这时候已经日上三竿，他仿佛还没睡醒一般，眯着一双漂亮的桃花眼往洛子夜的身边走来，一举一动都勾魂夺魄。他往洛子夜身上一靠：“小夜儿，怎么起床也不叫为夫？”

标准的男宠形象。这般男子，令赫提绪都脸红心跳地别过脸，并且觉得自己呼吸都开始紊乱，但想想自己对面是两个男人，还是觉得有伤风化，咳嗽了一声：“太子殿下，既然人都到齐了，天色也不早了，我们便出发吧！”

“好！”洛子夜应了一声，便跟赫提绪先在前头走。

嬴烬正打算再贴上去，一柄剑横在他身前，那正是百里瑾宸的剑。他淡漠地道：“离她远点。”

嬴烬笑了，目光却冷冷的：“百里瑾宸，我是小夜儿的正牌男宠，靠近她是名正言顺，你有什么资格来置喙我？”

百里瑾宸收了剑柄，淡漠地道：“自古妻不如妾，妾不如偷，家花不及野花香。你名正言顺，你是家花，可我是野花。”

他喜不喜欢洛子夜是一回事，但他既然已经决定娶她，其他男人不该随便靠近。

嬴烬一愣，冷不防名正言顺的自己还成了家花，在小夜儿眼里，比不上百里瑾宸这一朵需要偷的野花？这人淡漠得很，没想到不开口则已，一开口便……嬴烬嘴角微扯，笑容邪魅：“果真咬人的狗不叫！”

百里瑾宸倒也不生气，扫了一眼嬴烬松松垮垮的衣服："我总归不及狐狸骚。"

说完他懒得再看嬴烬一眼，转身便走。

嬴烬眸色微凉，见那人没有再打嘴官司的心思，他也并非热衷斗嘴的长舌妇，只缓缓道了一句："闷骚也是骚。"

这话，就是在骂百里瑾宸了。明骚与闷骚，谁也没比谁好到哪里去。

此言一落，百里瑾宸月色般醉人的眸子微凉，右手正要扶上剑鞘。见小半天了他俩还没跟上来，洛子夜便回眸看了一眼，这一看，百里瑾宸便收了手，缓步往洛子夜身边走。

嬴烬也笑得妖冶，收了手心凝聚起来的内息。

洛子夜收回了眼神，继续跟赫提绪谈天说地。她为了表现出自己不仅没有主见，而且还没有见识，让对方对自己放松警惕，这一路上基本都是赫提绪在发表、介绍，她时不时地点头，并且偶尔还会故意说错几句，比如把准格尔的山说成楼兰的，赫提绪每次都是尴尬地笑笑，然后纠正她。

她再做出一副恍然大悟的样子："啊？本太子记错了吗？"

就这么一路唠嗑，赫提绪这一行人等于是给洛子夜完成了一个各方面的定位，胆小，怕死，没见识，话多，好面子，明明啥都不知道，还要装作才高八斗的样子。也不知道天曜那皇帝老儿到底在想什么，选了这么一个太子。

进了楼兰的皇城，倒是一副风平浪静的模样。

不过，从赫提绪进入皇城那一刻，倒是有不少百姓情不自禁地看向他，并且流露出一副崇拜的神情，仿佛是很为他们楼兰有这样的英雄而感到骄傲。这一点并不在洛子夜意料之外，世人总容易相信自己听到的，总容易随大流或听了旁人的三言两语，就去怀疑一个人，或者崇拜一个人。

这是人的一种共性，所以这世上伪善和沽名钓誉的人，反而容易得到人们的敬重。只因人是一种很奇怪的生物，他们常常厌恶谎言，却又容易相信谎言。他们排斥虚伪的表象，却往往又容易相信表象。

"赫提大人回来了？"竟还有百姓打招呼。

赫提绪倒也没回话，只是含笑点头，一副和蔼上位者的模样，这般手腕和情商，令洛子夜很是赞叹。进了赫提绪的府邸，他给洛子夜安排了上好的房间。

嬴烬立即道："小夜儿，为夫日后就跟你一个房间了！"

洛子夜眼角一跳，扫了那妖孽一眼，跟他一个房间？且不说凤无俦要是知道了，会不会揭掉她一层皮，就是这妖孽一身勾人的气息，她要是一个没把持住，还不得出些幺蛾子？她看向嬴烬，做嫌恶状："你昨夜可把本太子给榨干了，今夜再跟你宿在一起，爷不是得精尽人亡？你今日单独睡！"

她话音落下，百里瑾宸的嘴角便几不可见地抽搐了一下，在遇见洛子夜之前，他当真以为如母亲那样贪财聒噪、像嫂子澹台凰那样凶悍跋扈的女人，已经是世上女人的极限了。如今这洛子夜……却是在不断刷新他对女人的认知。

嬴烬也有些无语，倒也没有再逆她的意，靡艳的声音带着几分不悦："没想到你竟这般无用！"说完这话，他扭过头去。

洛子夜："……"

赫提绪："……"

不是据说中原人都是伪君子，喜欢装模作样吗？可眼下这几个人……这根本就是市井里的下九流，才这么说话吧？

他咳嗽着道："既然这样的话，臣就单独给这位公子安排一个房间吧！"

"嗯！"洛子夜点了点头。

赫提绪又道："臣还有些公务需要处理，太子有什么需要可以对下人吩咐，若是想见臣下，直接遣人吩咐臣下过来就是了。太子万不必客气！"

"嗯！"洛子夜又点头。

赫提绪又道："若是太子殿下想出去看看我楼兰的风光美景，也可遣人来找赫提绪陪同！"

他纵然已经相信了洛子夜是个草包，但这话里头，还是带了几分试探。

洛子夜自然也听得出他话里的试探，当即摇头摆手道："不！不！本太子不出去！说不定安卓格已经知道本太子进来了，他的人就在门口盯着本太子呢，爷觉得出门之后就会有危险！爷不出去！"

赫提绪："……"看着她一脸防备紧张，仿佛担心自己要诓骗她出门的样子，他嘴角狠狠地抽搐了几下之后，这才算是完完全全放心，看来是自己太敏感了。要是洛子夜这样的都能闹出什么幺蛾子，那天底下所有的人怕都有可能是安卓格派出的细作了。

"既然太子殿下无意出门，臣下自然不会勉强，臣下就先行告退了！"说着这话，他看了一眼百里瑾宸，"在下也为神医准备好了客房，神医若是不嫌弃，可以住下。神医若不愿住在敝府，在下也不敢勉强！"

"嗯。"百里瑾宸淡淡地应了一声，没说自己愿不愿意在这里住，但也并没有要离开的意思。

赫提绪看了一会儿，也算是明白对方大抵是没打算走的，对着洛子夜弯腰一

礼，接着就退下了。

洛子夜演了半天的戏，也是累得够呛，看对方终于舍得走了，松了一口气。她给了上官御一个眼神，上官御立即会意，故作小声，但声音还是让赫提绪手下的人都听得清清楚楚：“太子殿下，我们就这样轻易相信赫提绪？他是真的会帮助我们吗？说不定他另有所图，我们就这么跑来，就如同羊入虎口。属下认为，您还是应该谨慎一些！”

“我们都来了，你还说这些有什么用？”洛子夜白了他一眼，“况且，我们就带了两千人，怎么跟安卓格打？赫提绪愿意帮助我们，又不需要我们出兵，这么一笔划算的买卖，你还有什么好不满意的？”

“可是太子殿下，您也说了这是一笔划算的买卖，可您有没有想过，天底下怎么会有这么划算的事？”上官御语气里完全是恨铁不成钢的意味。

这话出来之后，洛子夜很快反问了一句：“那么，上官将军！你来告诉本太子，你觉得对方是在图我们什么？”

“太子！或者我们对赫提绪是有大用的，只是我们想不到而已！”上官御继续据理力争。

“够了！”洛子夜冷嗤了一声，“所以说来说去，这一切也都不过是你的猜测！你连对方打算利用本太子做什么都猜不到，就盲目地怀疑对方动机不纯，上官将军，这就是你的本分吗？你若是无事，就立即退下，本太子不想继续听你胡言乱语！”

上官御似乎还想说什么，但抬眸看着洛子夜那一脸听不进去任何建议的表情，恨恨地道：“既然太子殿下执意如此，属下先告退了！”

洛子夜的心情似乎也并不好：“没什么事便下去吧！”

“是！”上官御恼怒地离开。

旋即，洛子夜便眼尖地看到，花园的拐角处，一道黑影飞快地离开。她嘴角不动声色地扯了扯，在上官御走远之后，仿佛还有点生气，指着对方怒气冲冲离开的背影：“你们看看他，你们看看他嚣张的样子，哪有半点把本太子看在眼里？自以为是，自作聪明，本太子生平最不喜欢的就是这种人，等本太子回去之后，一定立即撤了他的职！”

她这话说完，嬴烬身为一个男宠，也开口安慰道：“太子，都是您寻常太和善，这些人才敢蹬鼻子上脸，回京城之后好好教训就是了，这毕竟是在楼兰，家丑不可外扬，这时候您教训了上官将军，我们的面上也好看不到哪里去！”

这便算是对暗处那些人解说，为何不处置上官御。

洛子夜也点头："你说得有理！本太子奔波了半天，累得不行，先去歇一会儿。你们都给本太子在门口盯着，不要让人来打扰本太子！"

"是！"

做戏，当然要做全套。

"大人，我们在洛子夜的门前听到的就是这些！想必我们之前都多虑了，这世上的流言从来都是以讹传讹，洛子夜那样子，哪里像是有什么本事的？所谓在军演场上大放异彩，想必也是天曜为了震慑诸国用的手段罢了，我们没有亲眼所见，实在不必轻信！"下人迅速禀报。

赫提绪负手站在窗口，听着这些话，点了点头："这一路上我也观察了许久，洛子夜的样子，的确不像是装的！只是，不知道为什么我还是有些不安，总觉得有什么事情，就要超出掌控！"

他此言一出，又很快想起什么，猛然道："等等，方才你说，洛子夜说他去休息了，让人守在门口，任何人都不得打搅他？"

"是啊，大人，怎么了？"那下人看了对方一眼。

赫提绪的情绪，在下一秒钟显得有些激动："你立即派人去看看，洛子夜到底还在不在他的房间！"

大白天的忽然要睡觉，并且还不许人打搅，这……

"是！"下人立即出去了。赫提绪这时候也是心神不宁，在屋子里不安地走来走去。

洛子夜正躺在自己的屋子里睡觉，她要是没有料错的话，自己方才在门口说了那话，赫提绪一定会派人来看看她是不是正在房间里。而只要这时候对方确定了自己在房间里，那么就能打消对方在这方面对自己的疑虑，等到晚上自己真的出去了，对方反而不会派人来查看自己是不是在了。

正想着，果然，屋顶处传来了一阵响动。

她立即闭上眼，假装已经睡熟，对方在屋顶上盯了一会儿之后，又慢慢地将瓦片盖上，接着屋顶上就无声无息了，洛子夜嘴角微微扯了扯，放下心来。

到了下午用晚膳的时辰，下人们来请她用膳，她打着哈欠起来了，眯着一双桃花眼，一副没睡醒的样子，走到前厅。这时候赫提绪已经等着她："不知道太子可睡好了？"

"嗯！睡好了，这一觉睡醒，爷都怀疑自己晚上是不是会睡不着。唉，要不是担心出门会遭遇不测，爷还真的想到青楼去逛逛！"洛子夜说着，露出一个男人们

都懂的表情。

刚进门的百里瑾宸看着她那猥琐的笑容，眉心便是一跳。

赫提绪也是一愣："哈哈哈……不错，既然太子有这样的雅兴，又不愿意出门，不如今晚臣下安排几个小倌，给太子乐和乐和？"

洛子夜眼角一抽，小倌？楼兰的小倌帅不帅？

正想着，嬴烬他老人家就大摇大摆地进来了："小夜儿，为夫一个就让你快精尽人亡了，你还想找小倌？"

"咳……"洛子夜咳了一声，干笑，"没有，爷也就是开个玩笑罢了，何必较真呢？"

这话说完，她摸着鼻子低头吃饭，一副被男宠管得死死的样子。她扫了赫提绪一眼，露出一个家中有母老虎的男人都懂的表情，赫提绪笑着点头，一副理解的模样。饭中，洛子夜问了赫提绪一句："赫提大人可知道，楼兰王如今怎么样了？"也得知道对方被关在哪里啊。

赫提绪有些迟疑，心中也多了几分疑虑，斟酌着字句，问："太子您不是说了，并不打算参与到此事中来吗？为何要问我王的下落？"

他这样一说，洛子夜就冷了脸："既然本太子都来了这里，也是绝对信任赫提大人，我们明人不说暗话。此次我天曜摄政王殿下遇刺一案，虽说主谋是安卓格，但贵国君主还是参与到了此事之中。摄政王殿下和父皇都并不打算宽恕他！所以，本太子这次的任务，是让相关人物都伏诛，这其中自然也包括楼兰王！眼下他在哪里，本太子自然是要关心的！"

赫提绪闻言，那张方正的脸微微一变："可是太子，不管怎么说，陛下也是我楼兰君主，赫提绪身为楼兰臣子，必是不能做出任何对君主不利之事，这一点，在下还请太子殿下一定谅解。所以……"

"赫提大人，本太子虽然没什么本事，但是当了这么多年太子，朝堂上的东西，该知道的本太子还是知道一些的。楼兰太子已经死了，楼兰公主刺杀摄政王殿下，怕也是不能活着回来的，眼下楼兰名正言顺的继承人，大概就要落到你头上了！你是希望楼兰王死了，你直接继承王位，也给天曜皇朝和摄政王殿下一个交代，还是希望楼兰王活着，你等着他百年之后，再继承他的位置。而也许这过程中，因为他还活着，摄政王殿下震怒，使你楼兰遭受灭顶之灾？"洛子夜的扇子在桌案上轻轻地敲打了几下。

洛子夜能懂这些，赫提绪倒不觉得奇怪，毕竟她是太子，自然一直处在风口浪尖上。

只是，他还是道："纵然太子说得有道理，可赫提绪怎么能为了自己的私欲，做出对君主不利的不忠不义之事？还请太子原谅赫提绪！"

他语气很坚决，洛子夜看了一会儿，就知道对方一定是有什么打算。那她再劝也是无益，说多了，反而会令赫提绪怀疑她。

她皱了皱眉："既然赫提大人都这么说了，这件事情本太子只能在安卓格伏诛之后，再自己想办法了。那么，赫提大人对眼下的局势到底是怎么看的？你也要告诉爷你打算怎么做，爷心里才能有个谱啊！"

"赫提绪已经昭告天下，给安卓格十天时间！十天之内，他若是还不放出我王，赫提绪就只能出兵勤王了！"赫提绪眉头微皱。

洛子夜的嘴角抽了抽，洛肃封让她六天之内赶回去。凤无俦的生辰眼瞅着也快到了，她哪来的闲工夫等他十天？她扫了对方一眼："赫提大人这是有什么打算吧？本太子若是没料错，赫提大人应当知道，父皇只给了本太子六天时间！"

赫提绪看了她一眼，面上的笑也敛了下来："不瞒太子，赫提绪是希望太子能够说服天曜皇帝陛下，放了我国公主！"

这下，洛子夜也冷了脸："所以，赫提大人算是在威胁本太子？"

赫提绪听了洛子夜这话倒是一脸正色："太子殿下多虑了，赫提绪不敢！赫提娜犯下死罪，赫提绪也知道太子很难将她名正言顺地救出来，赫提绪也不敢多求这些，只求太子将她交给臣下便可！"

"本太子能知道原因吗？"他对赫提娜有意思？不太可能吧？两个人都姓赫提，赫提绪多半是赫提娜的堂兄……

但是，她忘记了这里是大漠。

大漠是可以父亲死后，儿子纳父亲的妻子为妃，哥哥死后，弟弟纳哥哥的遗孀为妻，更甚至就是个别皇室里，母子都能名正言顺地在一起，何况是堂兄妹。

然而，事情却比洛子夜想的要复杂，赫提绪扯唇冷笑："我只是想让赫提娜知道，她心心念念的安卓格，到底是什么样的人。能掌控她生死的人，又应当是谁！"

哦，听到这里，洛子夜算是明白了，这里头怕还有什么感情上的纠葛恩怨呢。可惜，赫提娜已经死在嬴烬手里头了，赫提绪这时候提出这种要求，估计也是没收到这消息。洛子夜也不多说，只问了一句："那么，如果本太子不能办到，赫提大人不会打算对本太子不利吧？"

她这话一出，赫提绪立即正色道："太子殿下不必担心，纵然臣下在乎赫提娜的生死，但是事情的轻重，臣下还分得清！"

洛子夜皱着眉头道："本太子还是好好考虑考虑吧，毕竟这不是一件容易的事情，要是让父皇或者是摄政王殿下发现了，本太子都不敢想象自己的下场！"

他们说话的过程中，有个人一直在优雅地进食，事不关己地好吃好喝，令洛子夜忍不住嫉妒地看了他一眼。为什么世上的人，都在终日为生活奔波，百里瑾宸却仿佛隔绝在俗世之外，所有人对他都客客气气，他也不必操什么心，好吃好喝就是了。

再对比一下自己，吃个饭、说句话，字字句句全是算计。每天的日常，基本上就是总有情敌想害她，或者总要想方设法地对付敌人，这真是同人不同命！

百里瑾宸自然也注意到了她的眼神，倒也没有说什么，眼神都不曾往她身上多看。

赫提绪说这话，除了是真的想将赫提娜握在手中，也是为了试探洛子夜并拖延时间。安卓格毕竟是第一权臣，自己手中的势力并不足以完全跟对方抗衡。可是这一点，他当然不会跟洛子夜说的，免得这个贪生怕死的人忽然决定不跟他合作了。所以，他接下来要做的事情，就是等！

等洛子夜在他这里的消息传出去，等惧怕凤无俦的人都慢慢地站到他这边来，他就能跟安卓格正面交锋了，相信这不需要太久。

这般想着，他也是头痛："太子殿下是出于何种考量，才没有带天曜的大军来楼兰？若是太子殿下带了兵来，怕……"

说到这里，他顿住了，不敢说太多，怕暴露眼下他不敢动的事实。

洛子夜睨了他一眼："本太子要是带了兵过来，还需要跟大人你合作吗？"

赫提绪一噎，很快又笑了："太子所言在理！"

话刚刚说完，门外就有下人进来，看了赫提绪一眼。赫提绪立即道："太子殿下，臣下的府邸里还有些私事，臣下就先退下了！"

"嗯！"洛子夜点头放人。

对方走了之后，这屋子里头就只剩下侍婢和他们三个了。百里瑾宸放下筷子，扫了洛子夜一眼，淡漠地道："嫁给我，你同样能无忧无虑，无拘无束。"

说完这话，他便持剑出去了，没给洛子夜任何反应时间。

洛子夜反应了一会儿，这才明白对方是在说什么，他怕是看出了她在嫉妒他超脱于世外，清闲自在，所以便说出了这么一句话。嬴烬见她盯着对方的背影，靡艳的声音缓缓地道："动心了？"

他这话一出，洛子夜回过神，笑着纠正："是心动了！"不是对百里瑾宸心动了，而是对对方描述的那种日子心动了。如她如今这般，每日在刀尖上游走，在烈火上烘烤，其实真的很累，无忧无虑、清闲自在的日子，的确很诱人。

说着这话，她自顾自地斟了一杯酒，一口饮下。在场的侍婢们听着他们的对话，也并没明白。

洛子夜一杯酒下肚之后，犹觉得不够，又饮下一杯。嬴烬忍不住伸出手拦住了她的手。

洛子夜笑了笑，坚持把这杯酒喝了下去："爷知道分寸！"

她也知道，自己不是百里瑾宸，不能想吃饭就安心吃饭，心情好就救人，心情不好就不救，想喝酒便能醉一场，想娶谁径自去追。喝完这杯酒，她站起身往外头走去，面上那一瞬间的神往和颓然，却在瞬间消散得干干净净。

不必羡慕别人的路，你有你自己的。每一条路上，都会有好的和不好的那一面。也许她所羡慕的百里瑾宸，他的路上也曾有过不美好，他也曾羡慕过别人的路，否则澹台凰不会说，他的淡漠，还有一方面是因为轻微的自闭症。所以他的路，未必像她以为的那样一帆风顺。

更重要的是，她前方的路其实早已注定，是跟心上之人并肩。想起凤无俦，她嘴角微微扬了扬，摸了摸自己手中的哨子，倒也不知道他这时候想她没有，可他们只说了要是她想他了，就吹响哨子，却没说他想她了应当如何。洛子夜觉得这是很不公平的，这样他很容易就知道她的心思，她却不知道他的。

想着，她决定下次见面的时候，要把他的墨玉笛要过来，再把哨子交给他，他们换个角度，对！就这么干！

是夜。

洛子夜的屋子周围被守得严严实实的。

然而，她贴着窗口跃出去，人的肉眼还是不能捕捉到。嬴烬已经在屋顶等着她了，令人意外的是，百里瑾宸也在。洛子夜盯了对方一眼："你来干什么？"她可没敢指望对方会给自己帮忙。

她这话说完之后，对方根本正眼都懒得瞧她，也没有开口回话。

洛子夜知道他高冷，又问了一句："你是来帮爷的？"

眼看他要是不回话，她怕是会没完没了地问下去，他寡薄的唇微动，淡漠的声音缓缓响起："我不想冥婚。"

"……"她死了他就要冥婚了是吗？这真的不是在诅咒她？"想给爷帮忙就直说，请不要这样口是心非地傲娇好吗？"

他偏头扫了她一眼，淡淡地道："你想多了。"语毕，转过头不再看她，一言

不发。但从他微红的耳尖，还是看出几分被她戳破的尴尬。

接着，他们便一路进了宫。

三个人的身手，尤其是藏匿的手段，都是顶尖。在皇宫里头巡视了一圈，皇宫守卫很是森严，尤其天牢更是重重把守，容易让人误以为楼兰王就被关在里面，但通常情况下，越是容易被探知的地方，便越是不可能之地！

很快，他们便在冷宫附近一处比较偏僻的地方，察觉了异常。这里外松内紧，宫殿之外是看不出什么，但是他们都在屋顶上游走，自然看得出来里头防卫异常，四周的黑衣人有四五十个之多。

洛子夜看了一眼，很快便断定这些人都是高手，所以，楼兰王在这里的概率很大。她扫了百里瑾宸一眼："有什么迷药没有？我们随便撒撒呗！"

百里瑾宸扫她一眼，淡漠地道："你既不肯嫁给我，那么，此事与我无关。"所以这是不帮了？

她嘴角一抽，很想吼他一句，那你跟着老子是来干吗的？可还是憋住了，懒得再理他，准备直接跳下去对战。然而，她正要动作，忽然一阵白色粉末从她眼前飘过，落了下去，下头的人还没等她跳下去，就渐次倒下了！

她眼角一抽："你不是不帮爷吗？"

百里瑾宸慢腾腾地收了手中的瓷瓶，放回袖中，淡漠道："装了太多药粉，很重。"

洛子夜："……"总归就是不能好好地承认他的善意就是了？

她倒也懒得多话，外头这么多人，里头八成也还有人把守，药粉是不可能撒到屋子里的，屋内的人应当还是清醒的。她很快顺着屋檐下去，贴着墙壁，仿佛能跟夜色融为一体。

洛子夜伸出手，左边指了几下，右边指了几下，示意分头行动，同时出手，以避免他们出手的过程中，骤然有人叫出声，泄露行踪。嬴烬笑着点头，没什么意见。百里瑾宸面无表情，一动未动。

而洛子夜也没有多说，给了他们一个出动的眼神。

洛子夜手中的扇子抛了过去！那扇子却跟自己长了眼睛一般，在路上转了几个弯，敲晕了几个人。而同时，嬴烬腰间的软剑也飞射了出去，竟是一击致命，剑从脖子上划过，将那些头颅齐齐斩断！

百里瑾宸手起剑落，快得人看不清他出剑的速度，但那剑已经很快收入剑鞘之中。每个人，都是一剑封喉！洛子夜看了几眼，眸色有些复杂。

尤其回眸看了嬴烬一眼，嬴烬也是一滞，那双邪魅的桃花眼中，狠辣的寒芒瞬间消退，再与她对视的眼神多了几分慌乱和局促："小夜儿，我……"他直接出了手，忘了小夜儿还在这里。他这样的出手方式，小夜儿会如何看待他？

看他一副急欲解释的样子，洛子夜扯了扯唇："我只是惊讶罢了，这种事情你犯不着跟我解释。每个人在乱世中生存，都有自己的存活方式。这是你个人的自由，而这也并不是我交朋友的衡量标准。所以你不必在意，不过如果有机会，我想知道你的过去！"

是一种好奇，更多的是对朋友的关心。

她这话一出，表示自己并不会因为这个而疏远他，甚至更想了解他，嬴烬便立即松了一口气："好，有机会我会告诉你的！"

只是，他觉得有机会自己也不会说。

洛子夜瞅了百里瑾宸一眼，这回眼神就更古怪了，人家都说医者父母心，可是她面前这货，杀人的时候眼睛都不眨一下，并且一杀还不是一个两个，而是一群，一剑封喉，这样的人，会有人相信他是神医吗？

见她盯着自己，他明白她在奇怪什么，根本都懒得看她。

洛子夜也没再吭气儿，回头看了一眼屋内的陈设，里头一片空旷，除了地上几个倒下的黑衣人之外，并没有旁人。四面都是墙壁，就像是一个隔离空间，就连最基本的桌案茶具摆设都没有！

洛子夜眯了眯眼，上当了？

不太可能！

她蹲下身子敲了敲地板。没发现什么异常，便接着去敲打墙壁。四面都敲了敲，什么都没发现。她的眼神开始搜寻机关的开关，嬴烬也是同样的举动。

而就在这时，百里瑾宸骤然开口："楼兰王之前是否因为打击过大，得了重病？"

"你怎么知道？"洛子夜回眸看了他一眼。

听完这话之后，他淡淡地道："我们可以走了，楼兰王已经死了。"

"什么？"洛子夜愣了，嬴烬的眉头也微微蹙了蹙，他也算得上是当世之杰，可眼下他并没有发现什么能证明楼兰王已经死了的事。这百里瑾宸，当真不是在开玩笑？

百里瑾宸说完这话，转身便走，根本没有要回答洛子夜的心思。

第八章
孤每时每刻，都在想你!

洛子夜看了嬴烬一眼，嬴烬轻声道："你怎么看？"

"跟你看的一样！"她并不觉得自己比百里瑾宸蠢。两人啼笑皆非，但还是跟着百里瑾宸一起出去了。到底对这个人还是相信的!

洛子夜出来了之后，直接便道："我们分头行动，将楼兰王已经死了的消息传到皇宫和大街小巷，那就没什么问题了。楼兰王一死，赫提绪就是不想出兵，也不行了！"

她没问百里瑾宸判定的缘由，百里瑾宸也没说。他进屋的时候便能闻到死人的气息，乃重病之下受到巨大打击之人猝死的气息。这是医者的敏锐与直觉，根本不需要多探查。

倒是嬴烬问了一句："小夜儿，若是为夫没料错，赫提绪他之所以按兵不动，并且出言威胁你，怕多半是他手中兵力还不足以跟安卓格抗衡，那么赫提绪的胜算应当只有四成。一旦他兵败，我们就危险了。眼下你却煽动赫提绪动手，小夜儿，你到底在打算什么？"

洛子夜笑着提了一句："楼兰跟它的两个邻居关系都不是很好。"

"你的意思是其他部落会参战？可凤无俦允准之前，他们应当是不敢随便参战的吧？"嬴烬嘴角微微扬起。

洛子夜瞟了他一眼："你说得不错，所以爷会很努力地让他们忍不住的！"

说到这里，嬴烬倒也明白过来，嘴角抽搐了几下："小夜儿，你也太狠了！"

洛子夜笑了笑："这算什么？之后还有更狠的！"

嬴烬："……"

一炷香之后，整个皇宫和楼兰皇城的上空，都飘浮着内力回荡的声音，说楼兰王已经被安卓格害死！令宫内的安卓格从梦中惊醒，立即吩咐搜查！

整个皇宫完全乱了套。

安卓格十分头痛，事实上楼兰王并不是他动手杀的，不过就是在他叛变之后，楼兰王受不了打击，自己一口气没提上来，死了！这个消息他一直不敢让外界知道，甚至楼兰王的尸体他都没敢处理，觉得指不定能派上用场，可今日这消息就暴露了！

这是谁搞出来的？赫提绪吗？这般一想，他登时脸色铁青，一巴掌拍在桌案上。

而此刻赫提绪比他更加生气，这个该死的安卓格，为了逼自己动手，竟然玩出这一套来！好！打就打，他倒要看看，自己是不是真的打不过安卓格！

洛子夜和嬴烬，在南北门叫完了之后，很快便离开了皇宫。两人在官道上会合后，便骤然又听到一道楼兰王被害死的声音在东门响起。两人对视一眼，这并不是百里瑾宸的声音，倒像是他身边那个暗卫轩辕无的……

这下，洛子夜眉头一蹙。觉得百里瑾宸真的有点傻，他们叫了之后，他再派人在另一个方位叫，这样是很容易把追兵都引到他那边的！

她扫了一眼嬴烬，嬴烬靡艳的声音带着几分玩味："他是故意的，故意把危险引到他那边，让我们安全地跑，这目的嘛……"

他话没说完，洛子夜就扭过头，直接往东门奔去！

嬴烬摇了摇头，跟了上去。这目的嘛……自然是为了让小夜儿欠他一个人情，甚至她还因此有些感动了，百里瑾宸这腹黑的男人……若非因为小夜儿已经选了凤无俦，那他一定会是他们当中最强劲的对手，就人家这情商，低情商的凤无俦，肯定不是对手！

轩辕无大吼了几声之后，扭头看了自家主上一眼："主上，危险都被引到我们身上了，洛子夜定然会记住这一份人情。而您的兄长北冥太子君惊澜，那时候也的确设下许多这样的套，才在一众情敌中取胜，抱得美人归，得到澹台凰的心。但是您确定，洛子夜跟澹台凰是一样的吗？要是洛子夜不吃这一套怎么办？"

那他们不是白忙活了？

百里瑾宸听了，美如清辉的眼眸扫向他，淡漠地道："若我受伤，便不一

样了。”

眼见追兵回来，他雪白的衣角掠过，人便消失在宫门之上。没跑出几步，便见着洛子夜飞驰而来。接着，轩辕无便见着自家主子的胳膊，忽然以一种不可思议的角度弯折，仿佛受了很重的伤，以至于暂时性残疾，他嘴角微微一抽……

洛子夜上来之后，眼神便落到了他弯折的手臂上：“怎么回事？”

说着这话，她径自伸出手，去抓他的胳膊，面上的关切不似作假，令他竟有一瞬间的愣怔。似乎在很多年前，他曾经真的受过伤，也曾经期待会有一个人这样关切自己，但最终期待成空。如今……

“你怎么了？说话呀？”眼见追兵快过来了，洛子夜有点着急地转过身，扯着他就跑。

心里头却完全不明白，百里瑾宸这样的高手，怎么会这么轻易就受伤！

他的视线垂落到她拉着他奔跑的手上，微微怔了怔，淡淡地道：“我没事。”

“胳膊都成这样了还没事？”洛子夜白了他一眼。

百里瑾宸默然，事实上他是真的没事。

嬴烬回身去寻他们，便看见洛子夜带着百里瑾宸奔了过来。看向对方弯折的手，他精致的唇角微微抽了抽，百里瑾宸这样的高手会受伤？这要么就是装的，要么就是故意受伤的，只可惜洛子夜当局者迷。追兵就在后头，嬴烬也没有废话的心思，先跑再说。

奔跑之间，洛子夜开口道：“赫提绪这会儿一定很生气，他的首要怀疑目标是安卓格！但是等他反应过来之后，第二个怀疑的目标就是我们。所以我们要立即回去，否则接下来我们几个在楼兰就要面临多方追杀了！”

说完，洛子夜又扫了百里瑾宸一眼：“接下来的事，你就先不要管了！你好好养伤就好，也不知道你这家伙到底在想什么，明明我们三个一起行动就都不会有太大的危险，你偏要把危险引到你一个人身上，真不知道怎么说你好！”也不知道他到底图什么。

她这一句话出来，他也不作声。这般狂奔着，他们很快就到了赫提绪的府邸，并从屋外潜了进去。洛子夜瞟了他一眼：“你自己是大夫，这伤势你能处理吧？”

百里瑾宸没说话，只转身举步回自己房间。

洛子夜知道他不爱说话，但还是有点不放心，只是这时候还是得先回房，她扫了嬴烬一眼，嬴烬会意地走回自己的房间，洛子夜也很快回了自己的房间。

洛子夜刚脱掉衣服躺到床上，赫提绪就猛然推门进来了。

她似乎吓了一跳，一个鲤鱼打挺，就从床上坐了起来：“赫提大人，你这是怎么了？”

赫提绪如刀的眼神放在洛子夜身上，接着眼神很快在她的房间里巡视了一番，地上并未看见行走的痕迹，也并未看见泥土，看不出是否有出去过的迹象。他的眼神又落到了洛子夜放在床前的那双鞋上，摆放得平平整整，不像是慌慌张张赶回来脱了鞋的样子。

这令他面上的怒气散了些，看向床榻上的洛子夜：“太子殿下这么早就睡了吗？”

“早？”洛子夜往窗外一看，此时月亮早已上了中天，点点繁星挂在边上。

她一脸茫然，赫提绪笑笑，缓缓地走到床边坐下，自顾自地说下去，并伸出手探了一下洛子夜的被窝：“嗯！太子在这里休息得还好吗？可有不习惯？这床是不是暖和？”

洛子夜一见这举动，就知道他想干什么：“挺舒服的啊，本太子睡得很好，不过赫提大人，你来这里，到底是为了什么？”

赫提绪不动声色地收回手，缓声道：“没什么！只是来告诉太子殿下一个消息，对太子来说，这可能是个好消息？”

“什么消息？安卓格决定投降了？”她一脸天真。

赫提绪嘴角一抽，心里觉得洛子夜这要是装的，那就真的是太拼了！这蠢得都没驴样了：“我王遭遇不测的消息传出来了，皇宫并没传出安卓格打算带我王出来辟谣的消息，这便说明这件事情是真的！眼下事情已经闹大，所以赫提绪是想不出兵也不行了，这应当是太子愿意看到的吧？”

“他死了？”洛子夜似乎愣了一下，接着，脸上便慢慢出现愉悦的表情，又做出一副努力地克制着不要笑出声的神情，咬着牙艰难地道，“赫提大人一定要节哀！”

赫提绪微微扯了扯嘴角：“臣下就是不节哀，也必须节哀了！明日或许要太子出面，说几句话帮助赫提绪征讨安卓格，不知道太子是否有异议？”

洛子夜立即道：“没有异议！既然事情已经这样了，赫提大人还是赶紧回去做准备吧，不要让安卓格抢占了先机！安卓格丧心病狂地放出这样的消息，相信是一定有战胜大人的把握了，还请大人千万小心应付，本太子还不想死啊！”

赫提绪扫了一眼她贪生怕死的样子，也懒得再说什么体面的话，大步出去了。

出门之后，他看了一眼自己的手。

方才探入洛子夜的被窝的时候，摸到的触感是温热的，如果这件事情是洛子夜出去做的，那么她就算回来了，再快也是刚刚才回来，这被窝当然不可能是温热

的。这个细节，他相信很少有人能注意到，然而……是热的，所以应当是自己想多了。

他走之后，洛子夜打了一个哈欠："路儿，没你什么事了，出去吧！"能坐到赫提绪这个位置，一定非常谨慎，所以她出门之前，早就安排了路儿在床榻上睡着，对方一摸被窝，她就知道他心里在想什么。

"是！"路儿退了下去。

洛子夜躺下之后，寻思了一会儿百里瑾宸的胳膊，终于还是觉得不放心，往百里瑾宸的房间走去，下人们问了一句："天曜太子，您这是……"

"被你们赫提大人吵醒了，睡不着了，去找神医求点安神的药！"她说着就打算继续前行。

下人们道："不过是去取药而已，不如小的们代劳？"

洛子夜好整以暇地扫了他们一眼："你们觉得你们找神医求药，求得到？"她都没把握好吗？

"这……"下人们不说话了，为她引路。

到了百里瑾宸的房间门口，他们也都没靠近，因为神医早就交代了，不喜欢被人打扰。她正打算敲门，轩辕无就把门打开了，洛子夜往屋子里看了一眼，便见那人静静地坐在桌案前，桌子上放着一个药箱。

轩辕无扫了一眼房间，便退了出去。百里瑾宸听见她进来的声音，也未曾回眸看她一眼，只默默地打开了自己的药箱，拿起一块甲板，似乎打算把自己的胳膊固定住。

洛子夜看他对准了方位之后，就开始绑绷带，单手绑这些，自是不好绑的，她大步上去："我来帮你！"

说完也不等他回话，直接将他手中的系带接过，绑了起来。

百里瑾宸由着她绑，静静地看着她娴熟的动作，当她的指尖不小心触碰到他胳膊上的肌肤时，似乎那心尖也微微颤了颤。他忽然问："你常给人包扎吗？"

洛子夜应了一句："并没有，目前你是第一个。"凤无俦那么牛，哪里需要她包扎。身边的其他人出事的时候，也都是大夫们在处理。

第一个吗？

他月色般醉人的眸子微凝，只沉默着坐着，接受她的善意。屋内的灯光影影绰绰，也晕染了人心，似乎人心底那一汪宁静的湖泊，就这般浮上了波纹，一圈一圈地荡漾开来。

洛子夜问了他一句："你怎么会受伤？"这胳膊看不出外伤，但这样的弯折程度，便意味着是内部骨折，只是她并不明白他受伤的缘由。

他合上双眸不说话，似是不想回话。

洛子夜也没有坚持再问，包扎好了之后，开口道："你是为了帮爷才受伤的，所以你若是有什么事情不方便做，爷都能帮你。若没什么不舒服的话，爷就先回去休息了！"

在这里待太久，会引起赫提绪的怀疑。

他淡漠地应了一声："嗯。"

洛子夜没多话，转身就走，刚出门，背后一阵疾风过来。她伸手一抓，手中便多了一个药包，接着，身后传来那人淡漠的声音："安神药。"

"你……"洛子夜话没说完。

他一抬手，屋内的烛光熄了，他的房门也关上了，把她关在外头。她嘴角微微抽了抽，其实她是想问，他怎么会知道自己用的安神药这个理由？好吧，也许是因为他很聪明。

洛子夜揉了揉眉心，今天的事情布置得很完美，明天等着收网就可以了。

翌日一大早，楼兰炸开了锅。许多楼兰人都激动了，不少胆子大的，已经到了皇宫门口唾骂。

安卓格昨天晚上也连夜调兵，将皇宫守了个严严实实。大军的主力早已跟赫提绪的主力对峙。眼看战争一触即发，而安卓格手中的兵有十多万，赫提绪的手里只有六万。

洛子夜摸了摸下巴，这时候，信应该送到科尔沁和赫提了吧？

的确。

此时，科尔沁的首领耶律阿奇收到了一封信。据说是安卓格派人来送给他的，使团的人只送到门口，就一副慌慌张张的样子，赶紧扭头走了。

耶律阿奇感到很纳闷，拆开那信件就气蒙了："科尔沁的小杂碎，我安卓格想收拾你们已久。十年来你们一直骚扰我楼兰边境，脸皮比屎厚，本王早就应该给你们些教训了！给老子等着，你父亲我明日收拾完赫提绪，就来拾掇拾掇你！"

"安卓格！"耶律阿奇看完，气得脸色铁青！

他手下的权臣看完之后，皱了皱眉头："我王，此刻安卓格正和赫提绪对战，楼兰的情况本就十分不利。安卓格应当不会这么愚蠢才是，这会不会是……"

离间之计？

他这般一说，耶律阿奇冷静了下来："不错，这有可能是赫提绪的阴谋，想让

我们帮忙除掉安卓格！眼下事态未明，也未得摄政王殿下诏令，就这样出击，也有可能触怒摄政王殿下……”

那就先查查到底是怎么回事！可是，他被人骂成这样，这口鸟气就这么咽下吗？

纵然生气，他还是忍了。命人查证！但他还没查清楚到底是什么情况，一个晚上，他就收到楼兰连发八道国书，里头全是挑衅辱骂之言，气得他额角青筋直跳，愤怒地一巴掌拍在桌案上：“清点人数，马上随同本王出行，老子非得宰了这小兔崽子不可！”

一个晚上连发八道国书骂他，他要是还能忍，就是孙子！他这话一出，生气之下就要带兵亲征，这下他手下的权臣们慌了：“您冷静一些！倘若这是赫提绪的阴谋，那您眼下不是给赫提绪帮忙了？”

然而耶律阿奇的怒火已经冲到了头顶，咬牙怒道：“本王不想管这些该死的国书到底是赫提绪写的还是安卓格写的，本王此去，只要将那两个小兔崽子都杀了，定能泄了本王心头之恨！”

只是他没想到的是，这些国书都是洛子夜写的！

可有一人接着道：“可此事摄政王殿下还不知道，我们贸然动兵，要是触怒了摄政王殿下……之前各国贸然动兵争抢土地就触怒了摄政王殿下，几国贵族相继被处死，我们这次……”

耶律阿奇沉默了几秒钟，便很快道：“可眼下出兵对科尔沁来说，是绝好的机会！楼兰正乱着，不论是为了报楼兰这么多年来跟我们的积怨，还是出于趁机攻占楼兰土地，我们都应该出兵，只是顾忌摄政王殿下，本王才未敢妄动。眼下有了这八道辱骂本王的国书，就是摄政王殿下知道此事，本王也有话可以为自己申辩！”

权臣道：“臣下认为还是应当先请示摄政王殿下！”

耶律阿奇道：“摄政王殿下眼下离此地一来一回也有三天路程，等请示完他，这绝好的机会我们就错过了！本王等不了了，这口怒气本王也咽不下，先行动再说吧。本王出兵之后，你们立即遣人去禀报摄政王殿下这件事！”

他这是准备先斩后奏了。见他心意已决，权臣们也不说什么了，退到一边去：“祝我王凯旋！”

科尔沁的大军，就这么浩浩荡荡地出发了。

那群权臣站在大军后头，齐齐皱眉思索，越想他们越是觉得此事有问题，但症结在哪里，主因在何处，他们一时半会儿还想不太上来。希望王不会掉入敌人的陷阱。

"王，云南王不答应。他说圣晶石是墨氏王权的象征，是他们云南王一脉在王室身份的象征，即便再多的财宝和城池，也是换不来的！"阎烈禀报，"云南王还说他并不敢忤逆您的意思，但圣晶石对他们来说，意义实在非同小可。若是真的交出来了，将无颜面对列祖列宗。所以，您若是一定要的话，他也就只能斗胆，请您踏着他的尸骨过去取了！"

等阎烈禀报完消息，凤无俦傲慢蔑然的目光扫了过来，魔魅冷醇的声音带着与生俱来的威严重压，嗤道："他的意思，是孤不敢踩着他的尸骨过去？"

阎烈立即弯腰："王，属下觉得他不敢这么想，他大概是真的打算拿命来保护这块宝石！"毕竟这世上真的有一种人，把荣誉看得比性命都要重要。

他这话一出，凤无俦魔瞳合上，缓缓地道："既然他宁为玉碎……那就成全他吧。这世上许多人都有自己想要守护的东西，却很少有人明白，想要守护这些，至少他自己要足够强大。在孤面前，强大两个字他还配不上。那么，他自然要给孤让路！"

云南王有自己想要守护的东西，他凤无俦有他想要宠着的人。既然彼此都不愿意让，那当然只有凭借实力说话！

阎烈低头道："是！申屠王子已经在准备布阵了！"

说到这里，门外一俊秀小哥踏了进来，面上带着几分喜意："王，老王爷让属下来告诉您，屠浮子已经答应为您解开寒毒，只是需要几天时间准备，也需要一些药材，老王爷已经着手在安排了！"

摄政王殿下闻言，浓眉习惯性地皱起："几天？"

肖班低头回话："说是七八天的样子，若是顺利的话，就在您生辰的前一天晚上！"

摄政王殿下冷醇磁性的声音缓沉道："孤知道了！"

"是！"肖班然后转身出去了，心里很纳闷，为什么他觉得提起王的生辰的时候，王好似很高兴？

阎烈瘪了瘪嘴，旁人不知道王这是为什么，他当然知道，还不是因为太子前几天说要给王庆生，把这个人高兴得听见生辰两个字，就仿佛发生了什么天大的好事。

这不，昨儿个准格尔部落有个人进来奉茶的时候，险些泼到王身上。王命人将之拖下去，毕竟王的脾气从来就不好。对方却高声告饶，什么家中有妻儿老小什么的，他们摄政王府的人犯了错，是不会这样求饶的，但对方毕竟是准格尔的人……

王听着他的那些话，眼皮都未曾抬一下，直到对方骤然说了一句："两个月之后就是奴才妻子的生辰，求摄政王殿下让奴才陪她过完最后一个生辰再赐死奴才！"

生辰这两个字出来，摄政王殿下傲慢的目光落到了对方真诚的面孔上，半晌，竟开口道："放了！"

没错，就是放了！并且是两个月之后也没打算处理对方那种彻底原谅。阎烈真心觉得，最近生辰两个字，似乎成了王的宽容点，不管说什么，只要谈到这两个字，他都会宽和许多。

阎烈正想着，骤然感觉到一道压迫感十足的视线落到了他身上。

摄政王殿下迫人的声音传了过来："还没找到那个人吗？"

那个人，自然是指帝拓先皇。阎烈皱了皱眉："王，没找到。若非您当时怀疑他是死遁，我们去探查了他的棺木，发现里头的确是空的，我们几乎都要怀疑帝拓的先皇是真的死了！"

凤无俦合上双眸，遮住了他魔瞳中的情绪，并不说话。

这下，阎烈也开始紧张起来，单膝跪下："王，属下办事不力，请王处罚！"

凤无俦魔瞳缓缓睁开，却并未看向他，也没有谈及要治罪的问题，只沉声问道："整个帝拓，全部找过了吗？"

"全部找过了，撒网的面很广，但还是一点线索都没找到！"阎烈说着这话，眉头也皱了起来。

摄政王殿下魔瞳微敛，魔魅的声音缓缓响起："还有一个地方，你或许没有找过！"

此言一出，阎烈一怔，还有一个地方自已没有找过？什么地方？他单膝跪地茫然地想了一会儿，并大着胆子抬眸看了对方一眼，却在看见对方那复杂神情的瞬间，骤然想起什么："驸马府？"

想到这里，他立即道："王，属下马上派人去探查！"

"嗯！"摄政王殿下嗤了一声，"尽快！孤的耐心一向有限。"

"是！"

当耶律阿奇带着大军出发之后，没多久就迎面遇见了一队人马，带队的人是赫提部落的首领，沅野。

两人在道路的分岔口，大眼瞪小眼，鉴于敌人的敌人就是朋友，所以这两个从来就跟楼兰不和的国家，多年来关系不错。

"兄弟，你这是打算……"耶律阿奇说着这话，眼神看了看沅野身后的军队。

沅野冷声道："攻打楼兰！"

耶律阿奇眉心一跳："兄弟，你也收到了楼兰的八道挑衅国书？"

"什么八道，分明是十二道！"沅野脸一黑，回了一句。

耶律阿奇眉心一跳，总算是找到了一个比自己被楼兰骂得还要惨的，莫名觉得心理平衡了许多。但两人也都意识到这有问题！

彼此对视了一眼后，沅野道："本王觉得这件事情不简单！"仿佛就是有人想算计他们！

他这话一出，很快得到了耶律阿奇的肯定："不错，只是本王一时间还想不清楚，这到底是谁想算计我们！"

"耶律兄准备怎么做？"沅野扫了他一眼，问了一下对方的意见。

耶律阿奇回眸扫了一眼自己的军队："我们这都出来了，总不能原路折回吧？弟兄们也都很累的！"

沅野深表赞同："可是……相信兄弟你跟我，都有一样的顾忌！"

"不错！"耶律阿奇沉着一张脸点头，他有些害怕凤无俦知道后会动怒，"你打算怎么办？"

沅野咬了咬牙："既然我们都到这里了，不如就……"

拼了？

也许凤无俦操心攻打蛮荒十六国的事情，根本懒得管他们这些微末的事呢？有一句话到底不会说错，富贵险中求。面对这种境况，他们要是不赌一把，似乎很可惜！

他们商量完，这便是准备一起走了。两队人马并行，一起往楼兰的方向而去。

而这时候，就在楼兰的边城门口，萧疏狂带着手下一众人埋伏在草地里，听见了一阵脚步声！萧疏狂回眸一看，就见一众人浩浩荡荡地过来了。

他当即心下一喜，打了个手势，他手下的人便立即点亮了手中的灯！眼下是半夜，一片漆黑，这灯骤然亮起，把耶律阿奇和沅野都吓了一跳。

"谁？！"耶律阿奇目光一冷，并扬声道，"准备作战！"

"是！"士兵们应了一声，马上举起手中的长戟和弓箭！

沅野也下达了同样的指令："布阵！"

萧疏狂勾了勾嘴角，太子爷还真的没料错，这两个人明明知道有问题，还是来了，怕都是想在楼兰分一杯羹吧？所以就是算计了他们，他们也不算冤枉，谁让他们想捡便宜来着？他立即摆出一副惊慌失措的样子道："立即戒备！安卓格的人来偷袭我们了！"

他这话音落下，暗处也有很多响动传来，像是在响应萧疏狂的命令。

接着，对面的人便高声道：“我们不是安卓格的人，不知道对面的是什么人？”

“不是安卓格的人？你们可有什么证据？”萧疏狂一挥手，下人们手中的灯笼很快也熄了，似乎完全不相信他们！

他们看见萧疏狂一身中原人的衣服，道：“安卓格发国书辱骂我王，我王忍无可忍，才带兵前来！不知壮士是什么人？”

萧疏狂立即做出欣喜若狂的样子：“点灯，点灯！你们当真也是来攻打楼兰的？我就说怎么楼兰的兵马会从我们身后出来！不瞒你们说，我们是天曜神机营的兵，我们太子跟赫提绪进了楼兰，我们的目标也是安卓格，我们都是朋友，没必要动武！”

他这话一出，耶律阿奇和沅野对视了一眼，心里是相信了大半，这一群人的穿着打扮，以及说话的口音，的确是中原人无疑！

耶律阿奇和沅野亲自下马，对着萧疏狂走了过去。

萧疏狂立即开口道：“你们两位是？”

“科尔沁首领，耶律阿奇！”耶律阿奇很快应了一声。

沅野也立即道：“赫提部落首领，沅野！”

萧疏影听完一愣，赶紧弯腰：“见过两位首领，在下是神机营的首领之一，萧疏狂！”

“久仰久仰！”这两人倒是很客气。

他们的部落，在戎国受降的时候，可是派人去了的。回来也对他们禀报了关于神机营的事，纵然他们对那个声名狼藉的洛子夜的实力还是存了一些疑惑，但是神机营的大名，整个草原上已经是无人不知！只不过他们的主子洛子夜是个无能的……

萧疏狂立即道：“两位首领太客气了，萧疏狂怎么受得这样的大礼！”

旋即萧疏狂问道：“你们刚刚说楼兰对你们发了国书，辱骂两位，所以两位打算出兵？这……楼兰这是疯了不成？可你们带兵过来，摄政王殿下应允了吗？”

萧疏狂其实装得很辛苦，他觉得自己回去都可以加入一个戏台子唱戏了。

这正好问到了这两个人的尴尬处，耶律阿奇咳嗽了一声：“本王已经派人送了密函给摄政王殿下，这一两日之内，怕还收不到摄政王殿下的回信。只是楼兰欺人太甚，本王实在是咽不下这口气，但是摄政王殿下还并未下诏，所以本王……”

“啊？若是摄政王殿下收到您的消息了，不同意您动兵，这可怎么办啊？您这……您这莫不是忘记了戎国君主的前车之鉴？”萧疏狂说得一脸惊悚。

耶律阿奇原本就底气不足，听萧疏狂这么一说，心里更是没底：“这……本王……”

萧疏狂又扭过头，看了沅野一眼：“您不会也没有得到摄政王殿下的诏令，便带兵过来了吧？”

沅野也沉默了。

萧疏狂拍了拍额头，一副很为他们苦恼担忧的样子道：“摄政王殿下的脾气……你们太冒险了！”

话说到这里，耶律阿奇和沅野对视了一眼，心里都生了几分退意。

就在这时，一名士兵对着萧疏狂的方向飞快地跑来，又是来演戏的：“将军，太子殿下传了消息出来，说楼兰王死了，赫提绪怀疑是太子殿下做的，不久也许要对太子殿下动手，让我们准备准备，今天晚上就杀进去！”

“什么？赫提绪竟敢打太子的主意？”萧疏狂的脸色立即就青了。

耶律阿奇立即道：“所以楼兰的这群人真的是太过分了！看来眼下不仅仅是我们要攻打楼兰，你们也要去。纵然没有摄政王殿下的诏令，但是我们愿意助你们一臂之力！”

他很会说话，这就能说是给天曜太子出气了，洛子夜一定会为他们求情。

一般人算计到这里，带着这帮免费的援兵杀进去就得了。但是洛子夜是什么人？她算计了，当然要无耻到底！萧疏狂当即一脸感动地道：“科尔沁首领想帮我们？我实在是太感谢了！不对，您这样帮助我们，可到底还是违背了摄政王殿下的意思，那岂不是我害了你们？这不行！”

耶律阿奇一听这话，便上前一步，打算继续说服对方。

而萧疏狂这时候猛然想起什么，眼睛一亮：“要不然这样，两位首领可以让你们的兵马穿上我们神机营的衣服，我们以神机营的名义攻打进去。就是消息传出去了，你们也可以说，你们根本没有出手，都是神机营在打，你们在门口转了一圈就回去了。这样摄政王殿下知道了，也不会处置你们。而且，太子的任务，只是除掉安卓格和相关人物，其他的不关我们的事，你们二位说不定还能趁乱捡些便宜回去。”

萧疏狂说着，就是一阵挤眉弄眼。

这下耶律阿奇和沅野高兴坏了，这可不是个好主意吗？既能打进去，又能捡便宜，还能报仇，并且不必被凤无俦处置，简直完美：“好主意，萧将军果然是当代英才。你这样的好意，我们实在感激不尽！”

“那好，我们立即去准备吧！”萧疏狂笑容满面。太子说了，他们不仅要打一场漂亮的胜仗，而且要成名啊！仗就让这群人帮忙打，他们神机营捡着威名回去好了。

他一挥手，下人们就很快把昨夜辛辛苦苦运了一整夜的军装带了过来，给耶律阿奇和沅野手下的这些士兵换上！

沅野想起来一个问题：“萧将军，天下人都知道，天曜太子此次带来的只有两千人。我们这么多人出现，还是会令安卓格和赫提绪怀疑，这消息若是传出去，后果一样会很麻烦，这……”

殊不知，萧疏狂就是等着他说这个。他做出一副认真思考的模样，琢磨了好半晌，才道：“这的确是个问题，要不然这样，我们把人数分成几个小队，每个小队两千多人。分散出击，一边退下来之后，另外一边再顶上，这样便一直只有两千多人在众人的视线之内，自然不会造成旁人的怀疑了！”

沅野一听这话，当即一喜：“萧将军如此大才，难怪会成为声名显赫的神机营首领！”

萧疏狂很谦虚地道：“王爷实在是过奖了！萧疏狂愧不敢当！”他当然愧不敢当，因为这都是洛子夜的主意。

说完这句话，萧疏狂开始分列，两千人一组，仿佛都没有他们两个什么事了。

耶律阿奇看了一眼沅野，两人心里都感觉有点怪异，旋即，萧疏狂拿来一张地图，地图上写了作战的方案。两千士兵先攻进城，两千从右翼街道闯入，两千左翼，以及……这是一个完美的作战方案，完美得两位首领面面相觑，他们实在很好奇，为什么自己的兵马，被划入了洛子夜早就准备好的作战方案里？

耶律阿奇问了出来：“敢问萧将军，你们之前就知道我们会带兵前来吗？”

“没有啊，我们并不知道。您看，这个方案，每一个规划里面都只有两千名士兵，我们正好就是两千人，只不过从右翼到左翼，需要时间和空间安排，我们这两千人实在是难以做到，所以这个方案我们虽然已经想好，可是根本无法实施。眼下两位来了，还带了这许多的士兵，为了避免摄政王殿下发现，所以本将军认为，这个作战方案终于派上用场了！”萧疏狂说得一脸认真。

耶律阿奇和沅野都有点噎。

也就在这时，天空响起一个信号弹，萧疏狂立即看向他们：“这个作战计划，两位首领没有意见吧？”

“没有！”这个作战计划简直就是完美，可以将伤亡降到最低水平，而且还能保证胜利，他们能有什么意见？

萧疏狂点头："那就请两位首领赶紧准备吧，本将军立即安排入城！"

萧疏狂说完便转身大步去准备了，还把作战方案的备份分别递了一份给耶律阿奇和沅野。耶律阿奇和沅野嘴角都是一抽！连备份都做好了，还敢说不是从一开始就知道他们要来？

两人对视一眼，又看看那边已经准备好的士兵，并瞅了瞅萧疏狂的背影，接着又进行了今晚的不知道第多少次对视。他们觉得自己好像明白他们被谁算计了……

耶律阿奇盯着沅野：接下来怎么办？就这么跳进陷阱？这显然就是洛子夜想借用他们的兵马整出来的事，他们明知道是套，还跟着往里头钻？

沅野扫了一眼自己的士兵，衣服都换好了，箭在弦上不得不发，他俩是可以说他们不出兵了，但要是这样，他们不是白白出来一回？而且，虽然明知是坑还在往里头跳不妥，但好处应该还是能捡到……

他无可奈何地看了一眼耶律阿奇："也只能这样了！"

不过他们今天也算是彻底认识了一个人，洛子夜！以前怎么从来没有听说过这个人卑鄙无耻，这么会算计来着？他们以后对洛子夜一定要敬而远之。

否则就会如同今天一样，即便捡到便宜了，也还是觉得自己吃亏了。

而这会儿，楼兰皇城里，四处都是兵马。

洛子夜就在屋顶上靠着瞧热闹。月上中天，战事一触即发。

洛子夜嗑着瓜子，回眸看了嬴烬一眼："等到他们打起来之后，你就带着随爷进来的这二十几个人，去帮爷把楼兰边城的门给打开。"

这对嬴烬来说，不算难事。她的任务就是留在这里，稳住这些人。

嬴烬点了点头，看了上官御一眼，示意对方跟上。

上官御看见对方那张男女通杀的脸，一阵脸红。让自己跟嬴烬一起去，这还能好好办事吗？他怀疑整个队伍以他为首，都会忍不住在半路上对嬴烬心猿意马。

接着，这屋顶上就只剩下洛子夜和百里瑾宸了，洛子夜的眼神看向百里瑾宸："你的胳膊怎么样了？"

她这般一问，他月色般醉人的眼眸便缓缓睁开，那眼神在月色下有些朦胧，似乎毫无焦距。他对洛子夜的问题选择了无视，并没吭声。

洛子夜默默地觉得，有这么一个闷骚的孩子，他的父母一定活得很累。问什么都不说，问伤势也不吭声。无语之下，她直接便去扯他的胳膊，自己观察："我真的很怀疑你到底是怎么长大的，你爹娘问你是否受伤的时候，你是不是也从来不理啊？"

说着这话，她也没指望他会回她。

他月色般醉人的目光落在她抓着自己胳膊的手上，淡淡的温度，从她的手心传递过来。这样霸道不容置疑，不管他是不是理会她，她都直接扯过他的胳膊探看、关心，的确很容易让人在这温暖之下，卸下心防。他寡薄的唇微动，淡漠地道："他们不曾问过。"

这话出来之后，他自己也是一怔。眸中掠过几分自嘲，很快将自己的胳膊从她手中抽离。他闭上那双醉人的眼，面上平静无波，看起来毫无表情，心下却是惊涛骇浪。怎么就这么轻易地对她卸下了心防？

怎么就……险些贪恋那一丝温暖，让自己沉堕下去？

看着空空如也的手心，洛子夜也没什么感觉，这个人素来高冷。她微微扯了扯嘴角："你这么说的话，你父母对你应当不怎么样吧？或者，是你一直表现出一副无事的状态，所以他们就真的以为你没事。其实这世上的确有部分父母对孩子是很无情的，但我相信，大部分还是爱自己的孩子的。有时候，你不舒服或者是受伤了，他们没问你，你可以自己说啊，你不说，他们怎么会知道呢？"

说着这话，她偏头看了他一眼。他闻言，长长的羽睫颤了颤，却没开口。

洛子夜接着道："你的性格闷骚又傲娇，说话还常常口不对心。世上纵然有人了解你，但再了解，也难免会有疏忽的时候。所以有什么你就说出来，哪怕还是得不到你父母的关心，至少你也为自己争取过不是？"

她这般一说，他顿住了，睁开眼，回眸看了她一眼，面上并无丝毫表情，墨发被风扬起，隔在他和她的对视之间。这一刻很美，灿烈张扬的她，和淡漠寡言的他……似乎性格，也很合适呢……

他收回眼神，没再开口。在洛子夜以为他不会说话的时候，忽然听得他淡漠的声音，从她身侧传来："你说得对。"

这声音很淡，如果不仔细听，根本听不见。她说得的确不错，这十八年来，他一直以为母亲的眼神都落在另外一个人身上，不会在乎他。可不久之前，他才知道，这么多年自己都弄错了，也做错了。

也许，真的如洛子夜所说，当年他受伤了，说出来，当年他对药物过敏，也该说出来，就不会对自己的母亲和兄长误解多年，就不会做出那么多险些不能挽回的错事！

听他说出这么一句话，洛子夜摸了摸自己的鼻子，有点受宠若惊，没想到自己的话竟然能得到对方的肯定："你去血蛛山，是想找什么药吗？"

这话他没答，倒是他身后的轩辕无答了："主上什么药都会找，尤其是能解开一些特别难解的蛊和毒，以及能治疗内伤的药，他就会找。”

“找那么多药做什么？你身边经常有人受伤中毒吗？还是只是为了医学研究？”洛子夜又问了一句。

轩辕无不敢再多嘴。洛子夜瞅着他们都不吭声，摸了摸鼻子：“还是你就是想全部收集起来，等到……”

为了避免她继续聒噪，他站起身，却只回了两个字：“赎罪。”

说完这话，他转身走出去一段路，似只是想清净一下。

他这话一出，洛子夜一愣。赎罪？他是做了许多丧心病狂的事情，需要赎罪吗？可是看他那淡薄一切的模样，也不像是会作奸犯科的啊。她回头看向轩辕无，轩辕无的面色也有些沉重，跟上了百里瑾宸的步伐。

洛子夜皱着眉头，没再说话。

而就在此刻，轰的一声巨响，城门的方向发出爆炸声！伴随着那一声巨响，整个皇城的兵马都动了起来！安卓格的人也好，赫提绪的人也罢，都开始在城内涌动。赫提绪也正在整个府邸里头寻找洛子夜的踪迹，预备让洛子夜出去发表一些豪言壮语，表明天曜和凤无俦的态度。

眼见这些人就要找到自己的院子了，洛子夜迅速从屋顶上跳了下去，外头的人进来后，盯着洛子夜便开口道：“天曜太子殿下，我们大人想请您马上出去，眼下……”

洛子夜潇洒地一挥扇子：“知道了，走吧！”

出了赫提绪的府邸，便见赫提绪已经候在门口了。看见洛子夜那副悠闲的样子，赫提绪眉心一跳，隐约觉得有什么不对，但还是弯腰：“太子殿下！”

洛子夜扬眉，笑道：“赫提大人起来吧！”

赫提绪眉心又是一跳，是错觉吗？为什么他觉得，之前自己所面对的洛子夜，和眼下的洛子夜，似乎……不一样？

他正纳闷之际，洛子夜又开口了：“眼下安卓格的大军也已经准备好了？赫提大人和安卓格的主战场，放在何处？”

“就在皇城，毕竟楼兰不比天曜，它只有这么大。除去皇城之外，一共还有十座城，臣下和安卓格一人占据了五座，唯独兵力有差距之地也就只有皇城。所以我们几乎是达成默契，只要臣下攻下皇宫，这一仗就胜，否则……败！”安卓格面色有几分严肃。

洛子夜扫了他一眼：“哦？那倘若赫提大人攻下了皇宫，安卓格会不会忍不住弃城逃跑呢？”

赫提绪心头一跳：“并不排除这种可能，他若是弃城逃跑，想着日后东山再起，这也并非不可能的！”

只是洛子夜的心思为什么这么缜密？他都没想到这些！若是安卓格真的打算弃城逃跑……

正想着，洛子夜道：“故而，本太子认为，赫提将军还是应当在皇宫周围准备好伏兵，杜绝安卓格逃脱的可能。相信赫提大人一定明白一句话，野火烧不尽，春风吹又生！”

赫提绪惊讶地抬脸，便见洛子夜这时候正盯着他。洛子夜当然晓得他在琢磨什么，不过都准备得差不多了，她也没了再装的必要：“赫提大人在想什么？”

赫提绪看向洛子夜，不答反问：“太子觉得，臣下这时候在想什么？”

洛子夜嗤了一声：“爷又不是你肚子里的蛔虫，你乐意说就说，不乐意说就憋着呗！”

说完她转身就走，赫提绪被她噎住，眸色转暗：“所以，我王遇害是太子你的杰作？”

他这话一出，边城又传来一阵巨响。他脸色铁青，转身吩咐：“去看看发生了什么！”

洛子夜吹了一声口哨，是手榴弹爆炸的声音，来之前她就交代过，要是进城还有人拦路，直接用手榴弹炸进来就好。他们手里还准备了不少手榴弹，够楼兰人喝一壶！

赫提绪犀利的目光扫向她，他发现自己好像上了洛子夜的当：“所以，从一开始，就是一个局？”

“不错！”洛子夜回头看了他一眼，一副很欠揍瞧热闹的态度。

赫提绪顿时气急：“那么，我王也是死在你手里？”

“这个真不是！”洛子夜看向他，“昨天晚上爷进宫之后，楼兰王就已经死了。爷原本打算动手杀了他，帮你们加快进程的，可是爷还没来得及动手！”

赫提绪面容扭曲地道：“就算我王不是你杀的，但将这消息传出来的人，是你吧？”

这一点洛子夜倒是承认得很爽快：“没错！”

她此言一出，赫提绪冷着一张脸道：“那眼下城门处的动静也都是你的兵马了？”

洛子夜耸了耸肩：“看在你这几日好吃好喝地招待爷的分上，爷就如实地回答你，眼下边城爷的兵马只有两千而已！”

她这话完全没问题，她的兵马的确只有两千，其他的都是科尔沁和赫提的兵。

“太子打算凭借这两千人取胜？”赫提绪扬眉。

洛子夜笑了：“你不要小看爷这两千人啊，说不定就能顶你楼兰的千军万马呢！”

她此言一出，赫提绪目光一凝，心里只觉得洛子夜估计还准备着什么后招：“天曜太子是否想过，你会被赫提绪的人马包围起来拿住，然后用来威胁太子的士兵？”

“你不会这么做，毕竟你得罪不起天曜，而且还需要爷来帮你对付安卓格，不是吗？”洛子夜眉眼含笑，那笑容更是欠扁。

赫提绪深吸了一口气，这时不远处忽然跑来一名士兵，那士兵面上一片焦黑，脏兮兮的，看起来极为狼狈，上来之后，便摔了一个狗啃泥：“赫提大人，不好了！神机营的人在东郊带着那什么，一团团黑乎乎的东西，对着我们扔过来，炸死了我们好多弟兄！炸完他们就跑了，安卓格那边也死了不少人！”

黑乎乎的东西？赫提绪脸色一青，正打算说话，又有人从西面飞快地奔驰而来，那样子更加狼狈：“大人，不好了，天曜神机营的人突袭了我们。他们从后面突袭，杀了我们和安卓格的不少人，打完就跑了！”

又跑了？不！等等！赫提绪脸色微青，盯着他们道：“袭击你们的是多少人？”

“两千人！”

“两千人！”两人倒是异口同声。

两千？赫提绪的表情扭曲得很严重：“在东郊袭击了你们，跑了之后，几乎是同时袭击了西郊？”这可能吗？

东郊和西郊的距离，那可不是一点点！怎么可能在这么快的时间内，就冲到西郊去了？

“啊？”两名士兵面面相觑，将军这话，令他们觉得这事是有问题的，但是他们禀报的军情是没有半点作假的啊！到底是怎么回事？

正想着，南面骤然又跑来一名传信的士兵：“赫提大人，不好了！我们跟安卓格的人马对战，忽然有一队……”

“一队天曜士兵袭击了你们，打完你们之后，他们立即跑了？”赫提绪铁青着脸，问了一句。

“啊？”那士兵愣了，“啊！是！”

接着，有一个士兵顾不得赫提绪在，忍不住骂了一句：“天曜的这群猴生崽，

跑得也太快了吧！就这么一会儿，就偷袭了我们三处？”

赫提绪铁青着一张脸，看向洛子夜：“天曜太子，这到底是怎么回事？你不是说只有两千名士兵进来了吗？”

两千名士兵，怎么可能几乎同时偷袭三处？

洛子夜点点头：“他们不是也说了，他们只看见了两千名士兵。所以这说明，爷的确只有两千人进来了啊，这有什么问题吗？”

赫提绪一噎：“你应当知道，这其中有什么问题！”

洛子夜再次点头：“嗯！是的，那爷就大发慈悲地告诉你，爷的神机营除了火枪之外，还有一个令天下人无法破解的绝技——影子分身术！”

赫提绪：“……”什么玩意儿？

见他一脸茫然，洛子夜接着道：“你要是不相信的话，查看一番。看看凤无俦的二十万大军是不是还在边城，看看整个楼兰，是不是只有两千名士兵！”

赫提绪脸色铁青，盯着洛子夜道：“那么，天曜太子，你能不能告诉我，你到底想做什么？”

洛子夜听了这问题，认真地道：“不能告诉你！”

赫提绪：“……”他觉得自己心理要是脆弱一点，这时候已经一口气背过去了！

“赫提大人，其实知道得太多，对你也没什么好处！要不然你就直接在这儿待着，等着本太子手下的人传来捷报就好了？”洛子夜笑看着他。

她这话一出，赫提绪眸色微沉：“你什么意思？”

“爷想通过赫提大人知道，如果皇宫被攻陷，安卓格打算逃跑，他逃跑的路线在何处？皇宫里头是不是真的有密道？密道出口又在哪里？赫提大人你应当知道，爷想杀他，爷跟你并无仇怨！”洛子夜说着这话，嘴角噙着几分似有似无的笑。

百里瑾宸看着她，似乎有点明白，轩苍墨尘到底看上了她哪一点。

赫提绪听了洛子夜的话，原本就已经冷下去的眸色更是幽深了几分：“太子是如何知道，我会知道皇宫里头的密道的？”

洛子夜立即盯着他，一脸纯洁地道：“原本不知道，所以随便问出来诳诳你，没想到一诳你就自己说出来了！”

赫提绪脸色一青，这会儿是真的想吐血了！

看赫提绪气得说不出话的样子，洛子夜打开自己的扇子摇了摇：“既然赫提大人已经承认你知道皇宫的密道，那就有劳你将这些东西都尽数告诉本太子，不知道赫提大人以为如何？”

“洛子夜！你未免太张狂了。你真当我赫提绪怕你不成？你不要忘了，眼下你在我的大军包围之下，你还妄想威胁我？你是当我楼兰就是你天曜？”赫提绪积压的怒火终于忍不住爆发出来！

他怒气冲冲的一句话出来，并没换来洛子夜的气急败坏和横眉冷对，她只是一脸茫然地看着赫提绪问道：“我只是问你一个问题罢了，怎么就变成威胁你了？赫提大人，本太子觉得自己对你是非常真诚的，你何必要这样恶意地描述本太子？”

真诚？她对他非常真诚？这一本正经地胡说八道的能耐，除了她也是没谁了！

他冷笑：“皇宫的密道，是我楼兰的机密，恕赫提绪不能告知！还有，太子的人既然伤了赫提绪的人，那么赫提绪这时候也只有出手把太子扣下了。毕竟赫提绪实在不知道天曜太子接下来到底还想干些什么。故而只能对太子不客气了！拿下！”

“是！”他手下的人其实早就忍不住了！

这并不在洛子夜意料之外，她回眸扫了百里瑾宸一眼：“你自保没问题吧？”

百里瑾宸没说话，却扫了一眼自己“受伤”的手。洛子夜眼角一抽，很干脆地站在百里瑾宸身前：“那你就在爷身后好了！”

她完全是一副保护的姿态。他为了帮她受伤，她当然要保护他！

这一切落入他眼中，那双美如清辉的眼，静静地盯着她的背影，似能看见人间春花秋月，似在皑皑雪山看到一丝跳跃的火光照亮整个雪山之巅，叫人看见四月温软，叫人感觉到……暖。

她为什么站在他身前，为什么保护他，这有什么要紧？要紧的是，她此刻正在做这样的事。

他上前一步，与她并肩。洛子夜诧异地偏头：“你干啥？你的胳膊受伤了……”

他并未看她，也并未看向眼前这些人，只淡漠地道：“我并无站在人身后的习惯。”也永远不会有让女人保护的习惯！尽管他很想靠近这一分热度，尽管他很喜欢被人在意、被人保护的暖意。

洛子夜倒没再说什么，只开口道：“你要站在爷旁边，或者站在爷前面，爷都没什么意见，但是记住你自己的手伤。这不是逞强好胜的时候，量力而行，觉得力有不逮的时候，就老老实实地站到爷后头去！”

他听了这话，并没有说话，面上也并无丝毫表情，似乎根本没听到她的话。

赫提绪看向百里瑾宸：“神医，此事跟您并无关系，您何必掺和进来？赫提绪并不想与您为敌。”

百里瑾宸听了，淡漠的眼神似乎看着远天，似是置身事外，却又偏偏站在原地，分毫不打算退。

这下，赫提绪的心绪沉重了几分。他咬了咬牙，只当是拼了："既然神医执意如此，那在下也不客气了！"

他这话一出，一众士兵就围了上来，二话不说开始动手。洛子夜纵然没多说什么，但所有对着百里瑾宸的攻击，她都先替他全部挡了。交战两炷香时间之后，地上都是赫提绪手下士兵的尸体，她和百里瑾宸还是分毫未伤。甚至百里瑾宸都还没拔剑，所有想要靠近他的人，已经被洛子夜给杀了！

赫提绪在边上看着，脸色越发难看。

而这时候，洛子夜一脚踢飞了自己面前的人，扬声道："赫提大人，本太子建议你还是冷静一点，马上让你的人停手！不然爷待会儿要是真的有了脾气，怕你到时候吃不消，心里后悔啊！"

赫提绪脸色一青："洛子夜，你还想干什么？"

话音刚落，骤然又听见街道处传来轰的一声巨响！这声音是从皇宫的正阳门方向传来的。赫提绪一怔，一双眼睛几乎充血！洛子夜也微微扬眉，这个可不像是手榴弹发出来的声音，正诧异着，便见嬴烬带着人过来了。

他一袭红衣在夜色中妖冶夺目，似明白她心中的疑惑，开口道："小夜儿，不过是为夫在边城从一些蠢货手里夺来的火药罢了。方才为夫遣了萧疏狂，带着几十斤火药绑在一起，去炸皇宫的宫门了！"

"干得不错！"洛子夜完全不吝于表扬。

赫提绪的脸色却全黑了，所以他和安卓格都花了高价在胡人那里买来的火药，这还没对着对方投掷完，就被洛子夜的人全用了？

这不仅仅是生气，而且还很心疼！

皇宫的宫门在这么大的爆炸威力之下，一定已化为碎片了。他看向洛子夜，洛子夜声音冷了几分："赫提大人还不打算告诉本太子，皇宫密道的出口吗？"

赫提绪听了她这问题，并不吭声，沉默地盯着洛子夜。

而嬴烬带回来的那些士兵也很快将安卓格的人马包围了，两方的人马打在一起，洛子夜跃了出来，盯着赫提绪："不打算说吗？或者你想看看他们都是谁！"

她这话一出，赫提绪便听见了自己身后的脚步声，他回过头便见着了两张脸，耶律阿奇和沅野。

他一愣……在见着这两个人和他们身后的士兵都穿着天曜的衣服的时候，他顿时明白过来所谓的影子分身术是怎么回事。他当即指着他们道："你们怎么敢……

你们怎么敢未经摄政王殿下准允，带兵来我楼兰？”

耶律阿奇和沅野听了这话，开口道：“赫提大人在说什么？我们怎么听不懂？”

赫提绪一噎，沉着脸道：“耶律阿奇、沅野，你们以为我不认识你们？你们没有得到摄政王殿下的诏令就带兵私闯我楼兰，竟还敢说听不懂我的话？”

“耶律阿奇和沅野是谁？”两人装傻，只要他们死不承认，赫提绪就算知道他们的身份也没用。

赫提绪冷着一张脸，眼神在他们和洛子夜的脸上游走。洛子夜却没空跟他废话了，道：“赫提绪，不管你说什么，他们最多也就只能承认他们长得像耶律阿奇和沅野而已！与其想着让他们承认身份，你倒不如想想眼下的情况，你打算如何应对！”

赫提绪强迫自己平定心绪之后，盯着洛子夜，开口道：“那么天曜太子和两位的意思呢？”

洛子夜说得没错，他当先想想眼下该怎么办。科尔沁和赫提的人全都来了，这要是打起来，楼兰怕是没什么胜算。所以，这时候他只能先冷静下来。

洛子夜瞟了那两个人一眼，又看向赫提绪：“他们都来了，肯定是要拿点报酬才肯走的。而至于本太子，你只要把皇宫的密道告诉本太子，本太子抓住安卓格并杀了他，也就没什么旁的要求了！你可以好好考虑清楚，你要是告诉本太子，眼下你楼兰还不至于倾覆，你要是不肯说，那么他们两位想对楼兰做什么、想对你做什么，本太子就管不着了！”

话音一落，耶律阿奇和沅野的面色也变了。同时，他们也意识到这一路上都忽视了的问题，他们借着神机营的名义进来，纵然是避过了被凤无俦处置的风险，但这也等于他们的把柄被拿在了洛子夜的手里。简而言之，他们必须听她的，否则她要是把他们来的事说出去，他们就完了！

赫提绪深吸了一口气，死死地瞪着洛子夜的脸：“天曜太子，就算你的目标是安卓格，可无论如何，楼兰并没有得罪你吧？我赫提绪并没有得罪你吧？你将科尔沁和赫提的人，全都引到楼兰来，居心何在？你这样做，对楼兰公平吗？对赫提绪公平吗？”

还扯上这个了。

洛子夜原本没打算跟他说这些，但既然他都说到这里了，她也没什么好客气的了：“那么，赫提绪，我问你，在楼兰也有着举足轻重地位的你，在安卓格提议刺杀凤无俦的时候，你为什么不站出来拦着他？”

她这一问，赫提绪一怔，立即沉默了，心里也发虚起来。

看他不说话，洛子夜冷笑了一声："因为你希望安卓格自掘坟墓，不管赫提娜刺杀凤无俦能不能成功，怂恿这件事情的安卓格都不可能活。楼兰太子已经不在了，只要安卓格被凤无俦或者天曜收拾了，这楼兰就是你的了。这就是你的用意是不是？"

她这话一出，赫提绪脸色青青白白难以言表："不错，的确如此！"这一点既然已经被洛子夜看破，那么也就没必要装傻了。

洛子夜又冷笑了一声："所以，你无辜吗？你一点都不无辜！爷若只是想要安卓格的命，直接带着二十万大军打进来就是了，何须将科尔沁和赫提的人也全搅和进来？这很简单，因为爷并不打算在杀掉安卓格之后，便宜了你！"

说着这话，她那双漂亮的桃花眼冰冷得毫无温度，里头的冷光几乎刺骨地寒。

赫提绪被她这一番话堵住，而洛子夜又冷笑着补充了一句："这世上所有违背正义与公理的事，即便是作为旁观者，在力所能及的时候都必须站出来制止，若冷眼旁观，那就是犯罪者的帮凶！这道理，不用我说，你应该也想得明白吧？"

她这话一出，嬴烬和百里瑾宸眸色都微微凝了凝。这话，还是有几分道理的。

而在洛子夜眼里，这就是真理。有多少姑娘在面临不法分子的欺辱的时候，群众冷眼旁观？有多少人被犯罪分子攻击的时候，一旁的人也都只是看着，即便有能力帮助，也不会伸出援助之手？社会之所以冷漠，就是因为有这些人的存在，而他们的漠视，就是纵容这些犯罪分子的帮凶！

旁人的事情，她可以不管，她也没有去道德绑架旁人的资格。但是，有人要杀凤无俦，她不可能不管！有人对此漠视，成为帮凶，她不可能不惩罚！

赫提绪咬紧了后槽牙："所以，这就是太子殿下要我赫提绪、要我楼兰付出代价的原因？可即便如此，此事是我赫提绪的错，又与楼兰何干？楼兰何其无辜，楼兰百姓何其无辜？"

"选择了你们这群为了私利将楼兰害成这样的人作为领导人，就已经是他们最大的过失。你觉得他们还需要何种错处？另外，本太子也想告诫你一个道理：这世上就是有许多人，分明是自己犯错连累了旁人，却要把责任推卸到别人身上，不反省自己，却责怪敌人不够仁慈，这种做法是错误的，你明白吗？"洛子夜容色冰寒，面上找不到丝毫温度。

这下，赫提绪终于沉默了。接着，又有士兵跑来，扬声道："报！大人，我们的人都被包围了，皇宫也已经被攻下了，还有好多黑乎乎的不知道是什么东西的玩意儿炸死了我们许多弟兄，这时候还在炸……"

胜负已定。

赫提绪明白，他已经败了，楼兰也已经败了。而他赫提绪和楼兰已经成了砧板上的肉，等着洛子夜开口便可宰割。他现在能做的，就只是能挽回一点损失便是一点，至少要让楼兰不至于灭国。否则不论是安卓格，还是他赫提绪，都会成为楼兰的千古罪人！

他面色灰败："皇宫的密道，我可以告诉你。但前提是，天曜太子告诉赫提绪，你到底打算如何处置楼兰，如果太子不做得太过分的话，赫提绪会按照太子的吩咐办事！"

半个时辰之后。

楼兰的皇宫被攻陷，这世上不会有一个人想到，一场几十万人怎么也要打上一个月的战争，在火药和手榴弹的攻击下，在科尔沁和赫提的人进来之后导致的兵力悬殊之下，竟然一个晚上就结束了！

能做到这一点的，在煊御大陆的历史上，除了王骑护卫曾经做到过一次，也就只有洛子夜的神机营这一例！

萧疏狂带着人攻下皇宫之后，便马上下令在皇宫里头找安卓格的下落，但方才进入皇宫，帝王所在的寝殿就燃起了熊熊大火。萧疏狂眸色微冷："去禀报太子此事！"

"是！"

他们说话之际，安卓格正带着自己的亲卫从皇宫的密道离开。安卓格相信自己的做法是不会有问题的，皇宫失守，他不堪重负和打击，在自己的寝宫里头焚火自尽，这是说得通的。只是他心里很纳闷，洛子夜也就只有两千人，竟能把自己搞得这么狼狈，这……

奔逃之中，安卓格看向前方的道路，很快就看见了出口处的机关。他上前去触动机关，脸色微青："这一次都是因为洛子夜的掺和，我才会败给赫提绪。等我离开皇城，到了我手下的城池所在，我……"

说着这话，机关的门打开，安卓格便看见了外头的人。

他一怔，只见一人背对着洞口，手中拿着一柄扇子，回眸看了他一眼。一双漂亮的桃花眼微挑："回了你的城池所在，你打算干吗啊？"

安卓格一愣，四下一看，密道口已经被包围，面前的人笑看向他，那抹淡淡的笑意，带着几分不正经，便是一副风流公子的纨绔调调，可她那双桃花眼里的冷，却透着森然刺骨的寒意！

很快，他的眼神落到了洛子夜身后，一脸灰败的赫提绪脸上。安卓格脸色一青，四下看了看，登时反应过来这人是谁！他二话不说，转过身便想跑，然而只在回头那一瞬，两边包围着的士兵已经上来堵住了洞口。密道里还传来一阵脚步声，追兵已至，后路已经断了！

咚的一声，他手中握着的装着楼兰国玺的包袱，就这般从他手中滑了出去，砸落在地。

完了！

洛子夜扫了一眼落在地上的包袱，看着安卓格那张英俊的脸，拨了拨额前的刘海："安卓格，爷一向喜欢美男子，看在你长得还算挺帅的分上，爷给你一点自主权，你可以挑挑你想怎么死。上吊、毒药、火烧、凌迟、五马分尸，还是直接一刀？"

安卓格后退一步："你……"他大概猜到了对方就是洛子夜。

"爷怎么样？不认识爷？哦，那爷告诉你，爷是天曜的太子，凤无俦是爷的贱内。你居然敢设计到他头上，爷很不开心，就来找你算账了，明白吗？"洛子夜说着贱内二字，脸不红气不喘，心里也很是高兴。

她身后的一众人却禁不住眼皮直跳，只觉得这么几天没见着摄政王殿下，太子她老人家已经又忍不住作死了。还贱内？这要是传到摄政王殿下的耳朵里，怕她又吃不了兜着走！

安卓格眼角忍不住抽搐了一下，凤无俦是洛子夜的贱内？他冷笑了一声："天曜太子，要是摄政王殿下听见这句话，恐怕你也无法好好地活着吧？"

"你还是先操心一下自己今天能不能好好活着吧！"洛子夜笑意盈盈，又往前逼近了一分。

安卓格下意识地又后退了一步："天曜太子，有事情好商量，赫提绪能给您的，我也都能给您，只要您让我活下去，我一定……"

洛子夜却并没听他说废话的心思，继续逼近，眼神落到了他身后那些亲卫身上，那些亲卫竟也颤抖不已，没一个人敢上前来给安卓格护航。她眸色微沉，开口道："爷数到三，你好好想想怎么死。现在，一！"

"二！"洛子夜右手抬起来，左手将右手上的袖子卷起来，一副屠夫将要屠宰牛羊的架势！

安卓格苦笑了一声："安卓格也没什么可求的了，只要有个全尸就满足了！安卓格还想问一句，赫提娜怎么样了？"

问着这话的时候，他面上有几分迟疑，还有几分矛盾的痛苦。

洛子夜倒忍不住笑了："你要是真的在乎她，就不会怂恿楼兰王派她去刺杀凤无俦了，你明知道她只要去了就是死路一条。眼下你又问起她，用意何在呢？"

跟武项阳和澹台毓糖的故事那么像，这世道的男人啊……

安卓格闭上眼："太子说得对，问起她的确没什么意义。是我害死她的，可是太子也是男人，应当明白江山和美人之间，孰轻孰重。太子应当能理解我的选择！"

洛子夜嗤了一声："爷还真的不能理解你，江山固然重要，坐在至高之位固然很美好，但是再重要的位置，重得过真心将你当回事的人？重得过你放在心中的人？诚然，当了皇帝后你能拥有一切，她于你而言，也许只是装点你皇图霸业路上的花，终将凋谢在泥土中，但是你心里不会舍不得，不会遗憾，不会痛吗？"

说着这话，她情绪激动起来。

武项阳是这样，轩苍墨尘是这样，安卓格也是这样。那……凤无俦呢？她的确怕凤无俦也是这样。若当真如此，倒不如他直接给她一刀来得痛快。

然而，下一秒，她又很快冷静下来。她怎么忘了，凤无俦那样的人，是不会被逼着面临这种选择的，因为他太强大，他想要的东西都该是他的，什么江山美人选什么，他若是要，定然都要。到这一刻，她又开始暗骂自己神经质，怎么没事就胡思乱想。

安卓格也是被她尖锐的问题问得一滞，垂下眼眸，似乎已无话可说："大概是太子所求，跟安卓格不同吧。安卓格是俗人，终究不能免俗，终究不能对浮华权位的诱惑视而不见。如今这样也好，到了黄泉，我也好向她请罪，她一定很恨我吧？"

洛子夜盯了他许久。

在伸出手掐上他脖子的那一刻，于他临死之前，她答了一句："是，她恨你，恨不得你死。"

然后，她看见安卓格笑了，随即闭上了眼睛。她手下用力，掐断了他的脖子。

他的最后一句话是："若有下辈子，我不会这么选。"

洛子夜沉下脸色，回眸看了他们一眼："我们走吧！"

"是！"上官御和萧疏狂领命。

耶律阿奇和沅野也打算走了，开口道："这一战，天曜太子真是赚尽了名声和风头，我们两个人也被太子算计得好苦！"

洛子夜看了他们一眼："本太子认为我们是互惠互利！科尔沁的首领得到了楼

兰承诺，不再跟你争抢边境的那块土地，并且承认那块土地是你们科尔沁的。而赫提部落的首领也得到了大批财宝，尤其在火药、手榴弹的战术之下，你们的士兵也没有太大伤亡，本太子以为你们也是有所得！”

“但天曜太子应该明白，我们想要的不止这些！可因为太子，我们只得到了这些。”沉野的话说得很直白。

洛子夜的话更直白：“但你也要明白，若是没有本太子的算计，你们连这些也得不到！”

这话将那两人一噎，他们倒也不说什么了，总归是被洛子夜给算计了，一定要怪，也只能怪他们自己贪心，想出来捡便宜。想想也终究释然，一同拱手道：“这话不错，我们先回了，天曜太子，以后再会！”

话是这样说，但是他们希望以后再也不要跟洛子夜相会了，真的是被洛子夜算计怕了！

洛子夜扬眉，示意他们可以走了。他们这一走，洛子夜四下看了看，发现嬴烬和百里瑾宸不见了，倒也没多想，他们两个不可能走丢。她带着人离开时，从袖子里掏出凤无俦给她的哨子，放到唇边狠狠地吹了几下！

她离天曜的边关，约莫两天的路程，凤无俦所在之地离那里一样。

回京城之前，她想见他一面，哪怕是告诉他，她已经帮他报仇了；哪怕是矫情地问问他，要是如安卓格这样，面对江山和她之间的抉择，他会选什么；哪怕只是对他说，她想他了。总之，她想见他，迫不及待地想见他！

吹了几下之后，她嘴角也微微扬了起来，翻身上马，往天曜边关奔去……

而大漠的另一端。

呜咽的笛音响起，墨玉笛也微微动了起来。靠在王座上浅眠的摄政王殿下听到这动静，眉梢微挑，半合的双眸立即睁开，大掌攥紧了笛子，魔瞳微凛，嘴角扬起。

他迅速起身，沉声吩咐：“备马！”

阎烈一听那动静，还有王的表情，便知道是怎么回事。他直接便出去吩咐人准备马匹，而摄政王殿下起身往外走时，迎面就见申屠焱走了进来。申屠焱看见他便是一愣：“兄长，您这是……”

摄政王殿下沉眸，魔瞳落在他头顶：“有事？”

申屠焱摇摇头：“并无什么事，只是来告诉兄长，阵我已经布好了，申屠焱一定会在兄长生辰的前一天晚上将圣晶石夺来，送入兄长手中！”

“好！”凤无俦听了这话，浓眉微扬，笑着拍了拍申屠焱的肩膀。

这样一个举动，令申屠焱的嘴角也扬了起来，这是努力了许久，终于得到自己敬重之人的肯定之后，感到的兴奋和愉悦："兄长就等着申屠焱的好消息吧！不过兄长您此刻是准备……"这匆匆忙忙，仿佛捡了什么便宜，心情好得不行的样子是为何？

"孤三日内回来。阎烈你留下，与申屠焱一起把控战局！"他并没说打算出去做什么，吩咐了一句就出去了。

阎烈低头："王，属下清楚了，让闽越随王驾同行吧！"毕竟王的寒毒还没有好。

凤无俦不置可否，大步踏了出去，闽越立即跟上。

他们出去之后，申屠焱看着阎烈一脸抑郁，心里也是纳闷，忍不住问："兄长这是干什么去？"

"太子想他了，去见太子了！"阎烈再一次瘪嘴，脸上的嫌弃意味更重。

申屠焱抽了抽嘴角，无语道："我从前怎么不知道兄长如此浪漫！"洛子夜想他了，就跑去见洛子夜，这边的战局就都不管了吗？

好吧，眼下这种程度的战局，估摸着兄长也没看在眼里，也并不需要兄长操心。

阎烈叹了一口气，只是看了一眼凤无俦方才离开时掀起的门帘："不知道为什么，我最近总有一种不祥的预感。总觉得王这么重视太子，并非什么好事……"

申屠焱蹙了蹙眉，没说话。

千里之外。

嬴烬坐在凉亭中，一袭红衣曳地，邪魅的桃花眼微微眯起，对着尾随他而来的百里瑾宸伸手邀请："一起喝一杯？"

百里瑾宸凝视了对方几秒，在凉亭的另一端寻了个栏杆坐下来，干净修长的手指伸出，拿起了一旁桌案上的酒坛。

一个凉亭，两个人。

红衣男子妖冶动人，人似画中妖，一笑醉天下。

白衣男子清冷孤傲，皑如山上雪，皎如云间月。

两人的极端绝美，叫人都不知道先欣赏哪一个好。百里瑾宸打开酒坛便喝了起来，也许他是应当喝点酒，平定一番近日纷乱的思绪，也想想自己这两日到底是怎么了。明明只是因为澹台凰的一句戏言，明明只是因为轩苍墨尘说也看上她了，明明只是因为想寻凤无俦的不痛快……但为什么，这几日相处下来，一切似乎都变了？

是因为那只与母亲烤出来的味道相似的兔子？是因为她毫不惊异的关心劝解？还是因为，她今日对自己的维护？

对她心动了吗？

他也……不知道。却莫名感觉到暖意，那是从未体会过的温暖，也是一旦到了手中，便不想放手任它流走的温暖。

烈酒入喉，思绪更乱。嬴烬却似乎明白他在想什么，轻笑了一声："百里瑾宸，你真的不该掺和进来。现在离小夜儿远一点，还来得及！"

百里瑾宸闻言，未曾开口，长长的睫毛却微微颤了颤，又饮下一口酒。

嬴烬倒也不在意，慢腾腾地道："洛子夜是个很奇怪的体质，只要靠近她的人，都会觉得温暖。她不是太阳，却偏偏令人觉得光芒万丈。她跟我们所有人都不一样，在这个权势的圈子里，所有人的眼睛里看见的都是权势和自己做的事，可偏偏她只看重情义。你说，多傻，可偏偏就那么扎眼，就那么轻易地……让人想成为被她重视的人！"

说完这些，嬴烬也饮了一口酒："我很幸运，成为她重视的人之一。同时又很不幸，败给了凤无俦。百里瑾宸，我奉劝你，如果陷得还不深，你就赶紧抽身。因为她不是你慢慢靠近就会发现她的缺点，发现她的不足，旋即使你决定离开的人。而是越靠近，你便越是觉得她吸引你，越是让你不能自拔。她就仿佛是毒，是罂粟，染上了就戒不掉！"

说到这里，他也并未指望百里瑾宸开口，可偏偏百里瑾宸出声了："这世上并非所有的人都愿意戒掉毒瘾。"

嬴烬一怔，盯着他的脸看了数秒，忽然笑了："你跟我是一样的人，一样的可怜虫，希望有人在乎，渴望被人在意，只要有一点温暖，就恨不能飞身过去抓住，只要看见一点关心，便愿做扑火的飞蛾。的确，这世上并非所有的人都愿意戒掉毒瘾，我自己都不愿意，又有什么资格让你去戒？"

从看见面前这个人的第一眼起，他就知道他跟自己是同类。同类的气息太相似，可他也并不八卦，无意去探听百里瑾宸的隐私，原以为可以劝住对方，却发现原来无用。

他又饮下一口酒，任由那穿肠的液体在胃部烧灼成一把烈火，灼热得生疼："从她说要为我找来美如璀璨星光的宝石的那一刻起，她便成了我心中最美的星光。此生都戒不掉，此生也不能戒掉……"

他今天的话似乎格外多，在两人都饮下半坛子酒之后，嬴烬忽然看向他："我是不想看见她为凤无俦出头的样子，所以才离开过来喝酒的。你是为了什么？"

百里瑾宸饮酒的动作似顿了一下，那双美如清辉的眸中，掠过一丝复杂难以名状的东西。

他放下手中的酒坛，扫了嬴烬一眼，淡淡地道："多谢。"多谢对方的酒。

嬴烬也没再多话，没取笑他或是刨根问底，目送他离开。这一场红尘劫，已经有太多人陷落进来，百里瑾宸此刻的参与其实并不具有任何意义，只不过是多一个伤心人罢了。

百里瑾宸走出去几步，骤然顿住脚步，问了一句："我来晚了吗？"

这一句话问得没头没尾，聪明如嬴烬却能明白他的意思："不错，你来晚了。否则以你的情商，凤无俦很难是你的对手！"

总会有人说爱情的事情不分先来后到，可事实上，这东西在许多时候也是分的。

百里瑾宸听了这话，沉默着在原地站了几秒，从袖中掏出一个瓷瓶，精准地对着嬴烬扔了过去："吃了它，如果你不想死。"

嬴烬伸手接过，扬眉笑了，明白因着自己又沾了酒，对方才将这药扔给自己。薄凉的唇微扯，他扬声问道："百里瑾宸，你这算是对情敌的关心？"

"你可以不吃。"淡漠地说完这句话，百里瑾宸便举步走了。

嬴烬对他的冷漠倒也并不意外，打开瓷瓶将里头的药丸拿出来吞下。酒于他而言，是穿肠毒，情爱同样如是，都是戒不掉的，可这命不能不惜，因为小夜儿在乎……

洛子夜在赫提绪的护送下出了楼兰。

这一战，所有参与谋害或设计凤无俦的人，全都死了，冷眼旁观的赫提绪也得到了一定的教训。最值得一提的是，神机营从此一战成名，一场几十万人的战争，因为区区两千名神机营的潜入，便使得这场战争在一天之内结束。

这个消息，在这个晚上便传了出去，轰动整个大漠，甚至整个天下。

除了赫提绪、耶律阿奇和沅野，谁都不知道到底是怎么回事！耶律阿奇和沅野为了避免被凤无俦处置，让自己手下的士兵一个字都不能透露。而赫提绪，作为战败国和战败方，签订的不平等条约里头，也包括对这件事情绝对保密。

于是，也就是一些不明情况的楼兰士兵在外头把这件事情说得神乎其神，说天曜太子手中的神机营，两千名士兵神出鬼没，可以在不同的地方同时出现，擅长影子分身术。

这消息可把不少国家和不少领导人都唬得一愣一愣，吓得够呛。

洛子夜也没操心嬴烬和百里瑾宸什么时候跟上，带着人不眠不休地奔驰了一天一夜，到了天曜的边城。她极目眺望，便见着了那一袭黑色镶着鎏金暗纹的锦袍、迫使世间万物低头的气场、习惯性蹙着的浓眉，还有那双威严霸凛的魔瞳。

以及，他负手身后，那一身傲慢而高高在上的气息。

洛子夜立即笑了，翻身下马，对着他飞驰而去。他的魔瞳也很快凝锁着她，带着几分惯有的压迫力，眉间的褶痕顷刻散去，洛子夜在奔驰了几步之后，忽然顿住，盯着他握在手中的墨玉笛开口道：“凤无俦，我最近有点想学吹奏乐器！”

随着她的眼神，他垂眸扫向自己的笛子，魔魅冷醇的声音缓沉道：“所以，你想要孤的心头好？”

“没错！”洛子夜坦诚点头，“你要是把它送给我，爷就立即给你一个大大的拥抱！”

关于这笛子，在见他之前，洛子夜就打算好了，无论用什么手段，也得把笛子给要过来，把哨子给他，他们两个换个角度，然后她就可以说：你要是什么时候想我了，你就吹吹哨子。

他听了这话，魔瞳微敛，手扬起，魔息散出，顿时似有铺天盖地的力量撕扯着她。看他的样子，她若不主动过去给他拥抱，他便直接将她扯入怀中了。然而如今的洛子夜，自然也不比往昔！她嘴角微微扬起，很快散出真力，与他的力量对抗。黑色的激流和白色的圣光，瞬间在一起冲撞！

两人的内息倒还在半空中僵持了几秒。

她自然不是他的对手，他却扬起浓眉，威严霸凛的魔瞳中带着几分赞赏：“六重了吗？”

呃……

事实上洛子夜是得意的，封印在她体内的内功，从三重开始，再进一重便等于是一个鸿沟。从第四重到第五重的时候，她便经历了不少磨难。估摸着在凤无俦心里，她这段时间能到第五重就已经很了不起了，所以她是故意展示给他看的，让他惊讶一下她已经到了六重。

可是，他就这么直接点出来，说她到了第六重，那双魔瞳中全无惊讶，只是赞赏。这让洛子夜有点心塞，并有种失败的沮丧。

内力对抗之间，他微微抬掌，手中凝聚起来的黑色魔息更重一重。

洛子夜眉头微蹙，手中凝聚出真力跟他对抗，倒也想知道以自己的全力能跟他对峙多久。然而，他似乎已经失去耐心，再一次微微将掌心前倾，黑色的魔息铺天盖地，如一条黑色的游龙，骤然射出，刹那间灿光大盛，将洛子夜散出的于他而言有几分薄弱的真力给吞噬了下去！

毫无疑问的内力碾压，令人知道他的实力不容僭越。

洛子夜僵硬了数秒之后，脸色一黑，也知道自己是抵抗不过了！果然，下一瞬，黑气弥漫之下，她整个人似被一只无形的手拉扯着，从原地拔起，对着他的方向扑去。

轻轻一撞，落入他怀中。

四下跟随的众人一看这般情况，便都很有眼色地各自退散！

摄政王殿下垂眸看向怀中的人，洛子夜这时候也正仰头盯着他，看向他俊美得令神魔震颤的容颜。他骤然低头，封住了她微张的唇。他霸道的味道，从舌尖传来，令她禁不住环住了他的脖子，仰起头回应他。他长臂揽住她的腰，令她更近一步地贴近。

她面色微僵，打算后退，却被他紧紧揽着腰，动弹不得。洛子夜红着脸，微微后仰，结束了这个吻，同时眼睛悄悄往下瞟。不看还好，一看老脸更红了。当真是觉得凤无俦是随时随地都能发情的兽，就这么一会儿，他就……

她真的怀疑，他有着如此强烈的欲望，是怎么忍住这么多年，都没有碰女人的！

她胡思乱想之际，他骤然一口咬住了她的脖子，令洛子夜僵硬起来："喂！爷在找你要笛子，你干吗呢！"她红着脸扯了扯他，然而人被他困入怀中，动弹一下都不能！

她这话一出，他魔魅冷醇的声音才撩入她耳中："你要孤的笛子做什么？"

"呃……"纵然心里还是有点不好意思，有点小小的矫情，她还是僵硬着表情说了真话，"这不是很简单的道理吗？墨玉哨在爷手上，爷只要一吹动，你就知道爷想你了。可总是这样，显得爷多没面子，所以爷觉得咱俩其实可以换换。什么时候你想爷了，你就拿着墨玉哨吹一吹，然后爷就知道你想爷了，你觉得这个主意怎么样？"

她这话一出，他倒是笑了，嘴角淡扬，愉悦中透着几分了然。然后他沉眸问了她一句："你要将墨玉哨换给孤，那么，倘若孤想你了，吹起这哨子，你可会千里万里，无论身在何地、处于何境，也一定出现在孤面前？"

"呃……"他一问，洛子夜犹豫了。

他想她了，她当然也是愿意去见他的，但做得到无论何时何地、何种境遇都出现在他面前吗？

他魔瞳也微沉，墨玉笛并非不能给她，问这个，也无非想知道她的态度罢了。然而她此刻的犹豫和沉默，仿佛是在告诉他，她给的答案，不会是他想要的。

最终她仰起头，看了他一眼，瘪了瘪嘴角："那要不然还是你拿着吧，爷也不知道赶明儿就遇见什么事了，然后就……你这样的人如此强悍，当然是不必担心遇见什么样的情况，毕竟以你的能耐，面对任何问题，你都能随时抽身。但是爷跟你

不同，爷要是面对追杀、截杀什么的，你吹响了笛子，爷也没把握很快脱身，一定奔到你面前去！”

洛子夜心里也很沮丧，若是她自己再强大一点，再厉害一点，也就不用担心这些了。不用担心会不会陷入旁人的算计、暗害之中，没办法及时来见他。

然而，也就在她的沮丧之中，他原本微微冷沉的面色却缓解了几分。原来不是不愿意来见他，只是怕有人拦着，只是怕她想来，却因为外力的因素，做不到。

他沉眸，将手中的墨玉笛交给她：“你既然喜欢，便拿着吧。墨玉哨和墨玉笛其实一样，不论是哪一方吹动，另一方都会有感应。孤给你墨玉哨，无非因为，墨玉笛是孤的武器！仅此而已。”

他并无附庸风雅的心思，也不是因为喜欢吹奏，仅仅是因为，这笛子是他的武器。

洛子夜眉头一皱，这下心里就不高兴了，也没伸手去接他的笛子，仰起头，冷着声音道：“所以你吹响墨玉笛，爷也是能感应到的？但是这几天你一次都没有吹过，这是不是说明你一点都不想爷？”

摄政王殿下闻言，倒是失笑，看着她那张正在胡思乱想、已经黑透的小脸，更是令他从闷笑变成扬声大笑起来。这番愉悦的情绪，让洛子夜险些暴走：“你还笑？凤无俦，你这几天是不是一点都不想我？爷要是不吹，你接着就直接等着爷过段日子去找你，给你过生辰了是吧？或者其实过几天你也不想见到爷，你甚至还觉得这几天我没在你眼皮子底下晃悠，你清闲不少……”

女人就是一种奇怪的生物，在吵架的时候，想太多是常态，并且会忍不住越想越多，越想越远，越想越离谱。她已经成功地从合理分析，变成了跳跃性思维，还掺杂着许多恶意的揣度。

他实在是忍不住，打断了她：“洛子夜，你我当日并未约定，若是孤想你了，也吹响墨玉笛，你会来见孤！”

他这一句话，令一个人在臆测的洛子夜被噎了一下。

沉默了几秒钟，她斜瞄了他一眼：“好吧，你说得对。那你说说，之前约定的时候，你为什么不一起约定？”

这个问题，却把摄政王殿下难住了，魔瞳微敛，没能说出一句话来。他能告诉她，只因为在他心里，他并没有把握洛子夜会因为他想她了，便来见他，所以才没有提及这个吗？既然觉得她不会为他风雨兼程，不会如他一般，只要她想见他，便立即赶来，那么说了似乎也没什么意义。

然而，方才在听见洛子夜说她不是不愿意，只是怕被绊住以致不能做到的时候，他也明白，或许她心里是在意他的，并非当真如她在千浪屿上所言，对他没有爱，就连喜欢也不曾有。可，现在知道毕竟太晚，当时的他并不确定。

不说，不过是怕失望罢了。

看他不说话，洛子夜皱着眉头盯了他一会儿：“因为忘记了？还是觉得爷不会去见你？”从他们在一起之后，她似乎从来没有给过他任何安全感，也并未说过喜欢在意。他要是真的这么想，其实也是正常的。

他沉眸，魔魅的声音缓沉道：“洛子夜，聪明如你，应当明白！”在他眼中，他们的开始就是他的一厢情愿，她从来都不甘愿，当她靠近他的时候，他险些完全相信他做到了，做到了令她为他心动。

可她在千浪屿上说的话，又很快令他的心情跌落到谷底。

洛子夜坦言：“我的确很明白，但咱俩已经这个关系了，爷也不想跟你矫情。既然已经决定选你，也许爷现在做得还不够好，对你还不够在意，但日后爷会努力做好的，希望你相信！”

感情的事情，单方面地付出，一个人强撑坚持，时间长了肯定会累。若想要长远，她当然也要跟他一起经营努力。因为她并不是想跟他谈几天恋爱就各奔东西，她是想跟他天长地久，走一辈子的！

她这般一说，他魔瞳微凝，傲慢霸凛的声音一贯威重逼人：“那孤等着看你的表现！”

他没说相信她，也不说不相信，那双魔瞳中还带着几分戏谑。似也是很好奇，洛子夜日后，会如何努力做好她方才承诺的事。

洛子夜耸耸肩，点头：“这事就先不提，爷觉得还是不对，就算你没告诉爷你吹动爷也能感应，但这并不影响你吹啊！你不吹是不是因为你不想爷？”

他闻言，看着她如同奓毛的猫发脾气，大掌伸出，顺毛一般放在她头顶。魔魅冷醇的声音缓缓地道：“孤并不认为自己需要吹动它，才能证明孤想你。孤以为你当知道，孤每时每刻，都在想你！”

他此言一出，撩得她脸颊发红。

说话之间，他手中的墨玉笛还保持着一个等着她接过的姿势。洛子夜琢磨了一会儿，既然笛子和哨子的功效是差不多的，她也没必要一定要他把笛子给自己，毕竟这东西是他的武器，要是给她了，他面对危险怎么办？

但，她莫名想试他一句：“这不是你的心头好吗？就这么给爷，舍得吗？你可得先考虑清楚，爷收下了，可是不会还给你的！”

她扬眉看向他，桃花眼微微眯起，带着戏谑的笑意，等着他的反应。

而摄政王殿下也正盯着她，但见她笑容明艳，眸中的戏谑意味却藏不住。他嗤

了一声，缓沉着语气道："孤的心头所好多得很，却也有轻重之分。洛子夜，你认为在孤心中，你和墨玉笛，孰轻孰重？"

说着这话，他大掌扬起，手中的墨玉笛便随意地对着她抛掷了过去。

这是玉质的东西，若是摔在地上，那必然会摔个粉碎。可他似乎毫不在意，一点都不担心它会摔碎。洛子夜却吓了个够呛，赶紧伸手去接！这东西要是摔坏了，他心疼不心疼她是不知道，但是她心里是会不舒服的。

她伸出手将之握到手中，是暖玉的材质，带着属于他的气息，强悍中莫名令她觉得温软。

洛子夜握着那墨玉笛，瞪了他一眼："为啥不小心点，这要是摔坏了可怎么办？"她是会很自责的好吗？

他闻言，凝眸扫向她，浓眉微扬，魔魅冷醇的声音，带着几分漫不经心，还有他老人家惯有的傲慢："摔坏了便摔坏了，与你相比，它不值一提！"

洛子夜脸一烧，不得不说这么一句话听在耳朵里，当真能感觉到心里甜丝丝的。嘴角扬起愉悦的笑，她却口是心非地轻哼了一声："说的比唱的还好听！"

而摄政王殿下，纵然情商在很多时候非常感人，但智商从来不俗，看着她含笑的嘴角，便也知道她是口是心非。他也不以为意，伸出手等着洛子夜将墨玉哨交给他。笛子给她了，哨子自然是要给他。

洛子夜顿了顿之后，便从袖子里头把哨子掏出来，珍重地放于他的掌心。

接着她盯着那哨子，还有他这样让人仰望的身高，不可抑制地抽了抽嘴角。他这一米九六的高个子，拿着这么小的一个哨子，其实是很不搭的，她盯了他一眼："要不然你还是拿着笛子吧，把你的武器拿走了，爷也感觉有点不好！"

"你认为孤还需要武器？"他浓眉扬起，眉宇间的褶痕习惯性地展露出来，魔瞳中是一贯的傲慢与轻鄙，还有几分不以为然，似对洛子夜这样看轻他感到很不满意。

他这么高冷霸道的表达，洛子夜也忍不住噎了一下。

倒也是，凤无俦这样的人，要不要武器对他来说，估计也没什么差别！接着她又低头看了一眼这笛子，问了一句："用它作为你的武器，是因为它有什么不一样吗？"

他嗤了一声，垂眸看向她，魔息逼人，令人不自觉地仰望。魔魅冷醇的声音缓缓响起，他说出了一个令洛子夜有些震惊的答案："没什么不同，最初选它，不过是因为它易碎！"

"啊？"洛子夜掏了掏耳朵，严重怀疑自己听错。

纳闷之间，撞入他那双傲慢霸凛的眼，她一怔之后，骤然明白过来：“因为墨玉笛容易碎，所以驾驭它需要更多的内力，需要更强的实力去掌控，才能在出手的时候不但不败给敌人，还能成功地将敌人击垮，这才是你选它做武器的原因？目的是挖掘自己的潜力？”

要是这样的话，他练功的时候，一定会比旁人艰辛许多。若是这般，倒不难解释他的过于强大！

她这般一问，他嘴角淡扬，笑了起来，对她的聪慧敏捷，很是满意：“不错！”

这下，洛子夜便也明白了，事实上，有时候给自己多大的压力，便能挖掘自己身上的多少潜力。而众人所不知道的是，他们看到的高高在上的人，为了一步一步走向这样一个高位，在那看似风光的背后，付出了多少旁人不知道的艰辛与血泪。相对来说，不努力的人，便只能原地踏步，甚至堕入深渊，后退到几不可见的位置。

世上不会有无缘无故的强大，也不会有毫无理由的弱小。愿意付出更多，才有机会得到更多的回馈。

想到这里，她骤然觉得心尖一刺，揪得一疼，她知道那是心疼的感觉。其实，他能走到这一步，这一路上的经历，他也是很累的吧？

看她看着他的眼神，带着几分别样的情绪，他不禁失笑，长臂伸出，将她揽入怀中，沉声道：“洛子夜，这世道教给孤最多的，便是想有所得，就必须有所舍。不曾付出，便不必奢望回报！幸运的是，在孤遇见你之前，孤便已备好了最强大的自己，所以，如今孤能护好你！”

洛子夜点头：“所以这个故事告诉我们，应该时刻充实自己，令自己成为自己最满意的样子，只有准备好自己，才能在你认为最好的东西到来之时，有足够的能力去接纳，有足够的自信去应对。”

那条属于人生的宽广道路两旁，于你目所能及的地方，你要相信，沿途的鲜花终将渐次开放，繁花锦簇，令你的人生琳琅满目，而在它到来之前，你只需要静下心，准备好最好的自己，去迎接它，便已足够。

洛子夜说自己对他来说是最好的，竟脸不红心不跳气不喘，为了避免自己被他吐槽，她立即转移话题：“对了，安卓格爷已经帮你杀了！楼兰王也死了，尸体爷没见着，但是百里瑾宸对这一点很确信，估摸着也不会有什么问题！不过……”

“不过科尔沁和赫提的人，被你卷入了事件之中。你希望孤知道这些后，权当毫不知情，放过他们？”她话没说完，他浓眉便扬起，魔瞳中带着几分审视。

洛子夜盯着他的眸色，也一下子没底起来。这事是她一个人折腾的，她当然

没指望能瞒过他，之前也没问过他的意见，不知道他心里是怎么想的，要是他不同意……

心里发虚之下，她问了一句：“你同意吗？”这话也等于是承认了他的猜测。

他沉默了几秒，事实上他若是装作对此事浑然不知，便会从此令臣服于他的诸国心中都怀着侥幸的心理，以后怕是违背他的意思行事的情况会常常发生。然而垂眸之间，盯着她那双故作可怜的桃花眼，对视了半晌之后，他忽然轻轻地叹了一口气：“同意！”

不同意，还能怎么样？

洛子夜从来就知道他的性格，不喜欢被人忤逆，也不喜欢被人僭越，不承想他今日竟然这么好说话，她也向来不是一个不知道见好就收的人，于是立即就坡下驴道：“科尔沁和赫提的人，应当在去楼兰之前，都对你发过国书请示了吧？他们擅自去楼兰，爷也是握着这一点威胁着他们。你要是回复准许他们出手，那爷就威胁不了他们了。所以你就回复他们，不准他们动作，这样他们就一直有把柄握在爷手里，不敢跟爷对着干，你看怎么样？”

她这话一出，摄政王殿下眉心一跳，很想说这个主意并不怎么样。若是这样做了，便更显得他耳目失灵，对科尔沁和楼兰违背他意思的行为一无所觉。然而，看她一脸希冀地看着他，他沉默着，倒也说不出一句拒绝。

两人对视了几秒。

洛子夜伸出手扯了扯他宽大的袖袍，谄媚道：“哎哟，小臭臭，宝宝最喜欢你了！人家好久都没正儿八经地求你一件事了，你就答应人家嘛，好不好？”

人都说会撒娇的女人好命，但前提是撒娇的对象是一个爱你惜你的男人。

很显然摄政王殿下就是这样的男人，看她一副小可怜的样子，他摸着她的脑袋，抚摩猫一般，魔瞳中含着几分纵容宠溺：“好，答应你！王妃的所有差遣，孤都一定做到，并甘之如饴！”

这一次，他用“王妃”来称呼她，她没反驳，倒是心情很好地蹭到他怀里，狗腿道：“人家就知道小臭臭最好了！”

她这般亲近他的举动，令他笑起来，看她的眼神更柔和了几分。

他捧在手心里的人，就该是这样，永远愉悦开怀。她心中所愿，便是他心中所想，他必都为她办到！

说话之间，骤然一道寒气弥漫而至。

洛子夜微微颤了一下，很快听见了脚步声，而摄政王殿下魔魅的瞳孔亦立即落到了来人身上。魔息微微散开，魔瞳中带着几分暴戾的味道，似血腥味，令人惊颤。洛子夜盯了他一眼之后，纳闷地回过头，便见着一袭白衣的人缓步而至。

他手中握着一柄剑，夜色之中，他似沐月华而生。

一双月色般醉人的眼眸毫无温度，面上也找不到丝毫感情。他眼神并未落到洛子夜身上，而是落在凤无俦身上。语气很淡，缥缈如从九天传来，缓声道："放开她。"

这一声很轻，听不出什么情绪起伏，却莫名令人震颤。

洛子夜眉心一跳，摄政王殿下更是唇角微扯，挑起一丝轻蔑讥诮的弧度。霸凛的魔瞳凝锁着他，一副傲慢而高高在上的姿态，仿佛在这世间，他才是王，他才是准则。他看向百里瑾宸，嗤道："就凭你，也想命令孤？"

洛子夜看了看两边，并不明白这是什么情况。

百里瑾宸的目光，也落到了洛子夜身上，语气淡漠如旧，清冷孤傲如旧，却莫名令人听出了几分冷意来："为吾妻者，应当检点。"

洛子夜嘴角一抽，她什么时候成为百里瑾宸的妻子了？她怎么一点都不知道？正在纳闷之际，便感觉到一道森冷的目光落在了她身上，她立即抬头，便对上了摄政王殿下阴鸷的眼神，她飞快摆手："你可不要听他胡说八道，爷跟他根本不熟，这几天话都没说上几句！"

这话的确是事实，百里瑾宸这样高冷的性格，三棍子都打不出一个屁。就算她有心主动跟他说话，他也懒得开口！

她这话一出，随后三根手指合并指向天空，做指天发誓状。

摄政王殿下眉梢微挑，看着她毫无愧色的脸和不曾闪躲的眼神，便也相信了她的话。这女人在他面前，至少直到目前为止，还并未有睁着眼睛说瞎话、扯谎还能面不改色的能耐！

而百里瑾宸听了洛子夜这话，也没有什么情绪波动，容色丝毫未变，只看着凤无俦，淡淡地道："拔剑吧。"

说着这话，他伸出手，极光掠过一般，将手中长剑抽了出来，月光之下，他白衣被风扬起，似踏月而来的仙人，可手中长剑上凛冽的刀锋，却带起了几分肃杀的寒意。似乎孤独而皎洁的一轮明月，也终究被这浮世染上了色彩，将落入人间。

摄政王殿下眉梢微扬，倒是笑了。男人之间，婆婆妈妈最为多余，用实力说话，是最简单快捷定下胜负的办法！他松开洛子夜，用命令的口吻沉声道："后退，一丈远！"

洛子夜瞅了瞅两边："我说，其实……"其实你们之间也没什么大事，无非就是凤无俦命人挡了百里瑾宸一次路，她不懂事的时候往百里瑾宸的袖子里头伸了手，都不算是什么大事，过去了就过去了，至于吗？

然而，她话还没说完，那两人便一齐看向她，没说话，眼中的意思却很分明——让她退后，不必管！她嘴角一抽，恼怒地扭头就走……

而这时候，嬴烬也正赶来。

看着对峙的凤无俦和百里瑾宸，他眉心微微一跳，不知道为什么，瞅着百里瑾宸那只闷骚的黑狐狸，他总觉得凤无俦今天得吃点亏……

然而，情敌们闹得不愉快，他还是很愿意看看热闹的。他走到洛子夜身边，洛子夜就闻到了一阵冲天的酒味，虽然这酒气在夜风之下被吹散了几分，可洛子夜还是闻到了。这令她偏头看了他一眼，不悦地道："你又喝酒了？"

这声音不大，那边准备交锋的两个人也并未在意。

嬴烬一怔，一张妖冶的脸上带着几分窘迫，他要是喝酒了，她估摸着是会不高兴的。他偏头看向洛子夜，似乎想解释："小夜儿，我……我只是……"只是什么？话到了嘴边，他却说不出来。

这酒是昨夜和百里瑾宸喝的，却不承想喝完之后，跟在洛子夜身后，一天一夜策马而来，身上这酒味也没散多少，她显然不高兴，并且冷着脸兴师问罪了。他是想给自己找一个合理的理由解释，然而并没有什么好用的借口。

洛子夜根本不想听他解释什么，只觉得自己心里一阵怒火直蹿，好不容易从千浪屿找回了妖莲，就是希望将他治好，但是他呢？这才没好几天，又开始喝酒了？这是不要命了吗？

恼火之下，她深吸了一口气，打断了他的话，语气尖刻地道："我不想听你解释，以后喝酒了就离我远一点，你身上很熏、很臭，我受不得这个味！"

说完这话，她便扭过头不再看他。

事实上洛子夜也是一个喝酒的人，她当然没有她眼下表现出来的这么厌恶酒味，她只是生气罢了，生气之下还在心中责怪他不争气！明明知道他的身子不能喝酒，酒瘾就真的这么难戒吗？他知道自个儿是在拿他自己的生命开玩笑吗？

恼怒之下，她气得胸腔都微微起伏，眼神看向不远处的凤无俦和百里瑾宸，眼角的余光都不想落在这家伙身上。

嬴烬偏头看着她恼怒的表情，心里也明白，她并非真的嫌弃他，不过是关心他罢了。他薄唇微微扯了扯，刚想说话。

而这时候，洛子夜也正偏头看向他，那双桃花眼里的神情很是冷冽，冷漠到似乎是看着一个陌生人："嬴烬，爷必须提醒你，你要是不好好爱惜你自己的话，友谊的小船，是会说翻就翻的！如果你自己都不懂得看重你的身体，以后是不会再有人在乎你的。”

因为她会觉得，自己费尽心机去在乎他的身体，费尽力气去帮他，事实上是毫无意义的。他自己根本不在乎，那她一个外人岂非在咸吃萝卜淡操心？

“你也不会吗？”他一双邪魅的桃花眼微微挑起，盯着她那张漂亮的小脸，竟觉得胸口都被堵住了一般。尽管他知道她说这些话，都是为了他好，但他还是不希望在她口中听到会令他窒息的答案。

然而，洛子夜就是这么一个有原则的人，她只知道说什么样的话对朋友来说是好的，并不在乎说什么话对朋友来说是中听的。她直接道：“不错，我也不会！你可要记住了，如果你继续这样子的话，爷以后就不管你的死活，也不认你这个朋友了！”

话是这样说，可洛子夜心里也明白，要是他继续这样，她怕还是会忍不住想帮他，也没真的跟他绝交的可能。可是这时候，还是把话说狠一点，这才是对他好不是？

他心口一窒，心中再明白不过洛子夜并非真正无情的人，再明白不过她说这些话不过是为了吓唬他。可他依旧心慌，怕有个万一，万一她说的话是真的，万一她以后真的不管他的死活，真的不再跟他做朋友，不再来往……

于他，于嬴烬而言，于冥吟啸而言，最可怕的事不是死，不是千重劫难万般磨难，而是再不能在她心中留有一席之地，再不能凝望他心中耀眼如星光的璀璨宝石。他如同一个做错事的孩子，轻咬着樱花般的唇：“小夜儿，我再也不会沾酒了，再也不会了！”

他们说了这么半天，自然也将摄政王殿下和百里瑾宸的目光引了过来。然而看洛子夜和嬴烬似是在说话，但两人之间相隔的距离足足有三米，倒也并不以为意，很快收回了目光，看着彼此。

洛子夜回头盯了那妖孽一眼：“真的？”

嬴烬禁不住在心中苦笑，他这一生，至少在遇见她之前，从未想过有朝一日，他会这样迫不及待又惊慌失措地向人保证什么，更不曾想到他说出了他的保证，她还并不完全相信，用这种质疑的眼神看着他，等着他做出再一次的保证！

落到她手上，被拿捏成这般，这大概就是命。

他点点头，几乎是乖巧地道：“真的！”说着这话，他邪魅的桃花眼微眨，樱花般漂亮的唇也轻轻地瘪了一下，似乎很委屈的模样。

这小模样撞入洛子夜眼里，她顿时便呼吸一窒，鼻血一涌，而且觉得自己的小心肝被撞了一下，忍不住在心中暗骂自己，瞧瞧你，把人家美男子都欺负成什么样

了？人家都很乖巧地保证了以后不会再喝酒了，你还想怎么样啊？

她一下子就不忍心再苛责，也不忍心给他看自己的冷脸了：“好了，我相信你了，你也要说话算话，一定做到知道吗？”

一个绝世美男子对着你卖萌，是一种什么样的体验？会令你忍不住相信他说什么就是什么，接着就发现，自己变得一点坚持都没有了！

嬴烬立即点头，保证道：“嗯，小夜儿我记住了，以后再也不会了！”

而此刻，正在对峙的那一边，百里瑾宸手中的剑扬了扬：“既然一战，便速战速决，全力。”

他的意思，也是让凤无俦拔剑了。

洛子夜看了一眼自个儿手中的墨玉笛，在心里琢磨着是不是要将笛子扔给他。百里瑾宸这会儿手上有剑，他没有啊！这可是会让他输在起跑线上的。她正打算开口，凤无俦却已经抬手，强大的魔息涌动着，不远处防守的一名王骑护卫手中一把利剑猛然出鞘，对着凤无俦的方位飞去，飞快地落入他掌中！

这下，两人便是一人一柄剑了。

百里瑾宸看向他，盯了他手中那把平凡无奇的剑几秒钟之后，淡漠地道：“用那把剑吗？”

凤无俦浓眉微扬，自然也明白对方是什么意思。他嗤笑，沉声道：“公子宸手中的剑，不是一样并无任何特点吗？”

他此言一出，洛子夜的眼神也放到了百里瑾宸手中那把剑上，不禁有些惊讶，在她的心里百里瑾宸的剑那般快，那必然也是一把不同凡响的宝剑，但是照凤无俦这么一说……

正在她奇怪之际，她身畔的嬴烬开口道：“百里瑾宸手中的剑虽然是一把宝剑，但事实上也不过只有一般宝剑的锋利，并非什么绝世神兵。凤无俦手下王骑护卫的剑，大概也能赶上百里瑾宸手中宝剑的锋利度和厚度！”

“呃……”洛子夜偏头盯着嬴烬，很想问，难不成这是因为百里瑾宸没钱给自己准备好兵器？作为天下第一公子，这不合理吧？

还是……

她思索着，嬴烬又轻声道：“作为天下第一公子，夜幕山庄的庄主，敛尽煌墠和翾都两块大陆的财富，尽管夜幕山庄的手还没有伸到我们煊御大陆上来，但他手中的财力怕是要令人仰望的。他想用什么样的好剑，自然是由着他，尤其若我没记错，他的父亲前南岳皇手中，还有一把龙吟剑……”

“那么，他用一把普通兵器，大概只是因为他要让自己更强大！”洛子夜点出了答案，这理由和凤无俦一样。

毕竟，一个人的武功很厉害，他手中拿着一把绝世神兵，和一个人武功很厉害，尽管他用的是很一般的宝剑，但出手是旁人拍马难及的，这两者之间的差别，是很大的！

嬴烬闻言含笑，偏头看了她一眼："不错！"

洛子夜笑了笑，倒是忍不住问了他一句："那你呢？"

他一怔，没想到她会忽然问到自己身上。沉默了几秒钟之后，他笑笑："我？我没什么好说的，我与他们，不同！"

的确不同。

他们是为了让自己更强大，于是在修炼武功的时候，给了自己更多的压力和更大的难关。而他，是迫于生存的环境，根本不能习武，最后，在错过了习武的最好时间之后，只能用速成之法，御龙之殇去填补在武功上的空缺。

而这也意味着，他将永远摆脱不掉使用多少力，便要承担多少倍的真力反噬。

所以，他跟他们不同，这没什么可说的。

洛子夜看他一副不想说的样子，倒也没有强迫他多言，回过神继续看向那两人。而此刻，他们身上已经有气流开始涌动，黑色魔息冲天，似乎要盖住半空中那一轮明月，暗夜里空中刮起大风，令人想起了魔君临世那一幕。

而另一边，也是一阵微风扬起，那风看起来很小，甚至小到能令人忽视，潜藏的能量却是巨大的，似乎能拨开天上云雾，让那些遮挡住月华的云都散到一边，使得明月再一次显现出来。

这对峙之间，不远处，有一人刚到。

那正是武修篁，他原是准备来找洛子夜的，却没想到还没走出去，便见着这么一幕。自己的徒孙百里瑾宸竟然和凤无俦对上了！讲真的，这一刻武神大人心里真的很激动，而且已经等了很久，他很想知道自己这个徒孙是不是真的如同冷子寒所言，青出于蓝而胜于蓝。

也非常想知道，这个徒孙是不是能让自己扬眉吐气，帮自己把前段时间没事就被凤无俦揪着，打得不死不休的这口怨气一并给出了！

风扬起。

剑光在半空中掠过，黑色和白色的罡气很快撞到了一起！

洛子夜紧张地看着，倒未曾注意身边的动静，嬴烬亦然。武神大人要是不想被人发现，他的动静是很难令人察觉的，所以他们都没有注意到他的靠近。

只在洛子夜皱着眉头，看得很紧张的时候，有人扯了扯她的袖子。她回眸看了一眼，武修篁往她手里塞了一把瓜子，指了指他屁股下头的长凳空着的位置："坐！"

她嘴角一抽，正考虑坐不坐。

忽然一阵气息涌来，也是一个高手到了，一屁股就坐到了武修篁身边，那正是凤天翰。他看了洛子夜一眼："你要尊老，还是公公坐吧！"

公公坐？

这下，莫说是洛子夜了，就是武修篁都忍不住看了凤天翰一眼，严重怀疑自己是不是听错了。凤无俦和洛子夜这两个小子之间的事情，他大概能猜到一些，有了自己的儿子武青城对嬴烬的念头，他倒并不难理解。

但是凤天翰……他要是没记错的话，对方好似只有一个儿子吧？

他不怕就这么断子绝孙？对着洛子夜这一句公公说得如此自然？自己也算是了解这个老小子的，对方并不是连传宗接代都能漠视的人啊。怀着这种疑惑，他奇怪的眼神看过去，也很快看见了嬴烬身后面无表情的青城，这并非这两父子这段时间以来第一次见面，却是第一次眼神交会，武修篁容色复杂，看了他一眼之后，眼神又在嬴烬的脸上停滞了几秒。

而武青城只在扫了对方一眼之后，就很快收回了眼神，那样淡漠疏离的表情，似乎对着一个陌生人。

嬴烬被武修篁扫了一眼，却是眼神都懒得看过去。他相信对方也明白，自己跟武青城并非那样的关系。

他们之间的眼神交会，洛子夜自当看得分明，然而并不明白他们这样对视的理由。她只扫了凤天翰一眼，扬眉道："你要坐可以，爷一向尊老。但公公的事情，还是再论！"

凤无俦都还没跟她求婚呢，这老家伙的脸皮挺厚的嘛！

她这话引起了武修篁的深度质疑，他扭头盯了洛子夜一眼，纳闷地问："你一向尊老？怎么这一点，我从前从未看出来过？"

尊老？这小子什么时候尊重过自己了？

他这一问，洛子夜横了他一眼，暂时不清楚武修篁今日的来意，但是用脚指头想都知道，一定没什么好事，她的态度也好不起来："不尊重你是因为你一向为老不尊。其次，武神大人您不是一向认为您自己很年轻吗？老是什么时候跟您沾边了？"

此言一出，武修篁不说话了。

倒是凤天翰，看着场中交战那两人，扬眉看了一眼洛子夜，试探了一句："那个白衣小子，也很不错啊！洛子夜，你看呢？”

“嗯，除了脾气难搞得和凤无俦有的一拼之外，其他的地方的确还好！”洛子夜并没太在意凤天翰的话，回答得很随意。

武修篁一听这话，立即乐了：“那是！老子的徒孙，自当与众不同！洛子夜，说不定你多跟他相处相处，就会发现凤无俦其实不过如此，还是老子的徒孙比较出色，指不定就移情别恋了，哈哈哈！”

他说完这话，挑衅地扬眉，看了一眼凤天翰。洛子夜听着这话，抽搐着嘴角盯了武修篁一眼。

但是凤天翰听了这话就不乐意了，当即便冷笑一声：“武老头，本王的儿子，可是泛大陆顶尖的强者，就凭你徒孙，也想比？”

“老子就比了，你怎么的？”武神大人生气了，站起身来。

凤天翰也不甘示弱，站起来，并且叉着腰，仿佛泼妇：“我告诉你，你一定要比，那就是不自量力！”

武修篁一脚踩在长凳上，冷笑：“你这么害怕比，是不是怕你儿子输给我徒孙？哈哈哈……我武修篁的徒孙，都有望超过你儿子，这可是足足跨了一辈！凤天翰，你的老脸打算往哪里放？”

洛子夜：“……”这是什么鬼？

她这算是搅和到老年人的斗嘴项目里了吗？洛子夜无语地往旁边走了几步，凝眸看向凤无俦和百里瑾宸打斗场中的情景，拒绝再听这两个老家伙废话。

而此刻，百里瑾宸左手持剑，因着对方的出手只是左手，凤无俦只用了五重真力。然而，这两人就算并没用全力，这般强悍的对战，还是令人眼花缭乱，若是武功不够高深，会连他们对战的动作都看不清！

洛子夜正看得认真。

那边凤天翰咬牙道：“武修篁，年轻的时候你就是个不要脸的，没想到这么多年过去了，你还是这么不要脸！你那徒孙，从哪里看比得过我儿子？”

“是啊！至少我徒孙的年纪比不过你儿子，可实力毋庸置疑！”武修篁瞪着凤天翰。

洛子夜嘴角一抽，这两个老家伙，都算得上是大陆巅峰的人物了，为什么斗起嘴来仿佛两个疯婆子，居然斗了几句之后，都上升到人身攻击的层面了！

而不远处正在打斗场中的摄政王殿下却在骤然听见这句话时，魔瞳立即扫了过来，眼神带着不悦和阴沉的味道。强大的魔息中带着几分暴戾和嗜血的气息，令人很容易窥探，若非此刻他正在和百里瑾宸对战，就冲着武修篁这句话，他也要过来

削他！

武修篁自然也很快感受到了他的眼神注视，眉心一跳。

讲真的，他虽然不至于怕这小子，可对方那种一旦打起来就不死不休的架势，他也实在是不想招上！于是，他很快闭了口，脑后顶着一滴巨大的冷汗，眼神四处乱瞟，仿佛没有感觉到凤无俦的眼神，也忘记了自己刚才讲的那句话！

凤天翰对对方这样攻击自己儿子的言辞当即便怒了，冷笑一声道："武修篁，你把本王的儿子说得一文不值，不知道之前没多少日子是谁跑到天曜来，眼巴巴地希望把自己最疼爱的女儿嫁给我儿子，还无耻地用上了绑架的手段，将洛子夜给抓走？呵呵，可惜最后我儿子还是瞧不上你女儿！"

话要是这样说，那就很尴尬了！

凤天翰身后的染六忍不住上前一步，提醒了一下自家主子："王爷，您还是少说几句吧，毕竟您和……咳咳，您和武神大人，算得上是二十多年的朋友了！"

他也是不明白，这两个从前关系还算不错，并且没事就喜欢斗嘴的人，怎么今天斗着斗着，就骤然没个分寸，越说越难听了呢？

难不成是因为天下大多数父母和长辈在涉及自己的孩子、家中小辈时，就一点玩笑都开不得了？说着就容易上脸？

茗人这时候也忍不住开口道："陛下息怒！"

这样的怒火让武修篁怎么息？纵然这么多年来，武琉月就没有一次让自己长过脸，但她再怎么不争气，也是水漪的女儿，是他此生唯一爱过的女人所出，他可以怒其不争，但岂能由着外人打脸？

自家的孩子，自己一天可以骂一万遍无能，却不容许旁人说一点不好。武修篁当即便炸了："凤天翰，你以为你儿子有什么了不起的？我女儿那是瞎了眼，才多看了你儿子几眼！如今她早已幡然醒悟，呵呵，就算你儿子跪着磕一百个响头求婚，我女儿也不会答应！"

这声音很大，洛子夜的目光忍不住又看了过去，无语地插话："凤无俦要不要对你女儿求婚，请先问问爷的意见好吗？"

"你闭嘴！你一个男人，跟凤无俦在一起瞎搅和什么？"武修篁语气不善地看了洛子夜一眼。

洛子夜听完这话，只说了四个字："关你屁事！"

武修篁一噎。

凤天翰更是冷笑："武修篁，我凤天翰今日就放一句话在这里！就算是天下的女人都死光了，我也不会让我儿子娶你女儿，更论不上对你女儿求婚！说起来我还没说过你，一个长辈几日前竟然一再与我儿动手，为老不尊，也不知道你的脸皮为什么这么厚！我凤天翰竟然会交到你这样恬不知耻的朋友，长了我儿子一轮，却对我儿子动手！”

争论到这里，旁边的人的嘴角都在抽搐。

武修篁更是冷笑一声：“凤天翰，如你这般把儿子教育得无法无天、目无长辈、不知道尊老，朕才为你感到羞愧！我大概当年也是瞎了眼，才会跟你这种人为友，我真是深以为耻！”

“那就割袍断交啊！”凤天翰铁青着一张脸怒喝，一声吼出来之后，很快扯起自己的袍子！

武修篁更是剑都拔出来了，撩起自己的袍子：“来呀，断就断啊！老子今天不跟你断交，老子不叫武修篁！”

“陛下！”茗人忍不住又喊了一声。

凤天翰大喝一声：“好！武修篁，你有种！看在二十多年朋友的分上，你欺负我儿子我就没跟你算账，今天我说断交，你马上就同意！好！我们就来断义，来呀！断了之后好好算算，我告诉你，十八年前你偷了我的鸡腿去讨好洛水漪，这事老子可一直记着呢，今天这账也一并算了！”

“哟嗬，你还记得鸡腿？你以为老子不知道当年我如厕的草纸，就是你卷走了……”武修篁也开始认真地翻旧账。

洛子夜和嬴烬，还有武青城，就空白着表情站在旁边，看着这两个人扯着袍子，分别拿着剑，做出一副要断义的样子，并且将多年前对方对不起自己的事，全部一点一点翻出来！包括哪一年捅了马蜂窝，哪一年被对方害得摔了一个狗吃屎……

刺啦——

刺啦——

两声落下，这两个人还真的割袍断义了！然后就开始动手了，凤无俦和百里瑾宸在这边打，凤天翰和武修篁在那边打，洛子夜等人站在中间，往前看是打斗场，往后看还是！

嬴烬叹息了一声：“早就听说无忧老人、凤天翰、武修篁是多年的好友，相交至少有二十多年，没想到今天……”

一个是为了自个儿的儿子，一个是为了自己的女儿和徒孙。这还真的是洛子夜说的，友谊的小船，说翻就翻。

第九章
毫无防备地膝盖中箭!

这两人打得如火如荼，凤天翰强调：“武修篁，就算你把整个龙昭都当成陪嫁送来，我儿子也绝对不娶你女儿！”

武修篁愤怒的声音道：“那我也告诉你，就算未来有一日，你带着你儿子一起跪在我龙昭的皇宫门口，我也不可能把我女儿嫁给他！”

“呵呵，指不定你自己一千个一万个不愿意，你女儿一听见能嫁给我儿子，就立马同意了！”凤天翰语气嘲讽。

武修篁更是直接放狠话：“我女儿将来要是敢嫁你儿子，我就吊死在龙昭的皇宫门口！”

“你说话可要算数！我儿子要是敢娶你女儿，我马上拔剑自刎！”凤天翰接话也很快。

这两个人谁都没想到，他们这会儿就是在挖坑给自己跳，以至于在未来的某一天，他们已经不知道是应该抢着自杀，还是应该挨着自打脸！

洛子夜看着嬴烬：“你说他们为什么要进行这种完全不可能发生的揣测？”

嬴烬幽幽一叹：“大概他们自己心里头也知道，这样的事决计不可能发生，所以就随便赌咒发誓了吧！”

反正又不会实现，随便发个誓怕什么呢?

洛子夜无语地摇头，而这会儿，摄政王殿下似是不耐烦了。魔瞳微敛，森冷的目光看向自己对面的人，沉声道：“百里瑾宸，既要速战速决，你就用右手吧！”

百里瑾宸眸色未变，轻飘飘地问：“用右手吗？”

洛子夜骤然想起百里瑾宸右手受伤了，神情严肃了几分。

这时武修篁骤然吼了一句："凤天翰，你今天就看看我徒孙是如何打败你儿子的！我看你还得意什么……"

锵！

随着武修篁这话音落下，便是一道利刃砸落到地上的声音响起。

画面忽然定格了，在半空中打斗的两个人骤然停住！洛子夜的眉头也皱了起来，旋即便见一把断刃落在地上，百里瑾宸素白的衣衫染上了殷红血迹。方才他们交手很快，洛子夜几乎只看见凤无俦的剑落下去，百里瑾宸抬手去接……

然后就……武神大人有点蒙，百里瑾宸不应当这么弱啊！

摄政王殿下此刻浓眉也蹙了起来，他觉得自己好似掉进了一个陷阱。

两边出剑的速度都太快，两人的内力又实在太过高深，看得懂的都是内力到了巅峰的人物！但是洛子夜目前对武功的驾驭还只有六重，她是唯一看不懂的。

她皱着眉头上前道："好了，别打了！百里瑾宸是因为我才受伤的，你这会儿还打他，这也忒不地道了！"

凤无俦跟她是一块儿的，他竟然还打百里瑾宸．这不是恩将仇报吗？

然而这话落到了摄政王殿下耳中，听起来便完全变了！百里瑾宸是为了她受伤的？所以她看见百里瑾宸受伤，心疼了？他魔瞳中骤然掠过冷怒之意，看向洛子夜，森然道："洛子夜，你这是心疼了？"

他大概明白百里瑾宸是想做什么了，故意受伤让洛子夜心疼，令洛子夜来教训自己？

洛子夜眉心一跳，她出于一种道义说了两句话．怎么就变成心疼了？她蹙眉说了一句："凤无俦，你别无理取闹行不？"

他无理取闹？摄政王殿下自然恼怒，沉眸扫向洛子夜，手中的长剑在瞬息之间被他用内力摧折，直至化成粉末，足见他此刻的怒气！

旋即，他冷嗤一声，魔魅的声音森然道："你心疼他是吗？那孤今日便杀了他。孤倒要看看，你会心疼他到何种境地！"

他这话落下，周身魔息大盛，铺天盖地的杀气弥漫开来，仿佛地狱的门大开。

洛子夜蒙了，嗓门都拔高了不少："凤无俦，你能不能讲点道理啊，什么爷心疼啊？爷一点都不心疼，爷这就是朋友之谊，爷……"

"够了！"摄政王殿下沉声打断她的话，并不想听她解释。

一双魔瞳透过她，看向她身后的百里瑾宸，抓住了对方那双看似美如清辉不染俗世，却带了几分狡黠的眼神，他更确信了对方根本就是想挑拨离间，眸中鎏金色

的灿芒一掠而过，扫向洛子夜，命令道："站到一边去！"

"不行！"百里瑾宸为了帮她才受伤，这会儿要是被凤无俦给杀了，那她岂不是欠了人家一条命？

嬴烬这时候忍不住想称赞一句，百里瑾宸这一招用得高！

"洛子夜！"摄政王殿下沉眸，盯着她，眼神阴恻恻的，这一句话已经用上了警告的口吻！

瞅着他这般恐怖的眼神，洛子夜心里毛毛的。自己这样对凤无俦，维护一个"外人"，从她的角度来看，她的行为是合理的，但是从凤无俦的角度来看，他心里定然会不舒服！她犹疑了一下……

她的犹豫，自然也落入了百里瑾宸眸中，他缓缓地道："洛子夜，你不必管我。"

这一句出来，嬴烬险些没忍住给百里瑾宸鼓掌！好一招以退为进！以小夜儿的性情，听了这话，便更不会让开了。朋友这般为她着想，不想她夹在中间为难，说让她不必管自己的死活，这样一份心意，她定然会极为感动，便越发要挡在他身前了！

嬴烬也的确没料错洛子夜，原本犹疑的她，一听这话，心里头更是不好意思起来！人家对自己这么真诚，她却险些因为惧怕被凤无俦收拾，真的站到一边去。这令她忍不住在心里问自己：洛子夜，你还是人吗？

为了好好地是一个人，她咬了咬牙，盯着凤无俦："总之爷今天是不会让开的，你们打得差不多了就收手吧，小臭臭，你就当给爷个面子，行不行？"

摄政王殿下沉眸看了她一眼，又扫向她护在身后的百里瑾宸，按照他一贯强势的性格，此刻便应不管不顾，将那个该死的女人抓过来，并好好地整治百里瑾宸。

然而，见她此刻一脸坚定，尤其，他心里很清楚这都是情敌的诡计，此刻若是继续对峙下去，对他毫无好处！然而以他的性情，在这种时候退让，却也并非他的作风。

场面一时间就这般僵持起来。

洛子夜见他不说话，心里头也觉得有点不好，毕竟一开始是百里瑾宸先挑衅他的。她便道："臭臭，咱冷静一下行不？回头爷再跟你说！"

见她一脸真挚，他魔瞳中的冷怒倒骤然消散了几分，沉眸看向百里瑾宸，魔魅冷醇的声音带着逼人的味道："洛子夜，他不需要你的保护！他的受伤，是他故意为之。"

洛子夜一愣，看了他一眼，又回头看了百里瑾宸一眼。凤无俦肯定不会无缘无故地说出这话，难不成对方是因为百里瑾宸这一次败得太快，心中产生了质疑？这念头一出，她立即道："你想太多了，谁会无缘无故地故意受伤？他今天之所以这样，是因为前几日他在楼兰为了帮爷，胳膊受伤了！所以爷这会儿不能让你打他，你要是把他给打出什么事了，或者是杀了，那咱俩不是恩将仇报了吗？”

摄政王殿下闻言，浓眉皱起，带着几分审视地扫向百里瑾宸：“之前便受伤了？”

这话，他并不相信。

百里瑾宸似乎顿了顿，淡漠的声音方才响起：“没有。”

百里瑾宸一向很傲娇，洛子夜立即道：“你不要听他死鸭子嘴硬，他真的受伤了，胳膊还是爷亲自给帮忙绑的！”

她这话一出，摄政王殿下原本就险些收不住的怒气更是骤然高扬。若是阎烈此刻在这里，看见这情况，肯定二话不说，建议摄政王殿下马上假装受伤，就算是无病呻吟一下也好，然而阎烈不在，摄政王殿下又从来强势惯了，于是……

这个亏是吃定了！

嬴烬在一旁看着，摇了摇头，很为情敌的未来感到担忧，摊上百里瑾宸这么个情敌，怕不管是对谁而言，都算得上是一件惨事！

对峙了一会儿，摄政王殿下沉声问：“洛子夜，你今日是护他护定了？”

“呃……”这个问题要她怎么回答？她觉得自己是在护着自己的良心，而并非在维护百里瑾宸本身！

她在想话应当如何说。

摄政王殿下半合上魔瞳，平定了一下心头的怒焰，没跟洛子夜打一声招呼，也似懒得再多说旁的话，直接就这么走了。

洛子夜脸色变了几变，心里头也明白凤无俦这是生气了，正打算追上去，却骤然听到她身后极为细微的声音，似在呼痛！她回眸看了百里瑾宸一眼，便见他袖子上的血迹越来越艳烈，这令她叹了一口气，只能先帮百里瑾宸处理伤口。

而摄政王殿下走出去几步之后，听着她似乎打算追过来的脚步声，情绪好了许多。然而那脚步声只是一瞬间的事，她马上又回到了百里瑾宸跟前。摄政王殿下怒火之下，几个大步回身，走到洛子夜跟前，一把抓住洛子夜的手腕。

而百里瑾宸也很快抓住她的另一只手腕！

“放手！”摄政王殿下声音冰寒。

洛子夜见凤无俦没有要继续打的意思了，把被百里瑾宸握着的胳膊用力地往外抽：“好了，你俩就歇战吧！让轩辕无好好给你处理一下伤口，爷有点事要单独跟凤无俦说说！”

她此言一出，百里瑾宸松了手，而且也没再多看洛子夜一眼。

他这般淡漠的态度，自然也未出乎洛子夜的意料。她很快转身，扯着凤无俦走人，而摄政王殿下一语不发，足见他此刻心情多不好。这让洛子夜的心情也有点忐忑，不知道这问题跟他拎得清不！

他们这前脚刚走。

凤天翰和武修篁对视了一眼，也纳闷起来。百里瑾宸倒也没理会他们，洛子夜从他的视线中消失之后，他也转身打算离开。

嬴烬眉梢微微扬了扬："小夜儿的脾性向来不怎么样。若是哪天让她知道，你之前并没有受伤，你有没有想过，她会怎么样？"

"为何会怎样？"一句话落下之后，他又淡漠地道，"从一开始，我就没说过我受了伤，不是吗？"

嬴烬闻言一噎，好像……好像对方还真的没这么说过，甚至凤无俦和洛子夜曾经问起，他也说，没受伤！所以，就算此事被戳破，也是洛子夜自己会错意？

楼兰。

下人飞快来禀："大人，您的飞鸽传书，是准格尔的！"

赫提绪眉梢一皱："是申屠焱？"

下人立即摇摇头："是申屠苗的！"

"申屠苗？"这下赫提绪倒是纳闷了，示意下人将信件递给他，扫了一眼，旋即面上的表情变得很古怪，嗤道，"回信给申屠苗，洛子夜已经回去了！还有，不是我不愿意帮她，我赫提绪自认没有对付洛子夜的能耐，她若是觉得她有这样的本事，便让她自己来吧！"

下人一愣："大人，准格尔的公主说什么了？"

赫提绪盯了那密信一眼："你自己看！"

信上写着一段话：请赫提大人在洛子夜离开楼兰之前，将之诛灭！事后，我准格尔必有重谢，丽江之外三块草原，都将赠予赫提大人！

下人看完嘴角一抽："大人，丽江之外的三块土地，的确是个不小的诱惑！

赫提绪睨了他一眼："世上没有平白无故就能得的东西，好的诱饵便意味着大的代价。且不说申屠苗区区一个准格尔公主，能不能做这个主，就算是对方真的做得了这个主，也要看我们是不是有命拿！"

去招惹洛子夜那样的人，怕下场不会比主动招惹凤无俦要好多少。

下人立即点头："大人说得是，属下立即就去回信！"

"凤无俦，你走那么快干啥？"洛子夜跟他先离开之后，没几步他老人家就松开了她的手腕，径自大步在前头走，兀自生着闷气！

果爷也不知道是什么时候跟上来的，一双鸟腿也是跟着迈得飞快，尖着嗓子颠三倒四地道："锻炼身体走得快，走得快锻……"

锻炼两个字还没说完，骤然一道森冷的目光就落到了它身上，果爷鸟嘴一抽，立即闭嘴，并转移话题，开始唱歌："友谊的小船，说翻就翻。爱情的巨轮，说沉就沉……"

咚！

一声响落下，摄政王殿下给了它一脚。它砸落到远处的大树上，那边还传来它的下一句歌声："好好的果爷，说踢就踢。赤诚的心脏，说碎就碎……"

闽越更是默默地抚了抚额头，觉得果爷真的太不会看人脸色了！

洛子夜加快了脚步，很快就追上凤无俦："小臭臭！"

摄政王殿下似乎很生气，根本不搭理她，甚至都没正眼瞧过她。继续走了两百多米之后，到了一条河边站定，他负手身后，立于河畔。

洛子夜站在他身边，刚刚向前凑了凑，他便往前走了一步，似乎并不想看见她。她嘴角一抽："那个……"

她话没说完，他便骤然打断，语气森冷如冰："你不必去帮百里瑾宸处理伤口了？"

这话一出，洛子夜的脑后滑下一滴冷汗："你生气了，爷敢去帮他处理伤口吗？而且爷又不是大夫，轩辕无处理得比我好，既然这样，我还凑什么热闹？"

此言一出，却不知道又是如何刺激到他老人家了，以至于他冷嗤了一声："孤并未生气，你想帮他处理，就去！"

这话一出，洛子夜扯了扯他的袖子，谄媚道："别生气了，要不然爷烤兔子给你吃？"

摄政王殿下闻言，似乎余怒未消，眉宇间的褶痕依旧明显，下巴微微仰起："孤不想吃！"

洛子夜摸了摸鼻子，心里也知道这家伙脾气大，而且不好哄。她硬着头皮再接再厉："那要不然，爷唱首歌给你听？"

果果听着这话，在旁边不屑地呸了一声："果爷唱得那么好听被踢，唱歌你还，主人才不听……"

洛子夜扭头看了一眼果果，很想把这小破鸟给揍一顿。

摄政王殿下听着果果聒噪的声音，原本不悦的心情更加不悦。倒是闽越在一旁出于对果果的关爱，飞快奔过去捂住了它的鸟嘴，抱着它走了。

接着，摄政王殿下魔魅冷醇的声音缓缓地道："孤不想听！"

洛子夜："……"她觉得跟凤无俦在一起的生活体验，宛如养了一只大猫，或者是养了一只狮子？标准的傲娇，尤其在生气的时候！她思索了一下，他的生辰是八月三日，还真的就是正儿八经的狮子座！

"那爷给你表演个绝活？"其实她没啥绝活，先哄哄看。

摄政王殿下冷嗤一声："孤并不想看！"

洛子夜瞅着他的背影："……"难不成要她来个跪地认错？这有点难度啊！

一阵风扬起，洛子夜顿时觉得自己的内心无比凄凉："那你想听爷好好解释解释这件事吗？"

摄政王殿下魔瞳微沉，这件事情不需要她解释，他便已经能明白是怎么回事。无非一个卑鄙无耻的男人欺骗了她之后，又来给自己下套罢了！对方盯住的点，也就是洛子夜的重情义！然而怒气之下，他也就回了一句："不必解释，孤不想听！"

洛子夜也不知道该怎么办了："那你还想跟爷说话不？"

这下他没理，那态度仿佛就是不想再跟她说话了。她眼珠一转，倒是想了一个激将之法："那既然你都没兴趣，爷就先走了。你刚才也建议爷去给百里瑾宸包扎伤口，爷觉得你说得也很有道理，爷还是先去看看他。明天一早，你还得赶回战场呢，早点休息，下次再见！"

洛子夜说完转身便走！摄政王殿下一怔，沉眸看着她走远，容色似是难得地讶异。没想到这个没心没肺的女人，竟然真的就这么走了？！

然而，没想到的是，他正回过头，洛子夜的脚步就顿住了，回眸看他一眼，她的表情有些无奈，还有几分奸计得逞的开心，便是一副就知道他会回头的模样。

摄政王殿下蹙眉，大步便走，走的也是洛子夜前行的方向，仿佛没看到她一样走人，一副他转身只是为了走人的态度。闽越默默地抚了抚额头，王的傲娇都快升华成幼稚了，要哄他的太子也是挺辛苦的。

"喂……"洛子夜不可抑制地感觉到了心累，"臭臭，咱俩都这么好的关系了，有事好商量行吗？"

"商量？"他浓眉微扬，脚步倒是顿住，冷嗤了一声，"方才你站在百里瑾宸身前维护他的时候，给过孤丝毫商量的余地吗？"

洛子夜嘴角一抽，开始一本正经地胡说八道："呃……那时候是我和我最后的倔强！最后倔强刚刚已经用完了，这会儿还是可以商量商量的！"

此刻天色渐明，一缕晨曦之光洒落，天际破开一道明晃晃的口子，一早他们就要各奔东西，他回战场，她回京城。他在战场上叱咤风云，她则在京城直面阴谋诡谲。今日是他们难得相聚的一天，纵使生气，也不该将这一天就这样错过！

他深吸了一口气，冷静下来，垂眸盯了洛子夜一眼："洛子夜，孤的年岁比你长，所以许多时候，你做错，你愚蠢，孤都能理解包容你。你一意孤行要保护其他人，定要对每个人都重情重义，唯独对孤冷酷，甚至你打算将你在意的所有人都看得比孤重要，这些孤都可以不在乎。孤只希望，你至少能做到相信我！"

最后一个字，他用的"我"，而非孤，表示是他凤无俦的身份，而非属于摄政王殿下高高在上的身份。

看见她站在百里瑾宸身前维护，生气吗？定然是生气的。看她为了澹台毓糖来为难他，生气吗？也是生气的。看她一次一次保护嬴烬，生气吗？

他早已不知道自己生气多少次，又生生克制住。

或者说当伤害已经成为一种习惯，被伤害的人慢慢就会坚强一些，不再那么脆弱敏感。他一直在努力适应她，为她改变自己霸道的秉性，允许她还有在乎的其他人，甚至他能容忍她将很多人看得比他重要。

可他不能容忍她相信一个卑鄙无耻男人的阴谋诡计，却不愿意相信他的话！这令他如何不动怒？这令他还如何说服自己，在她心里他是不同的，是有一席之地的？

洛子夜一怔："所以你坚持认为，百里瑾宸之前并没有受伤？"

其实百里瑾宸受伤的事情，她并没有亲眼看见．她给对方处理伤势的时候，也没看见伤口。还有一个严重的问题，百里瑾宸那么高的武功，到底是怎么受伤的来着？

他闻言，魔瞳沉敛："如果孤说是，你相信吗？"

洛子夜仰头与他对视，凤无俦此人，从来都是拽得不行，不屑说谎，也没可能为了陷害百里瑾宸，就说对方受伤是假的。这么一想，她眼露深思："你确定吗？"

看她此刻已经对百里瑾宸产生怀疑，令摄政王殿下的心情好了许多。他伸出手，放在她头顶，沉声道："孤确定！洛子夜，重要的并非这件事，而是孤希望以后你能信任孤。孤不屑于说谎，而即便有一天，孤不得不说谎，你也要明白，哪怕孤骗尽天下人，也绝不会骗你！"

洛子夜沉默了，在他如此真诚地对她说出这样的许诺之后，她有什么理由不相信他？

她抬眸："我知道了！爷以后不会这样了！"

她跟他是会一起走很远的，如果她连信任他都做不到，那么这条路以后会很难走。尤其在他给了她这么多安全感和保护的时候，她也毫无不信任他的理由。

她这话一出，他面上的表情缓和了几分。他们一起走了这么久，这一路上的矛盾争执，一次一次的怒气与包容的累积，这中间生出的裂痕似乎也越来越深，在深不见底的谷底，划上肉眼不可见的痕迹。不知道这裂痕何时会彻底爆发，将一片相

连的陡坡切为断崖，令他们站在不能再聚的彼岸，从此陌路，但……

他会努力守着，哪怕与命争，哪怕与天抗。

他叹息着将她拥入怀中，魔魅冷醇的声音，从她头顶传来："这一夜很快就会过去，洛子夜，孤不希望我们日后相处的日子，总为一些无关紧要的人浪费于无谓的争执！"

她怔了怔，亦伸出手抱住他，感受他有力的臂膀圈住她的腰，那是在这个异世难以拥抱到的温暖，只属于阳光，毫无阴谋诡谲的温暖。她忽然很感性，忍不住道："凤无俦，如果哪一天，你都离开我了，那我一定是糟糕透了！"

她也知道他们之间有裂痕，她也害怕失去，可仿佛漂浮在河流之中，她无法精准地抓住一块浮木，来保证这份感情的牢固。她更明白，如果有一天他们真的分开，那一定不会是因为他的问题，定是因为她自己。他已经很努力地在退让了，这些她知道，她都知道。

"孤不会！"他的大掌放在她的后脑上，将她更紧地压入自己怀中。不管她犯下什么错，他也不会放开手。她若要走，他也不允！

她偎进他怀中，那一缕晨曦之光照到两个人身上。

闽越靠在一旁的树干上，手里攥着嘴巴被一根短绳绑起来以致半天不能发声的果爷，喃喃道："百里瑾宸这算是弄巧成拙了吗？"

这还让太子许诺上以后信任王了。

可同时，他身后传来一道声音："可是，倘若洛子夜的许诺是假的，她只是想利用摄政王殿下呢？闽越，若当真如此，你知道此事的严重性！"

这声音带着尖刻的味道，令闽越立即扭过头看向来人！

他们处在一片幽暗密林，离凤无俦和洛子夜的所在之地还很有距离。来人正是申屠苗，闽越微微挑眉："准格尔公主？您为何忽然出现在此地？"

申屠苗笑了："我想跟你谈谈，可否赏个脸？"

两人离开了幽暗密林，穿过幽静的小道之后，闽越骤然停住："有什么话，公主想说就说吧！"

申屠苗勾唇一笑："相信这么久以来，你也能看出来，洛子夜并不适合跟摄政王殿下在一起！"

闽越嘴角微扯，心底有些讥诮："太子跟王不合适，难道公主认为自己跟王就合适吗？"

他这话已经算是不太好听了，申屠苗却不以为意："我倒也不敢这么想，但是至少，我要是跟摄政王殿下在一起，只能是为了他这个人，而非想要利用他。至少，我能比洛子夜对摄政王殿下真诚！”

闽越不冷不热地问道：“所以公主认为，你对王是真诚的吗？申屠公主是大漠之花，谁都知道你在战场上的能耐不输男儿，可就是这样一个人，在王面前竟骤然成了听见点什么不好听的话，都要立即晕过去的柔弱女子，这就是公主所谓的真诚？”

申屠苗一脸的笑意僵住。

看她尴尬着不说话，闽越又嗤笑道：“王从来是我行我素，不屑于伪装。太子大概也算得上是真诚的人，即便她有时候很多行为让人不满意，但她从来没有那些个弯弯绕绕的花样。而一直以来都在伪装自己的申屠公主，这时候凭借什么，来让闽越相信你的真诚呢？”

他这话说完，申屠苗的面色一阵红一阵白。

她盯着对方的脸道：“可你也应当明白，我所做的一切，不过是为了得到摄政王殿下的青睐。我只是为了情爱，可洛子夜是为了利用，这就是我跟她最大的不同！至少若是跟摄政王殿下在一起的是我，我不会伤害他！”

闽越沉默了，眼神多了几分深思。从千浪屿回来，他的确不再赞成王跟洛子夜在一起，他也怀疑洛子夜接近王的动机，只是他的话，都被王制止并拒绝了。他抬眼看向对方，冷声问：“所以，你希望我怎么做？”

申屠苗心下狂喜，面上却半点不露声色：“你是摄政王殿下身边的大夫，相信洛子夜落到你手中诊治的机会定然不少。如果你想动手，其实是很容易的事情，不是吗？我只要设计让洛子夜生一场古怪的病，再加上你的推波助澜，一切就会顺理成章！”

闽越上下打量了她一眼：“你这是打算利用王对我的信任，让我对洛子夜下手？”

“并非要你下手，你只要明明有法子却不救，袖手旁观便可！”申屠苗扬眉，嘴角也微微扬了起来。

她这话一出，闽越立即问：“你是不是忘了，如今洛子夜身边，有一个百里瑾宸？”

申屠苗很快回话：“百里瑾宸到底是煌埠大陆的人，只要你答应与我合作，我自有办法将他引开！至于让洛子夜染上怪病，我也有我的手段，这些你都不必担心。只要她落到你手中诊治的时候，你装作无能为力即可！”

闽越沉默了几秒之后，道：“七天！七天之内，我会给你答复！”

“一言为定！”申屠苗面上染笑，“我等你的好消息，倘若我能得偿所愿，定然不会亏待你！”

她此言一出，闽越没答，转身离去。

申屠苗看着他走远，嘴角微微扯了扯。正有人大步而来，开口禀报：“公主，是赫提绪的信！”

说完这话，他立即将信件递给申屠苗。申屠苗立即展开，看完信件，不屑地道：“没用的东西，亏得他还是楼兰如今的领袖！不过倒也无所谓，赫提绪没胆子便罢，如今闽越站到我这边，我还怕弄不死洛子夜吗？”

旋即她偏头问：“萧疏影如今去哪里了？”

“萧疏狂派人护送她回了古都，我们的人发现她回去待了几日，就又出门了。眼下下落不明！”下人回道。

“嗯！”申屠苗点头，“本公主相信，萧疏影也是不会让我失望的！”

“洛子夜快回来了！”这话是龙傲翟说的。

轩苍墨尘微微一笑，含笑的眉眼看向他，似乎不懂他的意思。洛小七一张天使般单纯的娃娃脸上带着几分阴鸷：“你们让凤无俦死，一个是为了轩苍能一战扬名，一个是为了墨氏的统治，达到了你们的目的之后，你们就应当离开！天曜的事情，你们不必再管，太子哥哥是我天曜皇室的人，也是我洛小七的人，她与你们无关！”

龙傲翟扬眉，眸中带出几分嘲讽：“难得七皇子还记得洛子夜是天曜皇室的人，那么你要洛子夜做什么？难不成是想做出不伦之事？”

洛小七眸色一冷，声音拔高了许多：“是又如何？！不是又怎样？！龙傲翟，这不关你的事！”

“你若觉得这不关我的事，此刻何须自己提起？”龙傲翟讥诮反诘。

这自然是因为关他的事，也关轩苍逸风的事，洛小七才会主动提起！

眼见这两人简直要打起来，轩苍墨尘温声开口调笑：“怎么，事情还未成，两位就要因为分赃不均打起来吗？”

龙傲翟和洛小七面色一僵，轩苍墨尘笑道：“诚然，七皇子殿下说得对，本王与龙将军都有所求，但七皇子殿下就没有吗？只有除掉凤无俦，天曜才是七皇子殿下说了算，你也能对你父皇复仇。所以，除掉他，我们都有所得。既然如此，关于洛子夜，七皇子凭什么要我们退？事成之后，我们各凭本事得到她，这才算公平，不是吗？”

洛小七的脸色难看起来，却无法反驳。旋即，龙傲翟忽然笑起来，冷声道：“现在争得头破血流有什么用？洛子夜是会由着我们摆布的人？说不定到那时候，她的剑会对准我们，不死不休！”

这话一出，场面登时变得沉默，即便从来不露声色的轩苍墨尘，此刻也觉得自己手中这杯芳香四溢的茶瞬间失了味道，甚至尝起来还有些苦……

洛子夜跟凤无俦回去的时候，便看见那两个老不休正并肩坐在地上嗑瓜子，只是两人的眼神都未看对方。

洛子夜见武修篁正盯着她，问了一句："你来找爷有什么事？"

摄政王殿下不善的目光也落到了武修篁身上。对于凤无俦的张狂和没礼貌，武神大人早就清楚的，懒得在意，把手里没吃完的瓜子随手对着凤天翰一扔。他拍了拍手上的瓜子屑，旋即盯着洛子夜，表情忽然正经起来："洛子夜，朕问你，无根之水，你有没有办法解开？"

"没有！"洛子夜实话实说，"老子要是有办法解开，早就拿来威胁你叫我爸爸了！"被武修篁打了这么多次，这仇她可是都记着呢，要知道法子，她肯定让对方先叫爸爸，再叫爷爷，如果有必要还得叫一声祖宗，她再考虑要不要告诉对方。

武神大人嘴角一抽，额头的青筋就这么跳了一下。凤无俦不尊重他就算了，就连洛子夜脑子里竟也盘旋着让自己叫他爸爸的渴望！他再怎么样，也是长辈啊，现在的年轻人简直岂有此理，真是世风日下！

他平定了一下怒气，道："朕也觉得你不可能知道，只是……"

只是他没有找到无忧老人，却收到无忧老人的信件，就一句话："不必寻我，你要的答案在洛子夜身上。"

洛子夜没等他说完，就不耐烦地打断："只是什么？你一个老家伙，一个皇帝，不好好管理国家，教导子女，整天就想着些有的没的，还动不动就来烦爷，你有这工夫不如去管教一下武琉月，也回家好好为武项阳拔高拔高智商，省得他总在外头丢人！"

她从来是爱屋及乌，恨屋及乌，那对让人讨厌的兄妹，她很不喜欢，对武修篁她当然也喜欢不起来。

于是，武神大人脸一黑。

"噗……"凤天翰毫不客气地喷了，接着就是一阵狂笑，"哈哈哈……"

武修篁原本脸色就发黑，眼下听见凤天翰这么一笑，那发黑的脸色顿时就青了："洛子夜，你竟敢教训朕！"

"不敢教训您，本太子也就是提一个小小的建议，您可以不采纳！"洛子夜很识相，人家是当皇帝的人，该给面子还是给个，不然引起了战争，她的罪过就大了。

"哼！"武修篁冷嗤一声，脸色更沉了，洛子夜若是真的不知道，那无忧老人的话是什么意思呢？

眼下天色已经大亮，洛子夜扫了凤无俦一眼：“你不用担心爷，这个老头虽然人品不怎么样，但是他的札记还有一半在爷手上，他不敢把爷怎么样。天已经亮了，你先回战场吧！”

武修篁一口血险些没气得直接吐出来，老头？他如此英俊潇洒，外貌看起来不过三十出头，实际年龄也就四十，到了洛子夜嘴里，就成老头了？老头就算了，他还人品不怎么样？不就是揍了这小子几次吗，这就人品不好了？

摄政王殿下闻言，魔瞳在武修篁身上盯了几秒。

武修篁摆了摆手：“行了，你小子走吧，老子不会把洛子夜怎么样的！”

洛子夜又推了凤无俦一把，示意他离开。他沉眸盯了洛子夜几秒，看她坚持，才打算走。而此刻，闽越正好跟了上来，先是神色复杂地看了一眼洛子夜，旋即才看向凤无俦：“王，属下有事情禀报，是关于申屠苗和太子的！”

洛子夜扫向闽越：“申屠苗跟着你们家主子一起过来了？”

“是！”闽越很坦诚，旋即看了一眼武修篁。武修篁也还算识相，知道自己不得信任，立即起身走人。

而摄政王殿下听了闽越的话，魔瞳也微微沉了沉，很显然，他也并不喜欢被人跟着。他扫了一眼武修篁的背影，这才看向闽越：“方才是她找你？”

“是！她想找属下合作，并意图说服属下，大意是太子对您是虚情假意，甚至也许有一天太子会对您不利，她自己对您却是真心实意，故而希望属下跟她合作，除掉太子！”闽越说着这话的时候，自己也忍不住翻了一个白眼，在他眼里申屠苗还是很聪明的，却没想到对方竟然试图说服自己欺瞒王。她是不是以为他们摄政王殿下的人都是傻白甜，毫无对王的忠诚之心，并且还有擅自做主的恶习？

摄政王听到这里，魔瞳中染上怒意，面上也是傲慢与讥诮：“孤看她是在找死！”

洛子夜拍了拍凤无俦的肩膀，示意对方少安毋躁，才问闽越：“她有没有说，怎么跟你合作除掉爷？”

这还真是人倒霉了，走到哪里都随便躺枪，就这样毫无防备地膝盖中箭！她到底对申屠苗做了什么？

闽越回道：“说了！她既然认真地说服属下，属下也假作有合作的意向，诱导她说出了心中的打算。她的意思是有办法让太子生一场怪病，并将百里瑾宸引开。属下要做的，也就是假作对病情无能为力，放任太子死于非命！但她并未明说打算用何种手段让太子染上怪病，属下怕她怀疑，故而没敢多问！”

洛子夜的心情几乎可以用“斯巴达”来形容：“你当时就没有问问她，我到底做了什么对不起她的事？”

就算是喜欢凤无俦，也不至于要阴到这种地步吧？

闽越瞟了她一眼，但是眼神里的意思已经很分明。人家喜欢了多年的男人，您一出现说占就占了，人能不生气吗？女人们因为嫉妒杀人，不是很正常吗？尤其后宫里头，几乎每天都在死人，申屠苗这算什么？

洛子夜收到他的眼神，毫不客气地瞪了凤无俦一眼："都是你招来的桃花！"

摄政王殿下眸色微沉，却冷嗤了一声："论起招桃花的能耐，你比孤有过之而无不及！"爱慕他的人纵然不少，但是敢直接凑上来的寥寥无几。可洛子夜呢？几乎看上她的每一个男人，都会忽然开始变得不怕死起来，毅然决然地站出来跟自己对着干。他都没找她兴师问罪，她倒是先指责起他来了！

洛子夜面色一僵，也很快想起一点来："不过爷倒是有点好奇，申屠苗能如何让爷得怪病呢！"是自己身边还潜伏着什么危险，而自己浑然不知吗？

闽越看向凤无俦，弯腰问："王，申屠苗应当如何处置？虽说这个女人胆大妄为，但到底申屠焱……"

申屠焱这时候还在战场上为王卖命呢，而且对方一直将王当成兄长和此生最崇拜之人。而申屠苗是他的亲妹妹，一母同胞，按照王的脾性，是会动杀机的，可要是就这么将对方杀了，这对申屠焱似乎太残忍了。

闽越话没说完，洛子夜就已经明白了他话里的意思。

她扫了一眼凤无俦："这件事情你就不必管了，区区一个申屠苗，爷还应付得来！"

她此言一出，他魔瞳凝锁住她，威严霸凛的声音缓沉道："洛子夜，孤早已警告过申屠焱，如今他管不住自己的妹妹，孤若是要动手，自然也怨不得孤！"

洛子夜笑着摇头："你一定要收拾她也可以，不过可先不要急，让她帮爷把身边的威胁挖出来。我倒是很想知道，她到底有何种手段，能让爷神不知鬼不觉地生一场怪病。我有一种预感，这么一挖，指不定会钓出一条大鱼！"

她一副很坚持的模样，摄政王殿下与她对视了一会儿，在看清她眸中的坚持和倔强之后，最终微微颔首，提醒了一句："注意安全！"

黄昏之时，洛子夜就入了皇城，摄政王殿下也已经回了战场。

她这才刚刚到皇宫的门口，百里瑾宸和嬴烬便都跟了上来。百里瑾宸淡淡地扫了她一眼，人便策马而去，去的是皇宫的方向。

这样谪仙般的姿态，要让洛子夜相信他是个一肚子坏水、会假装受伤来诓骗自己的人，其实……很简单！毕竟轩苍墨尘那只笑面虎，就是外表和内心不搭最好的写照不是？

嬴烬看着洛子夜若有所思的神情，心里头也明白对方是对百里瑾宸产生了怀疑，正想着，洛子夜骤然扫了他一眼："嬴烬，你觉得百里瑾宸真的像他表面上看起来那么简单吗？"凤无俦应当是不会诬陷人的，她也很有可能当局者迷了，不如问问嬴烬这个局外人。

洛子夜素来喜欢单纯的人，不喜欢跟心机深沉的人来往，这一点嬴烬是知道的。那么，这时候他岂会表现出自己的心机和聪明来？于是他蹙了蹙眉："这一点我还从未想过，怎么，小夜儿是觉得百里瑾宸有什么问题吗？"

洛子夜扭过头，看他一脸单纯，邪魅的桃花眼扬起，精致的唇微微张开，一副呆萌的样子。原就是一张美得令人流鼻血的脸，再加上这样直击人心的表情，令洛子夜鬼使神差地说了一句："你也是太单纯了！"

这时城门口的人上前道："太子殿下，皇上吩咐过了！您回来之后，请您马上回宫复命，陛下有要事与您相商！"

她眉心一跳，看了嬴烬一眼："你先回太子府，爷回宫复命！"

"嗯！"嬴烬听话地点头，策马而去。

洛子夜在侍卫的带领下进了宫，到了御书房的门口。临安正站在门外，看见洛子夜，道："还请太子殿下稍待，陛下正在接见神医。神医出来之后，老奴会去为殿下通报的！"

百里瑾宸来找洛肃封了？

他想干吗？洛子夜瞟了一眼临安："公公看他们是在说什么？您当了这么多年大总管，若是真的想知道，也还是有些法子的吧？"

临安抿嘴一笑："太子高看老奴了，法子老奴是真的没有。只是隐约听见里面传出来些声音，似乎在说什么聘礼和提亲，大抵是神医看上了我朝的哪位公主或者郡主，特意进宫来求亲？"

洛子夜："……"这种不祥的预感是怎么回事？

她指着自己的鼻尖，扭头问了临安一句："你确定神医真是看上我们天曜的贵女了，而不是看上如本太子一般优秀的男子？"

临安嘴角一抽，暂时不明白太子为何有这样的自信，为了不伤害洛子夜的自尊心，开口道："呃……这个老奴也不太确定，毕竟这种事情，谁说得准呢？"

他心里头琢磨着，难不成太子殿下对美男子的妄想症又犯了？也不知道这个事，王知不知道。自己需要将此事告知王不？

御书房里。

洛肃封打量的目光在百里瑾宸身上游走："神医是认真的吗？神医若是有意与我天曜结亲，朕认为……神医至少应当选择一个女子！"

百里瑾宸闻言，目光微凉："她不是吗？"

这眼神清冷孤傲中，透着几分获悉一切的淡漠，直视洛肃封，令洛肃封微惊，话说到这地步了，自然是明人不说暗话："神医是如何获悉的？"

"我是大夫。"因为是大夫，所以看明白这个问题并不难。

洛肃封一顿，长长地叹了一口气："此事是皇后当年犯下的错误，朕与她毕竟一日夫妻百日恩，后来知道了，也并未戳破……只是一直到如今，为朝堂局势所迫，朕未曾将她的太子之位废黜，这一直是朕的一块心病！"

他此言一出，百里瑾宸倒也并未说话，那双美如清辉的眼眸看向他，似乎想从对方的面上看出这话到底是真是假。洛肃封面上容色真诚，那张脸上，看不出丝毫破绽。

对视了几秒钟，百里瑾宸没在他面上看出什么，倒也懒得多问。

他只淡漠问道："那么，天曜陛下，应还是不应？"

洛肃封开口道："可是神医应当知道，如今太子和摄政王殿下的关系。此事并非朕不想应，而是朕不能应！"

他此言一出，百里瑾宸似早就料到他会有此一言。他放下手中茶盏，站起身，淡漠地道："既如此，天曜陛下好好考虑，我等陛下的答复。我的脾性，也并未比凤无俦好上多少。"

百里瑾宸是什么人，洛肃封心里当然知道，莫说他身后的身份背景，就单单对方是神医却从来未曾听说他悬壶济世这一点，就能看出来，若是将他惹恼了，他便是做出一场瘟疫出来威胁自己，大概都是有可能的。

这让他忍不住皱了皱眉头："神医稍待！"

百里瑾宸顿住脚步，但并未回头。

洛肃封带笑的声音传来："既然神医都提了，朕自然不好拒绝。只是，朕也想请神医帮一个忙！"

百里瑾宸听了，并未说话，等着对方再次开口。

洛肃封见他没说话，也不恼："此事是朕的一件私事，是朕一位老友的儿子。早年中毒，毒性已深。这毒性跟随他多年，太医院对此事也是毫无办法。只说这些年能暂时稳住，几十年之后，什么时候会复发，他们也都保证不了。今日见神医在，故而朕提了此事，不知道神医以为如何？"

百里瑾宸淡淡应了一句："好，明日告诉我他在何处。"

他没问是什么毒，也没细问到底是洛肃封的哪位好友，说完这句话之后，便大步离去。

洛肃封呼出一口气："朕明日就会让他去见神医，先在此多谢！"

帝王对人道谢的概率，自是小之又小。他都忍不住道谢了，便足以说明，此人对于洛肃封而言的重要性。

"不必谢我，这是交易。"这话，便是在提醒洛肃封守诺，将洛子夜嫁给他了。

洛肃封立即开口："神医的诺，朕不敢不守！"

百里瑾宸出门之后，屏风之后走出来一个人。他被黑色的斗篷包裹得严严实实，看着洛肃封，直接便开口道："百里瑾宸，靠得住吗？"

洛肃封轻声道："是不是靠得住，朕不知道。但是这天底下，大概也只有他能根治你身上的毒！"

裹在斗篷中的男人笑了一声："但愿他不是徒有虚名！"

洛肃封点头，骤然眉头皱起，盯着他警告："朕不是说过了，你不要随便在皇宫出没吗？若是被人看出端倪，会坏了大事！"

他又笑了一声："总归我们的计划也快开始实施了，即便让人发现我又怎么样……"

"糊涂！"洛肃封呵斥了一句，疾言厉色地道，"越是在目的快要达到的时候，越是不能掉以轻心！你这般莽撞，若是被人发现了，朕多年的筹谋就会功亏一篑！"

那男人被吼，脸上的笑意很快散去："儿臣知道了！"

"嗯！"他这样一说，洛肃封才算是消了气，"明日去找百里瑾宸治病的时候，记住了，不要露出什么破绽。他既然对洛子夜有了兴趣，便应当会帮助洛子夜，你若是在他面前露出破绽，对我们不利！"

"是！"那人应下，旋即道："父皇放心，这么多年来，儿臣学得最好的，就是伪装。"

一个人一直生活在不见天日的黑夜里，一直努力当作自己从来不曾存在于这个世上，能学会最多的事情，当然就是伪装。而当一个人半生的精力全都用在伪装上，即便是再厉害、再聪明的人，也很难看出破绽了。

门外，洛子夜看着百里瑾宸从御书房里出来，他用密室传音，传了一句话到她耳中："你父皇已经答应我的求婚。"

洛子夜扭头瞪他一眼："百里瑾宸，你是不是有毛病？"

百里瑾宸闻言，脚步微微滞住，手握到了剑柄上。但那手放到剑柄上之后，又慢慢挪开了。

洛子夜几个大步走到百里瑾宸面前，瞅着对方精致毫无瑕疵的五官，认真地道："百里瑾宸，你要是看不惯凤无俦，你找我父皇求婚说要娶凤无俦，一定能成功地硌硬到他。你这样对待我一个局外人，这是不公平的！"

她这话一出，他美如清辉的目光落到她脸上："你认为，你是局外人？"

洛子夜很快反诘："难道不是？"

话说到这里，他骤然低头。那张脸依旧毫无表情，但那双月色般醉人的眸中，却似透着几分难以被窥探的情绪。他颔首道："嗯，是。所以你让他小心些，聘礼我会让人送去太子府。"

说完这话，他倒也不跟洛子夜多说了，举步离去。轩辕无嘴角微微一抽，他就知道公子的性格不可能说真话。这还隔空警告上凤无俦了……

洛子夜一噎，满腹的话忽然也没法说。就在这时，御书房里的人来传话："太子殿下，陛下请您进去！"

进了御书房，她立即跪下："父皇，儿臣幸不辱命，手刃了安卓格，如今赫提绪统领着楼兰，并已经保证将对我天曜绝对忠诚，儿臣也并未损兵折将，无损我天曜之威！"

她这话说完，洛肃封很快点点头："太子，这些事情朕都已经知道了。朕还知道，不单单如此，你手中凤无俦交给你的虎符也并未动过！"

洛子夜心里咯噔一下，明白对方为啥叫自己来了，敢情是为了凤无俦的虎符？这东西她的确带在身上，可因着没用上，她几乎都忘记了，昨晚见着凤无俦，也没将东西交给他。这下……

她背后已经冒出虚汗，面上却是一副不屑的样子："是啊，那虎符儿臣并没动过，可昨天儿臣刚到天曜的边城，凤无俦就赶来了。他迫不及待地把虎符要了回去，好像生怕虎符在爷手里多握着一天，他就睡不着觉似的。要是舍不得，当初就别给儿臣呗，儿臣……呃……"

吐槽到这里，洛子夜仿佛意识到自己话说多了："儿臣该死，在父皇面前无状！"

她这话说完，洛肃封面上透着几分失望。洛子夜刚到边关跟凤无俦见过面，他是知道的，故而眼下洛子夜这么说，他倒是信了。尤其接下来他还要用洛子夜做一件大事，这时候还是不要搜身惹她不快的好，否则就得不偿失了！

他正想着，洛子夜又很快转移话题："父皇，对了，方才百里瑾宸出去的时候说，您答应他的求亲了？他真的不是在跟儿臣开玩笑吗？儿臣一个男子，怎么可能跟他在一起？这……"

“这件事情朕自有分寸，太子不必挂心！”洛肃封这一句话，便将洛子夜给堵了回去。心知她是不会同意这婚事的，这么久了，他要是还看不出来她跟凤无俦之间的情意，他才是白活了。

洛子夜心里暗骂洛肃封，装傻卖痴了这么久，其实心里比谁都精呢！她道：“父皇说得也是，此事儿臣也相信父皇能处理好，不会有辱国威的！”

洛肃封摆了摆手：“好了，你先退下吧！你七皇弟的府邸，如今已经修建好了。他先前为了救你受伤，你也代朕去看看他！”

“是！”洛子夜起身走人。

她在下人的带领下，刚出宫门，便见不远处站着一个人，那人离宫门不远不近，不会僭越到令侍卫们将他拿下，也不会太远，足以令人看得清楚分明。

那人一袭素色锦袍，低调而淡雅。在洛子夜离开皇宫的那一刻，对方似乎有所觉，眼神淡淡扫过来。洛子夜得从那里经过，便直接走了过去，到他跟前，对方含笑的声音传来：“在下知道一些秘密，不知道太子殿下会不会感兴趣！”

洛子夜饶有兴味地盯了他一眼，一张平淡无奇的脸，双手笼于袖中，含笑的眉眼看向她，那双温润的眸子里，似乎透着几分期待，就是一副渴望被认出来的样子。

洛子夜嘴角抽了抽，问道：“为啥爷每过一段时间看见你，你都是一张不同的脸？”说着她举步离开，轩苍墨尘很快跟上。

这家伙听完她的话之后，竟别有深意地回了一句：“不同的时候，用不同的面目见你，自是为了以后不论我是何种模样，你都能认出我！”

他这话一出，洛子夜险些被自己的口水呛到，嗤了一声：“说得跟真的一样！”

轩苍墨尘低低地笑起来：“那子夜，你觉得我是为什么出现在这里？”一声子夜，无限柔情，令人似能看到十里长亭外骀荡的春风，飘到红尘凡人的梦里，意欲撩动一池春水，拂动湖边枝叶青葱的杨柳。

洛子夜听着，心尖都忍不住颤了一下，美男子就是美男子，声音听来都格外销魂。但她还是道：“你又在盘算什么阴谋诡计？这回的目标里有没有爷？”

轩苍墨尘眉梢扬起，浅笑着问：“何以你认为，我用的就一定是阴谋诡计，而非智谋盘算？”

洛子夜偏头扫了他一眼：“智谋盘算，是用自己的聪明睿智，打败敌人成就自己。阴谋诡计是用龌龊的手段，伤害无辜的人，扯不相干的人下水，达到自己自私自利的目的。你觉得你用的是智谋盘算，还是阴谋诡计？”

轩苍墨尘摸了摸鼻子：“那还是阴谋诡计吧！”按照她的判定标准，他做的打算，的确属于阴谋诡计。

他这么直白地承认，洛子夜眉心一跳：“轩苍墨尘，你这回又想干吗？”

“我很想告诉你！”他微微一笑，一双温润的眸子看向她，里头似乎有无限柔情。他的确很想告诉她，若他们两个是同路的人。然而，他们并不是同路，甚至他的计划里还有她，所以只能是想告诉，却不能告诉。他们之间，也注定永远横着一条不可跨越的鸿沟，你在算计我，我在揣度你。

洛子夜沉默了，所以这事十有八九又跟自己有关系了？说到这里，他们已经走到了街道上，而这时候，轩苍墨尘猛然捂住唇咳嗽了几声，接着便有血从他指间流了出来。洛子夜立即道：“轩苍墨尘，你没事吧？”

“无事。”他手心微微一握，另一只手掏出白绢，将手上的血迹缓缓擦拭掉。洛子夜明白这是上次在千浪屿上，他为她重伤之后的后遗症。

她心绪忽然变得复杂起来：“轩苍墨尘，上一次在千浪屿的事情，我很感激你。我真的希望那一次的事情之后，我们是朋友！”

她这话一出，他拿着白绢的手微微一颤。白绢上触目惊心的红，是那般扎眼，艳丽得令人心碎，像是有什么锋利的东西割破了血肉，直直插入心肺。其实，他也并不希望他们是这样互相算计猜疑的关系，他也希望，他们是朋友。能煮酒论英雄，弯弓射大雕。或者只是安静地坐下来，琴瑟相和，对坐品茶。然而，他的身份，决定了他所有的希望和不希望，都终将成为泡影。

这是帝王的无奈，也是轩苍墨尘不可更改的宿命。

他将手中的白绢扔下，那东西飘飘然落到菜市场的一堆秽物里，就如同，他再想对她捧出一片真挚，也终究不能逆改这真挚会落入阴谋诡谲中翻覆，以致在她眼前一文不值的宿命。

他默了几秒，笑道：“难道眼下，我们不是朋友吗？”

洛子夜长叹，看他一眼：“你应该明白爷在说什么，世上的许多东西，都并不一定要用阴谋才能得到，为什么非要伤害一些局外人呢？”

“因为，我要以最小的代价，去获得最大的利益。子夜，于帝王而言，个人荣辱得失和几个人的牺牲，都不算什么，你明白吗？”他说着这话，看她的眼神含笑，他知道她能明白，但他也知道，她能明白，但永远不会理解。

洛子夜看了一眼天色：“好了，不说这些了！你摆出一副要算计的样子，你就不怕爷为了防患于未然，让人把你给抓了？毕竟轩苍的皇帝忽然出现在天曜，此事就算放到墨天子面前说理，你也撇不清你自己，不是吗？”

“我既然敢出现在你面前，便不会担心这些。你若觉得抓得住我，派人来抓我也无妨。”他眉眼含笑，他不会天真地认为从前他跟洛子夜的那些交情，就能令洛

子夜冒险对他纵容留情，他只相信自己的谋算和实力。

洛子夜沉默，的确，像轩苍墨尘这样走一步都要布好几步棋的人，想抓住他真的不会是一件容易的事。于是，她只开口道："我只希望，你的所有盘算开始落实之后，你我不会走到要拔刀相向的局面！"

尽管她心里已经有了这样不好的预感。

轩苍墨尘眉梢一凝，心头一刺，但到底没有多说什么，只是道："你不想听听，我想告诉你的秘密是什么吗？"

"还真的不太想！"洛子夜看他一眼，"我总归觉得，你想告诉我的，不会是什么好事！或者，从你说出所谓秘密的这一刻，我就很有可能走入你们布好的局中！"

轩苍墨尘轻笑："既然你这么不相信我，那我就不说，总归即便我不说，你最终也会知道，早晚而已！而且，洛子夜，我的确并未想过伤害你，至少这一次，我是想帮你！"

洛子夜正想说什么，却蓦然看见轩苍墨尘身后，约莫三十米处的诡异景象……便见一人，手中握着一块浮雕，飞快地雕刻着。那个形状看起来很是眼熟，似是虎符，但又跟她手中凤无俦的这块虎符并不完全相同！最有意思的是，他的桌子上头放着一块雕塑，栩栩如生，她决计不会认错，那雕的就是嬴烬！

她不动声色地收回了视线，没让轩苍墨尘察觉，却回头盯了对方一眼："想帮我？"

"嗯！"轩苍墨尘点头，微微一笑。

洛子夜倒乐了："那你打算怎么帮我？"

轩苍墨尘笑道："洛子夜，你要相信，最终能救你命的人是我。"他这话说完，不待洛子夜反应，双手笼于袖中，大步而去。

洛子夜皱着眉头站在他身后看了良久，救命？这话的意思，她还要面临杀身之祸？

敛了思绪，便见轩苍墨尘走远了，她回头看了一眼街道的南面，而刚才还在那里雕刻的人，已经不见了。洛子夜走过去，问了周围的人一句："方才在这里雕刻的那个人，眼下去哪里了？"

能雕刻出虎符的形状，指不定还能雕刻别的。关键的时候，也许派得上用场！

她这样一问，旁边那小贩道："收摊了啊！这位雕刻的先生，每天快天黑的时候就收摊。不过还别说，他的雕刻技术，在我们京城那可是数一数二的！只是他性子桀骜，喜欢到处跑。所以这么些年来，他也没开家店铺，不然，怕是早就扬名了！"

洛子夜扬眉："哦？喜欢到处跑？"

“是啊！我在这里摆摊摆了十年，来之前这位先生就来这儿雕刻了，不过他偶尔也会出门，一出去云游就是半年。这位公子，打听先生的事做什么？可是也要找他雕刻？您可别说，他的巧手雕出来的人啊，那当真是栩栩如生。他曾经雕刻过天下第一美人嬴烬公子，那雕塑每天就放在这桌案上，谁来他也不卖。想必嬴烬您应当知道吧？一个雕塑就好看得不行呢！”那小贩谈及嬴烬，便脸都红了。

洛子夜点点头，看了一眼那小贩：“那这师傅明儿个是什么时候才会上街来？”

那小贩笑了：“明天一早就会来吧，不过也要看您的运气了，这位先生常常是云游半年，就回来半年。眼见这半年已经到了，指不定明天早上，他就不来了呢！”

洛子夜点头表示明白，在小贩的摊上，随手买了个东西表达感谢就走了。

“王！好消息，云南边防已经攻破，眼下就剩下云南王府还在强撑。申屠王子让属下来请示您，攻打时是否要在意云南王府众人的性命？”阎烈站在王帐中央请示。

而王座上的男人，左脚踩在长榻之上，左臂搁在膝盖上，右手揉着眉心，似有些疲惫。魔瞳半合着，扫向阎烈的方向，魔魅冷醇的声音带着与生俱来的压迫感，缓沉道：“孤要的只是圣晶石，至于云南王，能不杀便不杀。只是，孤生辰当日，洛子夜来之前，孤定要见到圣晶石！”

阎烈立即点头：“是！王，您此番出去见太子，两日两夜奔波未曾休息，尤其您的内伤一直未愈，您还是休息一下吧！”

“嗯！”摄政王殿下合上魔瞳，再未抬眼。

待到阎烈转身往外头走，刚走到门口，他便听见身后传来那人魔魅冷醇的声音：“这几日，好好盯着申屠苗，别让她玩出什么花样！”

纵然洛子夜表示有把握应对，他也并不打算冒这个险，还是让人盯着稳妥。

阎烈立即道：“是！”说完他就退下了，申屠苗的事情他已经知道了，要不是看在申屠焱的面子上，就单单凭借对方竟然想策反闽越这一点，他阎烈就忍不住想掐死那女人了！

他出去之后，王帐内，却并没有恢复寂静。

一只通体雪白的小狐狸，那正是之前被救回来的翠花，它大概是有点无聊，过一会儿就伸出爪子往果果的脑门上一拍。果果一双鸟眼瞟过去，懒得计较，往边上走一步。

而翠花似乎是玩上瘾了，过会儿就对着果果的脑门来一下，就这么玩了大概二十下之后，果果终于忍无可忍地跳起来，伸出翅膀就对着翠花的脑门一阵猛抽，

尖着嗓子颠三倒四地道："叫你打果爷！叫你一直打果爷！叫你打……神兽果爷，不跟你计较，你还上瘾打，打上瘾……"

翠花一蹄子拍回去："嗷！"花爷揍你是你的荣幸！

两只动物打成一团，还将王帐里头的东西给推倒了几件。摄政王殿下睁开了魔瞳，而这响动也很快惊动了外头的阎烈，他奔进来一看脸就黑了，打算将这两个小祖宗从王帐里头带出去。然而，他还没动手。

轰的一声响。

王帐中，地面上骤然出现一个大坑！两只动物彻底安静了，翠花护着肚子，雪白的皮毛炸成黑色，一跳一跳地蹬着腿，盯着果果，眼神交流：幸好花爷的宝宝没有事，果猪头，你主人的脾气比花爷主人的脾气还差！

果果一身的羽毛也全焦黑了，倒在地上蹬腿的力气都没有了，两根面条泪就那么沿着一张布满鸟毛的脸流下来……主人虐我千百遍，我待主人如初恋，是果神兽，谁是猪头了？你才是猪头……

阎烈拎着果果出去的时候，它哭道："一定是该死的洛子夜又做什么事情惹主人不高兴了……"

翠花："嗷嗷！"花爷觉得也是。

阎烈："只是你们惹王不高兴了，你们犯错了要在自己身上找原因！"谁在困倦的时候被打扰，也是不会高兴的好吗？

"不……一定是洛子夜……下次见到她，果爷要在她头上拉屎……"

翠花立即表示赞同："嗷！"花爷也来一泡！

七皇子府，洛子夜到了大门口，门口的下人立即道："太子爷，小的立刻让七皇子殿下出来迎接您！"

洛子夜摆了摆手："不用！本太子自己进去就行了，你带路！"

在下人的带领下，刚进后院，便看见了一张天使般美绝尘寰的脸，那小家伙坐在凉亭里的桌边，自己往肩膀上上着药。抬头看见洛子夜走过来的时候，他笑容很快绽开，手里的东西都不管了，直接便往洛子夜的怀里扑："太子哥哥，你回来了？"

他肩上是箭伤留下的痕迹，穿透的血洞还没恢复。

这小家伙就跟一条小狗似的，扑到她怀里还蹭啊蹭地求抚摩。黏得很紧，便当真是让她觉得，在洛小七面前，她是非常有存在感的，似乎从她出现在他眼前的那一秒，她就是他的全世界。

她将这小家伙从怀里扒拉出来，笑道："好了，别闹了！先上药！"

她这话一出，洛小七乖巧地点头："嗯！"

接着他就坐到桌案边上，洛子夜很自然地把瓷瓶拿起来，将药粉撒在他的肩头。洛小七眨眨眼，忽然问了她一句："太子哥哥，小七听说，你……你跟摄政王，关系很好！"

"呃……"在洛小七面前，她有种她是大人，而他还是个孩子的感觉，一个孩子问大人感情状况，洛子夜听着挺尴尬的。她说了一句大人们常说的话："大人的事情，你就不要操心了！"

洛小七噘着嘴，扭过头不看洛子夜，生气地道："小七不喜欢摄政王，小七就是不喜欢他！"

"他怎么得罪你了？"洛子夜眉心一跳。

洛小七看了洛子夜一眼，噘着嘴道："他之前打了太子哥哥，小七就不喜欢他。太子哥哥你现在已经原谅他了吗？"

"呃……并没有！我总有一天还是要把他吊起来打一顿的，你放心！"这话倒是洛子夜的真心话。对那家伙以前敲碎她的腿骨，掐她的脖子等种种行为，等她有足够的实力了，一定会吊着他打一顿，让他明白欠下的债是一定要还的！

她这话一出，洛小七又噘了噘嘴，哽咽道："可是他欺负我！"

"嗯？"洛子夜眉头皱了起来，那家伙的脾气虽然不怎么样，但不招惹他的话，她倒也很少听说他主动去教训谁，甚至他那样嚣张的性格，总是觉得找人家的麻烦都是在抬举人家，怎么会无缘无故地欺负小七？"你得罪他了？"

洛小七眼睛里浮现出水雾："太子哥哥，上回小七中箭，箭上有毒……"

"嗯，是淡腾透，可那时候太医不是说太医院有解药可以调配吗？"这关凤无俦什么事？

洛小七摇摇头："算了！我还是不说了，太子哥哥和摄政王关系很好，要是太子哥哥知道了生气，跟摄政王吵起来，那就是小七不好了！"

原本洛子夜还将信将疑，这小家伙这么一说，她心里就更是好奇了："到底是怎么回事？"

她这样一问，洛小七似乎还犹豫了一会儿，眼泪汪汪地盯着她。洛子夜催道："说吧，乖！"

洛小七似乎是受不住她这样坚持的要求，终于说了："天山雪莲太医院里也只有一株，太医打算拿来给小七制解药的时候，摄政王忽然派人来，把天山雪莲取走了。摄政王府的人态度很蛮横……"

"他知道这药是你要的吗？会不会他根本不知道……"洛子夜如是推测，平日

凤无俦揍嬴烬、揍轩苍墨尘，她都能理解，就算啥时候她不在，他无缘无故地把他俩揍了，她都不会觉得奇怪。毕竟那两人在凤无俦心里，估计是情敌。

但是小七只是她弟弟，也要被为难，这不合理啊！

她这样一说，洛小七咬了咬唇，不吭声了。告状这种事情，点到即止就好，要是说多了，洛子夜反而怀疑他的用心。他期期艾艾地道：“这个倒是不知道，毕竟小七也没有得罪过摄政王殿下，他应当也不会故意为难小七。不过……”

“不过什么？”看他顿住，洛子夜又问了一句。

接着洛小七飞快地摇摇头：“没什么！太子哥哥，你饿不饿啊，吃晚饭了没有？”

她却没什么吃晚饭的心思，盯着洛小七问了一句：“不过太医其实对凤无俦的人说了，那东西是你要用的，可摄政王府的人还是把东西取走了？”

“嗯……是的！”这话洛小七是犹豫着说的，说完了之后，他立即道：“可也就是对着摄政王府的下人们说的，说不定他根本就不知道这件事呢！”

说着他还眨着一双纯粹的眼，一派天真地点了点头。

但是洛子夜已经听出问题来了，以摄政王府的那帮人对凤无俦的忠诚，这种事情回去了之后，他们不禀报给凤无俦才怪！前几天申屠苗闹幺蛾子，要闽越合作，闽越都没有直接拒绝，而是先引诱对方信任自己，套话之后再回去禀报。那么，凤无俦这是想干吗呢？间接要人命？

她脸色沉了下来，洛小七看了一眼她的脸色，嘴角微微扬了扬，但很快又掩下，却小心翼翼地扯了扯洛子夜的袖子：“太子哥哥，别生气了，事情已经过去了。虽然后来小七让人去摄政王府求药，他们也没给，但是小七的运气可好了，听说天山上又开了一株，马上派人去取来了！”

这告状告得很有水准，把药抢走了不算，人家都求上门了，对方也还是不给。这要不是有意为难是什么？

看洛子夜还是沉着脸不说话，洛小七又加了一把火：“太子哥哥，你真的不用生气，摄政王对你好就行了，我也只是你弟弟而已。他不在乎我，这也没什么的，只要他对你好就行了……”

这话就更有水准了，谈起弟弟这两个字，洛子夜的脸更黑了，弟弟自然就是娘家人，凤无俦对她娘家的兄弟这个态度，有事不帮忙救救就算了，还拿走人家救命的药。这样对待她的娘家人，像话吗？

她越想越生气，摸了摸洛小七的脑门：“你先好好养伤，太子哥哥先回去了！哥哥会帮你说他的！”

"好！太子哥哥，你不要跟他吵架呀，不然小七会自责的！"他咬着下唇看着她。

洛子夜点点头："你放心，不会吵架的！"

说完她就走了！是不会吵架的，但她还是会非常不高兴的。她气得冒汗，啪的一声，打开了手里的扇子，给自己扇风，这凤无俦也不知道是哪根神经没搭对，找她身边朋友的麻烦就算了，连她弟弟都不放过。简直丧心病狂！

下回他生辰见到他，她一定要糊他一脸蛋糕！再好好教教他，应该如何对待自己的小舅子。

洛子夜恼怒地走出七皇子府，洛小七看着她怒气冲冲的背影，嘴角又扬了扬。他慢腾腾地收拾好了桌案上的东西，正打算起身，门外有下人来报："七皇子殿下，陛下请您立即进宫！"

洛小七顿了顿，凝眸看了对方一眼："父皇找我？"

下人被他的眼神惊了一下，垂首道："是的！来请您入宫的人，此刻已经到大门口了，说是让您连夜进宫，片刻不得耽搁！"

洛小七点了点头，手中握着瓷瓶，上头还有洛子夜留下的温度。

他微微一攥，旋即将之放到桌案上，大步往门外走去。

洛子夜刚进太子府的门，就见到了神机营众人一双双充满怨念的眼睛，洛子夜嘴角一抽："那个……发生什么事情了吗？"

客厅里走出一个人，一袭曳地的红色长袍，墨发松松垮垮地束在脑后，慵懒而随性，手中端着一个茶杯，看向洛子夜，缓缓地道："小夜儿，这还看不明白吗？你出门没带上他们，他们这是不高兴了！"

洛子夜飞快地扭过头，抽搐着嘴角看向他们："按照规矩，爷只能带两千人随行！"

人群里站起来一个人，浓眉大眼，脸看起来很黑，身量看起来却比成年男子要小，就像才十四五岁的毛头小子。他大概因年岁不大，所以有点初生牛犊不怕虎，对着洛子夜道："可为什么跟着去的是他们，而不是我们？我们知道他们两千人身手比我们好，可如果太子你只看重他们，还要我们做什么？"

他这话一出，倒引起了几个年长些的汉子的不满，扯了他一把："阿记，胡说什么！"

阿记瘪了瘪嘴，虽然还是不服气，但到底没有再说话了。

洛子夜倒笑了，只笑了一声，随即面色一肃，开口道："这一次是因着时间紧

迫，有些武功底子的帮爷去做事，成功的概率高一些罢了。以后再有旁的机会，爷也会带着你们去的。机会又不是只有一次，也不会只给一批人。你们都是神机营的人，纵然有些人看起来出众些，但你们在爷心里都是一样重要的。每一个人都是不可替代的！爷的意思，你们能懂吗？”

她这话一出，不少人都咬了咬牙，甚至还有人红了眼眶。每一个人……都是不可替代、不可缺少的吗？

阿记也愣了：“是真的吗？”

“自然是真的！”洛子夜嘴角微微扬了扬，“即便厉害如王骑护卫，他们也有两万人呢！你们认为爷的军队只需要两千个弟兄，而不需要你们吗？”

她这样一问，这一众汉子倒不好意思起来了，的确也都觉得自己太狭隘了，太子不过是带着另外两千人出去完成了一次任务罢了，又不是十次百次也未曾给他们一次机会。他们就为这个跟太子不高兴，太小心眼了。

这下，他们的精气神很快好了。还有个壮汉不好意思地抓了抓脑门：“太子殿下，对不起，是我们误会您了！我们保证，以后再也不会如此了！”

说着这话，他对着对面的人喊了一声：“兄弟们，对不起了！以后不会再有这样的事情发生了。”

而对面那几乎被孤立了的两千人也终于松了一口气。其实他们跟着太子出去，也没干什么好吗？他们做的最有名的一件事情，就是两千人颠覆了一个楼兰的政权，可这根本就是太子的阴谋诡计，他们哪里有传闻说的那么厉害？可是回来之后，还要被自己昔日的好兄弟排挤，也是心塞！眼下见他们这么一说，也都笑了起来：“都是自家兄弟，客气什么！”

洛子夜挥了挥手：“好了，也都别不高兴了！今天晚上爷请你们喝酒，好酒好肉，挨着派发到军营里头！都给爷吃饱喝足了，下次再有机会我们聚众逞威风！”

“好！”这下大家的情绪很快热烈起来。

待到所有人都离开，洛子夜目送着他们的背影，笑了笑。这群汉子倒是很耿直，有什么不满意直接说出来，这可比跟那些有什么不满都藏在心里，甚至不高兴了背后还要捅一刀子的人爽朗好相处多了。

等他们全部离开之后，嬴烬看了洛子夜一眼：“小夜儿，你就没看出什么问题来吗？”

“什么问题？”洛子夜回头看了他一眼，思索了片刻，“你是说他们的事？也是爷当时考虑得不周到，直接就让萧疏狂点兵带人走了……”

她一个人盯着门口，絮絮叨叨，自我检讨得十分认真。

这时候，耳边却传来了嬴烬的一声叹息："小夜儿，你比较适合跟聪明人待在一起。"

洛子夜登时眉开眼笑："是不是因为爷比较聪明？物以类聚，所以就要跟聪明的人在一起玩？"

她这一问，他仿佛听到什么非常好笑的事，竟扭过头盯着正前方闷笑了半晌，笑得洛子夜浑身不自在，脸色也变得极为黑沉之后，他才终于止住笑，不怀好意的声音里头，也带着几分宠溺和温柔："不！我的意思是，你适合跟聪明人相处，因为这样你会蠢得比较突出。"

"嬴烬！"洛子夜从牙缝里头挤出了几个字！

嬴烬并未被她的愤怒影响，倒是安抚地看了她一眼，提醒了她一句："小夜儿，你有一个致命的弱点，大概你没有发现。你对在意和认可的人都过于信任，以至于很多时候，这些人身上出了问题，你根本意识不到！"

如萧疏影，如方才神机营的人。

她一愣，猛然抬头看向他："你是说……"是了！她方才只想着神机营这些人都是她的好兄弟，他们对她有什么看法，她都应该坦然地面对，并合理地解决。但是她并没往深处想，眼下嬴烬骤然提醒了这么一句……

神机营的这些人，都算是比较耿直的，而且护短，甚至都很讲义气，心思也比较单纯，为什么会忽然计较自己是不是被重用了，忽然开始计较好兄弟出门扬名了，而自己没有！

想到这里，她看了嬴烬一眼："你是说，他们之间有人在煽动？"

"嗯！"他一双桃花眸微凝，盯着她道，"小夜儿，你要记住，并非每一个你已经认可的人，都一定是可信的。不要轻易被情义和信任蒙蔽双眼，否则以后你会吃亏的！"

他这话一出，洛子夜也沉默了，这的确是她的弱点，对于在乎的人她容易轻信。

她回眸看了上官御一眼，上官御都不待她说话，便道："太子殿下您放心，属下会尽快查问出来是谁在背后搞鬼的！此事也是属下失职，属下保证以后不会再有类似的事情发生！"

"去吧，爷要尽快知道结果！"洛子夜下达了指令。

"是！"上官御立即出去了。

洛子夜心情不是很好，也就在这会儿，门外的下人禀报："太子殿下，龙将军求见！"

"不见！"洛子夜回得很直接。

然而她话刚刚说完，龙傲翟已经硬闯进来了！他冰寒的声音直接便传了过来：“怎么，太子为何不见本将军？”

洛子夜原本心情就不好，世上最可怕的事情从来不是外力摧折，而是祸起萧墙，眼下神机营的事情已经让她很头痛了，龙傲翟还来招人嫌！心情恶劣之下，她倒是借了赢烬一句话：“龙将军，本太子觉得，你应该跟聪明人多相处，这样你才能蠢得更突出。本太子讨厌你这件事，长了眼的人都看得见，既然这样，本太子为什么还要见你？”

龙傲翟冷声道：“洛子夜，或许没有人告诉过你，在官场上，即便你不喜欢，也没必要表露得如此直白。你以为你是耿直，事实上这是不会做人而已！”

洛子夜瞟他一眼：“如果会做人，是每天对着不喜欢的人笑嘻嘻的，心里恨不得捅他八百刀，面上还装出一副看见他很高兴的样子，那爷还是做个不会做人的耿直男孩吧！”

龙傲翟：“……”所以她这话的意思，是心里常年恨不得捅他八百刀？

赢烬靠在一旁，双臂抱胸，心情很好，倒是替洛子夜问了一句：“眼下天都黑了，龙将军深夜来找小夜儿，也该说明一下来意吧？”

“本将军和太子的事情，与你何干？”龙傲翟抬眸，不善的目光放到了赢烬身上。

然而他这话逗乐了赢烬，他将手中的茶杯随手一抛，上前几步，一双邪魅的桃花眼眯起，泛出几丝寒光来：“我是太子府的男宠，有名有分，你大晚上公然来勾引小夜儿，你却说我没资格过问？”

这下，莫说龙傲翟的嘴角抽搐了一下了，就连洛子夜的嘴角都抽搐了一下。她觉得龙傲翟来算计她的可能比较大，赢烬这句话是什么鬼？大晚上的来勾引她？

龙傲翟懒得跟他多话，看向洛子夜：“本将军也并没有别的意思，只不过是日前得了一匹马霆驰，想送给太子罢了！太子若是喜欢，不妨跟本将军去将军府看看！”

这是送东西的？

洛子夜狐疑地看了他一眼，总有种黄鼠狼给鸡拜年的感觉。她扭头看了赢烬一眼：“霆驰是什么马？很厉害吗？”

她这一问，别说是赢烬了，青城都用一种看没见识的乡巴佬的眼神，看了洛子夜一眼，霆驰都没听过，她真的是皇族的人吗？

倒是龙傲翟开口了：“霆驰是世上公认的两匹最好的马交配后生出的马，是目前全天下所有马里面速度最快的，比汗血宝马的速度还要快上三倍不止！”

他一注解，洛子夜的眼睛没出息地晶亮了一下。比汗血宝马还要快三倍？这真的不是在开玩笑吗？她盯着龙傲翟询问："你确定你不是在吹牛？"

龙傲翟眉心一跳："确定！你若是不相信，可以问问你身边的人，相信他也很了解！"

洛子夜看向嬴烬："他说的是真的？"

嬴烬看她一眼，的确是真的，甚至他所知道的是，霆驰比汗血宝马还要快上四五倍，龙傲翟已经算是很保守的说法了。但是龙傲翟这样子，很显然就是上门来示好的，他会帮这种潜在情敌说话吗？

于是，他开始强行装无知："假的吧！小夜儿，为夫可从来没有听过这么可笑的言论，世上的良驹，当以汗血宝马、千里马为首。霆驰虽然说是快，为夫觉得快不到龙将军说的这个份上！"

武青城听了这话，默默地看了一眼天空。

龙傲翟眉心一跳，完全没想过这个人竟然这么无耻，他就不相信嬴烬是真的不知道。还不等洛子夜的眼神看过来，龙傲翟就立即道："既然嬴烬公子执意要假装不知道，本将军也不好多说什么。太子若是想知道末将的话是真是假，跟末将去一验便知！"

他此话一出，洛子夜便睨了他一眼："然后你在将军府准备好了天罗地网，让爷有去无回？"

然而，事实上龙傲翟今儿个的确是真心想送她一匹马。眼下听她这么一问，他双手抱臂，问了她一句："若当真是天罗地网，太子敢去吗？"

这话里带着几分挑衅的味道，洛子夜沉默了。要还是不要？搁在现代就是你的仇人要把世界上最快的一辆跑车送给你，你会不心动，而且不想马上去这傻子家里把车开回来吗？

她内心正纠结之间，门外骤然奔进来一名下人："太子殿下，摄政王府的魔邪和魔迦求见！"

"他们来干什么？"洛子夜愣了一下，"请他们进来！"

"是！"下人应了一声，立即出去了。

龙傲翟回眸看了一眼，侧身，很快魔迦和魔邪就进来了。

这两人万年不变的一身黑衣，上来之后，便一同弯腰："奉王的命令来给太子殿下，也是未来王妃送几件东西！"

"什么东西？"洛子夜无视了未来王妃这几个字。

她这话一问，魔邪立即别有深意地看了一眼龙傲翟，旋即，昂首挺胸道："是王在去大漠之前，便吩咐我等为太子殿下准备好的礼物，一直到今日，一切方才全

部准备就绪，为您送来。目的嘛，自然是杜绝太子看见一些蝇头小利，就被人蛊惑了去！这里是几张地契！”

说着这话，他将托盘上的几张地契拿起来，一张一张挨着介绍：“这一张，是王为您买好的私人马场，里头有上万良驹，和世上公认最好的两匹马……对了，就是那匹被誉为天下第一的霆驰的父母。它们每三年会有一胎，如今已经有两胎长大了，速度并不逊于霆驰！”

他这话一出，龙傲翟脸色就青了。洛子夜的表情也变得有点微妙，感觉凤无俦还挺了解她的，刚刚她差点就被龙傲翟的那匹马给说动心……

魔邪继续道：“这一张，是王为您建好的私人军工厂，并且已经得到兵部的免检批示，不管您想在里头打造什么，都没人敢置喙。王也已经请了最好的工匠，为您的神机营打造必需的长戟、弓箭、刀剑和盔甲，如今已经完工！”

洛子夜听得一愣一愣的，私人马场、私人兵工厂，还有啥？

正在她好奇之际，魔邪又道：“这一张是王为您建好的私人小金库地址，金库的四周布满了机关，还有迷宫包围。若不知道进入地图、没有金库的钥匙，进去之后一定有去无回！金库里头是摄政王府多年来，十分之八九的财富，剩下的十分之一二，是王骑护卫军需所用。王希望太子在掌握了摄政王府的财政大权之后，会更有归属感！”

说完这话，魔迦立即将这三张地契都送上来，并附上一张迷宫地图和金库钥匙。

洛子夜盯着那钥匙，情不自禁地咽了一下口水，没想到凤无俦这家伙把整个摄政王府的财政大权都上交了！这些东西她可从来没对他提过，然而他自己竟然这么自觉，这令她不禁开始怀疑，自己先前因为小七的事情，觉得凤无俦对自己不够重视的想法到底对不对！

诚然他的表现似乎是对她的娘家人不好，由此能得出他不太在意她的感受，可要是真的不在乎，至于做到这个份上吗？也许自己真的想多了，或者他取走天山雪莲，是有什么理由呢？

她也没客套，将面前的几张地契取过来放入袖中。

而此刻，魔邪的手中还有两张纸。他继续道：“天下的宝石、玉石诸多，太子应当都知道，而许多时候这些东西初到人手中只是一块普通的顽石，需要打磨之后，才能展现璞玉的风采。这么多年来，我们摄政王府得的玉石和金刚石都不少，而这一张是您宝石库的地契。里面的工人都在夜以继日地为您将美玉、宝石打造出来，缔造您富可敌国的财富。也希望您看见这些珠宝，能心情愉悦！”

魔邪说着这话的时候，嘴角也禁不住微微抽搐了两下。其他的王爷讨好王妃，顶多也就是听说京城或是哪里出了一块有名的美玉，派人花重金购来，或是带着王妃到珠宝铺子里头挑选对方喜欢的珠宝。

哪有人跟他们王一样实在，私人珠宝场都直接给送一间，更别提什么军用物资和马场了。这大概是因为王做人太实在，没那么多花花肠子，要对一个人好就毫无保留，把自己能给的都捧了出来。

洛子夜虽然不是爱慕虚荣的人，但世上又有几个女人能对珠宝说出“不喜欢”三个字？她笑眯眯地点头：“还是小臭臭对我好！”

这下，嬴烬的心里就不是滋味了，龙傲翟的脸色早就不忍看了。

青城更是毫不客气地对着嬴烬僵直的背影翻了一个白眼，如公子这般视财如命的人，要让他主动做到凤无俦这个地步，那真的太难了，甚至他大概想象一下要把自己的钱这么全部烧出去都会找不到活下去的勇气。青城想着，又不禁再想了想跟了公子十多年，一个铜板的俸禄都没拿到的可怜的自己……

魔邪听了洛子夜的话也很高兴，太子这个二愣子算是终于明白，每天对她甜言蜜语、大献殷勤的人很多，但是真正对她好到毫无保留的，也就只有王了。拿着最后一张纸，他道：“这是太子的私人衣物定制场，数月之前，王与太子交手，曾炸毁过太子的衣物。华服定制场是王对太子殿下的补偿！里头有许多天蚕丝、锦华缎、琉璃彩等世间难寻的布料，请了杭州、苏州最有名的百位绣娘为您缝制衣物。不管男装、女装，只要您能想象到的款式，她们都会为您准备妥帖。自然，王知道太子素来性格……热烈，衣服上总爱绣上金丝银线，故而您的衣物定制场里，金丝银线也堆积如山，哪怕殿下您在您的下半生，希望每天换一件高级定制的衣物，也不是不可能的！”

魔邪说完这些话，也上去将自己手中的地契递给她。

接着，他又别有深意地看了一眼嬴烬，继续道：“太子，王说了，有些故作深情的男宠，嘴上总是说得那么好听，但要是让他拿点实际的出来，他就不乐意了。您在那人心里，其实并没有钱重要。王希望您能辨明谁才是对您最好的人！”

这显然是针对嬴烬。

洛子夜听完这话，嘴角也是一抽。嬴烬邪魅的桃花眸更是眯了眯，靡艳的声音带着天然勾魂的尾音，还有几分危险肃杀的味道：“青城，给我把他们丢出去！”

青城正要上前，魔迦和魔邪微微一笑，立即后退。

青城的武功有多高，他们是不清楚，但是嬴烬可是在王跟前都能过几招的人，他们自认加起来也不会是嬴烬的对手。眼下王不在，他们实在没必要硬碰硬，要是

真的被嬴烬给揍了，会折损王的颜面！

他们看向洛子夜："王交代的任务，我们都已经完成了！王还说了，但凡是太子您想要，这天底下又存在的东西，不惜一切代价，王也会为您取来，无人可挡。所以太子您若是看上什么了，不妨直接传话给我们，或是直接告知王，王的答案，定然不会令您失望。哪怕您想去古都坐一坐那把龙椅，王也定会满足您所求！"

他这话说完，别有深意地看了一眼脸色瞬间铁青的龙傲翟，转身走了。

龙傲翟的脸色也的确极为难看，这话定是故意说给自己听的，可他必须承认，凤无俦若是真的想，是有这样的能耐的，但这话等于是在他、在墨氏的脸上打了一耳光！

他越想脸色越是难看："末将家中有事，先告退了！"

"等等，龙将军，你的霆驰不送给本太子了？"洛子夜笑眯眯地看着他。

龙傲翟一怔，血瞳微眯："摄政王殿下方才不是送了太子一个私人马场，里头有良驹无数吗？怎么，太子还对霆驰感兴趣？"

这话问着，龙傲翟的心情倒忽然好了不少。

然而，洛子夜的下一句话骤然把他的心情打入了谷底："这倒不是！毕竟本太子跟龙将军的关系不怎么好，龙将军忽然想将霆驰送来致歉，宽容的本太子应当马上满足龙将军才是。再加上龙将军方才也听见了，霆驰的父母和兄弟姐妹们，可都在爷的马场呢，爷觉得出于一种马道主义，应该让它们一家团聚。当然，最重要的是，霆驰毕竟声名在外，大家一听说它就知道是一匹好马，爷要是牵去卖掉，一定能卖不少钱，再不济，拿去送人也很有面子！"

她这话一出，龙傲翟方才缓和的面色登时已经不忍看了。他冷笑了一声："既是如此，末将也不将霆驰送来让太子笑话了，末将先行告辞！"

说完这话，他转身就走。

洛子夜瞅着他的背影，看了一眼嬴烬："你瞧瞧这个人，上门的时候信誓旦旦地送马，爷真的说想要，他立即后悔了，转身就走，还跑得这么快。做人怎么能虚伪到这个份上？"

龙傲翟背影一僵，脸色更难看了，也没回头，径自离开。

洛子夜耸了耸肩："你说这家伙到底是在打算什么？"主动来送马，为啥她觉得那么不真实呢？

嬴烬看着自从凤无俦送来那么多东西，她明显心情好起来的面色，倒不知道是触动到他老人家的哪根神经。他盯了洛子夜一眼，根本没理会她的话，转身就走。

洛子夜不明所以……

皇宫中。

御书房，洛小七跪在大殿中央："不知父皇传召儿臣，到底有何事？"

洛肃封嘴角微微一扯，目光骤然一冷："拿下！"

他此言一出，洛小七眸色一凉，抬眸看向洛肃封："父皇，要拿下儿臣，是不是该有个理由？"洛肃封嘴角微扯，目露讥诮之光："这是朕的天曜，朕是天曜的皇帝，想拿下你，你认为，朕需要什么理由？"

他这话一出，洛小七冷笑一声，站了起来，软软糯糯的声音中，含了几分冷意："若是没有理由，儿臣恐怕就不能束手就擒了！"

洛肃封眉头也微微一蹙，不由得多看了这个儿子两眼，原本冷冽的声音倒是温和了许多："小七，这十六年来，是父皇对不起你。如今，你已经从冷宫里头出来了，从前欠你的东西，父皇日后都会补偿给你。眼下，父皇只是想让你帮父皇做一件事而已，放心，父皇是不会伤及你性命的，只要这件事情做成了，荣华富贵，你想要多少，朕就能给你多少！"

洛小七眉梢扬了扬："父皇似乎不是第一次说这话了！那么，父皇，您要儿臣如何相信，一个从儿臣出生后不久，便将儿臣和母妃打入冷宫，甚至让儿臣眼睁睁地看着母妃病死而无能为力的人，会忽然改变心意，打算补偿儿臣？"

洛肃封面上的笑意一僵，脸色也沉了下来。

洛小七讥笑着又问了一句："您要儿臣如何相信，在太子哥哥几次三番请求放儿臣出去，但一个固执着、生怕我对其做出不利之事的父亲，会想赐给我享之不尽的荣华富贵？"他说着这话，眼神中还带着几分不屑的鄙薄。

洛肃封扯了扯嘴角："你就这么不相信，朕待你的心思？"

"连一个名字都不愿意给我起的人，要我如何相信他会待我有什么好心思？"洛小七不答反问。

洛小七，就因为排行第七，所以叫洛小七。他的父皇甚至不愿意在他身上花一点心思，哪怕只是起名字的工夫都没有。皇族所有人的名字，都应当是礼部的人按照规矩拟下名字，作为皇帝，只需要在其中选择一个便可。可即便如此，他这父皇也不愿意！

不愿意也罢，如今他也不再稀罕。

他这一辈，应当以"子"字为中间字，如洛子夜、洛子煜，然而，此字如今与他无干，从此以后，同样与他无干。

洛肃封被他这问题哽了一下，忽然扬声笑起来："哈哈，所以按照你的意思，

你是不会相信我这个父皇了？”

“父皇觉得您自己，值得相信吗？”洛小七嘴角扯出讥诮的弧度。

“哈哈！好！好！”洛肃封冷笑着拊掌，“朕原是打算来软的，但既然你敬酒不吃，朕也只能让你吃罚酒了！”

这话一出，他眼角的余光往屏风后头一扫。很快，禁卫军副统领被押了出来！洛肃封扬眉看向洛小七：“你还认识他吗？”

洛小七脸色微变，禁卫军副统领萧奇是他的人，他自然认识。萧奇眼下也是一副灰头土脸的模样，愧疚地看了一眼洛小七，旋即低下头去！洛肃封继续道：“小七，纵然朕不关心你，但朕自己的禁卫军的动向，朕不可能不关心。你说呢？”

洛小七抬眸看向洛肃封：“既然父皇已经抓了萧奇，方才又何须虚情假意，对我说那些话？”

这个问题，倒似乎正中洛肃封的下怀，他微微调整了下坐姿，好整以暇地道：“你若是肯合作，朕做这件事情，岂不是简单容易许多？而且朕将你关了这么多年，朕总要知道，你对朕到底怀着什么心思。是感激朕终于放你出来，还是心怀怨怼。想不到朕都不需要多说什么，你便将你的心思全盘托出！”

洛小七面色发寒：“那么父皇认为，儿臣会束手就擒吗？纵然萧奇被擒住，儿臣自认整个御书房无人是我的对手。大不了就是一个鱼死网破，儿臣先弑君，再就死。父皇您看如何？”

他这话一出，手已抬起，一股气流从掌心射出，如一注水流，飞射而起，如此快速而悍然的内功，令人禁不住侧目。少顷，那水流般的白色内气便攥住了他面前不远处一名御前带刀侍卫腰间的钢刀！他回手一收，那钢刀很快落入他的掌心！

整个大殿，在顷刻之间弥漫起肃杀之气。

殿内其他人的表情也很快僵硬起来，并都忍不住后退几步，抽出腰间佩剑，挡在洛肃封前头！可大家心里都没什么底，方才洛小七那一手，怕他们这些人真的都没法抵挡！

临安似乎也吓了一跳，拔高了嗓门，便打算喊“护驾”，这才刚喊出一个“护”字。

洛肃封抬了抬手，制止道：“不必叫人！”

他一副胸有成竹的模样，洛小七也挑了挑眉。旋即，洛肃封扯了扯嘴角：“你想反抗之前，不妨先看看这是谁！”

他此言一出，后头便又有人押着一名男子到前头来了。

那男子走路似乎有些跛，低着头，身上的斗篷将脸遮住，被这般拖了上来。洛小七眉头微皱，看了过去。洛肃封的声音很快响起："把他的头抬起来，让我们的七皇子殿下好好看看！"

此言一出，押着那名男子的下人粗鲁地将那人一扯，露出一张熟悉的脸！

洛小七怔住了，盯着那人，嘴唇都在发颤。他试探着叫了一声："大……大皇兄？"虽然已经过去好几年了，可对方那张脸并没有多大的改变。这几年来，大皇兄似乎长高了许多，而洛小七也没有忽视，他方才走路时，脚下一跛一跛的。

那男子在看见洛小七的时候，也是一愣，声音有些沙哑，听来像是经受了酷刑之后的声音："小七，你……"

洛肃封倒是没说话，等着他们好好说几句话。

"大皇兄，你没死？"洛小七瞪大眼，盯着他，难以置信。

洛子赟看了洛小七一眼，又扭头看了一眼洛肃封，似终于明白眼下是什么情况。他语气有几分激动："父皇，你想用我干什么？"

洛小七震惊了几秒钟之后，再看向洛肃封的眼神便多了几分仇视，切齿道："洛肃封，我真的怀疑你的心到底是什么做的！"

洛肃封听完这句话，脸上的笑容忽然僵了几秒，大概也是被洛小七这句话给刺到了。

然而这僵硬也只是一瞬间的事，他面上马上恢复了笑容："朕的心是什么做的，这不重要！重要的是，朕知道朕在做什么，朕知道朕是在做对天曜有利的事，也是在做合朕心意的事！你大皇兄，你一直以为他死了吧？如今见他活着，是不是很惊讶？若非朕将他救回来，他如今就真的死了，岂会只是瘸了这么简单！洛小七，朕纵然心知自己称不上千古一帝，但朕做事不会给你任何反抗的余地！眼下，你还要弑君吗？"

他这话一出，侍卫们似乎收到指令，手里的刀架到了洛子赟的脖子上，威胁意味十足。

洛肃封的身体也微微前倾："你还是可以出手的，但只要你动手，朕就会先削断你大皇兄的脖子！你应当不会忘记，当初他是为什么才被朕赶出皇宫，变成如今这人不人鬼不鬼的样子的吧？"

洛小七咬了咬牙，从牙缝里挤出几个字："洛肃封，你到底想做什么？"

"朕数到三，如果你还不放下手中的刀束手就擒，朕就会让你和你的大皇兄，真的阴阳两隔！"洛肃封眉梢微扬，"一！"

洛小七面色僵直，握着刀的手紧了紧。

"二！"洛肃封的脸色也冷了下来！

洛子赟立即道：“小七！你不必管我，我如今原也只是一个废人！活着和死了，也没太大区别。小七，做你自己想做的事！小七——”

他这话一出，洛小七咬了咬唇，缓缓闭上眼。

看洛小七还是不动，洛肃封沉着脸，吐出了第三个字：“三！”

这个字一出，哐当一声，洛小七一松手，手中的刀掉落了下去！他也不动了，扯了扯嘴角：“放了大皇兄！要杀要剐，悉听尊便！”

洛肃封立即笑了：“好一场兄弟情深！还愣着干什么？七皇子意图弑君，拿下！明日早朝后公示天下，三日后处斩！”

“是！”侍卫们立即上去，将洛小七押了下去。

洛子赟盯着洛小七，摇了摇头，眉峰皱得死紧，似很为洛小七痛惜。而洛小七在被带走之前，也回眸看了他一眼，那眼神很是深邃，旋即闭上眼，被带了下去。

洛肃封拿下了洛小七，心情很好，扬了扬嘴角，又道：“来人啊！把临安也给朕拿下！”

皇宫里这般风起云涌，宫外的洛子夜自然还完全不知晓。

她正在吃晚饭，上官御进来了：“太子！事情查清楚了！”

洛子夜问：“什么情况？”

“您还记得今天那个阿记吗？”上官御看了她一眼。

洛子夜愣了愣：“是他？”

上官御摇了摇头：“倒不像是他有意为之，好像他也是听人说了什么。我问他，他却不肯说！说对方也是为他好，才这样告诉他的，他不能出卖对方。我好话歹话都说尽了，他就是不肯说。这样子就像是被人给蛊惑了，他年纪尚小，我也不好用刑！”

洛子夜表示明白：“那你打算怎么处理？”

“悄悄盯着那小子，看看谁靠近他，就知道到底是怎么回事了！不过他倒是有点意思，很直白地说他来跟着您，就是为了当官，为了见皇上。所以听见有人说他继续这样下去，不得您重用，他可能要一辈子待在太子府，他就坐不住了！心思倒是单纯，以至于被人利用了，还死活不肯说出幕后之人的名字，并很坚定地认为幕后的人是为他好。”上官御嘴角勾了勾。

洛子夜听着，嘴角也往上扯了扯：“那你盯着阿记时，也要小心点，不要被幕后的人发现。你要知道，这时候敌人在暗，我们在明，敌人大概也能猜到你下一步打算做什么，所以你的暗中盯梢，也许很快就会落入敌人眼中。若是打草惊蛇了，蛇就不会从草丛中游出来了！”

“多谢太子提醒，属下明白！”上官御拱手。

洛子夜点头，却忽然想起什么，问了他一句：“对了，萧疏狂呢？最近怎么很少看到他了？”

上官御道：“疏狂他最近好像是吃错药了，从上回在大漠上，云筱闹和阎烈大人差点闹起来，疏狂就怪怪的。还有他妹妹走了之后，他似乎也变沉默了。属下前几天也问了问他到底怎么了，他说没事，就是有点想他妹妹了，属下就没多问！”

“爷知道了，你先下去吧，替爷慰问他一句。”洛子夜扒了几口饭，便开口吩咐，“明天去给爷找面粉、鸡蛋、小苏打，还有硬纸板来……”

“小苏打是什么？”上官御纳闷地问了一句。

洛子夜换了个方式，试探着问：“食用碱知道吗？”

沓沓先反应过来：“这个知道，不过这东西挺贵的，太子您到底要这些东西干什么？”

洛子夜挥了挥手：“这个你就别多问了，去买就是了！”

“是！”

吩咐完这些之后，洛子夜饭也已经吃完，摸着下巴想了想。凤无俦生辰那天，除了蛋糕和烟花，她还要不要准备一套女装，亮瞎他的眼？但吩咐路儿和沓沓去做这件事，她却不放心，独自往自己的寝殿走时，正巧看见云筱闹半夜里没睡觉。

洛子夜大步过去：“闹闹，明天去京郊第三条巷道的私人制衣坊给爷定制一件女装回来如何？”那地方就是凤无俦给她建的私人服装定制场。

女装？云筱闹打量了一下洛子夜：“太子，是您要穿的吗？为了摄政王殿下的生辰？”为了取悦摄政王殿下，太子至于这么牺牲自己的尊严吗？穿女装？

洛子夜看她一脸茫然，尴尬地点点头：“嗯，是的！我的尺寸一会儿让路儿告诉你，本太子要女装的事情，你自己心里知道就行了，不要让旁人知晓！”

“好的！”云筱闹艰难地咽了一下口水，“太子您放心，这件事情我绝对不会再让第三个人知道的。只是您不会觉得，您一个男人穿上女装，会让摄政王殿下认为您像变态吗？”

云筱闹这话一出，洛子夜的嘴角立即僵硬了一下！云筱闹不知道她是女人，说出这么一句话来，洛子夜倒没有觉得多奇怪。但自己当了这么久的男人，穿上飘飘欲仙的女装什么的，真的不会驾驭不了，然后看起来非常奇怪吗？

要是那样，就弄巧成拙了。

云筱闹看她一脸痛苦纠结，提议道：“太子，要不然我们先把衣服做好，拿回

来您试试。嗯，看起来还不是很奇怪的话，您就穿着去摄政王殿下面前，要是不行的话，您就放弃吧。您说呢？”

“这是个主意！”洛子夜感觉自己的汗都快滴下来了，还没开始穿，就先紧张了！

云筱闹点点头：“那太子，您有什么要求要交代一下吗？或者衣服是让其他人设计，还是您自己来？”

接着，洛子夜就坐了下来，认真地和云筱闹描述自己的要求。

不远处的屋顶上，站着一人，清冷孤傲，沾染一身月华。他面上并无任何表情，心下也自然不会高兴到哪里去，可心里头莫名有些期待，想知道洛子夜若是穿女装，会是什么样子。是不是会少几分冷硬，多几分女子应有的媚色？

他并未靠近，也小心地收敛着气息，没被洛子夜发现，却抬眸看向屋顶上不远处，和自己只有五米距离的嬴烬。那人这时候正半靠着，艳红色的衣摆在屋顶上随意铺展开来，晕染出人间艳色。那双邪魅的桃花眼含着笑。

他似乎也感觉到百里瑾宸的眼神扫到了自己身上，偏头看了百里瑾宸一眼：“我早就提醒过你的！”

早就提醒过的，没必要陷进来。因为洛子夜已经有了心上人，尤其，女为悦己者容，她大概也只会为凤无俦一个人，想到要换一件女装穿穿，大概也只会为凤无俦一个人，在这里认真地想着，穿女装会不会奇怪，应该穿什么样的款式。所以，他们这些后来者就算陷入，也不过是在红尘中为自己找了一艘孤船，站上去一个人独行，在海浪中颠簸翻覆罢了。

百里瑾宸淡漠的目光看向他，寡薄的唇微扯：“所以，你还守着她，是为什么？”

“为凤无俦不在的时候，我能保护她！或者，哪天凤无俦变心了，她身边也还有我。毕竟一辈子这么长，凤无俦以后会怎么样，谁说得定呢？”嬴烬看百里瑾宸的眼神很坦然，还带着几分笑意。

他这话说完，百里瑾宸默了一会儿，倒不说话了。

两人的眼神都看着屋檐下的那个人。嬴烬也问了一句：“对她，你既然已经知道答案，为什么还不放弃？百里瑾宸，我以为你是聪明人！”

这问题问出来，百里瑾宸并没作声。

在嬴烬以为对方不会回答的时候，他淡漠如月的声音，忽然响了起来，有几分突兀，也有几分茫然，却清晰地道：“因为放弃，会疼。”

将多年来从未有人给过的关心，就这样生生地从心上剥离出去，会疼。

将一瞬间心头那一抹撩人悸动，就这般狠狠抹杀碾碎，葬在深不可见的谷底，以为能永远不见，却不知回眸间望一眼，也会疼。

既然如此，还不如给自己几分希望。就如嬴烬所言，毕竟一辈子这么长，凤无俦以后会怎么样，谁说得定呢？洛子夜以后还会不会爱凤无俦，会不会厌倦这段感情，谁又说得定呢？

嬴烬愣了一下，似乎不能理解，但似乎又感同身受。最终他笑了："有人陪着我伤心也没什么不好，只是以后就不能一起喝闷酒了！"

因为小夜儿不让他喝。

屋檐上，一个美若谪仙的男子，一个艳若妖魅的男子，静静坐着。

白衣惊鸿，最傲孤山雪。

红衣妖冶，最美人间色。

凉亭里头，洛子夜连说带画，才终于将衣服给折腾出来。一件小礼服，俏皮可爱中又不失性感，上头点缀珠宝，符合她一贯恶俗的审美，闪亮闪亮的。折腾完，她把图纸拿着，对自己的设计进行了长时间的孤芳自赏。

云筱闹目露惊叹之光："太子，我从来没有见过这样的衣物！我敢笃定，您要是穿上这一身，气质又不像往常那么猥琐的话，摄政王殿下一定会惊艳，忍不住想把您给……"办了！

说到这里，云筱闹两只手捂住嘴。看洛子夜的目光看过来，她哆嗦着道："忍不住把您给亲一口！是的，只是亲一口而已！"

洛子夜睨了她一眼，用鼻孔嗤了一声："亲一口要收费的！"

说完这话，她嘴角却含笑，也骤然想起来，那家伙的财政大权好似都交到她手里了，要收费他估计也没啥钱，这么一想，她心里反而甜滋滋的。就像他永远不会忘记给她最好的，而她也会很努力地给他惊喜。

人与人之间，便该是如此，你予我真心，我还你真心，互相尊重珍惜，就已是世上最美的事。

云筱闹笑了笑，把那张设计图纸取过来："天色不早了，太子您早些去休息吧！明日我就会把东西送过去的，相信后日就能赶制出来！"

夜里的太子府寂静无声。

洛子夜回了房间之后，只剩下侍卫们在巡逻。嬴烬骤然问："洛肃封答应你的求婚了？你倒是聪明，凤无俦在的时候不求，凤无俦走了，你再求。洛肃封不必顾忌凤无俦，答应你的可能也大些！"

说到这里，嬴烬骤然话锋一转，又问了一句："可我若没记错，你离开当日，是说三日后回来提亲，如今，这都第几日了？"

他这话一出，百里瑾宸淡淡扫他一眼："嗯，三日后。如今，不是三日之后吗？"

嬴烬一怔，低低笑起来："你说得对！"倒也不错，三日后，三日之后，似如今的每一日，都能算作三日之后。所以想笑百里瑾宸眼见凤无俦在，并未求婚，却拖了这么多日子，是嘲笑不了了。这人一肚子黑水，似乎全身都是破绽，但细细算起来，又无懈可击。

怕凤无俦知道这个人趁着他不在，去皇宫求婚了，也只能骂一声卑鄙而已。

百里瑾宸扫向他，淡漠道："后日，我将起程回煌埠大陆。"

"嗯？"嬴烬扫他一眼，"家中有事？会回来的吧？"

百里瑾宸颔首："嗯。"

嬴烬笑笑，靡艳的声音也多了几分玩味："所以，你是想告诉我，你不在这几日，让我守好小夜儿？"

"你想多了。"他一句话说完，转身便走。

嬴烬却看到他耳尖微微红了，白玉般的侧颜，也似心思被戳破之后般熏红。他也不在意对方的口是心非："你说我想多了，那便是想多了吧。有些话，你不说，我也会做好的！"

百里瑾宸没再回话，大步走了。

嬴烬又在原地坐了一会儿，仰头看向满天繁星。看了几秒之后，他又慢慢地靠下来，重新躺在屋顶上，一双邪魅的桃花眼在暗夜中染上朦胧迷醉的色调。

我心中最璀璨的星光，它不在别处，就在这里……

翌日。

洛子夜去上朝。一路上走着，倒也不知道是不是因为她想太多，总觉得今天朝堂上会发生点不好的事。

朝堂之上，传来太监一声尖细的唱喏："上朝！"

洛子夜眉心就跳了一下，这声音很陌生，并不像是临安的声音。随同众人跪下行礼的同时，洛子夜抬头偷瞄了一眼，果然，站在洛肃封身边的，并非临安。纵然她跟临安也没熟到哪里去，但第六感告诉她，这大概是心中这不好预感的前兆。

众人一起跪下行礼。那太监又尖声道："有事早奏，无事退朝！"

"陛下，臣有本奏！"一名官员站了出来，随后开始叽叽歪歪地说其他大臣的是非。

接着朝堂上就是热火朝天般的争执。

洛子夜一声不吭，假装不存在。抬眸之间，撞入了龙傲翟那双血瞳之中。他此刻看着她，那表情似乎欲言又止，又似乎早就知道了什么，甚至还有几分隐约的担心，就那般盯着洛子夜。他这样的眼神，让洛子夜心头又是一跳，只一眼之后，洛子夜就掉转了目光。

龙傲翟眸中划过黯然和叹息，也终究将视线移开，不再看她。

大臣们就这么争执了半个多时辰之后，洛肃封终于就这件事情作出了判决，将相关人物送到大理寺接受审查，让刑部的人协同办理。

刑部是由洛子夜管辖，洛子夜也弯腰鞠躬，表示领旨。

洛肃封又忽然道："太子，你就没有什么事情要奏报吗？"他以为洛小七一整夜没有回府，七皇子府的人会出于担忧告诉她此事，可洛子夜一脸镇定和事不关己，不像是知道这件事的。

他哪里知道，洛小七从来治下严明，没有他的吩咐，他府邸的人从来不会自作主张。

洛子夜抬眸看了他一眼："儿臣斗胆，父皇认为儿臣有什么事情要奏报？莫非父皇看儿臣这次在楼兰立了功，认为儿臣这时候理应请赏？父皇有心了，儿臣为国家分忧，这都是儿臣应该做的，父皇实在不必嘉奖！"

她这话一出，洛肃封的嘴角就抽搐了一下，皮笑肉不笑地开口道："太子倒是提醒朕了，这一次你从楼兰回来，朕竟然没有赏你！这倒是朕疏忽了。来人，赐太子黄金千两、绸缎百匹，并泰州作为封地！"

"是！"礼部的人赶紧出来应了一声，并立即记录下来。

洛子夜满意地点头，做出不胜惶恐的样子："儿臣多谢父皇！"这事放在任何人身上，立下了这样的大功，都是应该赏赐的。唯独洛肃封这个奇葩，回来之后不想着赏赐她就算了，还想在她手中诓凤无俦的虎符，他还真的是长得丑但是想得美！

洛肃封强笑着点头："那么太子除了这个，就没有旁的事情要说吗？"

他这样一问，洛子夜低下头，弯腰拱手："那么父皇是有什么事情，打算告知儿臣吗？儿臣洗耳恭听！"

看这样子，是洛肃封想对自己说什么了。

洛肃封眸色微深，看她似乎真的不知道。这方扬声道："七皇子昨夜弑君，已经被禁卫军拿下！朕决定，后日，就将他推出午门斩首！"

洛子夜霍然抬头："什么？"小七弑君？这真的不是在跟她开玩笑？

洛子夜的这个反应，倒也没在洛肃封的意料之外，他好整以暇地看了她一眼："怎么，太子好像对这件事情很惊讶？还是你对朕的话有怀疑，认为朕是在污蔑他？"

承认自己对皇帝产生质疑，那无异于是在找死，洛子夜还蠢不到那个地步，她立即开口："儿臣不敢质疑父皇，儿臣只是觉得奇怪而已。毕竟小七性格一向温顺……这件事当中，会不会有什么误会？"

她这话一出，下头的一些大臣也开始交头接耳，窃窃私语起来。

看着下头的朝臣就这样开始议论，洛肃封的脸色立即沉了下来："都在议论什么？原本朕就不同意将七皇子放出来，他的命格根本就是克天曜、克朕、克皇族的！但是太子你一意孤行，多次劝谏朕将他放出来，还有你们这些附议的人！眼下七皇子犯下如此大罪，你们自己说，你们这些担保他出来的人，都该当何罪？"

他这一声咋呼，原本还对这件事情存疑、打算谏言让洛肃封查查是不是有误会的宗族之人，都立即选择了明哲保身，纷纷弯腰开口道："老臣死罪，请陛下降罪！"

法不责众，洛肃封即便生气，在他们立即服软的情况下，也不好真的对他们这么多人都降下重罪，毕竟他们都是洛氏宗亲。至于洛小七，几位心善的宗族王爷也不是不想保他，只是扯上弑君两个字，他们说多了就等同于同谋，这样的罪责，他们担不起！

他们的态度这样分明，凭借洛子夜一个人，也是独木难支了。

看大家都服软，唯独洛子夜不说话，洛肃封带着怒气的声音再一次响起来："太子！放七皇子出来的事情，完全是你的主意。到现在，你就没什么话想说？"

洛子夜心里明白，洛肃封说这些话是为了压得自己担心承担罪责，和这些老王爷一起低头请罪。若是自己真的这么做了，在自己刚刚立下楼兰的大功之后，洛肃封未必会将她怎么样，但这也意味着，她认可了洛肃封对洛小七的判罪——弑君！

那是死罪，后日要被处斩。

她深吸了一口气，抬眸看向洛肃封："父皇，儿臣斗胆，或许此事是一个误会，是因为您从一开始就对七皇弟有成见，所以看见一点不妥，就会认为七皇弟想谋害您！尤其他若是成心想刺杀您，岂会想到您正巧会召见他？儿臣反而很想知道，父皇将七皇弟召进宫之后，到底发生了什么，才变成眼下这般情况！"

洛子夜这话一出，朝堂上所有人的面色都变得很是骇然。就连龙傲翟都怔了怔，没想到洛子夜竟能为洛小七做到这个份上！这话就差没公然说是洛肃封自己有被害妄想症，臆想洛小七害他了。她甚至还在暗指就算真的发生了所谓弑君之事，大概也是洛肃封将洛小七传召进宫后，洛肃封自己做了激怒洛小七的事，才逼得洛小七动手！

洛肃封狠狠地一巴掌拍在桌案上！扬声怒道："洛子夜，你到底知不知道你自己在说什么？你这是在怀疑朕脑子有病，无缘无故怀疑洛小七，甚至在暗指朕想害他吗？"

"陛下息怒！"大臣们全都跪了下来。

凤无俦一派的大臣们，这时候也立即开口说话："陛下！太子毕竟太年轻，说话难免词不达意，请您切勿动怒，不要跟太子计较！否则，这样的笑话要是传出去，对国威有损啊陛下！"

"你也知道这样的笑话传出去对国威有损？洛子夜身为太子，这样质疑她的父亲，是为不孝！这样质疑她的君主，是为不忠！难道你认为，朕不应该生气吗？或者，你是赞同太子这样对朕不敬的？那么爱卿你居心何在？"洛肃封扭头便是一阵怒喝，直接进入了问责的阶段。

洛肃封这话吼出来之后，那大臣立即道："臣该死，臣无状！臣断然没有这个意思，还请陛下息怒！"

这下，所有的大臣没有一个人敢站出来为洛子夜求情了。

看洛肃封这样发火，洛子夜不卑不亢地道："父皇应当知道儿臣并无对父皇不敬的意思，儿臣只是想说明，无论如何，儿臣也不相信小七真的会做出这样的事情！"

洛子夜说完这话之后，又猛然抬起头，直视洛肃封："而且，就算父皇所言都是真的，儿臣也觉得父皇的处置太过草率了！他身为皇子，若是要定罪，需要六部会审，问出动机，交代同谋，审查是否还有后续打算。待到一切定罪之后，也该是秋后处置，尤其皇族中人身首不能异处的道理，父皇应当也知道。所以小七的罪责，即便再重，也应当是秋后赐白绫或毒酒。而非后日就处斩，父皇以为呢？"

再不济，拖到秋后，后续也能想到解决的办法，决计不能后日就让洛肃封将小七给斩了，这样太匆忙，自己根本来不及应对！

事实上，洛子夜的话，说得在情在理。大臣们纵然都不敢再多说什么，也都觉得洛子夜的话合情合理，也合乎礼法。

洛肃封冷笑道："所以太子，你这是在教朕怎么做事吗？"

"儿臣倒不敢说是教父皇如何做事，这最多不过就是提出儿臣的意见罢了，父皇何须如此生气。还是这件事情里头，真的有什么不可告人的机密，父皇害怕让小

七进六部会审？”洛子夜说着这话，衣服的后背都浸湿了。

这话有多找死，长了脑子的人都听得出来，她这就差没跟皇帝公然叫骂了，洛肃封一生气，直接命人将她拖下去砍了都不是没可能的。然而，她不能不争！

“洛子夜！”洛肃封又一巴掌拍在桌案上，这回是气得从龙椅上站了起来，“是因为朕太纵容你了吗？才将你养成这样无法无天的性格？还是，你认为朕不敢杀你？”

“陛下息怒！”其他的皇子和皇子派的大臣，都意思意思了一下，表示一下安慰。

“陛下三思！”将家国大事放在第一位的大臣都弯腰伏跪在地，“太子纵然无状，也还请陛下千万三思而行！”杀了一国太子，一国储君，这可跟杀一个皇子完全不是一个概念。太子的地位非同小可，就是废掉太子，都是会动摇国本的，遑论陛下都直接谈到杀太子的份上了。

他们也都不能理解，皇族的兄弟之间，都会为了争夺皇位头破血流。多了一个兄弟就等于多了一个潜在威胁，但太子倒好，似浑然不在乎自己的太子之位就罢了，为了七皇子居然连命都豁出去的样子，她疯了？

洛子夜听了洛肃封的话，道：“父皇是一国之君，儿臣的性命和生杀大权，自然也都掌握在父皇的一句话之中，倘若儿臣今日的话有哪一句冲撞到了父皇，父皇要处死儿臣，儿臣毫无怨尤，只请父皇好好彻查七皇弟的事，儿臣无论如何也不相信他会弑君。尤其之前儿臣在皇宫受伤，七皇弟为儿臣挡箭，他旧伤未愈，试问这天底下有几个刺客会愚蠢到在自己受伤的情况下，动手刺杀您？”

她这句话一出，在场的大臣们也是面面相觑，太子殿下的话，的确算得上是一个很大的疑点。

眼见继续说下去，大概会将事情说到对自己不利的地步，洛肃封也不打算继续跟她辩论了，怒道：“够了！七皇子想刺杀朕，是板上钉钉的事，是朕御书房的御林军都看到的事。太子你说再多也是无用！朕心意已决，退朝！”

洛肃封此言一出，站起身就大步离开了。

这下，洛子夜的眸子反而眯了眯，放心了许多，洛肃封的这个表现……自己说了这么多找死的话，洛肃封就是再宽容，这时候也该把自己给处置了，就算不杀，至少也得拖出去打一顿！但是对方竟然气得直接就走了，这说明什么？

说明这件事情，洛肃封并非真的是对着洛小七去的，他也并非真的在为洛小七弑君生气。甚至，他不处置自己，那是不是也就说明，他的目标很可能是自己？想利用她对洛小七的在乎，为他达到某种目的？

待到洛肃封走了之后，大臣们都不胜唏嘘地看了洛子夜一眼：“太子殿下，今日是陛下宽容，您以后说话还是小心些吧，臣等今日看着，都为您捏了一把冷汗！”

洛子夜礼貌地笑了笑：“多谢各位大人提点！”

待到所有人都走出去之后，洛子夜闭着眼沉思了一会儿。不管洛肃封的目标是不是她，她都必须私下去找洛肃封谈一谈，毕竟对方若是有什么条件，是不可能当着文武百官的面说出来的！

洛子夜转身，便看见了龙傲翟容色复杂地站在她面前，他一双血瞳深沉，冰冷的声音更是复杂：“太子对七皇子，当真在乎到如此地步吗？竟然不惜冒着性命之险，一再顶撞陛下？”

洛子夜原本是不打算搭理他的，但估计自己不回答，他还得纠缠不放，便简短地道：“他为我挡过箭。而且在那之前，我就说过，会保护他的！”

小事上可以马虎，但大事上，她重诺。

龙傲翟闻言，眸色更深了，他站在洛子夜面前，依旧没有动。洛子夜面色微凉：“还请您先让开，本太子还有事情要去处理！”

“洛子夜，你对我说话一定要这么剑拔弩张。”龙傲翟似乎也动了怒气。

洛子夜冷笑：“那么龙傲翟，虽然爷不知道父皇这一次又想搞什么鬼，但是你敢说，父皇想做的事情，你一点都不知道，而且你不是站在他那边的吗？”

她这样一问，龙傲翟顿时语塞了。

旋即，洛子夜不屑地冷嗤了一声：“所以，你有什么资格要我对你态度好！”

说完，她大步出去了。

而龙傲翟在原地站了良久，回头怔怔然看着她的背影，忽然笑起来。似是苦笑，又似是自言自语：“是啊！我有什么资格要你对我态度好……洛小七，如果你知道她会这样拼了命地维护你，你会不会后悔这样算计她……”

洛子夜从金銮殿出来后，二话不说，直接便往洛肃封的御书房走去。原本就不怎么样的心情，这时候更加不好了，看龙傲翟那个反应，这还真的又是一个局，并且龙傲翟也在局中，眼下……自己是不是也已经变成这些人局中的棋盘上的一枚棋子？

到了御书房门口，门口的下人们，在看见洛子夜的时候，竟都没觉得有多惊讶：“太子！陛下就在御书房，可要奴才们通报！”

第十章
她的诺，孤不能不守！

洛子夜挥了挥手："不用！"

刚才她在朝堂上的表现，就已经够暴露自己了，这时候她要继续憋不住，会导致洛肃封坐地起价。还不如就在门口晃一会儿，等洛肃封自己先稳不住了，跑来找自己，还能少付出一点代价。

而凤无俦党派的大臣们下朝之后，便发现自己的府邸附近守了人。这让他们别说是想传消息出去了，就是一只苍蝇也没法飞出去，这下，大家心里都有了不好的预感。

有人打算乔装打扮了去摄政王府送信，可还没走出大门，就被人给拦了下来……

皇宫里，洛子夜在门口转了二十八圈，洛肃封终于按捺不住了，遣人出来传话："太子，皇上让您进去！"

"是！"洛子夜踏入了御书房，这场耐力之战，洛肃封先输了。

洛肃封的脸色这时候很是阴沉，盯着洛子夜道："太子，你在朕的御书房门口一直盘旋不去，是何缘由？"

洛子夜已经冷静下来，她显得越是淡定，条件才更好谈。

她微微一笑："儿臣看见几只鸟飞过来，实在是好奇，于是忍不住跟上来看了看。到了御书房门口之后，又陆续看到了许多鸟飞来，于是就在门口盘旋了一会儿，没想到父皇忽然召见儿臣，儿臣都感到很讶异呢！"

洛肃封嘴角一抽："那太子可有什么话想对朕说？"

"有什么话？"洛子夜盯着他，认真地眨眨眼，"其实儿臣来也还有个原因，方才儿臣在大殿上顶撞了父皇，儿臣心里头实在是过意不去，想对父皇致歉，又怕父皇并未消气，故而就在门外犹豫徘徊了一会儿！"

她这样一说，洛肃封心里登时更没底了："太子方才在朝堂上还那般维护你七皇弟，怎么到眼下，就已经改变心意了吗？"

"这不正是父皇想看到的吗？不过也不算是改变心意……"洛子夜似乎犹豫了几秒，"儿臣纵然很担心七皇弟，但儿臣也要顾及人伦纲常、君臣之道。方才父皇怒斥儿臣，儿臣仔细想了想，觉得儿臣也的确做得不好，儿臣心里十分愧疚，至于小七的事情，儿臣也不敢多言了！"

她这样一说，洛肃封心里倒慌了起来，这可不是他想要的结果。少顷，他道："几天前，你七皇弟为了救你受伤，如今你又为他这般拼命，甚至不惜忤逆朕，你们兄弟真心相待彼此，这在皇家的确是十分难得，朕很欣慰！"

洛肃封想说的自然不是什么狗屁欣慰，他就是想提醒洛子夜之前洛小七为她受伤中箭的事。

洛子夜长长地叹了一口气："是啊！其实儿臣到现在都难以置信，小七会做出弑君的事，可既然父皇心意已决，儿臣也不敢再奢求，只想求父皇能让儿臣在他临死前再见他一面。这么一个小小的要求，父皇应该不会拒绝吧？"

她话都这样说了，洛肃封这才算是真的急了："太子眼下是已经决定放弃救你七皇弟了吗？"

洛子夜一脸惊愕："父皇不是已经说了，您心意已决，不容更改吗？"

这话让洛肃封觉得脸被她扇了一下，他脸色微青："既然太子已经决定了，朕也就不多说了，太子就先退下吧！"

洛子夜还真的站起来，往外头走："儿臣告退！"

洛肃封脸色一僵："你走出这个大门，洛小七的死就是定局了！"

她原地转身，也看向洛肃封："既然父皇都已经明着说话了，儿臣也不浪费时间了，儿臣是很想救小七，但也并非非救不可。所以父皇如果有条件，还是悠着点说，要是吓到了儿臣，儿臣指不定就直接走了！"

洛肃封咬着后槽牙，从牙缝里挤出一句话："既然是明着说话，那朕也就直说了，你若是真心想救你七皇弟，就要为朕做成一件事！"

洛肃封有吐血的冲动，他原本希望对方能帮助他做成好几件事，可洛子夜这个态度，他不敢多指望了！

洛子夜点点头："父皇请说！"

洛肃封努力让自己从几个条件变成一个条件的愤懑中缓过来，才道："太子，这个条件，朕曾经对你说过！"

洛子夜眉心一跳，脸色很快沉了下来："父皇是指，凤无俦手中王骑护卫的虎符？"

洛肃封嘴角微微扯了扯，坦然道："不错！洛子夜，这东西，普天之下，只有你拿得到！"

洛肃封说出这句话的时候，洛子夜忽然想笑。

洛肃封为什么认为只有她能拿到？那是因为天底下，凤无俦大概尤为在乎又极度信任的人，如今就是她。洛肃封是要她利用凤无俦对她的信任，去做成这件事！

她抬眼看了看洛肃封："父皇为什么认为，儿臣会答应父皇的这个条件？既然父皇能看出来，只有儿臣才能做成这件事，父皇一定也知道这信任的来源是有感情基础的。那么，您凭什么认为儿臣会答应您的条件，背叛他？"

"朕并不确定！"洛肃封嘴角微微扯起，"因为朕并不知道，在亲情和爱情之中，洛子夜，你会做出何种抉择！"

他这话说出来那一瞬，洛子夜眸中迸出寒芒，眼神带着几分憎恨："父皇！我可以拒绝做出选择，并直接杀死出题人吗？"

洛肃封脸色一僵，反而笑道："你若是不担心朕有个什么万一之后，洛小七丧命，你大可以动手！"

洛子夜闭上眼："可以换一个条件吗？"

"不能！朕花了这么大的心思，就是为了王骑护卫的虎符。你以为，朕有改变心意的可能？"洛肃封否决了她的提议。

洛子夜骤然睁开眼："所以从一开始，所谓小七弑君就是一个局！只是为了算计凤无俦？"

洛肃封倒是坦诚："你应当知道，朕有多想要那块虎符！你七皇弟后日就会被推出午门斩首，他能不能活，就看你能不能及时将虎符取回来了！太子，朕要提醒你，失去虎符的凤无俦，也许只用卷土重来，在未来的某一日，便又能站到如今的位置。但洛小七一旦身首异处，那可就回天乏术了！洛子夜，别做会让你后悔的决定！"

"我知道了！"洛子夜问了一句，"父皇，我可以去看看小七吗？"

洛肃封倒没什么意见："你要看他就去看吧，天牢你倒是可以来去自如，但任何时候，只能是你一个人，不许带其他人一起进去！"

洛子夜应了一声，直接便去了天牢……

皇城之外，客栈。

百里瑾宸的住所，来了一位客人。黑色的斗篷将他整个人包裹得严严实实，来人在门口敲了几下门：“是陛下让我来找你的。”

“进来。”这声音冷冷清清，听不出感情和温度，来人也并不在乎，大步进去，伸出手等着对方为自己诊脉治疗。

半晌之后，来人问道：“我身上的毒怎么样了？”

“无妨。”他打开桌案上的药箱，从里头拿出银针来。

皇宫中，洛子夜很快到了天牢。

里头戒备森严，一直走到天牢深处，她才在最后一间牢狱中看见了洛小七。他只是静静地坐着，看见洛子夜，他愣了一下，随即又苦笑了一声，声音低哑：“太子哥哥，你还是来了！”

“你知道我会来？”洛子夜走到牢笼跟前。

洛小七盯着她道：“我对父皇并无用处，他抓我是不合理的。唯一的可能，就是他打算用我算计你。所以我猜到，你应该会来。”

洛子夜叹了一口气，蹲下来，跟洛小七平视。盯着他那双干净而纤尘不染的眸子，她方才问：“那我问你，你为什么会入狱？小七，虽然我并不真正完全了解你，但是我心里清楚，你也是有些能耐的。若是你不想进来，洛肃封就是想要抓你，怎么也要付出一些代价！”

她这话一出，洛小七抬眸看着她：“太子哥哥，大皇兄还活着！”

“啥？”她愣了。

洛小七又道：“他还活着，但是他在父皇手中！父皇拿他来威胁我，我也没有别的办法。太子哥哥，我要是没猜错，父皇也会拿我来威胁你吧。呵呵，我也就只有在这种时候，于父皇眼里，是有价值的！”

洛子夜就这么听着，心里也觉得不是滋味，语气变沉：“小七，你跟龙傲翟有点关系，我是知道的。之前你跟嬴烬交手的时候，我也怀疑过一些事情。这一次的事情……我也一直觉得，轩苍墨尘仿佛在算计什么，你知道吗？眼下所有的事情给我的感觉，都是不安！”

“太子哥哥，我……”洛小七打算说话。

洛子夜却伸出手，很随性地挥了挥：“你不要说话，你等我说完！”

在心里对一件事情有怀疑的时候，去做选择，真的是一件很难的事。她没打算

背叛凤无俦，是想用折中的办法去救小七，可若是最终她所有的猜测全部应验，那这根本就是一个局。

她会觉得，她所做的一切无一例外都是在向所有人展现她的愚蠢。

洛子夜又道："我不知道你心里藏着多少事，更不明白你目光所及到底在何处，但我想要你知道，真心这东西，是世上极为罕见稀有、也极其可贵的东西，它该得到的待遇是被妥善收藏珍视，而非纵情踩踏。至高无上的权位固然重要，可想要获得它们，也并非一定要走这条伤人更自伤的路。所以，小七，你告诉我，这一次我可以信任你吗？我可以相信，这件事情的的确确就是我表面上看到的那样吗？"

洛小七似被哽了一下，又仿佛有一根刺扎入喉头，让他想说出来的那一句话，变得那么艰涩。他开口道："太子哥哥，我懂你的意思。你可以相信我的，我或许会瞒着你什么，但是永远不会骗你！"

他这话说完，便盯着洛子夜，不再说话了。

整个天牢里沉默得可怕，而从他那双干净的眼睛里，洛子夜看见的，除了真诚之外，一无所有。从他的眼神来看，他是不会骗她的！她终于扯了扯嘴角："我知道了！很早之前，我就说过，我会保护你的。我也说过，只要你对我不坏，那么你就不算坏。所以你放心，太子哥哥会想办法救你出去，这是我们之间的约定！"

她说完这话，慢慢地伸出小拇指，做出一个拉钩的形状，对着洛小七笑了笑。

在他们认识的最初，在她对他许下诺言的时候，他曾经害怕她反悔，要跟她拉钩，让她保证一定不会反悔。今日，这个动作看起来那么熟悉，熟悉到令洛小七心里发紧，像是有一只手骤然攥紧了自己的咽喉，让他疼痛得没办法呼吸。

他咬了咬牙，最终道："太子哥哥，你不必管我了。这原本就是我跟大皇兄之间的事情，跟你并没有什么关系，被囚禁在这里，也是我自己的选择，并不应该由你来负责……"

"好了，别说傻话了！太子哥哥是不可能丢下你不管的！我不保证一定能让你出去，但是我能保证，我会用尽全力的。"洛子夜说完这话，起身就走。

洛小七看着她离开的背影，张了张嘴。那张单纯的面孔上满是痛苦和矛盾。

目送着洛子夜走出去那一刻，他闭上了眼，他终究还是什么都没对洛子夜说，却只是喃喃自语："你说得对，真心这东西，应当用来妥善安放，并非用来纵情踩踏。你说得对，至高无上的权位，并不一定要用伤透真心待己之人的心，才能获得。但是你不知道，我要的并非权位……我只是想卸下在肩上扛了那么多年的血仇。我只是想，若世间真有轮回，我要对得起九泉之下的人，对得住那一双双死不瞑目的眼睛。

“洛子夜，我知道我自私，对不起。

“如果这自私、这错处，在你心上划出的血痕，需要我用下半生来偿还，匍匐在你面前求你原谅，那么，由你处置，是生是死，我愿意。”

洛子夜从天牢出来后，就往大街上奔走。去的路，是昨日她经过的那一条。在看到一处地摊，还有那上头嬴烬的雕像的时候，她的脸上露出了笑容。

能不能渡过这场劫难，就看这个先生够不够牛了。而至于洛小七的事，诚然，她心里还存着疑虑，甚至于还有些怀疑，但是她赌不起！倘若这些事情都是真的，一旦她搞错了，或者想多了，那么洛小七就会死。能赌，却输不起！

洛子夜走到那个铺子跟前，就见那个老头手里飞快地雕刻着什么东西，那速度很快，她顿住脚步：“先生……”

那老头抬头就是一吼：“闭嘴，没看见我正在刻东西吗？有话，等我把东西刻完之后再说！”

洛子夜嘴角一僵，配合地保持了沉默。

就这么等着，忽然听见刺的一声。

刻刀在雕刻上划出了一道划痕，那先生的动作似乎僵硬了一下，皱着眉头盯着自己手里的东西。洛子夜这时候也已经认出他手里雕刻的是什么了——一匹马。他正在雕刻的地方，是马的鬃毛，他的手方才不小心划出一道，倒不是因为他技术有问题，而是因为木质问题，造就一道痕迹，但不仔细看，根本看不出来。然而那先生盯了几秒钟之后，手中的刻刀横竖一划，极为压力！

旋即，那马变成四段，掉落在地上。

洛子夜愣了：“先生，您这……”

那老头抬头盯了她一眼：“从我手里出来的东西，都应该是完美的！老头子的眼里揉不得沙子，既然坏了，扔了就是了。”

他这话一出，洛子夜倒是笑了。

老头儿说完这话，看洛子夜露出认同的笑意之后，放下刻刀：“你来找我，有什么事？”

洛子夜四面看了一眼，没发现有人盯着她，拿起嬴烬的那个雕像做观赏状：“如果给您一件东西，您能雕出一模一样的来吗？”

这先生一张脸看起来极为精神，眉毛已经变成白色，嘴角微微抿着，从面相来看，是个很骄傲很有个性的老人！果然，他的下一句话就噎得洛子夜够呛：“你要

是不相信我，可以另请高明！你觉得谁雕刻得出来，就去请谁雕刻！”

他这话说完，洛子夜嘴角一抽，开口道：“自然是因为相信先生，我才来的。是我失言，只是我想雕刻的东西，怕先生不敢雕刻！”

“我有什么不敢的？”那老头并非听不出洛子夜的激将之言，但依旧回了这么一句。

洛子夜立即笑了：“先生真的敢？雕刻这种东西，要是被发现了，是死罪。先生确定吗？”

她这话说完，那老头的表情也骤然变得神秘起来，还带着几分不以为意的得意：“倒不瞒你说，我老头子这辈子雕刻得最多的，还就是要犯死罪的东西！”

话都说到这份上了，洛子夜也不再矫情了，问道：“那么先生能保证保密吗？”

“你也说了，这是要杀头的东西，若是不能保密，先被害死的人，自是我自己！”那先生的语速很快。

她立即又问：“那么，如果要请先生做这件事情，需要多长时间？”

此言一落，那老头立即道：“至少你要给我三个时辰的时间，当然，若是能给我五个时辰最好，这样就能够保证，若是出了差错，我还能立即重新雕刻一个新的出来。”

“不管是什么东西，先生都有把握在三五个时辰之内完成吗？”洛子夜扬眉。

那老头立即笑笑：“不错！不管什么东西，都能！好了，老头子要去吃饭了，你要是没什么事情，我就先走了。”

他说完，就起身挎上箱子。

洛子夜立即道：“先生请先等等，您可愿在敝府住上两日，待到东西准备好了，直接请先生雕刻？”

老头上下打量了她一眼：“看你的样子，非富即贵。老头子不愿意到这样的人家去留宿，这样吧，你要是有事情找我，就直接到京郊东巷第三家来寻我。寻常不能见光的东西，需要晚上雕刻，这个我懂，你就是半夜来了，我也可以理解！但是我已经约好了自己的老友，后日天亮之后，要去云游。时间上你自己把握！还有，我的收费不低！”

他说完，就收拾收拾东西，吃饭去了。

洛子夜盘算了一会儿，她今晚出发，若是后日凌晨就赶回来，也是来得及的。但要是晚了，那就没戏了，因为早上六点钟就天亮了，她刚刚过凌晨就赶回来，正好能有三个时辰，差不多是可以将东西准备好的。当然，那样时间也已经很赶，若雕刻过程中出了差错，就没有修正的机会了。

洛子夜盯了对方一眼：“您不能稍微晚一两个时辰出发吗？”

“我早已跟老友有约在先，岂能因为你的事情爽约？年轻人，做人做事，可不能是你这样的，你让我不守约，老头子我做不到！”那老头说完，摆了摆手就先走了，一点商量的余地都没有的样子。

既然这样，洛子夜也不再浪费时间了。

她二话不说，立即转身回太子府，入了大门之后，直接便问路儿：“昨天让你们两个准备的东西，都准备好了没有？”

面粉、鸡蛋、食用碱等。

路儿很快回话：“都准备好了！”

“把东西都送到厨房。”

客栈之中，百里瑾宸很快收了针，并递给对方一枚药丸：“吃下。”

那黑衣人接过药丸之后，立即吞下。

咽下去之后，的确感到浑身的经脉变得很是舒畅。旋即他开口道：“我身上的毒，解了吗？”

“十年前中的毒，已经没什么大碍了。但以后你会不会有大碍，我不保证。”百里瑾宸说着这话，便已经在水盆中净手了。

那黑衣人听完这话之后，原本没觉得什么，却忽然又反应过来，看了百里瑾宸一眼：“你的话是什么意思？”

百里瑾宸扫了他一眼，手已经清洁干净了，轩辕无随后递上一块手帕，让他将手擦干。

那黑衣人却坐不住了，并且猛然感到自己胸口一阵闷痛，他看向百里瑾宸：“你刚才给我吃的，是什么药？”

“毒药。”这两个字，淡淡地吐出来，并无任何情感。

那黑衣人一噎，险些没被百里瑾宸这句话给气死：“你身为神医，却借着行医给人投毒，你……你这是欺骗我！”

他这话一出，百里瑾宸容色淡淡，不生气也并不动容：“我说过那不是毒药吗？我承诺过救人，但说过救完不下毒吗？”

所以，这根本就谈不上欺骗！

那人气得血脉偾张，指着百里瑾宸：“你……你！”

轩辕无开口道：“劝你还是老实些，你身上的毒，解药只有一份，就在主上手

中，三个月之后要是拿不到解药，你必死无疑。若是我说完这些，你还是打算继续对主上不敬，你请自便！”

那黑衣人倒真的不多说什么了，事情既然已经变成这样，继续激怒百里瑾宸对他也没什么好处，说不定对方一生气，就真的不给自己解药了，要是那样的话……

他问了百里瑾宸一句：“神医，在下跟你无冤无仇，你却这样对待在下，在下实在不明白您的意思！”

百里瑾宸闻言，淡漠地道：“我要回煌墠，两个月。”

那黑衣人皱眉：“所以呢？”

“我素来不喜被人戏耍，两个月之后我回来，若是娶不到洛子夜，那么，你就只能等死了。”百里瑾宸眸色未动，面色更是不改，谈及人的生死，也是一副淡然自若的样子。

洛肃封既然能为了这个人答应自己的求婚，那就说明自己面前这个人对洛肃封而言，十分重要，所以，只要把对方的性命拿捏在手中，洛肃封自然不敢食言。

他这话一出，那黑衣人险些没直接气出一口血来！所以他这算是出了火坑，又掉进狼窝？他铁青着一张脸道：“医者父母心，百里瑾宸，你……”

“我并非你的父母。”百里瑾宸语气淡淡，倒是轩辕无听着这话险些笑场。

黑衣人嘴角一抽：“你别忘了，你现在可是在天曜。你就不怕皇上生气了，直接将你拿下？”

“请便吧。”百里瑾宸下起了逐客令，仿佛根本没将其看在眼里，“洛肃封守信，我便会给你解药。送客。”

黑衣人气得不行，但到底不敢再说什么话激怒百里瑾宸，恨恨地转身，大步出去了。

“主人，洛子夜今日已经见过洛小七了！”墨子渊在边上禀报。

轩苍墨尘微微一笑：“盯住摄政王府，有任何消息传入或者传出，全部截杀，记住截杀的时机。”

“是！”墨子渊应了一声，“我们不能在他们离开摄政王府时截下消息，否则会引起他们的警觉。当待到消息传很远，甚至于出了天曜的国境，再拦截！这样就可以保证不被摄政王府的人轻易察觉！”

墨子渊说完，微微抿了抿唇：“主人，您让属下准备的人，已经准备好了！您是今天晚上就要用上这些人吗？”

“嗯！”轩苍墨尘眉眼含笑，“因为我不仅要凤无俦一败涂地，还要他和洛子夜彻底决裂。我要他此生都不可能再原谅她，也势必不会再给他们留下半分修复的可能。即便这一次，凤无俦能活着渡过此劫，他和洛子夜的故事，也会成为过去！

“而从此，我和洛小七、龙傲翟，都会被她恨入骨子里。但我们都没的选择，世上有太多比情感和自身重要的东西，我们都是俗人，只能活在这样的磨难中。”

墨子渊看了一眼他的背影：“主人……”他心里忽然觉得不是滋味，江山和美人之间，他必须要做出抉择。这是一种残忍，却也是一种幸运。

因为这世上并非每一个人都有资格站在这高位上取舍，让天下人俯首帖耳。

“无妨。”轩苍墨尘轻轻一笑，旋即温声道，“我原也并非正人君子，待到此事了结，即便强要了她又何妨？何况，你手里不是有药吗？”

墨子渊一怔，药……药也只有一瓶，要是真的让洛子夜喝下……那就等于她变成一个孩子，怕再也不可能恢复了。陛下这话是认真的吗？

洛子夜折腾了两个多时辰，才终于完成了手里的浩大工程。

看着蛋糕，她的本意是做成爱心形状，不知道为什么，看着是个四不像。她想做出来的玫瑰花，也不知道为啥扭曲成一坨，让人联想起一些不明物体。

瞅着这玩意儿，洛子夜默默地扶了一下额头。这还是一生日礼物呢，还拿得出手吗？真的好想哭！

路儿和沓沓在边上看着，也不禁咽了一下口水。

嬴烬早已知道洛子夜在为凤无俦准备礼物，心里不爽利，自然也没来看。但在太子府里晃荡了一整天，最后还是忍不住，到厨房来了。进了厨房，便见着了几个石化的背影。他双手抱臂，缓步走到她们跟前。洛子夜也听到了背后的脚步声，不用回头，她就知道是嬴烬来了。

嬴烬上来之后，看了一眼，一瞬间他绝美的面上便浮现出几分愕然。嬴烬似乎有点顾及她的情绪，先问了一句：“小夜儿，这是……”

他的反应，没在洛子夜的意料之外，令洛子夜感到非常绝望：“嬴烬，如果你过生日的时候，有人送给你这个，呃……蛋糕，你会感到高兴吗？”

嬴烬也算是明白了，这个长得很奇怪的东西，还真的是送给凤无俦的。他摸了摸下巴：“这是用来干什么的？”

这是用来玩的，还是用来观赏的，虽然奇怪了一点，但是礼轻情意重，还能勉强理解。

他这话一出，洛子夜戳了戳蛋糕，哭丧着脸道：“看不出来吗？这是吃的！它的名字叫蛋糕，是送给凤无俦的生日蛋糕！”

“嗯……”嬴烬看她一脸悲伤，很想笑，但也不好意思笑，盯着面前那长得奇丑无比的东西，做出一副淡然的模样，“嗯，还不错！”

“蛋糕”上头，写着：祝小臭臭生辰快乐，这几个字也不知道是哪位大师的手笔，同样丑得没有人样。

见他一直盯着她的字，洛子夜赶紧道：“字丑一点没有关系，这个凤无俦没法嘲笑我，因为他的字也很丑，没比我好到哪里去！”这倒是实话，凤无俦的字是真的很丑。

她这话一出，嬴烬耸了耸肩：“小夜儿你激动什么，这字也并不丑！”

路儿和沓沓仿佛白日见鬼，这就是情人眼里出西施？这么丑的字，嬴烬公子也说不丑？

洛子夜试探着问了一句：“真的不丑吗？”

“不丑！”嬴烬坚定地睁着眼睛说瞎话。

“谢谢你！”洛子夜说着这话，抹了一把眼角的泪花。

看她的情绪波动有点大，嬴烬又出言安慰道：“小夜儿，凤无俦能得到你的礼物，是他的荣幸，就是做得不好看又怎么了，那也是你的一番心意。你去了之后，可一定要看清楚凤无俦的脸色，他要是胆敢对着你的礼物露出一丁点迟疑的表情，那就说明他根本就不在乎你的付出，那你也不必管他的心情了，直接带着蛋糕回来吧，我还是很喜欢的，很愿意代替他收下！”

嬴烬就这样给自己的情敌下了套。他看见洛子夜的蛋糕的时候，都愣了一下。眼下却这样告诉洛子夜，这已经算得上是在陷害了！

洛子夜真挚地道：“嬴烬，真的谢谢你，我很希望凤无俦跟你是一样的想法！”

“放心吧！”嬴烬又安慰了她一句。

洛子夜开口吩咐道：“路儿和沓沓，你们将这东西好好包装一下，嗯……就用那个精美的盒子包装……”

她此言一出，在场所有人眼神都放到了那个盒子上。太子就不担心，这么精美的盒子，和这么丑陋的礼物放在一起，会显得礼物丑陋得可怕吗？太子就算是对礼物绝望了，也没必要自暴自弃吧？

路儿小心翼翼地将蛋糕装起来，毕竟这个蛋糕真的已经够丑了，她们要非常小心，才能避免造成“二度”伤害。是的，是二度伤害，它的一度伤害是太子做出来的那一秒，它身上就与生俱来的。

洛子夜找了一根漂亮的绳子过来，打了一个精致的蝴蝶结，然后气势恢宏地将其拎起来，掂量了一下，旋即看了云筱闹一眼：“衣服准备好了没有？”

“太子殿下，您设计的款式，是他们从来没有见过的，设计起来有些难，至少要到明日才能做出来！”云筱闹回话。

然而，出了洛小七这样的变故，洛子夜自然不能等到明日了。

她看向嬴烬：“若是爷速度快的话，后日凌晨就能往回赶。这几天京城的事交给你了，不知道为什么，我这几天总有一种不好的预感，我回来之前，帮我守好神机营！”

“好！”嬴烬应得很干脆。

洛子夜道：“萧疏狂，带上几个人一起！”

“是！”萧疏狂立即跟上，几人几匹马，很快出发，云筱闹要跟着一起去，便也都去了。出门的时候，洛子夜想了想，有没有可能让那个会雕刻的老头跟自己一块儿去大漠？然而想了想那老头的脾气，在她的府邸上住一两日他都不答应，让他跟着一起去大漠，他能答应才怪！

于是她也就放弃了，一路上众人策马狂驰，没遇到任何拦路的人。

然而，到了夜间。

洛子夜耳尖微动，听到有响动从四面八方传来，这令她心中一突。萧疏狂的武功也不低，很快意识到了什么，回头跟洛子夜对视一眼！看这样子，是有人来了！

而且来的人还不少，洛子夜皱眉：“警戒！”

“是！”萧疏狂一挥手，指挥着众人退到两边，夹道而行，防止有人从左右偷袭。刚刚完成这个动作，咻的一声，暗处便有一柄利器对准洛子夜的方位激射了出来！

“太子小心！”萧疏狂立即扬声大喝！

洛子夜侧身避过，暗夜中，月光之下，箭尖的寒光闪过，带着黑色的幽光。只消一眼，洛子夜就能看出来，这箭有毒！她看了看一片漆黑的夜色，开口道：“要杀爷，就先出来露个脸，爷不跟缩头乌龟打架！毕竟爷这么帅，要是打了一个无名小卒，传出去也降低爷的格调！”

她这话一出，暗处立即有人发出一声笑。旋即便有一众黑衣人从暗处跑了出来，他们的脸上全部蒙着面巾。为首之人站了出来：“太子何以认为，我们是要取你性命，而非只是路过的劫匪？”

“有劫匪会在看见爷这样的美男子之后，也不想着把爷活捉了卖到小倌馆，而是直接射出一支毒箭，打算杀死爷吗？”洛子夜恬不知耻地对自己的价值进行了高度评估！

那黑衣人听完这话，嘴角一抽："看来太子对你自己，很自信！"

"那是自然！"洛子夜摆弄了一下自己的刘海，让自己自信得更加自然饱满。

这模样令那黑衣人嘴角又是一抽，倒也不说这许多废话了："既然太子已经知道我们的来意，那我也不说废话了！太子今日就安心把命留下吧，等到来年这一日，我们会为太子上一炷香的！"

洛子夜瞟了他一眼："你主子长得帅吗？"

"嗯？"黑衣人怀疑自己是不是听错了，但他还是道，"太子何以认为，截杀你不是我个人的想法，而是我主子的意思？"

洛子夜又瞟了他一眼："你说话中气不足，走路畏畏缩缩，一看就不像是当领导的。虽然你在很勉力地假装你就是主谋，但到底气场不够。关于领导的气质啊，这世上有两个人你可以多模仿模仿，对你今后的伪装一定能有很好的启发。第一个人，是凤无俦。第二个人，就是你面前这个一树梨花压海棠的本帅宝！"

帅宝？

这下莫说是那黑衣人听着觉得自己浑身都不好了，就是萧疏狂和云筱闹，也忍不住对视了一眼，胃部稍稍痉挛了一下。太子到底是如何才能如此心不跳、面不红地自称宝宝的，还本帅宝。还有，太子分明是一身猥琐的气质，到底哪里像个领导了？

而暗处的人，听着洛子夜的话，嘴角扬了扬，忍不住笑了起来。

那黑衣人居然被她绕进去了："我主人长得很英俊，洛子夜，至少比你英俊！"

"哦！那你主人是轩苍墨尘，还是龙傲翟，还是百里瑾宸，还是嬴烬，还是凤无俦，或者是什么不知名的美男子啊？"百里瑾宸、嬴烬和凤无俦当然不可能，举出来也就是为了迷惑一下此人的视听罢了。

那黑衣人答道："我主人是……"

说到这里，暗处骤然飞来一支飞镖，一下子就钉在他面前的草地上。他才猛然醒悟，自己差点就被洛子夜给绕到坑里去了！他脸色一青："别跟他废话了，打！"

洛子夜的眼睛却微微眯了眯，往暗处看了一眼。林中还有更厉害的高手，这令她更加警觉起来。

眼见那黑衣人直接对着自己杀了过来，洛子夜嘴上还很欠："你瞧瞧你，爷不就是说你没有领导气质吗？生啥气啊！爷把你的缺点告诉你，是希望你能好好改正，指不定以后你主人看着如此有领导气质的你，自叹弗如，就把主人的位置让给你了！"

她这话无异于在挑拨关系，那黑衣人听了更是生气："来人！给我包抄过去，杀！”

林中，有人叹息了一声：“暗影到底不够稳重，被洛子夜一激，就方寸大乱。”

旋即，便又有人轻轻笑了声：“怕在外头的是你，也难免不被她气得方寸大乱。”只是，也许她会用另外一番说辞罢了。

那边打得如火如荼，洛子夜下手也很猛，杀人的时候眼都不眨一下，这一行黑衣人，很快就在洛子夜如此猛烈的招数之下落了下风。而她的另外一只手并没握着缰绳，而是护着手里的蛋糕，不容这东西有一点闪失。

林中那人看了一会儿，忽然道：“拿箭来！”

“是！”下人话音一落，那箭很快便落入他手中。

他扬弓而起，箭尖对着洛子夜的方向。还未出手，洛子夜便感觉到一阵杀气蓄势待发！她神经也很快紧绷起来，而对方似乎早就料到她会有所察觉，那一箭，骤然射了出去！

咻的一声，杀气破天，令人丝毫不怀疑这一箭要是落到人身上，中箭之人必死无疑！

洛子夜也足够警觉，眼神迅速扫向箭的那一端，嘴角微微扯起……暗处那人准备好了这一箭来偷袭她，殊不知她也是等着对方这一箭，她才能确定对方所在的位置。手中的匕首，似极光般飞快射了出去，在飞射出去之后，迅速切开了对着自己射来的这一支利箭，并速度很快地继续往前！

刺啦——她的匕首在破开利箭之后，还对着利箭射出来的方位疾驰而去！

然而就在同时，林中又是一支箭对着她射过来！方才那一支箭，只是一个障眼法，目的只是引开她的注意力，这支箭出来，才是真正要命的东西！

洛子夜的身体很快后倾，那支箭到底没有伤到她，却是从她手中那个精美的盒子上头划了过去！

洛子夜眼明手快，飞快一扯，那盒子才没有在这一箭之下四分五裂！然而那蝴蝶结已经散开来。这令她脸色微青！纵然这个蛋糕已经丑得没有人样，但这是她给他最重要的生日礼物，不容闪失！

而她的匕首也早已进入丛林，从出手之人的颊边轻轻擦过。

那人闪避很快，才避开了这一击。很好，他射出去的那一箭，似要杀人，她回他这一刀，同样毫不留情。他跟她之间，到眼下已经走到了这一步！

洛子夜抱住了蛋糕，没让它出什么事，而下一瞬，对方似已经知道，她的软肋就在她手中的蛋糕上一般，再一次射出箭羽，已经不再是对着她，而完全是对着她手中的蛋糕！一箭，又是一箭……

这令洛子夜眉头蹙起，扬声道："萧疏狂，接住它！"

萧疏狂立即回眸，将洛子夜抛过来的蛋糕接住。旋即，便听见洛子夜清亮的声音在夜色中极为分明："先将这蛋糕送到凤无俦那里，爷很快就到！"

眼下的阵仗，洛子夜还并不是很担心，只要手头没有这个蛋糕掣肘，她很快就可以脱困。更重要的是，这些人的目标在自己，自己在这里，让萧疏狂赶紧离开，这样才能保证蛋糕的安全不是？

"是！"萧疏狂很快带着蛋糕离开了。

待到他离开，暗处那人轻轻一叹，笑道："她果然这么选！那生辰礼物在她眼里，就真的这么重要。"

他这话落下，他身边的人也开了口："这世上人心所向，从来不能脱离您的掌控。您此刻之所以出现在这里，不是早就猜到了她会这么选吗？"

此言一落，林中沉默许久，半晌后，传来悠悠一声叹："你说得不错，走吧。"

待到萧疏狂带着蛋糕走远，暗处又出来了更多的黑衣人。再一次出来的黑衣人，拿着箭羽对准了洛子夜等人胯下的马！众人虽然勉力挡下几箭，但不少箭羽还是射到了马身上，几匹马嘶鸣着倒下，洛子夜等人便暂且被困在了此处！

想从这里杀出一条血路，怎么也得小半个时辰。

而这时候，洛子夜也感觉到，原本林中的那一阵压迫感忽然消失不见了！这些人截杀自己，杀到一半主要人物先走了，仿佛是为了拖住自己的步伐！要真是如此，那对方的目的到底是什么？

萧疏狂抱着蛋糕，往凤无俦所在之地狂驰而去。

在他奔出去一个多时辰之后，很快他就看见前方有什么东西挡着！此时正是午夜，诡谲的月光照在前方那些拦路之物上，他立即抬手："停住！"

就在他开口的同时，前方有箭羽咻地对着他们的方位射来。

他是堪堪避过了，但是这箭羽的攻势十分猛烈，而且数量非常多，极快地射向他们的马。马痛鸣中纷纷倒地，不少神机营的人就这么摔伤！而萧疏狂也不能幸免，从马背上掉落了下来，然而他的第一个反应，就是护住自己手中的蛋糕！

好在他保住了这蛋糕，它平安无事。他很快起身，眼前的场景也并不至于令他慌乱，反而越是情况紧急，他表现得便越是镇定："准备迎敌，不要慌乱！"

"是！"大家立即应了一声。

夜幕之下，所有人都十分紧张。而对方那边倒是很干脆的人，二话不说便直接出击，手里的弩箭再一次射了出来！似乎事先接到过什么命令，射出来的箭羽没有一支是要人命的，对准的地方只是他们的膝盖和四肢！

萧疏狂等人只能勉力抵挡，对方的人几乎是他们的三倍有余，很快便将他们包围起来。几箭之后，便展开了一阵厮杀！

然而，一盏茶工夫之后，当一匹马到达此地时，眼下的战局似乎便不得不立即落下帷幕。来人那双温润含笑的眼睛，很快看向人群中的萧疏狂，见他出招的手段和速度，以及力度都极为不俗，自己手下好几个人想靠近，而纵然他手中抱着那么大一个蛋糕，这些人也轻易靠近不了。

他忽然微微一笑，手中迅速凝聚起内力，似半夜里夜幕中翻飞凝结的一朵花，却是一朵嗜血的食人之花，对准了萧疏狂所在的方向——

轰然一声。

整个地面都微微震了震。而萧疏狂脚下一个踉跄，未曾站稳，便很快被这些人包围了起来，一柄剑横在了他脖子上！

而那人在这出手之下，也牵动了内腑中的伤，骤然捂住唇咳嗽起来，随后指间缓缓流出艳丽的血，他身后立即有人递上白绢："主人！"

"无妨！"他接过白绢，将手中的血迹擦拭干净，旋即举步，往萧疏狂所在的方位走去！

待到那人靠近，便是一张比神还要高远、比兰花还要雅致的脸，出现在他眼前。萧疏狂有点蒙，轩苍墨尘跟他们不是朋友吗？思绪混乱之间，轩苍墨尘已经走到他眼前："怎么，看见是我，很惊讶？"

"是！"萧疏狂直言不讳，"相信太子知道是你，也一样会惊讶！之前截杀我们的，也是你的人吧？"

轩苍墨尘轻笑："不错。萧疏狂，你并不笨，能力也尚且不弱。尤其子夜她很看重你，所以我并不想杀你。把你手里的东西交出来，我不会伤你性命！"

萧疏狂冷笑了一声："这是太子交给我的任务，除非我死了，否则绝不可能将它交给你！"

"何必冥顽不灵！"轩苍墨尘眉梢一凛，面上依旧含笑，但他周身很快便有内息散出来，似一条毒蛇，飞速地缠上了萧疏狂。什么都看不见，却偏偏束手束脚，令人不能再动。

萧疏狂目眦欲裂，想要挣开这桎梏，然而什么用处都没有，便只能眼睁睁地看着轩苍墨尘从他手中将蛋糕取走。下一秒，有人一手刀打上了他的脖颈！他很快便晕了过去，并立即被人架走。其他一道被困的神机营众人也都相继被人打晕，并很

快被带走!

接着，便立即有人出来将地面上打斗过的痕迹都收拾干净。

墨子渊容色复杂：“陛下，这么做，会不会太绝了？”

轩苍墨尘面上依旧含笑，并未回墨子渊这句话，却伸手掀开了盖子，在看见蛋糕的那一秒，他似乎怔了怔，旋即微微偏头，忍俊不禁。可到底是多年来贵族修养所致，故而他在笑的时候，也并未失态，只是肩膀微微耸动，并很快平静下来。

墨子渊也愣了，认真地盯着自己面前这玩意儿，这就是洛子夜一路上护犊子似的护着的礼物？他的眼睛真的没有被人戳瞎，以致视力故障，所以看不清楚东西吗？听说这还是吃的，谁看见这东西，还吃得下？

他正这么想着，他们家主子如玉的长指却骤然伸出，极为优雅地取下一块送入口中。然后，在墨子渊难以置信地咽着口水的注视下，咀嚼了几下，随后，他温雅的声音含笑道：“味道尚可！”

墨子渊看着自家主子仿佛心情不错地捧着蛋糕走了，想说什么，到底没说出来。而轩苍墨尘的脚步忽然顿了一下：“凤无俦的生辰，是明日吗？”

眼下已经过了这一日的午夜，故而，便应当是明日了。

墨子渊也一愣：“好像并不是……他的生辰，应当是几日之前吧……洛子夜莫不是记错了？”

轩苍墨尘眸色微深：“看来这其中，也许还有我们不知道的东西。”

接着，他颔首看了一眼自己手中的蛋糕，忽然轻轻一笑：“我的生辰，也是明日。”

墨子渊一怔，陛下的生辰也是明日，只是这蛋糕是洛子夜送给凤无俦的，估计陛下心里头舒服不到哪里去吧。

半个多时辰的激战，洛子夜终于摆脱掉了这些人。云筱闹也是一头的汗：“太子，我觉得我们真的活得太辛苦了，为什么每天总会有这么多麻烦找上门呢！生活对我们也太不公了！”

这话洛子夜很赞同：“这个故事告诉我们，假如生活欺骗了我们，不要悲伤，不要绝望，反正明天它会继续玩我们。慢慢地就习惯了!

云筱闹：“……”她应该欣慰于太子如此想得开吗？她忽然觉得自己好佩服太子!

“太子，你说他们到底想干什么？”她思虑之间，云筱闹问了这么一句话。

洛子夜也正在琢磨这个问题，想了半天，终于放弃了，摇了摇头：“讲真的，爷还真的想不太明白，眼下只能勉强认为……是因为爷太帅，遭到这些人的嫉妒？”不过这个可能说出来，洛子夜也秒懂了成立的可能性多么渺小。

云筱闹的嘴角也抽了抽：“大概也只能这么解释了……”

摄政王殿下的王帐内，王骑护卫已经开拔，去往蛮荒部族。由凤无俦下令，肖班和肖青先带队前往，只余下近卫随侍王驾。

“王，肖班和肖青已经带人出发，申屠王子只带着准格尔的人，正在攻打云南王最后一座城，合齐王子也在协同作战。他保证，今夜您就会看见您想要的东西！”阎烈开口。

王座之上的人听着这句话，嘴角微微扯了扯，一抹轻蔑的弧度浮现，一双魔瞳更是眯起，带着几分咄咄逼人的味道，和他惯有的刻薄美感。他看向阎烈，显然心情不悦，沉声道：“这话孤已经听申屠焱保证过许多次了，原本孤以为，孤今日就能看到东西！”

阎烈的嘴角也是一抽：“王，此事也不能完全怪申屠王子，实在是云南的那些人太狡猾。原本所有人都以为，这么重要的东西，一定会藏在云南王府，尤其云南王还拼了命一样守着王府，却没想到……”

却没想到原来不过是一个障眼法，他让所有人的目光都聚集在云南王府，同时派人将圣晶石给送走了！若非发现得及时，这会儿圣晶石都被送回古都去了！云南王是已经抱着就是他不能守住，也不便宜王的意思！

好在他们发现得早，派兵拦截了下来！

阎烈为申屠焱解释，凤无俦却冷嗤了一声，那双魔魅的瞳孔，看向阎烈，里头全是森冷的味道：“阎烈，你应当明白，孤从来不喜欢听原因！”

他这话一出，阎烈整个人都精神了：“属下知错！”是了，在他们摄政王府，为什么事情会变成这个样子一点都不重要，重要的是，眼下的结果是什么。

他此言一出，王座之上传来那人的命令：“告诉申屠焱，倘若今夜孤还不能看见孤想要的东西，延误事情的后果，他来承担！”

“是！”阎烈转身退了出去。

阎烈退出去后，闽越大步走了进来：“王！好消息，您身上的寒毒的事情，我们都已经准备好了，屠浮子眼下正在等您，老王爷一直在旁边看着他。所有的药理，老王爷都已经亲自梳理过了，并没有任何问题！因着许多东西的药效都拖不得，所以老王爷的意思，是让您立即过去，如果顺利，今夜便可解开您身上的寒毒！”

他此言一出，坐在墨玉长榻上的男人手中握着酒盏，犹豫了数秒。

闽越一看，便知道他是为什么犹豫：“王，您不必担心，尽管去解寒毒。太子应当是明日早上到，或者今夜就到，属下会在这里看着的，等阎烈完成您的命令回来之后，属下会嘱咐阎烈招待好她，等着您出来的！”

他此言一出，凤无俦颔首，方才起身，大步出了王帐，往五百多米开外的山庄行去。那是凤天翰近日为了给他解开寒毒的事，专程买下的一座山庄，里头守着的都是凤天翰手下的亲卫，有他们在，外头的人不是轻易就能攻进去的。

凤无俦人未至，而魔息先行，似他出现那一秒，他面前所有的辽阔山川、漫地黄沙，都成为他脚下之物，独由他一人所控，万物只能低头臣服。

山庄之外的下人们迅速跪下：“王！”

凤无俦的眼神未曾落到他们身上，大步进了那山庄，染七出来引路：“王，请随属下来！”

入了内院，一直沿着小路走到最后一个房间，房间的门已经打开，很快便能令人看到一张狰狞的脸。那张脸一半是正常的，一半却似被大火吞噬，以致脸上的肌理完全扭曲，堆积在一起，只余下那一只眼，发出幽冷的光。

不必多想，便知道此人就是屠浮子了！他在看见凤无俦那一秒，却冷笑了一声：“没想到，二十多年前的孽障，到如今当真还活着！”

他这话一出，凤无俦魔瞳一凛，并未看见他动，却有魔息四散出来。屠浮子骤然呼吸一窒，感觉似有一只无形的大手钳住了自己的咽喉。这杀气和束缚力，令屠浮子瞪大了眼，想要挣脱这样一股力道，却发现完全挣脱不得。这令他面上慢慢浮现出惊恐之色，伸出手摸着自己的脖子，想将掐住自己脖颈的力道扯开！

凤天翰提醒了一声：“王儿！”这要是把人给杀了，就白抓一场了。

两个字一出，摄政王殿下眸中寒光一散，那力道在瞬息之间便消失不见。如此令人惊惧的实力，使得屠浮子惊恐地捂着自己的脖子，蹲在地上喘着粗气，却仰头看向凤无俦冷笑：“难怪陛下当年要杀了你，这样强悍的实力……呵呵……”

凤无俦冷嗤了一声，缓步上前，面上霸凛的容色不变，眉宇之间却有几分讥诮：“孤今日应当告诉你，当无法将你自己的性命掌控在自己手中的时候，也许你应该学会管好你的嘴！”

话音一落，他脚下微微用力。屠浮子惨叫了一声，伴随着的是骨骼断裂的声音！然而他一声不敢再吭，更不敢站起来威胁面前这个人。因为他心里明白，他眼前这个人，也许比他想象的更加可怕。凤无俦若是真的动怒了，怕是不会管这寒毒到底还能不能解开，直接杀了自己，这都是有可能的。

这般认知之下，他也不敢再开口叫嚣了。

看他不再说话，凤无俦也不再看他了，收回脚，扫了一眼眼下的场景，沉声询问：“如何解毒？”

屠浮子听凤无俦这么一问，原本心里头恼怒不已，然而，在对上对方那充满压迫力的目光时，他骤然心头一跳，说不出任何抗拒的言语，也不敢保持找死的沉默，开口道：“您进入浴桶中，泡上六个时辰，不能出来。过程中不能被打扰，否则一切可能前功尽弃！而且您要明白，只要这治愈的过程开始，就不能再停。因为解开寒毒的过程，是先将寒毒引出，再用药浴化散。一个人的身体，是不可能承受两次这样的剧痛的！也就是说，解毒的机会您此生只有一次，今晚若是出了什么纰漏，日后这寒毒怕就会伴随您一生一世，即便是我，也不会再有任何办法！”

他这话一出，阎烈此刻也正好进来了，听了一个全，立即道：“这样的话，今天晚上的事就不容有失了！王，属下会吩咐下去，即便有再重要的事情，也不让人来打扰您。您安心解毒便是！至于太子那边……属下会和闻越照看好的！”

凤天翰的面色也很严肃，他看向阎烈吩咐道：“今日之事，的确不容有失。若有闪失，不但这寒毒可能伴随一生，也有可能会走火入魔，经脉尽断而亡。这其中的严重性，相信你们明白！要是今日的防守出了任何问题，本王将拿你们是问！”

“是！”阎烈立即点头。

话说到这里，他便退了出去。

而摄政王殿下也没有继续耽误时间的心思，眼下已经到了下午，六个时辰之后，便是子时之后，也是他生辰当日，那时候洛子夜也许已经到了，所以眼下，他自然不能再耽误时间。

他宽衣踏入浴桶之中，并闭上眼，开始凝聚真力……

大漠之外，洛子夜的马从丛林中跨过，静谧无声的林中，一个人远远地看着洛子夜的背影。

他身后的人道：“陛下，萧疏狂醒来之后，拘着礼物，带着神机营的人出逃了。按照您的意思，我们佯作发现，扣住了萧疏狂。而萧疏狂果然不管自己是死是活，拼死也要缠住我们，让神机营的人逃走了三个，是带着那礼物逃走的！”

轩苍墨尘微微一笑，半晌后，他忽然温声道：“子渊，说实话，那个礼物若非必要，朕真的不想还给凤无俦！”

墨子渊喉头一哽，不说话了。

“罢了，舍不得孩子套不住狼。这代价，也是值得的！”他复又温声一笑，似

乎翩翩公子，优雅而不染浊气。

墨子渊沉眸道：“的确！只是……陛下，凤无俦身边毕竟还有一个闽越，那东西上有毒，闽越会分辨不出来吗？”

轩苍墨尘嘴角微微上扬：“我要的就是他能分辨出来，我就是要凤无俦认为，这就是洛子夜为他准备的生辰大礼。我要让他觉得，她不仅仅要他的虎符，还想要他的命！”

他这话一出，墨子渊骤然抽气，扯了扯嘴角：“洛子夜很快就会知道，这一切都是您做的！不过，您不后悔就好！”

“后悔嘛……”轩苍墨尘微微一笑，缓缓闭上眼，那笑容依旧温润，仿佛一块暖玉，有什么无形的东西正在玉中流淌，直至将要刺透那玉，破之而出，“我知道，我一定会后悔的！”

语落，在墨子渊愕然的目光下，他转身离去。

对，他一定会后悔的。为了自己的私心，为了自己的谋算，去伤害自己心里重过性命的人，岂会不后悔？但他这公子如玉的表象，从来不过是表象，无法遮挡他在她眼中自私自利的灵魂。那么既然如此，就自私到底好了。

后悔，又怎样呢？谁又能保证，他不这么做，就一定不会后悔？

而就在同时，不远处跌跌撞撞地过来一个人，到了近前之后，开口道：“轩苍皇，是我们王爷让属下来找您的！按照您的意思，王爷前日便下令，派人将圣晶石送回古都，但在半路上就被申屠焱的人发现了……”

他话没说完，轩苍墨尘轻声道：“然后你们的人，躲进了就近的郳城。申屠焱在知道之后，并不将郳城看在眼中，于是向凤无俦请旨，他可以自己完成这个任务。所以眼下，凤无俦手下的王骑护卫已经率先前往蛮荒了，只余下申屠焱的人在围剿你们？”

那人一愣：“您怎么知道？”

轩苍墨尘轻笑：“我怎么知道并不重要，重要的是，事已至此，就让云南王认命吧！凤无俦或许都懒得杀他，但是申屠焱的脾气可不怎么样。他今日若是投降了，至少还有机会保住一条命！”

“轩苍皇！您之前可不是这么说的，您明明对我们王爷说，这件事情您有办法……”原本从一开始，王爷是不敢跟凤无俦对着干的，心里头舍不得圣晶石，可也很看重自己的性命和封地。但口气还是很硬，希望至少能落凤无俦一个人情，或者是得到一些许诺。

可就在那个时候，自己面前的人忽然遣人送信给王爷，让王爷拼死抵抗，说这件事情他有法子！王爷纵然将信将疑，可最终还是选择了听信对方，一直按照对方的意思行事，可眼下……

轩苍墨尘的面容丝毫不变："我说了有法子，但是我并没说这法子一定能奏效。不是吗？"

"你——"那人气得双眸猩红。

轩苍墨尘温润的声音很快又响起："回去吧，或者把命留下！"

待到太阳彻底落山，夜色完全晕染开来，洛子夜和云筱闹终于看到了凤无俦的军营所在。

只要这会儿赶到了，一个时辰之内拿到东西，她们回去也还来得及。军营外头的人在看见洛子夜的那一瞬，很快反应过来："太子！"

"嗯！"洛子夜应了一声，看了一眼军营，"你们军营的人呢？"

门口的亲卫立即开口道："王骑护卫的其他人已经去蛮荒了，肖青和肖班带队，至于王……"

"王眼下有事，还请太子殿下在营帐中稍待！"他的话，被闽越截断了。

洛子夜迅速看过去："他有什么事？"

"这个太子您就不要多问了！再过几个时辰，王就回来了！您还是先去王帐中等他吧。"闽越语速很快，上次在千浪屿的事情之后，他心里已经开始对洛子夜存疑，到眼下，自然也不会全心全意地信任洛子夜。尤其王今日在解毒，此事事关重大，要是有任何差池，后果谁都担待不起，故而他还是决定不对洛子夜多说。

看他神神秘秘不肯说的样子，洛子夜皱了皱眉："是不想说，还是不能说？"

闽越没吭声，让到一边，给洛子夜让出一条道来。云筱闹看他这态度，心里头也有点生气，原想说什么，却被洛子夜的眼神制止了。

洛子夜往凤无俦的王帐走时，问了一句："萧疏狂他们到了没有？"

"没有！"闽越眉梢微微挑了挑，"萧疏狂不是跟您在一起？"

这下，洛子夜的心沉了下来："确定他没来？也没人送礼物来？"

闽越扭头看了一眼营帐的门口，询问他们："有人来过吗？"

"除了太子殿下，谁都没有来过！"那亲卫很快回了这么一句。

洛子夜的脸色难看了起来："看来他是遇到麻烦了！"

闽越问道："可是他出什么事了？需要我派人去找吗？"

本来也是时间紧迫，洛子夜很担心不能赶回去，急需找凤无俦借到虎符，赶紧回去找人雕刻。眼下闽越主动说帮她找人，她二话不说就答应了："好！那就拜托

你了，他对于本太子、对于神机营的意义都至关重要，希望你一定帮忙找到！”

凤无俦手下人的办事能力，洛子夜还是相信的。

闽越点点头，扭头道：“去找人，萧疏狂你们都见过吧？去找！”

“是！”门口的亲卫原本也就只有三十多个，一听闽越这话，立即就离开了二十多个，飞快地散入夜色之中。

这些人走后，洛子夜的眉心还是皱着，云筱闹从旁劝了一句：“太子，王骑护卫的人出去找，应当不会有什么问题的。您先放宽心，毕竟眼下也没有更好的办法了！”

“嗯！”洛子夜应下这一句之后，就大步进了凤无俦的王帐。

云筱闹被拦在外头，也没说什么，摄政王殿下的王帐，也不是谁想进就能进去的。

十里之外。

一匹马停在那一片丛林前。马背上的人，一双血瞳在暗夜中晶亮无比，似性感惑人的吸血鬼。当他的马到了此地，林中忽然传来一声笑：“怎么，龙将军出现在这里，是担心我的算计出什么纰漏？”

龙傲翟深吸了一口气：“出什么纰漏？云南王恐怕一直在你的算计之内，他今日将彻底被申屠焱攻破最后一座城，也在你的算计之内。令凤无俦的王骑护卫正好在今日先行前往蛮荒，怕也是你的一步棋。眼下应当只有亲卫守在军营那里，屠浮子曾是你的师叔，硬要撑到今日才肯给凤无俦解毒，也是做得到的。扣下萧疏狂，洛子夜不放心，定会派出凤无俦手下本来就没剩下几个的亲卫出来找人。甚至一个时辰之后，还会有人送上有毒的生辰礼物到凤无俦面前……轩苍墨尘，还有什么事情，是你没有算计到的？”

轩苍墨尘浅笑一声，温声道：“我不能算计到的，大概是我师叔这时候会正好被他们抓到。这算是阴错阳差帮了我一把！我也不曾算到，洛子夜会在千浪屿上对闽越说那些话，使得闽越对她失去信任，又帮我一把。若我没料错，凤无俦为了赌她的心，会将虎符放在她伸手便可取走的地方……”

龙傲翟忽然看向他：“那么，当初你在千浪屿上，为了救她身受重伤……也是算计？”目的是让闽越对洛子夜失去信任？要真的是这样的话，那这个人的城府真的太可怕了！

轩苍墨尘轻笑了一声：“此事倒不是算计，只是这结果，算是阴错阳差罢了。”

龙傲翟听罢，目光微凉："但是你忘了，凤无俦的实力——就算没有王骑护卫，其他人想杀他，也难如登天！尤其他今日若是解开了寒毒，怕是十个你我也不是他的对手！凤无俦并不蠢，他只是懒得在意我们在做什么，因为他不可一世，在他眼里谁都不能是他的对手。而即便你今日所有的算计都成功了，洛子夜拿到了王骑护卫的虎符，就只一个凤无俦……只是他一个人，都不是好应付的！"

他此言一出，轩苍墨尘立即笑起来："我的棋局，你已经懂了一半，可还有一半你未懂。凤无俦胜在他实力能压过一切，可洛子夜的存在，弱点就是弱点！龙将军……或者是皇太子殿下，您还是先回去吧。按照原定的计划行事，相信朕，结果会是我们想要的！而朕只希望，今夜你不要心软！"

他这话令龙傲翟拧眉沉眸，他有预感，这个人很快就会成为自己的威胁。

似能窥探他内心的想法，轩苍墨尘轻轻一笑："龙将军，你也不必太在意朕，毕竟，你的刀剑在战场，不在谋算。"

龙傲翟冷笑了一声："我只希望，我的下一个对手不是你！"

说完这话，他转身策马而去。至于今夜他为什么会来，或许只是因为不放心，或许又是因为太放心。今日的谋划，若是有丝毫闪失，那便是前功尽弃，可一切若真的按照他们想象的发展，那洛子夜……他忽然不敢想。

然而，来了，便等于犹豫过了。可最终，这犹豫没能撼动他。

罢了。反正已经不是第一次站在她的对立面了，也不是第一次面对她冰冷憎恶的眼神，既如此，习惯就好！

"凤无俦到底在干什么？便秘去了吗？"洛子夜坐立难安，已经等了小半个时辰，她实在是忍不住掀开帘帐，问了闽越一句。

闽越嘴角一抽，看了一眼天色："王还有两个多时辰应当就能好了！"按照屠浮子说的时间，还有两个多时辰王就能出来了。

洛子夜听完这话，脸都绿了："闽越，你能过去催催吗？爷真的有急事找他！"

"王眼下也是真的有急事，太子您还是先等等吧！"闽越说完话，转过身去。

洛子夜还想说什么，闽越骤然道："果爷和翠花应该很快就会回来了，太子要是觉得无聊的话，它们回来之后可以陪陪您！"

闽越说完这话之后，仿佛知道她还有话要啰唆似的，直接就走出很远去了。若非洛子夜必须要见到凤无俦，就闽越这个态度，她也气得走人了！

一只花不溜丢的小鸟，慢腾腾地走了过来，果爷今天的打扮很像一只红腹锦

鸡，它正在颠三倒四地告诉翠花一些知识：“告诉你果爷，我们公的啊，喜欢藏私房钱……你家的那个小星星，背着你藏着私房钱一定！”

整个营帐的男人们，嘴角都微微抽了抽。

这俩动物，一路说着到了门口，就看见了洛子夜。果果很快想起来，之前没几天自己被主人给揍了，就是洛子夜给“害的”，果果开口就说：“不想见你了主人，洛子夜，主人不想见你了！”

翠花爪子都举起来了，打算跟着“嗷”一声表示赞同，但是忽然想起貌似把自己救回来的是洛子夜，于是它又把爪子放了下去。要是这个人生气了，不把花爷送回去怎么办？虽然小星星那个自恋狂有时候很讨厌，但它也是花爷不成器的丈夫啊！

看翠花这么没出息，果果瞪了它一眼，开始乱用词句：“恨钢不成铁果爷！”

洛子夜面无表情地纠正：“恨铁不成钢！”

果果鸟嘴一抽，感觉自己的鸟格遭受了侮辱，自信也受到了打击，如今洛子夜在主人心里比果爷还重要，也没有人再给果爷出头了。它一屁股坐在地上，伤心地呜咽起来：“该死的洛子夜，纠正果爷经常，经常纠正果爷！又没有人给果爷出头，果爷的后台也不保护果爷了，呜呜呜……”

它聒噪地一哭，洛子夜的心情登时更烦躁了。

她拿起身边的苹果，对着果果扔了过去！果果立即跳起来一躲，那苹果就对着凤无俦王座的桌案飞了过去，砰的一声响，有什么东西从桌案上掉了下来。洛子夜看过去，不情不愿地起身，打算过去收拾一下！

果果愤怒地开口惊叫：“偷袭果爷你！你偷袭果爷！”

洛子夜根本没看它，直接就走到了桌案边上，看了一眼被她砸到地上的玩意儿，是一方砚台。她很快将砚台捡起来，往桌案上一放，而同时，她看见了桌案上的一件东西！

虎符！

跟凤无俦之前给她的、放在她怀中的虎符浑然不同，而是一只上头雕刻着龙印的虎符，边上用繁体字写着“王令”两个字！她把虎符拿起来，翻过面看了一眼，背面写着“王骑护卫”！

她心头一跳，这莫不就是王骑护卫的虎符？

而此刻，摄政王殿下所在的山庄。

阎烈也已经收到萧疏狂不见了的消息，他心里隐隐不安起来，总觉得最近是不是会出什么事。但是京城并没有消息传出来，所以一时间他也吃不准，回眸看了一眼山庄的门口，问了一句自己跟前的人："什么时辰了？"

"戌时了！王大概不到两个时辰就能出来了！"他跟前的人回复了一句。

阎烈点了点头，沉吟了一会儿，总觉得不是很放心："你们先守着，我去营帐那边看看！有什么事情，放信号弹通知我！"

"是！"众人很快应了一声，也都更加警觉。

阎烈说完这句话，便往营帐那边去了。而山庄里头，摄政王殿下正在药桶之中，闭着眼，五识却并未封闭，因着他必须要依照将要放进来什么药材来运功应对，故而整个房间内，没有人敢发出一点声音，生怕一点点动静，就会打扰到他，以致走火入魔。

凤天翰看了一眼屠浮子，屠浮子很快明白了对方想问什么，很轻微地点了点头，表示一切很顺利。

凤天翰轻轻地舒了一口气，复又看了一眼窗外的月色，确定一下时辰，才算是放心了一些。

洛子夜盯着那虎符，将自己怀中的虎符掏了出来，那是凤无俦先前给她的二十万大军的虎符，她一直忘记还给他。既然他这么放心，就将虎符放在这里的话，那么自己这个虎符，也能放在这里了？

这般想着，她将两个虎符都放下，心里头倒是一突。若是凤无俦一直不出来的话，要不然她先把王骑护卫的虎符拿出去，把事办完了再说？

可就这么拿走了，凤无俦人都不在，不打声招呼是不好的。毕竟这不是什么随随便便的小东西，而是虎符！这么一想，她强压下了心中骤然涌现的想法，回了自己座位，继续焦灼地等待着。

从她到这里，已经快过去一个时辰了，她要是再不走，真的来不及了。

她坐立难安，实在是忍不住又起身跑到门口去。这时候闽越离营帐的距离有点远，洛子夜的情绪已经开始有点恶劣了："闽越，凤无俦到底干什么去了？他非得再过两个时辰才能回来？"

"太子，您不是来陪王过生辰的吗？过了子时才是王的生辰！您现在这么着急做什么？"闽越有点怀疑洛子夜的动机了，也是因为一直以来，他都不怎么信任洛子夜，故而眼下看她着急，他心中也存了几分疑虑。

洛子夜脸色微青："我也有其他重要的事情找他，事关人命！"

"王眼下的事，也不比人命轻。太子您还是耐心等等吧！不必再多问了，王

不到时间是不会出来的。属下也并非不愿意为您催，只是属下不能催。还请太子见谅！”闽越此言一出，也回眸看了一眼天色，心里头其实已经开始不耐烦了，不就是等等王吗？太子到底是有什么了不得的大事，竟然过一会儿就问一次！

看着他面上的不耐烦，洛子夜的心情沉到了谷底。

洛小七的事，没法跟闽越说，这些话说给他听一点作用都没有，甚至会令闽越对她更加不信任。毕竟她要的是王骑护卫的虎符，这就等于去找一个皇帝问，我把你的玉玺借去用用好吗？这话就是对凤无俦开口，她都不确定凤无俦会怎么想，对闽越说……闽越大概直接就觉得她居心不良，指不定还要直接让人把她拿下！

这样的认知，令她一句话都没有多说，可往窗外看了一眼，这会儿八点半都过了，就算她能找到一匹好马飞奔回去，也不晓得凌晨能不能赶到，而闽越的意思是还有两个时辰，等凤无俦出来，那就是凌晨了，根本来不及了。

她心里头万分焦躁，小七的性命就悬在她身上，凤无俦却迟迟不肯露面！

又在原地盘旋了十多分钟，她终于按捺不住，将眼神放到了那个虎符上头……要不然，先拿走，回头再跟凤无俦解释？这念头一出，她往那桌案边上走了几步，伸出手，将要拿到时又犹豫了一会儿，收回了手。

她是动了这个念头，但始终觉得这样做不好。

接着，她又来回踱了一会儿步。又是十多分钟过去了，她走到门口，再一次掀开帘帐。这时候闽越仿佛知道她又想说什么，干脆转过身，背过去不搭理她了。

洛子夜心头火一突，管不了那么多了，回身直接便走到桌案前，伸出手将王骑护卫的虎符握入掌心！那东西到了手心里之后，就像火一样烫，便也是一个沉甸甸的担子，落在了洛子夜的手里。她要是真的将这东西拿走了，必然得千万小心，否则这要是真的落到了其他人手里……后果……

这令她又犹豫了一会儿，都没跟凤无俦打招呼，她就做这么冒险的事情，直接将东西带走，这……

然而，也就在这时候，一阵寒风从窗口刮了进来，洛子夜回眸看了一眼外头的天色，十分明白，时间是真的来不及了。她也没的选择了，至少到目前为止，只能这么做！至于其他的，她回来再跟凤无俦解释好了！

她拿着手中的虎符转过身，往外头走去。

果果立即就不高兴了，尖着嗓子叫道：“偷主人的东西洛子夜，洛子夜偷主人的东西！”果果一直是很聪明的动物，当然知道那个虎符对于凤无俦的重要性！它这样尖着嗓子呼喊，声音还挺大。

而这会儿，阎烈也正好过来。听见果果的声音，便大步走到王帐门口，掀开了帘帐！下一瞬，他就看见了洛子夜握在手里的虎符。他面色一沉，语气也咄咄逼人起来："洛子夜，你到底是来陪王过生辰的，还是借机来盗虎符的？"

在看到对方眼神的这一瞬，洛子夜顿时也感觉心下一凉，握着虎符的手似乎一阵微刺。随着阎烈这一句话问出来，王帐门口那些士兵，包括闽越的眼神也都看了过来。闽越的脸色尤为难看，迅速走了过来，挡在洛子夜跟前！

形势很明显，她被误会了。可洛子夜也没觉得自己多冤枉，因为她这会儿拿着虎符出来的行为，放在任何人眼里，恐怕都会怀疑她。她开口解释："阎烈，爷只是借用一下！小七他……"

"你以为我们会相信你？"这话是闽越接的，他语气冷厉，看洛子夜的眼神仿佛看待仇人，"洛子夜，在千浪屿上你就说过，你对王无爱，就连喜欢也不曾有。我问你是不是利用，你答不上来！如今这结果却已经很明朗了，你果然并非利用，而是另有所图，你的目的是虎符，对不对？亏得我对王说了，王还不相信！你知道你为什么能在桌案上看见王的虎符吗？因为我们都不信任你，王却信你不会拿，他才放在桌案上的！可是你，你——"

闽越此言一出，阎烈面上出现一瞬间的犹豫也立即烟消云散了。他脸色一沉："太子，对不住了！来人，拿下！"

只能先拿下，等王定夺。他此言一出，门口的亲卫立即围了上来。

洛子夜很清楚，要是真的跟他们交手，就等于承认她真的是为了偷虎符来的！可要是由着他们拿下，小七就真的完了。这般煎熬之下，她眸色微凛，猛然看向自己腰间的墨玉笛。他说过，她找他的话，吹动这东西，任何时候他都会出现的！

洛子夜管不了那么多了，抓起笛子狠狠地吹了一声！她这行为一出，山庄之内，凤无俦所在的院中，那一堆衣物处，墨玉所制的口哨发出一声极为轻微的呜咽。如此声音，令所有人一惊！凤天翰的目光即刻看了过去，药浴桶中的凤无俦骤然睁开眼，魔瞳扫向那哨子，一声之后，又是一声。

听觉被扰，他骤然一阵气血上涌，呛咳一声，黑色的血线从唇角滑了出来。

然而他很快运功压制，这场景却看得屠浮子胆战心惊，赶紧开口："快闭上眼！快！赶紧压制住，清除心中杂念！"

凤无俦内功高强，若要强行压制住这一瞬的气血翻涌，是可以的。

可他这话一出，摄政王殿下魔瞳微凛，闭上眼压制了一下上涌的气血，以及迅速蹿上四肢以致令他身体僵硬的寒毒，再一次睁开眼，沉声询问："还有多久？"

屠浮子虽不知道他为何如此，却很快开口道："还有一个半时辰！"

这话一出，凤无俦骤然站起身，而同时，一口黑血迅速涌上，并随之吐出，他面上也很快被寒气侵袭，看起来极为苍白。凤天翰看得胆战心惊，怒斥了一声：“王儿，你干什么？”

随着他这一声吼，一阵气流掠过。

凤无俦的衣物已经落入他手中。他沉眸看向凤天翰，眸中有几分歉意，随手擦掉唇边的血迹，冷醇磁性的声音缓缓道：“父王，她找孤！”

说话之间，他已经从浴桶里跨了出来，并很快穿上衣物。

而骤然停下排毒，不仅仅令他气血上涌，被引出来的寒毒也无法压制，疼痛骤然穿过全身，令他那一瞬险些站立不稳。凤天翰当即大怒，他当然知道凤无俦口中的“她”是谁。他气得一张脸通红，斥道：“她找你，你任何时候都能去见她！王儿，你要搞清楚，你解毒的机会此生只有一次！你现在走，不仅仅毒解不了，这寒毒还可能要了你的命！”

他这般一说，却并未挡住凤无俦的脚步。

他用尽全力凝聚真气，将自己体内的寒毒压制着，那一阵强烈的冲击过去后，才终于站稳。而凤天翰挡在他面前，并不打算让步。凤无俦抬眼，魔魅的眼看向凤天翰，声音已有了几分羸弱：“父王，孤说过，只要她吹动墨玉笛，无论何时何地，孤都会出现在她眼前。寒毒伴随一生的苦，孤能受。背弃对她的诺言，孤不能！”

两父子就这么对峙着。凤天翰看出他眸中的坚持，冷声问了一句：“如果我不让开，你是不是不惜跟我动手？”

凤无俦分毫未动，看着他沉声道：“父王放心，这寒毒，至少今日还要不了我的命！”

半晌之后，凤天翰闭上眼，默默退到了一边，他要走的意思这样坚决，自己就是将他强留下来，他不配合解毒，也没有什么用处，或许反而会令他身上的毒蔓延更快。尤其凤无俦就这么从药浴中出来，强行中止解毒，身体已经撑到极限，若是再跟自己动手，自己也不知道他能不能支撑住！

“谢父王！”凤无俦这一声出来，迅速踏出了山庄。

而凤天翰留在此地没走，他要盯着屠浮子。这一次是完了，可以后……说不定还有别的办法，总之，他不能让屠浮子给跑了！

阎烈看着洛子夜吹动墨玉笛，劈手就去夺她手中的笛子，他心里清楚洛子夜对于王的重要性，王要是听见这声音，不管不顾就这么跑出来，这都是有可能的！

他这样的行为一出，洛子夜很快避过，不让他去抢，阎烈却怒了，吼道：“洛子夜，你真是狼心狗肺！王对你还不够好吗？你要这么害他！”

洛子夜还并未意识到他口中的“害他”是什么意思，毕竟闽越什么都不肯对她说，她也并不知道凤无俦眼下正在解毒，便也只以为阎烈口中的话，是指她盗取虎符的事。她立即沉眸道：“阎烈，不是这样的！我只是想借用一下虎符，我……”

“我不想听你说！把虎符留下，你要走可以走！”阎烈已经怒了！

对峙之间，戌时已经过了！洛子夜心里头明白，莫说阎烈要不要听她解释，就是对方想听她解释，她也没时间了。她四下看了一眼，并没有看见凤无俦的踪迹，她眼神一冷：“阎烈，我不想跟你多说，让开！虎符的事情我以后会跟凤无俦解释，但是今日，我一定要将它带走！”

“那你要问过我手里的剑！”阎烈二话不说，直接便拔剑杀了过去。

洛子夜顿时跟阎烈缠斗在一起，阎烈纵然武功高强，可在洛子夜诡谲的手法之下，也讨不到什么好，胳膊上很快被划伤，上来帮忙的王骑护卫也都不是洛子夜的对手。

门口神机营的人也很快冲进来，加入了战局。当洛子夜手中的剑落到阎烈脖子上的时候，王骑护卫的人瞬间不敢再妄动！她警告了阎烈一声：“我不想杀你，老实点！”

说完这话，她便往王帐之外退去。

闽越只是大夫，武功并不怎么样，看着阎烈被她挟持，铁青着脸色，阎烈扬声道：“洛子夜，你会后悔的！”

“我不这么做，才会后悔！”她不能看着小七死，那孩子曾经在所有人都欺负她的时候，给过她关心，也曾经为她挡箭，在她没有任何证据证明那是洛小七自导自演的一场戏之前，她都欠了他莫大恩情。她岂能不救？

而她这话一出，一阵魔息骤然先至，夜色中那人缓步而来，带着天生王者的气场，他的面色却在月色下透着几分苍白。当他那双魔瞳看向洛子夜横在阎烈脖子上的剑，还有她掌心王骑护卫的虎符上时，他眸色骤然一沉，鎏金色的灿芒从魔瞳中掠过，冷眸凝锁着洛子夜。

阎烈和闽越看见他的那一瞬，却是目眦欲裂：“王！您怎么……”

凤无俦并未看他们，尤其体内寒毒涌动，令他清楚地意识到，自己若不极力强撑，也许下一瞬就会昏厥过去。他也并无精力多说其他的话，只看着洛子夜，沉声问：“怎么回事？”

洛子夜正要说话，闽越却先一步抢了话头：“王！洛子夜进了您的王帐之后，一直问您什么时候回来。忽然间果爷叫起来，说她偷您的东西，阎烈过来之后，

正巧见她拿着您的虎符准备离开！阎烈让她放下虎符，她也不肯，所以就打了起来！”

说话之间，王骑护卫余下的那十多名亲卫，一半被洛子夜所伤，打晕在地，一半被神机营的人搀着。摄政王殿下魔瞳微敛，而闽越很快又道：“王，洛子夜来了就说萧疏狂不见了，属下就派了二十多个人出去帮忙找萧疏狂，所以我们的人才会这么快就败下阵来！”

说到这里，闽越忽然觉得洛子夜的心机真的很深沉，来了之后就先把他们的人引开大半，眼下她就是要强抢王的虎符走人，也能简单许多！

他此言一出，洛子夜立即觉得喉头似哽了一根针。她原打算为自己申辩一句，闽越又道：“王，当初在千浪屿上，洛子夜就说了，她对您不曾有爱，就连喜欢也没有，如今……”

“够了！”凤无俦合上魔瞳，似并不想听他说下去。下一瞬他睁开眼，扫向洛子夜，魔魅的眼眸落在她身上，冷醇磁性的声音，带着几分他自己都不曾意识到的颤抖希冀：“洛子夜，你的解释呢？”

他希望能听到她的解释，希望她告诉他，闽越说的不是真的。哪怕她只是欺骗他，他也可以装作什么都没有发生过，他也可以说服自己，这都是其他人对她的误解，她并非如此！

他这般一问，洛子夜顿时觉得很头痛，她当然很愿意停下来跟他解释清楚。但是时间真的已经来不及了，尤其闽越还说了这样的话，自己要辩驳更是难以取信于人，这令她只急匆匆地说了一句：“爷回头再跟你说！”

这话说完，她猛然将阎烈往前头一推，同时按在他背心的穴道处，令阎烈摔了下去，并让他因疼痛暂时不能再起身。

这一推之后，洛子夜立即转身。然而当她走出一步那一瞬，身后骤然传来他冷醇逼人的声音：“洛子夜，难道你对孤，当真只是利用？或者，所有柔情蜜意，以及要为孤庆祝生辰的话，当真只是为了王骑护卫的虎符？”

这句话问出来，他眸中骤然染上怒焰。那怒火逼得他一口血都到了喉头，却被他勉力咽了回去。他魔瞳死死盯着洛子夜的背影，期望她能给他一个答案，否定的答案！

洛子夜并未说话，扯了王帐门口一匹好马的缰绳，翻身上马！

“洛子夜，你不说清楚，你以为孤会让你离开？”他这话一出，周身便是魔息涌动，空气都霎时紧绷。那张俊美堪比神魔的面孔，染上了嗜血的颜色，带起一阵罡风，刮得人面部生疼，洛子夜胯下的马都发出了一声嘶鸣！

同时他上前一步，魔魅的声音似在天边炸响，令人震颤，他带着铺天盖地的怒火，沉声道："洛子夜！如果闽越的话是真的，那你就走！孤不需要你的任何解释，你可以走！"

到了这时候，洛子夜已经没时间跟他解释了，咬着下唇犹豫了几秒，看了他一眼："东西我会还给你的，我会回来找你的，具体的事，到时候我会跟你细说！"

她话音一落，二话不说，转身策马而去。

云筱闹一看这情况就知道坏了，赶紧跟上去。王骑护卫的人想上去抓洛子夜，却被神机营的人缠住，眼睁睁地看着洛子夜策马而去。云筱闹也翻身上马，快速跟上。

看着她绝尘而去的背影，凤无俦魔瞳寒凉，寒毒入侵，他勉力散出的真气也在瞬间崩解。这下即便他想出手拦住洛子夜，也已拦不住！

噗的一声，一口血吐了出来。

闽越目眦欲裂："王！"

他原本打算上去扶，却被凤无俦挥开。他魔瞳冷沉，下一瞬那眸中便爆出霸凛寒芒，却骤然觉得心脏似乎被什么撕扯，从未有过的疼痛立时袭来，整个人似从云端被砸入地底，又被人狠狠碾碎。他几乎就要倒下，单臂撑在地面上，才能维持身形。

阎烈勉力爬起来，担忧地叫了一声："王，洛子夜她……"

他这话一出，便见那人的魔瞳很快看向他，那向来威严霸凛的声音，从未如此刻这般脆弱颤抖。阎烈眼前一晃，似看见了他眸中的水光在月色下晶亮地一闪，却不肯落下来。凤无俦道："阎烈，她说她会回来跟孤解释，也许……不过是误会，她是有苦衷的！"

他此言一出，阎烈骤然喉头一哽，不知道自己应当说什么。

闽越更是恨铁不成钢，咬牙偏过头去。而就在这时，不远处一阵火光涌动，申屠焱和合齐等人一起回来了。他们并不知道发生了什么事，申屠焱看着一地受伤的人，还有几乎站不稳的兄长，愣了愣："发生什么事了？"

并没有人回复他。

凤无俦的视线很快落到了他手中璀璨夺目的宝石上。他忽然开始想，或者洛子夜真的是有苦衷的，而他方才逼她解释的话，也许令她听岔了，让她觉得他在怀疑她，所以她生气了，都不想跟他解释，便直接走了！

毕竟，一直以来在她眼里，他那么强势，他强势的性格那么令她讨厌。

那么，若当真如此，她只是生气了。他为她抢来了圣晶石，他们是不是还会有

挽回的余地？她或许依旧会原谅他，原谅他方才不太好的语气？他伸出手，示意申屠焱将圣晶石交给他。

申屠焱看他这样子，也没敢说话，立即上前去，将手里的圣晶石递给他！

那东西璀璨夺目，落入他掌心那一刻，他心头忽然安定了许多。而一旁的合齐看着，忽然笑道：“摄政王殿下，说来倒是巧了，您这么喜欢这块圣晶石，它也的确美如星光，令人心折。太子以前也对我说过，她对宝石这些东西没什么兴趣，但是她的好朋友嬴烬也很喜欢宝石，他毕生所愿，就是求得一块如星光般耀眼的宝石，太子还答应了一定会为他找到。小王觉得，太子看见这块宝石，指不定会很想要！”

他这话一出，就是阎烈都怔了一下。旋即他咬了咬牙，看了一眼凤无俦。到此刻，他竟发现，自己一句安慰的话都说不出口！

而凤无俦，似乎也愣了愣。

随即他盯着自己手中的圣晶石，竟扬声笑起来。他曾问她想要什么，她说只想要璀璨如星光的宝石。原来不是她想要，是嬴烬想要。他脑海中忽然忆起来，数月之前，他欺压她时，她曾经说过：“凤无俦，终有一日，我会将你片片凌迟！”

对，片片凌迟。

每一刀都划在心口，鲜血淋漓，令他骤然忘记身上寒毒的疼痛，却觉得，这疼痛比二十年前活剐在身上时，还要痛！与凌迟无异！这就是她给他的报复？

下一瞬。

他魔瞳微凉，手下用力，手中的圣晶石在他掌心被捏得粉碎。旌旗蔽日、兵临城下夺来的东西，此刻化为粉末，落入尘土中。又是一口血涌上喉头，他骤然意识一顿，倒了下去。

洛子夜……

“王！”闽越惊恐大呼。

“太子！”云筱闹跟在洛子夜身后，眉头紧皱着，七皇子到底怎么了，她还不是很清楚，但方才的事，令她实在忍不住说了一句，“太子，你不觉得你刚才真的太过分了吗？我虽然不知道你到底想干什么，但摄政王殿下都说出那样的话了，你还走？你这不是等于承认你一直以来就是在利用他，对他的一切都是虚情假意吗？”

洛子夜也很头痛：“可闽越都说了那样的话，我再解释有什么用？而且时间这么急……”

云筱闹几乎疯了："太子，你有没有想过，如果你处在摄政王殿下的位置，他这样解释都不肯说一句地默认他是在利用你、只是想害你一样转身离开。你会怎么想？"

"我……"洛子夜一时语塞。

而云筱闹的下一句，几乎是疾言厉色："太子，他那么爱你，你这样做，和要他的命，又有什么区别？"

洛子夜骤然顿住，心尖兀地一刺，忽然不敢想象他此刻的心情，随后立即掉转了马头，往王帐的方向疾驰而去……

看着洛子夜回头，云筱闹才算是松了一口气，好在太子还没有傻透，至少还听得进去自己的劝！

而洛子夜心里头很是烦乱，小七等着她去救，这会儿她就是直接赶回去，也不知道是不是来得及。然而她并未直接赶回去，还在这时候回头去找凤无俦。她看到自己似乎是在面临一个选择，一个在凤无俦和洛小七之间，谁比较重要的抉择。

若是放在往常，她一定会认为，还是先救命比较好。可这时候，她觉得自己很自私，她的心偏向凤无俦多一些。

云筱闹说得对，不管她有再多的理由，都构不成她能就这么离开，甚至解释都没有的借口，她根本无法预料这会给他多大的打击！洛子夜狠狠地挥动了一下马鞭，希望这马跑得再快一些，让她快一点到他面前。如果他相信闽越，不相信她的话，她就说到他相信她！如果这事情说不清楚，那就一直说，说到他清楚为止！

"太子，等等我一起！"云筱闹也赶紧跟上。她跟洛小七并不熟，只知道洛小七是洛子夜的弟弟，其他的知道得不多。但是对摄政王殿下，她是一路看着过来的，那个人对太子的情意丝毫作不得假。尤其太子也喜欢他！所以，她希望太子能在乎摄政王殿下多一些。

她策马追上洛子夜。然而她这话音方才落下，暗处骤然出现许多人，手中拿着刀剑，来者不善地将她和洛子夜的路给堵住了！洛子夜脸色一沉，看着自己前方的人，她们只有两个人，且她并没有凤无俦那样以一敌万的实力，对方要是来车轮战，她们胜出的机会几乎为零！

所以，最好的选择，就是她立即跨过去！然而，当她的马正要跨越过去的时候，她看见了一张熟悉的脸，在暗夜中格外分明。那是萧疏狂！她若是从这些人头顶骑马过去，马蹄很快就会落到那人身上！

洛子夜心头一惊，那群黑衣人见洛子夜的马过来，直接便将他们手中的萧疏狂对着洛子夜的方位砸了过去！

来不及细想他们为何不留下他做威胁，竟直接将他抛向自己，洛子夜已经伸出手去接他！因为萧疏狂这时候正被绑着，她要是不接，他这样从半空中摔过来，就会落在她的马蹄前，最终被马踩踏而死。这般意识之下，她已经伸手接住了他！

“太子！”萧疏狂十分愧疚，自责没能安然把东西送到，还被敌人给抓了！

洛子夜接住他，放了心，倒也没回他。接住他，也就意味着她错过了最好的从包围圈中飞驰出去的机会！此刻，密密麻麻的黑衣人迅速上来将他们全部围了起来。

洛子夜的目光放在那些人身上，不知道为什么，看着这样来势汹汹的人，原本她这两日来乱得跟糨糊一样的脑子，似乎在这时候骤然找到了一丝清明。她感觉自己仿佛处在一个巨大的旋涡之中，或者说……是处在一个很大的局中，有种落入陷阱的感觉！

她的脑子也开始飞速运转，一个个先前想不明白的问题，接踵而至，甚至在她脑海中越发尖锐刺目。

为什么来的路上，她会遇到截杀？为什么这时候对方会将萧疏狂对着她抛过来，而非拿刀架着萧疏狂的脖子威胁她就范？为什么她刚刚从凤无俦的王帐里出来，还没跑出去多远，敌人就跟在此处等着她似的，上来包围？许多为什么，组合在一起，令她心头渐生恐惧，甚至隐约开始发慌起来！

她感觉自己似乎走进了一盘棋局，成为里面一颗至关重要的棋子，而眼下，层层剥离出来的东西，令她清晰地看到，下棋之人的目的其实并不在她，而在……凤无俦！

而同时，她脑海里又鬼使神差地掠过她方才看见凤无俦那一瞬，他似乎脸色惨白，尤其阎烈和闻越看见他的第一秒，表现出来的是惊恐，加之闻越之前始终不肯告诉她，凤无俦到底干什么去了。这一切似乎都透出一个隐情，他的身体……也许出了一点问题。

这念头一出，令她心头近乎纷乱，看眼前这些人的眼神也多了冷厉。所有她忽视和原本没想通的问题，这时候组合在一起，令她心里越发不安。

也就在这时候，前方的那些黑衣人骤然让出一条道路来，一张熟悉到不能再熟悉的脸，很快出现在她眼前。从他出现的那一秒，洛子夜竟感觉到了一个晴天霹雳！脑海中许多事情都迅速串连在了一起，甚至于，令她很快想起来，前几天在街道上，她遇见那个雕刻老头，似也是跟轩苍墨尘同路，在半路上遇见的。她当时问过了路边的小贩，人家说那个老头在那里十几年了，她才没有怀疑，可……

她心头狂跳，而轩苍墨尘微微一笑，轻轻开了口：“子夜，王帐，你回不去了！”

他称她为“子夜”，令洛子夜觉得反感厌恶至极。她眸色微凉，看了一眼四面包围着她的黑衣人，沉眸道：“轩苍墨尘，这就是你准备好的计谋？在父皇逼我为小七去找凤无俦要虎符的时候，从中插手，打算坐收渔翁之利？”

她很快问出这么一句话，心头还透着几分慌乱。

这慌乱的来源，竟是希望……轩苍墨尘承认，她的推断是正确的。那么，事情就只是表面上这样简单，只是轩苍墨尘想捡便宜而已，凤无俦的身体并非她猜测那般有事，小七也跟这件事情毫无关系，甚至他们来的路上，骤然被拦截，萧疏狂被抓，或许……

然而，轩苍墨尘只是轻轻地笑，说出来的下一句话，骤然令洛子夜的心沉入谷底：“洛子夜，其实你心里早已有怀疑了不是吗？为什么要逃避你正在猜测的东西？”

洛子夜面色一沉，整颗心仿佛坠入冰窖里：“那天爷从皇宫里出来，你是刻意在门口等着的？就是为了故弄玄虚，引着爷去走那一条路，然后遇上那个雕刻师父？”

轩苍墨尘温声道：“是！”

洛子夜脸色微青，心头更是跳得飞快，如果一开始，就连这个都是轩苍墨尘设计的，以她对这个人的了解，他既然要完成一件这么复杂的事情，一定还会有许多相应的算计！她的眼神充满了杀气：“那个雕刻师傅是你的人？”

轩苍墨尘轻轻一笑：“那个脾气不怎么好的雕刻师傅并非我的人。大概三个月前，我无意中从街道上经过，而当我看见他的时候，便已经算到了今日！”

他这话一出，洛子夜不由得抽气！所以他早就开始谋算今日的局。他甚至推测到了什么时候，洛肃封会逼着她去盗取王骑护卫的虎符，不仅仅如此，他还猜到了她在看见那个雕刻师傅的那一瞬，就会产生这样的想法——去伪造一个虎符，交给洛肃封！

她盯着他那张风流俊逸的面孔，压抑着心头的怒火：“那么，除此之外呢？你抓了萧疏狂，是为了什么？”

“你还记得你送给凤无俦的蛋糕吗？”他忽然轻轻一笑，“我在里头放了无药能解的蛇毒，你说，凤无俦看到了会不会吃？你送的东西，他应当不会怀疑吧。说不定，就吃了呢！”

他心里明白，有闽越在凤无俦跟前，那东西不可能入凤无俦的口。可他就是要这么对她说，他倒要看看，知道她亲手做出来的东西也许会要了凤无俦的命，她会

是什么反应！

洛子夜闻言，几乎目眦欲裂："轩苍墨尘，你浑蛋！"

她一双瞳孔几乎充血，将萧疏狂往地上一放，手便已经放到了剑柄之上，那是打算杀出一条血路……不，打算顺手杀了她面前这个看似温润、实则毒蛇一般的男人！

她眸中的杀意并没有逃过轩苍墨尘的眼，他盯着洛子夜，似乎心情还不错："你很生气吗？洛子夜，如果你知道，今日是凤无俦一生唯一一次解开寒毒的机会，因为你的出现，他的寒毒也许没解，甚至这时候大概已经毒性入体，说不定已活不了多久了，你是不是会更生气？"

"你说什么？"洛子夜彻底蒙了！脑海中很快想起来，闽越对她说的，凤无俦正在处理的事情，攸关生死。而她心头也骤然浮现她看到他的那一瞬，他惨白的面色。

是了，她怎么没想到，他素来强势。她那会儿什么话都不说，解释都没有一句，坚持要带着虎符走，以他的性格，怎么可能真的不强留？以他一贯的霸凛不容违逆，恐怕早就将她抓起来收拾了，岂会由着她扬长而去？

不待她有所反应，轩苍墨尘又轻笑了一声："洛子夜，你还记得你今日做了什么吗？你去大闹王帐，他大概太在乎你，担心你找他有事，所以放弃了唯一一次解毒的机会，出来见你。接着，你或许看着时间已经来不及了，解释都没有一句就转身离开。让他以为，这么久以来，你一直在利用他，甚至还盗走了他的虎符，盗走了他睥睨天下最大的筹码。令他此刻如同一条落水狗，怕是谁此刻带兵去杀他，都易如反掌。洛子夜，你大概需要好好想想，他要有多好的承受能力，才担得起身体和心上的重击？"

他这话，几乎是带着刻薄的味道，一字一字，对着洛子夜刺了过去。

说完这话，他似乎还觉得不够，又轻轻一笑，继续问道："洛子夜，事已至此，此生，你还有脸面出现在他面前，让他原谅你吗？"

他这话令洛子夜面色惨白，一瞬间看不到丝毫血色，甚至于……在她根本没意识到的时候，有什么东西猛然从她眼眶中掉落下来，只是一滴，落入尘土中，却骤然令她面前的轩苍墨尘变了脸色！

她哭了吗？

他的心跳忽然一滞，那一瞬间缺氧的疼，扯得他缓不过气来。说这些话，不过是为了彻底断了洛子夜的念想，让她明白，她做得有多过分。更想让她清楚，凤无俦不可能再原谅她！也许凤无俦真的会原谅，但他轩苍墨尘今日出现在这里，就是为了给她的潜意识灌输一种念头，令她觉得，那个人不会再原谅她，令她去求凤无俦原谅的勇气都没有，让他们再也没有可能！

可这一瞬，看见她眸中有什么东西掉出来，却骤然让他心尖刺痛，心头浮现出几分……后悔？是后悔吗？这么多年来，他似乎从未做过任何让自己后悔的事！

而洛子夜自己并未意识到，她是不是哭了。

她只觉得，心口那么疼。在意识到她的愚蠢、她的自私，甚至她的随性，到底造成了什么样的后果，带给凤无俦什么样的伤害之后，她忽然恨不得自己从未存在过，恨不得面前这个算计这一切的人立即去死，恨不得她自己也立即去死！

她脑中尚清明，知道还有有毒的蛋糕，或许此刻已经送到了凤无俦的王帐。

她看着面前的人，眼眸充血："轩苍墨尘，滚开！不然今日我要你血溅三尺！"她手中的剑，对准了他！

轩苍墨尘温润的目光，在此刻寒凉一片："你认为，你杀得了我？"

"杀不了，那就同归于尽！"洛子夜眸中噙着彻骨滔天的怒，咬牙开口，"轩苍墨尘，我错在太自信，以为自己才是掌控棋局的人！我错在愚蠢。我错在……我错在竟然曾天真地打算把你当朋友，我竟然相信你！我竟然相信你！"

这话出口那一瞬，她面色苍白，嘴唇都有些颤抖。

当初在看见那个雕刻师傅的时候，她并非没有怀疑过，也不是没想过就算那个小贩这样说，轩苍墨尘正巧和她经过这里，这会不会有问题。然而，那时候他说了一句话——这一次，我是真的想帮你！

他说，他想帮她。这令她想起了在千浪屿上，他为了救她做的那些事，有那么一瞬，她心防变得没那么重，认为他虽然不太可能永远站在她这边，可或许这一次，他是真的不会设计自己。就像上一次，龙傲翟他们合攻她的时候，他说帮她，就真的用药粉帮了她一样！

她这话一出，轩苍墨尘也微愣，看着她瞪向他的那一瞬，仇恨中透着失望的眼神，他心头似被什么蜇了一下！铺天盖地的复杂情绪对着他压了下来，令他无法明确感知，自己心头到底是哪一种想法多一些，是难受多一些，懊悔多一些，无奈多一些，还是……沉痛多一些。他看着她失望的眼神，想解释一句……

然而，他很快发现，任何解释在这时候都不过是借口！他真的是那个正在一步一步谋算着，在伤害她的人。她在知道他们或者注定对立的时候，也曾愿意给他一分信任，然而这一分信任，是他自己丢弃了！或许此生，她不会再给他任何信任，这就是对他背弃她的信任的惩罚。

"洛子夜，是我对不起你！"说出这句话的时候，他感觉如释重负，却又矛盾

地觉得，心头压了一块巨石。他这一生，做任何事情都不曾后悔，做任何抉择取舍都不曾在意到底是错是对，更不曾在意多少人因为他的算计而死。

可这一次，他却觉得对不起她。那是愧意，也是无法赎清的罪孽！

洛子夜冷笑，心里头真的觉得这个人很可笑。这时候道歉，有什么价值？能改变他做的那些事吗？她目光寒凉，厉声道：“你要是真的觉得对不起我，就立即让开！我告诉你，凤无俦要是没事，一切还好商量。他要是真的被你的毒伤害，那么……轩苍墨尘，你给我记住，此生你所重视的东西，我都会一一为你毁掉！你的命、你的国，我通通不会放过！我洛子夜今日在此立誓，只要我不死，这话，我说得出，便做得到！”

“我会让开的，但是洛子夜，你已经走不掉了。”他别有深意地说完，后退了几步。

而很快，不远处传来一阵马蹄声，又有人朝着他们的方位奔来！为首的人她认得，是龙傲翟。一个轩苍墨尘就已经很难应付，眼下还多了一个龙傲翟，这令她握剑的手紧了几分，然而，她一定要从此地闯过去的决心，却丝毫未变！

看她依旧不动，甚至手中的剑握得更紧，轩苍墨尘轻声道：“洛子夜，你没觉得，你的手腕其实已经使不上力气了吗？”

果真，洛子夜发现自己的手腕兀地酸软了起来。或者这感觉在很早的时候就已经有了，但在跟轩苍墨尘说话的时候，她心里实在是太愤怒，对自己愚蠢的愤怒，对眼前之人的憎恨，对凤无俦的愧疚，令她早已被怒焰冲昏头脑，并未意识到自己的身体状况！

可轩苍墨尘这样一提醒，她的确觉得伴随着脑子越发清明，四肢却渐渐酸软，甚至于视线也有了几分模糊。这令她脸色微青，盯着他道：“你对我做了什么？”

轩苍墨尘轻轻一笑，看向她身后的人：“这你要问萧疏狂！”

这话一出，莫说是洛子夜了，萧疏狂自己都愣了一下！他瞪着轩苍墨尘，一张脸气得通红：“轩苍墨尘，你胡说什么？！”

他这句话说出来之后，墨子渊轻笑了一声，提醒道：“看来萧将军的记性，不是很好！”

这话一出，萧疏狂猛然一怔，骤然意识到了什么，凝眸盯着他们道：“你是说……那香……”

自己被抓回去之后，就被绑起来了！而那时候，墨子渊在自己身边点了一个香炉。

里面是沉香的味道，他闻着，并没感觉到什么异样，但……这般一想，他心头一跳，难道太子忽然不适，是因为接住了自己？

洛子夜听到这里，也明白了这到底是怎么回事。若非她此刻站在轩苍墨尘的对立面，若非此刻被算计的人是她，她真想为这个人拍手叫好！原来在半路上截杀他们，除了是想借着她的蛋糕去害凤无俦，还想抓了萧疏狂，此刻用来算计她。对方为什么不拿萧疏狂威胁她，却是将萧疏狂对着她抛过来，原是早就在萧疏狂身上做了手脚！

这一环一环扣得真好，好得令她恨不得将他碎尸万段。

这对话之间，龙傲翟已经带兵过来了！他倒也没说什么，血瞳一扫，众人很快上来，将洛子夜围住！而洛子夜站在原地，恨意驱使下，手中的剑对着轩苍墨尘，几次三番想动手，却发现自己的头越来越晕，甚至于视线也越来越模糊。

最终，她在那两人复杂的目光注视下，晕了过去。

她晕倒的那一瞬，是龙傲翟接住了她。轩苍墨尘原本想动，却终于还是止住了！这时候洛子夜必须跟着龙傲翟走！这是一盘大棋，棋局到此刻方才走了一半。纵然这时候他已经后悔，纵然在看见她憎恶失望的目光之后，在看见她落泪的那一瞬，他甚至恨不得杀了自己。

但，已经开始的棋局不得不走下去。由不得他收手，由不得他说停下！

龙傲翟冷冷地扫了他一眼，抓了洛子夜，他手下的人也很快将云筱闹和萧疏狂给包围了起来。他冷声道：“困住他们，本将军回京城之后，就放了他们！”

他这话一出，轩苍墨尘眉梢微扬：“龙将军倒是宽容！”

龙傲翟闻言，并未看他，却低头看了一眼即便昏迷也紧紧皱着眉头、眉宇间充满戾气和恨意的洛子夜。他看了一眼轩苍墨尘，冷声道：“轩苍墨尘，也许我终究心软，做不到你那样心狠。不杀这两个人，我只是希望，她不会更恨我而已。”

她对他们的恨意已经够重了。他不希望更多了！

他这话一出，也不再多说什么了，转身策马而去。而这话，骤然令轩苍墨尘唇角的笑容僵住！几乎在那一瞬，他骤然失去了所有的冷静自持，失去了覆盖在面上的温润表象，几乎再也无法控制他自己的情绪。苦笑起来！

对，他心狠。

就连龙傲翟都觉得他心狠！他对她太狠，他知道。这世上能如他一般心狠到这样的程度，做到这份上还不罢休的，除了他，无几人还做得出。可他若要轩苍一战成名，若要凤无俦死，这盘棋就不能就此停下，必须走完！

看着龙傲翟带着洛子夜离开的方向，他低喃出：“洛子夜，相信我，我不会让你痛苦太久的！这一场风波，很快就会过去，很快……”

“你们放开我！”云筱闹怒斥。

她原本就只是会一点三脚猫功夫，这么多人围攻之下，很快双拳不敌四手，被人抓了起来。而萧疏狂原本就被绑着，这时候抓他根本就不需要花什么工夫！

墨子渊看了轩苍墨尘一眼：“陛下！他们两个……”杀吗？

轩苍墨尘默了一会儿：“抓住他们！明日早上再放了。”京城里面还有一个嬴烬。纵然轩苍墨尘到如今都没能探查到嬴烬到底是什么人，可不知道为什么，他就是觉得那个人很危险。要是真让云筱闹和萧疏狂到了嬴烬跟前，说不准他们接下来的计划会功亏一篑！

他正这般想着，墨子渊皱了皱眉：“可是陛下，嬴烬……不是天曜的七皇子已经有主意引开他，让我们尽管放心吗？”

他们从一开始就意识到嬴烬是个麻烦，但是洛小七告诉他们，他自有办法牵制住嬴烬，让他们好好处理凤无俦的事情就行了。可主人似乎对此并不放心！

他这般一问，轩苍墨尘心头更乱，吩咐道：“牵马来！”那个嬴烬，他一定要回京城，亲自守着才放心。并非他不相信洛小七的实力，而是计划已经到了这一步，他不能再有任何闪失。

墨子渊赶紧遣人去牵马。云筱闹看着他将要离开的背影，忍不住怒吼了一句：“我真是不明白，世上为什么会有你们这样恶毒的人！为了自己的欲望，不择手段！轩苍墨尘，你喜欢我们太子对吗？我告诉你，像你这样的人，这一辈子都不可能得到太子的心。你跟太子根本就不是一类人，他是重情重义、活生生的人！而轩苍墨尘，你是个魔鬼。你设计太子，设计摄政王，设计萧疏狂，甚至还要设计嬴烬！你害太子，害所有他在乎以及在乎他的人，他永远不会原谅你的！你终究只能抱着悔恨过一生！”

她这话一出，令轩苍墨尘今日一直压抑着的情绪终于彻底失控！

回眸之中，他腰间的软剑落到了云筱闹的胸口。从来温润含笑的声音，满是森寒的味道：“对！我是魔鬼。我为了自己的私欲不择手段！我伤害她，更伤害她在乎的所有人。我不仅会抱着悔恨过一生，我还会遭到报应！可你以为，这是我想要的？你以为帝王是什么？你以为责任是什么？你以为天下苍生是什么？”

他这话一出，云筱闹被他吼得愣住，一时间无言以对，却很快又道：“但你没有私心吗？”

“我有！私心我有！”这一瞬他面白如纸，眸色冰冷，“但，若非为了肩上的重任，我这私心，永远不会成为我伤害她的理由！”

因为，此生他最不愿意伤害的，就是她。

那剑就那般抵着云筱闹的胸口，令人难以探知，他如此激动之下，那剑下一瞬是不是真的会穿透过去！

云筱闹看着自己胸前的利剑，冷笑了一声，恶狠狠地道："你以为你这样说，就能改变你伤害太子的事实吗？在我眼里，所谓家国大业，这些不过都是借口。轩苍墨尘，就算你有再多你认为合理的理由，依旧什么都改变不了。我不会同情你，更不会认同你。呵呵，就连我这样一个局外人，都不可能理解你，你想想被你伤得遍体鳞伤的太子，她会原谅你吗？你自己好自为之吧，此生都不必再奢求她的原谅了！"

她的确不懂，不懂帝王是什么，更难以懂得帝王的责任，她只是一个平凡人，无法到达他那样的高度。她只知道，如果是她，如果是太子，他们都不会肆意去伤害无辜的人。

说完这话，她也不再多说什么了，闭上眼，便是一副要杀要剐、悉听尊便的态度。

这话令轩苍墨尘眸色深敛，沉眸看着眼前的人，眸中是跳跃的火光，和所有负面情绪被挑起的怒焰。然而眼下，看着云筱闹视死如归的表情，他沉默了半天之后，忽然冷静下来，缓缓垂眸，手中的软剑在下一瞬骤然滑出掌心。

当的一声，那剑砸落在地上。

这是一片泥沙地，却砸出了水泥地般的质感。云筱闹睁开眼，看着掉落在自己前方不远处的剑。当看见那把剑就抵在自己胸口的时候，云筱闹以为自己今天死定了，但是没想到，他竟然没杀她！

轩苍墨尘森冷的目光在一瞬间又变得温润起来，他缓声道："我不杀你，龙傲翟说得对，她已经很恨我们了，我不想再让你的命也横在我跟她之间。"

这话说完，他很快翻身上马，策马往京城驰去。

而云筱闹和萧疏狂只能被困在原地，动弹不得，眼睁睁地看着他的背影远去。就如同洛子夜在懊恼自己的愚蠢一样，他们两个人，这时候都在懊恼自己的无能，要是他们厉害一点，再厉害一点，也许就不会成为太子的负担，也许能够帮到太子，而不是如眼前一般，几乎他们自身就要成为旁人迫害太子的棋子和帮凶！

他们两人目光沉静，几乎都在这一瞬，暗自下了决心。

从此以后，他们必将努力，再努力，一定要比现在更好。只要他们这一次能活，以后便断然不会再是太子的负累，他们会变强，很强很强，再不会做太子的负担，而只会是她的帮手！

路上。

“陛下，您就由着龙傲翟把洛子夜带走？纵然您的计划里头这是不可缺少的一部分，但是您是否想过，我们要是先将王骑护卫的虎符留下，是不是会更好？这东西要是落到了洛肃封的手里，那么天曜的实力依旧强大，只是王骑护卫从凤无俦的手中转到了洛肃封的手中罢了！”墨子渊百思不得其解。

轩苍墨尘温声道：“你以为，王骑护卫真的是凭借一个虎符，就能收服的？”

他一问，墨子渊就愣了。

旋即，轩苍墨尘又温声道：“你要知道，眼下谁拿到王骑护卫的虎符，就等于谁有一次可以诓骗那些人、将他们引入死局的机会。他们只能杀，不能收服！即便洛肃封，也不会愚蠢到觉得自己掌握了王骑护卫的虎符，凤无俦手下的那些人就会听他差遣！那群人，除了凤无俦，谁都不会服。若是朕没料错，在拿到王骑护卫虎符那一刻，洛肃封就会立即联合想要灭除凤无俦的诸国，利用虎符将王骑护卫的人引入死局，随后剿灭！若王骑护卫真的都死了，那便也没什么。若是不死，那就必定会报复。既然如此，这算计他们，以及被报复的机会，朕何苦要揽在身上？”

他这话一出，墨子渊怔了怔，终于反应过来。

他担忧地看了一眼轩苍墨尘：“王骑护卫杀伤力惊人，要是真的想杀他们，就算是凤无俦不在，他们群龙无首，怕也并非容易的事，此事……等等！”

墨子渊说到这里，忽然瞪大眼，回忆起几日前，陛下让他们做的准备……那时候他还不明白，在十里之处的千里峰埋伏那些东西做什么。看陛下如今这意思，这是准备……

“所以，你应该已经知道该怎么做了。”轩苍墨尘说着这话，眼神都未落在墨子渊身上。

墨子渊垂首道：“属下知道该怎么做了！只是，陛下，洛肃封会杀洛子夜吗？”毕竟拿到了虎符之后，洛子夜对洛肃封而言就失去价值了，指不定……

他这话一出，轩苍墨尘心头兀地一跳，然而他很快又摇摇头：“纵然洛子夜对洛肃封而言已经失去价值，可眼下洛子夜已经被擒住，她身上还有药性未解，对洛肃封也并不是威胁。这时，洛肃封心中只要有一点对于父子之情的顾念，便定然不会杀洛子夜，至多不过囚禁罢了！”

然后，他会很快想办法将洛子夜从囚笼里救出来。

帝王家，帝王会为了权势、为了巩固自己的帝位，杀掉自己的儿子，却基本不会杀掉一个对自己没了价值、也没什么威胁的儿子。

轩苍墨尘的想法并没有错，帝王的确没必要杀死对自己没什么威胁的儿子。可他不知道的是，洛子夜并不是洛肃封的儿子……

待到他知道自己眼下的想法，知道自己将洛子夜交给龙傲翟造成了什么样的后果的时候，他……

暗处，一双复杂的瞳孔，一直静静地看着事态的发展。

他一直很小心地收敛着自己的气息，所以即便轩苍墨尘，也都没有发现他。到这一刻，他才明白为何自己起初来天曜、打算杀了洛子夜的时候，轩苍墨尘会为她求情，让自己看在他的面子上，先停住片刻，以后他会帮自己一起除了她。

到如今……怕轩苍墨尘自己都没料到，他会看上洛子夜，甚至将洛子夜和他自己伤得如此之深吧？可，这根本不关他的事，在看见这一幕的时候，他总觉得自己要是不管这闲事，以后或许会后悔。

然而一旦管了这事，就等于将龙昭拖下水，尤其，凤无俦活着，于政局而言，对龙昭并无丝毫好处。不论是于公于私，作为他武修篁，作为龙昭的皇帝，都并不应该参与这件事。可……

这时候，他身后的茗人问了一句："陛下，您怎么了？"

武修篁收回了目光："没什么事！洛子夜这小子，嚣张了这么久，也终于到了他倒霉的时候，朕看着高兴都来不及，走吧！"

"是！"茗人这一声应完，武修篁便率先往前头走了。

话说到这里，武修篁原是应当走南面，那是跟天曜的皇城背道而驰的方向，但是不知道为什么，越是往南面走，他心里就越不踏实。这感觉许多年不曾有过了，这令他的脚步骤然顿住，皱紧了眉头，回眸看了一眼北面。

最终脚步偏转了一个方向，他往北面而去："朕还是跟去天曜京城看看吧！"

茗人忍不住问了一句："陛下，您知不知道他们到底想做什么？属下虽然看懂了一些，但总觉得轩苍墨尘在深处似乎还藏着什么计谋。"

"轩苍的这小子，心机深得可怕。许多时候老子都看不懂他到底想做什么，完全不晓得他的脑子是怎么长的，怎么就那么聪明。今儿个这事，老子也只看明白了一个大概，好像是利用洛子夜，算计凤无俦和王骑护卫来着。但是他到底还盘算了些什么……这一时半会儿，还真的难猜！先去瞧瞧热闹吧，走……"武修篁说着，伸出手摸了摸下巴。

而他的脚步，已经在往皇城的方向去了。

茗人点头表示明白……是的，轩苍皇的心思，真的很难看懂。毕竟这天底下，并不是谁都有一颗七窍玲珑心的。

“哗！”一盆冰水兜头从洛子夜的头顶淋了下来。

冰水进入她的鼻翼之中，呛得她咳嗽了几声，很快就清醒了过来。水珠落到她的眼睑上，从睫毛滑过，沾在上面，严重影响了视线。她伸出手擦了擦眼睛，眼前的水雾散了，她才慢慢看清楚面前的场景。

金碧辉煌的大殿，正是天曜的皇宫。

蒙蒙眬眬之间，面前的人影都渐渐清楚。她看见了几张熟悉的脸，洛肃封、皇后，还有一个……黑衣人。那人依旧用斗篷遮着脸，这样熟悉的装备，在大漠的时候，她曾经见过，这个人曾出现在自己面前，让自己不要将虎符交给洛肃封，而应当交给他，还对自己许诺了许多荣华富贵来着。

洛肃封盯着她，冷笑了一声：“醒了？”

这话音一落，洛子夜正打算答话，却并不知道轩苍墨尘到底用了什么药，她身上一点力气都使不上，开嗓都有点费力。而边上那个穿着斗篷的黑衣人冷笑了一声，劈手夺过边上侍卫手中的长戟，上来就狠狠一下，猛然刺入了洛子夜的大腿！

血光一溅，长戟刺穿了血肉，几乎是从整个大腿上穿过。疼痛感很是清晰，放在一般人身上，早就惨叫甚至痛哭起来，但洛子夜呼痛一下都不曾，只冷着一张脸看着他！

当洛子夜的脑子彻底清醒之后，倒也懒得管自己大腿上的伤。她迅速扯了扯自己的袖口，在里面掏了掏，飞快地搜寻着。看着她的动作，洛肃封扬了扬手里的东西：“你是在找这个吗？”

洛子夜闻言，眼神很快看过去，接着便看见了他手中的东西，金色、龙纹、王令，就是凤无俦的虎符！她脸色一青，咬紧了后槽牙，强迫自己冷静。看他笑容中带着几分恶劣，她眸色微沉，心里很明白指望对方将虎符还给她，那决计是不可能的事！

她冷笑了一声：“父皇的动作倒是快！怎么，是不相信儿臣会将这虎符送来吗？”

“怎么太子原本是打算交给朕的吗？”洛肃封骤然蹲下身，在洛子夜跟前，那张威重的面孔上，是满满的笑意，不难令人窥探他此刻极好的情绪。而这话问出来的时候，他眸中却有一闪而过的杀气！他心中早已清楚，洛子夜不可能老老实实地将这虎符交给他！

第十一章
你敢对她不利，我必踏平轩苍！

他骤然掐住她的下颌："洛子夜，你欺骗朕一次又一次，利用朕让你建神机营，你是不是一直将朕当成一个傻子，由着你诓骗愚弄？"

洛子夜冷声嗤笑："所以这次父皇是学聪明了，派了龙将军去拦截？"

洛肃封冷笑："你也不用讽刺朕，不管怎么说，朕拿到虎符了！纵然凤无俦强大无匹，恐怕也不会料到你会背叛他吧？"

他这话等于在洛子夜的心口又捅了一刀！她从未想过背弃他，可她的行为，却是……

她再一次睁眼，眸中有了血光："父皇以为你拿到了虎符，就能掌控王骑护卫？"

洛肃封嗤笑："这个不需要你来提醒朕！来人，照轩苍皇的意思，带着虎符将王骑护卫引入千里峰！再发国书通告各国，请各国伸出援手，随同朕剿灭这群大逆不道的反贼！"

"是！"下人领命。

天下诸国，没一个不想除掉凤无俦。不论他们想做什么，只要有凤无俦在，他们的想法都难以实现，洛肃封通知这些人帮忙，他们定不会拒绝。

洛子夜闻言，咬牙瞪着他，嗜血的目光几乎要吃人！洛肃封吩咐完，又瞧了她一眼："怎么，不高兴？这不都是你造成的吗？对了，你还想救你的七皇弟吗？只要你开口，朕立即放了他！"

"你会这么好心？"洛子夜看着他眸中的恶意，心知不会是好事。

洛肃封倒笑了："这次你是真的误解朕了！朕真的想放了洛小七，只是朕很怕你知道了某些真相之后，忽然不希望朕放了他！"

他这话一出，洛子夜心头猛地一跳，却还是强迫自己冷静，咬牙："我为什么会不希望你放了他？我希望父皇能信守承诺，我……"

话说到这里，洛肃封忽然拍了拍掌。

旋即，下人们带了一个人上来！这个人她很熟悉，是小鸣子！小鸣子不敢看她的眼睛，低头看着地面，被人押上来跪下！接着，洛肃封开口："你想不想知道，他是什么人？你又想不想知道，国寺里的那把火，是谁放的？"

洛子夜怔了怔："你这话什么意思？难道……"

她思虑之间，洛肃封又冷笑了一声："让朕来告诉你！那把火是他自己放的，是为了用他自己的性命，来唤起你的斗志。让你掺和到这诡谲争斗里来，也好给他们帮忙。哦，对了，你或许不知道，小鸣子就是小七的人！"

他这话一出，洛子夜几乎面色惨白，兀自看向小鸣子："这是真的？"

小鸣子不敢抬头，事情到这一步，也没有继续伪装的必要了。可他觉得真的对不起太子，他永远不会忘记，他险些在大火中丧生时，是太子命都不要，冲进来救了自己！原本七皇子的计划，是用他的一条命，来激起洛子夜的斗志，帮助他们成事！可没想到，自己竟然活了下来，而救了自己的，是洛子夜！

可自己，是算计洛子夜的帮凶。

他闭上眼，低着头，只说着："太子，对不起！奴才也不想的。只是奴才受过七皇子的恩，当初若非七皇子殿下，奴才宫外的母亲怕已经病死了。奴才知道您心地好，对奴才也好，这辈子是奴才对不住您。下辈子，奴才做牛做马，向您赎罪！"

他这话一出，洛子夜的心彻底地凉了下来。可下一瞬，她骤然道："洛小七他就没有想过，激起我的斗志，让我创办神机营，我手下的那些人，会……"

她话说到这里，洛肃封打断道："洛子夜，你还记得吗？有一次小七病了，下人们来找你，求你帮忙找太医，你把你自己腰间的玉佩交给了他们，让他们凭借那玉佩去找御医！你说，你神机营的那些人，这时候要是看见了那玉佩，会不会听从调遣？毕竟那是天曜太子的玉佩，上头的标志作不得假！"

他这话一出，洛子夜感到一阵气血上涌。愤怒之下是失望，失望之后是刻骨的绝望！原来一切都只是一个局，原来从认识洛小七的时候，从开始照顾这个弟弟的时候，他所接近她的每一步，都是有目的的！而倘若如此，洛小七算计的是不是并非只有她？怕自以为已经赢了的洛肃封，此刻也跟自己一样，被洛小七算计着吧？她忽然想笑。

悲哀像是藤蔓，将她整个人缚住，包裹成蚕蛹一般，困在里头，挣脱不得。唯一的一丝光亮，也在此刻被残忍剥夺，令她不想再睁开眼。她闭上眼，面无表情地问："所以，那一日我在皇宫遭遇刺杀，小七为我挡箭，其实不过是他发觉我在怀疑他，为了再一次得到我的信任，自导自演的一场戏？"

"不错！"洛肃封笑了笑。

这一句话，等于是压垮骆驼的最后一根稻草，她这一瞬间竟觉得生无可恋。她一心护着的弟弟，原来从一开始就在算计她。她曾经想要信任的朋友，原来早就布好了局，将她逼入绝境。而对她一心一意，将心都掏给她的人呢？却被她背弃，不仅失去了虎符，眼下还生死不知。

她都做了什么？

她相信了一群骗子，相信了一群浑蛋，却伤了爱她至深的人，从身到心，伤得彻彻底底！

脑海中忽然有一个声音，几乎是从灵魂深处冒出来的：洛子夜，你不如死了算了。你这样的人，活着除了被人算计，除了伤害在乎你的人，还有什么价值？凤无俦还会原谅你吗？他不会了。寒毒不能解开，他的身体因为你毁了，他的王骑护卫也因为你毁了。他什么都没有了，而这一切，都是因为你！你还有脸求他原谅你吗？

不！你连被他原谅的资格都没有，你不配！

她忽然沉默下来。良久，大殿中她语调清晰："杀了我吧！"也许她是个懦夫，可她真的累了、倦了。她害他失去了所有，她也将失去她珍视的所有，也将失去他。她更知她对不起他，而这罪孽，也许只有她死了，才能赎清！

"你说什么？"洛肃封怀疑自己听错。

洛子夜骤然变得很安静，沉默着躺在地上，静静地重复："杀了我吧。"反正，她的性命已经不再掌控在她手里，反正，她已经一无所有，反正……

她这话一出，边上的黑衣人，当即便怒了："洛子夜，你以为我不想杀了你？因为你，我被百里瑾宸下毒！也是你，占了原本该属于我的位置这么多年！让我见不得光，活在不见天日的地狱里。都是你。我恨不得你立即去死！"

他这话一出，便控制不住自己的情绪，手中的长戟，对着地上的洛子夜铆足劲打了下去，力道极为猛烈，令她喉头一哽，很快便吐了血。而那黑衣人这一下打下去之后，仿佛还完全不能解气，一下接着一下，狠狠地往她身上打。

洛子夜也是一口血、一口血地往外吐。但她并不在意，意识渐渐模糊的时候，她忽然笑起来。也许只能死了，她才有面目再去见他，也许看着她死了，看着她遭到报应了，他就会原谅她……

“王！”闽越看着床榻上猛然坐起身的人，心头一惊，旋即，又很快放心下来。

还好，只要王醒来了，这一劫就算是过去了！寒毒纵然没有解，王身上的内伤纵然还很重，但至少是不会有生命危险的。

凤无俦坐起来，揉了揉自己的眉心，令脑海中那一丝混沌消散，旋即抬头看了一眼。依旧是在他的王帐，而晕倒之前的那一幕幕，也很快在他脑海中浮现。这令他闭上眼，那张俊美堪比神魔的面孔上，并无任何表情，苍白得仿佛一张白纸，魔魅冷醇的声音缓缓响起：“洛子夜呢？”

“走了，也没回来！”闽越说完这话，看了一眼不远处桌案上的蛋糕。他拳头紧了紧，有些不忍心，但还是低下头道：“那是洛子夜走了之后没多久，她手下的人送来的！说是她亲自为您做的生辰礼物，叫蛋糕。那些人把东西送来，阎烈很生她的气，直接便将他们赶走了！至于那个叫蛋糕的东西，属下已经验过了，有毒，是蛇毒！致命！”

他此言一出，看凤无俦似怔了一下，嘴角淡扬，却再不能令人窥探丝毫情绪。

他魔魅的瞳孔很快放到桌案上的蛋糕上，却骤然想起什么，沉声吩咐道：“让阎烈立即去跟肖班、肖青会合。孤若是没料错，洛肃封拿到虎符之后，会立即拿虎符过去，妄图对孤的人不利！”

“这个您不必担心，阎烈已经想到了，他一刻钟之前就已经出发！从我们这里过去，比从天曜出发要近，相信一定能赶在洛肃封之前！至于那个蛋糕……”闽越看了一眼那蛋糕，不说话了。

而摄政王殿下，也盯了那蛋糕片刻。接着，他收回了目光，似不想再多看，然而起身下床那一瞬，又是一阵气血上涌，令他猛然伸手捂住了自己的胸口，压制涌动的气血：“孤也要立即去蛮荒，阎烈一个人去，孤不放心！”

“可是王，您的身体并不宜长途跋涉！还有……”闽越不认同地皱眉，说到这里，沉默了。

凤无俦沉眸看向他：“还有什么？”

“没什么！您若是一定要去蛮荒，您就去吧。属下……”闽越的眼睛不敢看他。

“你有事情瞒着孤？”他冷醇磁性的声音格外逼人。

闽越犹豫了片刻，不想说，但终于还是说了：“是太子！我们跟京城的人断了联系，可就在不久之前，属下收到消息，说太子被抓进皇宫，是昏迷着被带进去的。还有消息传来，说她对洛肃封没价值了，洛肃封决定今夜杀了她！”

他这话一出，凤无俦目光一凝，几乎毫不犹豫地大步往外走去，那是天曜皇城的方向。

闽越一看，登时气得目眦欲裂，飞快地追出来，挡在他面前："王，您的身体不能去！您不能……"

他这话一出，凤无俦魔魅的瞳孔盯着他，依旧威严霸凛，以命令的口吻道："让开！"

"王！属下不能让开！"闽越坚定地挡在他身前，因着太生气，闽越竟大着胆子，仰头瞪视着他的脸，扬声咆哮道，"王！您清醒一下吧！洛子夜从一开始，就不过是想利用您！她接近您，是为了盗取您的虎符！甚至她达到目的了还不罢休，还派人送蛋糕来妄图毒死您！她的目的，不过就是要您死！就连那圣晶石，她都是为了嬴烬。您还去干什么？她……"

他愤怒地咆哮之际，凤无俦容色不变，魔瞳中灿金色的寒芒掠动，却只是盯着闽越的瞳孔，沉声询问："那又怎样？"

"什么？"闽越一愣，怔怔然地看着他。

而下一瞬，凤无俦的手已经落在了闽越的肩头，纵然他眼下内伤极重，寒毒入体，但控制一个闽越还是不在话下的！他捏着闽越的肩膀，欲将闽越从自己面前移开。而他霸凛的声音，威重依旧，盯着闽越，一字一顿地道："即便都是利用，那又怎样？即便她想要孤的命，那又怎样？就算她爱的是嬴烬，那又怎样？"

从一开始，让她就算是利用也要找对人的，是他；从一开始，强迫她顺从他、靠近他的，也是他。如今，就算她从来没爱过，从来不过是利用，甚至就算她心中另有其人，那又怎样？一切不过是他咎由自取，是他愿意，与她何干？

如今，要去救她，也是他的决定，又与她何干？

"王……"闽越骤然失语，却也在对视之间，看见了自己面前的人眸中那几不可见的自嘲和讽笑，那是对他自己的嘲讽，对所爱之人终究没能被他感动而自嘲。然而那情绪在瞬息之间便消弭，似从未出现过，他只盯着闽越，沉声警示道："在孤动怒之前，别再挡着孤！"

此言一出，闽越已经被他掀到边上，不能再挡，也不敢再挡。

他大步而去，便直接去扯那马的缰绳。闽越恼恨之中，又吼了一句："王！您应当明白，也许这不过还是一个局！他们知道您此刻的身体状况，没抓住这机会来围杀您，却将这个消息透露过来。其目的，也就是因着他们看着王骑护卫都不在，想诱您孤身入局！而洛子夜就是诱饵，更或许，她也是主谋之一！这就是一个陷阱，否则，岂会我们跟京城的联络断了，却忽然又连上传来这样的消息？"

这一切都意味着这是敌人的圈套，或者，这根本就是洛子夜的圈套！若当真如

此，这对王的打击将是致命的！

他这话一出，摄政王殿下握着缰绳的手骤然紧了紧。

他回眸看了闽越一眼，魔魅冷醇的声音逼人，却是从未有过的颓然与疲累："闽越，孤赌不起！任何人不准跟上来，这是孤的命令！"

他当然知道，也许这不过是一个局，他当然知道，这个局中，有多少人的目的，是想要他的命。他都知道，可是他赌不起，他输不起。哪怕只是万一，万一她今夜真的被洛肃封杀了，赌输的结局，他承担不起。

她可以不要他，她可以不在乎他，她甚至可以杀他。

但他不能。

这话音一落，他不想再听闽越说出更不中听的话，不想听闽越说出更多对她的怀疑，他很快策马而去！

闽越苦笑，阎烈带了几个人去找肖班和肖青了；半个时辰之前，老王爷过来看王的情况时，让屠浮子跑了，现在老王爷去追了！所以，王这是孤身一人去闯皇宫，去救洛子夜，在他的内伤已经快撑到极限的情况下，在他身上的寒毒并没有被完全压制的前提下？

而他闽越能做什么？他眼下能做的，大概只有在天曜皇宫外守着，希望上天垂怜，让王能活着从宫里走出来。而自己那时候，大概能作为大夫，帮上一点忙吧。

天曜皇城中。

嬴烬正与眼前之人对峙，带兵的人是郭少鹏。郭少鹏他不看在眼里，可对方手中拿着洛子夜的玉佩，说是奉了太子的命令，来调动神机营的人离开。

嬴烬看着郭少鹏，冷笑："小夜儿可从来没说过，拿来一块玉佩就能调动神机营的人。你拿来这么一个玩意儿，就想糊弄我们，会不会太儿戏了？"

"嬴烬，你区区一个男宠知道什么？这与国事相关，与天下相关，玉佩是否能调动大军，太子殿下岂会对你说？"郭少鹏很快予以反击。

上官御有些警觉："太子跟龙将军不和，跟你们更不和，就算太子真的想调动我们，也决计不可能将调兵的玉佩交给你们！郭少鹏你从来不得太子的喜欢，你还记得上次你惹得太子不高兴，被太子下令围着皇城锻炼到中暑的事吗？"

他这话一出，郭少鹏的脸顿时绿了！

嬴烬更是嗤笑了一声："我纵然不过一介男宠，可小夜儿临走之前，是将神经营都托付给我的！而且听见这话的，不仅仅上官将军一个！倘若调动神机营的人，真的是小夜儿下的命令，那你就让小夜儿来下。天曜并无战事，所以我想不到你们调动神机营的原因！”

郭少鹏看着神机营的人听完嬴烬的话都开始若有所思，他心里也有些恼怒起来：“纵然没有战事，但太子已对陛下请旨，让神机营代御林军在皇宫巡防。陛下答应了，太子让本将军过来传话！你们以为本将军想来传信吗？你们愿意相信就相信，不愿意相信就不相信！”

他这话一出，神机营的人又犹豫了。

然而嬴烬轻轻一笑：“你认为我们会相信连小夜儿的武器都要收走的陛下，会把关乎自己生死的皇宫守卫交给小夜儿去做？”

上官御也皱眉：“最重要的是，太子殿下眼下并不在京城。你们说的话几分是真的、几分是假的，这都很难说！要是事实当真如此，太子为何不将这玉佩传给我，却传给你们？太子若是真的要传，为什么不直接传神机营的令牌，却是传一块玉佩？而且，就算真的要换防，这事情也应该是御林军统领黄楚风来做，而非你郭少鹏吧？”

这话说到这里，嬴烬骤然意识到了什么，邪魅的桃花眼猛然眯起。他沉眸看向郭少鹏：“等等，小夜儿的玉佩，为什么会在你们手中？难道……”

这块玉佩，只在初见的那段时间，他看见小夜儿佩戴过，之后就再也没有见过。他一度以为她是不喜欢了，或者是懒得佩戴，如今却在这群人手中看见了，这意味着什么？他头也不回地吩咐：“青城！去查！”

“是！”青城立即领命。

他此言一出，郭少鹏的脸白了白。神机营的人也猛然意识到什么，脸色都变得不善起来，尤其是上官御：“太子的玉佩为什么会在你们手里？你们对太子做了什么？说！”

他这话一出，神机营的人也立即群情激愤，很快上前来，意欲将郭少鹏堵住。

“你们想干什么？”郭少鹏身后的人也立即上前来。

眼见两方的人就要打起来，暗处忽然传来一个声音，带着点温柔的笑意和淡淡的温润：“倒不愧是嬴烬，这么快就能发现问题的症结所在！”

嬴烬看向来人，靡艳的声音带着森冷的味道：“轩苍墨尘，小夜儿在你们手上？你想做什么？”

他这话一出，轩苍墨尘身后已经出现了不少人，将神机营的众人都包围了起来。而郭少鹏也拍了拍掌心，四面也有许多士兵都奔了过来，包围此地！皇上的意思是，要么拖住，实在拖不住，就都杀了！

轩苍墨尘浅笑："我想做什么并不重要，重要的是，嬴烬，至少此刻你哪里都去不了！"

他这话一出，嬴烬邪魅的桃花眼中顿时涌现出嗜血残戾的光芒，极其狠辣，那是从未在他眼中出现过的凶光，他腰间的软剑也已经落入掌心！

暗夜里他红衣妖冶，似将夺人性命的修罗！靡艳的声音一字一顿地道："轩苍墨尘，你信不信，你若敢对小夜儿有丝毫不利，我定踏平轩苍，让你轩苍的百姓，为你的愚蠢付出代价，要你血债血偿？"

他此言一出，轩苍墨尘容色不变，却轻轻一笑："所以，嬴烬，你到底是什么人？"

早在看见对方那张脸的时候，他就觉得答案呼之欲出，可偏偏无法确定！因为这张脸，和凤溟皇宫龙椅上的那个人几乎一模一样，可这两人身上的气质判若两人。冥吟啸他是见过的，在墨天子的宫宴上，见过不少次。尤其……冥吟啸这时候在凤溟，每日都出现在大庭广众之下，应当不会有假。那已经在天曜待了三年的嬴烬……

他这般一问，嬴烬眸色微凉："我是什么人，轩苍墨尘，你心里已经有怀疑了不是吗？"

他这话一出，轩苍墨尘的眸色骤然冷了下来，原本眉眼之间的笑意，顷刻之间消失不见，转而带着森寒的味道。凤溟有多少实力，他心里自然清楚！凤溟的皇帝，登基三年，却并无丝毫建树。但有句话叫"瘦死的骆驼比马大"，故而即便这三年来，凤溟并没有什么了不得的表现，轩苍还是不足以与凤溟匹敌。

他眸色微凉，手中也握紧了剑柄："那么，若是这般，嬴烬，你以为我还会让你活着离开吗？"

不论想不想对洛子夜不利，他都已经做了。若是面前之人真的能掌控凤溟大权，甚至还有对轩苍不利的想法，那么最好的做法，是眼下就把他除掉！

嬴烬扬起讥讽的笑："你尽管试试看！"

天牢之中。

洛小七的牢门前，站着一人弯腰禀报："七皇子殿下，天牢的人我们都已经除掉了。洛肃封自以为聪明，知道禁卫军副统领和御林军副统领都是我们的人，但他想不到，御林军正统领黄楚风也是我们的人！他更不曾想到，小鸣子的事，以及那个玉佩，都是我们故意交到他们手中的。只是，眼下洛肃封的御书房里出现了一个神秘人。那个人进宫的时候，带了不少高手，故而，眼下皇宫的局势还很微妙，我们正在全力探查那是何人！"

洛小七闻言，只询问："凤无俦进宫了吗？"

“还没有！”下人看了一眼他的脸色，接着道，“皇后也在洛肃封的御书房里，里头具体发生着什么，我们的人唯恐被发现，不敢靠近，故而并不知道。不过他们大概也还都不知道，他们的好日子就要到头了！”

前段时间，洛子夜还在大漠时，他们探查回来的消息……

原来当年所谓七皇子的命格之事，是皇后一手策划的！这是一场栽赃陷害。也是因为皇后那个贱人，淑妃娘娘才会在冷宫染病后，无人肯医，最终重病而逝。七皇子殿下的小舅舅，当年也是血气方刚的年纪，知道姐姐逝世，当日便提剑闯入皇宫，要找皇上要个说法。最终淑妃娘娘的母家因此被判定为谋逆，满门抄斩！

而这一切，都是因为皇上眼盲心盲，皇后毒如蛇蝎！到如今，殿下的血仇终将得报。但他看着殿下的表情，似乎……并不是很开心？

正想着，洛小七开口了：“暗影，你说，我会后悔吗？”

他并不想伤害太子哥哥，可自己背负在身上的血仇不能不报。他曾经矛盾、挣扎过……而皇后，就是太子哥哥的生母！

想起母妃在垂死之时，死不瞑目，想起小舅舅家中尚未足月的幼子在他眼前被斩杀，想起父皇那时候警告他：“洛小七，你给朕老老实实待在冷宫里，否则会有更多的人因你而死，为你送命！”

想起那一声声凄厉的呼喊……

他恨！

恨透了这些人，恨皇后，恨他的父皇，也……怨怪太子哥哥。洛子夜毕竟是皇后的儿子，是他杀母之人的儿子！那一瞬间的恨，坚定了他实施这个计划的决心。然而，当真的到了这一天，当太子哥哥已经知道，这一切都是他做的，都是他的谋划……

他们大概，再也不可能回到最初了。

暗影沉默了几秒，答了一句：“殿下，属下并不知道，您这样做了以后会不会后悔，但是属下能确定，您要是不这么做，您以后一定会后悔！”

他这句话一出，洛小七微微一愣，旋即闭上眼：“你说得对！”

他其实很想告诉自己，他跟太子哥哥是扯平了。皇后害死了他生母和外公一家，他将害死凤无俦，害死她心中最重要的人。可他心底有个声音在说……太子哥哥并没有错，这跟她没关系，错的只是皇后！

他苦笑着闭上眼，静静等待着凤无俦闯宫的消息传来。

皇后看着一地的血，还有几乎已经失去意识的洛子夜，皱眉开口道：“子

赟！下手轻点，要是真的把她给打死了，百里瑾宸来要人，我们交不出，你身上的毒……”

洛子赟听她这般一说，才终于冷静，不再打了，但他的脸色依旧很难看。

而洛子夜，她其实已经感觉不到痛了，浑身的痛楚已经令她的意识麻痹。然而，她还能听见他们说话。

皇后道：“这么多年来，我儿身为大皇子、身为嫡长子，却隐姓埋名，这都是因为那个凤无俦，若非他独揽朝纲，你父皇担心他对你不利，才想出这么一个主意，让你死遁出去！我儿这些年受苦了！只是没想到，这主意倒是骗到了洛小七，助我们成了大事！”

洛子赟更是道：“不错！凤无俦也是罪魁祸首！我今日一定要亲手杀了他，才能消我心头之恨！”

洛肃封却开口斥责：“经历了这么多事情，为何还这般不稳重？动辄动怒！你这个样子，让朕如何放心将江山交给你！”

他一吼，洛子赟立即不说话了，并低下头去：“儿臣知错！必不会再犯，父皇息怒！”

洛子夜想笑他们，却笑不出来。所以，当初皇后对自己说的话都是假的！皇后真正的儿子是这个大皇子，而所谓大皇子对洛小七施恩，原来也不过是一个局！可洛小七那样聪明的人，那样能够一步一个局地设计自己的人，真的会这么容易就被他们骗过，并且被关在天牢吗？

若是她没料错，她面前的这几个人大概会聪明反被聪明误。想算计洛小七，最终却落入洛小七的局中！至于自己，从一开始就是被皇后欺骗、被洛小七欺骗、被小鸣子欺骗。她从来自以为是很聪明的人，到现在她才明白，她蠢得彻底！

洛肃封沉眯起眼：“从洛小七手下的人手中拿到了洛子夜的玉佩，甚至还抓了洛小七潜伏在朕身边的人，按理说，这应该已经没什么问题了，也不知道为何，朕总是觉得有些不安！”

皇后却笑了笑：“陛下，没有什么需要不安的。眼下整个大局都在我们的掌控之中，洛小七这个祸害也被关在天牢里，甚至洛子夜这个杂种也只剩下半条命，您还有什么不放心的？”

杂种？

这两个字一出，洛子夜的耳尖微微动了动。而屋顶上，刚刚到的武神大人，脚步也微微滞了滞。杂种？洛子夜不是洛肃封的儿子？武神大人摸了摸自己光洁的下巴，露出若有所思的表情。要说洛子夜不是洛肃封的儿子，说实话他真的相信。

因为从洛子夜身上，他真的看不到一点洛肃封的影子。所以，这算是洛肃封的宫妃，给他戴了绿帽子？这么一想，武神大人顿时便觉得神清气爽，对于他从来就讨厌的洛肃封，自然是有什么不好的事，能让洛肃封感到不高兴，那么他武修篁就会非常高兴！

而皇后这话一出，却不知道触到了洛肃封哪根敏感的神经。

他骤然一怒，啪的一声响起，他回身就扇了皇后一个耳光："她是不是杂种，这也是你能说的？"

皇后一怔，立即捂着脸，低下头去："臣妾知错！"还是如此，这么多年来，只要谈及跟洛水漪相关的东西，自己面前这个人就会勃然大怒。她只是不明白，洛肃封要是真的这么爱重洛水漪，那怎么会把洛水漪的女儿伤成这样？

洛肃封要是真的不容人触碰洛水漪分毫，方才二赞下手打洛子夜的时候，他为什么没动静？却仅仅因为自己说出杂种两个字，就反手给了自己一巴掌！

皇后的眸中，骤然掠过一道阴冷的光。大概是因为自己的话让洛肃封想起来，他心里那个干干净净、圣洁到他碰一下都不能的女子，最终被武修篁给侮了吧。她一生嫉妒洛水漪，却也很可怜那个女人。如今对方都死了，自也没什么好说的！只是，这么多年来，洛肃封对自己的侮辱和亏欠，总有一天她会都讨回来！

洛肃封的这个反应，倒让武修篁蹙了蹙眉。洛肃封少有这样激动得不能控制情绪的时候，莫非洛子夜身上，还有什么隐情？

洛肃封怒极之下，竟没察觉到屋顶上有人。他平复了几口胸前的怒气，蹲在洛子夜面前。眼下洛子夜浑身是血，面上也因为嘴角不断呛咳出来的血液而污浊不堪。那双眼此刻正闭着，安静的样子，竟有点像洛水漪。

这令他有些失神。他之所以如此痛恨洛子夜，除了因为她是武修篁的女儿，更多的是因为她竟是水漪的女儿，延续着水漪的生命，却没有哪怕一处跟水漪像，倒是这段时日以来，那性格越来越像武修篁！这也令他对她越发憎恶，然而此刻，看着她这张脸……

他沉默了片刻，忽然一句话脱口而出："其实……朕对不起水漪！"

他此言一出，屋顶之上，武修篁猛然一怔，此事跟水漪有什么关系？洛子夜和水漪……而皇后方才那句"杂种"，和洛肃封方才激动的反应，都意味着这事里透着古怪！

他正打算下去问个究竟。

可就在这时候，皇宫的北门骤然传来一阵巨响！整个皇宫，都开始地动山摇。武修篁一眼看去，便见着几百名士兵，在那一瞬内息爆炸之间，被腾空炸起，砸落

到边上的地面上，摔得痛号出声。

而暗夜中，那人举步而来，似妖魔君王临世，铺天盖地的魔息和压迫感令人抽气。那正是凤无俦！

纵然他极力在压制着什么，然而以武修篁的修为，一眼看过去，还是看得出来，对方的身体已经撑到了极致。然而，在撑到极致的情况下，竟还能有这样的爆发力和攻击力，即便作为武神的他，都忍不住惊叹了一声："好小子！"

他这一声惊呼出来，御书房中的洛肃封很快看了一眼屋顶："谁？"

武修篁二话不说，纵身往后一跃，很快退出二十多丈远。他来是不知缘由，竟担心洛子夜出事，但看见凤无俦来了……尽管他知道这小子的身子怕也撑不了多久，但他莫名认为，这小子既然来了，洛子夜就不会有事，所以这个热闹，他还是先不凑了。

这一语出来，上头没反应，而洛肃封感应了片刻，也没有人在屋顶的气息，他皱了皱眉。

可这时候，整个皇宫的晃动却很分明。下一刻，一名士兵慌慌张张地进来："陛下……不好了，摄政王殿下……不，凤无俦他闯进来了。我们谁都拦不住，已经死了一千多个人了！"

"什么？凤无俦进来了？"洛肃封惊愕地瞪大眼，凤无俦孤身一人，还有寒毒在身，根本不可能还有丝毫战斗力，怎么可能还能进来？不应当是在宫门口就被拿下的吗？难道轩苍墨尘给自己的消息是假的？！可……可对方并没有欺骗自己的理由，那眼下是怎么回事？

洛子夜闻言，也是心头一跳，她的听力这时候已经开始模糊了，她不知道自己是不是听错，却没有力气睁开眼或张嘴说一句话，只静静地听着他们的对话。

他来了吗？来做什么？来复仇，还是……

那士兵脸上有血，是从血火里逃出来的："皇上，原本我们都以为在门口就能将他拿下，但是没想到我们根本拦不住他。我们无力抵挡，到处去寻龙将军，可是龙将军不见了……"

士兵这话一出，洛肃封愣了。龙傲翟不见了？这种时候，对方怎么可能不见？他骤然想起来，龙傲翟原本只是养在自己身边对付凤无俦的虎，养虎迟早为患。只是想不到，对方竟在这种时候失踪！这时候他心里头不好的预感越来越烈，甚至令他觉得自己掉进了一个陷阱。

洛肃封的脸色很快青了："传朕的命令，皇宫里所有的士兵立即去拦住凤无俦！不论生死，决计不能让他闯入御书房！"

他有一种预感，尤其在低头看了一眼浑身是血、已经不知道还能不能活的洛子夜之后，他感到凤无俦要是看见这么一幕，也许会生气到动手直接杀了他们所有人。而眼下，不管是自己，还是洛子赟，都没有应付凤无俦的实力！

这令他心头十分紧张。或许龙傲翟等人的陷阱，是打算把自己也一起除掉？

而此刻，内宫的大门口，摄政王殿下正与面前这几千名士兵对峙着，四面还有源源不断的士兵向他拥过来。不少人已经站在高处，弓箭手早已做好了射杀的准备，但是谁都不敢轻举妄动，因为不久之前，已经有一拨弓箭手在射出箭之后，于对方的内息激荡之下，箭羽对着他们的方向飞驰了回来！

然后，那些射箭出去的人，都在凤无俦的反击之下，渐次从城墙上栽倒下去！死状凄惨。摄政王殿下到底是摄政王殿下，即便眼下孤身一人，即便他看起来面色惨白，但大概虎落平阳，也是不容犬类相欺！

皇上让他们出来拦着他，无异于让他们出来送死。只希望他们这么多人，能占一点人数优势，不会死得太惨！然而事实上，凤无俦已经提不上多少内功了，所以他并没有时间跟这些人耗！手中握着路上从一名士兵的手上夺来的剑，大步往前，手起刀落之间，剑光带着内息出来，一招便是几个人殒命。

这让许多士兵犹豫着不敢靠近，而这时候，内宫高墙上的黄楚风，盯着人群中央的凤无俦，骤然一声令下：“放箭！”

“趴下！”黄楚风的两道命令，几乎是同时出来的。

而这箭羽对着摄政王殿下射出来之后……

他魔瞳一凛，勉力再一次聚起内息。内息形成的光圈再一次挡住了弓箭。然而下一瞬，他唇际骤然涌出一口血，内息化散，那光圈骤然消失不见，一支箭羽刺的一声，从他的肩膀上穿了过去！血光飞溅。

这一幕一出，不远处观战的武修篁都很为凤无俦捏了一把冷汗。

然而下一瞬，却见他魔魅的双眸微凉，伸手便抓住从他肩头穿过的箭，头也不回地往后一掷。那箭羽很快对着那名伤了他的士兵飞了过去！不仅仅那士兵骤然中箭，包括那士兵身后的人，也都被这一箭射穿，并渐次倒下！半支箭羽掷出去，就这般轻而易举地穿透了三个人的胸口！

凤无俦，即便不用内力，单单这蛮力，也不可小觑！

武神大人看了一会儿，也明白了他不会输，这下也懒得继续看了。凤无俦这小子的战斗力和意志力都强得逆天，要是他不想倒下，没人能让他死。这些，都是自己之前几次跟他交战的过程中领悟到的。他瞟了一眼茗人：“走吧！”

“是！”

“凤无俦，你还不束手就擒！”黄楚风语气冷肃，心情却非常紧张。

他此言一出，摄政王殿下浓眉微扬，下巴微微抬起讥诮的弧度，眼神都不屑落在他身上，霸凛的语气傲慢依旧：“滚开！就凭你们，也妄想拦住孤？”

这样一个人，永远高高在上，即便孤身一人，即便被逼入绝境，却还仿佛他才是王，旁人不能撼动的王！

随着他的语调落下，不少士兵都感觉脊背发凉。甚至于在对方一步一步往前走的时候，他们都觉得自己的膝盖一阵酸软，只想跪在他脚边，有的人还忍不住后退了起来！

如非军令难违，他们真的想掉头就走！而这时候，黄楚风大吼了一声：“眼下凤无俦重伤！今日不杀他，你们以为以后你们还能活？”至少他清楚，凤无俦今日不死，那么自己一定会死！

伴随着这一声吼，不少想要却步的人都是一怔，旋即很快站定。

然而，这些并不能拦住摄政王殿下。他甚至根本都没看在眼里，往内宫的方向而去。肩头的伤口正在滴血，流出来的是黑血，显然方才射中他的箭有毒。然而他看都没低头看一眼，只沉声问：“洛子夜在哪里？”

没人敢回答他，即便大家已经不再后退，但他们的眼神都很惊恐。

因为凤无俦这一路走过来，路上已经死了五千多人，他就似临世的妖魔君王，但凡他出手，凡人就只有死路一条！这让所有的士兵都感觉到死亡离自己很近！

见他们都不说话，四面八方却有更多的士兵拥了过来，这令摄政王殿下魔瞳微眯，墨色的长袍曳地，拖出一地血迹。这血有士兵们的，也有他自己因着寒毒和内伤，以及肩头的伤流出来的。也就是这妖诡的景象，令人觉得更加惊悚。他走出去几步之后，抬眸之间，便见不远处御书房附近，灯火通明。

他手中的剑，几乎是毫不犹豫地直接掷了出去！

轰的一声，伴随着那箭掷出，整个御书房都摇晃了一下，旋即，御书房的大门轰然倒塌！这一声巨响，令所有人的目光都看了过去，不少士兵甚至忘了应敌，忍不住惊恐地回头看了一眼。

御书房里头，一地的血。

中间躺着一个人，红衣妖冶，很安静地躺着，仿佛睡梦中的一朵血莲花，不再有任何生气，却透着触目惊心的艳，那艳丽便直直地令人心中惊恐，恐她真的已经彻底沉寂，真的不再有半分生机。

“洛子夜！”这一声怒号，带着毁天灭地的怒气！令所有人的心脏，都吓得紧缩，险些忘了跳动。

洛肃封更是吓傻了，洛子赟也惊恐地看着门口．看着那缓步逼近的人，原本他发表了豪言壮语，要亲手了结凤无俦的性命，可在看见对方、看见那灭顶魔息时，他所有的英雄胆气都在刹那消失不见，他惊恐地后退："不关我的事！这不关我的事，不关我的事……"

凤无俦根本没理他。

他大步进来，很快将洛子夜抱起来，颤抖着伸出手去探她的鼻息。他一生从未有过如此恐惧的时刻，即便在被关在冰室将面临活剐的时候，他也没有这样恐惧过。当他有力的大手，在她鼻尖探到一丝微弱气息的时候，那颗仿佛已经骤然停止、死去的心脏，才终于活了过来！

"洛子夜！"他将她摁进怀中，贴近她，仿佛抱着失而复得的宝贝，魔魅的声音充满恐惧，轻轻拍着她的脸，低声道，"洛子夜．你不会死的！孤来了，你听见了吗？你不会死的！孤不准你死！"

说着这话，她并没有丝毫反应。他站起身，那一瞬却险些没站稳。然而怀中的洛子夜，他却护得很好，终于勉力站了起来。

四面的人就这么看着，不少人心里都生出了几分不忍。

他抬眸之间，那魔瞳中是铺天盖地的怒，回身之间，广袖扬起。强大的罡风对着洛肃封和洛子赟的脸狠狠地扫了过去！

轰的两声，那两人被砸出去二十丈远。像是被狠狠砸入了地面，落地之后，竟连惨叫声都没有，令人难以窥探他们是否还活着！皇后更是直接扑通一声，吓得瘫坐在地！

而同时，凤无俦也猛然呕出一口血，眼前一黑，险些昏厥过去。他狠狠咬紧牙关，才再一次保持清醒，站定！

原打算继续过去教训洛肃封，可这时候，他感觉到自己抱在怀中的身躯，渐渐冷却下来。

她脸色也苍白如同一张纸，上头都是污浊的血迹，腿上还在流血。若是再不赶紧医治，她必死无疑！这令他放弃了继续教训洛肃封，凝眸看了四面一眼，旋即，将她放在自己的背上背起！手中拿着长剑，大步往宫外走去！

那一瞬，月光似血，照在他们背上。

他背着她，一路冲杀。刀剑不曾停歇，铺天盖地的箭羽对着他们射来。他肩头中了几箭，长长的箭羽插在他背上，他都分不出神去拔，却没让箭伤到洛子夜分毫！他肩头的血沿着后背流下，浓烈的血腥味终于呛得洛子夜微微睁开眼。

那只是眯出一个缝隙，蒙眬中她看见他背着她往前，四面都是要杀她的人。

天下之大，世人之广，没人容得下她，没有一个地方容得下她。只有他！只有他！即便到了这时候，他还护着她。她勉力伸出手，骤然抓住了他肩头的布料，靠在他背上，说不出话，却有泪滑了下来。

凤无俦，从此以后，我只在乎你一个人，好不好？

凤无俦，如果我真的能做到，你会原谅我吗？

摄政王殿下能感觉到身后的她在动，却并不知道她在做什么。而就在这时，半空中骤然飞来一支箭羽，对着洛子夜的方向射去，他几乎毫不犹豫，手中的长剑就飞了出去，将那支箭羽在半空拦腰斩断，而同时，他面前一名士兵瞅着这空隙，狠狠地一刀砍在了他的胳膊上。

若非他收手快，那胳膊也许已经被削断，然而即便如此，还是有大量的血涌了出来。

这时候，他们已经到了宫门口。

这一路上都是士兵们的尸体，连黄楚风都已经不知道，今天这一场围杀，他们到底死了多少人。他们也从未想过，一个人的战斗力真的能强到这样的地步，他们所有人加起来，几乎都完全不敌。难怪将军要准备两场围杀，若非将军真的早有准备，他们根本不可能拦得住凤无俦！

正这么想着，凤无俦已经踏出了皇宫的大门。

而黄楚风手下两万多人，已经没剩下几个还活着了。士兵们都惊恐地看着凤无俦的背影，并回眸看向黄楚风，询问到底要不要追。其实他们根本不敢追，而黄楚风扬了扬手，示意他们都不必再动。

风扬起。

空旷的皇宫门口，早已经围满了人，龙傲翟站在皇宫门口的不远处，他身后是几万大军，手中都拿着箭羽，对准了正门口的那两个人。在看见洛子夜一身是伤的时候，龙傲翟骤然愣了愣。原本他以为，他看见的会是凤无俦和洛子夜一起杀出来，可为什么她趴在凤无俦的背上，一动不动，还有血在凤无俦身后，落了一地……

这怔然和心头的抽气，只是一瞬间的事，龙傲翟很快收回了目光，扬眉看向凤无俦："摄政王殿下，我等这一天，已经很久了！"

凤无俦凝眸看向龙傲翟及其身后的人，几万人马，他即便能杀出去，洛子夜此刻的状况也等不了了。他薄唇微扯，冷嗤一声："所以，你是想要孤的命？龙傲翟，一条命而已，孤可以给你！但是，孤要你救她，立刻！"

他这话一出，龙傲翟骤然目光一冷。为什么好不容易等到这一天，等到自己可以掌控对方的性命，以为对方能露出丝毫惊恐，甚至于希望凤无俦会懊悔，会为一直看不起他龙傲翟感到懊悔时，可凤无俦根本不在乎自己的命！这仿佛就是在他脸上狠狠地打了一巴掌。

这恼怒之下，他冷笑一声："你想救她！很容易，凤无俦，我不要你的命！我要你跪下。你要是想救她，就跪下！跪在我面前，求我！"

这话一出，整个场面都沉默下来。

似乎原本飘荡的风，都选择了安静地停滞在原地。时间仿佛静止，气压也在瞬间凝滞。洛子夜迷迷糊糊听着这话，原本苍白的脸色更难看了起来。

而摄政王殿下的面色也沉了下来。

龙傲翟冰冷的唇角扯起，这几年来，他一次一次在凤无俦面前受的屈辱，似乎这一次都能尽数化解掉。当然，这一切的前提条件是，凤无俦跪下！跪在他面前，跪着哀求他，为其当初对他的侮辱后悔。若这口怨气不出，终他龙傲翟一生，也将不能忘记那人在说自己是跳蚤时轻蔑的眼神，以及当时所感到的灭顶的屈辱！

凤无俦魔瞳微凉，盯着龙傲翟，并不说话。

而龙傲翟也看了一眼他肩头的洛子夜，心里并非不担忧、不紧张，并非不怕她真的出事！然而，多年来受的屈辱，却在此刻占据了上风。被踩踏了多年的尊严和骄傲，终于到了能扬眉的时候，任谁都不会放弃这样一个机会！

他收回眼神，盯着凤无俦道："怎么，不愿意吗？凤无俦，你要清楚，就算你今日有能耐从我这几万人的包围中冲杀出去，洛子夜也没命等了！凤无俦，你可以好好考虑，我有耐心等你考虑清楚！你若是不在乎她的死活，我也没什么意见！"

摄政王殿下一双魔瞳微沉，眉宇中是令人熟悉的深深的褶痕，眼底鎏金色的灿芒，也诉说着他此刻震怒的心情！然而他抬眼看去，极目之中，是浩浩荡荡的人群，那么多士兵，和那么多弓箭，还有武功不俗的龙傲翟挡路，以及背在他背上，身子慢慢冰凉冷却的洛子夜，他刚毅的唇角，绷得死紧，盯着龙傲翟。

凤无俦是什么人？

他从来傲慢，唯我独尊，高高在上。在他眼里，万物都为蝼蚁，众生都该向他低头。天地都不值得他一跪！这么骄傲的人，他不可能跪。

洛子夜倒并不担心，因为她清楚，他是死也不会跪的人。她相信，他宁可跟她一起死，也不会跪下！

而龙傲翟说出这条件的时候，心里也很没底，他很担心自己今日不能出了这口气。他觉得以凤无俦的性格，绝对不会跪。纵使对方真的很在乎洛子夜，他也并不认为，他真的能为洛子夜做到这个地步！

所以，他其实也担忧继续耗着，真的会让洛子夜出事，那定然会成为他此生最大的憾事！可是如今，人生中第一次找到能挽回尊严、踩踏这个践踏了自己多年之人的机会，要他就此放弃，他也做不到！所以，他只能死扛着，等着凤无俦对他低头。尽管他心里觉得，凤无俦并不会低头！

然而，就在此刻，凤无俦骤然闭上眼，似乎是极力压抑着什么情绪，平定着他心头的怒火。半晌之后，他睁开眼，魔瞳扫向龙傲翟，沉声问："是不是孤跪了，你就能保证，她不会有事？"

他这话一出，龙傲翟蓦地一愣，洛子夜也僵住了。

她伸手去扯他的衣服，想要制止他继续说下去。她怕他真的为了她去跪，她宁可死，也不要他为她折损尊严，跪下求人放过她、求人救她。然而，她张了张嘴，始终没力气说出一句话来，却是急得不停地掉眼泪。不行的，他不能跪，决计不能！

龙傲翟一愣，下意识地看向洛子夜，很快看见了洛子夜那张满是污迹和泪痕的脸，他心头忽然被什么刺了一下，有了一瞬间的犹疑。

是啊，这时候他逼着凤无俦为了她跪在自己面前，要是凤无俦真的跪了，那在她心里，凤无俦成了什么？而自己又成了什么？尤其他眼里的洛子夜从来都是张扬艳烈的，何时会脆弱至此，甚至于泪流满面？

她心里一定很恨、很疼，而造成这一切的，是他们几人！这一刻他心里忽然有了犹豫。

但，只看了洛子夜一眼，他便强迫自己收回目光。脑海中骤然想起轩苍墨尘警告自己的那一句，不要心软！他很快沉下心来，偏头看向凤无俦："是！只要你跪下，求我救她，她今日就不会有事！我能保证！以我墨氏皇太子的名誉和尊严向你保证！"

凤无俦魔魅的声音压迫逼人，沉眸问："说话算话？"

龙傲翟扬眉，继续逼迫自己冷声道："说话算话！"失去了王骑护卫，又重伤成这样的凤无俦，就算是放他走，他也未必能活。他龙傲翟真正在意的，从来不是凤无俦是不是活着，他只需要铲除这样一个手握重兵、执掌大权还傲慢张狂的存在！

所以，从神坛跌落、不再是摄政王的凤无俦，对他而言，对墨氏而言，已经不再是什么威胁。因为那个手握大权和重兵的存在，已经坍塌了！然而，他龙傲翟这几年在他面前折损的尊严，却未曾讨回来！

摄政王殿下也感觉到有温热的东西，落到了自己的肩头。

他并不知道是她的血，还是泪，也能感觉到她扯了扯自己的衣服，很急、很坚决。这令他明白，她不想他跪。他嘴角淡扬，她到底是了解他的，于凤无俦而言，最不能折损的就是尊严，最不容被人忤逆。要他跪下，比要他的命狠上百倍千倍。而龙傲翟也的确知道，如何才能折辱他！

夜风中传来他的一声叹。

他右手将她背在自己身后，左手伸出，到右肩处遮住她的眼，魔魅冷醇的声音在夜风里异常清晰，也有着属于男人不可折的尊严："洛子夜，孤可以跪，但你不能看！"

他这话一出，洛子夜心头一缩，眼中的泪仿佛决堤。她从来就不知道，自己是这么能哭的人，然而心头那感动、愧意、愤恨的挤压，让她根本控制不住。

她的眼睛被他遮着，不能看见前方发生了什么，不能看见他，却能感觉到他在弯腰！她忽然疯了一样，铆足了力气去扯他，而同时，她胸口一痛，一口心头血噗的一声吐了出来！

这一瞬，他一僵，龙傲翟更是一怔。

那血洒了一地，当凤无俦的腿开始弯折，洛子夜嘶哑的声音终于磨了出来："凤……凤无俦，你跪了，我不……我不会活的……"

"那你就忘记孤！轩苍墨尘会有办法让你忘了这一切！"反正，她也从未在乎过他。而他，一定要她活！

"不——"她充满恨意的眼睛看向龙傲翟，带着一股凄绝的艳，却偏偏被凤无俦的手挡住了视线，不能看见对方的脸。

可下一瞬，又是一口心头血骤然呕了出来。

那血，一眼看去便令人惊颤，能令龙傲翟明白，今日凤无俦要是真的跪下去了，她真的不会活！他怔然之间，心里忽然多了几分惊恐。他只是想要凤无俦就此从天下大局中退出而已，他只是想要墨氏重振威严而已。

他的目的是要她的命吗？是伤害她吗？都不是！而他的尊严，有洛子夜的性命重要？

这念头中，看着面前膝盖将要落地的人，他猛然一声吼，从牙缝里挤了出来："够了！"此言一出，不仅仅四面的人都愣了愣，洛子夜更是觉得原本堵在心口令她几乎下一秒就要死去的气血，在慢慢疏散。

而摄政王殿下眉宇间也扬起几分讥诮，看向对方，等着他的下文！

龙傲翟脸色微青，冷声道："凤无俦！比起对她的心意，我比不过你，但事已至此，我也不会将她让给你！今日，我只要你把命留下足矣！放下她，她不会有事。相信你也不愿意，刀光剑影之中伤到她！"

龙傲翟清楚，让凤无俦跪下，比杀了他都能让他难受，而这对洛子夜的摧折力

度也是同样的。洛子夜岂会不知道尊严对于凤无俦的重要性！

他这话一出，洛子夜都有些心惊，却也明白了龙傲翟对她的心思。

但此刻，他未一定要凤无俦跪，这对她来说，便是比死里逃生还要幸运的事，比龙傲翟说放他们走还要令她开心的事。

摄政王殿下闻言扬眉，魔魅的瞳孔看向他，冷嗤一声：“好！龙傲翟，记住你的诺言。否则，即便孤死了，你也会为你今日的失信后悔！”

这话寓意很深。

摄政王殿下足够了解自己的情敌们，不论是嬴烬、轩苍墨尘，还是……那个不知道能不能算作情敌的洛小七，都不会容忍杀了洛子夜的人存活在世上，他算是在提醒龙傲翟！

龙傲翟冷笑一声，正要说话。

可同时，四面八方传来一阵脚步声。龙傲翟眉梢一蹙，迅速回头，接着，便见着嬴烬提着剑大步而来。四面是神机营的人，还有一些黑衣人！他剑上的血令龙傲翟怔了怔，他知道今日去挡着嬴烬的，是轩苍墨尘。

然而这时候嬴烬竟然过来了？那轩苍墨尘怎么样了？

他来不及细想，那些人已经杀了过来。嬴烬的眼神落到了凤无俦和洛子夜身上，落在她满脸的血迹上，他一双邪魅的桃花眼顿时染上滔天怒焰。这一次他却没有上去跟凤无俦争论，到底是将洛子夜交给他，还是让情敌带走。

一眼看过去，他能清楚凤无俦的身体状况，对方已经不能留下应敌。

他靡艳的声音冷沉道：“带小夜儿走！我来殿后！”

摄政王殿下也并不跟他客套，手中握着长剑，很快往前冲杀！嬴烬也飞快上去，跟龙傲翟缠斗在一起。没有龙傲翟挡路，面前这些士兵在凤无俦眼中，根本就不算什么。而神机营的人也很愤怒，万没想到只是几天没见太子殿下，她就被这群人毒害成这样了！

愤怒这东西，从来就很容易激起人的斗志！神机营这区区几千人，对战龙傲翟这几万人，这一时半会儿，竟没显露败象，并成功地将龙傲翟的人拖住！

龙傲翟被嬴烬缠住，不能脱开身，只能眼睁睁地看着凤无俦带着洛子夜从人流中拼杀了过去。他极为愤怒，对付嬴烬也招招带着杀气。然而嬴烬看见洛子夜伤成那个样子，早就已经疯了，下手哪里还知道留情不留情，更是招招致命！

两人缠在一起，谁都不能腾出工夫来顾及其他。

厮杀声四起，他们几乎是能脱险了，他也不必再跪，不必为她折损尊严，这令洛子夜放下心来。他身上的伤已经很重，而且失血过多，加之方才那一幕，令她悲愤之中吐出几口心头血，她能感觉到自己的心跳似乎越来越轻微，也早已失去了频率。

可，蒙眬之中，在看见这些人的时候，她嘴角慢慢扬了起来。

她认清了一群骗子，却也知道了谁才是真正对她好的人，嬴烬和神机营这一帮弟兄，什么都不问，也不怕担上谋逆的罪名，便在此为她厮杀。她其实并不真的是世界上最可怜的人，至少还有人是真心在乎她的。

她声音很轻很轻，轻轻地道："小……小臭臭，我觉得，我就算死了……也……也……"

也什么，她没说完，却骤然失去了意识！抓在他衣服上的手也松开来，滑落了下去。她想说，死了也没什么好遗憾的了，可她对不起他，这是她生前的罪孽。然而，她没能说完。这令他猛然一怔，下手杀人的速度更快！心头的慌乱几乎似一张巨大的网，将他整个人绑住，让他不知道下一步该怎么做，不知道接着该去哪里，甚至不知道该怎么呼吸。

手里的剑，却机械般不断砍杀，杀掉所有挡路的人。

他魔魅的声音冷醇中透着慌乱，喊了她一声："洛子夜！"

她没理他，根本已经不能听到他的声音。他一双魔瞳刹那间变得血红，几乎滔天的怒和彻骨的痛，在那一瞬间凝结！令他猛然伸出手，狠狠一拳头砸在地面上！

那是他引出自己体内所有真气爆出的内息，更是他怒极之下，再一次超越了身体的极限，破体而出的杀伤力！

这一招出来，轰的一声，整个地面轰然晃动了一下，甚至慢慢开始出现裂痕。他背着她，大步从那裂痕处跨了过去。几千名在他面前挡道的士兵，也在那一击之下，轰然倒地！被内息震伤，再也不能爬起来！只能眼睁睁地看着他背着洛子夜，大步离去。

月色中，他和她，逆着光大步远去，令人不敢靠近，也的确是没办法靠近！而摄政王殿下却慌乱不已，几乎是跑着带着她离开此地。她需要大夫，立刻！

闽越带着王骑护卫的那几个亲卫，在不远处焦急等待着，在原地来回走了很多圈，看见凤无俦背着洛子夜过来了，他瞬间惊喜之后，很快眸色微沉，看着自家主子那浑身的血，还有赫然插在他肩上的那几支箭，闽越的脸都青了！

他大步上去，打算给自家主子止血。这种流血法，再强悍的人也是必死无疑："王！"他喊了凤无俦一声。

然而，凤无俦并不理会，将洛子夜递给他："先救她！"

闽越这次话都不想再劝谏一句了，也不再说王的身体状况也很危险，并告知

王自己应当先止血，因为他明白，劝谏根本没用。要是劝谏有用的话，王根本不会跑去救她！多说无益，他并未伸手，只回头看了一眼二十多米外的一个小村子："王，那是我们在七年前买下的小村庄，就目前为止，并无人知道那别院是我们的。里头有属下的药，你还是先抱太子过去吧！"

凤无俦沉眸，并无异议。

在这大道上想救人，那也是儿戏。至于洛子夜，他接过来之后，王恐怕很快就会抢回去，既然如此，还是不要接过来的好。

他说着这话，便迅速从袖中掏出药瓶，往洛子夜流血的大腿上撒去，将那血止住。但是看着洛子夜的样子，都不必伸手给她诊脉，闽越心里已感到万分担忧，她的生命迹象很微弱，能不能活下来，要看天命！

止血之后，他又很快给她包扎了一下伤口！做完这一切，他正打算给自家王的肩头止血，然而，凤无俦根本没给他机会，抱着洛子夜，大步往那村庄掠去。小矮屋处，栏杆用树枝绑在一起，竖着拦在门口围成一个院子，与庄严的摄政王府，截然相反，不复辉煌，不复气派，不复威重。这仿佛意味着什么，或者是意味着高高在上的神已经跌落，也或者是意味着九天之上的龙落于此，却不知是否还能再翱翔于天。

闽越沉默地看着他的背影，跟在他后头往前走去，心里头五味杂陈。

洛子夜大概真的是王此生的劫难，这劫也果真是能要人命的。这一刻，闽越心里骤然想起申屠苗当初对自己说的话！

是了，如同洛子夜这样的人，存在只会给王、给他们造成伤害的人，活着的意义是什么？不断地伤害王吗？既然这样，眼下将由自己为洛子夜诊治，那自己为什么不借着这机会……

这念头一出，闽越自己都被心魔吓了一跳。他匆匆忙忙往屋内走了几步，然而在随同凤无俦进屋，在看见洛子夜面色苍白地躺在床上，而王握着她的手，仿佛是握着此生所有的模样，他心头沉了沉，这念头忽然散了。从王此刻的表情来看，他能明了，王不能失去洛子夜，自己也不能这么做。

"快！"凤无俦回眸扫了闽越一眼，沉声道，"孤知道你在想什么，闽越！你要明白，今日的一切，都是孤自找的，与洛子夜无关，孤希望你救她！"

摄政王殿下纵然不屑于玩心计，智商却何其高。看着闽越的表情，他就知道闽越动了杀机！

闽越低下头："王！属下纵然再想，但属下不敢！"

说完这句话，他便不再多说什么了，举步上前，伸出手开始给洛子夜诊脉。片刻后，他的手颤了颤：“王！洛子夜伤得很重，失血过多，加之大概还受了些心头的摧折，心脾大损。还有……她已经有求死的念头，所以能不能救活，属下并不知道！”

再高明的大夫，也很难救活求死的人。从她垂危的生命迹象来看，她好像是放弃了自己。这让闽越心里一点底都没有！这样的情况，根本都没必要救，她若没有求生的意志，他就算尽全力，也不可能救活。

他这话一出，坐在床榻边的摄政王殿下魔瞳微凛，他那张布满血迹、俊美无俦的面上，出现一瞬间的悲和自嘲。在路上，他背着她的时候，她还是有生命迹象的，可当他将要带着她脱困时，却骤然没有了。闽越甚至说，她有求死的念头，这意味着什么？

意味着她并不想再跟他牵扯在一起，意味着她不愿意被他救走，意味着她早已受够了他的强制压迫？

“王！”闽越看着他面上的血迹，还有那张在瞬间便苍白了的脸，忽然明白了对方心中所想，可并不知道应当说什么。

却见下一瞬，凤无俦似是想通了什么，猛然闭上眼，足足沉默了半晌，再一次睁眼，那一双魔瞳凝锁着床上的人。他依旧紧紧攥住她的手，逼迫自己一字一顿，几乎泣血地道：“洛子夜，孤答应你，只要你能活，孤就放开手，不再勉强你，不再压迫你，不再束缚你，不再逼你一定要靠近孤。只要你能活，孤答应你，不再……爱！”

如果他的爱，对于她而言是负担，甚至让她已经失去求生之念。

那么他答应她，从此后，不再爱。

她想走，他便让她走。她喜欢谁，他便放她跟谁在一起。他不再勉强，不再束缚，不再逼迫她，只要……只要她能活！

昏迷中，洛子夜在一条幽静的小路上，一直向着前方行走。一步一步，走出去的每一步都觉得很轻松，不再有欺骗背叛，不再有负累愧疚，似乎只要人死，就如灯灭，所有她不希望存在的东西，都将不复存在。

而，下一瞬，她忽然听见他的声音，那么分明。他说，只要她能活，他就放开她，不再爱。这骤然令她心头一慌，她想说出一句什么话，却嘶哑着喉咙说不出来，她知道他误解了，她想告诉他，她只是觉得对不起他，无颜面对他，不是他想的那样。

然而，她一句话都说不出来，这令她骤然在原地顿住！也令她意识到，她想对他说什么，都一定要活过来，要醒过来才能说！她一咬牙，回过身沿着自己走来的

路一直往回走。回头的路却不像来的时候那样轻松，一步一步走过去，都觉得刺在心头，那些欺骗、背叛、愧疚，如网般将她层层叠叠地束缚着。

她却还是坚持着，往回头的路上走。她努力告诉自己，洛子夜，你从来就不是一个懦夫！那些欺骗背弃你的人，还没有付出代价，而被你背弃伤害的人，你还没有赎罪补偿，你怎么能死？你怎么有脸死？

他说他不再爱吗？

如果她不去挽回，如果她这一次的愚蠢和任性，会让她付出永远失去他的代价，无论生或死，那痛苦都将永远伴随她，永世难安！她一定要回去！必须回去。

也就在这时，闽越骤然看见洛子夜的手轻轻地动了动，而她的眉头也微微蹙了蹙，找到了生气，多了几分求生的欲念。然而，这时候他并不敢高兴，因为洛子夜的这一点生命迹象，是王在说出从此放开她的手之后，才有的。

这是不是说明，她真的是因为不想跟王在一起，不想继续被压迫束缚，所以才会这样？

闽越的声音骤然嘶哑了几分："王！"洛子夜并没醒，但她已经有了求生欲望。可，王……他该怎么说，才能令王感受到哪怕一丁点安慰，他该怎么说，才能……

"不必说了！救她吧！"他沉眸，紧紧攥着洛子夜的手，一直到现在，不曾放开。如果她能醒来，也许这将是他此生最后一次这样握着她的手。因为他已经答应她，从此放开她，从此不再爱。如果这是她想要的，如果只有这样她才能活过来，那么……任何需要他承担的结果，他都能承担！

闽越轻轻地叹了一口气，便开始忙碌起来，救治洛子夜。

喂药，止血，处理伤口，凤无俦一直在床边陪着她，他握着她的手一直在颤抖，大手也拂过她的脸，一遍一遍描绘，想要记住她的容颜。或许，从此以后，她都已经不愿意再看见他。那么今日，会是他们此生所剩下的最亲密的时候。

一个多时辰的忙碌之后，闽越终于停了下来："王，能做的属下都做了，洛子夜也已经有了求生之念。属下给她喂了药，这药性虽然很猛，却是此刻唯一能救她的药。只要等上两个时辰，她能挺过来，就是活过来了！"

他这话一出，摄政王殿下颔首，接着便坐在她床边，不再动了。那画面仿佛定格，她闭着眼，处在昏迷之中，而他魔魅的瞳孔静静地凝锁着她，手也攥得死紧，将他自己所剩无几的真气透过相握的手，一点一点渡入她体内，盼望着能帮她渡过这一劫。

闽越的脸色却十分难看："王，您应当清楚，您此刻的身体已经超过了极限。

您继续这样下去，会死的！”

然而他这话出来，凤无俦却充耳不闻。

闽越看劝不动，看着他背上还插着的那几支箭羽，以及他不断流血的胳膊和肩头，打算先上去给他止血。然而还没靠近，便骤然被一道真力掀开，令闽越一个踉跄，险些摔倒。

看着自家主子看似沉寂却透着疯狂的眼神，他心里明白了，要是洛子夜不彻底脱险，王是没有心情接受治疗的。他转身往门外走去，背对着屋子，看着星空。夜凉如水，时间过得很慢，似乎是知道人心里的折磨，所以它行走得更慢，生生摧毁人的意志，折磨人心。

洛子夜也一直在昏迷中咬牙死死撑着。

很疼，浑身都疼，没有哪一处不疼，疼到人恨不得自己已经死去，但她一直死死撑着。她能感觉到有人一直握着她的手，传递热量到她体内，帮助她一点一点地缓解身体上的疼痛。那内息很熟悉，是他。

这令她仿佛抓到了一根浮木，更紧紧回握住他的手，攥着他，仿佛这样，就能让疼痛减轻一些，仿佛这样，她就觉得，不那么难熬了。当她身上猛烈的高热一点一点降下的时候，这屋子的地面上已经满是鲜血，都是从凤无俦身上流出来的，闽越在一旁看着，心里很清楚王早已经失血过多，洛子夜能活，王还不知道能不能活。

寒毒、内伤、失血过多，还有他肩头流出来的黑血。

又看了一会儿，他觉得很是糟心，便扭过头不再看！又是半个时辰过去，洛子夜面上的潮红已经彻底退了，人虽然还在昏迷中，但呼吸已经正常。闽越上去给她诊过脉后，松了一口气：“王！她已经挺过来了，最迟明天正午就能醒，只是她身上的伤可能还需要调养一段时间！”

所以，洛子夜没事了，王也应当可以安心接受自己的治疗了吧？

摄政王殿下点头，在原地坐着，沉默了一会儿没动。足足半晌，他忽然道：“闽越，想办法通知嬴烬，告诉他洛子夜在这里！”

闽越一哽：“王？！”

通知嬴烬过来，王这是真的打算退出了吗？是了。洛子夜唯一想要的东西，就是星光般璀璨的宝石，可那是嬴烬的心头好。王这样想，似乎也没什么不对。

而从太子跟嬴烬相识以来，嬴烬曾经算计太子，太子却主动提出要去保护那个人，从来没见太子对其他人这样好过。大概，在太子心里，嬴烬就是一个不同的存在吧！

他低头道：“是！只是王，您不会后悔吗？”

“孤已经答应她了！”他魔魅的声音很轻，似乎很疲惫。他已经答应她了，不再纠缠束缚，不再爱。

闽越绷着一张脸，皱着眉头，不知道下一句话应当如何说。

半晌，却听得他冷醇磁性的声音缓缓响起，他沉声道：“闽越，孤这一生，不信天，不信地，也从来不信命。可如果这一次失去她，是命里注定，孤认了！”

他的束缚，于她而言，是令她连生都不想的存在。他不认命，又能怎样？

他松开她的手，却在起身那一瞬，猛然晃动了一下，下一瞬，意识骤失，晕了过去。这并不在闽越的意料之外，他一直知道王到现在都没有晕倒，无非就是靠着那一点意志力，认为在洛子夜没醒来前，决计不能倒下的意志力支撑着。

洛子夜没事了，他要是还撑得住，才奇怪了。

这时候的闽越却出奇冷静，将自家主子扶到隔壁的屋子里，并道：“立即想办法通知嬴烬洛子夜在这里，但不要让其他人知道！好好防守，我为王疗伤时，任何人不得打扰！”

“是！”很快便有人出去找嬴烬了。

而洛子夜却感觉到，握着自己的手松开了。掌心的温度，变成了她自己一个人的温度，暗夜中她想伸出手，抓住那一瞬间骤失的温暖，却无论如何也无法抓到。她很着急，额头渐渐出了汗，心头也更加焦躁。

最终，她像是一条鱼掉入了一潭死水，慢慢地陷入了无边无际的黑暗里，是他走了吗？是他不要她了吗？而这一瞬她的意志更加坚定，她一定要醒过来。就算他真的生气了，不要她了，她也会缠着他的，哪怕他嫌她烦……

良久之后……

当她的手再一次被人握住……温热的气息传入她掌心时，同样是温软的气息，传输内息到她体内，她却很快意识到，这并不是他！

他的气息从来霸道浓烈，即便握着她，也是充满控制欲，握得很紧。而非这般，带着几分温柔的味道，甚至于小心翼翼，生怕伤到她一般。

这意识很浅，她只是呆愣了一瞬，很快又陷入了黑暗之中。

而屋内，嬴烬手中的剑还沾着血，早已被他随手丢在一边，他那双邪魅的桃花眼中，带着滔天的怒意，看着静静躺在床上的人。倘若凤无俦晚一步找到她，她是不是就真的死了？而他呢？他嬴烬……不，他冥吟啸，也是一国君王，却差点什么都做不了，甚至差点被轩苍墨尘拦截在路上，连最后帮她拦住龙傲翟的追兵都险些没帮上！

他一张脸阴沉得厉害，靡艳的声音也带着狠绝的味道：“青城，传信回京城！

调兵七十万，倾举国之兵，我要他们为此付出代价！”

“公子……”武青城一怔。所以，他眼前这个已经逃避了三年，不论发生任何事，都不肯再踏进自己国土一步的人，是要为了洛子夜，重新回凤溟掌权了吗？

武青城低头：“是！”

他转身出门，面上表情复杂。冥吟啸，在他心里，洛子夜就真的这么重要？她受伤了，他就决定直面从前那些过往，选择重掌凤溟王的权。而他武青城，是应该高兴他终于振作，还是应该嫉妒洛子夜，对他能有这样的影响力？

他出去之后，这屋内便只剩下昏迷中的洛子夜和面色难看的嬴烬。他的眼神从她身上一点一点地扫过，但凡他眼睛能看见的地方，她皮肉上全是青紫色的伤痕，被刺透的大腿纵然已经包扎好，但满是鲜血的红衣已经变成暗黑色。

他面色越发哀恸，抓住她的手置于自己颊边，心中懊悔。如果他没放弃握在掌中的权势，选择一无所有地待在天曜，那么是不是她就不会变成这样？若是那样，他就会有更多的力量来保护她。然而因为他的怯懦，因为他一再避世，以为退出这天下大局，便是心中桃源，可最终呢？

他们伤了她，那些人伤了她。而他险些什么都做不了，还要看着她努力地从死亡线上爬回来！这件事，错的何止轩苍墨尘，何止龙傲翟等人，还有他冥吟啸。

他邪魅的桃花眼盯着她，握着她的手，已做了此生最重要的决定：“小夜儿，人间是炼狱。他们拉你入地狱，那我就在地狱里陪你。红尘有劫，我陪你渡。血火刀锋，我陪你闯。相信……朕，冥吟啸，不会再让你受到任何伤害！除非——朕死！”

他以帝王的身份，向她许诺。从此以后，他将以一方霸主的身份来保护她。

嬴烬，这一日已死，活着的，只是冥吟啸！

“阎烈大人！”门外的人看着阎烈浑身是血地回来，都愣了愣。

阎烈的脸色很是难看，在知道王又回去闯了一次皇宫，他就知道眼下王的落脚点一定在此地。果然，他没料错，大步进了院中，王骑护卫的人，很快行了礼。

神机营的人也点了点头。阎烈此刻对洛子夜满是怨恨，没心思搭理他们，大步往王骑护卫这边走来：“王呢？”

门外的人回话：“闽越大人正在为王疗伤，不知道什么时候才能出来，已经进去一个时辰了！闽越大人吩咐了，任何人不能进去打扰！”

“嗯！”阎烈应了一声，走到门槛处坐下。

武青城正放出信鸽，传出调兵的命令。回眸之间，便看见颓然坐在门口的阎烈：“发生什么事了？”

阎烈却并不打算搭理他，王和嬴烬向来不和，自己和青城也不和，他恶声恶气地回了一句：“管好你们自己的事，我们的事情不必你们操心！”

青城冷笑了一声，进了屋。

然而，刚刚回身，便听见嬴烬的那一句话，他眸色骤然一黯，在门口沉默了几秒，才举步走了进去。他刚刚进屋，床榻上的洛子夜眉梢就动了动，睫毛也微微颤了颤。

嬴烬……不，冥吟啸一愣，旋即飞快将她抱起来，让她靠在自己怀中，修长的手探上她的额头，她的额头并没有发热。

洛子夜浑身都很疼，按闽越的推断，她该早上才醒，却是因着意志力强撑，这时便已经醒来！

她睁开眼，看着面前的景象。

她处在一间茅草房内，身下是一张草席铺成的床。脑子有几分眩晕，她闭上眼让身体缓冲了几秒，旋即，潮水般的记忆一点一点地往她脑中涌来。晕倒之前发生的事，历历在目，一点一点地在她眼前浮现，洛小七、龙傲翟、轩苍墨尘，还有……

还有他！

她猛然睁开眼，回头看了一眼自己身侧的人。是嬴烬！她激动地问道：“嬴烬，他呢？他……他呢？”

她眼睛瞪得很大，盯着嬴烬。她记得那时候凤无俦受了很重的伤，她看见箭羽插在他的肩头，看见有人拿刀砍在他胳膊上，看见……她脑中又是一晃，因为情绪太激动，险些再一次晕过去。

嬴烬赶紧扶着她，她醒来之后，没问她自己的伤怎么样，没问其他人怎么样，唯独问他，只问凤无俦，仿佛其他人在她眼中都无关紧要，唯独凤无俦一个人是重要的！

这令他心头一沉，却又很快平静下来，果决地开口道：“他就在隔壁，闽越正在为他疗伤。你要去吗？”她想见凤无俦，他就帮她去见。她想知道凤无俦在哪里，他就告诉她。

洛子夜点头：“要去！”说完这话，她便翻身打算下床。

嬴烬立即扶住她，让她靠在他身上，亦步亦趋地往外走去。每走一步，跟刀子割在他心上无异。然而，这是她的选择，也是他的成全！

跨出门，天色将明未明。

见洛子夜走出来，神机营的人都眼前一亮！阎烈猛然抬起头，旋即，脸上浮现出凶光，面色不善地盯着洛子夜，冷声道："洛子夜，你又想干什么？"

洛子夜脸色苍白，盯着阎烈，鼓起勇气，抬眸道："我想知道他怎么样了，他……"

她话没说完，很快被阎烈打断，他切齿地道："洛子夜，你还有脸问他怎么样了？从你们相识到如今，他为你付出多少、退让多少？他重视我们这些兄弟拿命换来的天子令，却为了你，拿着那东西交给洛肃封，换你活命；他不喜欢征战，却因为你的一句话，旌旗蔽日，去抢一块你口中璀璨如星光的圣晶石；他知道你早就对闽越说，你对他不曾有爱，就连喜欢都不曾，却还是待你如初；他放弃唯一能解开寒毒的机会，只为了守你一个诺；他明知九死一生，在因你而失去所有，甚至明知你想毒杀他之后，还孤身一人为你闯皇宫，险些身死命殒。可是洛子夜，你呢？你对他做了什么？！"

这些话，令洛子夜在一瞬间便面色惨白。她盯着阎烈，颤抖着说不出一句话："我……"

阎烈冷笑："洛子夜，说不出话了吧？为了你自己也好，为了王也好，请你不要再来打扰王、打扰我们摄政王府了。我们供养不起你这尊大佛！还有你的那个什么生辰礼物，你一定很想知道，你用它毒死王没有？我告诉你！没有！洛子夜，我告诉你，不管王怎么想，从此以后，我们摄政王府的人、我阎烈，都不会再相信你一句话！"

他句句锋利，洛子夜的脸色更难看了几分。冥吟啸骤然一怒，靡艳的声音带着几分阴沉的味道："阎烈！这话就算是说，也应该由凤无俦来说！如果你继续出言不逊，我就不客气了！"

阎烈冷笑了一声，挑衅地开口道："好啊！我倒要看看你是怎么个不客气，来啊！你杀了我好了。反正我们王骑护卫的弟兄已经快被洛子夜给害死了。我下去陪兄弟们，也不会孤单！"

他们王骑护卫多年来肝胆相照，情同手足。可因为洛子夜，那么多人陷入了千里峰，都在他国重兵的包围之中，他岂能不怒？而这一切，全是因为洛子夜！

她面色苍白，看着阎烈道："我知道你们厌恶我，我也知道现在的一切都是我造成的。不管你相不相信，我从来就没想过要杀他，蛋糕里的毒是轩苍墨尘下的，不是我。若你一定要觉得是我，至少目前，我没办法为自己正名。那么，我也不多说，我只想……我只想知道，他怎么样了？"

阎烈冷笑一声，刚想说话……

门骤然打开！闽越铁青着一张脸走了出来："吵什么？不知道我正在为王诊治

吗？阎烈，我们的弟兄们都困在千里峰是怎么回事？你不是去跟肖青、肖班会合，通知他们了吗？”

说着这话，他也很快看见了阎烈一身的血迹和伤痕。他这话一出，阎烈的脸色已经沉了下来。

他抹了一把面上的血迹，开口道：“轩苍墨尘算无遗策，早就料到了我们会去通知自己的人，眼下所有能去蛮荒的路，全被堵死了。重兵之下，根本没办法闯过！”

所以，他不仅没能闯过去，还受伤回来了。

而他这话一出，闽越的心情也很快沉了下来。王骑护卫对他们来说，意味着什么？不仅仅是意味着王手中最大的一股力量，意味着摄政王府独步天下的最大筹码，也意味着他们几万的兄弟，不是手足，却比手足更加亲密无间！

阎烈又很快继续道：“他们这时候已经应了王令的召唤，去千里峰了！千里峰上会有什么，我们都很清楚！”

若是轩苍墨尘够狠，在里头埋下了火药，那他们就完了！全完了！所以，阎烈的心情非常恶劣。

洛子夜脸色越发浮白，千里峰上有什么，阎烈和闽越清楚，她心里也清楚！她刚想说什么，却猛然一晃，头痛欲裂，亏得堪堪抓住了冥吟啸的胳膊，才没有摔倒。

然而这一幕落进闽越眼里，看着她攥着冥吟啸的胳膊的手，他眸中掠过不悦情绪，忽然长长叹了一口气。他到底比阎烈要大上一些，性子也成熟几分：“太子，你和王之间的事，我们这些做下属的不好过问。王的身体，能做的我都已经做了，能不能挺过来，这要看天命！他体内内息乱窜，已经走火入魔，任何人都不宜进去打搅他。你的身体也并不好，你还是先休息，等王醒来之后，你们之间的事情，可以再慢慢处理！”

他也很生气，他也很讨厌洛子夜，比阎烈对洛子夜的厌恶更甚。但王都不在乎，他们还在乎什么？到底要怎样，还是让王对洛子夜说吧，他们还是不要越俎代庖了！

话说到这地步，已经是他们能给洛子夜最好的态度，这个洛子夜自然清楚。下一瞬她的腿骤然一软，踉跄之下，头一轻，眼前一黑，再一次失去了意识。

冥吟啸很快扶住她，闽越开口：“嬴烬……或者，我应该称呼你凤溟的皇帝陛下？事实上，你对她的在乎并不比王少，这是王将她交给你的原因。她现在身体很不好，尤其那腿已经被利器刺穿，伤及筋骨。至少三天之内，你不应该让她再下床了，否则她的腿一定会废掉！这其中的轻重，想必你明白。至于王的身体，自然有我们照料，她并没有操心的必要，也帮不上什么忙！”

他说完这话，冥吟啸只冷声道：“闽越，你比阎烈有脑子。你说的话，或者才是凤无俦真正想让你们说的，只是，阎烈……如果下一次你再用这种话刺伤她，即便她拉着我，我也不会放过你！”

他心中的人，就算做错了又怎么样？自有他宠着、纵着，还轮不上他阎烈指手画脚。凤无俦作为当事人都没说什么，其他人又有什么资格？

阎烈听着这话，却冷笑了一声：“冥吟啸，我只希望哪天你也被洛子夜害成这样，昏迷之前你能警告青城，不要学我这样对洛子夜说话！”

他这话一出，冥吟啸嗤笑了一声：“但愿凤无俦醒来，知道你对小夜儿说了什么，不会气得对你动手！”

说完这话，他也没再多看他们，直接抱着洛子夜回了她的屋子。

阎烈动了怒气，但终究没有说什么，待到他们都消失在视线内，阎烈才看了闽越一眼，开口问道：“你的态度忽然变了……是因为，王？”

闽越心头思绪很重，似是而非地道：“阎烈，或许错的不是王，也不是洛子夜，他们一个愿打，一个愿挨。错的是我们，错在我们不懂王的执着！”

他们的确不懂，不懂王的执着，也不懂王的爱情。

那种毁天灭地，哪怕被她负尽，也要为她负尽天下人的执着。王就是这样一个人，不论什么，跟一般人都是不同的。做什么，他都要做到最好，不容僭越。哪怕爱上一个人，也像生怕那深情执着输给任何一个人，偏偏也要到第一，哪怕已经心头是血，哪怕已被片片凌迟。

他这话一出，阎烈也不说话了，他脑海里忽然闪过一个人的脸，会明媚地笑，会压抑地哭，也有不甘的倔强，不会因为自己的家族倾覆一蹶不振，甚至一直在努力让自己完美。那个女子，其实也和洛子夜一样，是个不识好歹的人！

他默不敢言，就连表白都不敢，怕吓到那女人，只默默对她好，她却对上官冰说，姐妹如手足，男人如衣服，反正她不喜欢，上官冰要是喜欢，直接追求就好了。

可他纵然很生气，心里能放下那个女人吗？眼里看得进去其他的女人吗？

和王一样，他不能。

他手中抱剑，靠在门沿上一声不吭。闽越看他没了再多说的兴致，也只好勉强认为，自己这算是说服他了。他看了一眼自己手下的人，递给他们一张药方：“煎药，给洛子夜送过去！”

“是！”下人们立即下去煎药。

阎烈抬眼，看了一眼闽越。闽越道：“安神的药，对洛子夜的恢复有好处，也能让她安稳地躺过三天！若是她变成一个瘸子，王会质疑我的医术！”

说完这话，他很快回了房间。

阎烈也很快跟了进去，此刻床榻上的人一身是血，墨色的长袍都被黑血浸泡着，令人不能想象为何有人能流出这么多血，却还没有死去。

他那张俊美到神魔震颤的容颜，此刻也极为惨白，却仿佛世间一切都不能将他击垮。

阎烈和闽越对视了一眼，不禁在心中想……

也许，只要王醒过来，王骑护卫就不会有事的，对吧？毕竟，王从来都是旁人不能撼动的存在。

昏暗的天色很快大明，太阳却被天上的云层遮着，没能将阳光照进来，令人不敢以为这就是天明。而床榻之上躺着的人，在昏迷了三个多时辰之后，指尖终于微微动了动。这令阎烈和闽越顿时一喜！真的不是他们咒自己的主子，他们真的差一点就以为王不可能醒过来了。毕竟这样的重伤，这天底下，从来就没听说谁能挺过来的！

下一瞬，当那人霸凛的魔瞳睁开，只是一瞬，便精芒绽开。

他几乎不需要太多时间来调整自己的思绪，也不需要人来扶，便很快坐了起来。内伤依旧很重，身子也因为失血过多，他自己都能感受到体质很虚，似很绵软，仿佛下一瞬就要倒下。可他很清楚，他不能倒下，至少眼下不能！

“王！”阎烈上前一步，想说什么。

可话到了喉咙口，却没说。他们的人已经被人骗去千里峰，正被他国的重兵包围，眼下王重伤未愈，自己要是说了，王肯定直接便起身去千里峰了。可王的身体……根本不能再应敌了。

凤无俦的眼神在落到他身上那一刻，便很快凝住。他闭上眼，魔魅冷醇的声音缓缓问道：“他们被困了？”

阎烈抽气，却选择了沉默。

然而，在摄政王殿下看见他的那一秒，就已经猜到王骑护卫的人被困。看阎烈不说话，他嘴角淡扬：“孤死之前，轩苍墨尘不会杀他们的，轩苍墨尘会等着孤上钩，去救他们，然后，一网打尽！”

阎烈看向凤无俦：“王……”

他只说出一个字，便骤然被凤无俦打断，他嗤笑了一声，那笑不知是苦笑还是自嘲，沉声道：“从孤知道你去找肖班会合的那一刻，孤就很清楚，轩苍墨尘或许会在路上埋伏。只是……”

所以，那时候他曾打算亲自去蛮荒。因为他清楚若有埋伏，凭阎烈一己之力不可能闯得过去！

然而，听说洛子夜出事，他理智全无，没有半分思考的余地，心头的潜意识就替他做了选择。所以，他凤无俦，第二次为了她，背弃了自己的兄弟。第一次，是因为天子令。第二次，是今日这一次！几乎是放任他们陷入死局！

话说到这里，他已起身下床。

阎烈和闽越原打算说句话劝他此刻不要动，然而，他们还没来得及开口，凤无俦威重的目光就放到了他们身上，他嘴角淡扬：“王骑护卫的人，孤会将他们救出来的！轩苍墨尘的目标是孤，不是他们。即便这是死局，也应当是孤一个人的死局！孤不能让他们死，也不会让他们死！我们走吧！”

这话一出，他很快举步，往门外走去！

阎烈和闽越苦笑了一声，他们清楚，王的话说得很轻松，但王心里肯定很难受。他们决计相信，王宁可自己死，也不愿意背弃他们王骑护卫的那么多兄弟。天子令王交出去了，尚可以抢回来，但是这一次，他们这些兄弟都陷入死局，王心里的煎熬一定是他们的千万倍！

但，王，毕竟是王。

他们相信，只要王去了，他们的兄弟就不会有事。

当凤无俦跨出门那一瞬，冥吟啸也正好从洛子夜的屋子里出来。他看了一眼凤无俦：“你要走？”

在看见情敌那一秒，凤无俦的心头自是不豫的，然而他也并未表露出什么，只沉声道：“是！嬴烬，照顾好她！孤相信……她是愿意被你照顾的！”

因为，她心中唯一想要的，就是嬴烬的心头之好。

冥吟啸看了一眼他身后的阎烈和闽越，又问了一句：“凤无俦，你还打算回来吗？”

这个问题，摄政王殿下并没回他。凤无俦忽然敛下魔瞳，大步从他身侧走过，魔魅的声音缓沉道：“嬴烬，如果她醒了，告诉她，孤已经死了！”

他这话一出，便已经从冥吟啸面前走过。

冥吟啸眸色一凉，偏头看着他的背影，眸中已经有了怒焰：“你确定？”当凤无俦派人通知自己来这里的时候，他就觉得很奇怪，印象里的情敌，可从来没有这么大方的时候。

眼下看对方醒来竟要走，他才意识到，问题也许比他想象的严重许多。

他这话一出，已经从他身侧经过的人，脚步兀地一顿，站在原地。

摄政王殿下缓缓闭上眼："嬴烬，或者，孤还是应该叫你冥吟啸？你听着，此事，孤确定！她醒来之后，若她不问，你也不必再在她面前提起孤的名字！"

他这话一出，嬴烬的脸色霎时难看起来："凤无俦，虽然我并不知道你和小夜儿之间到底发生了什么事，只能隐约猜出一个大概，然而，就只是因为这些，你就要放弃她吗？"

冥吟啸那双邪魅的桃花眼中透着难掩的凶光！他纵然喜欢情敌退出的态度，可事情不该是在这种情况下发生。在小夜儿满脑子只有凤无俦的时候，凤无俦却让自己转告她，他已经死了？

或许这一次小夜儿真的做了很过分的事，但那又怎样？便是一个解释的机会都不给，一个挽回的余地都不留下吗？

他这话一出，凤无俦的眉头已经蹙了起来，无边的怒焰，已冲上头顶，那是灭顶的愤怒。

然而，他还并未说话，冥吟啸又道："凤无俦，你看得到眼前的事，看得到你的判断，看得到她对你的伤害，可你心里就没有一点点相信过她对你是真心的吗？"

说出这话的时候，冥吟啸心情忽然很沉重，却又觉得很轻松，那是煎熬的感觉。他一点都不想对凤无俦说出这样的话，他应该希望凤无俦马上离开，可是他更清楚，要是对方真的走了，小夜儿醒了之后，会难过，很难过。

他话音一落，摄政王殿下心头的怒火已然到了极致！他沉眸，回头看向冥吟啸，猛然伸手揪住了对方的衣领，魔魅的声音一字一顿地道："冥吟啸，你以为孤不想相信她？你以为孤不想守着她，等着她醒来，告诉她，只要她承认一切都是误会，孤解释都可以不要一句，就能当什么都没发生过？你以为孤不想，即便她是欺骗，即便她心里的人是你，只要她愿意继续骗孤，哪怕被她骗一生，孤也甘愿？"

也只有天知道，以他的性格，在知道那圣晶石是她想为冥吟啸寻来的时候，他有多想撕了冥吟啸！也只有天知道，在醒来那一刻，他想到的第一件事……是能不能存着一丝侥幸，盼望她在昏迷中，并没听见他说放开手的话，盼望她的醒来，不过是巧合，然后他可以反悔！可以……当自己从没说过那句话。即使卑劣又怎样？

然而此刻，这些，他都只能忍。

他这话一出，冥吟啸也是一怔，盯了一眼他扯着自己胸口的手，缓缓使力，将自己的衣襟挣脱开来！这时候凤无俦身受重伤，想从他手中夺回自己的襟口，并不必花费太大的力气。而冥吟啸也终于冷静下来。

须臾之间，他明白了对方的意思：“你要去千里峰？”

他怎么忘了，王骑护卫的人被困在千里峰。凤无俦醒来，也确定了小夜儿无事，那么他不可能不管那些人的，眼下的事情，只有一个解释，那就是自己面前这个人不想连累小夜儿。不必想也知道千里峰的情况有多紧急，重兵将王骑护卫的人围住，这都不算什么，就怕，还有火药埋伏。

而轩苍墨尘那样事必算计到极致的人，准备火药的概率很大！凤无俦要是真的去，无异于送死。可冥吟啸也清楚，若自己处在凤无俦的位置上，即便明知道前方是一条死路，他也会去闯！

他这般一问，摄政王殿下也冷静下来，魔瞳凝锁着情敌，魔魅冷醇的声音缓沉地道：“是！冥吟啸，前方是一条死路，这条路只能孤一个人去走！她醒来之后，你唯有告诉她，孤已经死了，她才不会跟着孤去找死，你明白吗？”

这时候，他倒是怕。

怕她对他真的是有一丝真心的，若当真有，知道他陷入死局，还是因为她，她一定会不管不顾，陪着他去闯鬼门关。然而……他不能让她陪他去死。地狱有磨难，他一个人去闯就足够。她好好地待在人间，就好！

他这话一出，也不再等冥吟啸回话，转身便大步离开，背影威重而高高在上。那是凤无俦，生与死，都永远傲慢的王者。哪怕他即将要走的是一条死路，那路上的危险欲将人吞噬，他也并无丝毫在意，似乎能决定他生死的，从来只是他自己，不会是旁人。

冥吟啸看着他离开的背影，骤然不能言语。

凤无俦说得不错，眼下去千里峰就是去找死。莫说小夜儿身受重伤了，就是她这时候身上没有伤，跟着一起去千里峰，活着回来的概率也太小。千里峰是一片幽谷，能将人困死在里头，只要守住门，便是一夫当关万夫莫开。而偏偏这时候，凤无俦也伤重，而对手很厉害。

他顿了片刻，看着那人已走到栅栏之外的背影，开口道：“凤无俦，如果……你能活着回来呢？”

如果，他能活着回来，是会回到小夜儿身边，还是就此放弃？

前方的人闻言，脚步顿了片刻，旋即，他冷醇磁性的声音缓缓地道：“如果孤能活着回来，如果那时候她在找孤，孤会回来的！”

说完这话，他大步而去。

冥吟啸沉眸，凤无俦的意思，是只要他能活着回来，而小夜儿还想跟他在一起，他会回头。那他应当怎么对小夜儿说？真的告诉她，凤无俦已经死了？若他再

卑鄙一点，让小夜儿相信凤无俦死了，她或许真的会放弃找那个人。

或许会到自己身边来。

那样，即便凤无俦能闯过这一关，即便他还活着，看见他们在一起，他也不会再回头了吧？可这样的事，他做得出来吗？他的确盼望自己卑鄙一点，再卑鄙一点，然而，只要想象一下，在知道凤无俦死了之后，她会有多崩溃，他便能明白，这样的话他说不出口！

凤无俦已经走远，只余下一个背影。

冥吟啸苦笑出声，凤无俦真的给他出了一个难题。至少，他是不能告诉小夜儿，凤无俦去了千里峰的，那样的死路，他不会让她去闯。那么……

武青城眸色微凉："公子，照着凤无俦的话说是最好的，对洛子夜好，对你也好！凤无俦也算是求仁得仁，只要你说他死了，洛子夜不会为他去闯鬼门关，属下认为这并不需犹豫！"

冥吟啸往屋内走去，看着躺在床上的洛子夜，这时候她的眉头仍然紧紧地皱着。他看了她一会儿，靡艳的声音缓缓地道："青城，你看她的样子，想想她方才醒来的时候，眼中谁也没有，即便阎烈说那样的话刺伤她，她也一定要知道凤无俦生死的执着。你觉得，若是我告诉她凤无俦死了，她还能活吗？"

青城闻言，猛然一怔："那……公子，等她醒来，你打算怎么说？"

这个问题，冥吟啸并没回答。半晌，他忽然苦笑了一声："若是可以，我真的希望在这里陪着她的是凤无俦，去替凤无俦闯那死劫的人，是我！"

可，不能。

王骑护卫不会听他的，而即便从凤溟调兵过来，没有十天也是赶不到的，遑论还要准备粮草。

武青城闻言，眸色微黯，却到底没多说什么，只冷声道："公子，我已经催促了令狐将军他们快一点过来，若是他们赶得及，也许我们能帮上凤无俦的忙！"

只是，到那时候，怕事情都已经了结了。

而此刻，三十里之外。

郊外的一块巨石之上，轩苍墨尘正静静坐着，调养内息。他的武功纵然足以独步天下，但比起掌握着上古神功的嬴烬，还是远远不及，加上上一次在千浪屿受了杖刑之后，落下了病根，跟嬴烬交战没多久，就显露了败象。

此刻，他胳膊上的伤已经包扎好了，只剩下内伤还没调息过来。

约莫半个时辰之后，轩苍墨尘睁开眼，那双温润的眸子平静得如同一潭宁静的湖水。没有杀了嬴烬，对方决计会让他轩苍因此而付出代价，他调息完毕，第一句话便是："想办法找到嬴烬，不惜一切代价杀了他！"

墨子渊立即点头："是！"

接着，墨子渊又道："那边有人传信过来，说凤无俦带着洛子夜跑了。龙傲翟没能拦住他们，被嬴烬绊住了手脚，后来又跟上官御他们缠斗，龙傲翟大概是因为洛子夜，不好杀上官御，束手束脚，眼下嬴烬也是不知下落！而龙傲翟的人正在满京城地找。不知道是否能找到！"

对于凤无俦，轩苍墨尘却并不担心："凤无俦死了便死了，他若是没死，便一定会去千里峰。按照原计划行事足矣！"

"是！"墨子渊应了一声，"千里峰上埋了那么多火药，就算他凤无俦有滔天的能耐，应当也是有去无回！尤其他还受了那么重的伤……"

轩苍墨尘却并不如他乐观："不可大意。凤无俦的能耐不容小觑，让所有人都给朕打起十二分精神，尽全力击杀！"

墨子渊容色一肃："是！"

话刚说完，便见不远处一双血瞳晶亮闪过。龙傲翟过来了！他的脸色很不好看，盯着轩苍墨尘的眼神也有几分凶残。轩苍墨尘一怔，扬眉看向他："怎么了？"

龙傲翟看了他一眼，冷声道："轩苍墨尘，是你让我将她送入皇宫的，但是她差点死了，你知道吗？我看见她的时候，她浑身是血，气息微弱，我看着她一口一口血吐出来，后来在凤无俦背上，无声无息地被他背着离开。她……"

他不敢想，她那时候只是晕了过去，还是真的已经死了。

可这件事情是他们一起做的，他也是主谋之一，他没有资格责怪轩苍墨尘什么。

轩苍墨尘也是一愣："你说什么？"

他算计大局，算计人心，算计人性，从来没有出过什么偏差。他心中确信，任何一个人处在洛肃封的位置，即便再不喜欢自己这个儿子，也完全没有要伤洛子夜的理由。那么，为什么……

他这反应一出，龙傲翟看着轩苍墨尘："你从一开始，想过会有这种可能吗？"

轩苍墨尘呼吸沉重，那双温润的眼眸静静盯着对方："按理说，不应该有这种可能！"

他想到的，最多也不过就是洛肃封对洛子夜有些怨气，让她受点皮肉之苦罢

了，万万没想过，会伤及她的性命！

龙傲翟听到这里，也不再说什么了，在他身侧的巨石上坐下，将脸埋于双掌之中，冰冷的声音，似在问轩苍墨尘，也似在问他自己："我们到底做了什么？"

他们到底做了什么？口口声声都在说喜欢洛子夜，甚至凤无俦还没死，他们就已经要为洛子夜最终属于谁而险些吵起来。可最终呢？他们差点害死她，或许已经害死她了。

龙傲翟这话一出，轩苍墨尘的面上依旧看不出什么情绪，然而，他宽大袖袍下颤抖的手出卖了他的情绪！他脑海中一遍一遍掠过她的脸，或怒或笑，或沉默或张扬，还有在国寺的时候，她蹲坐在自己身边，那双漂亮含笑、避世又不染凡尘的眼睛。

他们做了什么？

逼她入世，又将她逼上绝路。她真的死了吗？或许……或许，她并没有死，只是……只是晕过去了呢？他从来清明的脑子，在这一瞬间混乱不堪。他回眸看了一眼墨子渊："传朕的命令，去找她！一定要找到她，不管是生是死，朕都要知道她的消息！"

"是！"墨子渊很快回身而去。

若是洛子夜真的死了，大概就跟要了陛下的命一样吧。不，或许比之更甚。

墨子渊带人离开之后，空旷的郊外，只剩下轩苍墨尘和龙傲翟两人。夜风吹过，龙傲翟冰冷磁性的声音缓缓地道："是你害她，是我逼她，是洛小七骗她。若你不这么设计，她不会落入皇宫，被人伤成那样……你不知道，御书房里，地上全是血，全是她的血。若我不逼凤无俦跪下，也不会气得她吐出心头血，彻底无声无息。若洛小七不曾有欺骗……"

说到这里，他忽然不说了，低低地苦笑出声。半晌后，他长长叹了一口气："轩苍墨尘，你说，我们这么做，值得吗？如果她真的死了，你、我、洛小七，我们都会原谅自己吗？"

他这话说完，轩苍墨尘原本平静的面色也终于维系不住，一瞬间变得惨白。

不错，若是她真的死了，他一生都不可能原谅自己；若是她真的死了，那就是死在他的算计，死在他的自私自利里；若是她真的死了……他不敢想，他会怎么样，他会不会气得杀了自己。然而下一瞬，他绷紧了表情，温声道："她不会死的。"

这一句话说完，他不知是为了说服龙傲翟，还是为了说服他自己，很快，他又重复了一遍："她不会死的，龙傲翟，她不会死的。凤无俦不会让她死的！"

说着这话，他的手紧握成拳。

凤无俦，他一心想要除掉的人，此刻他却要把他心爱之人活着的希望全部寄托在那个人身上，这是多讽刺的一件事。他不知道此刻该说自己可笑还是卑劣，却觉得心口那么疼，即便在千浪屿的杖刑之下，濒死的时候，心里也没这么疼过。

这让他几乎受不住，捂着自己的胸口坐了下来，和龙傲翟坐在不一样的位置，却一样颓废。

龙傲翟也苦笑了一声："我也希望她不会死，否则，轩苍墨尘，我永远不会原谅我自己。永远不会原谅我为了所谓的墨氏大统，将她逼入绝境。也永远不会原谅我自己，为了可笑的骄傲，将她向死亡又推进了一步！"

墨氏到底是什么？是生他养他的地方。然而，他龙傲翟作为墨氏的皇太子，从懂事之后，便成为古都最神秘的人，不再让他跟过多的外人接触，那神秘的理由……不过是为了让他来做成这一件事情，掩盖自己的身份，除掉凤无俦。他身上背负的是墨氏的尊严和骄傲。同时，他要活下去！

墨子耀的人生，只有两条路。第一，将凤无俦推下神坛，然后，他墨子耀成为古都的王，坐上至高的皇位。

第二，死。

就那般神秘地存在着，神秘地死亡，如同从未在世人眼前出现过一样。他的父皇，并不需要无能的皇子，更不需要无能的太子。他犹记得当初父皇的话："墨子耀，你只有两条路，要么为王，要么下地狱！这是三的必经之路，走不走得过，全看你自己！"

他要活。甚至，若他无法完成父皇交给他的任务，他的母后也会被连累，被秘密处死。这是父皇当日亲口说出的威胁，就是为了逼他全力做这件事，他没的选择！可到这一刻，他忽然开始质疑自己。他为什么没有早早地反抗，为什么没有早早地把自己人生的主动权拿在自己手里？却沿着父皇给他准备好的路，听话地一步一步走过来。

因为他一直在告诉自己，他是墨氏的子孙，是墨氏的皇太子。

然而……

到如今，他忽然发现自己这样可笑。他真的有那么在乎墨氏，真的有那么在乎这天下到底姓什么吗？他不知道。他眼下能知道的，只是他很后悔。他应该早一点挣脱自己的宿命，早一点意识到将他当成工具的墨氏对他而言，其实根本无关紧要，早一点救出母后，就不会……就不会走到如今这一步！

他到现在才后悔，到洛子夜真正出事之后才后悔。可是晚了，晚了！

轩苍墨尘听完他的话，同样苦笑出声："我曾经想过，只要这一计成了，哪怕她恨我，我也有办法让她安安分分做我的皇后，可是……"

可是如今，她可能已经死了。

这让他也意识到，他自己的心恐怕远没有他自己想象的那般冷硬。是啊，所有的打算，都是在她不会有事的前提下，哪怕她伤心、难过，但时间是最美妙的东西，终究会将那些不好的情绪都带走，尽数带走。可他没想过，他的算计，会将她也带走。

他这话一出，龙傲翟也冷笑出声："我何曾没想过，要她做古都的王后，做天下的王后？"

他们说着这话，竟不约而同感到喉头腥甜。然而，龙傲翟到底身子好一些，将其咽下，铁青着一张脸，咬着牙，不愿意再多说一句。轩苍墨尘却骤然脸色微变，猛然咳嗽了几声，伸手捂住唇，却是一手的血。

世上不会有任何割在身上的伤，比凌迟在心的伤更痛。

轩苍墨尘垂眸，盯着自己掌心的血，似乎在笑，可那又不像是笑："或许这是报应！"

对，是报应！他们每个人都做着美梦，做着除掉了自己的眼中钉，就能抱得美人归，跟心爱的女人一生一世、携手问鼎天下的美梦。这梦原本就很虚幻，而到此刻更是干脆支离破碎，仿佛人生就此灰白，再看不到其他的色彩。

这就是报应！

龙傲翟没说话，闭上眼默认了这个说法。良久之后，他开口道："嬴烬走的时候，上官御缠着我，我怕伤了他让她更恨我，所以……让嬴烬也跑了。至于上官御抓住了，他受了一点轻伤。神机营也有两千多人被我们抓获。不管她是不是还活着，我打算放了他们！哪怕放了那些人最终会成为隐患，我也要放。轩苍墨尘，不论她是生是死，此生我也无法再做任何伤害她的事。凤无俦已经从神坛跌落，我的任务完成了，其余的，我不打算再管了！"

从来冷傲的男人，从来骄傲的男人，忽然说出这么颓废的话，这令轩苍墨尘都有几分惊讶。他凝眸盯着龙傲翟："那墨氏呢？你以后呢？"

"我会回古都，我会找到她的消息。如果能找到，如果她还活着，下半生我会尽我所能去补偿。如果她死了，如果找不到她的消息，天下将不再有龙傲翟，也不再有墨子燿！"说完这话，他起身大步离去。他甚至不记得自己是怎样对她动心的，也忘了到底是什么时候陷入她笑靥明媚却臭不要脸的举止行为之中的，却在发现动心的时候，便已经发现自己不能抽身。如今，她也许已经死了，是被他害死的，他几乎无颜再面对自己。

若她真的死了，如果他找不到她的消息，他会从此从天下之战中退隐，去找她。

哪怕只能找到埋葬她的地方。

看他大步离去，轩苍墨尘眸色微深。龙傲翟，不……墨子燿，如今是墨氏复兴唯一的希望，如果洛子夜真的死了，那等于是毁了墨子燿，也毁了整个墨氏。洛子夜若是死了，墨氏就此一蹶不振，这对于他轩苍墨尘来说，当然是好的，可这一刻，他那么不希望她死……哪怕，他还要跟墨子燿对峙，再花个几年去盘算。

龙傲翟走后，这里就只剩下轩苍墨尘了。而墨子渊传完命令回来，龙傲翟的话，他远远地也听了一个全。他走到轩苍墨尘身后，迟疑着问了一句："陛下，击杀凤无俦的事，还要继续吗？"

其实凤无俦已经从神坛跌落，只要杀了王骑护卫的那些人，就已经足够了，至于凤无俦，没有必要赶尽杀绝。若是洛子夜真的还活着，知道陛下杀了凤无俦，那怕是……反正凤无俦和洛子夜的关系，陛下早就已经挑拨得差不多了，洛子夜再想修复，也没有多大的可能。何必一定要做到极致，惹洛子夜讨厌呢？

然而，轩苍墨尘轻轻笑了笑："子渊，我真的想学龙傲翟，说一句从此以后我不会再伤她，然而，轩苍墨尘能做到，轩苍的皇帝做不到。不过，等到这件事情结束之后，等到剿灭了王骑护卫之后，我会做到的。"

"那……"墨子渊忽然吃不准他的意思。

轩苍墨尘浅笑了一声："凤无俦我是一定要杀的，他超越神，又胜过魔，天下有哪个帝王，容得了这样危险的存在？而且，你不要忘了，只要洛子夜还活着，凤无俦被我们困住，她知道了，就一定会来找他的，一定会的！"

那样，他就知道，她是不是还活着了。

若她还活着，他就一定还能见到她。

这话说完，他便又是喉头一哽，血腥味再一次涌了上来。他也爱她至深，却终究深不过他的家国大业。洛子夜，若你死了，我会为你报仇的。我会杀了龙傲翟，杀了洛小七，杀了所有参与算计你的人，然后，杀了我自己。

不会让你寂寂死去。

天曜的皇宫之中，一片混乱，御医们都在焦急地为洛肃封诊治。而原本应当被黄楚风控制的皇宫，皇后的娘家兄弟陈琰却带着兵马入了宫。其他手中有兵权的皇子，在知道洛肃封重伤之后，都带着兵闯入了皇宫。

个个都是为了皇位的继承权来的，皇帝还没死，便将要为皇位争一个头破血流。

皇宫里到处都是厮杀声，洛小七待在天牢里，等着那些人厮杀完之后，出去坐收渔翁之利。而武神大人，原本已经走了。

然而，在听见京城厮杀声震天，还有皇宫方向的火光的时候，忍不住又回来看热闹。站在皇宫的屋顶上，看着下面来来往往的人，他摸了摸下巴，幸灾乐祸地道："茗人，你瞧瞧，洛肃封这还没死透呢，他的儿子们就抢成这样了，洛肃封若知道，估计死了也得气活了！"

茗人不说话，心声是：您哪天要是成了洛肃封这样，我朝的皇子们说不定也会这样抢。

武神大人为了看情敌的笑话，从这里跳跃到那里，整个皇宫都转了一个遍。经过天牢的时候，骤然听见洛小七的声音从下面传出来："太子哥哥现在在哪里？"

"听龙将军的人说，被凤无俦救走了！"有人回了一句。

洛小七面色微变，不是很开心。武修篁也不知道为什么，看着洛子夜那个不着调的小子受伤之后，他老人家心里一直像压着一把火，为啥压着火他也说不上来。这令他直接掀开了屋顶的砖瓦，看着下面道："算计洛子夜的，也有你小子吧？太子哥哥？叫得还蛮亲热的！她被你父皇打了个半死你知道吗？凤无俦是把她救走了，不过老子很怀疑救走的是不是一具尸体！"

"你说什么？"洛小七猛然站了起来，刹那间面色惨白。

茗人这时候也适当补刀："看洛子夜那时候被打，反抗都不曾，一副生无可恋等死的样子，怕也是觉得人生无望了。洛子夜那样臭不要脸的人都有这样的时候，也是让人惊讶！"

"什么……"洛小七皱眉，一张天使般的娃娃脸趋于惨白，他看着屋顶上的人，问了一句，"武修篁？"

武神大人扬眉，倒是好心情地点点头："不错！是朕！说真的，老子也是没想到，来一趟天曜，能看到这么一场大戏。洛肃封怕是死都没有想到，他都还没被葬下，皇宫就已经乱成这样了！"

茗人在他身后提醒："陛下，洛肃封还没有死！"所以陛下谈到下葬这一点，实在是太早了。

武神大人嘴角一僵："没死也差不多了吧，朕听说为他看诊的御医还没诊断完，就已经被人给杀了。是否确有其事？"

"是的！"茗人很快点了点头。

洛肃封这一生，没为自己的儿子们做出贡献，而且一直以来手段还很是狠辣，皇子煜死在他手中的事情，大概诸位皇子心中都有数，大家不管他的死活，大概也是因为早就看透了洛肃封根本没那么在乎他们的性命。既然这样，那皇位和那么点微薄的父子之情比起来，算什么？

洛小七听着他们的对话，对自己那个父皇到底是死是活根本半分兴趣也无，只是扬眉扫向囚笼之外，问："太子哥哥如今怎么样了？为什么没有人对我禀报她的事？"

"太子……"门口的人变得支支吾吾起来。

洛小七眸色一冷："说！"

那人扑通一声跪下："七皇子殿下，太子殿下起初是在御书房里，我们的人不能靠近，所以他到底出了什么事情，我们也不得而知。等到我们看见她浑身都是伤的时候，凤无俦已经背着她闯出宫门了，黄楚风将军说您知道这些也没什么用，说不准还会误了事，所以便让属下等不要禀报！"

轰的一声，洛小七狠狠一脚踹上了囚笼的门。然而那囚笼是万年玄铁打造，他这一脚，也是不可能踹开！他咬牙盯着门口的人道："立即开门！"

"是！"门外的下人很快拿出钥匙开了门。那是洛肃封被凤无俦重击昏迷之后，他们在洛肃封身上取到的钥匙。只是殿下气定神闲地等着皇宫的争斗落下帷幕，所以他们都没有急着开门。

武修篁低头，看着他着急的样子，嗤笑了一声："要是真的那么在乎你的太子哥哥，你为何要算计他呢？"

这话无疑是火上浇油，令洛小七原就倍感煎熬的心，在这一刻更为冷沉。他仰头看了武修篁一眼："这是我们天曜皇室的事情，与你无关！"

说完这话，他大步出了天牢。武神大人摸了摸鼻子，其实洛小七这小子说得也没错，他就是来看热闹的罢了，说这么多废话干什么？这完全不符合他的作风啊……

待到洛小七出去了，武修篁忽然笑了一声："说真的，凤无俦这小子跟老子年轻的时候，很像！"

他这话一出，茗人便是一愣。接着，他很实诚地道："陛下，属下并不能认同您的说法。凤无俦岂止是跟您年轻的时候很像，即便是如今，您对……比凤无俦，怕也差不到哪里去！"

陛下对洛水漪的执着，也决计不比凤无俦对洛子夜少。

武修篁扬眉："所以，老子倒是越来越喜欢凤无俦那个小子了！琉月也不愧是

老子的女儿，眼光分毫不差，竟能看上他！”可惜，凤无俦一门心思扑在洛子夜身上。

接着，武修篁眸色忽然一转，举步跟上洛小七的步伐：“跟着朕去看看！朕一直觉得，洛肃封那时候的话很是蹊跷！”

为什么在打了洛子夜之后，洛肃封的反应竟然是对不起水漪？

难道洛子夜是水漪从前高看了一眼的孩子？或者是托付给洛肃封的孩子？可洛子夜也就十七岁出头，跟琉月一个年纪，大概她出生后没几天，水漪就去世了。那时候水漪在龙昭，根本不可能和洛子夜有什么关系。这事情……很古怪！

茗人也点点头，很快跟了上去。而他们大概也是看热闹看得太积极，并未注意到，他们身后百米之外，有个黑影正盯着他们。

那人回头看了一眼自己身后的人：“去告诉武琉月这里发生了什么事，她自己会知道应该怎么做！”

“是！”

当洛小七踏出天牢时，整个皇宫一片混乱，一人大步而来，正是黄楚风！他手中拎着一个人，那是皇后，皇后此刻正昏迷着。他走到洛小七跟前：“殿下，末将趁乱打昏了皇后，将她带来了！她娘家的兄弟根本没有管她死活的意思，全力在保洛子赟，所以都不会有人来找她！”

他说完这话，狠狠一掷，将手中的人如同丢垃圾一样随手扔在地上。

然而，黄楚风发现，自己说完这话之后，洛小七的目光并没有落在地上的皇后身上，并没有管自己的杀母仇人，却是看向他。这令他一怔：“殿下，怎么了？”

“洛子夜怎么样了？”洛小七眼神微冷，琉璃般的眸子里透着令人惊颤的凶光，使得黄楚风觉得自己脊背发凉！这才知道自己到底是没瞒住对方，他低下头禀报：“太子殿下伤得很重，这是我们始料未及的。不仅仅如此，龙将军还在御书房里发现了大片血迹，全是太子殿下的，所以太子到底怎么样了，我们谁都不能预料，要说这世上还有谁能知道太子此刻的状况，恐怕也就只有凤无俦了！”

洛小七目光幽冷：“是谁伤了他？”

“具体是谁并不知晓，但总归不是皇上，也就是皇后，或者是洛子赟了！凤无俦因此震怒，打伤了皇上和大皇子。他们两个都伤得很重，皇上很有可能挺不过今天！”黄楚风再一次低下头。

而这时候，被扔在地上的皇后已幽幽转醒。

醒来之后，看见眼前的场景，她便是一惊！旋即，她看着洛小七道：“七皇子，你这是干什么？派人将本宫抓来……你，难不成黄楚风将军也是你的人？”她原是打算故作冷静，却在意识到黄楚风可能是洛小七的人之后，维持不住那一瞬间的冷静了。

黄楚风手中握着整个御林军的力量。眼下就算是她的子赟登上皇位，黄楚风作为御林军的统领，怕也是能突然发难，让整个皇宫在朝夕之间完全洗牌！这简直……可怕。

洛小七却没心思跟她虚与委蛇，骤然低头一把抓住她的头发，扯得皇后惊叫了一声！

他冷着一张脸：“说！是谁对洛子夜动的手？”

皇后不吭声，瞪着他。洛小七冷笑了一声，月力一扯，抬手之间，便是血光一溅，皇后头上的发连着皮肉，就这样被硬生生地扯掉了一块，端的是一片血肉模糊，这令她捂着自己的头惨叫出声，指着洛小七破口大骂：“你这个魔鬼！你这个畜生，你……”

话没说完，洛小七狠狠一脚踩在她的脚踝上：“不错，我是魔鬼，我是畜生！因为你，因为洛肃封，我连太子哥哥都算计了，你说我还有什么事情是做不出来的？说！洛子夜到底怎么样了？我没有那么多时间跟你耗着，你也应当明白，我多的是办法让你生不如死！”

说着这话，他脚下用力，皇后很快便听见了自己脚踝骨骼断裂的声音，痛极之下，她赶紧道：“洛子夜是被我儿子打伤的，是子赟，是子赟……”

“你儿子？”洛小七扬眉，“你这毒妇！洛子赟是你儿子，洛子夜就不是你儿子吗？你便要为了洛子赟能登上皇位，放任他对洛子夜下这样的毒手？”

这话倒仿佛是碰了皇后的逆鳞，她一瞬间便激动起来：“谁说洛子夜是我的儿子？她怎么可能是我的儿子？她就是个野种！我生不出这样的儿子来！”

她这话一出，洛小七眸色一冷，心头却猛然一凉。皇后的意思，是太子哥哥不是她的儿子？那……若当真如此，是不是意味着，他不是自己杀母仇人的儿子？那么自己狠下心，算计太子哥哥的理由，岂不成了一个彻头彻尾的借口？

屋顶上的武修篁听着这话，也再一次扬眉。正打算上前一步，这时候一人匆匆忙忙地来了：“陛下！不好了，公主知道凤无俦出事，割腕自杀了，眼下刚被我们救下来，但是情况不是很好，陛……”

“该死！”武修篁不等那下人说完，转身大步离去，一瞬间也没了听洛肃封家里八卦的兴致，额角的青筋猛然跳了出来。他心里实在不明白武琉月为何这么没出息的事情都做得出来，竟然割腕自杀！完全不像是他武家的子孙！

茗人也瘪了瘪嘴，跟在武修篁后头，默默地觉得，陛下这辈子虽然没做多少好事，但是也没做多少坏事。他也实在想不明白，老天爷为什么会把武琉月赐给陛下当公主，还偏偏是洛水漪所出！陛下一定是在什么都不知道的时候，做了一些缺德事，所以老天给了他这么一个惩罚吧……

他们离开的那一瞬……

皇后眸色猩红，瞪着洛小七："什么儿子？洛子夜是女的！是女的！她根本就不是我生的，是你父皇心里的那个女人和野男人生的野种！至于她爹到底是谁，本宫也不知道！选她做太子，不过就是洛肃封为我儿准备的垫脚石罢了，哈哈……"

她也想过，洛子夜会不会是武修篁的女儿，但洛肃封从未提过，加上龙昭还有一个武琉月，这才令她放弃了这想法。大概洛水漪就是个放荡的女人，不知道有过多少野男人，这才有了洛子夜，不然武修篁怎么会亲手杀了她？

当然，这都是皇后自己的猜想，当年的事具体是怎么回事，她在深宫根本不知。

她这话说完，洛小七那一瞬险些没站稳！踉跄着后退了一步，所以，他也中了洛肃封的计！真的让洛子夜成了洛子赟的垫脚石，成为洛子赟的挡箭牌，他想加诸给洛子赟的所有伤害，如今也全部伤到了洛子夜身上。这令他双眸猩红，抬手之间，手中的剑便毫无预兆地狠狠斩下！

上一秒，皇后还笑得张狂的脸，在这一秒定格，头颅从脖子上滚了下去，一片血腥！洛小七更是头也不回，往宫外走去："我去找太子哥哥，全部滚开，挡我者死！"

黄楚风一噎，他就知道太子出事了，七皇子一定会如此。所以，这算什么？这算是知道洛子夜出事，他的主子，打算放弃唾手可得的皇位，就这么离开吗？

这天下，就这么闹哄哄地过去了几天，许多人都在找洛子夜。然而这个村子隐蔽得很好，嬴烬也早已带着洛子夜等人进入了地下的暗室，所以有人搜进来，也没能找到他们。

三天说长不长，说短也不短。

洛子夜感觉自己做了一个很长的梦，梦里有悲欢离合，有生死离别。最后，她在梦中站在一个兵器库边上，看着人拿着一把剑在火上烘烤，旋即狠狠地打磨，打磨。那原本是一柄钝剑，在打磨摧折之后，它将断未断，而洛子夜也不知为何，看着那剑上温度升高，竟也感觉浑身难受。

就在这时候，有人上来往剑上浇了水，让剑冷却了几秒。洛子夜身上那股烧灼的感觉也很快散了下去。

旋即便又是一阵打磨，最终那剑慢慢绽出了锋利的边角。天光射了进来，反射出来的光芒极为刺眼。

就如同有人在不断地打磨她，在她将要承受不住那高温、想要放弃的时候，凤无俦帮了她一把，送来了水。那一瞬，她眼眸骤然睁开，猛然坐了起来，眸色冰寒，盯着虚空，森冷的眼神毫无温度！这样的眼神让冥吟啸兀地一惊，几乎怀疑自己看错。记忆里的洛子夜，是不可能有这样冰寒的眼神的。她一双桃花眼从来风流含笑，如温软四月中明媚的春光，流光闪烁中带着一丝令人极易察觉的暖意。而永远不会如同此刻一般，冰寒得仿佛没有丝毫温度。

这令他莫名觉得心头有点发凉，他的小夜儿，或许从此以后，就会变了。

洛子夜坐起来的那一秒钟，大概是因为躺了太久，所以脑子有点眩晕。她伸出手揉了揉自己的太阳穴，努力让自己清醒一些，回头看了一眼冥吟啸，大概也是因为躺了整整三天，没喝水也没进食，她看起来极为虚弱。再一次醒来，她问出来的第一句话，依旧是："赢烬，凤无俦呢？他怎么样了？"

她这样的反应，并不在冥吟啸的意料之外。他盯着她的眼，说出了自己早就已经想好的答案："三天之前，他醒来之后，就已经走了！"

"走了？"洛子夜眉梢微扬，有些呆愣。

冥吟啸点了点头，那张妖冶的面上，带着几分疑惑："小夜儿，你跟他之间到底发生什么事情了？他走的时候，很生气。我猜他大概是真的恼了，不是很想看见你，所以逃避一样地离开。我想了许久，从我莫名其妙地跟轩苍墨尘对上，到知道你有难，甚至听说还扯上了凤无俦的王骑护卫以及虎符，一直没弄明白，这到底是怎么回事！"

他装得很像，武青城闻言一愣，在心里叹了一口气。原来这就是公子想好的答案，说凤无俦走了，不让洛子夜觉得凤无俦死了，也不让洛子夜知道凤无俦出去冒险了，只让她以为那个人是生气了，暂时离开，让她觉得他们还是有机会挽回的，这样她不会伤心欲绝，也不会出去跟着凤无俦冒险。这似乎真的是两全的答案！

洛子夜眉头微微皱了皱，不知道为什么，总觉得事情不会这么简单。然而她认真地盯着赢烬，看着他脸上的表情，却见他的确有些疑惑，她很快收回了目光，慢慢低下头，闭眼轻声道："赢烬，我做了错事！很过分很过分的事。"

她的表情很颓然，因为知道他走了而颓然，而冥吟啸和青城都明白，这已经比说出其他任何的话都要好上许多的结果了。

冥吟啸似乎也知道她此刻的情绪，皱了皱眉头，靡艳的声音缓缓地道："你先

好好养伤吧，凤无俦我了解他，他生气不了几天就会忍不住回来找你的。你也要好起来了，才能跟他一起去报仇不是？”

他这话，语调很轻松，仿佛吃定了凤无俦熬不住几天就会回来找洛子夜和好。

洛子夜心头很沉，设身处地，如果她站在凤无俦的位置上，她是不可能再回头的，也不可能再原谅她！所以嬴烬的想法，大概太乐观。然而，下一瞬她忽然睁开眼，眼神坚定：“接下来，大概应该我来努力了！”

他走了，她可以跟上去，她不接受这样的结果。哪怕只是赎罪也好，她也一定要跟上去。一直以来，都是他在努力靠近她，他一再为她退让。就如阎烈所言，他为她付出退让太多。

然而，她做了什么，她还给他的，只是一次又一次的伤害。这段感情的线，也是因为她的一再随心任性，走到几乎绷断的地步。所以，以后，就应该她来努力了。反正她的脸皮一向很厚，他不要她了，她就贴上去找存在感，从前是他的单方面付出，以后，若是换她单方面付出，直到感动他，也没什么不可以。就算感动不了，至少他这份情她要回报给他。

冥吟啸面上透出几分笑意来，说出来的话有点酸：“小夜儿，你故意说这种话，是想让我嫉妒吗？你别忘了，我跟凤无俦可是情敌！”

若是从前，洛子夜听见这样的话定会尴尬。然而，这回她只淡淡扫了他一眼：“以后这种话，还是不要说了。再说了，你不是早就答应我会退的吗？”

“是！”他沉眸，不就这个问题多争论，却问，“小夜儿，如果不管你再做什么，他都不会再回到你身边，或者，他从此从你的世界销声匿迹，你会……考虑别人吗？”他想知道，如果凤无俦真的不能活着回来，她会怎么样。

洛子夜一愣：“他从我的世界销声匿迹，是什么意思？”

“如果他成心要躲着你，你是很难找到他的。小夜儿，他毕竟是凤无俦！他的实力，你和我都是清楚的。”这个答案，冥吟啸也说得很快，早就知道她会这么问，他自然不会给自己留下一点破绽。

他成心躲着她吗？

不，她的确不敢想，要是凤无俦成心躲着她，她满天下都找不到他会怎么样。她会不会就此崩溃，会不会……

见她的脸色瞬间苍白起来，冥吟啸忽然开始后悔自己说出这句话来，他轻轻一笑，原本打算劝她一句不必担心，然而，她下一句话出来，却让他努力扯出来的笑僵在了脸上。

她说：“嬴烬，这一生，除了他，我不会再爱别人了。”

这话说出来的时候，她觉得自己如此清醒。将自己的心事说出口那一刻，她觉得心跳得很快，有些淡淡的羞涩和不好意思。她想．这应该是此生不会再更改的执着了！

她这话一出，再一次抬眸看向冥吟啸，轻轻一笑，那笑容极为苍白："嬴烬，我觉得我以后可能会变成一个很自私很自私的人，我以后……可能不管在什么时候，不管面临什么选择，不管其他人对我多好，都只会以他为先了！所以，嬴烬，继续对我好是没有必要的事，我们只做朋友才是最好的。"

他轻轻一笑："小夜儿，其实有些话，你可以不必说的！"

比如，这样的话根本就不必说，就让他这样默默保护她，不好吗？即便以后的日子，他守在她身边，她只是利用他去壮大她自己，或者让他帮助她回到凤无俦身边，他也是甘愿的，何必一定将真相血淋淋地说出来？

洛子夜看向他："你明白我说出这话的目的，我只是想，既然根本不可能，不如就说清楚斩干净，你才有可能找到你命中真正的那个人。我的目的不是刺伤你，只是不想你满怀期待，最终希望落空，受伤更重！而且，我真的不懂你们喜欢我什么，我现在觉得我糟糕透了，论起愚蠢大概全天下没几个人比得过我。凤无俦对我那么好，可最终呢，我怎么对他的？而那些欺骗我的人呢？都得到了他们想要的！嬴烬，我以后不会再随随便便对别人好了，而你对我好根本不值得，你明白吗？"

冥吟啸轻轻一叹，拍了拍她的头，似兄长对妹妹的爱护，不会令人觉得反感，只会觉得亲切慰藉："小夜儿，你是不是值得我们喜欢，这一点我们说了算，你说了不算。你学聪明一点也好，心硬一点、再硬一点也好，这样就不会随随便便被居心不良的人感动利用，大概这是我和凤无俦都很希望看到的！"

她其实是很聪明的，但是他清楚，她不会走极端，不会因为这件事情就开始丧失对人的信任，丧失对所有人的信任。她将永远乐观而积极向上，有时候心硬一点，并不是无情冷酷，而是智慧！

她也不多说什么了，只是问道："洛小七和龙傲翟，还有轩苍墨尘，他们都怎么样了？"

而这时候，她骤然眉头紧皱，想起一个问题。

天曜皇城出了一件很有意思的事，这件事情让武神大人的心情非常古怪！武琉月看对方这样盯着自己，忐忑不安："父皇，我真的知道错了，我保证以后再也不会如此了！"

这时候，门外进来一个人，在茗人耳边说了一句话，接着茗人开口禀报道：

“陛下，三天前的晚上，找我们禀报消息的那个人刚刚已经被证实，并不是我们的人。我们已经在古井旁边找到了他的尸体，大概是被人杀人灭口了！”

那天晚上，他跟陛下正听着八卦，忽然传来消息说公主割腕自杀。陛下一听就往回走，现在回头想想，那个人好像根本不是他们的人，至少他没见过！

最古怪的是，他们回来之后，公主的确是在闹自杀，然而公主是在上吊，并不是割腕。这才让陛下警觉，自己也立即派人去找那禀报消息的人，却没想到，直到今天，看见了他的尸体。所以，这说明什么？

说明他们被人算计了，而算计他们的人，目的只是引开他们。

武修篁的脸色冷沉得厉害。对方引开他是为了什么？不想让他听到洛肃封的皇后的话？那是不是也意味着，那话跟自己有关？那琉月呢，在这件事情里，扮演着什么角色？

武琉月的内心也很崩溃，在收到消息说父皇要知道真相的时候，她就赶紧假装要上吊，想把父皇引回来。可没想到，要去找武修篁禀报她自杀消息的人还没出门，武修篁就已经先回来了。

因为率先收到了消息，说她是割腕。

很明显，通知自己的人，也是清楚自己再有动作，通知武修篁是来不及的。所以对方先派了一个人过去禀报，将武修篁引开！对方也很聪明，知道她会用自杀的手段，可是他们两个终究没有完全心意相通，那人扯的是割腕，而她选择了上吊……

现在可如何是好？！

而三十里之外，一人的脑后也是硕大的汗珠：“主公！听说武琉月不是割腕，是上吊！武修篁心里大概会有所怀疑！”

“这个不重要，只要他不清楚谁是他女儿，对我们就没什么影响。”搭话的人，声音有些苍老，语气很是冷厉。

下人点头：“其实，让武修篁知道洛子夜是他的女儿，对我们也未必不好，毕竟……”

“你不懂。武琉月是能控制在我们手中的一颗棋子，但是洛子夜是不可能被我们控制的。”那人很快问道，“凤无俦现在情况如何？他可不能死！”

下人表情严峻：“他这时大概刚到千里峰，我们的人查到轩苍墨尘早就埋伏好了，凤无俦身受重伤，情况对他不妙！”

那黑影沉默了几秒钟，方才扬声道：“泛大陆强者，以凤无俦、武修篁为最。

我相信，他应当不会这么轻易就死的，且等着看吧！倒是武琉月有一点判断没有错，洛子夜活着，以后于我们而言，可能真的是个很大的麻烦！”

那下人微微一怔：“属下也是这般想的，这一次要不是因为洛子夜，凤无俦也不会陷入死局。她是凤无俦的弱点，而这时洛子夜要是落到轩苍墨尘手里，大概又能成为威胁凤无俦的筹码。再加上她跟武修篁的关系，指不定什么时候就把武琉月的真实身份暴露了！”

那黑影眉头紧皱，却又开口道：“听说冥吟啸打算调兵？”

“的确如此！冥吟啸在凤溟的实权没人能撼动。这些年在凤溟蹦跶得厉害的，其实都是冥吟啸一手扶持起来的势力，那些人都还浑然不知自己自政治场中冒出头，就是冥吟啸在背后操纵。所以他此刻想调动凤溟的王权，易如反掌。他的目的，大概是给洛子夜出这口恶气吧！”下人说着这话，心里竟然开始有点佩服凤无俦和冥吟啸了，一个人疯了一样命都不要不管不顾，一个人拿家国大事当儿戏，他们两个是被洛子夜下降头了吗？

这话令那黑影脸色微沉：“冥吟啸一旦加入这天下战局，有些事情将会变得很麻烦。武青城从前是修罗门的门主，难保他不会企图回来重掌修罗门，这对我们来说……”

他话没说完，那下人便打断道：“主公，您才是修罗门的创始人，纵然许多人都以为您已经死了，但是修罗门的人都知道谁才是真正的主子，属下觉得这一点您不必担心！”

“不！”那黑影挥了挥手，“武青城到底做了多年门主，不少来得晚的门徒都只知他不知我。如今，即便他离开修罗门已经六年，也还有不少人对他忠心耿耿，这是一个隐患。如果他忽然决定回来，并且拒不承认我的身份，以后很可能动摇我在修罗门的地位，我们必须将他除掉！”

“是，主公！那属下立即去安排！”那下人点头。

而下一瞬，被喊作“主公”的人眸色忽然一凉：“听着，不仅仅是武青城，还有洛子夜、冥吟啸他们两个，也都一起除掉好了！不确定的因素就不要留下。尤其冥吟啸以后一定会是敌人，这毋庸置疑！”

“是！那凤无俦的事情，我们是否需要插手？”下人很快问了一句。

那人扯了扯嘴角：“不必！且先看看。我倒觉得，凤无俦是不会让我们失望的！”说起凤无俦的时候，他眉宇间有几分切齿的愤恨，似乎是提起自己的仇人一般。但那情绪只出现一瞬，就很快被他压制下来，仿佛从未存在过。

“是！”

“父皇，您怎么了？为什么一直这样看着儿臣？儿臣……”武琉月被武修篁的眼神看得心里发慌。

良久，武修篁终于开口，打破了眼前的沉默：“琉月，凤无俦对你就当真如此重要，在甚至都不知道他到底是生是死的时候，你也要因着担心他可能出事，而上吊自尽吗？”

武琉月心头一乱，面上却半点声色也不露：“父皇……请父皇原谅，这件事情女儿是有私心的，女儿并不是真的想自尽，只是听说凤无俦出事了，想借父皇爱重女儿之心，请父皇为了女儿帮他一把，助他渡过难关。儿臣……是儿臣糊涂！”

说着这话，武琉月扑通一声，便跪在武修篁面前。

这样承认自己是有私心的，父皇虽然不会高兴，但至少比怀疑她有问题要好得多。她已经恨透了洛子夜，现在又是因为洛子夜变成这样。每次都是因为洛子夜，让自己一次又一次陷入如此尴尬的局面，洛子夜这样的人，真的应该早点去死才对！

看她跪在自己面前一副惊慌失措的样子，武修篁竟一时间失语。

茗人也是有点蒙，心里觉得公主大概是丧心病狂了，为了凤无俦竟然这样设计陛下，她这是真的为了爱情不顾一切了？

半晌后，武修篁眸色微深，盯着武琉月，缓声开口：“武琉月，大概你忘记了，朕当年也是叱咤天下的武神，算得上是英明的皇帝，并不过于愚蠢。关于这件事情，你自己好好想想，到底还有没有更加合理的解释。这段时间，你真的让朕觉得很疲累了！”

他已经渐渐对武琉月失去信任，再不像从前一样，对方说什么话，他都深信不疑。而且，即便武琉月的话是真的，她为了凤无俦而设计她的亲生父亲，这一点也够武神大人失望了！

武琉月眉心一跳，额角的冷汗也渐渐流了出来：“父皇……这段时间，是儿臣不懂事！还请父皇不要生气，儿臣真的知道自己错了，儿臣日后……”

然而，武修篁已站起身，眼神多了几分幽冷，那已经不是一个疼爱女儿的父亲该有的神情，而是属于皇帝的铁血冷漠：“既然你也知道自己错了，那就从今天开始，关禁闭！不许踏出你的房间一步，不许任何人来探视。直到你真的想清楚，你到底错在哪里为止！”

武修篁说完这话，便不再看她，转身大步而去。

这其实是心理战术，倘若琉月真的跟引开自己的人没有关系，那么这几日的禁闭，对她来说也没有什么影响，最多不过让她反省罢了。而若是真的有关系，关禁闭一定会让她自乱阵脚。

“父皇！”看着武修篁大步离开，武琉月这时候真的慌了，仓皇起身，却不小心绊到了自己的裙裾，眼睁睁地看着对方从门口消失，而门外的下人，很快将门关上，隔断了武琉月的视线。

武琉月被自己的衣摆绊倒，摔倒在地上，并没有多疼，却让她眼神幽冷，将自己的掌心掐出血来！她切齿道：“洛子夜……”她真的不明白，洛子夜为什么什么都要跟她抢，她看上的男人洛子夜要抢，她的公主身份、她的父皇，洛子夜也要抢。她前生到底是欠了洛子夜什么，今生才会因为对方遭受这么多的苦难折磨？此刻更是失去了武修篁的信任，被关了禁闭，这等于是软禁！

她武琉月长这么大，不管犯下什么样的过错，父皇从来没有真正惩处过她。可是这一次……都是因为洛子夜，该死的洛子夜，要是对方死了，她就不必每天这样提心吊胆地活着了！

她紧紧攥着拳头，眼神里凶光闪烁，满是杀机。

她一定会杀了洛子夜的，一定会！

千里峰。

一行人到了幽谷的入口。为首之人，一袭黑色锦袍，负手身后，行止之间，带着与生俱来的威严与傲慢，魔息凛冽地在四周散开，似乎万物生灵，都被这魔息压制，只剩下哀鸣，不可再抬头。

前方是一个路口。

这一路上，他们并没有遇见任何麻烦，也没有遇见任何刺杀，一路通行无阻，而摄政王殿下也很清楚，他要从这幽谷的入口进去跟自己的人会合，也不会有人阻拦。相反，暗处的人在等着他进去。

就在此刻，传来一阵脚步声，千里峰之上，一截淡蓝色的衣摆随风摇曳，山峰顶上，站着一名男子，手中握着折扇，在看见凤无俦那一瞬，他有些抱歉地笑笑。那人面容俊逸，眉宇间的洒脱潇洒如风：“欢迎摄政王殿下前来，奉皇兄之命，在此恭候摄政王殿下！”

他这话一出，便是一阵清风起，带着几分试探的内息，往凤无俦的方位袭来。

摄政王殿下嘴角淡扬，魔瞳骤然一凛，强大的罡风在瞬息之间扬起，将对方的气势，压得一点都不剩！这令对方微微蹙眉，并没想到凤无俦身受重伤还能这么厉害！也就在此刻，摄政王殿下魔魅的声音响彻山谷，带着他一贯的傲慢与讥诮：

“轩苍逸风，你皇兄不来，单单凭你，在孤面前半分胜算都没有！”

此言一落，轩苍逸风轻轻一笑：“摄政王殿下放心，皇兄决计不会大意到让我来与您为敌，他会尽快回来的。此刻，王骑护卫的人正在千里峰等着您。请吧！”

话音落下，千里峰下头的那个幽谷门口，很快传出一阵呼啸风声，并不能令人看见里面的景观，却已经能感受到山谷底下的浩浩杀意。

闽越身为大夫，也就只在几秒钟之后，便闻到了一阵硫黄味。那味道还很重！

他开口道：“王，山峰下有火药！”而且埋了不少，显然就是等着他们送上门去，才好瓮中捉鳖。

这话，高峰之上的轩苍逸风自然也听了去。他笑了一声，俊朗的声音还是一贯风流洒脱：“里头有火药的事，本王相信早就在摄政王殿下的预料之内。这一次是生死劫，本王其实也想知道，威慑四方诸侯的摄政王殿下是不是真的如此厉害，是否能从这山中脱险！”

摄政王殿下闻言，嘴角微扯：“那你就看好！”

话音一落，他魔瞳又一凛，嘴角微微扬起。一阵黑色的罡风扬起，带着收握的力道，对着轩苍逸风的方向疾驰而去！轩苍逸风脸色微变，迅速后退一步，手中的扇子更是直接抛了出去。而那扇子，在空中很快被凤无俦的内息散化，最后什么都不剩！

而轩苍逸风已经后退到一座山峰之后，那内息碰撞之间，他面前的山峰轰的一声，巨石瞬间碎裂！这意味着，在凤无俦出手那一刻，他要不是早就有了不好的预感赶紧后退，那么他的下场，大概要么像自己的扇子，要么像那座山峰，已经死了。

这般认知之下，他低头看着站在山脚下的人，对方明明是站在下头，却莫名令人觉得对方才是居高临下、正在俯视自己的王者。轩苍逸风也明白了，即便凤无俦身受重伤，若非绝顶高手，也不能将对方如何！

他笑了笑：“摄政王殿下，皇兄早就提醒过本王，您的实力不是本王能够僭越的，原本此事就是皇兄和您之间的事，本王也就是来跑个腿，您也不必为难本王了！若是本王方才有什么话说得得罪了摄政王殿下，还请您原谅。而且，皇兄的性格您也是了解的。就算本王此刻愿意立即投降，站到您这边，让您拿着本王威胁皇兄放了王骑护卫的人，您心中也应当清楚，皇兄他冷酷无情，是不会管本王死活的！”

轩苍逸风这话，好似在开玩笑，内容却没什么问题。

的确是这样，以轩苍墨尘此人的行事作风，任何人或者物，都不可能挡在他的天下苍生面前。即便是他的亲弟弟，他怕也不会有半分犹疑。

这一点，摄政王殿下自然也清楚。

既如此，他当然不会无聊到想抓住轩苍逸风去威胁轩苍墨尘。他嘴角微扯，威严霸凛的声音带着警告的味道：“既然只是个跑腿的，就少说几句话，孤向来不喜欢聒噪的人！”

这话音一落，他便举步，大步往山谷之间迈去。

轩苍逸风摸了摸鼻子，心知对方动怒，大概是自己那几句带着点挑衅和审视意味的话让对方不高兴了，他回眸道：“传信给我皇兄，告诉他，凤无俦已经到了！”

“是！”他身后有人应了一声，“风王殿下，属下认为这个凤无俦行事实在是太嚣张了，您看看他方才那行为，根本就没把您放在眼里。属下认为我们应该出手给他一点教训，让他知道他自己现在到底是什么处境！”

轩苍逸风倒乐了：“你要是有本事，就去给他一点教训。本王自认可没这本事！皇兄准备好的那些埋伏和火药，本王都不清楚是不是真的能杀了凤无俦，你觉着本王还能有什么比军队和火药更厉害的东西？”

他这话一出，那下人语塞了。

接着，轩苍逸风好脾气地拍了拍对方的肩膀，竟是一点王爷架子都没有：“你也看见了，你主子我刚才说错了一句话，就差点和那山峰一起被凤无俦炸上天。我素来不喜欢政场里头的事情，所以也并不打算多掺和。凤无俦纵然嚣张，但他也有嚣张狂妄的资本。而本王还是觉得自己有点自知之明，才会有更多侠士敬佩！”

说完这话，他转身大步离去。

下人的嘴角抽了抽，您这根本都快贪生怕死了好吗？还有侠士敬佩！不过为了跟凤无俦斗一口气，把小命给丢了，也的确是不划算！

“王？”当肖班看见摄政王殿下的时候，几乎是愣了一下。

肖青也是蒙了！然而下一瞬，在松了一口气的同时，他们眼眶也很快红了。他们就知道，王纵然在意太子，也决计不会丢下他们不管的！王骑护卫的人，在看见凤无俦那一瞬，亦很快单膝跪地，一齐行礼：“王！”

凤无俦沉眸，看着跪在自己面前的人，心中涌出愧意，即便他将跟自己手下的人同生共死，可这一切原本都是可以避免的！若非他为了洛子夜不管不顾，去了天曜皇城，他手下的人也不会全部陷入死局！

第十二章
和公猪嘴对嘴，肩并肩！

他静静看着他们，沉默不言。

阎烈知道他心中所想："王，兄弟们是不会责怪您的！"

阎烈这句话一出，王骑护卫的众人倒是笑了："王，您不必介怀。我们王骑护卫原就不是吹出来的！有您在这里，兄弟们心中必更有胆气。属下也很想让那群算计您、算计我们的龟孙子，尝尝我们的厉害！"

摄政王殿下沉眸，魔魅冷醇的声音缓沉地道："放心，只要孤活着，你们任何一个人，都不会死！"

这一句话声音不大，却在山谷上炸响，令人耳膜震颤。

王骑护卫的众人齐声开口："愿以命奉上忠诚，吾精魂在，无人能动王分毫！"

他们这浩荡的声音，令山峰上的诸国之人开始没底起来。他们是来痛打落水狗的，但看着下头那群人，他们已经开始怀疑，到底谁才是狗！

冥胤青看向轩苍逸风："准备点火药吧！"

他话音一落，轩苍逸风挥了挥手，伴随着指令的落下，便有人很快点燃了火药的引子。

轰的一声巨响。

千里峰之上，巨石在爆裂声之下渐次崩塌。对着山脚下滚落而去，而爆裂的声音并非仅仅这么一声，接连而上的，是连锁爆炸。几乎只是在几秒钟之后，整个千里峰便从刚才的杀气森森变成眼下的硝烟滚滚！

这轰然的巨响声之后，所有人都很紧张地瞪大了眼盯着下头的场景，足足一炷香时间之后，山峰下的雾霾才慢慢散开。大家定睛看去，竟是黑压压一片，看不分明……

天曜皇宫。

洛肃封知道自己大限将至，早已备好了两道诏书。一道诏书是废洛子夜的太子之位，立洛子赟为太子，继承他的皇位；另外一道诏书，是从史书上将洛子夜和凤无俦的名字除掉，将这段不那么光彩的历史尽数揭过。

然而他的儿子，没有一个对他的诏书买账。皇城里，皇子们为皇位争得不可开交，这几个皇子里，本来应当包括洛小七的，然而洛小七竟然没有参与，只是另外四个皇子在争抢。

这一场乱局闹了好几天。

几天之后，洛子赟终于凭借他舅舅手中的军权，成功地击败了他的兄弟们，登上了天曜的皇位。他登上皇位之后，也遵从洛肃封的遗愿，立即下令将凤无俦和洛子夜这两个人的名字从天曜的史书之中抹杀！

而墨氏的天子，在知道洛肃封临死时的这道诏书之后，不知道是戳到了他哪根敏感的神经，竟然对这种做法深以为然，并下了政令，让不仅仅天曜的史书上不允许记载凤无俦的名字，他们国家的也不行。所有已经记载了的文献，都应该立即修改。

这一条政令，又很快得到了其他诸国的响应。

他们所有人，都不喜欢凤无俦这样悍然的存在，出现在他们的史书上，证明他们是这样无能，被一个人压得头都抬不起来，于是纷纷响应。短短几天之内，诸国杀掉了不少坚决不肯修改历史的史官。

终于在共计第十个史官的人头落地之后，其他的史官全部选择了屈服。

于是，凤无俦这样一个比神魔更加高远的存在，在帝王们的铁腕手段下被抹杀，而洛子夜这样一个无关痛痒的太子，也没人在乎了，跟着一笔划掉了！

有些很有名的学者，说这是一场对历史的篡改，对现实推进的侮辱和亵渎，但是他们都遭到了诛杀，使得诸子百家都不敢再多话，这件事情，便彻底风平浪静下来。

史书对这个时代的记载，成了墨天子执掌大权，戎国进犯墨氏，天曜皇帝洛肃封出兵襄助皇帝，是以得到天子重用，成为第一大国。只字不提凤无俦，也只字不提墨氏及洛肃封曾在那个人面前是如何低头，宛如毫无尊严的猫狗。

史书还记载，洛肃封死后，他的五个儿子争夺皇位，闹得不可开交，是为五王之乱。

最终他的大儿子拔得头筹，成为天曜的新君。因着众位皇子争抢皇位太认真，没人为他收殓，以致等到皇位之战落下帷幕，他的尸体已经在酷夏腐烂了，爬满了蛆虫。

这一场对于历史的洗劫，只在几天之后就完成了。

天曜皇室甚至对外宣称，洛肃封的儿子里，洛子夜根本不在其列。洛子夜在知晓这些，尤其在知道这群人还试图将凤无俦抹杀之后，露出了讥诮的笑意。大概只有愚蠢的人，才会认为凤无俦在乎那些虚名。凤无俦在乎的，只是他出现的时候，万物是否对他弯腰屈膝而已！

洛子夜休养了两天，精神已经好了许多。

冥吟啸道："轩苍墨尘和洛小七都在找你，龙傲翟也不例外，你打算……"

她抬眼看向嬴烬，眼神毫无温度："与其关心他们是不是在找我，嬴烬，我想我眼下最应该做的，是先去一趟千里峰！"

冥吟啸一怔，那双邪魅的桃花眼微微眯起："去千里峰做什么？"难道她看出了什么？知道凤无俦已经去了？

洛子夜垂眸："王骑护卫的人被困在千里峰，我觉得只要他活着，就一定会去千里峰的。若是他没去，千里峰的事情，原本也是因我而起，我有责任去帮他们脱困！"

就算她没那能力，至少去了，能救几个人不是？

冥吟啸闻言，缓声开口："你以为凤无俦是什么人？前天……也就是你醒来的那天，我就已经收到消息，他带着王骑护卫的人脱困了。你此刻去，根本不可能遇见他。这也就是你醒来的时候，我为何未曾对你提及此事的缘由！"

他这话一出，洛子夜一愣，仔细地看了嬴烬几秒，却见他的面上都是认真的容色。

冥吟啸也清楚，想要洛子夜相信凤无俦已经脱困并不容易。在她怀疑的眼神之下，他继续道："听说，凤无俦在千里峰受了很重的伤，是被轩苍墨尘的火药所伤。眼下还不知道他到底在何处，而诸国都在搜查他的踪迹，想要赶尽杀绝。所以，想必短期之内他是不会出现在你面前了！"

他这话一出，洛子夜脸色微沉："嬴烬，你不会骗我的，对吗？"

她一双漂亮的桃花眼凝着，冥吟啸一顿，忽然觉得喉头艰涩。这段时日，已经有太多人骗她，而作为她仅剩的、最后信任的几个人的自己，这时候真的能骗她吗？

看他不说话，洛子夜又盯了他几秒："嬴烬，我想你明白，我并不喜欢谎言，哪怕那谎言是善意的！"

她这话一出，冥吟啸更沉默了，她已经有了计较，也有了怀疑。他看向她，神情复杂，最终却道："小夜儿，千里峰你可以去，但这两天你想去也去不了，我们眼下还在天曜国境内，皇城和天曜的大门口都守着各国盘查的人。那三个人没有放弃寻找你，你想出城，很快就会被拦截下来！"

他的打算，是调兵过来后，跟自己的人里应外合，从天曜离开。可是眼下，凤溟的兵马至少还得五天才能过来。硬闯他是不怕，却担心她会在过程中受伤。

洛子夜闻言，脸色微沉："所以，你的意思是他还没有脱困？"

冥吟啸一怔，这话他当然不敢答，只要答了，洛子夜怕是不管自己如何，也一定要坚持去救凤无俦。他立即道："我收到的消息是他脱困了，至于消息是不是真的，还不得而知！"

能说的和不能说的，尺度他都只能掌握到这里了。

他并不想对她说谎，可除了说谎之外他别无选择。沉默了几秒，他继续道："小夜儿，左右我们这几日也不可能离开天曜皇城。你便先稳着吧，若是你实在不放心，等到凤溟的大军到了，我陪你去千里峰看看！"

"凤溟大军？"洛子夜扬眉，早就怀疑过嬴烬身份不寻常，所以是和凤溟有关系？

冥吟啸也不瞒着她："嬴烬只是我的化名，我的真名是冥吟啸，凤溟皇帝！"

他说这话时没有半分高兴或者骄傲的情绪，相反说出这句话，他表情极为复杂，那神态看起来，似乎带着几分难掩的疲惫和强烈的厌倦，表明他对这个身份的不喜。

洛子夜点头，身在这样一个泥潭，她早就有了身边一个潜伏的小厮指不定也是皇室贵族的准备，更何况是嬴烬这种从一开始，她就知道对方身份不一般的人。她笑了笑："嬴烬，这件事情了结之后，有机会的话，我想听听你的故事！"

他一怔，最终释然一笑："好！"

接着，洛子夜的眼神就冷了下来："凤溟的大军至少还要五天才能过来，可我们未必等得起！嬴烬，帮我联系一下神机营的人，不管怎么样，这两天我就要从天曜出去！"

不管凤无俦是不是在那里，只要他还有未曾脱困的可能，她不亲眼去看看，都

不可能放心！

半晌，冥吟啸点了点头："好！"

"还是没找到？"洛小七双眸猩红。

他面前的人低下头道："没找到！我们到处都找过了，也没有洛子夜的踪迹。殿下，她会不会已经离开天曜国境了？"

他这话一出，洛小七的脸色登时更加难看。

此刻，轩苍墨尘坐在洛小七对面，比起洛小七风尘仆仆、满面戾气的模样，他看起来要冷静自持得多，只是那张玉面上，还有几分疲惫没有散去。

他温声道："凤无俦离开天曜时，无人阻拦，是我的授意，而那时他身边并没有洛子夜的踪迹！"所以，洛子夜还在天曜的可能比较大。

他这话一出，洛小七的眸中又染上几分癫狂。

就在这时，轩苍墨尘凝眸看向他："洛小七，洛子赟已经登上天曜皇位了。你若是再不动作，等他的根基稳了，你不会再有丝毫胜算！而且，你我的盟约并未在击败凤无俦之后结束！"

洛小七抬眼看向他："轩苍墨尘，你还好意思提起盟约，盟约里面，我们是不是说过，保证太子哥哥不会有事？"

他这话一出，轩苍墨尘温声道："是我失算，未曾想到你父皇会如此心狠。然而，你应当也明白我并非故意。关于我们的盟约，你若觉得我失信于你，不想继续合作，那朕将即刻启程回国，去千里峰对战凤无俦。朕相信，没有了凤无俦之后，朕想完成朕的愿望，即便这一次不行，今后也将易如反掌！但是，洛小七，你考虑清楚了吗，这个盟约，我们还未完成的最后部分，能得到的好处，你比朕更甚！"

他这话一出，洛小七也沉默下来。

他们的盟约，是轩苍墨尘帮助他夺回王位，轩苍也能因此将国土推进到天曜的玉门关之外。那一块土地并不属于天曜，而是属于其他小国，但只要轩苍墨尘带兵过去，天曜也不参与抢夺，那土地就能成为轩苍的囊中之物。

轩苍就能因此一战成名！扶持昔日第一大国天曜的皇子登上皇位、土地往前推进，两点加起来，轩苍就是想不步入大国行列也难了。

至于他洛小七，就能得到天曜的皇位。这是一个双赢的盟约，只是他想要皇位，是为了在报仇之后，手中能够有足够的势力将太子哥哥留在身边，如今太子哥哥下落不明，他继续坚持这些，还有什么意义？

这时，轩苍墨尘提醒了他一句："洛子赟正在追杀你，你是想继续被他追杀，还是想得到皇位之后，手中有更多兵马、更多人力去找洛子夜，你自己好好想想。更何况，眼下只是找不到洛子夜而已，你是否想过倘若你哪天找到她了，但你手中一无所有，还在被洛子赟追杀，你还有留住洛子夜的机会吗？”

说着这话，他倒是很客气地给洛小七倒了一杯茶：“所以，眼下你能做的最好选择，是先跟我合作！”

洛小七看着杯中的茶水，沉默了片刻，终于道：“好！”

说完这话，他便起身，也没去喝那杯茶，大步离去。轩苍墨尘点头，目送他走远。

洛小七离开轩苍墨尘视线半个时辰之后，收到了一封小孩子送来的信件：“后日三更，皇宫见——洛子夜。”

“你要见他？”冥吟啸对洛子夜这样的举动有些惊讶。

洛子夜嘴角微微扯起，自己伸手包扎紧了伤口：“不然呢？除此之外，你还有更好的办法，让我们立即从天曜离开？”

冥吟啸往门框上一靠，双手抱臂：“你只给了他一天的时间去夺回皇宫，而对他来说，这种事情速战速决，就会导致过程中欠缺许多考量，他也会面对成倍的危险，指不定就会在接下来的皇位争夺战中丧生！”

洛子夜扯了扯嘴角，那笑容却并无温度：“他欺骗我的时候，可没想过我会面对多少危险，也没想过我会连累凤无俦因此面对多少危险，或者他想过，但是这些都不曾在他的考量范围之内。既然如此，我自然也不会在乎他是不是会出事。从前是他利用我对他的兄弟之情，如今，也到了我利用他的时候了！”

洛小七对她是在乎的，这点自信，她还是有的。

冥吟啸听着这话，笑着摇头，没再说旁的话。这就是洛子夜，旁人要是动了她的底线，她也一定会张开獠牙让对方知道厉害。如今的小夜儿，比从前睿智了许多，也心狠了许多。

洛子夜说完，便打算走，却因为腿上的伤脚下一晃。冥吟啸原本想扶她，她却抬手制止：“嬴烬，我还是比较习惯叫你嬴烬。人的一生总会跌倒，甚至会摔得遍体鳞伤，这一回我差点爬不起来。在凤无俦和你们的帮助下，我好不容易爬起来后，至少必须自己站稳，以后才有胆气继续往下走。没有人能永远替我坚强，我也不能再任由别人庇护！”

从前凤无俦在她跟前，算是什么？算是一个想起来就很甜蜜的人，有时候也惹人嫌，而更多的，他对于她而言，真的就是后台！他总在庇护她，让她在成长这条

路上慢慢懈怠，甚至有了依附心理，惹了什么事，直接就能想到他，想到有他在，她就不会有事。

可最后呢，就是因为她不够强，就是因为她过于依赖他，她成了他的弱点，成了这些人一手就能掐住的属于他的命脉！她会很努力很努力，不会再让自己有成为他弱点的机会。

冥吟啸闻言，终究沉默下来，有些担忧又心疼地看着她。

一个姑娘家，原本该是待字闺中，等着家中父母安排亲事，等着媒婆上门说媒。然而她呢？终日在刀锋上行走，在血火里颠簸。最终重重地摔了一跤，这一跤不仅仅摔了她自己，还摔了她心爱的人。这就注定了，此后她将比从前的她，还要坚忍百倍。

至少……

她说："至少，赢烬，以后不管怎么样，我都不会随随便便就想死了。我会更加坚强，为我也是为他。因为这一回，我的命是他拼了一切救回来的！"

为了救她的命，王骑护卫被困在千里峰。

他的取舍，她岂会不知？

冥吟啸笑着点头："我不会……不会再让他们逼你去死的！"此后，他会帮她逼着他们去死。

这个晚上，天曜格外热闹。

原本大家以为洛子赟已经稳住天曜皇权，却在一夕之间，从皇宫的最里侧倾覆。轩苍墨尘这时候也带兵从外策应，短短一天，在黄楚风这个御林军大统领掌控的军权势力之下，完成了一个皇权的更替翻覆。纵然还有许多地方并没有彻底被洛小七控制，但是至少京城以及边城这两处，他是能握在掌中了。

千里峰，火药爆炸之下，下头一片烟雾，几天不曾散去。闽越用东西制造了更大的烟雾，使得整个千里峰都仿佛被雾包围着，令人无法窥探凤无俦到底怎么样了，也不敢靠近查看。

枪打出头鸟，这些人又很爱计较，希望旁人为自己身先士卒，于是个个都不肯上去。

这消息传到轩苍墨尘那里，墨子渊道："陛下，天曜的大局已经定下，接下来的事，属下一人应付足矣！您先回千里峰，属下很快就会回去跟您会合！"

轩苍墨尘揉了揉自己疲惫的眉心："眼下也只能先如此了，只是洛小七忽然转变态度，朕倒是能认为是因为朕昨日说服了他，但他动作这么快，甚至还催促朕，朕总觉得这其中有问题，而能够动摇洛小七的，大概只有洛子夜一个人……”

“所以，您是怀疑，洛小七的态度，是跟洛子夜有关系？”墨子渊也皱起了眉头。

轩苍墨尘颔首：“只是千里峰的局势刻不容缓。这边的局势，你替朕探查清楚！”

墨子渊点头：“是！”

轩苍墨尘翻身上马，策马扬鞭而去。

是夜，天曜皇宫之中。

洛子夜和冥吟啸从皇宫的外围翻了进去。

整个皇宫灯火通明，黄楚风很清楚，今天宫里会来客人。然而，殿下早就交代过，不管今日洛子夜要进来做什么，这都是他们两个人之间的恩怨，不允许黄楚风插手。

洛小七独自在御书房等着，窗外骤然传来一阵风声。

而就在这时候，一个人影从窗口跃了进来，仿佛一只充满攻击力的猎豹，而身躯弯折之间，又透着一股属于女性应有的柔美。

洛小七沉眸。

洛子夜从窗口跃入，抬了抬手，示意冥吟啸不要跟着进来。冥吟啸看见她的手势，果决地选择了匿在暗处。

看见她的时候，洛小七的心情是激动的，他平静了一下自己的情绪，方才看向洛子夜，有些颤抖地道：“是……是太子哥哥吗？”

从眉眼来看，根本就不必怀疑，一定是她。然而他依旧问了这么一句，因着太担心……太担心一切不过只是幻觉。

洛子夜的脸上蒙着面纱，她将面纱扯了下来，却并没有回答洛小七的这句话，语气讥讽：“几日不见，昔日在冷宫楚楚可怜的七皇子殿下，如今已经成为天曜新的掌权者了，大概几日之后，你就要登基为帝了吧？真是可喜可贺！”

“我……”洛小七眉头皱起，心头慌了起来。

洛子夜扯了扯嘴角，笑容更加轻蔑。她随便找了一张椅子，坐了下去：“怎么，就这么一句话，你就觉得受不住了？那你的心理承受能力是不是太脆弱了？”

每说出一个字，她脸上讥诮的神态就重上一分，甚至眼神慢慢地都已经不再往洛小七身上多看，仿佛多看一眼，都怕坏了情绪。

洛小七唇色煞白："太子哥哥……"

他声音还是一贯绵软，那种软软糯糯的味道让她的眼神骤然冷了下来："你可以叫我洛子夜，我如今不是天曜太子，也并不是你的哥哥！尤其你这样的弟弟，我觉得自己福薄，受不起！"

她这话，令洛小七的脸色登时又难看了几分。他心头这时候忽然涌起一股恶念，总归太子哥哥如今已经很讨厌他了，那么不妨就让对方对自己再讨厌一点。如果他把太子哥哥……把洛子夜，强留下来，强留在他身边，就算以后的时日，他们之间只剩下互相折磨，也比彻底失去她，甚至从此不再相见，要好得多。

一看他的眼神，洛子夜就明白他在想什么。

她眼神微凝，冷笑了一声，指着洛小七所在的位置，扬声道："洛小七，几日之前，就在你站的地方，因为你，因为轩苍墨尘，因为龙傲翟，我险些被打死。你知道长戟穿透大腿是什么感觉吗？你知道棍棒落在身上，打到浑身没有一处好肉，又是什么感觉吗？"

"太子哥哥……"洛小七的脸骤然又白了几分。

而下一瞬，洛子夜眼神一收，继续道："然而，身上的痛再重，也比不上你心心念念想要救的人其实从头到尾不过是为了算计你要严重得多！洛小七，拜你们几人所赐，从前的洛子夜已经死了，被打死在这里，也被诛心在这里。今日之后，我不会再高看你们这些人一眼，不论你们再做什么，哪怕拔剑自刎在我面前致歉，我也不会有丝毫动容！"

她这话说完，洛小七脸色白得如同一张纸。那日武修篁身边的人就说太子哥哥那时已没有求生之念。这句话就像一个魔咒，夜以继日地折磨着他，让他几乎发疯。

如今听她亲口说出这些话，那钻心的感觉更是痛得刺骨。可他有什么资格说他痛？最痛的是她。

龙傲翟说，无论如何，他此生都不会再伤害她。作为他洛小七，又岂能真的说服自己，再伤害她一次？他不能！

他颓然地坐在地上，声音也沙哑了许多："太子哥哥，我想你稍微冷静一下，听我说。我不是想为自己辩解，只是想让你知道一些事情！"

洛子夜听了他这话，倒没有吭声。她也的确想知道，洛小七是出于什么原因才会对自己做这种事情。

洛小七缓声开口："关于我的事情，你应当是知道的。多年以前，我母妃遭到皇后的陷害，说我是天煞孤星的命格。彼时，有了帝拓小皇子克帝拓皇族的先例，谁都未曾想到，这会是一场陷害，也只当我是正好天生具有这样的命格。于是，后头的你应当都知道了，母妃被打入冷宫，久病无人医治，最终病死在冷宫里……”

洛子夜面无表情，等着他继续说下去。

而洛小七也很快地道：“母妃死了之后，小舅舅气不过，提剑入宫。后来，我外公家整个家族因此覆灭，就连刚刚出生的孩子也被杀死，外公在临死之前，只用嘴型，让我看见了两个字——报仇！太子哥哥，你不懂，我是一直活在地狱里的人，活着不过就是为了报仇，为那些人雪恨。多年以来，我未曾有一日能忘记母妃在我怀中渐渐失去气息的样子，未曾有一日能够忘记，那些亲人含恨的眼睛！”

“所以，这就是你不得不报仇、不得不这么做的理由？”洛子夜说道。

洛小七微微一僵：“是！我知道是我自私，我想借你杀了凤无俦，想借机让天曜一片混乱，想杀了我所有的仇人报仇，我甚至借由你是皇后的儿子，借由你是杀母仇人的儿子，来说服自己安心利用你一次……最终，才会做下这些错事。其实，这一条路上，但凡还有第二个选择，洛子夜，你相信我，我都不会这样选。为了报仇，我宁可自己死，也不愿意……”

也不愿意伤害她，也不愿意将她逼入绝境。

他这话说完，整个御书房里忽然安静了。几秒钟后，洛子夜忽然轻轻笑了：“小七，每个人活在世上，都有自己的不容易。你只知道你活着是为了给自己报仇，但是你又知不知道，凤无俦活着是为了什么？为了你自己的私怨，肆意伤害无辜的人，肆意利用与你曾相互在意的人，你觉得你自己值得被同情吗？若是值得，那么谁来同情凤无俦，谁来同情我？”

她这话一出，洛小七心头一沉，整个人仿佛处在一片汪洋之中，茫茫看不到边境，也抓不到浮木。他真的幻想过她会心软，他们还有可能回到最初。但在她说出这句话的时候，他就知道不可能了！

洛子夜仿佛看不穿他心中所念，继续道：“如果每个活得不容易的人，为了让自己活得容易一些，都要去伤害在乎自己的人，你说这世道会变成怎样恶心的样子？洛小七，所有的理由，都不过是借口。你心中清楚你自己做得不对，所以你也不用求我的原谅。你只说，你自己能不能原谅你自己！”

她这话一出，洛小七的脸色更白。

沉眸中，他缓缓抽出了腰间镶着宝石的剑，放在自己身前：“我知道我做的事情不可饶恕。太子哥哥……洛子夜，我不敢再奢望什么，这都是我犯下的罪孽。若是杀了我你能解恨，你便杀了我吧，这是我该承担的！”

洛子夜看了那把剑一眼，开口询问：“我想从天曜出去，你会放行吗？”

洛小七闻言，微微颤了一下。若非走到这一步，不论如何，他都是不愿意放洛子夜走的。可是，当自己的剑都已经横在跟前，生死都已经交出，就是为了让她原谅自己，那么……他还岂敢说，不让她走？若是如此，说他是真心觉得自己对不起她，这话又有谁相信？

他点头，声音沙哑："会的！太子哥哥，你若是要走，我会放行的！"

话音落下，他从腰间扯下两块玉佩，一块是他自己的，一块是洛子夜的："太子哥哥，这块玉佩，是当初你交给宫人让他们拿来救我的命的。现在还给你，我也没有脸面再持有它。另外一块，是代表我身份地位的玉佩，你拿着它，会在天曜畅通无阻。轩苍墨尘大概会察觉到什么，不过你放心，我会想办法帮你引开他们的！"

他伸出手，掌心躺着那两块玉佩。

他的手指干净透明，看来像是丝毫不染世间污浊的天使，才会有的剔透指尖。

看着这样干净的手指，洛子夜心下感怀。她从来未曾想过，这样一个孩子，会做出这样的事情，会这样算计她。

她倒也没有犹豫，更没有矫情，原本她来这里，原因之一便是取到这东西，尽快从天曜离开。她从他手中将那两块玉佩都取了过来，旋即看了一眼地上的长剑。

她脚尖一钩，轻轻往上一提，长剑便立即弹起，落入她掌心。洛小七闭上眼，他知道她是什么样的性格，他对她做出这么过分的事情，无论如何，她也没有不出手杀了他的理由。

而洛子夜也的确没打算轻易放过他。

她看着他长长的羽睫垂下，面色寒凉，伸出手，手中的长剑毫无犹疑地对着他的胸口刺了进去。鲜血很快染红了他的衣衫，此刻他面上竟然半点痛苦之色也无，洛子夜将长剑推进了几分之后，便收了剑，随手将那长剑抛掷在地上。

这一剑，刺得不深，也不浅。

不足以致命，却因为伤在胸口处，会很危险。就算他命大能活过来，至少也会因此卧病在床多日！洛子夜眸色冰冷："洛小七，看在你愿意放我走的分上，我不杀你。但是，我不敢保证若是这一次凤无俦有个什么三长两短，我会不会后悔又折回来取你的性命！"

说完这话，她转身往窗外走去。她并不觉得这是心软，而是因为……

洛小七紧咬着唇，这时候已经有血从他唇角滑了下来："太子哥哥，那……你会原谅我吗？"

这话，让洛子夜顿住脚步。

她头也不回："小七，比起轩苍墨尘，比起龙傲翟，我想你知道，我更恨你！龙傲翟原本就是敌人，轩苍墨尘不过是互相算计的朋友。但是你，洛小七，你不可原谅！我把你当弟弟，把你当亲人，你就是这么回报我的？诚然，你有你的无奈，我能理解，但永不原谅！"

她这话，一字一句，掷地有声。

他心口的明火忽然在这一瞬间暗淡下去，漫漫看不见前路，似乎落入一个冰天雪地的冰窖之中，再也不能感受到丝毫温暖。

旋即，又听得她冰冷的声音响起："小七，我也算了解你。身处在地狱的人，就会渴望温暖，大概你如今能心怀愧疚，就是因为曾经有那么一刻，我曾于你心中温暖过你。对你来说，我算得上是你活着唯一在乎的人了吧？"

她说着这话，倒是回头看了他一眼。

这让他几乎在一瞬间便觉得通体寒凉，她这样的笑容，其实根本不能被称为笑容，他甚至能够意识到，她接下来要说的话，决计会让他更加无法承受。

果然，下一瞬，洛子夜嘴角扯起近乎残忍的笑意："所以，这就是我不杀你的理由。因为我明白，对你最好的惩罚并不是杀了你，而是让你永远不能再见到阳光，剥夺你再看到温暖的希望。那样活着，才是真正生不如死！我要你记住今天，记住我洛子夜，永永远远不会原谅你！"

这话说完，她眼神彻底冰寒。

他刹那便红了眼眶，盯着她，软软糯糯的声音，还是如当初一般甜腻："太子哥哥……"

他企图唤起她对他的怜惜，哪怕只有一点点，那也能为这件事情找到一个转机。

洛子夜愣了片刻，但也就是一瞬间，从前她就是被这样的眼神迷惑，才做出种种蠢事。她不再多看，冷声道："洛小七，我希望从此以后你最好不要再出现在我面前，无论何时何地，我也不希望你我再见！"

说完这话，她纵身一跃，从窗口跳了出去。

留下洛小七一个人，呆呆坐在御书房中，看着已经空无一人的窗口，看着她离开的方向，脑海中一遍一遍回响起她方才的话。他忽然闭上眼，哧哧地笑起来。

这世上有的东西，就是命中注定无法两全。他终于为自己的母妃报了仇，终于为自己的外公全家报了仇。可也从此彻底失去了她，失去他此生可遇而不可求的阳光，失去他最重视、最不愿意失去的温暖，失去……一切。

她说她希望他们从此不再见，从此不再见……

他胸口的血，还在不断地往外流，这一刻他早已感觉不到身上的痛，只能感觉到心尖的痛，一点一点蔓延到全身。

所以，他真的，再也不可能被她原谅了吗……不，不行的。无论如何，他应该做点什么，必须做点什么，赎罪也好，奢求她原谅也罢，他必须做点什么，绝对不能就这么放弃，绝对不能！

洛子夜从御书房里出来后，便上了屋顶，给了冥吟啸一个目的已然达到的眼神，便大步往皇宫之外而去。冥吟啸很快跟上了她的步伐。

拿着洛小七的玉佩，两人一路畅通无阻。然而，在出皇城的大门那一刻，遇见了许多人，这一幕如此熟悉，为首之人站在最前方，他身后是几千大军。

正是龙傲翟。

神机营的人，此刻都在天曜边城的附近集结，然而此刻宫门口，只有冥吟啸和洛子夜两人面对着龙傲翟。

龙傲翟看见洛子夜，那双血瞳晶亮了一下："洛子夜，你真的没事？！"

"别说得仿佛希望我没事，谁不知道你们每时每刻，都很希望我有事！"她语气中带着讥诮。

龙傲翟一怔："我……"

看他仿佛失去言语，洛子夜嘴角微微扯了扯："你如何？龙将军，有话你可以直说，想打也可以直接来，不用拐弯抹角，反正以我们的关系，你就是又想干什么丧尽天良的事，我也不会觉得有丝毫诧异！"

她这话出来之后，龙傲翟眸色微凛。他原本就是铁血男儿，并非婆婆妈妈的人，以他的性格，也做不来软语相求的事。他血瞳微沉："洛子夜，你眼下离开天曜，是想去找凤无俦？"

"不错！"洛子夜扬眉，眼神冰冷。

龙傲翟血瞳微凉，声音依旧冰寒："可是你有没有想过，千里峰有多危险？你出现在凤无俦身边，真的是能帮他，而不是成为他的负担？"

"这个不用你操心，这是我跟他的事。要是不小心真的被你的乌鸦嘴言中了，我成了他的负担，为了不拖累他，我拔剑自刎也没什么不可以！"洛子夜这话说得很轻松，面上的表情更是在瞬息之间又变得玩世不恭起来。

龙傲翟眸色微凉："洛子夜，倘若，我不让你去呢？"

洛子夜打量了他一眼："不让我去？龙傲翟，你可别管太宽了，要知道一生致力于当事妈的人，基本没什么好下场！"

事妈？

龙傲翟声音更冷：“洛子夜，你要明白，千里峰上有什么样的危险，你也该明白，为了救你……他……他付出了多大的代价，你就这么不珍惜你自己的性命，不珍惜他的付出吗？”

说出这话，龙傲翟也知道有多讽刺。

他这貌似语重心长的话说出来，把洛子夜给逗乐了：“龙傲翟，我想问你，我是不是找死，关你屁事？我跟凤无俦之间的事情，又关你屁事？”

连续两个“关你屁事”出来，龙傲翟的脸色立即沉了下来，在看见她面上的嫌恶之后，他拖慢了声调：“洛子夜，我想要你知道，至少在此刻，我并无害你之心，至少在此时此刻，你我并不是敌人！”

他这话一出，洛子夜冷笑：“不是敌人？你敢说，你现在不想凤无俦死？”

她话音刚落下，龙傲翟坦然道：“不错！我的确很希望凤无俦死。但是，洛子夜，如果你打算去千里峰救他，那么……千里峰的事情，我也不会再参与！”

他此言一出，洛子夜的眸色缓和了下来。

少一个人上千里峰去找凤无俦的麻烦，他就少一分危险。龙傲翟肯说出这样的话，这必然是好的！她看了一眼他身后那几千名士兵：“那如果我一定要去千里峰，你是不是还是会挡在我面前？是不是也得我给你下跪，你才会放行？”

她这话是在提醒龙傲翟，对方当日要凤无俦下跪的事。

龙傲翟的脸色更加阴沉，冷声提醒：“洛子夜，凤无俦当日并没有跪！”

“是啊，说起这件事，你是不是希望爷多谢你那天手下留情，放了我们一条生路啊？”说是要感谢，但洛子夜的话充满嘲讽。

龙傲翟眼神一冷，很快接道：“洛子夜，你不必冷嘲热讽。这件事情既然已经过去，相信凤无俦自己也不愿意多提，毕竟最后我没逼他走到那一步，也没有令我们之间的关系真的到不可挽回的绝境！”

他这话，洛子夜赞同。龙傲翟当初没有把事情做绝，那也就意味着，就算她洛子夜哪天找到报仇的机会，也同样不会把事情做绝。

她凝眸看向他：“所以我是不是可以问问，你的身份到底是什么？”

冥吟啸是凤溟的皇帝，轩苍逸风原来是轩苍墨尘假扮，那么龙傲翟呢？

她这般一问，似乎是问到了龙傲翟的痛处。他声音冰冷，眼神也依旧寒凉：“墨氏王朝皇太子，墨子燿！所以，洛子夜，你应该明白我有我的使命。许多事情并非可以精确地预料到结果，许多事情也并非能完全随着我的心意，我想做的就做，不想做就不做！”

他这话一出，洛子夜笑了：“轩苍墨尘干了丧尽天良的事，说自个儿是为了轩苍；洛小七干了不可原谅的事，说他是为了对得起九泉之下的人；你龙傲翟，不，墨子耀，干了禽兽不如的事，说你是为了墨氏。你们好伟大啊，你们伟大又无奈，这世上活得最辛苦的人就是你们了，我太同情你们了行不？”

看龙傲翟被她呛得说不出话来，洛子夜继续道：“你们所有人都是辛苦的，都是在为别人奉献付出，你们伤害别人的时候都是很无奈的，心里都是一千个一万个不愿意的。是啊，你们真的好可怜，所以日子过得最潇洒、最幸福、最没有责任和使命、最该被你们算计到死的我，在差点丢了小命、差点害死真正对自己好的人的时候，还要理解你们、同情你们，对不对？”

是，她承认，他们很无奈，但是谁想过她的无奈了？

他们一个一个身上全是重担，但是她洛子夜就活该被人算计，扭头还要理解他们吗？不好意思，她做不到。一个人被人家无缘无故地扇了一巴掌，她还得上去问：你为什么心理扭曲了，要扇我，哎呀，原来是因为悲伤的过去，因为不能选择的人生，天哪，我真的好同情你……

这种脑残傻缺的事，她表示自己做不来。

龙傲翟无言以对，深吸了一口气，冷声坦然道：“是我对不起你！”

“嗯。这还算一句人话！”洛子夜不吝于给予肯定，“所以，你是打算继续挡在我跟前顾人怨，还是让出一条康庄大道来？”

她受着伤，对方那么多人，真的打起来对她不利！

她这话落下，墨子耀眼神微深：“所以，无论如何，你今天是一定要去吗？”

“不错！”洛子夜点头，“你要是现在就让开的话，或许我会不那么讨厌你！但你要是拦着的话，那就只好打了，不死不休！”

这话令墨子耀彻底沉默了。他脸上神色越发难看，闭上眼，冷声道：“洛子夜，这一次，是我对不起你在先，所以，我放你走！可下一次，你要是再落入我的包围圈中，无论如何……我也会将你留在我身边！”

“只要你现在让开就行了！你随便吹个关于下一次的牛，我可以假装没听见……”洛子夜不痛不痒地应了一句，扯着冥吟啸就大摇大摆地走人，留下墨子耀兀自在原地嘴角抽搐。他已经开始严重怀疑，他到底是怎么看上她的！

千里峰之下。

大雾盘旋了许多天，而摄政王殿下也调息了好几天。

那一瞬爆炸声起，山崩地裂之间，他强撑出了一个巨大的内力圈，将爆炸挡在外围。山石晃动之下，整座山几乎崩塌了一半，可王骑护卫的人几乎毫发无伤，这便是他一个人撑出来的结果。然而这代价，便是他当即吐血，险些丧命。他再有超越神魔的能耐，可终究是个人。

眼下，他依旧在调息。眼看着那气息已经慢慢稳了下来，闽越这才算是放下心！

然而王骑护卫的人，这时候却不能完全放心。要是山顶上那群浑蛋一再用火药来攻击他们，就算是王，也不可能支撑得住。王的实力是足够自保的，但还要护住他们所有的人……

肖班是王骑护卫的领军人物里年纪最小的，当即便怒道："这群龟孙子，有种下来跟我们打，站在山峰顶上丢火药，算他娘的什么能耐！"

他这话骂出来，肖青冷笑："他们要是敢跟我们对打，还至于把我们骗到这里来吗？"

闽越嗤道："这些都算什么，王被洛子夜算计得才算是惨！"

他这话一出，阎烈立即皱了皱眉头："闽越！"

旋即，他看了其他人一眼："都安静些，纵然王眼下调息已经封闭了五识，我们还是不能打扰到王！"他在下意识地避开这个问题，弟兄们都知道洛子夜出事了，但具体情况还都不知道。

看王眼下的态度，想想王当日带着他们离开的时候对冥吟啸说的话，所以这件事，不宜说给弟兄们听，这会令大家因此对洛子夜有很深的成见，那么以后，她再回到王的身边就很尴尬了。他当然不是怕洛子夜尴尬，而是怕王在弟兄们的不满之下，徒添烦忧。

他这样一提醒，闽越很快明白他的意思，立即保持了沉默。

倒是这时候，王骑护卫的队伍里走出来一个人。他一张脸看起来很白净，五官也很立体，然而他微微绷直的嘴角和凛冽的眼睛，一眼看去，众人便能知道，他不是一个爱说话、也不是一个好说话的人。前沿不少士兵看着他，都后退了一步："解罗或大人！"

阎烈是王骑护卫的首领，而解罗或是暗首领的存在，阎烈不在的时候，大事上基本是他在拿主意，然而他性格比较冷漠，很少露面。他要是跑出来，那就是要说点重要事了，所以大家都有点紧张。

解罗或倒也没看他们，面无表情地看着阎烈："我想知道，我们离开军营的时候，屠浮子已经愿意为王解开寒毒，原以为，我们看见的会是已经无事无伤的王，可现在王重伤成这样。阎烈，纵然你才是首领，可这件事情，你和闽越必须解释清

楚。你若照顾不好王，就请你退居暗处，我来照顾！”

解罗彧这话一出，所有人都沉默了下来。

王骑护卫里，最出众的就是阎烈大人和解罗彧大人，两人一直是情同手足，选拔首领时，阎烈大人不爱计较，不愿意兄弟相争，于是打算直接退，然而，解罗彧大人生性不爱与人交涉，也不爱多说话，更是很坚决地退居第二线，成为暗首领。跟兄弟之情比起来，两人都不是在乎一个首领位置的，可这会儿解罗彧大人把这话都说出来了，这就意味着他是真的生气了。

阎烈直接道：“这件事情不论是为什么，也都是我的失职，我愿意退居第二线，你来代我的位置！”

他这话一出，解罗彧原本冷漠而毫无表情的脸，一瞬间染上怒色。他二话不说，几个大步上前，一拳头就对着阎烈的脸打了过去，鼻血一溅，阎烈捂着鼻子，却没还手。这件事情他有不可推卸的责任，他作为首领，却让洛子夜在他的眼皮子底下做出这些事情，这是他的严重失职。

他捂着自己的鼻子，看了一眼对方：“这一拳头是因我失职，我该受的，可你要是再打，我就还手了！”

解罗彧冷声道：“你现在就还手我也没意见，但是阎烈，我并不需要你承认你的失职，我们只想知道真相！关于我们这么多弟兄为什么会被骗到这里，让王跟我们一起被困入死局的真相！”

他这话一出，肖青也忍不住开口：“阎烈大人，我们也想知道这到底是怎么回事。为什么王骑护卫的虎符会落到敌人手中？就算是王身受重伤，他们想从王手中抢走虎符，这也并非易事。这件事情您为何不能对我们直说呢？还是这其中有什么隐情？”

阎烈沉默了。

他不是不能说，是不好说，说出来之后，王最终若还是要跟洛子夜在一起，那么就意味着整个王骑护卫的人都不会欢迎洛子夜，夹在中间的人会是王。大家纵然永远不会对王有什么意见，但总归王会因为这些问题不太舒服。

“阎烈！”解罗彧眸色一冷，喊了一遍阎烈的名字，等着他回话。

闽越原本是一肚子火想说的，但是看着阎烈这为难的样子，又考虑了一下阎烈的顾忌，劝了一句：“好了，事情都已经这样了，你们为难阎烈做什么？这要是阎烈的责任，王定然会惩治阎烈，还需要你们来说？”

闽越这话一出，肖青不说话了。

解罗彧却冷声道：“我并不是要追阎烈的责，他才是首领，我也没有资格追他的责。我们只是想知道真相！”

话说到这里，阎烈也怒了。多年来身为王骑护卫的首领，他自有他的威严：“这件事情到底为何，真的有那么重要？解罗彧，尔非得知道不可，是想内斗吗？还是你已经忘了，至少目前，谁是首领，王骑护卫中，谁有最终决策权，以及说和不说的权力？”

此言一出，解罗彧立即沉默下来。

不错，阎烈既然不想说，那一定是有不想说的道理。对方坚持不说，那么自己坚持问，会让内部矛盾激化。他并不想引起内斗，尤其现在是很微妙的时刻，要是他们内部还起了争执，这对他们来说，才是最不利的。

他立即低头：“是属下思虑不周，还请首领见谅！”

他此言一出，王骑护卫的士兵们也不敢吭气了。向来王的话就是准则，阎烈大人的话也就是王的意思，他们方才也就是急了才会这样追问，寻常情况下，他们是不敢这样以下犯上的。

也就在这时候……

闭眼调息的摄政王殿下睁开了眼。那双霸凛魔瞳睁开的一瞬，整个山谷底下的气压骤降，充满了压迫感，令众人在刹那垂首的同时，心下也都十分雀跃。王完成了调息，那就意味着王应该是没事了。

凤无俦魔瞳微凛，看了一眼眼下的情景。

所有人都围在近前，气氛也很微妙。阎烈的面上带着愠色，一贯不会轻易出现在人面前的解罗彧面部表情也很冷沉。只是看了一眼，他便明白了眼下的情况。他也没多问，魔魅冷醇的声音便缓沉地道：“关于此事，所有的失误，都是因为孤的大意，与阎烈无关，与其他人无关。若有任何责任，也都是孤的，你们问孤便好，不必为难阎烈！”

“属下不敢！”所有人都低头喊道。

不管事情为什么变成这样，但既然事已至此，他们也没有必要继续纠缠不放。眼前的事情是谁也不希望看到的，王自然也不会希望发生这样的事。他们继续纠结有什么价值？

更何况，谁有资格责问阎烈大人？谁又能责问王？

众人这话音一落，摄政王殿下凝眸：“那么，你们还有旁的东西想知道吗？”

解罗彧立即恭敬开口：“王，没有什么想知道了！”众人也跟他一同发声。

闽越低着头，那表情基本上能够用“心如死灰”来形容，也不知道洛子夜到底给王灌了什么迷魂汤，让王成了这样。这些事明明全是洛子夜干的，为了维护那个

女人，王还鬼迷心窍似的，说这都是他的大意和失误。

这不是等于让他们自己人知道，王并非真的无所不能，也有判断失误的时候吗？

大家不再多问，摄政王殿下自也不打算再多说，凝眸扫了一眼阎烈：“孤开始调息之后，他们可又有什么动静？”

阎烈立即开口：“王，您开始调息之后，闽越为了安全起见，点了狼尘烟，让整个千里峰烟雾弥漫。眼下，纵然许多关口都守着他们的人，我们不方便出去，但是那帮人也没胆子进来！想必也是轩苍墨尘还没归来的缘故。”

接着，闽越又开口：“王！我们出门的时候都是带着干粮的。吃的倒是不愁，可是我们昨天开始，就已经断水了。如果我们继续被困在这里，三天之后，对方不进攻，我们也会因为缺水而死！”

他这话一出，摄政王殿下站起身来。

他纵然面色有些苍白，但那一身霸凛气势依旧惊人，依旧令人不能僭越！他站起来之后，魔魅冷醇的声音缓沉道：“所以，最晚明日，我们就要离开千里峰！”

王骑护卫的众人闻言，立即开口道：“是！”

下一瞬，摄政王殿下抬手，内力吸附之间，一块巨大的山石，被高高地举起，轰的一声，猛然砸向山峰的中央！

整个千里峰，很快晃动了一下！

站在山顶上的人，渐次惨白了脸，接着，便听得凤无俦魔魅的声音，响彻山谷：“与孤为敌，就得有付出代价的准备。不知道各位，都准备好了没有？”

这话一出，下头又传来轰的一声响。

整个山峰又是一阵晃动，山顶上的大树都应声倒了几棵！几个小国的王爷这时候都忍不住偷偷地将手按向裤裆的部位，严重担心自己当众尿裤子……武项阳和冥胤青的脸色也非常不好看。

武项阳沉声道：“凤无俦此举，是为了警示我们。然而他自己心里应当清楚，他想从千里峰闯出去，并不是容易的事情，毕竟所有的关口全守着我们的人！”

轩苍逸风第一个点头：“是的，不过他如果继续往外闯的话，你们要赶紧上去围攻吗？毕竟你们要是都不上去的话，说不定他很快就出去了！”

他这话一出，所有人的脸都冷了下来。

武项阳冷着脸看向轩苍逸风：“这一次是天曜皇帝和贵国皇帝请我们前来，眼下我们都来了，天曜和轩苍却都没什么动静，这是何道理？”

轩苍逸风坦诚地道："天曜没有动静，是因为洛肃封死了，皇子们都在抢皇位，比起在乎凤无俦的生死，他们更加在乎谁能当上天曜的皇帝。至于轩苍……本王也很想身先士卒，为你们冲锋陷阵，但是不在其位不谋其政，这是皇兄的事，本王实在不好越俎代庖啊！"

他这话音刚落下，不远处骤然传来一道不冷不热、微微含笑的声音："所以你这话的意思，是希望我把皇位让给你？"

这话一出，轩苍逸风立即后退三步，连忙摆手："皇兄，这个就不必了，您知道臣弟此生最爱说的就是不在其位不谋其政这句话，这意味着臣弟可以不做许多不想做的事情，还有合理的不做的理由！"

开什么玩笑，家国大事让皇兄去操持，他做一个闲散王爷，不缺银子使，不是一件很幸福的事情吗？为什么要往自己身上揽担子，他轩苍逸风只希望抛担子好吗？

说完这句话，他才恭敬地弯腰行礼："臣弟见过皇兄！"

武项阳和冥胤青倒是对视了一眼，心里头觉得古怪。前段日子他们在天曜，一直是跟轩苍逸风打交道，但是这次来了千里峰，这个轩苍逸风，虽然容貌是一模一样的，但是整个人的画风完全不同，简直和在天曜看见的轩苍逸风完全不是一个人。

而这时候，看见轩苍墨尘过来，虽然不是一张脸，却莫名令他们觉得，气质很熟悉！

一众诸侯国代表也很快低头："见过轩苍皇！"如今的轩苍，和从前已经不可同日而语了，天下格局已经洗牌。

轩苍墨尘颔首，微微笑道："诸位客气！各位来了多日，朕却今日才露面，也是朕考虑不周！"

他这话一出，大家心里基本上可以养动物园了，心里一个一个把轩苍墨尘骂了一个狗血喷头。知道他自己来得晚，还今天才露面，让他们这么一大群人全部在这山上守着，傻子一样白白待了这些日子。

心里头已经骂了半天，众人面上却都是虚伪的笑："哈哈，轩苍皇帝来了，就已经是很重视我等了！轩苍皇也不必太客气，原本先等等，也是我们应该做的事！"

轩苍墨尘岂会不知他们心里在想什么，也只客套了几句。随后低头看了一眼山峰之下的情景，下头一片雾霭，什么都看不分明。他很快便道："放箭弩！"

他这个命令一出，有人愣了一下。

放箭弩？箭弩的射程即便再远，想射中山谷底下那些人，也不可能！面面相觑之间，忽有一人问道："轩苍皇，不知道此举何意？"

"毫无意义！"轩苍墨尘面上含笑，淡淡扫了他一眼。他的举止，对其他人来说，自然是毫无意义，但是对凤无俦和他自己来说，却是有意义的。

凤无俦心中定然明白，他轩苍墨尘不来，这山峰上的人，没有一个人敢贸然出手。

他让人放箭弩，这目的也就只是告诉凤无俦，他来了！告诉对方，彼此的敌人是谁。不论用的是什么手段，阴谋诡计也好，计谋盘算也罢，如今，他轩苍墨尘也已经站到了凤无俦对手的位置，能够一战！这是生与死的一战，是男人之间的一战，也是情敌之间的一战。

也就因为是情敌之间的一战，所以他才要让凤无俦知道，彼此的对手是谁！

他这话一出，诸侯国的来使面面相觑。

箭羽，从半空中兜头落下。

山峰之下，摄政王殿下沉眸，嘴角微微扬起讥诮的弧度。他微微抬首，便看见密密麻麻的箭羽。阎烈皱眉询问："王，这……上头那群人，是不是疯了？"

他这话一出，摄政王殿下沉眸，嘴角微扯："与其说他们疯了，不如说……是轩苍墨尘想对孤宣战！"

眼见那箭羽，渐渐对着他们的方向落过来。

摄政王殿下扬手之间，那箭羽便回身而去，强大的罡风刮过，带出的气流波使得那些箭羽都往长空的方向疾驰！最终，渐次对着山脉之上的那些人砸落下去。至于是不是会射中人，摄政王殿下并不在意。

就如同轩苍墨尘宣战的时候，也并不在乎箭羽落下来之后，会不会射中人一样。

闻越提醒了一句："王，眼下以您的身体，并不适合一再使用内息。您……"

话没说完，凤无俦已经凝眸扫了过去，那眸中带着惯有的傲慢和高高在上，他沉声道："如果他们有本事让孤过度使用内息而亡，那就让他们来！"

他这话一出，闻越登时不说话了。

那箭羽回身向上之后，轩苍墨尘嘴角也微微扬起。他一抬手，箭矢很快散落到一边，砸落到山峰边缘的地面上："准备，往下面投巨石！"

"是！"下人很快应了一声。

冥胤青回过头，看了一眼轩苍墨尘："轩苍皇，不知道要除掉凤无俦，需要几天时间？"

轩苍墨尘立即扫向他，嬴烬对他的警告，还历历在目。如今，冥胤青大概也是一个能改变凤溟格局的因素。若是冥胤青能有足够的本事牵制嬴烬，那么这些事情，他便不必再上心。

这般想着，他对着冥胤青道："此刻凤溟局势微妙，冥王的心情朕很明白。眼下千里峰有诸国之人在此，想必不会有太大问题，冥王若想先回去处理国事，朕很赞同。若是冥王在近日之内，有意问鼎更高位的打算，朕可以与冥王合作，助你一臂之力！"

他说的是合作，而并非无条件帮助。

但这话对冥胤青来说，已经是一个很大的诱惑了，毕竟天曜的皇位，已经是洛小七的囊中之物，洛子赟坐上皇位没几天就被推了下来。而洛小七之所以能这么顺利地登上皇位，也是仰赖于轩苍墨尘的帮助。

既然是这样，他冥胤青自然也能看到轩苍墨尘的实力和价值。他很快开口道："若能如此，本王先行谢过轩苍皇！"

这话一出，轩苍墨尘微微颔首。冥胤青便转身，带着人先走了。

待到冥胤青离开之后，山峰之上的众人已经开始往下投掷巨石。武项阳的脸色尤为难看："上一次……"

话没说完，被轩苍墨尘打断："上一次龙傲翟打算用巨石杀凤无俦，没有成功。那是因为只是对付他一个人，但是你不要忘了，下头是王骑护卫的几万人，凤无俦不仅仅要他自己一个人活，还要他手下那么多人活。甚至，他宁可自己死，也不会让他手下的人死。这就是我们今日的胜算！"

武项阳立即沉默，轩苍墨尘的话，有道理。

当洛子夜和冥吟啸成功地从天曜的边境出来，往千里峰的方向才奔出去二十多里，便遇上了不少熟人。

澹台毓糖背着一个包袱过来："太子，这是我们西域最毒的蛊毒和药了，怎么使用的都有，什么样功能的都有，只有你想不到的，没有我们没有的。我听说他们暗算了摄政王殿下之后，就回西域拿药了，父王说你帮过我们，所以他毫不吝啬，让我把好药全背来了！"

洛子夜盯着面前这一包袱毒药，觉得这真是一阵及时雨。

而这时候，一里之外，合齐王子也带兵过来："太子，我带兵在这里等你很久了，是兄弟就一定要在关键的时刻，全力相助，生死与共！这是我戎国所有的精锐，我将随你一同作战，为摄政王殿下和王骑护卫解困！"

洛子夜眉梢扬了扬，心情也好了起来。所以，这说明，并不是所有的付出，一定只能收获自己很愚蠢的结论。如澹台毓糖，如合齐，这都是付出或真心相交之后，得到的福报不是？

她笑笑："那好！我们一起走，组队去救人！"

"等等老子！"随着这粗犷的声音传来，洛子夜很快转过头，凝眸看去，便见申屠焱带着人来了。洛子夜在人群里仔细地看了一眼，登时整个人就不太好了！

申屠苗也在！

申屠苗看她的眼神也更不好，甚至冷笑了一声，看向申屠焱："王兄，我们要去救摄政王殿下，自己去就好了，你跟他们一起去做什么？"

澹台毓糖听了这话，也老大不客气地瞟了她一眼："说得好像我们愿意跟你一起似的，你要是不乐意跟我们一起就回去，左右你跟着也没有什么用！"

这话一出，申屠苗当即便是一怒，正打算说话，申屠焱冷嗤了一声："够了！我们是出来帮兄长的，自然人多力量大。诸国联军你以为是开玩笑的吗？你若是不愿意一起，就先回去，休要在此扰乱军心！"

不是他不维护自己的妹妹，而是大局为重。

他这句话一说，申屠苗的脸色一阵青一阵白，但到底是老实了，不再多说，看着洛子夜："扫把星！"

骂了这么一句，她就偏过头，看向了别处。

洛子夜本来看见她的时候就很不爽，这时候也没忍："是的。的确是扫把星，不然爷和凤无俦，怎么就在之前没多久遇见了公主之后，一直在倒霉呢！"

她是对不起凤无俦，但是又不是对不起申屠苗。凤无俦有资格骂她，甚至阎烈、闽越都有资格，但是她申屠苗，是从哪里来的资格？

她这话一出，申屠苗的脸色立即青了："洛子夜，你休要颠倒是非黑白！"

她这般一吼，洛子夜也不看她了，直接便看向申屠焱："申屠王子，你是来办正事的，还是专程带人来找碴的？我心里已经够堵了，实在是不需要更堵！"

申屠焱闻言，扫了申屠苗一眼，脸色更不好看了。

这一眼看过去之后，申屠苗瘪了瘪嘴，悻悻地闭了嘴，心中却是一千个一万个不乐意。洛子夜把摄政王殿下害得这么惨，就是让她喝洛子夜的血，她都喝得下去。要不是怕王兄恼了之后，真的把她赶回去，她此刻定然不会就此沉默！

"这大概就是老人们说的，狗拿耗子多管闲事！"冥吟啸轻轻笑了一声，刺了一句。

申屠苗脸色一变，更是知道王兄这时候对自己的忍耐，已经到了极限了。她嘴角微微抽搐了几下之后，识相地保持了沉默，看冥吟啸的眼神却毒辣得很。

申屠焱也忍不住说了一句："好了！既然都是为了兄长，就一人少说几句。眼下我们还是先团结起来，将兄长救出来再论其他的事，太子，您说呢？"

他这话一出，洛子夜点点头，掉转了马头："既然申屠王子心里也是知道这一点，那我们就尽快出发吧。还有，以后叫爷大爷就行了，别叫爷太子了，爷早就已经不是什么劳什子太子了！"

天曜的历史里面都已经没有她的存在了，还太子个什么玩意儿。

申屠焱的嘴角抽搐了几下，大爷？！她也是想得出来！申屠焱到底也没说什么，带兵策马跟上。

一行人很快出发。

洛子夜看向上官御："我们的兵器铸造得怎么样了？"

上官御正要开口，又是一阵马蹄声传来。他们回头一看，便见着萧疏狂和云筱闹也都跟了上来。上官御立即叹了一口气："兵器的事情，您还是问萧疏狂吧。这一块一直是他在负责，这几日在京城，也是他盯着此事……"

萧疏狂颓然道："从京城发生了巨变之后，整个皇城都被扫荡了一遍，摄政王殿下送给您的那些私人制造厂，全被洛子赟查封了。原本我们想着，摄政王殿下送给您的东西，旁人定然不敢动，所以我们就把您那些武器研究的地方，也都搬到了兵器制造厂，现在……"

"全没了？"整个京城的格局洗牌，天曜的皇城如今已经彻底……不再是她洛子夜的地盘了，也因为她的愚蠢，凤无俦也没了立足之地。

萧疏狂点头："全没了。原本有个您说的叫作红衣大炮的东西，我们都造出来一辆了，还没找好试用的地方，就被查封了。为了避免这东西被那些人用了去，我们及时将大炮给毁了！所以纵然我们此刻没有东西可以用，其他人也是用不了。"

云筱闹忍不住看了洛子夜一眼："殿下，如今您明白谁才是跟您在同一战线的人了吗？摄政王殿下才是真正跟您一荣俱荣、一损俱损的人。您看看，您除了把摄政王殿下给害了，把您自己也给害了好吗？您知道您这一口气，在京城丢了多少东西吗？那么多摄政王殿下送给您的良驹、马匹、兵器、珠宝，还有华服制造厂，全都没有了，您不心疼，我都替您心疼！"

洛子夜纵然不是爱重财物的人，但是听见这些话，没来由地也开始心疼起来。是啊，这一回，她把他害惨了还不算，把他的身家也全丢了，把她自己也坑了。

她又开始质疑自己的智商了。

冥吟啸在边上听着，想说话却发现自己并没有立场，于是没吭声！他身后的青城斜眼看他，就公子这把钱看得比性命还重要的德行，洛子夜要是不主动开口，公子肯拿一个铜板出来才怪了，遑论是学凤无俦，主动把身家都交出来。

申屠苗听着这话，却是红了眼，冷笑一声："可惜一片真心，最后喂了狗！"

洛子夜看了她一眼："你咋不和草原里的公猪嘴对嘴、肩并肩，一起冲上天呢！"人家骂她是狗，她就骂人家是母猪好了。

众人："……"

说完这句话，她策马往前。申屠苗一张脸气成了菜绿色，申屠焱还又警告地看了她一眼，申屠苗深吸了一口气，什么也没说，却在心中告诫自己，不要再跟洛子夜起冲突了，要是真的将王兄惹火了，把她赶回去，她就会错失在摄政王殿下面前露脸的机会。

这一路上，没人再起任何争执。

他们一路西行，很快便到了千里峰的山谷附近。然而，他们刚刚逼近，便有许许多多的人围了上来。轩苍瑙站在最前头，她身侧的下人在她耳畔告知她来人是谁。

在听见洛子夜的名字的时候，她也是感觉松了一口气。她的那个宝贝弟弟对洛子夜的在意，她自然是知道的。她立即回身对身后的人道："传信上山给陛下，说洛子夜还活着，如他所料，她已经来了！"

"是，长公主！"有人很快上山去了。

洛子夜自是不晓得他们交流了什么，千里峰的谷口已经全堵死了，此刻，挡在他们正前方的，是千军万马。就他们这几万人，根本不可能是面前这么多人的对手，人家就是打车轮战，也能十个打一个。

形势有些严峻，洛子夜盯着面前的人冷笑："老太太，多日不见！"

轩苍瑙微微吸了吸鼻子，轻轻地笑了笑："看来你们带来的好东西不少，都是西域的至毒吧？不过可惜了，这些东西在我这里，派不上什么用场！"

她说话之际，有人端出来一盆花，花茎血红，花苞仿佛食人花，看起来极为可怖。这样的花，洛子夜从未见过。

而冥吟啸倒是扬了扬眉梢，靡艳的声音带着几分玩味："血络兰，能防百蛊、百毒，看来千浪屿和轩苍皇室的确是关系不凡。这样的好东西也肯拿出来用！不过，这花离开了千浪屿，不出十天就会开败。长公主连这个都用了，不觉得可惜吗？"

轩苍瑙缓声道："一个医者在千浪屿，二十年可以养成一株此花，这一株开败了，我再花二十年养一株便罢了。这东西虽然绝无仅有，却并非不可复制，若是能保住我们这许多人的性命，又有什么可惜的？”

洛子夜一听冥吟啸这话，就明白自己手中的毒药大概是没有用了。

申屠苗冷笑了一声：“西域的毒药，原来也不过如此！”

洛子夜本来就很烦躁了，还听见这么一句不利于团结的话，扭头就说了一句：“是的，西域的毒药不过如此，you can you up！no up no bb！这句话翻译过来，就是你行你上，你不上就不要哔哔！”

申屠苗一噎。

澹台毓糖白了申屠苗一眼，也没吭声。大家这时候已经够心烦了，她没兴趣再跟申屠苗纠缠。

冥吟啸听了轩苍瑙的话，嘴角微微扬了扬，不置可否，却说起另一点：“似乎，千浪屿和轩苍皇室应当是相辅相成，但按照祖训，若非关乎轩苍皇室的生死存亡，千浪屿的人是不能公然出来帮忙的。怎么，老太太你是打算违背祖训吗？”

他这话一出，轩苍瑙的脸色也立即难看起来。她冷声道：“我是不是违背祖训，这是我千浪屿的事情，这一点和阁下没有关系！”

“所以，老太太是明知道违背了祖训，也一定要拿着血络兰跟我们对战到底了？”冥吟啸的声音中，多了几分冷意。

他这话一出，轩苍瑙也冷下脸：“不错！”

说完这两个字，她偏转过头对着洛子夜的方向：“洛子夜，你应该看见了，论起智谋，这天底下无人算得过我轩苍的皇帝，即便是凤无俦，如今也被困在千里峰之下，困在墨尘的包围之中。事到如今，难道你还看不明白，谁才是真正的强者？”

洛子夜扬眉：“所以呢？”

“所以，墨尘对你来说，也会是很好的选择！”轩苍瑙说着，又很快地补充道，“你应当知道他心里有你，而且将你看得很重要。而他这样的强者，终究会立于至高无上之位，若是跟他在一起，你迟早也将成为母仪天下之人。我相信，如果选择他，你是不会后悔的！”

“哦！他的确很优秀！”洛子夜点头表示赞同，但下一瞬，她的表情便冷了下来，“然而你弟弟的所谓‘智谋’，尤其这一次，是全部建立在算计我之上。老实说，我真的恨不得喝他的血，吃他的肉，削了他的骨头，才能消我心头之恨。你却说什么来着？让我选择他？然后以后也好心甘情愿地被他利用？”

洛子夜嘴角扬起讥诮的笑：“你说这些话，无非因为当初他在千浪屿救了我。我也不妨告诉你，这话你可以替我转达给他，如果早知道他救了我，最终却要这样

利用算计我，让我知道这世间能阴邪至此，世人能卑鄙无情冷酷至此，我情愿他当初从未救过我。如果那时候我死了，如今也不会害了凤无俦，我也不会觉得这世道、觉得他，让人如此恶心！”

她的确曾经感激过轩苍墨尘，但事情到了如今这地步，指望从她口中听到关于对方的任何一句好话，那都是不可能的。

她这话一出，不远处山峰的山道上，一道白色的身影倏地僵住，温雅含笑的双眸也在顷刻间凝固，慢慢染上冰寒的色泽……在收到她还活着的消息那一瞬，千里峰上的政局之争，凤无俦到底是生是死，一切似乎都变得虚幻起来。他脑海中不再有眼前弥漫的硝烟，只有她还活着的狂喜，不顾众人古怪的眼神，不顾其他人的阻拦询问，便从山峰上下来了。

他心中想的是什么？

是上天对他还有一丝眷顾，不曾在他做出此生最艰难的抉择之后，让她死去，让他彻底失去……失去哪怕再看她一眼的机会。然而，他却听到……她说她希望他从未救过她。因为他，这世道让她觉得恶心，还有他，也让她恶心。

他，让她觉得恶心。

她恨不得喝他的血，吃他的肉，削了他的骨头？她对他就这么恨？是因为他算计她，还是仅仅因为……凤无俦？

墨子渊皱起眉头，她话都说到这份上了，陛下还想见她吗？

而轩苍墨尘也的确是顿在原地。眼底的寒光越发深重，他温雅的声音在山谷中震荡，那双含着冷光的温润眼眸扫向人群：“包围他们，杀！”

他这话一出，下头的人都是一愣，渐次回过头，很快便看见了轩苍墨尘！

洛子夜的眼神，也随之扫了过去，在看见他的脸的那一瞬，她原本就冰冷的容色一瞬间更冷了，眼神带着仇视。

轩苍瑙也愣了一下，抬头看了一眼轩苍墨尘：“皇弟……不，皇上，你说什么？”杀？他对于洛子夜的在乎早已逾越他的生命，可这时候，在知道他心心念念的洛子夜没有死的时候，竟然决定杀了她。他是疯了，还是一时间在气头上？

轩苍墨尘并未理会她，眼神却放在洛子夜身上。两人对视，似乎是在茫茫人海中，有了那么一道鸿沟，那是权力与欲望的鸿沟。那是爱与恨、仇与怨的鸿沟，令他们永远无法跨越，只能对视，以或陌生或憎恶的眼神远远相望。

他们之间的距离，是这样近，只要他伸出手，她就能站在他身边。却又是这样远，远到哪怕他们此刻执手相握，心间的隔阂也会令他们的心相背离。他骤然闭上眼，温雅的声音带着不容置疑的味道，重复了一遍：“包围他们！杀！”

他话音一落，几十万大军很快领命，围向洛子夜等人。

对方的人比他们多上太多，就是在战场上除了凤无俦，谁都没服过、谁都没怕过的申屠焱，这时表情也很严肃。骁勇善战，不代表不知死活，人数差距这么大，要是真的打起来，他们并无胜算。

他能看明白这一点，洛子夜又岂会看不懂？随着轩苍墨尘这句命令落下，洛子夜立即吩咐道："分散，列阵。圆形对战！"

她这话一出，神机营的人立刻行动。申屠焱也挥了挥手，他手下的士兵也都跟着行动起来！

看着她看向轩苍墨尘的仇视目光，那种从前在她眼中不曾见过的锋利冷酷令冥吟啸轻声道："小夜儿，你要记得你自己是什么样的人，记得你希望自己是什么样的人，不要因为仇恨，因为你憎恶的人，改变你自己应该有的样子。因为他们没有改变你性情的资格，他们都不配！"

他这话一出，洛子夜怔了怔，很快明白了他的用意："我明白！不论发生什么样的事情，我永远不会让自己成为我所鄙视的那种人！"

轩苍墨尘不清楚他们在说什么，他温润的眼眸落到了冥吟啸身上："阁下应当知道，朕一直在派人找你！"

"轩苍皇何须说得这样客气，您是一直在派人杀我吧？不过想杀我，还真的没那么容易！"冥吟啸说着这话，面上微微含笑，笑容妖冶动人，令对面的不少士兵都禁不住目瞪口呆，有的更是直接流出鼻血来。然而，他那双邪魅的桃花眼中，却令人看不到丝毫笑意。

轩苍墨尘微微一笑，而下一瞬，他便抽出腰间软剑。锋利的光，在太阳的照射之下，有些刺眼，却照不见他心中冰冷寒凉的那一面。

从此，他跟她之间，不会有笑语和好言，只余下憎恶仇怨。

他话语中也带着几分决绝的味道："很好，既然如此，我们今日就做一个了断！"

说着这话，他的眼神并未单独落在冥吟啸身上，而是落在眼前的这么多人身上。

这其中，也包括洛子夜。

洛子夜伸出手，从自己的靴子里头抽出一把匕首："没好意思对你说，爷想了断你，真的已经挺久了！"

轩苍墨尘听得出她的言下之意，更看得出她眸中对他的不喜与憎恶。

他薄唇微微扯了扯，似是忽地做了什么决定，扬眉温声开口道："洛子夜，既

然是想彻底了断，那么今日，我就跟你打一个赌，怎么样？”

“赌约的内容如果是爷占便宜的话，你尚且可以说说看！如果不是，还得要爷吃亏，那你还是不要说了！”洛子夜是个很实在的人。

轩苍墨尘嘴角一抽：“这个赌约，你会感兴趣的！”

洛子夜不冷不热地道：“那你可以说说看！”

“一个时辰之后，如果凤无俦活着，我放你们走。如果他死了，我要你留下，做我的皇后！”他一贯温雅的声音在此刻听来，带着难言的柔度，和几分不可察的冷意。

他这话一出，洛子夜的眼眸眯了眯，冷声询问：“你这话是什么意思？”一个时辰之后，凤无俦活着？那么，这是不是意味着，他在这一个时辰之内，给凤无俦准备了一场死局？

轩苍墨尘好脾气地道：“洛子夜，你知道我的话是什么意思！”

冥吟啸的面色也沉了下来，申屠焱和申屠苗亦然。

洛子夜脸色阴沉：“你的意思是……”

“你若是想看看他是怎么死的，你可以随我一同上山。当然，朕的意思是你一个人随我上山！或者，你继续在这里跟我的人对战，然后，安心等着凤无俦的死讯！”他这话说得很轻很浅淡，似乎根本没有什么情绪波动，只轻轻地陈述着一个事实。

他这话一出，洛子夜立即四下看了一眼。

倘若轩苍墨尘的话是真的，此刻他们被这么多人包围，就是想杀出包围圈，一个时辰之内也无法做到。那么……这就意味着，在凤无俦最可能出事的时候，她只能在这下头厮杀？

轩苍墨尘看她不说话，又道：“洛子夜，你放心，跟我上山之后，你若是想下来，我不会拦着你。甚至，你随时可以下来，哪怕往上走几步之后，你反悔了，我也不会置喙。是不是上来，你可以自己考虑！你心里也应当清楚，你的毒药派不上用场，你手下的这些人，人数太少，也并不是我们的对手！”

他这话一出，洛子夜脸色更冷。

冥吟啸却开了口：“小夜儿，不宜相信他！”

她当然知道不宜相信轩苍墨尘，但是……要是对方说的话是真的，要是凤无俦的确将面临生死考验，她不上去，继续在这里对峙、打斗，那么最终……他也许真的会出事，而她在山脚下，什么忙都帮不上。

可若是跟着一起上去了，或许可以帮上忙，毕竟上去之后，才有接触到他的可能。

而此刻，轩苍墨尘听了冥吟啸的话，也只是微微一笑："洛子夜，你的时间不多了。我说的是一个时辰之内，凤无俦也许会出事，而非一个时辰之后。也许眼下，他就已经出事了！你真的不打算随同朕上去看看？"

"你敢！"洛子夜一听这话，双眸猩红，瞪着对方。

轩苍墨尘的眼神染上了毫无温度的笑意："我敢不敢，你很快就会知道！洛子夜，朕就先上去了。你可以继续考虑，记住，你若是同意随同朕上山，那么就等于，你同意跟朕打赌！赌约的内容，想必你也不会忘记：一个时辰之后，他活着，你们全部可以离开；他若是死了，你就必须留在朕身边，做轩苍的皇后！"

说完这话，他便转身大步往山峦之上而去。

洛子夜脸色微青，若是不答应轩苍墨尘的条件，她想进千里峰，至少眼下根本不可能。而做他的皇后，也是不可能的事。但是，这个赌局还是可以先应下，因为她必须上去，好知道凤无俦到底怎么样了！

她一双漂亮的桃花眼看向山峦之上缓步而行的轩苍墨尘："站住！我答应你！"

"小夜儿！"冥吟啸冷着一张脸，想要喝止她。

他这三个字一出，轩苍墨尘不冷不热的目光也放在了他身上！

洛子夜自然清楚冥吟啸心中的顾忌，她压低了声音，用只有他们两个人能听见的声音，开口道："如果到了黄昏，我还没下来，你就安顿好神机营的人，然后想办法上山找我！"

跟轩苍墨尘打交道，不留后手，是一定不行的。

她这样一说，冥吟啸便也明白了她知道危险性，倒是放心了一些。他几不可见地点点头，靡艳的声音微沉道："放心，神机营的人，我会为你照顾好！"

这话方落下，轩苍瑙一挥手，前方的人很快给洛子夜让出了一条道路。洛子夜翻身下马，大步往前走去。坐在马背上的申屠苗看着这一幕，表情越发森冷难看。

要是让洛子夜上去了……那么洛子夜就很有可能先自己一步，看见摄政王殿下……

她凝眸看向轩苍墨尘："轩苍皇，我……我也想跟着一起上去！"说出这话的时候，她凝眸看向对方，眸中仿佛含情。她对自己的美貌一直是很自信的，她有足够的自信，轩苍墨尘看着自己这张脸，一定会应允自己所求。

她更相信，洛子夜纵然也很美，但自己的容貌并不在对方之下。

然而，轩苍墨尘根本看都没看她，只温声道："申屠公主还是留在山下比较

好，毕竟洛子夜或许以后就是朕的皇后，朕定然会保护好她。但申屠公主如此美貌，要是被山上的男人们侮辱了，朕恐怕眼都不会抬一下。若是如此，申屠王子想必会非常生气，朕并不想将这责任揽到自己身上！”

这么不好听不客气的一句话，说到后头却扯进申屠焱，让人觉得他仿佛是为了两国邦交，不想与人为恶，甚至明明听来是有些下作的话，他说起来却似十分高雅。

神机营之中，很快有讥笑声响起。他们都很清楚这个女人喜欢跟太子殿下为敌，所以都不喜欢她，这时候听到轩苍墨尘说出这种话，大家心里都不自觉地幸灾乐祸起来。

申屠苗的脸色立即青了！她不明白中原这群男人，为什么和他们大漠的男人，完全不一样。赢烬也好，凤无俦也好，轩苍墨尘也好，竟然没有一个人因为她的美貌心动。男人永远都是视觉上的动物，他们几个人，是不是都眼瞎了？那个洛子夜比她美多少？她越想越生气，然而人家都说出了这样的话，她再说什么也是自取其辱。

洛子夜却没心思理会他们说了什么，举步往山上走的时候，她眉心慢慢皱起，因着腿上的伤随着她这样往上走，慢慢渗出血来，也越来越难受。

但她一直紧绷着一张脸，不愿意在这种时候示弱。然而，穿透大腿的疼痛，令她额角慢慢有细密的冷汗滑了出来！

轩苍墨尘看着她一路走过来。

尽管她在很努力地压抑痛苦，可那种很轻微的不对劲，他也看得出来。他却也没多言，那双温润的眸子一直看着她，俊雅胜过天神的容颜，也带着几分难掩的复杂神色，却又被他小心翼翼地收敛起来，不愿意被她看到。

看着他原本以为会真的在他的算计之下就此死去的人，一步一步走近，慢慢到他跟前，他忽然觉得庆幸，甚至于眼眶忽然酸了酸，令他匆忙闭上眼。不能在这一瞬失态。他压抑着自己的情绪，直到听到她的脚步声到他身前，他才睁开眼。方才那一瞬间的情绪，也已经被压抑克制住。

四目相对。

那一瞬间，风扬起。她的广袖骤然被风撩起，眼下是夏天，衣服也就只穿了薄薄一层，袖袍翻飞之间，他温雅的眼神落到了她的手臂上。原本白嫩的手臂上，此刻全是瘀青，一条一条，青紫交错，还有可怕的血痕。

那一瞬，他心头骤然一沉。

她身上全是伤痕，而他眼前看见的，只是冰山一角。可他没有资格说心疼她，更没资格关心她，因为这一切，全是他造成的！他袖袍下的手动了动，想去抓握她的胳膊，查看伤势。

然而，在他伸手之前，洛子夜已经意识到了他想做什么。她拢了自己的袖子：“看什么？上山吧！别装得跟多关心我似的，这不都是你算计好的吗？既然这样，你还装什么情圣？别惺惺作态了，没来由地让人恶心！”

她这话说完，看他的眼神更是不屑。仿佛他若是关心她，那么所有的关怀从说出口的那一瞬间，在她眼里便全是惺惺作态的演戏，也全是虚情假意。这令他将要伸出的手倏地顿住，不再往前一步。

他嘴角慢慢扬起，凝结的眸子也彻底沉下来，面上却是温雅的笑容：“不错，这时候，我的确没资格关心你。而且，如你所言，这一切也的确都是我造成的。这就是我和凤无俦之间的区别，他会对你好，而我只会算计你、伤害你，惺惺作态，让你恶心。可洛子夜，那又怎么样呢？现在他的生死，或许就在我手里。而你，只能看着，什么都改变不了！”

他这话一出，轩苍瑙的脸色都变了变。她仰头看向轩苍墨尘，感觉他有点不对劲。他这是明知已经无法挽回，无法获得谅解，所以……打算干脆坏到底，彼此为敌到底，让洛子夜厌恶到底了吗？

洛子夜听了轩苍墨尘的话，扯了扯嘴角，冷笑了一声，大步从他身边走过。他回身，温润的眼眸，落在她的背影之上。

那眸中所有的温柔和笑意，早已在刹那间消弭。他嘴角慢慢扬起，眸色幽冷阴鸷，不复公子谦谦如玉的模样，倒是仿佛天神即将堕魔，被黑暗侵蚀，以至邪魔涌动。

他随即举步，跟上了洛子夜的步伐。

两人一道往山上走去，很快便消失在冥吟啸等人的视线范围之内。

而申屠苗的脸色一直很不好看。当洛子夜彻底从她眼前消失时，她冷嗤了一声：“哼！我看那个洛子夜是怕了，打算临阵倒戈，站到轩苍墨尘那边吧？也是，既然人家有成为轩苍皇后的机会，为什么还要陪着我们在这里送死呢？”

她这话一出，云筱闹立即扭头：“太子是不是想临阵倒戈，我是不知道，不过刚才仿佛有个人求着想临阵倒戈，但是轩苍的皇帝不给面子啊！不知道那个被拒绝的是谁？要是太子真的临阵倒戈了，那我们是不是可以解读为，公主你刚才也是反水了？”

云筱闹这话一出来，申屠苗扭头就道：“本公主的事情，与你何干？”

“那太子的事情又与你何干呢？”云筱闹不冷不热地回了一句。

申屠苗还要再说话，申屠焱便不耐烦地吼了一声："够了！都给老子闭嘴！"

他这么一吼，申屠苗想说的话登时便止住了。

云筱闹冷哼了一声，很快偏转过头。冥吟啸却不放心，几乎是直觉上就知道一定会出事，眉头紧锁。他回眸看了一眼武青城："我们的人还有多久会到？"

"最快明晚会到！"武青城眉头深锁，要是今天就能到，他们眼下也不必如此担忧！

千里峰之上。

洛子夜笔直往山上走着，走了三炷香的工夫之后，才让到一边，让轩苍墨尘在前头带路。

轩苍墨尘很快走到她前方，眼角的余光，也从她越来越不自然的腿上掠过，可想起上山之前，他还未说出关心之语就面对了她那样的回应，眼下，看见她腿脚似乎不便，他也一言未发。

他在前方带路，走的并不是山顶的方向，而是半山腰的某处隐秘之地。

刚刚走过去，洛子夜就看见了许多士兵在这里守着，而边上，有硕大的巨石，还有火药，数量之多，大概抵得上一个军火库的弹药。这让她的脸色立即难看起来！而沿着山峰的边上往下看，可以看见密密麻麻的人群正在往这个方位逼近，离得太远，只能看见一些小黑点。那应该就是凤无俦他们！

洛子夜回眸看了一眼轩苍墨尘："你到底想做什么？"

"我想做什么，你看不出来吗？"他微微一笑，低头看了一眼山峰之下的情景，"凤无俦的人已经断了水，他们必须从千里峰出去。而这里，是他们的必经之地！洛子夜，你说，我能想干什么？"

他这话一出，洛子夜顿时面色紧绷，旋即，她抬眸看了他一眼："所以，这等于是你和他，最后决战的生死之地？"

她这般一问，轩苍墨尘轻笑了一声："与其说这是决战的生死之地，倒不如说这里就是凤无俦的死地！"

说着这话，他骤然举步，往洛子夜身侧靠近。

轩苍墨尘步步逼近，他比她高，身高造就的压迫感，令她只能仰着脸，才能跟他对视。她看见他面色温雅含笑，却似乎周身有邪魔环伺。那一双温润的眼眸投入她眼中，他缓缓地道："洛子夜，今日你要看着，看着他和他手下的人如何在我手中慢慢死去。我要你记得，轩苍墨尘是怎样的人，能让你恶心到何种境地。我要你恨我恨到骨子里，烙印在心，再也不能拔除，也永不能忘！"

如果是恨，那就恨吧。

最好恨一辈子，最好恨入骨子里，最好即便他将她的记忆抹去，她也还能记得她生命中曾经出现过他，已经烙印在灵魂深处，不管是爱是恨，都永远记得。记得他曾经伤过她、害过她，也……爱过她。

他的这话，让洛子夜眉心跳了跳，她隐约觉得自己面前的这个人可能已经疯了。这样极端的话说出来，跟入魔了有什么区别？她盯着他俊雅的面孔："轩苍墨尘，你是不是疯了？"

他闻言伸出手，内息散出，四面的树木骤然被连根拔起，伴随着呼啸的风声，一起往山峰之下砸去。他含笑的声音，温雅响起："你说得不错，我的确是疯了。而且，从此以后，我会疯得更彻底！洛子夜，我也许会杀了你，把你放在冰棺里头，让你的尸体永不腐化，然后放在我身边，从此陪着我，从此你哪里都不能去，只能陪着我，你说好不好？"

说着这话，他更上前一步，跟洛子夜离得极近，呼吸几乎就要贴上她的脸。

化魔般的气息，让洛子夜不自觉地后退了一步，她倒不是怕死，而是一时间根本不能接受他这样化魔一般的反应，她皱眉道："你知道你在说什么吗？"

她这般一问，他瞬间微微一怔。然而那不过是刹那的事，随后他扬眉看了一眼自己手下的人，冷声吩咐道："点火药！立即！"

"是！"下人们很快应了一声。

洛子夜面色一变，便要上前去拦。轩苍墨尘却站在她跟前，广袖掠过，风吹起的不再是空谷幽兰般的雅致，而是上古邪魔的气息。

内息散出，手落到她的头顶，动作似乎很温柔，却更让人感觉森寒。他温雅的声音含笑，缓缓地陈述道："洛子夜，眼下受伤的你不是我的对手。你最好还是老老实实在边上看着，安然履行我们的赌约。洛子夜，别逼我杀你！"

说话之间，有内息从她的头顶下来，那是他手口散出的真力。而洛子夜如今也是有些真气傍身的，她也很快凝聚起体内的内息跟他对抗。不少下人收到轩苍墨尘的命令，点燃了火药。

而轩苍墨尘在她跟前挡着，她想往前一步都不行。

旋即，轰隆几声巨响，爆炸声之下，山谷之上的巨石立即从山顶上砸落了下去。极目望去，便能知道，那些石头是朝着凤无俦那一行人的头顶落下的！洛子夜倒吸一口冷气，若是凤无俦的身体在全盛阶段，她也不会太担心，可他受了那么重的伤，还有寒毒……

洛子夜想动，却发现自己的真力跟轩苍墨尘的完全不能对抗。纵然她的内功已

经被打开了七重，但根本不是他的对手，内功之间，一重和一重之间的差距如同隔山。她跟他的内力，根本没有丝毫对抗的余地，不过……

她眸色骤然一冷，手腕一转，便抽出了袖中的尖锐长刀，对着他的胸口猛然扎了过去！杀手出招，从来不必讲什么江湖义气。她这一刀速度很快，却不能令人感觉到丝毫杀气。若是寻常人，根本很难发现她猛然出来的这一招！

轩苍墨尘身后的墨子渊看见了，目眦欲裂："陛下，小心！"

而在他出声的前一刻，轩苍墨尘便已经察觉了。他放在她头顶的手骤然收回。洛子夜的速度奇快，想将她手中的长刃打飞已经是不可能的事，他的手迅速攥住了那长刃，刀锋很快将手上的肉切开，鲜血沿着他的手掌心滑落下来！

他攥住长刃的那一瞬，刀刃还往前滑了几寸，将他手掌心的刀口切得更长。

洛子夜在用力，他也在用力。

最终那长刃还是被他攥住，不能再往前一步。周围的人都震惊了，不少士兵立即拿着长戟过来，将洛子夜围住，等着轩苍墨尘一声令下，就一同出手，将她拿下！

洛子夜盯着自己手中的长刃，还用力地往前送了送，发现的确无法推动之后，才停了下来，与轩苍墨尘对视。

她眸色冰冷，而他那双从来温润含笑的眸子，在此刻只余下冰山万年积雪般的寒凉，在这一瞬一寸一寸冻结。隔绝了草长莺飞的盎然，隔绝了九天落下的灿芒，隔绝了微微拂面的清风。

只余下冷与森寒。

他看向洛子夜，盯着她那双漂亮的桃花眼，从来含笑雅致的声音，也在此刻如火焰烧灼般恐怖，一字一顿地问："洛子夜，你是真的想杀我？"

她是真的想杀他，事实已经摆在眼前。

她下手的角度和力度，包括选择的时间和速度，都在向他阐述一个事实，她想杀了他，一招致命！他这句话问出来，山崖边上的巨石还在从山顶滚落。山谷下头，被砸出了一道一道巨响，回声惊人，令人意识到下头是如何硝烟滚滚，生死之迫！

洛子夜听闻他这句话，冷笑道："刀子都快插上你胸口了，还问这种蠢问题，轩苍墨尘，说好的论起智谋你认第二没人敢认第一呢？你今天出门的时候，是把脑仁忘在家里了没有带出来吗？"

她这不客气的话，令不少士兵都拿着武器上前了一步，对洛子夜这样侮辱他们的君王而感到愤怒。

轩苍墨尘面色不变，眸中寒光更甚。最终一切情绪都化为唇边的一声冷笑，攥住匕首的手，忽然微微使力，这令他手上的鲜血流得更加汹涌。而那刀子，却慢慢被他用内息散化，以肉眼看得见的速度，在洛子夜面前，一点一点地化为灰烬，落到尘土之中。

也就在同时，山谷之下，骤然有一股黑气弥漫，炸裂的声音随之响起。

旋即，有石头从山谷之下被反弹了回来！如此强大的魔息，除了凤无俦之外，不作第二人想。这令洛子夜眼前一亮，立即偏头看了过去。可同时，耳畔传来轩苍墨尘平静得如同一潭死水的声音："洛子夜，凤无俦的内息已经支撑不了多久了。但山上的巨石还有许多，火药我们也还有许多，你觉得，他真的能活着从这里走出去吗？"

说着这话，他掌心鲜血淋漓，他却看都不看一眼，偏头和洛子夜一起看向山谷的方向。这话落到洛子夜耳中，她冷声道："轩苍墨尘，上次在千浪屿，我的命是你救的，你要可以拿回，但是山谷下面的人，如果有个三长两短……"

"会怎样？你再拔剑杀我一次？"他闻言，忽然笑起来，那笑容淡淡的，却很好看。

洛子夜扯了扯嘴角："轩苍墨尘，你应该知道，方才我杀你的时候，也给了你杀我的机会！"那时候她头顶的死穴正掌控在他手中，她却几乎不管不顾地直接出手袭击他的胸口。方才她若是得手，而他想同时杀她，也是易如反掌。

这是一个同归于尽的机会，并非她完全没能力去守住自己的头顶和死穴，而是她欠了他一条命，命可以还给他，但他做出来的这些事，她也要杀了他，让他付出代价！有的事情是可以扯平的，但是有的事情，一码归一码。

她这话一出，他忽然低低地笑起来，所以，他是该高兴她还记着他的恩情，还是应该悲哀，救命之恩也好，她自己的性命也罢，在她眼中，都比不过一个凤无俦？

他笑着，随后却忽然止住，他回眸，伸手指了一下对面的半山腰，那里也都是伏兵和火药！他温雅的声音缓缓地道："洛子夜，我准备了七个火药堆给凤无俦，大概这些火药全部爆炸之后，整个山峰都会崩塌。你或许还不知道，他不仅仅想保住他自己的性命，在他眼中，更重要的是他手下那些兄弟的性命！你觉得一个凤无俦，能救他们多少人？"

他这话一出，洛子夜心头一沉，袖袍下的拳头也紧了紧。

而此刻，轩苍墨尘也正走到她身侧，缓声道："或许我应该提醒你，王骑护卫被困在这里，这也都是你造成的！"

他这话一出，洛子夜霍然转过头。

而同时，轩苍墨尘一抬手，周围的人又开始点燃火药！引线燃起，她都来不及有任何动作，便又是轰轰的几声，整个山脉都晃动起来。她心头一惊，匆忙站到山峰边上往下观望，只见无数块山石砸落下去，而最大的一块，对准了人群的中央！

她几乎能感觉到自己背后的冷汗都冒了出来。

而山谷之下，眼见爆炸声起，山石滚落。

摄政王殿下抬眸，又是一拳头狠狠砸在地面之上。内息涌动，强大的光圈一点一点扩散开来。下一瞬，他却在抬眼之间，看见了一截红色衣摆！他内功极高，视力自然不同于常人，云雾之中，他见到了一张脸，一张很熟悉的容颜！

“洛子夜！”他魔魅的声音吐出，魔瞳也骤然一缩。

这一瞬失神，巨大的山石被他的内力震开，却骤然有一块石头轰然落下，狠狠砸落在他的脊背之上！

“噗——”一口鲜血自他口中吐了出来，他却很快散出内息，将脊背上的石头挥开，再一次抬眸看向山谷之上……

“王！”阎烈一怔，飞快地上去，也跟着抬眸看了一眼山顶，以他的武功，看不见洛子夜的脸，却能看见一截艳红色的衣摆，想起王方才那三个字，他脸色骤然沉了下来，“洛子夜……他真的想赶尽杀绝？”

他这话一出，闽越也是一愣，仰头看了过去。这个该死的洛子夜！她此刻竟然跟轩苍墨尘在一起算计他们，她就真的那么想要王死？

他很快到了摄政王殿下身边：“王，您怎么样？”

凤无俦闻言，并未说话，只是抬眸看着山顶。

怎么样了，其实大家都知道，闽越问出的是一句废话，王已经强撑着真力帮他们挡下了这么多次袭击。眼下还被石头砸中了脊背，还能怎么样？

而悬崖之上，洛子夜还在往下看。她并不能看见他的脸或是表情，却能看见一块巨石，对着他砸了过去，并砸中了他。她脑子骤然蒙了，险些没站稳。

就在同时，轩苍墨尘含笑的声音在她身后响了起来：“洛子夜，你似乎忘记了，凤无俦是什么样的人！”他这话之中带着几分淡淡的笑意，足见他此刻心情很好。

他这话一出，洛子夜心中咯噔一下，心里骤然有了不好的预感，立即回头看了他一眼：“你这话是什么意思？”

她这般一问，他面上的笑意更为愉悦，眉眼之间全是恶意的笑容：“以凤无俦的内功，这样的山峰，他抬首之间便能看见你。你说，在你对他的‘种种背叛’之后，又让他看见你跟我在一起站在山峰之巅，为他布下杀局，倘若你是他，你会怎么想？朕若是没料错，他在看见你的那一刻，必然会失神，怕已经受伤了吧？”

他这话说完，洛子夜的心立即凉了下来。

这一秒，她骤然明白了对方的用意，他带她上来的目的，到底是如他所言，要跟她进行一个赌约，还是为了让凤无俦看见她，让他们之间误会加深，让凤无俦失神之下受伤？这念头一出，她冷声道：“轩苍墨尘，这一切都是你算计好的？”

她一问，他低低笑出声：“洛子夜，朕以为在你眼中，朕做任何一件事情，都应当是有盘算的。那么，你认为朕带你上来，应当是什么用意？”

他这话满怀恶意，洛子夜看向他的眼神也更为仇视！下一瞬，她嘴角扬起。在敌人面前示弱，是极度愚蠢的，她很快冷声道：“你以为，他真的会相信你？”

“不管他会不会相信我，但在他看见你的那一瞬，失神是必然，受伤也是必然。否则，洛子夜，你此刻不会用这样的眼神看着我，不是吗？”否则，她不会用这样仇视的目光看着他，仿佛对他恨之入骨，甚至比方才上山之前看他的眼神更加森冷恐怖。

洛子夜很快沉默下来。

她很清楚，眼下凤无俦被如此重伤意味着什么，也明白若是轩苍墨尘再一次出手，他会面对何种绝境。这番对他安危的担忧，令她根本没有心思顾及其他，也没心思多想自己是不是会被凤无俦误会。她是不是会被误会，在他的生命安全面前，其实无关紧要。

气氛在这一瞬间，变得很微妙。

他忽然上前一步，凑近了正对着他的洛子夜，清俊的面容在此刻看来极为暗沉：“洛子夜，你知道那边剩下的火药爆炸之后，意味着什么吗？尤其对于已经重伤的凤无俦来说，意味着什么……”

他越说，声音越低，眸中的笑意越烈。

她当然知道，那意味着什么。以凤无俦眼下的身体状况来看，他大概会死在山谷之下！

下一刻，轩苍墨尘再一次伸出手，示意那些下人点燃火药。洛子夜也骤然冷下脸，怒吼一声：“轩苍墨尘，你敢！”

可她这句话对他而言，并无什么影响，甚至于令他眸中杀意更重。

他温雅的声音，带着不容置喙的味道：“点燃火药！”

“是！”下人们应了一声，立即出手。洛子夜回身跃起，想要去阻拦，却再一次被轩苍墨尘挡住。与他交手之间，只能眼睁睁地看着火药被再一次点燃。旋即，

便是火光四溅！

轰隆几声巨响，比方才爆炸的声音更加激烈！

巨大的山石滚落，数目和重量比起方才也多了数倍有余！洛子夜脸色铁青，根本顾不得自己还在跟轩苍墨尘交手，便骤然撤回了自己的招式，飞快地回身，奔到山崖的顶端低头查看山谷下的情况。她骤然抽身，轩苍墨尘也很快收手，内力反噬之下才没伤到她。然而，她根本没注意，不曾在意她自己是否受伤，自然也不会在意轩苍墨尘！

这令轩苍墨尘轻轻一笑，唇际的笑意更为温润。

此刻，山谷之下。

隔着层层叠叠的云雾，看着她的摄政王殿下也慢慢凝住目光，看向分散着渐次砸落下来的巨石，魔瞳微凛，再一次凝聚起内息对抗。

而阎烈也扬声怒吼："快，靠边站着！"

王骑护卫的人，很快贴近山脉，站在边上。

然而，还是有无数巨石在轰隆几声巨响之下，对着众人的头顶砸落下来！凤无俦内息凝聚之间，再一次将山石挡住，可巨大的光圈，已经变得透明起来。

这意味着，他的内息快顶不住了。

他心中也明白，寒毒入侵，内伤和外伤之下，他的身体已到了极限！然而，他若不死，便也不会让他手下之人在他眼前受伤。

"王！"阎烈凝眉，心下急迫。王眼下已经到了极限，他看得分明。

就在此刻，山顶之上，轩苍墨尘含笑之中再一次抬手，又是轰然几声响，洛子夜再一次眼见着无数山石对着那内息的光圈砸去，那像是一张透明的网，被巨石慢慢砸入，只要懂内力的人都能明白，只要那网被穿透，那么……杀伤力对撑起这股内息的人来说，绝对致命！

一块一块巨石，狠狠砸落在光圈之上。

黑色的光圈渐渐薄弱透明，洛子夜的眸中几乎染上血光。她回眸怒视着轩苍墨尘："轩苍墨尘，你停手！说，你要怎样才肯停手？"

她的指甲深深掐入手掌之中，有血沿着指缝慢慢流了出来。

这血腥味并不重，轩苍墨尘却很快注意到了，而且目光也更加森寒。眼神落在她滴血的手上，他轻轻一笑，扬眉看向她："洛子夜，你真的很想救他？"

"轩苍墨尘，你今天似乎一直在问愚蠢的问题！"她要是不想救他，岂会跟他一起上山！

他闻言轻笑："洛子夜，我可以停手。但是你应当明白，你需要付出代价！"

他这话一出，她拳头握得更紧。

而此刻，还有巨石在往下掉！她也明白，若是她不能制止眼前的人，以凤无俦眼下的身体状况，不可能支撑多久！她盯着他，冷声道："你说！"

他伸出手，掌心是一个瓷瓶，他唇际亦是温雅的笑："洛子夜，这里面的药，喝下之后，会让你忘记很多的人和事，这其中也包括他！同时，会将你的智商变成六岁孩童，所有的情感，都会转移在醒来之时看见的第一个人身上。我可以放了他，但我要你嫁给我。还有，心甘情愿地喝下它，从此忘记他，安心做我的皇后！"

她恨他，他不愿再看见她仇视的眼神，那么，就都忘记好了。待她喝下这药，再一次醒来，便会从此记住他，心中只有他。哪怕只有六岁孩童的智商又如何？除此之外，他已经没有再将她留在身边的方法。

洛子夜几乎怀疑自己听错，这世上能有这样的药？

她脸一青，盯着轩苍墨尘道："轩苍墨尘，你希望六岁智商的我，做你的皇后？然后从此你照顾一个宝宝？"

她说着这话，青紫着一张脸盯着他。也实在是不能回忆六岁的自己，到底在干什么，是已经先进一点了，在跳皮筋或是打弹珠，还是还很落后地光着屁股、拖着鼻涕，宛如一个智障一样，光着脚丫跑来跑去？

她这话一出，他对着她伸出的手依旧没有收回，他语调温柔地道："洛子夜，拖延时间对你我而言，并无作用。眼下，你只需要做出选择就好！是付出代价救他，还是眼睁睁地看着他因为你对洛小七的重视，因为你眼下的见死不救，死在山谷之下！"

他这话一出，洛子夜青灰的脸色瞬间消失，面上浮现出一抹讥诮的笑容："轩苍墨尘，我拒绝！除了你给爷的选择，爷还有一条路可以选，那就是跳下去！轩苍墨尘，其实我清楚，你真的喜欢我，大概胜过对你自己的重视。那么，你也可以自己考虑一下,你是不是要逼我死在你面前，让你抱憾终身，你才能感觉到开心！"

她话音一落，他温柔的眼神顷刻间幽冷下来。目光也很快落到她的脚后跟上，只要她再往后一步，便当真能如她所言，从山边上掉下去，然后从他的世界消失，永永远远地消失。

她是在逼他，以死相逼。

他却似并不在意，只轻轻一笑："洛子夜，你可以试试看。你要知道，只要你跳了，他必死无疑！只要你跳了，这世间便不再有任何让我停手，放过凤无俦的理由。那么，你确定，你是真的要跳？"

原本便肃杀的气氛，在此刻变得更加微妙起来。

洛子夜唇际洒脱的笑意，也在一瞬间僵直！是的，她可以跳下去，运气好的话，指不定还能活下来，那就可以跟凤无俦共生死；运气不好的话，死了就死了，就当是赎罪了。可要是她跳下去，轩苍墨尘真的会如他所言，让下面的人死的。

她犹疑之间，他微微一笑，早已转冷的目光放在她的脸上："洛子夜，你说得不错，我很喜欢你，可我的喜欢，大概和冥吟啸不一样，他愿意保护和成全，而我轩苍墨尘要么不择手段地得到，要么就是将你和我一起毁灭！所以，你是不是要跳下去，不会成为我止步的理由。你若是不相信，大可以试试看。只是，你死得起，但你赌得起他也跟你一起死吗？"

他说话之间，手还对着洛子夜的方位伸着，一直保持着这样一个姿势，一动不动。他静静地看着她，似乎早就料定她会有答案，也早就清楚，她会怎么选。

他这话，也的确是戳中了洛子夜的软肋。

不错，她死得起，但是她赌不起凤无俦跟她一起死，她赌不起错失唯一可以救他、让他有可能安然无恙的机会！她的眼神，也落到了他的手掌心上。轩苍墨尘的眼神却很快看向周围那些下人，再一次开口道："点……"

洛子夜眸色一冷，霍然出言打断他："我答应你！"

说着这话，她抬头看向他，眸中是果决和嘲讽。其实也没什么，总归眼下凤无俦和他手下的人对她误解那么深，也许他恨她，也并不想再看见她，尤其在轩苍墨尘这般设计，让她现在又出现在山谷上，出现在他面前，险些直接害死他之后。

而且，除此之外，她的确没有别的办法解开这样智谋天下无敌的一个人布置了这么久的死局。

轩苍墨尘目光微凝，几乎怀疑自己听错。

洛子夜也很快重复了一遍："我答应你！"她答应他，然后，以此救出凤无俦。若是凤无俦怀疑她或者误解她，那就让他误会一生好了，就让他以为是她一直设计想杀他，就让他以为她心里的人其实是轩苍墨尘，就让他这样忘了她，忘记她这样一个无情无义、一再伤害他的女人，从此不再有人能伤他，也好。

因为这世上不会有任何比心爱的人忘记自己，转投别人的怀抱更加残忍的事。她不能想象若忘记她和别人在一起的人是凤无俦，她会不会心痛至死。那么，她忘记他，并跟轩苍墨尘在一起这样的痛，她是不会让他品尝的。

就让他以为，她从来没爱过好了。

"我答应你，喝下这药。你想怎么样就怎么样！至于凤无俦，你可以让他以为，我从一开始就跟你合作，从一开始就只是想利用他，从一开始就是想要他的命，然后让他忘记世上有过我这么一个人，好好地去过他自己的日子！”她缓缓说出这些话，紧握着的拳头也在这一瞬间松开，那掌心掐出来的血腥味仍然在半空中飘散，但到底已经停止继续出血了。

就如同眼下，即便再痛，若是能忘记一切，是不是也算是做出一个决断，她和凤无俦之间，就不会再有伤害了？

她这话一出，轩苍墨尘眸色一冷，扬眉看向她："让他以为你只是利用他？只是想要他的命？洛子夜，你就一点都不想让他知道，事实上你并不甘愿如此，然后，让他来救你？将你从我身边夺走？即便那时候你的记忆不再存在，至少眼下的你，也还是希望那时候能跟他在一起的吧？”

话是这样问，他却几乎已经猜到她心中的想法，也正因为如此，他眼神更加冰寒。

果真，洛子夜很快说出了她的想法："不错。但是轩苍墨尘，你手中的药是无解的吧？倘若真的如你所说，我醒来之后，会将所有的感情移到醒来看见的第一个人身上，那么是该会在醒来之后爱上你？凤无俦要是真的来救我，杀了你，我也许会恨他。毕竟喝了你这见鬼的药，我会眼盲心盲将你当成心中之人。我不愿意他以后和因为你而恨着他的我在一起，这样他会很痛苦，倒不如就此斩断，长痛不如短痛。我也不希望他下半生对着一个宛如智障的六岁孩童，让他无怨无悔地照顾我一辈子，毕竟你有这样的爱好，可我不希望他有，也不希望自己日后成为他的负累！”

说完这话，她从他手中取过瓷瓶："轩苍墨尘，记住你的承诺！放他走！”

千里峰之外，两军对峙之中，不远处掠过一道人影，令不少人的目光都扫了过去。

冥吟啸在看见他的那一秒，心情倒轻松了一些："百里瑾宸，来帮小夜儿的？”

他一问，百里瑾宸顿了顿，似没听见，广袖扬起，似乎谪仙行来，令在场的众人都不免有些失魂。

轩苍瑙纵然看不见，却能听到冥吟啸方才招呼的话："怎么，神医门的人，也打算掺和进来？是为了墨尘，还是为了洛子夜？”

百里瑾宸容色不变，更是不曾开口。那双月色般醉人的眸子静静盯着对方，广袖掠过，黄色的粉末轻撒。

轩苍瑙脸色一变，感受到有粉末状的东西从自己面前掠过，还来不及去探查那

是什么，便立即扬手，白色的粉末也很快飘向半空。尽管她手中有防蛊毒的花，但百里瑾宸毕竟是神医门唯一嫡传弟子，他的毒药自然不容小觑，不得不防。

然而，当她的白色粉末撒出去的同时，百里瑾宸再一次扬手，这一次他袖中飘出的烟尘是浅灰色的，带着几分属于硫黄和硝烟的味道。轩苍瑙闻着这味道，面色立即青了，扬声道："闭气！不要吸进这毒气！"

说着这话，她心头也是有些冒火。

冥吟啸倒是看明白了，百里瑾宸不愧腹黑，上来之后先撒了一把黄沙，轩苍瑙就立即把自己身上带着的防毒的药粉给撒了出去。大概她也是万万没想到，百里瑾宸那一招不过是幌子，等待她解毒的药粉撒出去了，他才撒出真的毒药。

"百里瑾宸，你真是卑鄙！"轩苍瑙脸色发青。

灰色的毒粉还在半空中飘散。轩苍瑙身后的士兵们也听令捂着自己的口鼻，并尽量减缓自己的换气频度，拒绝呼吸，拒绝将毒粉吸入体内。

百里瑾宸闻言，面色并无任何波动，寡薄的唇微扯，清冷的声音缓缓地道："是你自己会错意。"

他这话一出，在场不少人嘴角微抽，轩苍瑙也是眼角直抽。

毒粉在半空中飘散，百里瑾宸并未回头，只淡淡问了一句："她呢？"

冥吟啸靡艳而天然勾魂的声音带着几分冷意："跟轩苍墨尘上山了，眼下怎么样暂且不知！"

答完这句话，他也问了百里瑾宸一句："你不是说要离开一个月吗？"

百里瑾宸语气淡漠，缓声道："事情提前处理完了。"

他这话一出，轩辕无仰天翻了一个白眼，分明是收到消息，听说洛子夜出事了，他们在南海行船到一半就回头了好吗？还提前处理完了？不过倒也没什么事，只是前段日子，家中的误会解开了，老主子、夫人和少主约好了，少主与他们每隔一段时日就聚一次，这回也是到了约定相聚的时日。

万没想到，这才没走出多远，就听说洛子夜出事了，他们就赶了回来。少主倒好，要么不说话，一说话就口是心非，这性格也不知道是跟谁学的。

冥吟啸颔首，倒也没多在意。

倒是向来冷清的百里瑾宸，那双淡漠如月的眸子扫向了他："洛子夜上山，为了凤无俦？"

"不错！"冥吟啸倒是很干脆。

边上的申屠苗讥笑出声："谁知道她是为了摄政王殿下，还是为了去做轩苍墨尘的皇后，她……"

话没说完，咻的一声，百里瑾宸手中剑光一闪，白芒掠过，寒意森森。

下一瞬，申屠苗的一缕长发就这样被削断了！无人看出他如何出的手，但等大家反应过来申屠苗的头发被削断的时候，他的长剑已经收入剑鞘之中，清冷的声音缓缓地道：“我并没有问你。”

申屠苗脸色一僵，随即面色顿时青了。

申屠焱纵然对申屠苗多话不满，但此刻还是出言维护了一句：“神医对女人动手，不觉得自己欠缺风度吗？”

他这话一出，百里瑾宸倒淡淡地扫了他一眼，淡漠道：“我并不认为，待长舌之人还要区分其性别。”

众人：“……”

申屠焱成功地被这一句话噎住，申屠苗倒是想回击几句，但想想对方方才出手的速度，自己和哥哥恐怕都不是对手。识时务者为俊杰，她便选择了沉默。

云筱闹瞟了一眼申屠苗：“总算是得到报应了，也是不容易！”

“要是再不得到报应，本公主都想动手了！”澹台毓糖也是个暴脾气。

“你们——”申屠苗怒瞪过来。

她们两人都懒得跟她说什么，各自轻嗤了一声，便偏过头去，不再看她。

而下一瞬，百里瑾宸的眼神落到了冥吟啸身上：“她和凤无俦闹成这样，你竟还能让她为了凤无俦上山？”

这话里头听不出什么情绪起伏，但冥吟啸差不多顿悟了。

对方这是在说他无用。是啊，小夜儿和凤无俦都闹成这样了，他冥吟啸作为情敌，为什么还不赶紧落井下石，说一万个理由，让小夜儿千万不要上山，甚至偷偷出手，助轩苍墨尘一臂之力，除掉凤无俦，彻底击败对方，然后成为小夜儿心中之人呢？

果真。

他还没回话，百里瑾宸淡漠的眼神就扫到了轩苍瑙身上，缓声询问：“凤无俦死了吗？墨尘兄需要我帮忙吗？”对情敌为什么还要手下留情？自是能在背后捅刀，便毫不犹疑。

云筱闹等人：“……”这个人到底是来帮忙的，还是来干啥的？

“……”轩苍瑙的嘴角也是抽搐了一下，他们这一群人，捂着自己口鼻半晌，那毒粉才慢慢散了去，大部分的毒粉被血络兰给吸附而去，但还是有少部分入了不少士兵的口鼻，就这么一会儿，就有上千人青紫着脸色，倒了下去。

冥吟啸额角的青筋也忍不住跳了几下。纵然他不会真的以为百里瑾宸会阴险到

这个份上，但听着这话，还是很无语。最终，他道："这是小夜儿的选择！"

百里瑾宸闻言，倒没说话，手中持剑，转身而去。从冥吟啸身侧经过那一瞬，他用密室传音，话只入了冥吟啸一人耳中："上山。"

就这么硬闯上去，定然会吃亏。而以他们两人的实力，暂且从此地离开，寻个山脚，想神不知鬼不觉地上去，却并非难事。故而，他先转身大步前行。冥吟啸也的确不放心洛子夜，扫了一眼萧疏狂和上官御："你们先带人撤，找个安全的地方待着，或是想在这里等着也未尝不可，保证自己的安全足矣。你们放心，小夜儿不会有事！"

说完这话，上官御和萧疏狂点头，冥吟啸也很快翻身下马，跟百里瑾宸一起大步离开。

洛子夜手中的药水已经到了唇边。

轩苍墨尘却微微扯唇："洛子夜，你就真的为了他，什么都不在乎？不在乎自己变成一个智商只有六岁的孩子，不在乎自己是不是会变成一个傻子，不在乎自己是不是从今日开始，就要躺在我身下？你就真的……"

他话没说完，她已经将那药水倒入口中，毫不在意地一笑，随手将那瓷瓶扔了，漂亮的桃花眼看向他："不错，轩苍墨尘，为了救他，我什么都可以不在乎！"

他唇角温雅的笑容在这一刻僵住，又在下一瞬，嘴角上扬出暴戾的弧度。

而洛子夜饮下那药水之后，脚步便晃荡了几下，立即回眸看了一眼山谷之下，如果注定要就此忘记他，她希望能再看他一眼，哪怕是最后一眼。然而，垂眸之间，她只能看见黑色的光圈，隔绝了她的视线，看不见他的脸。恍惚之间，她便晕了过去。

一双长臂抱住她，墨子渊看了一眼轩苍墨尘暴戾的容色，有些担忧："陛下……"

轩苍墨尘并没理他，只缓缓垂眸看了一眼自己怀中的人，嘴角暴戾的笑意更甚："为了凤无俦，你就真的什么都可以不在乎吗？呵……"

下一瞬，他抱着她大步离去，动作神情格外温柔，似乎抱着此生最为珍贵之物。

然而同时，他头也不回地吩咐道："点燃火药，杀！朕要凤无俦，尸骨无存！"

（第三部完）